중고생이 꼭 읽어야 할

한국
중장편
소설 Vol. 2
베스트 12

한국중장편소설 베스트 12 Vol. 2

1판 1쇄 발행 2008년 6월 30일
1판 2쇄 발행 2011년 1월 14일

지은이 | 박태원, 심훈
펴낸이 | 박찬영
해설 | 조성관
기획편집 | 송인환, 봉하연, 김진아
마케팅 | 이진규, 장민영
디자인 | 이창욱

발행처 | 리베르
주소 | 서울시 용산구 용산동5가 24번지 용산파크타워 103동 505호
등록번호 | 제2003-43호
전화 | 02-790-0587, 0588
팩스 | 02-790-0589
홈페이지 | www.리베르.kr www.liberbooks.co.kr
커뮤니티 | blog.naver.com/liber_book(블로그)
          cafe.naver.com/talkinbook(카페)
e-mail | skyblue7410@hanmail.net

ISBN | 978-89-91759-38-1 (43810)

리베르(LIBER)는 디오니소스 신에 해당하며 책과 전원의 신을 의미합니다.
또한 liberty(자유), library(도서관)의 어원으로서 자유와 지성을 상징합니다.

중고생이 꼭 읽어야 할

한국
중장편
소설 Vol.2
베스트 12

박태원, 심훈 지음 | 조성관 해설

리베르

머리말

　'한국 중장편 소설 베스트 12(전4권)'는 한국 문학사에서 중요한 위치를 차지할 뿐 아니라 학교 현장에서도 필독서로 꼽히는 열 두 편의 중편 및 장편 소설을 엄선한 시리즈물이다. '한국단편소설 35'와 그 뒤를 이은 '한국단편소설 65'에 대한 독자들의 뜨거운 반응에 힘입어 새로 엮게 된 중장편 모음집은 독자들을 더 깊은 한국 문학의 세계로 나아가도록 이끌어 줄 것이다.
　장편소설은 단편소설보다 더 복잡한 얼개로 엮여 있고 주제 의식도 폭넓게 담겨있다. 장편에서는 인생의 단면을 다각도로 조명할 수 있으므로 재미의 요소를 더할 수도 있다. 이런 점들 때문에 장편소설이 단편소설보다 대중적으로 더 큰 흡인력을 지니고 있다. 더구나 요즈음 문학계에서는 이른바 '서사'를 강조하고 있다. 짧은 단편보다는 더 길고 깊은 호흡으로 당대를 거시적으로 조명하는 중편과 장편들을 중시하는 경향을 보이고 있는 것이다. 한국 문학사에서 최근 대하소설들이 큰 흐름을 형성해 온 것도 이와 맥락을 같이 한다.
　이번 시리즈에서 특히 강조하고 싶은 것은 각 작품의 배경이 되는 사진 이미지를 충실히 실었다는 점이다. 각 권마다 500쪽을 넘나드는 만만치 않은 텍스트와 힘들게 씨름했을 뿐 아니라 각 작품에 들어가는 현장 사진을 촬영하고 편집하는 데도 많은 시간과 노력을 들였다. 사진 촬영에서는 모든 사진들을 소설의 현장에 직접 가서 찍어 오는 것을 기본 원칙으로 삼았다.
　기획 의도와는 다른 맥락에서 촬영된, 이른바 '기성품'은 채택하지 않았다. 소설의 배경을 있는 그대로 생생하게 전달하면 작품을 보다 더 온전하게 감상할 수 있을 것이라는 믿음이 있었기 때문이다. 독자들은 쉬어 가면서 즐거운 상상력을 발휘할 수 있는 가외의 수확도 얻을 수 있을 것이다. 이러한 새로운 시도가 작품을 깊이 있게 감상하는 데 도움이 되기를 기대한다.

'한국 중장편 소설 베스트 12'가 한국 문학사의 어느 곳에 자리 매김하고 있는지 간략하게 일람해 본다.

개화기~1920년대의 소설

1900년에서 1920년까지는 새로 등장한 개화기 문학이 한국 근대문학의 탄생으로 이어지는 과도기이다. 이 시기 동안 일본의 주도로 서구 문명이 물밀듯이 들어오면서 우리 문학도 그에 영향을 받아 이른바 '신문학(新文學)'이 탄생했다.

1900년대 초에 등장한 개화기 소설은 고전소설과 현대소설을 잇는 징검다리 역할을 하였는데, 대부분의 작품이 을사조약(1905년)에서 경술국치(1910년 한일합방) 사이의 기간에 발표된 것들로 '신소설'이란 명칭으로 분류된다. 신소설의 첫 대표작으로 꼽히는 이인직의 『혈의 누』가 1906년에 발표되었으며, 이어 같은 작가의 『귀의 성』, 이해조의 『빈상설』, 『자유종』, 최찬식의 『추월색』, 안국선의 『금수회의록』('한국단편소설 65'에 수록돼 있음) 등이 발표되었다.

이들 작품은 '자주독립', '민주주의', '신교육', '기존 인습에 대한 비판', '미신 타파' 등의 근대적 사상이 주제였으나 '권선징악', '정형화된 인물상', '작위적인 종말' 등의 요소는 남아 있는 경우가 많아 고전소설의 범주를 완전히 탈피하지는 못하였다. 이인직과 이해조 등의 신소설에 이어서 춘원 이광수가 장편소설 『무정』을 1917년 〈매일신보〉에 연재하기 시작했는데, 이 소설은 신소설류와는 전혀 다른 최초의 근대소설로 평가된다.

이광수의 『무정』은 그 주제로 볼 때 계몽주의적 성격을 가지고 있어 『혈의 누』와 같은 개화기 신소설의 연장선상에 놓인 작품으로 평가받기는 하지만, 구어체 문장을 위주로 하고 세밀한 상황 묘사와 더불어 구체적이고 개연성을 띤 사건 및 상황 설정을 하였다는 점에서 한국 현대문학사의 새로운 기점이 된 작품으로 평가된다.

1920년대는 우리 문학사가 전근대에서 근대화의 시기로 넘어가는 분수령이 되는 시점이었다. 1920년대 우리 사회는 1919년의 3·1만세운동 이후 일제가 시행한 교묘한 유화정책과 문화 정책으로 예술과 창작 활동이 점차 활발해졌다. 카프(KAPF)와 같은 계급주의 문학 사조가 등장했으며 감상적이고 허무적인 서구의 낭만적 예술 사조가 도입되기도 했다.

이광수의 작품에 나타나는 계몽주의적 성격에서 한 단계 도약한 작품들인 「감자」, 「배따라기」의 작가 김동인, 「빈처」, 「운수좋은 날」의 현진건, 「표본실의 청개구리」, 『만세전』 등의 염상섭, 「물레방아」, 「벙어리 삼룡이」의 나도향 등이 1920년대를 대표하는 작가들이다.

1920년대에 와서는 일제 강점기에 우리 민족이 나아갈 길을 제시하고자 노력하는 한편, 시대의 어두운 현실에서 억눌려 살아가는 개인적 이야기를 주로 다루고 있다. 그 중 염상섭은 세태 비판을 주제로 한 사실주의 경향의 작품을 발표한 최초의 작가라는 점에서 한국문학사에서 중요한 이정표를 세운 작가로 평가된다.

1930년대 소설

1930년대에 들어서서 일제는 조선인들에 대한 정치적, 사상적 감시와 압박을 더욱 심하게 가해 왔다. 만주사변, 중일전쟁으로 인해 일본 본토의 경제가 어려워지고 물자 조달이 힘들어지자 조선을 병참기지로 삼으며 더욱 많은 농산물과 원자재 등을 강제로 징수해 갔다. 이처럼 일제가 대륙 침략 의도를 노골적으로 드러냄에 따라 조선과 중국, 만주 등 동아시아 정세는 악화되었고 조선인들의 삶은 점점 피폐해져 갔다.

예술 분야에서도 탄압이 심해졌다. 특히 문학 분야에서는 신간회가 해체되고 이념성이 강한 카프(KAPF) 소속 문인들이 대대적으로 검거되면서 결국 1935년 카프도 해체되기에 이른다. 이는 당시 문학인과 지식인들의 구심점이 사라지게 된 것을 뜻한다.

한편, 자본을 지닌 신흥 지주들은 부도덕한 방법으로 부를 축적해 나갔으며 무지하고 힘없는 대다수 농민과 하층민들은 최소한의 생존을 위한 기반마저도 흔들리는 황폐한 삶을 살아야만 했다.

이처럼 불안한 정세에도 불구하고 이 시기의 한국 문학은 예술적으로 다양한 모습으로 전개되었다. 하지만 이 다양성은 일제가 문화 통치를 실시하면서도 정치적으로는 고도의 압제를 행사하던 시대 상황에 따른 결과이기도 했다. 일제가 현실 비판적인 작품을 일체 금지시킴에 따라 문학의 탈정치화 경향이 강화되었다. 계급성이나 정치성을 지닌 작품이 감시받고 탄압받던 암울한 식민지 현실에서 작가들은 자연스럽게 순수 문학이나 토속적 세계, 모더니즘과 형식주의 경향 등에 몰입하게 되었다.

그 결과 소설과 시에서 서정주의적인 경향이 짙게 나타난다. 그러한 작품들에는 식민지 시대를 살아가야 하는 우리 민족의 운명에 대한 슬픈 감정과 안타까움이 배어 있었다. 1930년대 초의 시문학파를 중심으로 한 순수시 운동을 그 대표적 예로 들 수 있다. 그 이후 1933년을 전후해서 박태원, 이태준, 정지용, 김기림 등 모더니스트 계열의 작가들이 등장한다.

1930년대부터는 장편소설들이 많이 등장하게 되는데, 단편소설이 주류를 이뤘던 1920년대와는 달리 장편소설이 대중적 화제가 되었던 시대라고 할 수 있다. 이러한 장편소설은 역사소설, 농촌소설, 가족사소설 등 다양한 유형으로 발표되었는데, 역사소설에는 김동인의『운현궁의 봄』, 현진건의『무영탑』등이 대표작으로 거론된다. 하지만 작가에 따라 역사를 바라보는 관점과 창작 방법은 다양한 모습으로 나타났다.

한편, 우리 민족의 전통적, 보수적 가치관과 근대화로 인한 진보적 가치관이 서로 대립하는 갈등 양상을 작품화한 가족사소설에는 채만식의『태평천하』, 염상섭의『만세전』,『삼대』등이 있다.

일제 강점기 중반에 등장한 농촌소설로는 심훈의『상록수』, 이기영의『고향』, 김유정의『만무방』을 들 수 있는데 심훈의『상록수』는 일제 강점기 한국 농촌의 비참하고도 고통스러운 현실을 그리는 데 멈추지 않고, 구습타파, 문맹퇴치, 농민운동 등과 같은 계몽적인 사상이 담겨있어 문학사적으로 중요한 의미를 갖는 작품이다.

박태원의『천변풍경』, 채만식의『탁류』등은 당시 풍속과 세태를 그대로 표현한다는 점에서 이 무렵에 나타난 세태소설로 분류된다. 한국의 토착적 민속에서 출발하여 예술성과 대중성을 추구했던 작품들로는 김동리의『무녀도』,『바위』등을 들 수 있는데 이 작품들 역시 1930년대의 한국 문학의 주요 작품으로 자리 매김한다.

해방 이후의 한국 현대 소설

근대화와 산업화의 물결이 몰아치던 1970년대는 성장과 발전이 최선의 국가적 가치로 여겨지던 시기였다. 노동집약적 산업을 바탕으로 경제적 기초를 다지는 한편, 대규모 자본을 투입하여 중화학 공업을 육성하던 때였다. 산업 생산 인력이 도시로 대거 유입됨에 따라 농촌 사회는 급격히 해체되고 도시 노동자 빈민층은 갈수록 늘어나는 현상이 빚어졌다.

의식 있는 작가들은 농촌의 해체와 도시화에서 비롯된 사회적 갈등 양상에 주목하기 시작했다. 즉, 산업화와 도시화에 따른 농촌 공동화(空洞化) 현상 및 도시 근로자의 소외된 생활상이 이 시기 문학 작품의 주요 주제로 등장했던 것이다.

70년대 작품들은 경제 성장 지상주의의 소용돌이 속에서 미래에 대한 확실한 지표가 없이 흔들리는 불안한 사회상에 처한 작가들의 날카로운 반응이 주류를 이루고 있다. 농촌 공동체의 해체와 근대화에 대한 비판적 인식을 담고 있는 이 작품들을 대표하는 것으로 이문구의 『관촌수필』, 『해벽』, 『우리 동네』 연작을 들 수 있다.

한편, 6·25전쟁의 비극과 불행은 아물지 않는 상처로 남아 1970년대에 이르러서도 많은 작가들이 전쟁에서 비롯된 아픔, 한(恨), 죄의식, 절망감 등을 작품 속에 계속 담아냈다. 1권에 수록된 박완서의 『엄마의 말뚝』역시 그러한 작품에 속한다고 할 수 있다. 박완서는 전쟁에서 비롯된 가족의 비극을 사실적으로 다룬 작가이다. 그는 참혹한 전쟁에서 비롯된 상처와 한, 죄의식, 절망감 등의 부정적 양상을 새로운 관점에서 깊이 있게 파헤쳤다.

1970년대에는 이른바 '유신 독재'라는 정치 상황 속에서 그 동안 문단의 주류를 형성했던 기성 문인들이 퇴조를 보인 반면, 젊은 신인들이 열정적인 문예 활동으로 새로운 주목을 받았다. 소설 분야에서는 최인호, 황석영과 같이 대중성과 작품성을 고루 갖춘 젊은 작가들이 속속 등장한 것을 예로 들 수 있다.

한편, 전후 자본주의와 산업사회가 심화되면서 드러나는 병리적인 사회 현상에 대한 지식인들의 비판적 의식이 고조되었다. 소설을 통해 이를 사실적으로 고발한 조세희의 『난쟁이가 쏘아올린 작은 공』은 표현의 자유를 억압하는 정치 상황 하에서도 베스트셀러가 될 정도로 커다란 반향을 불러 일으켰다. 조세희처럼 척박한 한국의 노동 현실을 소설화한 다른 작품들로는 황석영의 「삼포 가는 길」, 「객지」, 윤흥길의 『아홉 켤레의 구두로 남은 사내』 등이 있다.

1980년대 한국 사회는 국가 권력의 직접적 폭력과 억압이 팽배하게 되고, 이에 맞서는 급진적이고 광범위한 국민적 저항이 치열하게 대결한 긴장과 충돌의 시대였다. 이런 분위기 속에서 80년대 작가들의 소설 창작은 주로 정치적 저항으로서의 글쓰기였다. 작품을 통해 자본주의 구조 속에서 억압당하는 노동자의 문제를 적극적으로 제기했을 뿐 아니라 분단 현실에 대한 총체적 역사 인식을 담아내기도 했다.

그러나 한편에선 우리 사회의 모순과 그로 인한 삶의 파괴와 소외를 평범한 소시민들의 삶을 통해 문학적으로 형상화한 작품이 나타나 독자들의 주목을 끌었다. 양귀자의 「원미동 시인」, 「한계령」 같은 작품들이 그것이다.

엮은이 씀

차례

박태원 |
소설가 구보씨의 일일 · 41

심훈 |
상록수 · 101

철도 박물관으로 사용되고 있는 서울역. "도회의 소설가는 모름지기 이 도회의 항구와 친하여야 한다. 그러나 물론 그러한 직업의식은 어떻든 좋았다. 다만 구보는 고독을 삼등 대합실 군중 속에 피할 수 있으면 그만이다."
본문 중에서

옛 남대문.

소설가 구보씨의 일일

박태원 1909~1987

우리들 기억에 뿌리 깊게 자리 잡고 있던 남대문(왼쪽)도 우리들의 무관심으로 우리 곁을 떠나갔다. 그래도 동대문(오른쪽)은 아직 우리 곁에 있다. 비록 섬처럼 차의 물결에 갇혀 가까이 갈 수는 없지만.

한 개의 기쁨을 찾아, 구보는 남대문을 안에서 밖으로 나가보기로 한다. 그러나 그곳에는 불어드는 바람도 없이 양옆에 웅숭그리고 앉아 있는 서너 명의 지게꾼들의 그 모양이 맥없다. 구보는 고독을 느끼고, 사람들 있는 곳으로, 약동하는 무리들이 있는 곳으로, 가고 싶다 생각한다. 　본문 중에서

작가와 작품 세계

1930년대 한국 문학을 대표하는 소설가의 한 사람인 박태원은 서울 수중박골(현재 종로구 수송동)에서 4남 2녀 중 차남으로 태어났다. 부친은 박용환(朴容桓), 모친은 남양 홍씨이다. 『소설가 구보씨의 일일』을 발표한 것을 계기로 구보(仇甫)란 이름을 호로 삼게 되었다. 경성사범부속보통학교를 거쳐 경성제일공립고등보통학교를 졸업한 뒤 일본으로 건너가 호세이대학 예과를 다니다 1929년 중퇴하였다.

의사인 숙부 박용남과 고모 박용일이 문인들과 친분이 깊어 1927년 춘원 이광수를 소개 받아 문학 수업을 받기도 했다. 문단에 나온 것은 경성제일고보 재학 중에 시 「누님」(1926)이 《조선문단》에 당선되면서부터였다. 그 후 《동아일보》, 《신생》 등에 시와 평론을 발표하기 시작했다. 박태원의 집안은 당시로는 아주 개화된 집안으로 가족들이 문학·음악 미술 영화 등 신문화에 익숙해 있었다. 특히 박태원은 영화에 각별한 관심을 가지고 경성의 영화관을 자주 드나들었다.

구보씨가

왼쪽부터 시계방향으로 천변, 화신상회, 동대문, 경성운동장, 조선은행, 장곡천정(소공동) 조선호텔 내에 위치한 환구단.

∥ 집을 나와 **천변** 길을 **광교**로 향해 걸어가며 어머니에게 단 한번 '네' 하고 대답 못했던 것을 뉘우쳐본다.
∥ 구보는 약간 자신이 있는 듯싶은 걸음걸이로 전차 선로를 두 번 횡단하여 **화신 상회** 앞으로 간다. 그리고 저도 모를 사이에 그의 발은 백화점 안으로 들어서기조차 하였다.
∥ 이제 이 차는 **동대문**을 돌아 **경성운동장** 앞으로 해서…… 구보는 차장대, 운전대로 향한 창을 본다.
∥ **화신 백화점**에서 나온 구보는 뚜렷한 목적도 없이 전차를 탄다. **조선은행** 앞에서 구보는 전차를 내려 **장곡천정(소공동)**으로 향한다. 생각에 피로한 그는 이제 마땅히 다방에 들러 한 잔의 홍차를 즐겨야 할 것이다.

본문 중에서

지나간 길

구보씨가

왼쪽부터 시계방향으로 부청(시청), 대한문, 경성역, 종로 네거리, 광화문

‖ 구보는 백동화를 두 푼, 탁자 위에 놓고, 그리고 공책을 들고 그 안을 나왔다. 어디로……. 그는 우선 **부청** 쪽으로 향해 걸으며, 아무튼 벗의 얼굴을 보고 싶다, 생각하였다.

‖ 구보는 한길 위엣 서서, 넓은 마당 건너 **대한문**을 바라본다. 아동 유원지 유동의자에라도 앉아서── 그러나 그 빈약한, 너무나 빈약한 옛 궁전은, 역시 사람의 마음을 우울하게 해주는 것임에 틀림없었다.

‖ 한 개의 기쁨을 찾아, 구보는 **남대문**을 안으로 밖으로 나가보기로 한다.

‖ 구보는 고독을 느끼고, 사람들 있는 곳으로, 약동하는 무리들의 있는 곳으로, 가고 싶다 생각한다. 그는 눈앞에 **경성역**을 본다. 그곳에는 마땅히 인생이 있을 게다.

‖ 어느 틈엔가 구보는 **종로 네거리**에 서서, 황혼과, 또 황혼을 타서 거리로 나와 노는계집의 무리들을 본다. 구보는 포도 위에 눈을 떨어뜨려, 그곳에 무수한 화려한

지나간 길

또는 화려하지 못한 다리를 보며, 그들의 걸음걸이를 가장 위태롭다고 생각한다. ‖어허, 공허하고, 또 암담한 사상이여. 이 넓고, 또 휑한 **광화문 거리** 위에서 한 개의 사내 마음이 이렇게도 외롭고 또 가엾을 수 있었나. 본문 중에서

1930년 단편소설 「수염」을 발표하였고, 이후 이태준, 이효석, 이무영 등과 함께 문학 단체인 '구인회'의 주요 회원으로 활동하며 당시 평론가들로부터 이상, 채만식 등과 함께 1930년대의 주요 작가로 평가받았다. 그의 독특한 개성은 특히 소설의 구성 형식과 서술상의 기교 등에서 잘 드러난다. 본문에 광고나 전단 문구를 집어넣는다거나, 쉼표를 사용해 아주 긴 문장을 만든다거나, 중간 제목을 강조하고 한자를 많이 사용하는 등 기존에 없던 새로운 형식 실험을 통해 자기만의 고유한 세계를 창조해 냈다.

 그의 작품은 특정 이념에 기울지 않았고, 순수예술 지상주의 쪽으로도 흐르지 않았다. 단지 일본의 식민지 지배 하에서, 작가 자신이 속한 도시 중산층과 서민층의 생활상을 객관적으로 묘사하는 데 주력했다. 특히, 당시로서는 파격적이라 할 수 있는 다양한 형식 실험을 통해 모더니즘 문학을 선도해 나갔다.

 그가 해방 전까지 쏟아 낸 작품 수는 약 60여 편에 달하며 이를 분류해 보면, 『천변풍경』등 소시민적인 사건을 소재로 한 세태소설류, 『소설가 구보씨의 일일』 등 냉소적이고 무기력한 인텔리의 일상을 그리고 있는 작품들, 『우맹』 등 흥미 위주의 대중소설, 『약산과 의열단』 등 광복 후의 애국소설 등이 있다. 그 외 주요 작품으로 「딱한 사람들」(1934), 「전말」(1935), 「비량」(1936), 「진통」(1936), 「성탄제」(1937) 등의 단편들이 있다.

 42세가 되던 해인 1950년 6·25전쟁 중 월북하여 북한군 소속 종군기자를 한 후 평양문학대학 교수로 재직하며 『갑오농민전쟁』 등 민족 문제를 다룬 역사소설을 주로 창작하였다.

작품 개관

● 내용

　1934년 8월 1일부터 9월 11일까지 《조선중앙일보》에 연재된 박태원의 중편소설이다. 작가의 실제 일상을 대부분 반영한 자전적인 작품이며 전체 구성에 있어서는 새로운 기법을 도입하여 우리 문학사에서 모더니즘이라는 새로운 미학적 영역을 개척하는데 중요한 공헌을 한 작품이다.

　일본 유학을 다녀왔으면서도 직업도 없고 결혼도 하지 않은 26살의 소설가 구보씨는 정오에 집을 나와 경성 시내를 걷는다. 그는 거리를 배회하던 중 갑자기 귀와 눈에 이상이 있다고 생각하는 등 신경쇠약 증상을 보이며 불안해한다. 목적도 없이 동대문행 전차를 탔다가 선을 본 여자를 우연히 보게 되나 아는 체 할까 말까 갈등한다. 전차에서 내린 구보는 혼자 다방 구석진 자리에 앉아 차를 마시며 수중에 돈이 없음을 깨닫고 초라한 기분을 느끼기도 한다. 이유 없이 밀려오는 외로움을 잊어보고자 경성역 삼등대합실로 가 군중들을 관찰하지만 거기서도 인정을 느낄 수 없는 차가운 사람들만 오고 갈뿐이다. 중학교 동창을 만났으나 공부를 못했던 그가 돈도 많고 예쁜 여자와 동행하는 것을 보고 허전한 마음이 들고 여자의 허영심에 대해서도 생각해본다. 시인이자 사회부 기자인 친구를 다방으로 불러내 문학 이야기를 지루하게 듣고, 돈 때문에 매일 범죄 기사를 써야 한다는 이야기를 들으며 안타깝다는 생각을 한다.

　다방을 나온 구보는 다시 거리를 걸으며 동경에서 사귀던 옛 여인을 추억하며 자신의 소심함으로 인해 여자를 불행하게 만들었다는 자책감을 느끼며 우울해하고, 전보배달이 지나가는 것을 보며 문득 오랜 벗에게서 편지를 받고 싶다는 생각을 한다. 그리고 친구와 함께 카페에서 여급들을 앞에 두고 술을 마시다가 세상 사람들이 모두들 정신병자처럼 보이는 순간적인 이상 증세를 느낀다. 새벽 2시의 종로 네거리에 선 구보는 자신의 행복보다 어머니의 행복을 생각해 본다. 이제는 결혼도 생각해보기로 하고, 좋은 소설도 써보리라 다짐하며 집으로 향한다.

● 의미

　이 작품은 식민지 시대를 살아가는 한 지식인 예술가의 무기력한 자의식에 비치는 일상의 풍경들을 실험적 기법을 도입하여 형상화한 작품이다. 자전적 작품으로서 1930년대 문학인의 정신적 구조를 직접적으로 묘사하고 있어 당시 지식인의 모습을 엿볼 수 있는 중요한 자료라고도 할 수 있다. 작품 주인공인 소설가 구보씨가 하는 행동이나 생각에는 어떤 목적이나 의지가 없다. 이는 박태원이 소설가 구보씨를 자신과 동일시하며 허무주의와 냉소주의에 빠진 식민지 시대 지식인의 병리 현상을 소설로 형상화한 것이기 때문이다.

　이 소설의 가장 중요한 특징으로 들 수 있는 것은 주인공 구보가 하는 일련의 행위, 즉 외출하고, 전차를 타고, 친구를 만나고, 술을 마시는 등의 사건들이 아니라 주인공의 의식이 흘러가는 과정, 즉 '의식의 흐름'을 따라가는 서술 방법이다. 사건과 갈등 구조로 이루어진 일반적인 소설 구성 방식을 따르지 않고 주인공의 외출에서 귀가에 이르기까지 작품 속 서술자인 구보의 관찰과 심리 상태 위주로 서술되어 있는 것이다. 즉, 소설을 이끌어가는 것은 주인공의 생각과 의식의 흐름이다.

　박태원은 일본 유학을 다녀온 지식인으로서 당시 일본 예술계에서 새롭게 유행하던 새로운 문학적 기법을 접하였으리라 짐작할 수 있다. 작품 내용 중 구보씨가 친구와 만나는 장면에서 아일랜드 작가 제임스 조이스의 대표작 『율리시즈』에 대해 얘기하는 장면이 나오는데 이 작품은 '의식의 흐름' 기법으로 쓴 가장 대표적인 소설이다.

　박태원은 정치적 이념성이 강조되면서 예술의 사회적 역할만이 강조되던 당시의 문학적 경향에서 벗어나 문학 고유의 자율성과 다양한 형식 실험을 통해 당시로서는 파격적인 모더니즘 문학을 개척해 나갔다. 이런 점에서 『소설가 구보씨의 일일』은 한국문학사에서 모더니즘이라는 새로운 영역을 개척하는 데 중요한 의미를 갖는 작품이다.

작품 정리

갈래 | 중편소설, 심리소설, 세태소설, 모더니즘 소설
성격 | 관찰적, 심리적, 묘사적
시점 | 3인칭 전지적 작가 시점(실질적으로는 1인칭 주인공 시점과 동일)
배경 | 시간-1930년대 어느 하루, 공간-서울 거리
문체 | 묘사체, 산문체
의의 | '고현학'이라는 새로운 창작 방법론을 실험한 작품
주제 | 식민지 시대를 살아가는 무기력한 지식인이 바라보는 일상과 자의식
출전 | 《조선중앙일보》(1934년)

등장 인물

구보 | 집에서 외출하여 귀가할 때까지 하루 동안 세상을 관찰하는 주체로서 26세 미혼의 무명작가이다. 무위도식하면서 서울의 이곳저곳을 전전하는 식민지 지식인이다. 귀가 잘 들리지 않고 시력에도 문제가 있어 불안감을 느끼기도 한다. 사회와 비타협적으로 살아가며 사회를 불신하는 병적 현상까지 보이는 그는 소설 마지막 부분에서 어머니의 소망을 만족시켜 드리기 위해 결혼도 하고 소설을 써서 작은 행복이나마 찾기로 마음먹는다.

어머니 | 구보의 어머니. 자식이 동경 유학까지 하고도 일정한 직장을 잡지 못하고 무위도식하는 것을 이해하지 못한다. 아들이 결혼해서 자식 낳고 원만하게 살아가기를 소망하는 한국의 전형적인 어머니상을 지녔다고 할 수 있다.

구성과 줄거리

　이 작품은 '발단-전개-위기-절정-결말'이라는 전형적인 소설 구성 방식에서 벗어나 있다. 주인공이 정오에 집을 떠나 다시 귀가하는 새벽 2시 경까지 12시간 남짓한 시간 동안 주인공의 하루 일과를 시간과 의식의 흐름에 따라 서술한다. 전차 안에서 다방으로, 다시 거리로, 거리에서 경성역 대합실로, 다방으로, 술집으로 그리고 마지막으로 다시 집에 이르는 여정 동안 작중 화자의 관찰과 심리가 담담하게 표현되고 있을 뿐이다. 일본 유학을 다녀왔음에도 일정한 직업이 없이 소설을 쓰는 스물여섯 살의 청년 구보씨는 정오에 집을 나와 경성 시가지를 걷기 시작한다. 한낮의 거리에서 갑자기 격렬한 두통을 느끼다가 왼쪽 귀와 시력 상태에 불안감을 느낀다. 무작정 동대문 행 전차를 타고 가면서 고독을 느끼다가 문득 전차 안에서 어머니 소개로 선을 본 적이 있는 여자를 보게 된다. 아는 체를 할까 말까 망설이는 사이에 여자는 청량리 행 전차로 갈아타기 위해 내리고 구보는 망설인 것을 후회한다.

　조선은행 앞에서 전차를 내린 그는 길거리의 다방으로 들어가 차 한 잔을 주문하여 마신다. 다방 한 쪽 젊은이들을 바라보며 자신의 욕망이 무엇일까에 대해 생각하다가 문득 잊고 지내던 '벗'을 생각한다. 다방을 나와 거리를 걷다가, 아는 사람이 하는 골동품 가게에 들러보지만 주인이 없어 그냥 나온다. 다시 발길 닿는 대로 태평동까지 갔다가 길에서 우연히 옛 친구를 만나지만 초라한 행색을 한 친구는 겸연쩍은 마음에 별다른 얘기도 나누지 않고 그냥 가 버린다.

　그는 다시 남대문을 지나 경성역으로 걸어가 그곳에서 노파, 시골 신사, 병자들, 아이 업은 아낙네, 두 명의 건장한 사나이 등 여러 사람들을 두루 관찰하고 글로 기록한다. 이러한 사람들의 군상을 통해 고독한 자신의 가라앉은 삶에 생기를 얻을 수 있지 않을까 생각한다. 그러나 이곳에서도 사람들이 서로를 믿지 못하는 것을 보며 재차 군중 속의 고독과 우울을 느낀다. 더군다나 중학교 시절 열등생이었던 친구가 멋진 옷차림에 애인까지 옆에 끼고 다니는 것을 목격하고 기분이 상한다. 그는 그 두 사람과 헤어진 후 돈과 여자와 행복에 관해 상념에 잠긴다.

조선은행 앞에 이른 그는 길가 양복점에 들러 전화로 친구를 불러낸다. 시인이지만 가족을 부양하기 위해 신문사 사회부 기자가 된 벗은 그를 만나서는 문학에 대한 열정을 쏟아내다가 구보가 쓴 소설에 대해 이야기한다. 또한 자신의 문학론과 앙드레 지드와 제임스 조이스의 소설 『율리시즈』를 논하기도 한다.

그는 종로경찰서 앞을 지나 친구가 하는 다료(茶寮)에 들른다. 친구를 기다리는 동안 그곳에 앉은 한 쌍의 연인을 보면서 자기 연민마저 느낀다. 동경 유학 시절 한 여성을 알았으나 잘되지 못했던 일을 떠올리며 더욱 우울해진다. 다시 길거리를 걷다가 형편이 좋지 않은 한 친구의 조카아이들을 만나게 된다. 그는 친구를 자주 찾지 못한 것을 미안해하며 아이들에게 수박을 사서 들려 보낸다.

그는 친구와 함께 까페에 들러 그곳에서 일하는 여급들과 이야기를 나누다가 세상 모든 사람들을 '정신병자'로 여기고 싶은 충동을 느낀다. 그는 소복 입은 여인이 '여급 대모집'이란 광고의 설명을 듣고 떠나버린 기억을 떠올리면서, 그 여인과 까페 여급 중에 누가 더 행복한지에 대해서도 생각해 본다.

비 내리는 새벽 두 시의 거리를 걷다가 늦도록 깨어 자신을 기다릴 어머니를 떠올리며 어머니의 정을 가슴으로 느낀다. 그는 집으로 향하면서 좋은 소설을 써야겠다고 생각하고, 혼인 이야기가 다시 나오게 되면 이번에는 어머니의 뜻을 물리치지 않으리라 다짐한다.

생각해 볼 문제

1. 이 작품은 '의식의 흐름' 기법이라는 중요한 특징을 가지고 있다. '의식의 흐름'이란 무엇이며, 이 작품에서는 어떤 방식으로 적용되어 있는지 알아보자.

'의식의 흐름'이란 미국의 심리학자이자 철학자인 윌리엄 제임스(William James)가 『심리학의 원리 The Principles of Psychology』(1890)에서 처음 사용한 용어로 '의식의 연속적이며 끊임없는 흐름'을 말한다. 문학에서 말하는 '의식의 흐름' 수법이란, 시간을 따라 흘러가는 작중 인물의 의식 상태를 무계획적으로 자연스럽게 써내려가는 서술 방법을 뜻한다.

『소설가 구보씨의 일일』은 무작정 집을 나선 주인공이 경성 시내를 배회하면서 마주치게 되는 풍경들과 사람들이 마음속에 불러일으키는 생각의 흐름을 기록한 작품이다. 시종일관 그의 자유로운 연상, 기억, 추측, 상상으로 이어진다. 그러나 이러한 자유로운 연상 작용과 기억의 흐름 속에서도 일정한 방향을 감지할 수 있도록 작가는 배려하고 있다.

박태원이 '의식의 흐름' 수법을 사용한 것과 관련하여 한 가지 주목할 만한 것은, 영화에서 사용되는 '오버랩' 기법과 많은 유사성을 지닌다는 점이다. 박태원은 평소 영화에 대한 관심을 통해 '오버랩'이라는 영화적 기법에 많은 흥미를 느낀다고 말한 바 있다. 그는 영화에서 시각적 영상을 통해 나타나는 과거와 현재의 교차, 의식과 무의식의 중첩 등을 자신의 주제를 문학 속에서 효과적으로 드러내는 장치로 차용하고 있음을 알 수 있다.

박태원은 영문학과 영미 소설에도 깊은 관심을 가지고 있었는데 영문학 작품들을 접하며 문학에 대한 인식을 새롭게 하는 동시에 새로운 기법을 적극적으로 수용하기에 이른다. 박태원의 소설이 한국문학사상 처음으로 '의식의 흐름' 수법을 시도하고 있는 것은 그가 접한 당시 서구 문학의 영향에서 비롯되었다고 할 수 있다.

2. 작가는 자신의 창작 방법을 '고현학'이라고 하였는데, 그것이 뜻하는 것은 무엇인가?

고현학이란 변동이 극심한 현대의 풍속과 세태를 연구하여 현대인과 현대 생활을 분석하고 해설하는 학문을 일컫는다. 따라서 '고현학'은 고고학에 대립하는 학문이라 할 수 있다. 1920년대에 일본의 곤와지로(今和次郞, 1888-1973) 박사가 제창한, 사회학적면서도 역사학적인 특성을 지닌 학문 분야이다. 모더니즘 작가로 분류되는 박태원은 자신의 창작법을 '고현학'이라는 특이한 용어로 규정했다.

그는 사람들의 사생활을 소재로 삼아 소설을 쓰고, 자신의 소설 작법이 작품에 그대로 드러나도록 했다. 이 점은 『소설가 구보씨의 일일』이라는 작품이 이상과 김기림이라는 당시 실존했던 예술가들의 사생활을 다루고 있다는 것에서 잘 알 수 있다. 또한 빈 공책과 필기도구를 들고 경성 시내를 걸어 다니며 관찰하며 기록하는 작가적 행위를 소설 속에서 노출하고 있는 것에서도 확인된다. 박태원은 구보씨처럼 실제로 거리를 거닐며 도시의 풍물, 군중의 모습을 기록했다. 그는 자신의 상상력만으로는 소설을 쓸 수가 없어 실물을 눈앞에 직접 보기 위해 도심지를 오간다고 밝히기도 했다.

그런데 이 '고현학' 방식이 갖는 특성은, 학문과도 같은 객관성을 유지하면서 어떠한 현상에 대해서도 성급하게 결론짓거나 단정을 내리는 법이 없이 항상 유보적 자세를 취한다는 점이다. 다른 말로 하면, 어떤 절대 가치도 부정하기 때문에 현실 문제에 대한 명확한 신념을 상실한 사회에서 풍기는 허무주의적 분위기가 느껴지게 된다.

3. 작가인 박태원은 이 작품의 주인공인 구보씨와 자신과의 관계를 어떻게 설정하고 있는지 알아보자.

박태원은 자신이 속한 당대 사회의 현실에서 소재를 가져옴으로써 일상과의 가까운 접촉을 시도하고 있다. 그의 작가로서의 의식이 가장 잘 드러나는 작품이 바로 이 『소설가 구보씨의 일일』인 것은 이처럼 현대인의 일상에 밀착된 그의 일관된 창작법에 기인한다. 그는 이 작품에서 소설가인 자신의 정체를 그대로 노출시키기도 하고, 소설 속에 소설가 구보씨를 등장시킴으로써 그 인물 뒤편으로 자신의 얼굴을 교묘히 감추어 버리기도 한다.

자기와 동일시되는 한 인물 속으로 들어가 거리를 활보하고 사람들을 만나고 끊임없이 기억하고 회상하며 연상하는 행위를 함으로써 현실과 허구의 경계가 허물어지고 있다. 이처럼 작가가 현실 속으로 깊숙이 잠입해 들어감으로써 작가의 주관적 의식이 빛을 작품 속에서 한층 더 빛을 발하는 효과를 가져 오게 된다. 다시 말해, 자연인으로서 군중 속에 묻히게 될 자신을 소설 속의 소설가 '구보'로 한정지음으로써 자신의 주관성을 더 강력히 호소할 수 있게 되는 결과도 아울러 가져온다고 할 수 있다.

4. 이 작품의 중요한 형식적 특징 중의 하나인 '1인칭 시점의 3인칭화'라는 특징에 대해서도 알아보자.

이 작품은 외적으로는 전지적 시점을 보이고 있지만 좀 더 깊이 들여다보면 실질적으로는 1인칭 주인공 시점이라 할 수 있다. 서술자가 말하는 형식을 취하고는 있어도 그렇게 발설되는 모든 것은 결국 구보라는 인물을 통해 여과되어 나온 것이라고 할 수 있다. '구보'를 '나'로 모두 고친다고 하더라도 내용상 자연스러운 서술이 되고 있다는 점이 그 증거이다. 주인공인 구보의 눈에 투영된 세계를 그리고 있는 것이다. 다시 말해, 서술자는 서술자이면서도 어디까지나 주인공에 얽매인 서술자이며, 그럼으로써 구보에게 자신의 주관적 시각을 더 많이 드러낼 수 있도록 양보하고 있는 셈이라고 할 수 있다.

 작가가 어떤 대상을 쫓아가며 전지적 시점에서 서술을 하는 작품들 중에는 대상 자체를 1인칭화할 수 있는 것들이 의외로 많다. 대상 자체에 작가의 주관이 스며들지 않을 수 없기 때문이다. 우리가 대화를 할 때 남의 이야기를 하는 경우에도 그 이야기 속에는 나의 마음이 알게 모르게 스며들어 있을 것이다.

경기도 안산시 상록수 공원에 있는 최용신 기념관.

상록수

심훈 1901-1936

왼쪽 | 심훈 기념비.
가운데 | 주인공 '채영신'의 실제 인물인 최용신의 묘지와 초상화.
오른쪽 | 샘골강습소의 실제 무대인 샘골교회. (옛 천곡교회)

그는 분필을 집어 가지고 교단 앞에서 삼분의 일 가량 되는 데까지 와서는 동편 쪽 끝에서부터 서편 쪽 창 밑까지 한 일자로 금을 주욱 그었다. …… "저…… 금 밖에 앉은 아이들은 오늘부터 공부를…… 시킬 수가…… 없게 됐어요!" 하였다. 청천의 벽력은 무심한 어린들의 머리 위에 떨어졌다.

본문 중에서

작가와 작품 세계

소설가이자 시인이며, 영화인으로도 활동했다. 본명은 대섭(大燮)이고 아호는 해풍(海風)이다. 또한 백랑(白浪)이라는 호도 사용했다. 경기도 시흥에서 부친인 심상정과 모친 해평 윤 씨 사이에서 3남 1녀의 막내로 태어났다. 큰형 심우섭은 《매일신보》 기자였으며, 작은형 심명섭은 목회 활동을 하였다.

경성제일고등보통학교 재학 중 3·1운동에 가담하여 투옥되었다가 집행유예로 풀려났으나 학교에서는 퇴학 처분을 받았다. 이듬해 1920년 중국 망명길에 올라 베이징, 상하이, 난징 등을 거쳐 1921년 항저우 치장대학(之江大學)에 입학하여 극문학을 공부한다.

1923년 조선으로 다시 돌아온 그는 신극 연구단체인 극문회(劇文會)를 조직했다. 1924년 왕족 출신의 첫 부인 이해영과 이혼하였다. 같은 해 동아일보사에 입사한 그는 희곡과 소설 집필에 몰두하면서 영화에도 관심을 기울여, 1925년 조일제가 번안한 『장한몽(長恨夢)』이 영화화될 때는 주인공 이수일 역으로 출연하기까지 했다.

1926년 당시 각 신문사 사회부 기자들을

중심으로 한 모임인 철필구락부가 주도한 임금 인상 투쟁(철필구락부사건)으로 《동아일보》에서 해직 당하게 된다. 이듬해 일본으로 건너가 본격적인 영화 수업을 받은 뒤 6개월 만에 귀국하여 영화『먼동이 틀 때』를 제작하고, 단성사 극장에서 상영하여 큰 성공을 거두었다. 식민지 현실을 다룬 이 영화는 '어둠에서 어둠으로'라는 제목이 문제가 되자 개작한 작품이었다. 그러나 영화 제작은 그 작품이 마지막이었다.

1928년 조선일보사에 기자로 입사하였고, 1930년에는 신여성 안정옥과 재혼하였다. 1931년 경성방송국으로 옮겼으나 얼마 지나지 않아 사상 문제로 퇴직하였다. 경제적으로 불안정한 생활을 하다가 이듬해 충남 당진으로 내려가 창작에 몰두했다. 1933년 8월에는 《조선중앙일보》 학예부장으로 잠시 근무했다. 1935년 장편소설『상록수』가 《동아일보》 창간 15주년 기념 현상모집에 당선되자 이때 받은 상금 일부를 출연해 상록학원을 설립했다. 1936년『상록수』를 영화화하려 했으나 일제의 방해로 좌절되었다. 같은 해 결국 장티푸스에 걸려 사망했다.

영화『먼동이 틀 때』가 성공을 거둔 이후 그의 관심은 소설 쪽으로 기울었다. 1930년 《조선일보》에 장편『동방의 애인』을 연재하다가 일제의 검열에 걸려 중단되었고, 이어 같은 신문에『불사조』를 연재하다가 다시 중단 당하였다. 같은 해에 시「그날이 오면」을 발표하였다. 1932년 시집『그날이 오면』을 출간하려다 검열로 인하여 무산되었다가 1949년 유고집으로 출간되었다.

이러한 연재 중단 사태와 그의 유명한 애국시「그날이 오면」에서 알 수 있듯이 그의 작품에는 강렬한 민족의식이 담겨 있다. 1933년 《조선중앙일보》에 연재한『영원의 미소』에서도 가난한 지식인의 저항의식, 식민지의 부조리한 사회상에 대한 비판 정신이 드러난다. 농촌 개혁 및 농민 운동을 표현한 대표작『상록수』에는 일제 강점기하의 지식인 청년들이 희생적인 농촌 운동을 통하여 나라를 되살리려는 숭고한 민족의식을 담아냈다.

민족의식이 강했고 행동하는 지성인이었던 그의 작품들에는 민족주의와 계급적 저항의식, 휴머니즘이 밑바탕에 흐르고 있다. 특히, 심훈은 계몽 문학에서 한 단계 더 발전해 리얼리즘에 입각한 본격적인 농민문학의 장을 여는 데 공헌한 작가로 평가된다.

작품 개관

● 내용

동혁과 영신은 농촌 계몽 운동에 참여했던 열성적인 대학생들로서, 농촌 계몽 운동 주최 측인 ○○일보사가 베푼 위로회 겸 보고회 자리에서 만나 서로 뜻이 같음을 확인하고 서로 호감을 갖는다. 학교를 졸업한 두 사람은 한곡리와 청석골로 내려가 농촌 계몽 운동에 전력을 다한다. 동혁과 영신은 각자 농촌 계몽 사업을 하면서 일에 대한 의견을 나누고 어려움을 얘기하면서 서로 믿음이 쌓이고 사랑하는 사이로 발전한다. 동혁은 한곡리 인근 농촌 청년들을 모아 '농우회'란 단체를 조직하고 마을 회관 건립과 농촌 개량 사업을 적극적으로 추진해 나간다. 그러나 그 지역 지주이자 세력가이며 일제 앞잡이인 강도사의 아들 강기천과 일제 행정당국의 방해로 어려움을 겪는다.

영신은 예배당 건물을 빌려서 가난한 어린이들에게 한글을 가르치는 한편 기부금을 모아 학교 건물을 지을 계획을 하지만 일제 당국이 일을 방해하여 난관에 부딪힌다. 갖은 어려움을 극복하며 기부금을 모은 영신은 그 돈으로 청석학원을 짓지만 과로와 병으로 졸도하여 병원에 입원하게 된다.

동혁이 영신에게 문병을 와 있는 동안 강기천은 농우회원을 매수하여 명칭을 '진흥회'로 바꾼 다음 스스로 회장이 되어 회관을 차지한다. 강기천의 부당한 행위에 격분한 동혁의 동생이 회관에 불을 지르고 사라지자 동혁이 대신 책임을 지고 감옥에 갇힌다. 동혁을 면회 온 영신은 결혼을 서약하며 농촌 봉사활동에 더욱 매진할 것을 굳게 다짐한다. 얼마 후 동혁도 출옥하여 두 사람은 각자 계몽 사업에 몰두하던 어느 날 영신이 병으로 쓰러진다. 동혁이 급히 청석골로 달려갔지만 영신은 이미 죽어 있었다. 동혁은 영신의 장례를 치르고 산을 내려오는 길에 상록수들을 바라보며 농촌을 위해 평생 헌신할 것을 다짐한다.

● 의미

일제 치하에서 가장 만만한 수탈 대상이 된 농촌은 1930년대에 이르자 극심한 빈곤에 시달리며 식민지 시대의 가장 큰 피해자가 되었다. 농촌 문제가 점차 사회문제로 대두되자 이에 대한 본격적인 진단과 처방이 사회 지도층에게 요청되었다. 1931년 언론사 주도로 시작된 '브나로드(V narod 러시아어로서 '민중 속으로'라는 뜻) 운동'이 농촌 계몽 운동으로 나타나는데, 문학에서는 『상록수』와 같이 지식인들이 농촌으로 들어가 헌신적 봉사활동을 하는 내용의 농촌 계몽 소설이 탄생했다.

이광수의 『흙』(1932년)과 심훈의 『상록수』가 이러한 계열에서 대표적인 소설로 거론되는데, 이들 작품은 개화기 소설처럼 지식이나 관념을 바탕으로 계몽운동의 필요성을 주장하기보다는 농촌의 현실 속으로 직접 들어가 농촌 발전을 위해 혼신의 노력을 기울이는 데에 중점을 두고 있다. 그러나 '브나로드 운동'의 시범 작품으로 쓰여 진 이광수의 『흙』이 일제에 의해 황폐화된 농촌의 현실을 사실적으로 반영하지 못한 측면이 있다면, '상록수'는 죽음까지도 불사하는 주인공들의 헌신적인 행동을 강조하는 보다 현실적인 작품이라고 평가된다.

『상록수』는 문맹퇴치, 미신타파 같은 소극적 계몽운동의 필요성만을 강조하는 작품이 아니라 개화되고 의식 있는 지식인들이 농촌의 재건과 경제 운동을 벌여야 함을 강조한 작품이다. 작가는 작품 속에 등장하는 주인공들처럼 농촌 계몽 운동은 사상이나 관념이 아니라, 일제의 탄압을 극복하고 지주들의 불법과 부도덕에 맞서 희생과 봉사정신으로 온몸을 던져 실천하는 것임을 주장하고 있다.

『상록수』가 출판되어 널리 읽히면서 일제 강점기의 암담한 현실에서 목표를 상실한 채 비관적인 생각에 빠진 당시의 젊은이들에게 많은 영향을 주어 실제로 농촌 계몽 운동에 참여하도록 하는 계기가 되었다. 한편, 이 소설은 농촌 계몽 운동을 주도하는 주체가 농민이 아니라 지식인이라는 점에서 본격적인 농민 소설로 보기에는 무리가 있다는 평가를 받기도 한다.

작품 정리

갈래 | 장편소설, 농촌 계몽 소설
성격 | 계몽적
시점 | 전지적 작가 시점
배경 | 시간적-1930년대, 공간적-수탈당하고 황폐화된 농촌인 한곡리와 청석골
주제 | 농촌 계몽 운동을 하는 남녀의 희생적 정신과 순결한 애정
출전 | 《동아일보》 1935년 현상공모 당선작

등장 인물

박동혁 | 수원 고농 출신의 농촌운동가이다. 온갖 고난과 시련을 꿋꿋하게 이겨내고 자신의 신념과 의지를 관철시키는 인물이다.

채영신 | 신학교 출신의 여류 운동가이다. 농촌 계몽을 위해 헌신적으로 일하다가 병이 악화되어 젊은 나이에 죽고 만다.

강기천 | 지주인 강도사의 맏아들. 농우회를 달갑지 않게 여기고 있던

차에 당국에서 농촌진흥회 사업을 권장하자 '농우회관'을 '농촌진흥회 회관'으로 돌리려고 수작을 벌인다.

박동화 | 동혁의 동생으로 강기천의 행동에 분노하여 마을회관에 불을 지른다.

한낭천 | 청석골의 부자. 가난한 농민을 위한 기부를 거부하고 이를 요구하는 영신을 주재소에 고발한다.

구성과 줄거리

발단 동혁과 영신이 농촌 계몽 운동에 투신함

동혁은 수원고등농림학교 학생이고 영신은 여자 신학교 학생이다. 두 사람은 여름방학을 이용해 농촌 계몽 운동에 참여했다가 ○○일보사가 주최한 보고회 겸 위로회 자리에서 만난다. 농촌 계몽 운동에 열성적인 두 사람은 활동 보고 연설을 한 것이 계기가 되어 서로 동지가 되고, 사랑하는 사이로 발전한다.

전개 동혁과 영신의 봉사 활동과 주변의 방해

두 사람은 학업을 끝내고 농촌 계몽 활동을 위해 농촌 현장으로 들어간다. 동혁은 자신의 고향인 한곡리로, 영신은 청석골로 내려가 각자 운동에 헌신한다. 동혁은 여러 가지 사업을 벌이고 농우회 회관까지 짓는다. 그러자 그 지역 지주의 아들이자 고리대금업자인 강기천이 이를 시기한다. 그는 일제 당국에서 농촌진흥회 사업을 권장하자 농우회관을 농촌진흥회 회관으로 돌리고 이를 자신이 차지하려는 음모를 꾸민다.

영신은 청석골에서 부녀회를 조직하는 한편 마을 예배당을 빌려 아이들을 가르치는 학습당을 운영한다. 그런 어느 날 동혁은 영신에게서, 건강이 나빠져 잠시 휴양하는 동안 한곡리로 가겠다는 편지를 받는다. 점차 건강을 되찾은 영신은 동혁을 중심으로 자리 잡혀 가는 한곡리를 둘러보며 동혁을 향한 자신의 사랑을 더욱 확고히 한다. 그들은 삼 년 동안 마을의 터를 닦고 결혼하기로 약속한다. 청석골로 돌아온 영신은 아이들 학습장을 짓기 위해 기부금을 모으기 시작하나 잘 걷히지 않아 어려움을 겪는다.

위기 영신의 입원과 동혁의 구속

어느 날 주재소로 영신을 부른 일본 관리는 예배당이 낡았으니 공부하는 아이들을 여든 명으로 줄일 것을 명령하고 지주들에게 기부금을 강요하면 법을 어기는 것이라고 경고한다.

영신은 여든 명의 아이를 예배당에 앉히고 나머지 아이들은 밖에서 수업을 듣도록 한다. 영신은 이 지역 지주이자 거부인 한낭청의 생일에 그의 집을 찾아가 그가 약속한 기부금 50원을 내줄 것을 간청한다. 그러나 이 일로 영신은 기부금 강요 혐의로 고발돼 주재소 신세를 진다.

영신이 천신만고 끝에 만든 청석골의 청석학원이 낙성식을 갖게 된다. 그러나 낙성식 도중 영신은 과로와 맹장염으로 쓰러진다. 동혁은 영신을 급히 병원에 입원시킨다. 한편, 한곡리에서는 동혁이 없는 틈을 타 강기천이 농우회 회장이 되고 농우회관을 진흥회관으로 바꾸는 비행을 저지른다.

절정 영신의 헌신적인 노력과 죽음

강기천의 횡포에 분노한 동혁의 동생 동화는 술을 마시고 진흥회관에 불을 지른 다음 어디론가 사라진다. 강기천은 경찰에 신고를 하고 경찰은 동화를 숨겨주었다는 이유로 동혁을 감옥에 가둔다. 영신은 형무소에 수감된 동혁을 면회하고 두 사람은 농촌 계몽에 더욱 전념하기로 굳게 약속한다. 기독교계의 추천으로 일본으로 유학을 떠난 영신은 유학 도중 건강이 더욱 악화되자 다시 청석골로 돌아와 동혁이 풀려나기만을 기다리며 열심히 학생들을 가르친다. 몸을 돌보지 않고 일하던 영신은 어느 날 밤 회의를 하던 중 쓰러져 결국 숨을 거두고 만다.

결말 영신이 못다 이룬 농촌 계몽 사업에 헌신할 것을 다짐하는 동혁

한곡리에서 소식을 듣고 한달음에 청석골로 달려온 동혁은 영신의 묘에서 흐느껴 운다. 동혁은 영신을 장례지내고 산을 내려오는 길에 푸르른 상록수들을 바라보며 농촌을 위해 한 평생 몸 바쳐 봉사할 것을 다짐한다.

생각해 볼 문제

1. 작가는 이 작품에서 영신과 동혁을 어떤 특징을 지닌 인물로 그리고 있는가?

작가는 소설 주인공 박동혁과 채영신을 동시대가 요청하는 이상적 인간상으로 제시하고 있다. 무지와 가난 속에서 힘겹기 그지없는 삶을 살아가는 농민들에 대한 깊은 연민과 사명감을 품고 그들을 계몽하고 지도하는 헌신적이고 성숙한 인격체를 사실적으로 형상화했다. 이들은 암울한 일제 강점기하의 피폐한 농촌을 살리기 위해 희생적이며 선각자적인 행동과 정신을 보여주는 인물로 그려졌다.

영신은 자기 개인의 삶을 포기하고 오직 농민 운동에 헌신하다가 결혼도 하지 않은 순결한 처녀의 몸으로 숨을 거둔다. 그녀는 "아는 것은 힘, 배워야 산다"라고 외치며 문맹 퇴치 운동을 적극적으로 펼쳐 나간다. 아울러 기독교 정신에 입각하여 "일하기 싫어하는 사람은 먹지 말

라" "우리를 살릴 사람은 결국 우리뿐이다"라는 등의 말을 통해 스스로의 힘으로 어려움을 헤쳐 나가는 자립적이고 진취적인 자세를 농민들에게 심어주려 애쓴다.

영신과 함께 농촌 운동에 철저히 헌신하는 동혁 역시 남녀 사이의 애정과 낭만에 안주하고 싶은 욕구를 사회 운동의 더 큰 대의 아래에 묶어 두면서 영신과 순결한 관계를 유지하는 도덕적이고 모범적인 인물로 그려진다. 또한 동혁은 시대적 압제를 불굴의 의지로 맞서 나가는 강렬한 인물이면서도 그 가슴속에 뜨거운 눈물과 감성을 간직한 아름다운 청년으로 묘사된다.

2. 작품 발표 당시의 시대 배경은 어떠했으며, 심훈이 『상록수』를 쓰게 된 직접적인 계기는 무엇인지 알아보자.

『상록수』는 일제 강점기에 있었던 농촌 계몽 운동을 소재로 하고 있다. 이 운동은 일제의 악랄한 식민지 수탈로 피폐해져만 가는 농촌을 구하겠다는 의식을 가진 일부 지식인들을 중심으로 1920년대 중반부터 펼쳐졌다. 그러다가 1931년에 동아일보사가 창간 10주년을 맞아 이 운동을 적극적으로 벌여나감으로써 본격화된다. 그러나 1935년 일제의 탄압으로 이 운동은 중단되고 만다. 『상록수』라는 작품은 한때 열렬한 대중적 지지를 받고 퍼져나갔던 농촌 운동이 갑자기 중단된 이후 그 동안 거둔 소기의 성과와 의미를 소설 형식을 빌려 보여주고, 이를 통해 운동의 불을 다시 지펴보려는 의도에서 나온 것이라고 볼 수 있다.

심훈이 이 작품 집필의 영감을 얻은 것은 당시 어느 신문에 실린 한 기사에서였다. 신학교를 졸업한 최용신이라는 한 젊은 여성이 경기도의 한 외진 시골에서 농촌 운동을 하다 과로로 숨졌다는 내용이었다. 또한, 당시 심훈에게는 심재영이라는 장조카가 있었는데, 그는 당시 경성농업학교를 졸업하고 고향인 충남 당진으로 돌아가 '공동 경작회'라는 조직을 만들어 농사 개량과 문맹 퇴치 운동을 벌이고 있었다. 심훈은 이 두 사람을 등장인물의 모델로 삼아 소설을 구상하게 되고 마침내 『상록수』라는 작품으로 결실을 맺게 되었던 것이다. 그는 두 사람의 이름을 소설 속 가공의 인물로 바꾸고, '공동 경작회'는 '농우회'로 바꾸었다. 지명도 바꾸기는 했지만 그 내용이나 정황은 실제 지역을 무대로 한 것이다. 그는 이처럼 현실에서 가져 온 소재를 바탕으로 자신의 창조적 상상력을 결합하여 한 편의 빼어난 작품으로 탄생시켰다.

3. 이 작품은 농민문학으로 분류된다. 농민문학의 전개 과정을 알아보자.

우선적으로 카프(KAPF, 조선프롤레타리아예술가동맹) 문학을 들 수 있다. 1920년대에 노동자 계급을 대변하는 문학 활동을 추구하던 이 문학 진영은 1930년대부터는 농민 계급에 관심을 집중하면서 노동자와 농민이 함께 연대할 것을 주장한다. 문학평론가 안함광과 백철의 '농민문학 논쟁'을 거치면서 이론적 토대를 형성한 카프 문학 진영은 『농민소설집』을 그 성과물로 내놓는다.

특히 이기영은 『서화(鼠火)』(1933), 『고향』(1934) 등의 소설로 농민의 당대 생활상을 사실적으로 묘사한 작가로, 1930년대 농민문학을 대표하는 소설가이다. 이와 같이 카프의 농민문학은 사실주의적이고 계급주의적인 경향을 보이며, 1930년대 농민문학에서 이념상 가장 진보적인 유형으로 분류된다.

농민문학의 또 다른 유형은 민족주의 경향의 작품들이다. 앞에서 언급했듯이 브나로드 운동의 연장선상에서 탄생한 심훈의 『상록수』를 비롯해 농민 교육 운동과 관련된 이광수의 『흙』과 같은 작품이 그것이다. 농민 계몽 운동을 주제로 한 이 작품들은 대중의 인기를 얻었으나, 지식인 주도의 일방적인 계몽사상 전파라는 한계를 지녔다는 비판을 받기도 한다. 세 번째로는 박영준의 『모범 경작생』, 이무영의 『제1과 제1장』 등과 같은 농민 자각형 소설들이다.

이 작품들은 『상록수』와 같은 농촌 계몽 운동 관련 작품들에 비해 농민들의 비판적 자각이 두드러진다는 점에서 한 단계 더 발전한 농민문학으로 평가된다. 이밖에 김유정의 「봄봄」(1935), 박화성의「고향 없는 사람들」(1936), 이태준의 「농군」(1939)도 1930년대 한국 농민문학에서 빼놓을 수 없는 작품들이다.

4. 심훈의 『상록수』처럼 러시아의 브나로드 운동에 영향을 받은 또 다른 작품으로 이광수의 『흙』이 있다. 이 두 작품을 서로 비교해보자.

심훈의 『상록수』는 러시아의 브나로드 운동에 영향을 받아 전개된 농촌 계몽 운동과 1차적인 관련성이 있지만, 같은 농민문학으로 묶을 수 있는 이광수의 『흙』에게서 받은 영향을 무시할 수가 없다.

사실 이광수의 『흙』은 브나로드 운동을 위한 시범적 작품으로 쓰인 측면이 있다. 그러나 당시 피폐한 농촌의 현실을 구체적으로 반영하기보다는 낭만과 감정에 치우친 작품이었다고 할 수 있다. 반면, 『상록수』는 자신의 목숨을 아까워하지 않고 헌신적인 희생에 뛰어드는 주인공들의 행동을 강조함으로써 고난으로 가득 찬 현실이 부각되고 이를 극복하기 위한 강한 의지를 구현한 작품이다. 다시 말해, 주인공이 농촌의 피폐한 현실을 이해하고 공동체가 직면한 절실한 문제를 해결하기 위해 혼신의 노력을 기울이는 모습에 초점이 맞춰져 있다.

결국 『상록수』는 이광수의 『흙』과 같이 문맹 퇴치, 미신 타파 같은 계몽 운동의 필요성만을 논하는 소극적인 작품이 아니라, 위기에 빠진 농촌 현장에 뛰어들어 적극적인 재생 운동을 벌여야 함을 강조한 작품이다. 작가는 이른바 농촌 계몽 운동이라는 것이 지식인들의 이론이나 선전 구호가 아니라, 푸르른 '상록수'처럼 농촌 공동체의 척박한 삶 속에 깊이 뿌리를 내리고 온 몸을 다해 실천해야 하는 현실적 과제임을 일깨워 주고 있다.

5. 이 작품의 한계로 지적되는 것은 무엇인가?

    이 작품은 농촌 공동체를 대상으로 한 계몽과 재활이라는 민중 지향적 소재를 다루고 있음에도, 정작 농촌 삶의 주인이라 할 수 있는 농민들을 주인공으로 설정하고 있지 않다. 바로 이 점 때문에 『상록수』는 그 소재만 농촌에서 가져 왔을 뿐 본격적인 의미의 농민소설이라고는 볼 수 없다는 평가를 받기도 한다.

    또한, 이 소설이 표방하는 이른바 '계몽'이라는 것이, 농민이 발을 딛고 서 있는 이 땅의 척박한 현실에 바탕을 두고 농민들의 자발적 참여를 이끌어 내는 동반자적 공동체 운동이 되지 못하고 소수의 지식인들이 자신들의 이상과 이념에 따라 선도해 나가는 '위로부터의 계몽'이라는 점이 또 하나의 한계로 지적되고 있다.

    이 작품이 이전의 근대문학에서 한 단계 발전한 것이기는 하지만, 여주인공의 이미지가 희생과 헌신에 과도하게 기울어져 있다는 점, 그리고 주인공이 여전히 영웅적인 이미지에 머물러 있다는 점 등에서 인물 설정이 지나치게 이상화된 측면이 있는 것으로 비판받기도 한다.

소설가 구보씨의 일일

·

박태원

어머니는

   아들이 제 방에서 나와, 마루 끝에 놓인 구두를 신고, 기둥 못에 걸린 단장(短杖 짧은 지팡이)을 떼어 들고, 그리고 문간으로 향해 나가는 소리를 들었다.
   "어디, 가니?"
   대답은 들리지 않았다.
   중문 앞까지 나간 아들은, 혹은, 자기의 한 말을 듣지 못하였는지도 모른다. 또는, 아들의 대답 소리가 자기의 귀에까지 이르지 못하였는지도 모른다. 그 둘 중의 하나라고 생각한 어머니는 이번에는 중문 밖에까지 들릴 목소리를 내었다.
   "일찌거니 들어오너라."
   역시, 대답은 들리지 않았다.
   중문이 소리를 내어 열려지고, 또 소리를 내어 닫혀졌다. 어머니는 얇은 실망을 느끼려는 자기 자신을 스스로 위로하려 한다. 중문 소리만 크게 나지 않았다면, 아들의 "네." 소리를, 혹은 들을 수 있었을지도 모른다……
   어머니는 다시 바느질을 하며, 대체, 그애는, 매일, 어딜, 그렇게, 가는, 겐가, 하고 그런 것을 생각하여 본다.
   직업과 아내를 갖지 않은, 스물여섯 살짜리 아들은, 늙은 어머니에게는 온갖 종류의, 근심, 걱정거리였다. 우선, 낮에 한번 집을 나서면, 아들은 밤늦게나 되어 돌아왔다.

 늙고, 쇠약한 어머니는, 자리도 깔지 않고, 맨바닥에 가, 팔을 괴고 누워, 아들을 기다리다가 곧잘 잠이 든다. 편안하지 못한 잠은, 두 시간씩 세 시간씩 계속될 수 없다. 잠깐 잠이 들었다 깰 때마다, 어머니는 고개를 들어 아들의 방을 바라보고, 그리고, 기둥에 걸린 시계를 쳐다본다.

 자정— 그리 늦지는 않았다. 이제 아들은 돌아올 게다. 어머니는 아들이 어서 돌아와 자라고 빌며, 또 어느 틈엔가 꼬빡 잠이 든다.

 그가 두 번째 잠을 깨는 것은 새로 한 점 반이나, 두 점, 그러한 시각이다. 아들의 방에는 그저 불이 켜 있다.

 아들은 잘 때면 반드시 불을 끈다. 그러나, 혹은, 어느 틈엔가 아들은 돌아와 자리에 누워 책이라도 읽고 있는 게 아닐까. 아들에게는 그런 버릇이 있다.

 어머니는 소리 안 나게 아들의 방 앞에까지 걸어가 가만히 안을 엿듣는다. 마침내, 어머니는 방문을 열어 보고, 입때 웬일일까, 호젓한 얼굴을 하고, 다시 방문을 닫으려다 말고 방 안으로 들어온다.

 나이 찬 아들의, 기름과 분 냄새 없는 방이, 늙은 어머니에게는 애달팠다. 어머니는 초저녁에 깔아 놓은 채 그대로 있는, 아들의 이부자리와 베개를 바로 고쳐 놓고, 그리고 그 옆에 가 앉아 본다. 스물여섯 해를 길렀어도 종시 마음이 놓이지 않는 것은 자식이었다.

 설혹 스물여섯 해를 스물여섯 곱하는 일이 있었더라도, 어머니의 마음은 늘 걱정으로 차리라. 그래도 어머니는 그가 작은 며느리를 보면, 이렇게 밤늦게 한 가지 걱정을 덜 수 있으리라 생각한다.

 "참, 이애는 왜 장가를 들려구 안 하는 겐구."
 언제나 혼인 말을 꺼내면, 아들은 말하였다.
 "돈 한 푼 없이 어떻게 기집을 멕여 살립니까?"
 "하지만…… 어떻게 도리야 있느니라. 어디 월급쟁이가 되더라도, 두

식구 입에 풀칠이야 못헐라구……."

어머니는 어디 월급 자리라도 구할 생각은 없이, 밤낮으로, 책이나 읽고 글이나 쓰고, 혹은 공연스레 밤중까지 쏘다니고 하는 아들이, 보기에 딱하고, 또 답답하였다.

'그래두 장가를 들어 놓면 맘이 달라지지.'

'제 기집 귀여운 줄 알면, 자연 돈 벌 궁릴 하겠지.'

작년 여름에 아들은 한 '색시'를 만나 본 일이 있다. 그 애면 저도 싫다고는 않겠지. 이제 이놈이 들어오거든 단단히 따져보리라……. 그리고 어머니는 어느 틈엔가 손주 자식을 눈앞에 그려보기조차 한다.

아들은

그러나, 돌아와, 채 어머니가 무어라고 말할 수 있기 전에, 입때 안 주무셨어요, 어서 주무세요, 그리고 자리옷(잠잘 때 입는 옷)으로 갈아입고는 책상 앞에 앉아, 원고지를 펴 논다.

그런 때 옆에서 무슨 말이든 하면, 아들은 언제든 불쾌한 표정을 지었다. 그것은 어머니의 마음을 아프게 한다. 그래, 어머니는 가까스로,

"늦었으니 어서 자거라, 그걸랑 낼 쓰구……."

한마디를 하고서 아들의 방을 나온다.

"얘기는 낼 아침에래두 허지."

그러나 열한 점이나 오정에야 일어나는 아들은, 그대로 소리 없이 밥을 떠먹고는 나가 버렸다.

때로, 글을 팔아 몇 푼의 돈을 구할 수 있을 때, 그 어느 한 경우에, 아들은 어머니를 보고 뭐 잡수시구 싶으신 거 없에요, 그렇게 묻는 일이 있었다.

어머니는 직업을 가지지 못한 아들이, 그래도 어떻게 몇 푼의 돈을 만

들어, 자기에게 그런 말을 할 수 있는 것을 신통하게 기뻐하였다.
"어서 내 생각 말구, 네 양말이나 사 신어라."
그러면, 아들은 으레, 제 고집을 세웠다. 아들의 고집 센 것을, 물론 어머니는 좋게 생각 안 했다. 그러나 이러한 경우라면, 아들이 고집을 세우면 세울수록 어머니는 만족하였다. 어머니의 사랑은 보수를 원하지 않지만, 그래도 자식이 자기에게 대한 사랑을 보여 줄 때, 그것은 어머니를 기쁘게 하여 준다.

대체 무얼 사 줄 테냐. 무어든 어머니 마음대로. 먹는 게 아니래도 좋으냐. 네. 그래 어머니는 에누리 없이 욕망을 말해 본다.
"너, 나, 치마 하나 해 주려무나."
아들이 흔연히(기쁘거나 반가워 기분 좋게) 응락하는 걸 보고,
"네 아주멈(여기서는 '형수'를 가리킴)은 뭐 안 해 주니?"
아들은 치마 두 감의 가격을 묻고, 그리고 갑자기 엄숙한 얼굴을 한다. 혹은 밤을 새우기까지 하여 아들이 번 돈은, 결코 대단한 액수의 것이 아니었다. 그래, 어머니는 말한다.
"그럼 네 아주멈이나 해 주렴."
아들은, 아니에요, 넉넉해요. 갖다 끊으세요. 그리고 돈을 내놓았다.
어머니는, 얼마를 주저한다. 그러나, 마침내, 그는 가장 자랑스러이 돈을 집어 들고, 애애 옷감 바꾸러 나가자, 아재비가 치마 허라구 돈을 주었다. 네 아재비가…… 그렇게 건넌방에서 재봉틀을 놀리고 있던 맏며느리를 신기하게 놀래어 준다.

치마가 되면, 어머니는 그것을 입고, 나들이를 하였다.
일갓집 대청에 가 주인 아낙네와 마주 앉아, 갓난애같이 어머니는 치마 자랑할 기회를 엿본다. 주인마누라가, 섣불리, 참, 치마 좋은 거 해 입으셨구면, 이라고나 한다면, 어머니는 서슴지 않고,
"이거 내 둘째 아이가 해준 거죠. 제 아주멈 해('것'을 의미함)하구, 이거하

구……."

이렇게 묻지도 않은 말을 하였다. 어머니는 그것이 아들의 훌륭한 자랑거리라 생각하였다.

자식을 사랑할 때, 어머니는 얼마든지 뻔뻔스러울 수 있다.

그러나 그런 일은 늘 있을 수 없다. 어머니는 역시 글을 쓰는 것보다는 월급쟁이가 몇 곱절 낫다고 생각하고, 그리고 그렇게 재주 있는 내 아들은 무엇을 하든 잘하리라고 혼자 작정해 버린다. 아들은 지금 세상에서 월급 자리 얻기가 얼마나 힘든 것인가를 말한다. 하지만, 보통학교만 졸업하고도 고등학교만 나오고도, 회사에서 관청에서 일들만 잘하고 있는 것을 알고 있는 어머니는, 고등학교를 졸업하고도, 또 동경엘 건너가 공불하고 온 내 아들이, 구해도 일자리가 없다는 것이 도무지 믿어지지가 않았다.

구보는

집을 나와 천변 길을 광교로 향하여 걸어가며, 어머니에게 단 한마디 "네—" 하고 대답 못했던 것을 뉘우쳐 본다. 하기야 중문을 여닫으며 구보는 "네—" 소리를 목구멍까지 내어 보았던 것이나, 중문과 안방과의 거리는 제법 큰소리를 요구하였고, 그리고 공교롭게 활짝 열린 대문 앞을, 때마침 세 명의 여학생이 웃고 떠들며 지나갔다.

그렇더라도 대답은 역시 해야만 하였었다고, 구보는 어머니의 외로워할 때의 표정을 눈앞에 그려 본다. 처녀들은 어느 틈엔가 그의 시야에서 사라졌다.

구보는 마침내 다리 모퉁이에까지 이르렀다. 그의 일 있는 듯싶게 꾸미는 걸음걸이는 그곳에서 멈추어진다. 그는 어딜 갈까, 생각하여 본다. 모두가 그의 갈 곳이었다. 한 군데라도 그가 갈 곳은 없었다.

한낮의 거리 위에서 구보는 갑자기 격렬한 두통을 느낀다. 비록 식욕은 왕성하더라도, 잠은 잘 오더라도, 그것은 역시 신경 쇠약에 틀림없었다.

구보는 떠름한 얼굴을 하여 본다.

취박(臭剝) 브롬화칼륨. 진정제, 수면제 등으로 쓰는 약)　4.0
취나(臭那)　2.0
취안(臭安)　2.0
약정(若丁)　4.0
물(水)　　200.0
一日 三會分服 二日分(일일 삼회분복 이일분)

그가 다니는 병원의 젊은 간호부가 반드시 '삼뻬스이'라고 발음하는 이 약은 그에게는 조그마한 효험도 없었다.

구보는 갑자기 옆으로 몸을 비킨다. 그 순간 자전거가 그의 몸을 가까스로 피하여 지났다. 자전거 위의 젊은이는 모멸 가득한 눈으로 구보를 돌아본다. 그는 구보의 몇 칸통 뒤에서부터 요란스레 종을 울렸던 것임에 틀림없었다. 그것을 위험이 박두하였을 때에야 비로소 몸을 피할 수 있었던 것은 반드시 그가 '삼B수(水)'의 처방을 외우고 있었기 때문만이 아니었다.

구보는, 자기의 왼편 귀 기능에 스스로 의혹을 갖는다. 병원의 젊은 조수는 결코 익숙하지 못한 솜씨로 그의 귓속을 살피고, 그리고 대담하게도 그 안이 몹시 불결한 까닭 외에 아무 이상이 없다고 선언하였었다. 한 덩어리의 '귀지'를 갖기보다는 차라리 4주일간 치료를 요하는 중이염(中耳炎)을 앓고 싶다, 생각하는 구보는, 그의 선언에 무한한 굴욕을 느끼며, 그래도 매일 신경질나게 귀 안을 소제하였었다.

그러나, 구보는 다행하게도 중이 질환을 가진 듯싶었다. 어느 기회에 그는 의학 사전을 뒤적거려 보고, 그리고 별 까닭도 없이 자기는 중이가답아(中耳加答兒)에 걸렸다고 혼자 생각하였다. 사전에 의하면 중이가답아에는 급성 및 만성이 있고, 만성 중이가답아에는 또다시 이를 만성·건성과 급 만성·습성의 이자(二者)로 나눈다 하였는데, 자기의 이질(耳疾)은 그 만성·습성의 중이가답아에 틀림없다고 구보는 작정하고 있었다.

그러나 부실한 것은 그의 왼쪽 귀뿐이 아니었다. 구보는 그의 바른쪽 귀에도 자신을 갖지 못한다. 언제든 쉬이 전문의를 찾아보아야겠다고 생각은 하면서도, 일 년이나 그대로 내버려둔 채 지내온 그는, 비교적 건강한 그의 바른쪽 귀마저 또 한편 귀의 난청 보충으로 그 기능을 소모시키고, 그리고 불원한 장래에 '듄케르 청장관(聽長管)'이나 '전기보청기'의 힘을 빌리지 않으면 안 될지도 모른다.

구보는

갑자기 걸음을 걷기로 한다. 그렇게 우두커니 다리 곁에 가 서 있는 것의 무의미함을 새삼스러이 깨달은 까닭이다. 그는 종로 네거리를 바라보고 걷는다. 구보는 종로 네거리에 아무런 사무도 갖지 않는다. 처음에 그가 아무렇게나 내어놓았던 바른발이 공교롭게도 왼편으로 쏠렸기 때문에 지나지 않는다.

갑자기 한 사람이 나타나 그의 앞을 가로질러 지난다. 구보는 그 사내와 마주칠 것 같은 착각을 느끼고, 위태롭게 걸음을 멈춘다.

그리고 다음 순간, 구보는 이렇게 대낮에도 조금의 자신을 가질 수 없는 자기의 시력을 저주한다. 그의 코 위에 걸려 있는 이십사 도의 안경은 그의 근시를 도와주었으나, 그의 망막에 나타나 있는 무수한 맹점을 제거하는 재주는 없었다. 총독부 병원 시대의 구보의 시력 검사표는 그저 그 우울한 '안과 재래(眼科在來)'의 책상 서랍 속에 들어 있을지도 모른다.

R,4 L,3

　구보는 2주일 간 열병을 앓은 끝에, 갑자기 쇠약해진 시력을 호소하러 처음으로 안과의와 대하였을 때의, 그 조그만 테이블 위에 놓여 있던 '시야측정기'를 지금 기억하고 있다. 제 자신 강도의 안경을 쓰고 있던 의사는, 백묵을 가져와, 그 위에 용서 없이 무수한 맹점을 찾아내었었다.
　그래도, 구보는, 약간 자신이 있는 듯싶은 걸음걸이로 전차 선로를 두 번 횡단하여 화신상회 앞으로 간다. 그리고 저도 모를 사이에 그의 발은 백화점 안으로 들어서기조차 하였다.
　젊은 내외가, 너덧 살 되어 보이는 아이를 데리고 그곳에 가 승강기를 기다리고 있었다. 이제 그들은 식당으로 가서 그들의 오찬을 즐길 것이다. 흘낏 구보를 본 그들 내외의 눈에는 자기네들의 행복을 자랑하고 싶어하는 마음이 엿보였는지도 모른다. 구보는, 그들을 업신여겨볼까 하다가, 문득 생각을 고쳐, 그들을 축복하여 주려 하였다. 사실 4, 5년 이상을 같이 살아왔으면서도, 오히려 새로운 기쁨을 가져 이렇게 거리로 나온 젊은 부부는 구보에게 좀 다른 의미로서의 부러움을 느끼게 하였는지도 모른다. 그들은 분명히 가정을 가졌고, 그리고 그들은 그곳에서 당연히 그들의 행복을 찾을 게다.
　승강기가 내려와 서고, 문이 열려지고, 닫혀지고 그리고 젊은 내외는 수남(壽男)이나 복동(福童)이와 더불어 구보의 시야를 벗어났다.
　구보는 다시 밖으로 나오며, 자기는 어디 가 행복을 찾을까 생각한다. 발 가는 대로, 그는 어느 틈엔가 안전지대에 가 서서, 자기의 두 손을 내려다보았다. 한 손의 단장과 또 한 손의 공책과─물론 구보는 거기에서 행복을 찾을 수는 없다.
　안전지대 위에, 사람들은 서서 전차를 기다린다. 그들에게, 행복은 알 수 없다. 그러나 그들은 분명히, 갈 곳만은 가지고 있었다.
　전차가 왔다. 사람들은 내리고 또 탔다. 구보는 잠깐 머엉하니 그곳에서 있었다. 그러나 자기와 더불어 그곳에 있던 온갖 사람들이 모두 저 차에 오르는 것을 보았을 때, 그는 저 혼자 그곳에 남아 있는 것에, 외로움과 애달픔을 맛본다. 구보는, 움직이는 전차에 뛰어올랐다.

전차 안에서

구보는, 우선, 제자리를 찾지 못한다. 하나 남았던 좌석은 그보다 바로 한 걸음 먼저 차에 오른 젊은 여인에게 점령당했다. 구보는 차장대 가까운 한구석에 가 서서, 자기는 대체 이 동대문행 차를 어디까지 타고 가야 할 것인가를, 대체, 어느 곳에 행복은 자기를 기다리고 있을 것인가를 생각해 본다.

이제 이 차는 동대문을 돌아 경성 운동장 앞으로 해서…… 구보는, 차장대, 운전대로 향한, 안으로 파란 융을 받쳐 대인 창을 본다. 전차과에서는 그곳에 '뉴스'를 게시한다. 그러나 사람들은 요사이 축구도 야구도 하지 않는 모양이었다.

장충단으로, 청량리로, 혹은 성북동으로……. 그러나 요사이 구보는 교외를 즐기지 않는다. 그곳에는, 하여튼 자연이 있었고, 한적(閑寂)이 있었다. 그리고 고독조차 그곳에는, 준비되어 있었다. 요사이, 구보는 고독을 두려워한다.

일찍이 그는 고독을 사랑한 일이 있었다. 그러나 고독을 사랑한다는 것은 그의 심경의 바른 표현이 못 될 것이다. 그는 결코 고독을 사랑하지 않았는지도 모른다. 아니 도리어 그는 그것을 그지없이 무서워하였는지도 모른다. 그러나 그는 고독과 힘을 겨루어, 결코 그것을 이겨내지 못하였다. 그런 때, 구보는 차라리 고독에게 몸을 떠맡기어 버리고, 그리고, 스스로 자기는 고독을 사랑하고 있는 것이라고 꾸며왔었는지도 모를 일이다…….

표, 찍읍쇼―차장이 그의 앞으로 왔다. 구보는 단장을 왼팔에 걸고, 바지 주머니에 손을 넣었다. 그러나 그가 그 속에서 다섯 닢의 동전을 골라내었을 때, 차는 종묘 앞에 서고, 그리고 차장은 제자리로 돌아갔다.

구보는 눈을 떨어뜨려, 손바닥 위의 다섯 닢 동전을 본다. 그것은 공교롭게도 모두가 뒤집혀 있었다. 대정(大正) 12년, 11년, 11년, 8년, 12년. 대정 54년(다섯 닢 동전의 총 햇수)―, 구보는 그 숫자에서 어떤 한 개의 의미를 찾아내려 들었다. 그러나 그것은 부질없는 일이었고, 그리고 또 설혹 그것이 무슨 의미를 가지고 있었다 하더라도, 그것은 적어도 '행복'은 아니었을 것이다.

차장이 다시 그의 옆으로 왔다. 어디를 가십니까, 구보는 전차가 향하여 가는 곳을 바라보며 문득 창경원에라도 갈까, 하고 생각한다. 그러나 그는 차장에게 아무런 사인도 하지 않았다. 갈 곳을 갖지 않은 사람이, 한번, 차에 몸을 의탁하였을 때, 그는 어디서든 섣불리 내릴 수 없다.

차는 서고, 또 움직였다. 구보는 창밖을 내어다 보며, 문득, 대학병원에라도 들를 것을 그랬나 하여 본다. 연구실에서, 벗은, 정신병을 공부하고 있었다. 그를 찾아가, 좀 다른 세상을 구경하는 것은, 행복은 아니어도, 어떻든 한 개의 일일 수 있다…….

구보가 머리를 돌렸을 때, 그는 그곳에, 지금 막 차에 오른 듯싶은 한 여성을 보고, 그리고 신기하게 놀랐다. 집에 돌아가 어머니에게 오늘 전차에서 '그 색시'를 만났죠 하면, 어머니는 응당 반색을 하고, 그리고 '그래서 그래서,' 뒤를 캐어 물을 게다. 그가 만약, 오직 그뿐이라고라도 말한다면, 어머니는 실망하고, 그리고 그를 주변머리 없다고 책할지도 모른다. 그러나 누가 그 일을 알고, 그리고 아들을 좋다(주변이 없고 생각이 좁아 옹졸함)고라도 말한다면, 어머니는, 내 아들은 원체 얌전해서…… 그렇게 변호할 게다.

구보는 여자와 시선이 마주칠까 겁하여(겁하다: 겁이 나다), 얼토당토않은 곳을 보며, 저 여자는 내가 여기 있는 것을 보았을까, 하고 생각한다.

여자는

혹은, 그를 보았을지도 모른다. 전차 안에, 승객은 결코 많지 않았고, 그리고 자리가 몇 군데 비어 있음에도 불구하고, 구석에 가 서 있는 사람이란, 남의 눈에 띄기 쉽다. 여자는 응당 자기를 보았을 게다. 그러나, 여자는 능히 자기를 알아볼 수 있었을까. 그것은 의문이다. 작년 여름에 단 한 번 만났을 뿐으로, 이래 일 년간 길에서라도 얼굴을 대한 일이 없는 남자를, 그렇게 쉽사리 여자는 알아내지 못할 게다. 그러나, 자기가 기억하고 있는 여자에게, 자기의 기억이 없으리라고 생각하는 것은, 누구에게 있어서든, 외롭고 또 쓸쓸한 일이다. 구보는, 여자와의 회견 당시의 자기의 그 대담한, 혹은 뻔뻔스런 태도와 화술이, 그에게 적잖이 인상 주었으리라고 생각하고, 그리고 여자는 때때로 자기를 생각하여 주고 있었다고 믿고 싶었다.

그는 분명히 나를 보았고 그리고 나를 나라고 알았을 게다. 그러한 그는 지금 어떠한 느낌을 가지고 있을까, 그것이 구보는 알고 싶었다.

그는 결코 대담하지 못한 눈초리로, 비스듬히 두 칸통 떨어진 곳에 앉아 있는 여자의 옆얼굴을 곁눈질하였다. 그리고 다음 순간, 그와 눈이 마주칠 것을 겁하여 시선을 돌리며, 여자는 혹은 자기를 곁눈질한 남자의 꼴을, 곁눈으로 느꼈을지도 모르겠다고, 그렇게 생각하여 본다. 여자는 남자를 그 남자라 알고, 그리고 남자가 자기를 그 여자라 안 것을 알고 있을지도 모른다. 이러한 경우에, 나는 어떠한 태도를 취하여야 마땅할까 하고, 구보는 그러한 것에 머리를 썼다. 알은체를 하여야 옳을지도 몰랐다. 혹은 모른 체하는 게 정당한 인사일지도 몰랐다. 그 둘 중에 어느 편을 여자는 바라고 있을까. 그것을 알았으면, 하였다. 그러다가, 갑자기,

그러한 것에 마음을 태우고 있는 자기가 스스로 괴이하고 우스워, 나는 오직 요만 일로 이렇게 흥분할 수가 있었던가 하고 스스로를 의심하여 보았다. 그러면 나는 마음속 그윽이 그를 생각하고 있었던지도 모르겠다고 생각하여 보았다. 그러나 그가 여자와 한 번 본 뒤로, 이래 일 년간, 그를 일찍이 한 번도 꿈에 본 일이 없었던 것을 생각해내었을 때, 자기는 역시 진정으로 그를 사랑하고 있는 것은 아닌지도 모르겠다고, 그러한 생각이 들었다. 만약 그렇다면 자기가 여자의 마음을 헤아려보고, 그리고 이리저리 공상을 달리고 하는 것은, 이를테면, 감정의 모독이었고, 그리고 일종의 죄악이었다.

그러나 만약 여자가 자기를 진정으로 그리고 있다면—

구보가, 여자 편으로 눈을 주었을 때, 그러나, 여자는 자리에서 일어나 양산을 들고 차가 동대문 앞에 정류(停留)하기를 기다리어 내려갔다. 구보의 마음은 또 한 번 동요하며, 창 너머로 여자가 청량리행 전차를 기다리느라, 그곳 안전지대로 가 서는 것을 보았을 때, 그는 자기도 차에서 곧 내리고 싶은 충동을 느꼈다. 그러나, 여자가 청량리행 전차 속에서 자기를 또 한 번 발견하고, 그리고 자기가 일도 없건만, 오직 여자와의 사이에 어떠한 기회를 엿보기 위하여 그 차를 탄 것에 틀림없다는 것을 눈치 챌 때, 여자는 그러한 자기를 얼마나 천박하게 생각할까. 그래, 구보가 망설거리는 동안, 전차는 달리고, 그들의 사이는 멀어졌다. 마침내 여자의 모양이 완전히 그의 시야에서 떠났을 때, 구보는 갑자기, 아차, 하고 뉘우친다.

행복은

그가 그렇게도 구해 마지않던 행복은, 그 여자와 함께 영구히 가버렸는지도 모른다. 여자는 자기에게 던져 줄 행복을 가슴에 품고서, 구보가 마음의 문을 열어 가까이 와 주기를 갈망하였는지도 모른다. 왜 자기는 여자에게 좀 더 대담하지 못하였나. 구보는, 여자가 가지고 있는 온갖 아름다운 점을 하나하나 헤어보며, 혹은 이 여자 말고 자기에게 행복을 약속하여 주는 이는 없지나 않을까, 하고 그렇게 생각하였다.

방향판을 한강교로 갈고 전차는 훈련원을 지났다. 구보는 자리에 앉아, 주머니에서 5전 백동화(白銅貨)를 골라 꺼내면서, 비록 한 번도 꿈에 본 일은 없더라도, 역시 그가 자기에게는 유일한 여자가 아닐까 하고 생각하여 본다.

자기가, 그를, 그동안 대수롭지 않게 여겨 왔던 것같이 생각하는 것은, 구보가 제 감정을 속인 것에 지나지 않을지도 모른다. 그가 여자를 만나보고 돌아왔을 때, 그는 집에서 아들을 궁금히 기다리고 있던 어머니에게 '그 여자면' 정도의 뜻을 표시하였었던 것에 틀림없었다. 그러나 구보는, 어머니가 색싯집으로 솔직하게 구혼할 것을 금하였다. 그것은 허영심만에서 나온 일은 아니다. 그는 여자가 자기 생각을 안 하고 있는 경우에 객쩍게스리(행동이나 말, 생각이 쓸데없고 싱겁게) 여자를 괴롭혀 주고 싶지 않았던 까닭이다. 구보는 여자의 의사와 감정을 존중하고 싶었다.

그러나, 물론, 여자에게서는 아무런 말도 하여 오지 않았다. 구보는, 여자가 은근히 자기에게서 무슨 말이 있기를 기다리고 있는 것이나 아닐까, 하고도 생각하여 보았다. 그러나 그런 것을 생각하는 것은 제 자신 우스운 일이다. 그러는 동안에, 날은 가고, 그리고 그것에 대한 흥미를 구보는 잃기 시작하였다. 혹시, 여자에게서라도 먼저 말이 있다면─. 그러면 구보는 다시 이 문제에 흥미를 가질 수 있을 게다. 언젠가 여자의 집과 어떻게 인척 관계가 있는 노(老)마나님이 와서 색싯집에서도 이편의 동정만 살피고 있는 듯싶더란 말을 들었을 때, 구보는 쓰디쓰게 웃고, 그리고 그것이 사실이라면, 그것은 희극이라느니보다는, 오히려 한 개의 비극이라고 생각하였다. 그러면서도 구보는 그 비극에서 자기네들을 구하기 위하여 팔을 걷고 나서려 들지 않았다.

전차가 약초정(若草町 서울의 지명. 현 을지로 3가 초동) 근처를 지나갈 때, 구보는, 그러나, 그 흥분에서 깨어나, 뜻 모를 웃음을 입가에 띠어 본다. 그의 앞에 어떤 젊은 여자가 앉아 있었다. 그 여자는 자기의 두 무릎 사이에다 양산을 놓고 있었다. 어느 잡지에선가, 구보는 그것이 비(非)처녀성을 나타내는 것임을 배운 일이 있다. 딴은, 머리를 틀어 올렸을 뿐이나, 그만한 나이로는 저 여인은 마땅히 남편을 가졌어야 옳을 게다. 아까, 그는 양산을 어디다 놓고 있었을까 하고, 구보는 객쩍은 생각을 하다가, 여성에 대하여 그러한 관찰을 하는 자기는, 혹은 어떠한 여자를 아내로 삼든 반드시 불행하게 만들어 주지나 않을까, 하고 생각하였다. 그러나 여자는—. 여자는 능히 자기를 행복되게 하여 줄 것인가. 구보는 자기가 알고 있는 온갖 여자를 차례로 생각하여 보고, 그리고 가만히 한숨지었다.

일찍이

구보는, 벗의 누이에게 짝사랑을 느낀 일이 있었다. 어느 여름 날 저녁, 그가 벗을 찾았을 때, 문간으로 그를 응대하러 나온 벗의 누이는, 혹은 정말, 나이 어린 구보가 동경의 마음을 갖기에 알맞도록 아름답고, 깨끗하였는지도 모른다. 열다섯 살짜리 문학 소년은 그를 사랑하고 싶다 생각하고, 뒷날 그와 결혼할 수 있다 하면, 응당 자기는 행복이리라 생각하고, 자주 벗을 찾아가 그와 만날 기회를 엿보고, 혹 만나면 저 혼자 얼굴을 붉히고, 그리고 돌아와 밤늦게 여러 편의 연애시를 초하였다(초 잡다. 초고를 씀). 그러나, 그가 자기보다 세 살이나 위라는 것을 생각할 때, 구보의 마음은 불안하였다. 자기가 한 여자의 앞에서 자기의 사랑을 고백하여도 결코 서투르지 않을 나이가 되었을 때, 여자는, 이미, 그 전에, 다른, 더 나이 먹은 이의 사랑을 용납해 버릴 게다.

그러나 구보가 그것에 대하여 아무런 대책도 강구할 수 있기 전에, 여자는, 참말, 나이 먹은 남자의 품으로 갔다. 열일곱 살 먹은 구보는, 자기의 마음이 퍽이나 괴롭고 슬픈 것같이 생각하려 들고, 그리고, 그러면서도, 그들의 행복을, 특히 남자의 행복을, 빌려 들었다. 그러한 감정은 그가 읽은 문학서류(類)에 얼마든지 씌어 있었다. 결혼 비용 삼천 원. 신혼여행은 동경으로. 관수동에 그들 부처를 위하여 개축된 집은 행복을 보장하는 듯싶었다.

이번 봄에 들어서서, 구보는 벗과 더불어 그들을 찾았다. 이미 두 아이의 어머니인 여인 앞에서, 구보는 얼굴을 붉히는 일 없이 평범한 이야기를 서로 할 수 있었다. 구보가 일곱 살 먹은 사내아이를 영리하다고 칭찬하였을 때, 젊은 어머니는, 그러나 그 애가 이 골목 안에서는 그중 나이 어림을 말하고, 그리고 나이 먹은 아이들이란, 저희보다 적은 아이에게 대하여 얼마든지 교활할 수 있음을 한탄하였다. 언제든 딱지를 가지고 나가서는 최후의 한 장까지 빼앗기고 들어오는 아들이 민망하여, 하루는 그 뒤에 연필로 하나하나 표를 하여 주고 그것을 또 다 잃고 돌아왔을 때, 그는 골목 안의 아이들을 모아, 그들이 가지고 있는 딱지에서 원래의 내 아이 물건을 가리어 내어, 거의 모조리 회수할 수 있었다는 이야기를, 젊은 어머니는 일종의 자랑조차 가지고 구보에게 들려주었었다……

구보는 가만히 한숨짓는다. 그가 그 여인을 아내로 삼을 수 없었던 것은, 결코 불행이 아니었다. 그러한 여인은, 혹은, 한평생을 두고, 구보에게 행복이 무엇임을 알 기회를 주지 않았을지도 모른다.

조선은행 앞에서 구보는 전차를 내려, 장곡천정(長谷川町) ^{현 서울 중구 소공동}으로 향한다. 생각에 피로한 그는 이제 마땅히 다방에 들러 한 잔의 홍차를 즐겨야 할 것이다.

몇 점이나 되었나. 구보는, 그러나, 시계를 갖지 않았다. 갖는다면, 그는 우아한 회중시계를 택할 게다. 팔뚝시계는—그것은 소녀 취미에나 맞을 게다. 구보는 그렇게도 팔뚝시계를 갈망하던 한 소녀를 생각하였다.

그는 동리에 전당(典當 기한 내에 돈을 갚지 못하면 맡긴 물건을 마음대로 처분하여도 좋다는 조건하에 돈을 빌리는 일) 나온 십팔금 팔뚝시계를 탐내고 있었다. 그것은 사 원 팔십 전에 구할 수 있었다. 그리고, 그는, 그 시계 말고, 치마 하나를 해 입을 수 있을 때에, 자기는 행복의 절정에 이를 것같이 생각하고 있었다.

'벰베르구' 실로 짠 보이루 치마(독일 '벰베르크' 회사의 원단을 써서 만든 보일 즉 무명이나 비단 치마로 당시의 고급 유행복), 삼 원 육십 전. 하여튼 팔 원 사십 전이 있으면, 그 소녀는 완전히 행복일 수 있었다. 그러나, 구보는, 그 결코 크지 못한 욕망이 이루어졌음을 듣지 못했다.

구보는, 자기는, 대체, 얼마를 가져야 행복일 수 있을까 생각해 본다.

다방의

오후 두 시, 일을 가지지 못한 사람들이 그곳 등의자에 앉아, 차를 마시고, 담배를 태우고, 이야기를 하고, 또 레코드를 들었다. 그들은 거의 다 젊은이들이었고, 그리고 그 젊은이들은 그 젊음에도 불구하고, 이미 자기네들은 인생에 피로한 것같이 느꼈다. 그들의 눈은 그 광선이 부족하고 또 불균등한 속에서 쉴 사이 없이 제각각의 우울과 고달픔을 하소연한다. 때로, 탄력 있는 발소리가 이 안을 찾아들고, 그리고 호화로운 웃음소리가 이 안에 들리는 일이 있었다. 그러나 그것들은 이곳에 어울리지 않았고, 그리고 무엇보다도 다방에 깃들인 무리들은 그런 것을 업신여겼다.

어떤 때, 활동사진관으로 향하여야 마땅할 발길을 돌려잡은 군인이 서너 명 이곳을 찾아와 군대에서나같이 큰 목소리로 홍차를 명하였다. 그들은 암만을 이 안에 있든, 이곳 공기에 동화되지 않았다. 또 그들은 암만이든 그곳에 있도록 끈기 있지 못하다. 사람들은, 그들이, 그 근대적 고아(高雅)한 감정을 모른다고 비웃었다. 또 가엾어 하였다…….

구보는 아이에게 한 잔의 가배차(咖啡茶 커피)와 담배를 청하고 구석진 등탁자로 갔다. 나는 대체 얼마가 있으면— 그의 머리 위에 한 장의 포스터가 걸려 있었다. 어느 화가의 〈도구유별전(渡歐留別展 유럽으로 떠나기 전에 여는 전시)〉. 구보는 자기에게 양행비(洋行費 서양으로 가는 비용)가 있으면, 적어도 지금 자기는 거의 완전히 행복일 수 있으리라 생각한다. 동경에라도—. 동경도 좋았다. 구보는 자기가 떠나온 뒤의 변한 동경이 보고 싶다 생각한다. 혹은 더 좀 가까운 데라도 좋았다. 지극히 가까운 데라도 좋았다. 오십 리 이내의 여정에 지나지 않더라도, 구보는, 조그만 '슈트케이스'를 들고 경성역에 섰을 때, 응당 자기는 행복을 느끼리라 믿는다. 그것은 금전과 시간이 주는 행복이다. 구보에게는 언제든 여정에 오르려면, 오를 수 있는 시간의 준비가 있었다.

구보는 차를 마시며, 약간의 금전이 가져다줄 수 있는 온갖 행복을 손꼽아 보았다. 자기도, 혹은, 팔 원 사십 전을 가지면, 우선, 조그만 한 개의, 혹은, 몇 개의 행복을 가질 수 있을 게다. 구보는, 그러한 제 자신을 비웃으려 들지 않았다. 오직 고만한 돈으로 한때, 만족할 수 있는 그 마음은 애달프고 또 사랑스럽지 않은가.

구보는 담배에 불을 붙이며 자기가 원하는 최대의 욕망은 대체 무엇일꼬, 하였다. 석천탁목(石川啄木 이시카와 다쿠보쿠. 일본의 근대 시인)은 화롯가에 앉아 곰방대를 닦으며, 참말로 자기가 원하는 것이 무엇일꼬, 생각하였다. 그러나 그것은 있을 듯하면서도 없었다. 혹은 그럴 게다. 그러나 구태여 말하여, 말할 수 없을 것도 없을 게다. 원거마의경구 여붕우공 폐지이무감(願車馬衣輕裘 與朋友共 敝之而無憾 '수레와 말과 갑옷을 벗과 더불어 함께 쓰다가 낡아지더라도 불만을 갖지 않는 사람이 되고싶다'는 말로 높고 귀한 자리에 있어도 겸허한 사람이 되겠다는 뜻. 『논어』〈공야장〉에 나오는 말)은 자로(子路)의 뜻이요, 좌상객상만 준중주불공(座上客常滿 樽中酒不空 '자리엔 손님이 끊이지 않고, 술독은 빌 날이 없다'는 말로 손님 접대를 좋아하는 공융의 성품을 말하는 『삼국지』 고사)은 공융(孔融)의 원하는 바였다. 구보는, 저도 역시, 좋은 벗들과 더불어 그 즐거움을 함께 하였으면 한다.

갑자기 구보는 벗이 그리워진다. 이 자리에 앉아 한 잔의 차를 나누며, 또 같은 생각 속에 있고 싶다 생각한다…….

구둣발 소리가 바깥 포도(鋪道 포장도로)를 걸어와, 문 앞에 서고, 그리고 다음에 소리도 없이 문이 열렸다. 그러나 그는 구보의 벗이 아니었다. 뿐만 아니라, 두 사람의 시선이 마주쳤을 때, 두 사람은 거의 일시에 머리를 돌리고 그리고 구보는 그의 고요한 마음속에 음울을 갖는다.

그 사내와,

구보는, 일찍이, 인사를 한 일이 있었다. 그러나, 그것은 공교롭게 어두운 거리에서였다. 한 벗이 그를 소개하였다. 말씀은 많이 들었습니다, 하고 그는 말하였다. 사실 그는 구보의 이름과 또 얼굴을 전부터 알고 있었던 것임에 틀림없었다. 그러나 구보는, 구보는 그를 몰랐다. 모른 채 어두운 곳에서 그대로 헤어져 버린 구보는 뒤에 그를 만나도, 그를 그리고 알아내지 못하였다. 그 사내는 구보가 자기를 보고도 알은체 안 하는 것에 응당 모욕을 느꼈을 게다. 자기를 자기라 알고도 모르는 체하는 것이라 생각할 때, 그 마음은 평온할 수 없었을 게다. 그러나 구보는, 구보는 몰랐고, 모르면 태연할 수 있다. 자기를 볼 때마다 황당하게, 또 불쾌하게 시선을 돌리는 그 사내를, 구보는 오직 괴이하게만 여겨왔다. 괴이하게만 여겨 오는 동안은 그래도 좋았다. 마침내 구보가 그를 그라고 알아낼 수 있었을 때, 그것은 그의 마음에 암영(暗影)을 주었다. 그 뒤부터 구보는 그 사내와 시선이 마주치면, 역시 당황하게, 그리고 불안하게 고개를 돌리는 수밖에 없었다. 그것은 사람의 마음을 우울하게 하여 놓는다. 구보는 다방 안의 한 구획을 그의 시야 밖에 두려 노력하며, 사람과 사람 사이의 교섭의 번거로움을 새삼스러이 느끼지 않으면 안 된다.

구보는 백동화를 두 푼, 탁자 위에 놓고 그리고 공책을 들고 그 안을 나왔다. 어디로―. 그는 우선 부청(府廳 일제 강점기에, 부府의 행정 사무를 처리하던 관청) 쪽으로 향하여 걸으며, 아무튼 벗의 얼굴이 보고 싶다, 생각하였다. 구보는 거리의 순서로 벗들을 마음속에 헤아려 보았다. 그러나 이 시각에 집에 있을 사람은 하나도 없을 듯싶었다. 어디로―, 구보는 한길 위에 서서, 넓은 마당 건너 대한문을 바라본다. 아동유원지 유동 의자(遊動椅子 움직이는 의자. 놀이공원에 있는 어린이용 놀이 기구)에라도 앉아서…… 그러나 그 빈약한, 너무나, 빈약한 옛 궁전은, 역시 사람의 마음을 우울하게 하여 주는 것임에 틀림없었다.

구보가 다 탄 담배를 길 위에 버렸을 때, 그의 옆에 아이가 와 선다. 그는 구보가 놓아둔 채 잊어버리고 나온 단장을 들고 있었다. 고맙다. 구보는 그렇게도 방심한 제 자신을 쓰게 웃으며, 달음질하여 다방으로 돌아가는 아이의 뒷모양을 한참 바라보고 있다가 자기도 그 길을 되걸어갔다.

다방 옆 골목 안. 그곳에서 젊은 화가는 골동점을 경영하고 있었다. 구보는 그 방면에 대한 지식을 갖지 않는다. 그러나, 하여튼, 그것은 그의 취미에 맞았고, 그리고 기회 있으면 그 방면의 이야기를 듣고 싶다, 생각한다. 온갖 지식이 소설가에게는 필요하다.

그러나 벗은 점(店)에 있지 않았다.

"바로 지금 나가셨습니다."

그리고 기둥에 걸린 시계를 쳐다보며,

"한 십 분, 됐을까요."

점원은 덧붙여 말하였다.

구보는 골목을 전찻길로 향하여 걸어 나오며, 그 십 분이란 시간이 얼마만한 영향을 자기에게 줄 것인가, 생각한다.

한길 위에 사람들은 바쁘게 또 일 있게 오고 갔다. 구보는 포도 위에 서서, 문득, 자기도 창작을 위하여 어디, 예(例)하면 서소문정 방면이라도 답사할까 생각한다. '모데로노로지오(modernology 고현학. 현대 사회의 모든 분야에 걸쳐서 그 유행의 변천을 조직적, 과학적으로 연구하여 현대의 진상을 규명하려는 학문. 이 소설에서 보여 주는 경성의 풍경 자체가 고현학의 결과를 의미함)'를 게을리 하기 이미 오래다.

그러나, 그러한 생각과 함께 구보는 격렬한 두통을 느끼며, 이제 한 걸음도 더 옮길 수 없을 것 같은 피로를 전신에 깨닫는다. 구보는 얼마 동안을 망연히 그곳 한길 위에 서 있었다.

얼마 있다,

구보는 다시 걷기로 한다. 여름 한낮의 뙤약볕이 맨머릿바람(머리에 아무것도 쓰지 아니한 차림새)의 그에게 현기증을 주었다. 그는 그곳에 더 그렇게 서 있을 수 없다. 신경쇠약. 그러나 물론, 쇠약한 것은 그의 신경뿐이 아니다. 이 머리를 가져, 이 몸을 가져, 대체 얼마만한 일을 나는 하겠단 말인고—. 때마침 옆을 지나는 장년의, 그 정력가형 육체와 탄력 있는 걸음걸이에 구보는, 일종 위압조차 느끼며, 문득, 아홉 살 적에 집안 어른의 눈을 기어『춘향전』을 읽었던 것을 뉘우친다. 어머니를 따라 일갓집에 갔다 와서, 구보는 저도 얘기책이 보고 싶다 생각하였다. 그러나 집안에서는 그것을 금했다. 구보는 남몰래 안잠자기(안잠. 여자가 남의 집에서 먹고 자며 그 집의 일을 도와주는 일. 또는 그런 여자)에게 문의하였다. 안잠자기는 세책(貰冊 책을 빌려주는 곳. 오늘날의 도서 대여점) 집에는 어떤 책이든 있다는 것과, 일 전이면 능히 한 권을 세내 올 수 있음을 말하고, 그러나 꾸중 들우. 그리고 다음에, 재미있긴『춘향전』이 제일이지, 그렇게 그는 혼잣말을 하였었다. 한 분(分)의 동전과 한 개의 주발 뚜껑, 그것들이, 십칠 년 전의 그것들이, 뒤에, 온, 그리고 또 올, 온갖 것의 근원이었을지도 모른다. 자기 전에 읽던 얘기책들, 밤을 새워 읽던 소설책들. 구보의 건강은 그의 소년 시대에 결정적으로 손상되었던 것임에 틀림없다…….

변비. 요의빈수(尿意頻數 비정상적으로 소변이 자주 마려운 증상). 피로. 권태. 두통. 두중(頭重 머리가 무겁고 무엇으로 싼 듯한 느낌이 있는 증상). 두압(頭壓). 삼전정마(森田正馬 모리타 마사타케) 박사의 단련요법……. 그러한 것은 어떻든 보잘것없는, 아니, 그 살풍경하고(보잘것없이 메마르고 스산한 풍경) 또 어수선한 태평통(太平通)의 거리는 구보의 마음을 어둡게 한다. 그는 저, 불결한 고물상들을 어떻게 이 거리에서 쫓아낼 것인가를 생각하며, 문득, 반자(지붕 밑이나 위층 바닥 밑을 편평하게 하여 치장한 각 방의 천장)의 무늬가 눈에 시끄럽다고, 양지(洋紙 서양에서 들여온 종이. 또는 서양식으로 만든 종이)로 반자를 발라 버렸던 서해(曙海 「탈출기」를 쓴 신경향파 '최서해'를 가리킴)도 역시 신경쇠약이었음에 틀림없었다고, 이름 모를 웃음을 입가에 띠어 보았다. 서해의 너털웃음. 그것도 생각하여 보면, 역시 공허한, 적막한 음향이었다.

구보는 고인에게서 받은 『홍염(紅焰)』을, 이제도록 한 페이지도 들춰보지 않았던 것을 생각해내고, 그리고 딱한 표정을 지었다. 그가 읽지 않은 것은 오직 서해의 작품뿐이 아니다. 독서를 게을리하기 이미 삼 년. 언젠가 구보는 지식의 고갈을 느끼고 악연(愕然 깜짝 놀람)하였다.

갑자기 한 젊은이가 구보의 시야에 들어왔다. 그는 구보가 향하여 걸어가고 있는 곳에서 왔다. 구보는 그를 어디서 본 듯싶었다. 자기가 마땅히 알아보아야만 할 사람인 듯싶었다. 마침내 두 사람의 거리가 한 칸통으로 단축되었을 때, 문득 구보는 어린 시절을 회상하고, 그리고 그곳에 옛 동무를 발견한다. 그리운 옛 시절, 그리운 옛 동무, 그들은 보통학교를 나온 채 이제도록 한 번도 못 만났다. 그래도 구보는 그 동무의 이름까지 기억 속에서 찾아낸다.

그러나 옛 동무는 너무나 영락(零落 세력이나 살림이 줄어들어 보잘것없음)하였다. 모시 두루마기에 흰 고무신, 오직 새로운 맥고모자(밀짚모자)를 쓴 그의 행색은 너무나 초라하다. 구보는 망설거린다. 그대로 모른 체하고 지날까. 옛 동무는 분명히 자기를 알아본 듯싶었다. 그리고, 구보가 자기를 알아볼 것을 두려워하는 듯싶었다. 그러나 마침내 두 사람이 서로 지나치는,

그 마지막 순간을 포착하여, 구보는 용기를 내었다.

"이거 얼마만이야, 유군."

그러나 벗은 순간에 약간 얼굴조차 붉히며,

"네, 참 오래간만입니다."

"그동안 서울에, 늘, 있었어?"

"네."

구보는 다음에 간신히,

"어째서 그렇게 뵈올 수 없었에요?"

한마디를 하고, 그리고 서운한 감정을 맛보며, 그래도 또 무슨 말이든 하고 싶다 생각할 때, 그러나 벗은, 그만 실례합니다. 그렇게 말하고, 그리고 구보의 앞을 떠나, 저 갈 길을 가버린다.

구보는 잠깐 그곳에 섰다가 다시 고개 숙여 걸으며 울 것 같은 감정을 스스로 억제하지 못한다.

조그만

한 개의 기쁨을 찾아, 구보는 남대문을 안에서 밖으로 나가보기로 한다. 그러나 그곳에는 불어드는 바람도 없이 양옆에 웅숭그리고 앉아 있는 서너 명의 지게꾼들의 그 모양이 맥없다.

구보는 고독을 느끼고, 사람들 있는 곳으로, 약동하는 무리들이 있는 곳으로, 가고 싶다 생각한다. 그는 눈앞의 경성역을 본다. 그곳에는 마땅히 인생이 있을 게다. 이 낡은 서울의 호흡과 또 감정이 있을 게다. 도회의 소설가는 모름지기 이 도회의 항구와 친하여야 한다. 그러나 물론 그러한 직업의식은 어떻든 좋았다. 다만 구보는 고독을 삼등 대합실 군중 속에 피할 수 있으면 그만이다.

그러나 오히려 고독은 그곳에 있었다. 구보가 한옆에 끼어 앉을 수도 없게시리 사람들은 그곳에 빽빽하게 모여 있어도, 그들의 누구에게서도 인간 본래의 온정을 찾을 수는 없었다. 그네들은 거의 옆의 사람에게 한마디 말을 건네는 일도 없이, 오직 자기네들 사무에 바빴고, 그리고 간혹 말을 건네도, 그것은 자기네가 타고 갈 열차의 시각이나 그러한 것에 지나지 않았다. 그네들의 동료가 아닌 사람에게 그네들은 변소에 다녀올 동안의 그네들 짐을 부탁하는 일조차 없었다. 남을 결코 믿지 않는 그네들의 눈은 보기에 딱하고 또 가엾었다.

구보는 한구석에 가 서서 그의 앞에 앉아 있는 노파를 본다. 그는 뉘 집에 드난을 살다(드난살다: 남의 집에서 임시로 지내면서 그 집의 일을 도와줌)가 이제 늙고 또 쇠잔한 몸을 이끌어, 결코 넉넉하지 못한 어느 시골, 딸네 집이라도 찾아가는지 모른다. 이미 굳어 버린 그의 안면 근육은 어떠한 다행한 일에도 펴질 턱 없고, 그리고 그의 몽롱한 두 눈은 비록 그의 딸의 그지없는 효양(孝養)을 가지고도 감동시킬 수 없을지 모른다. 노파 옆에 앉은 중년의 시골 신사는 그의 시골서 조그만 백화점을 경영하고 있을 게다. 그의 점포에는 마땅히 주단포목도 있고, 일용 잡화도 있고, 또 흔히 쓰이는 약품도 갖추어 있을 게다. 그는 이제 그의 옆에 놓인 물품을 들고 자랑스러이 차에 오를 게다. 구보는 그 시골 신사가 노파와 사이에 되도록 간격을 가지려고 노력하는 것을 발견하고, 그리고 그를 업신여겼다. 만약 그에게 얕은 지혜와 또 약간의 용기를 주면 그는 삼등 승차권을 주머니 속에 간수하고, 일, 이등 대합실에 오만하게 자리 잡고 앉을 게다.

문득 구보는 그의 얼굴에 부종(浮腫)을 발견하고 그의 앞을 떠났다. 신장염. 그뿐 아니라, 구보는 자기 자신의 만성 위확장을 새삼스러이 생각해내지 않으면 안 되었다. 그러나 구보가 매점 옆에까지 갔었을 때, 그는 그곳에서도 역시 병자를 보지 않으면 안 되었다. 사십여 세의 노동자. 전경부(前頸部 목 앞부분)의 광범한 팽륭(澎隆 부풀어 오르고 튀어나옴). 돌출한 안구. 또 손의 경미한 진동. 분명한 '바세도우씨 병(갑상선 기능 항진증. 갑상선의 호르몬 과

잉 분비로 갑상선이 있는 목 앞쪽이 튀어나오거나 심한 경우 눈이 튀어나오는 수도 있음)'. 그것은 누구에게든 결코 깨끗한 느낌을 주지는 못한다. 그의 좌우에는 좌석이 비어 있어도 사람들은 그곳에 앉으려 들지 않는다. 뿐만 아니라, 그에게서 두 칸통 떨어진 곳에 있던 아이 업은 젊은 아낙네가 그의 바스켓 속에서 꺼내다 잘못하여 시멘트 바닥에 떨어뜨린 한 개의 복숭아가, 굴러 병자의 발 앞에까지 왔을 때, 여인은 그것을 쫓아와 집기를 단념하기조차 하였다.

구보는 이 조그만 사건에 문득, 흥미를 느끼고, 그리고 그의 '대학 노트'를 펴들었다. 그러나 그가 문 옆에 기대어 섰는 캡 쓰고 린네르 쓰메에리(실로 짠 얇은 여름 옷감으로 목깃이 선 옷) 양복 입은 사내의, 그 온갖 사람에게 의혹을 갖는 두 눈을 발견하였을 때, 구보는 또다시 우울 속에 그곳을 떠나지 않으면 안 된다.

개찰구 앞에

두 명의 사내가 서 있었다. 낡은 파나마(파나마풀의 잎을 잘게 쪼개어서 만든 여름 모자)에 모시 두루마기 노랑 구두를 신고, 그리고 손에 조그만 보따리 하나도 들지 않은 그들을, 구보는, 확신을 가져 무직자라고 단정한다. 그리고 이 시대의 무직자들은, 거의 다 금광 브로커에 틀림없었다. 구보는 새삼스러이 대합실 안팎을 둘러본다. 그러한 인물들은, 이곳에도 저곳에도 눈에 띄었다.

황금광 시대(黃金狂 時代).

저도 모를 사이에 구보의 입술은 무거운 한숨이 새어 나왔다. 황금을 찾아, 황금을 찾아, 그것도 역시 숨김없는 인생의, 분명히, 일면이다. 그것은 적어도 한 손에 단장과 또 한 손에 공책을 들고, 목적 없이 거리로 나온 자기보다는 좀 더 질실한 인생이었을지도 모른다. 시내에 산재한 무수한 광무소(鑛務所 광업에 관한 모든 제출 서류를 광업령에 의거해 대신 써 주던 영업소). 인지대 백 원, 열람비 오 원, 수수료 십 원, 지도대 십팔 전…… 출원 등록된 광구, 조선 전토(全土)의 칠 할. 시시각각으로 사람들은 졸부가 되고, 또 몰락하여 갔다. 황금광 시대. 그들 중에는 평론가와 시인, 이러한 문인들조차 끼어 있었다. 구보는 일찍이 창작을 위하여 그의 벗의 광산에 가보고 싶다 생각하였다. 사람들의 사행심, 황금의 매력, 그러한 것들을 구보는 보고, 느끼고, 하고 싶었다. 그러나, 고도의 금광열은, 오히려, 총독부 청사, 동측 최고층, 광무과 열람실에서 볼 수 있었다…….
　문득, 한 사내가 둥글넓적한, 그리고 또 비속한 얼굴에 웃음을 띠고, 구보 앞에 그의 모양 없는 손을 내민다. 그도 벗이라면 벗이었다. 중학 시대의 열등생. 구보는 그래도 약간 웃음에 가까운 표정을 지어 보이고, 그리고, 단장 든 손을 그대로 내밀어 그의 손을 가장 엉성하게 잡았다. 이거 얼마만이야. 어디, 가나. 응, 자네는…….
　구보는 친하지 않은 사람에게 '자네' 소리를 들으면 언제든 불쾌하였다. '해라'는, 해라는 오히려 나왔다. 그 사내는 주머니에서 금시계를 꺼내 보고, 다음에 구보의 얼굴을 쳐다보며, 저기 가서 차라도 안 먹으려나. 전당포 집의 둘째 아들. 구보는 그러한 사내와 자리를 같이 하여 차를 마실 생각은 없었다. 그러나, 그러한 경우에 한 개의 구실을 지어, 그 호의를 사절할 수 있도록 구보는 용감하지 못하다. 그 사내는 앞장을 섰다. 자, 그럼 저리로 가지. 그러나 그것은 구보에게만 한 말이 아니었다.
　구보는 자기 뒤를 따라오는 한 여성을 보았다. 그가 한번 흘깃 보기에도, 한 사내의 애인 된 티가 있었다. 어느 틈엔가 이런 자도 연애를 하는 시대가 왔나. 새삼스러이 그 천한 얼굴이 쳐다보였으나, 그러나 서정 시인조차 황금광으로 나서는 때다.
　의자에 가 가장 자신 있게 앉아, 그는 주문 들으러 온 소녀에게, 나는 가루삐스('칼피스'의 일본식 발음). 그리고 구보를 향하여, 자네두 그걸루 하지.

그러나 구보는 거의 황급하게 고개를 흔들고, 나는 홍차나 커피로 하지.

음료 칼피스를, 구보는, 좋아하지 않는다. 그것은 외설(猥褻)한 색채를 갖는다. 또, 그 맛은 결코 그의 미각에 맞지 않았다. 구보는 차를 마시며, 문득, 끽다점(喫茶店 찻집)에서 사람들이 취하는 음료를 가져, 그들의 성격, 교양, 취미를 어느 정도까지 알 수 있을 것이 아닌가, 하고 생각하여 본다. 그리고 그것은 동시에, 그네들의 그때, 그때의 기분조차 표현하고 있을 게다.

구보는 맞은편에 앉은 사내의, 그 교양 없는 이야기에 건성 맞장구를 치며, 언제든 그러한 것을 연구하여 보리라 생각한다.

월미도로

놀러 가는 듯싶은 그들과 헤어져, 구보는 혼자 역 밖으로 나온다. 이러한 시각에 떠나는 그들은 적어도 오늘 하루를 그곳에서 묵을 게다. 구보는, 문득, 여자의 벌거숭이를 아무 거리낌 없이 애무할 그 남자의, 야비한 웃음으로 하여 좀 더 추악해진 얼굴을 눈앞에 그려보고, 그리고 마음이 편안하지 못했다.

여자는, 여자는 확실히 어여뻤다. 그는, 혹은, 구보가 이제까지 어여쁘다고 생각하여 온 온갖 여인들보다도 좀 더 어여뻤을지도 모른다. 그뿐 아니다. 남자가 같이 가루삐스를 먹자고 권하는 것도 물리치고, 한 접시의 아이스크림을 지망할 수 있도록 여자는 총명하였다.

문득, 구보는, 그러한 여자가 왜 그자를 사랑하려 드나, 또는 그자의 사랑을 용납하는 것인가 하고, 그런 것을 괴이하게 여겨 본다. 그것은, 그것은 역시 황금인 까닭일 게다. 여자들은 그렇게도 쉽사리 황금에서 행복을 찾는다. 구보는 그러한 여자를 가엾이, 또 안타깝게 생각하다가, 갑자기 그 사내의 재력을 탐내 본다. 사실, 같은 돈이라도 그 사내에게 있어서는 헛되이, 그리고 또 아깝게 소비되어 버릴 게다. 그는 날마다 기름진 음식이나 실컷 먹고, 살찐 계집이나 즐기고, 그리고 아무 앞에서나 그의 금시계를 꺼내 보고는 만족하여 할 게다.

일순간, 구보는, 그 사내의 손으로 소비되어 버리는 돈이, 원래 자기의 것이나 되는 것같이 입맛을 다시어 보았으나, 그 즉시, 그러한 제 자신을 픽 웃고, 내가 언제부터 이렇게 돈에 걸신이 들렸누…… 단장 끝으로 구두코를 탁 치고, 그리고 좀 더 빠른 걸음걸이로 전차 선로를 횡단하여, 구보는 포도 위를 걸어갔다.

그러나 여자는, 여자는 확실히 어여뻤고, 그리고 또…… 구보는, 갑자기 그 여자가 이미 오래 전부터 그자에게 몸을 허락하여 온 것이나 아닐까, 생각하였다. 그것은 생각만 하여 볼 따름으로 그의 마음을 언짢게 하여 준다. 역시, 여자는 결코 총명하지 못했다. 또 생각하여 보면 어딘지 모르게 저속한 맛이 있었다. 결코 기품 있는 인물이 아니다. 그저 좀 예쁠 뿐…….

그러나 그 여자가 그자에게 쉽사리 미소를 보여 주었다고 새삼스러이 여자의 값어치를 깎을 필요는 없었다. 남자는 여자의 육체를 즐기고, 여자는 남자의 황금을 소비하고, 그리고 두 사람은 충분히 행복할 수 있을 게다. 행복이란 지극히 주관적인 것이다…….

어느 틈엔가, 구보는 조선은행 앞에까지 와 있었다. 이제 이대로, 이대로 집으로 돌아갈 마음은 없었다. 그러면, 어디로—. 구보가 또다시 고독과 피로를 느꼈을 때, 약칠해 신으시죠 구두에. 구보는 혐오의 눈을 가져 그 사내를, 남의 구두만 항상 살피며 그곳에 무엇이든 결점을 잡아내고야 마는 그 사내를 흘겨보고, 그리고 걸음을 옮겼다. 일면식도 없는 나의 구두를 비평할 권리가 그에게 있기라도 하단 말인가. 거리에서 그에게 온갖 종류의 불유쾌한 느낌을 주는, 온갖 종류의 사물을 저주하고 싶다, 생각하며, 그러나, 문득, 구보는 이러한 때, 이렇게 제 몸을 혼자 두어 두는 것에 위험을 느낀다. 누구든 좋았다. 벗과, 벗과 같이 있을 때, 구보는 얼마쯤 명랑할 수 있었다. 혹은 명랑을 가장할 수 있었다.

마침내, 그는 한 벗을 생각해내고, 길가 양복점을 들어가 전화를 빌렸다. 다행하게도 벗은 아직 사(社)에 남아 있었다. 바로 지금 나가려든 차야 하고, 그는 말했다.

구보는 그에게 부디 다방으로 와 주기를 청하고, 그리고 잠깐 또 할 말을 생각하다가, 저편에서 전화를 끊어버릴 것을 염려하여, 당황하게 덧붙여 말했다.

"꼭 좀, 곧 좀, 오―."

다행하게도

다시 돌아간 다방 안에, 사람들은 많지 않았다. 또, 문득, 생각하고 둘러보아, 그 벗 아닌 벗도 그곳에 있지 않았다. 구보는 카운터 가까이 자리를 잡고 앉아, 마침, 자기가 사랑하는 '스키퍼'의 〈아이 아이 아이〉를 들려주는 이 다방에 애정을 갖는다. 그것이 허락 받을 수 있는 것이라면 그는 지금 앉아 있는 등의자를 안락의자로 바꾸어, 감미한 오수(午睡 낮잠)를 즐기고 싶다. 이제 그는 그의 앞에, 아까의 신기료 장수를 보더라도, 고요한 마음을 가져 그를 용납하여 줄 수 있을 게다.

조그만 강아지가, 저편 구석에 앉아, 토스트를 먹고 있는 사내의 그리 대단하지도 않은 구두코를 핥고 있었다. 그 사내는 발을 뒤로 무르며, 쉬쉬 강아지를 쫓았다. 강아지는 연해 꼬리를 흔들며 잠깐 그 사내의 얼굴을 쳐다보다가, 돌아서서 다음 탁자 앞으로 갔다. 그곳에 앉아 있는 젊은 여자는, 그는 확실히 개를 무서워하는 듯싶었다. 다리를 잔뜩 웅크리고 얼굴빛조차 변하여 가지고, 그는 크게 뜬 눈으로 개의 동정만 살폈다. 개는 여전히 꼬리를 흔들며 그러나, 저를 귀해 주고 안 해 주는 사람을 용하게 가릴 줄이나 아는 듯이, 그곳에 오래 머무르지 않고, 또 옆 탁자로 갔다. 그러나 구보가 앉아 있는 자리에서 그곳이 잘 안 보였다. 어떠한 대우를 그 가엾은 강아지가 그곳에서 받았는지 그는 모른다. 그래도 어떻든 만족한 결과는 아니었던 게다. 강아지는 다시 그곳을 떠나, 이제는 사람들의 사랑을 구하기를 아주 단념이나 한 듯이 구보에게서 한 칸통쯤 떨어진 곳에 가 네 발을 쭉 뻗고 모로 쓰러져 버렸다.

강아지의 반쯤 감은 두 눈에는 고독이 숨어 있는 듯싶었다. 그리고 그와 함께, 모든 것에 대한 단념도 그곳에 있는 듯싶었다. 구보는 그 강아지를 가엾다, 생각한다. 저를 사랑하는 사람이 단 한 사람일지라도 이 다방 안에 있음을 알려 주고 싶다, 생각한다. 그는, 문득, 자기가 이제까지 한 번도 그의 머리를 쓰다듬어 준다거나, 또는 그가 핥는 대로 손을 맡기어 둔다거나, 그러한 그에 대한 사랑의 표현을 한 일이 없었던 것을 생각해 내고, 손을 내밀어 그를 불렀다. 사람들은 이런 경우에 휘파람을 분다. 그러나 원래 구보는 휘파람을 안 분다. 잠깐 궁리하다가, 마침내 그는 개에게만 들릴 정도로 "캄, 히어." 하고 말해 본다.

강아지는 영어를 해득하지 못하는지도 모른다. 머리를 들어 구보를 쳐다보고 그리고 아무 흥미도 느낄 수 없는 듯이 다시 머리를 떨어뜨렸다. 구보는 의자 밖으로 몸을 내밀어, 조금 더 큰 소리로, 그러나 한껏 부드럽게, 또 한 번, "캄, 히어." 그리고 그것을 번역하였다. "이리 온." 그러나 강아지는 먼젓번 동작을 또 한번 되풀이하였을 따름, 이번에는 입을 벌려 하품 비슷한 짓을 하고, 아주 눈까지 감는다.

구보는 초조와, 또 일종 분노에 가까운 감정을 맛보며, 그래도 그것을 억제하고, 이번에는 완전히 의자에서 떠나, 그의 머리를 쓰다듬어 주려 하였다. 그러나 그보다도 먼저 강아지는 진저리치게 놀라, 몸을 일으켜, 구보에게 향하여 적대적 자세를 취하고, 캥, 캐캥 하고 짖고, 그리고, 제풀에 질겁을 하여 카운터 뒤로 달음질쳐 들어갔다.

구보는 저도 모르게 얼굴을 붉히고, 그 강아지의 방정맞은 성정(性情)을 저주하며, 수건을 꺼내어, 땀도 안 난 이마를 두루 씻었다. 그리고, 그렇게까지 당부하였건만, 곧 와 주지 않는 벗에게조차 그는 가벼운 분노를 느끼지 않으면 안 된다.

마침내

벗이 왔다. 그렇게 늦게 온 벗을 구보는 책망할까 하고 생각하여 보았으나, 그보다 먼저 진정 반가워하는 빛이 그의 얼굴에 떠올랐다. 사실, 그는, 지금 벗을 가진 몸의 다행함을 느낀다.

그 벗은 시인이었음에도 불구하고, 극히 건장한 육체와 또 먹기 위하여 어느 신문사 사회부 기자라는 직업을 가지고 있었다. 그것이 때로 구보에게 애달픔을 주지 않은 것은 아니다. 그래도, 그래도 그와 대하여 있으면, 구보는 마음속에 밝음을 가질 수 있었다.

"나, 소다스이(소다수)를 다우."

벗은, 즐겨 음료 조달수(曹達水 '소다수'의 일본식 음차어)를 취하였다. 그것은 언제든 구보에게 가벼운 쓴웃음을 준다. 그러나 물론 그것은 적어도 불쾌한 감정은 아니다.

다방에 들어오면, 여학생이나 같이, 조달수를 즐기면서도, 그래도 벗은 조선 문학 건설에 가장 열의를 가지고 있었다. 그러한 그가 하루에 두 차례씩, 종로서와, 도청과, 또 체신국엘 들르지 않으면 안 되었던 것은 한 개의 비참한 현실이었을지도 모른다. 마땅히 시를 초하여야만 할 그의 만년필을 가져, 그는 매일같이 살인강도와 방화 범인의 기사를 쓰지 않으면 안 되었다. 그래 이렇게 제 자신의 시간을 가지면 그는 억압당하였던, 그의 문학에 대한 열정을 쏟아 놓는다……

오늘은 주로 구보의 소설에 대하여서였다. 그는, 즐겨 구보의 작품을 읽는 사람의 하나이다. 그리고, 또, 즐겨 구보의 작품을 비평하려 드는 독지가(篤志家 남을 위한 자선 사업이나 사회 사업에 물심양면으로 참여하여 지원하는 사람)였다. 그러나, 그의 그러한 후의에도 불구하고, 구보는 자기 작품에 대한 그의 의견에 그다지 신용을 두고 있지 않았다. 언젠가, 벗은 구보의 그리 대단하지 않은 작품을 오직 한 개 읽었을 따름으로, 구보를 완전히 알 수나 있었던 것같이 생각하고 있는 듯싶었다.

오늘은, 그러나, 구보는 그의 말에 귀를 기울이지 않으면 안 된다. 벗은, 요사이 구보가 발표하고 있는 작품을 가리켜 작자가 그의 나이 분수보다 엄청나게 늙었음을 말했다. 그러나 그뿐이면 좋았다. 벗은 또, 작자가 정말 늙지는 않았고, 오직 늙음을 가장하였을 따름이라고 단정하였다. 혹은 그럴지도 모른다. 구보에게는 그러한 경향이 있었을지도 모른다. 그리고 다시 돌이켜 생각하면, 그것이 오직 가장에 그치고, 그리고 작자가 정말 늙지 않았음은 오히려 구보가 기꺼하여 마땅할 일일 게다.

그러나 구보는 그의 작품 속에서 젊을 수가 없었을지도 모른다. 그가 만약 구태여 그러려 하면 벗은, 이번에는, 작자가 무리로 젊음을 가장하였다고 말할 게다. 그리고 그것은 틀림없이 구보의 마음을 슬프게 하여 줄 게다.

어느 틈엔가, 구보는 그 화제에 권태를 깨닫고, 그리고 저도 모르게 '다섯 개의 임금(林檎 능금. 사과와 비슷하지만 훨씬 작음)' 문제를 풀려 들었다. 자기가 완전히 소유한 다섯 개의 임금을 대체 어떠한 순차로 먹어야만 마땅할 것인가. 그것에는 우선 세 가지의 방법이 있을 게다. 그중 맛있는 놈부터 차례로 먹어가는 법. 그것은, 언제든, 그중에 맛있는 놈을 먹고 있다는 기쁨을 우리에게 줄 게다. 그러나 그것은, 혹은 그 결과가 비참하지나 않을까. 이와 반대로, 그중 맛없는 놈부터 차례로 먹어 가는 법. 그것은 점입가경, 그러한 뜻을 가지고 있으나, 뒤집어 생각하면, 사람은 그 방법으로는 항상 그중 맛없는 놈만 먹지 않으면 안 되는 셈이다. 또 계획 없이 아무거나 집어먹는 법. 그것은······.

　구보는, 맞은편에 앉아, 그의 문학론에, 앙드레 지드의 말을 인용하고 있던 벗을, 갑자기, 이 유민(遊民)다운 문제를 가져 어이없게 만들어 주었다. 벗은 대체, 그 다섯 개의 임금이 문학과 어떠한 교섭을 갖는가 의혹하며, 자기는 일찍이 그러한 문제를 생각하여 본 일이 없노라 말하고,

　"그래, 그것이 어쨌단 말이야."

　"어쩌기는 무에 어째."

　그리고 구보는 오늘 처음으로 명랑한, 혹은 명랑을 가장한 웃음을 웃었다.

　문득,

　창밖 길가에, 어린애 울음소리가 들린다. 그것이 울음소리에는 틀림없었다. 그러나 어린애의 것보다는 오히려 짐승의 소리에 가까웠다. 구보는 『율리시스』를 논하고 있는 벗의 탁설(卓說 뛰어난 논설이나 의견)에는 상관없이, 대체, 누가 또 최악의 자식을 낳았누, 하고 생각한다.

　가엾은 벗이 있었다. 그는, 어렸을 때부터 그렇게도 불행하였던 그는, 온갖 고생을 겪지 않으면 안 되었었고, 또 그렇게 경난(經難 어려운 일을 겪음. 또는 그 어려움)한 사람이었던 까닭에, 벗과의 사이에 있어서도 가장 관대한 품이 있었다. 그는 거의 구보의 친우(親友)였다. 그러나, 그에게는 남자로서의 가장 불행한 약점이 있었다. 그의 앞에서 구보가 말을 한다면 '다정다한(多情多恨 애틋한 정도 많고 한스러운 일도 많음)', 이러한 문자를 사용할 게다. 그러나 그것은 한 개의 수식에 지나지 않았고, 그 벗의 통제를 잃은 성 본능은 누가 보기에도 진실로 딱한 것임에 틀림없었다. 구보는, 왕왕히, 그 벗의 여성에 대한 심미안에 의혹을 갖기조차 하였다. 그러나 오히려 그러고 있는 동안은 좋았다. 마침내 비극이 왔다. 그 벗은, 결코 아름답지도

총명하지도 않은 한 여성을 사랑하고, 여자는 또 남자를 오직 하나의 사내라 알았을 때, 비극은 비롯한다. 여자가 어느 날 저녁 남자와 마주 앉아, 얼굴조차 붉히고, 그리고 자기가 이미 홑몸이 아님을 고백하였을 때, 남자는 어느 틈엔가 그 여자에게 대하여 거의 완전히 애정을 상실하고 있었다. 여자는 어리석게도 모성됨의 기쁨을 맛보려 하였고, 그리고 남자의 사랑을 좀 더 확실히 포착할 수 있을 것같이 생각하였다. 그러나 남자는 오직 제 자신이 곤경에 빠졌음을 한(恨)하고, 그리고 또 그 젊은 어미에게 대한 자기의 책임을 느끼지 않으면 안 되었던 까닭에, 좀 더 그 여자를 미워하였을지도 모른다.

여자는, 그러나, 남자의 변심을 깨닫지 못하였을지도 모른다. 또, 설혹, 그가 알 수 있었더라도, 역시, 그 수밖에 없었을지도 모른다. 여자는 돌도 안 된 아이를 안고, 남자를 찾아 서울로 올라왔다. 그러나 그곳에는 그들 모자를 위하여 아무러한 밝은 길도 없었다. 이미 반생을 고락을 같이하여 온 아내가 남자에게는 있었고, 또 그와 견주어 볼 때, 이 가정의 틈입자(闖入者)는 어떠한 점으로든 떨어졌다. 특히 아이와 아이를 비하여 볼 때 그러하였다. 가엾은 사생자(私生子)는 나이 분수보다 엄청나게나 거대한 체구와, 또 치매적 안모(顔貌 얼굴 생김새)를 가지고 있었다.

그러나 그것만이라면, 오히려 좋았다. 한번 그 아이의 울음소리를 들을 수 있었을 때, 사람들은 가장 언짢고 또 야릇한 느낌을 갖지 않으면 안 되었다. 그것은 결코 사람의 아이 울음이 아니었다. 그것은 그들의, 특히, 남자의 죄악에 진노한 신이, 그 아이의 비상한 성대를 빌려, 그들의, 특히, 남자의 죄악을 규탄하고, 또 영구히 저주하는 것인 것만 같았…….

구보는 그저 『율리시스』를 논하고 있는 벗을 깨닫고, 불쑥, 그야 제임스 조이스의 새로운 시험에는 경의를 표하여야 마땅할 게지. 그러나 그것이 새롭다는, 오직 그 점만 가지고 과중 평가를 할 까닭이야 없지. 그리고 벗이 그 말에 대하여, 항의를 하려 하였을 때, 구보는 의자에서 몸을 일으켜, 벗의 등을 치고, 자 그만 나갑시다.

그들이 밖에 나왔을 때, 그곳엔 황혼이 있었다. 구보는 이 시간에, 이 거리에, 맑고 깨끗함을 느끼며, 문득, 벗을 돌아보았다.

"이제 어디로 가?"

"집으루 가지."

벗은 서슴지 않고 대답하였다. 구보는 대체 누구와 이 황혼을 지내야 할 것인가 망연하여 한다.

전차를 타고

벗은 이내 집으로 돌아가고 말았다. 집이 아니다. 여사(旅舍 여관)였다. 주인집 식구 말고, 아무도 없을 여사로, 그는 그렇게 저녁 시간을 맞추어 가야만 할까. 만약 그것이 단지 저녁밥을 먹기 위하여서의 일이라면······.

"지금부터 집엘 가서 무얼 할 생각이오?"

그러나 그것은 물론 어리석은 물음이었다. '생활'을 가진 사람은 마땅히 제 집에서 저녁을 먹어야 할 게다. 벗은 구보와 비겨 볼 때, 분명히 생활을 가지고 있었다.

하루의 대부분을 속무(俗務 여러 가지 세속적인 잡무)에 헤매지 않으면 안 되었던 그는 이제 저녁 후의 조용한 제 시간을 가져, 독서와 창작에서 기쁨을 찾을 게다. 구보는, 구보는 그러나 요사이 그 기쁨을 못 갖는다.

어느 틈엔가, 구보는 종로 네거리에 서서, 그곳의 황혼과, 또 황혼을 타서 거리로 나와 노는계집의 무리들을 본다. 노는계집들은 오늘도 무지(無智)를 싸고 거리에 나왔다. 이제 곧 밤은 올 게요, 그리고 밤은 분명히 그들의 것이었다. 구보는 포도 위에 눈을 떨어뜨려, 그곳의 무수한, 화려한 또는 화려하지 못한 다리를 보며, 그들의 걸음걸이를 가장 위태롭다 생각한다. 그들은, 모두가 숙녀화에 익숙하지 못한 것은 아니다. 그러나 그러함에도 불구하고, 그들은 모두들 가장 서투르고 부자연한 걸음걸이를 갖는다. 그것은, 역시, '위태로운 것'이라고밖에 말할 수 없는 것임에 틀림없었다.

그들은, 그러나 물론 그런 것을 그네 자신 깨닫지 못한다. 그들의 세상살이의 걸음걸이가, 얼마나 불안정한 것인가를 깨닫지 못한다. 그들은 누구라도 하나 인생에 확실한 목표를 가지고 있지 않으나, 무지는 거의 완전히 그 불안에서 그들의 눈을 가려준다.

그러나 포도를 울리는 것은 물론 그들의 가장 불안정한 구두 뒤축뿐이 아니었다. 생활을, 생활을 가진 온갖 사람들의 발끝은 이 거리 위에서 모두 자기네들 집으로 향하여 놓고 있었다. 집으로 집으로, 그들은 그들의 만찬과 가족의 얼굴과 또 하루 고역 뒤의 안위를 찾아 그렇게도 기꺼이 걸어가고 있다. 문득, 저도 모를 사이에 구보의 입술을 새어나오는 탁목(啄木)의 단가—

누구나 모다 집 가지고 있다는 애달픔이여
무덤에 들어가듯
돌아와서 자옵네

그러나 구보는 그러한 것을 초저녁의 거리에서 느낄 필요는 없다. 아직 그는 집에 돌아가지 않아도 좋았다. 그리고 좁은 서울이었으나, 밤늦게까지 헤맬 거리와, 들를 처소가 구보에게는 있었다.

그러나 대체 누구와 이 황혼을…… 구보는 거의 자신을 가지고, 걷기 시작한다. 벗이 있다. 황혼을, 또 밤을 같이 지낼 벗이 구보에게 있다. 종로경찰서 앞을 지나 하얗고 납작한 조그만 다료(茶寮 다방, 찻집)엘 들른다.

그러나 주인은 없었다. 구보가 다시 문으로 향하여 나오면서, 왜 자기는 그와 미리 맞추어두지 않았던가. 뉘우칠 때, 아이가 생각난 듯이 말했다. 참, 곧 돌아오신다구요, 누구 오시거든 기다리시라구요. '누구'가, 혹은 특정한 인물일지도 모른다. 벗은 혹은, 구보와 이제 행동을 같이할 수 없을지도 모른다. 그래도 사람은 언제든 희망을 가져야 하고, 달리 찾을 벗을 갖지 아니한 구보는, 하여튼 이제 자리에 앉아, 돌아올 벗을 기다려야 한다.

여자를

동반한 청년이 축음기 놓여 있는 곳 가까이 앉아 있었다. 그는 노는계집 아닌 여성과 그렇게 같이 앉아 차를 마실 수 있는 것에 득의와 또 행복을 느낄 수 있었는지도 모른다. 그의 육체는 건강하였고, 또 그의 복장은 화미(華美)하였고, 그리고 그의 여인은 그에게 그렇게도 용이하게 미소를 보여 주었던 까닭에, 구보는 그 청년에게 엷은 질투와 선망을 느끼지 않으면 안 되었다. 그뿐 아니다. 그 청년은, 한 개의 인단(仁丹) 은단. 향기로운 맛과 시원한 느낌이 나는 작은 알약) 용기와 로도 목약(目藥)을 가지고 있는 것에조차 철없는 자랑을 느낄 수 있었던 듯싶었다. 구보는 제 자신, 포용력을 가지고 있는 듯싶게 가장하는 일 없이, 그의 명랑성에 참말 부러움을 느낀다.

그 사상에는 황혼의 애수와 또 고독이 혼화되어 있었는지도 모른다. 구보는 극히 음울할 제 표정을 깨닫고, 그리고 이 안에 거울이 없음을 다행하여 한다. 일찍이, 어느 시인이 구보의 이 심정을 가리켜 독신자의 비애라 하였다. 그러나 그것은 언뜻 그러한 듯싶으면서도 옳지 않았다. 구보가 새로운 사랑을 찾으려 하지 않고, 때로 좋은 벗의 우정에 마음을 의탁하려 한 것은 제법 오랜 일이다…….

어느 틈엔가, 그 여자와 축복받은 젊은이가 이 안에서 사라지고, 밤은 완전히 다료 안팎에 왔다. 이제 어디로 가나. 문득, 구보는 자기가 그동안 벗을 기다리면서도 벗을 잊고 있었던 사실에 생각이 미치고, 그리고 호젓한 웃음을 웃었다. 그것은 일찍이 사랑하는 여자와 마주 대하여 권태와 고독을 느끼었던 것보다도 좀 더 애처로운 일임에 틀림없었다.

구보의 눈이 갑자기 빛났다. 참 그는 그 뒤 어찌 되었을꼬. 비록 어떠한 종류의 것이든 추억을 갖는다는 것은 사람의 마음을 고요하게, 또 기쁘게 하여 준다.

동경의 가을이다. '간다([神田] 동경의 거리 이름)' 어느 철물전에서 한 개의 네일클리퍼(nail dipper 손톱깎이)를 구한 구보는 '진보초[神保町]', 그가 가끔 드나드는 끽다점을 찾았다. 그러나 휴식을 위함도, 차를 먹기 위함도 아니었던 듯싶다. 오직 오늘 새로 구한 것으로 손톱을 깎기 위하여서만인지도 몰랐다. 그중 구석진 테이블. 그중 구석진 의자. 통속 작가들이 즐겨 취급하는 종류의 로맨스의 발단이 그곳에 있었다. 광선이 잘 안들어 오는 그곳 마룻바닥에서 구보의 발길에 차인 것. 한 권 대학 노트에는 '윤리학' 석 자와 '임(姙)' 자가 든 성명이 기입되어 있었다.

그것은 일종의 죄악일 게다. 그러나 젊은이들에게 그만한 호기심은 허락되어도 좋다. 그래도 구보는 다른 좌석에서 잘 안 보이는 위치에 노트를 놓고, 그리고 손톱을 깎을 것도 잊고 있었다.

제1장 서론. 제1절 윤리학의 정의. 2. 규범과학. 제2장 본론. 도덕 판단의 대상. C 동기설과 결과설. 예 1. 빈가(貧家)의 자손이 효양을 위해서 절도함. 2. 허영심을 만족시키기 위한 자선 사업. 제2학기. 3. 품성 형성의 요소. 1. 의지필연론…….

그리고 여백에 연필로, 그러나 수치심은 사랑의 상상 작용에 조력을 준다. 이것은 사랑에 생명을 주는 것이다. 스탕달의 『연애론』의 일절. 그러고는 연락 없이 『서부전선 이상없다』. 길옥신자(吉屋信子) 개천룡지개(芥川龍之介). 어제 어디 갔었니. 『라부 파레드』를 보았니…… 이런 것들이 씌어 있었다.

다료의 주인이 돌아왔다. 아 언제 왔소. 오래 기다렸소. 무슨 좋은 소식 있소. 구보는 대답 없이 자리에서 일어나, 노트와 단장을 집어 들고, 저녁 먹으러 나갑시다. 그리고 속으로 지난날의 조그만 로맨스를 좀 더 이어 생각하려 한다.

다료에서

나와, 벗과, 대창옥(大昌屋)으로 향하며, 구보는 문득 대학 노트 틈에 끼어 있었던 한 장의 엽서를 생각하여 본다. 물론 처음에 그는 망설거렸었다. 그러나 여자의 숙소까지를 알 수 있었으면서도 그 한 기회에서 몸을 피할 수는 없었다. 그는 우선 젊었고, 또 그것은 흥미 있는 일이었다. 소설가다운 온갖 망상을 즐기며, 이튿날 아침 구보는 이내 이 여자를 찾았다. 우입구 시래정(牛込區 矢來町). 그의 주인집은 신조사(新潮社) 근처에 있었다. 인품 좋은 주인 여편네가 나왔다 들어간 뒤, 현관에 나온 노트 주인은 분명히…… 그들이 걸어가고 있는 쪽에서 미인이 왔다. 그들을 보고 빙그레 웃고, 그리고 지났다. 벗의 다료 옆, 카페 여급. 벗이 돌아보고 구보의 의견을 청하였다. 어때 예쁘지. 사실, 여자는, 이러한 종류의 계집으로서는 드물게 어여뻤다. 그러나 그는 이 여자보다 좀 더 아름다웠던 것임에 틀림없었다.

어서 옵쇼. 설렁탕 두 그릇만 주우. 구보가 노트를 내어놓고, 자기의 실례에 가까운 심방(尋訪)에 대한 변해(辨解 말로 풀어 자세히 밝힘)를 하였을 때, 여자는, 순간에, 얼굴이 붉어졌다. 모르는 남자에게 정중한 인사를 받은 까닭만이 아닐 게다. 어제 어디 갔었니. 길옥신자(吉屋信子). 구보는 문득 그런 것들을 생각해내고, 여자 모르게 빙그레 웃었다. 맞은편에 앉아, 벗은 숟가락 든 손을 멈추고 빤히 구보를 바라보았다. 그 눈은, 무슨 생각을 하고 있느냐, 물었는지도 모른다. 구보는 생각의 비밀을 감추기 위하여 의미 없이 웃어 보였다. 좀 올라오세요. 여자는 그렇게 말하였었다. 말로는 태연하게, 그러면서도 그의 볼은 역시 처녀답게 붉어졌다. 구보는 그의 말을 쫓으려다 말고, 불쑥, 같이 산책이라도 안 하시렵니까, 볼일 없으시면. 그날은 일요일이었고, 여자는 막 어디 나가려던 차인지 나들이옷을 입고 있었다. 통속소설은 템포가 빨라야 한다. 그 전날, 윤리학 노트를 집어 들었을 때부터 이미 구보는 한 개 통속소설의 작자였고 동시에 주인공이었던 것임에 틀림없었다. 그는 여자가 기독교 신자인 경우에는 제 자신 목사의 졸음 오는 설교를 들어도 좋다고까지 생각하고 있었다. 여자는 또 한 번 얼굴을 붉히고 그러나 구보가, 만약 볼일이 계시다면, 하고 말하였을 때, 당황하게, 아니에요 그럼 잠깐 기다려주세요, 그리고 여자는 핸드백을 들고 나왔다. 분명히 자기를 믿고 있는 듯싶은 여자 태도에 구보는 자신을 갖고, 참, 이번 주일에 무장야관(武藏野舘) 구경하셨습니까. 그리고 그와 함께 그러한 자기가 할 일 없는 불량소년같이 생각되고, 또 만약 여자가 그렇게도 쉽사리 그의 유인에 빠진다면, 그것은 아무리 통속소설이라도 독자는 응당 작가를 신용하지 않을 게라고 속으로 싱겁게 웃었다. 그러나 설혹 그렇게도 쉽사리 여자가 그를 좇더라도 구보는 그것을 경박하다고 생각하고 싶지 않았다. 그것에는 경박이란 문자는 맞지 않을 게다. 구보의 자부심으로서는 여자가 초면임에도 불구하고 자기를 족히 믿을 만한 남자라 알아볼 수 있도록 그렇게 총명하다고 생각하고 싶었다.

여자는 총명하였다. 그들이 무장야관 앞에서 자동차를 내렸을 때, 그러나 구보는 잠시 그곳에 우뚝 서 있을 수밖에 없었다. 그것은 뒤에서 내리는 여자를 기다리기 위하여서가 아니다. 그의 앞에 외국 부인이 빙그레 웃으며 서 있었던 까닭이다. 구보의 영어 교사는 남녀를 번갈아 보고, 새로이 의미심장한 웃음을 웃고 오늘 행복을 비오, 그리고 제 길을 걸었다. 그것에는 혹은 삼십 독신녀의 젊은 남녀에게 대한 빈정거림이 있었는지도 모른다. 구보는 소년과 같이 이마와 콧잔등이에 무수한 땀방울을 깨달았다. 그래 구보는 바지 주머니에서 수건을 꺼내어 그것을 씻지 않으면 안 되었다. 여름 저녁에 먹은 한 그릇의 설렁탕은 그렇게도 더웠다.

이곳을

나와, 그러나, 그들은 한길 위에 우두커니 선다. 역시 좁은 서울이었다. 동경이면, 이러한 때 구보는 우선 은좌(銀座 긴자. 동경의 유흥가)로라도 갈 게다. 사실 그는 여자를 돌아보고, 은좌로 가서 차라도 안 잡수시렵니까, 그렇게 말하고 싶었다. 그러나, 순간에, 지금 막 보았을 따름인 영화의 한 장면을 생각해내고, 구보는 제가 취할 행동에 자신을 가질 수 없었을지도 모른다. 규중처자(閨中處子 규중처녀. 집 안에 들어앉아 있는 처녀)를 꼬여 오페라 구경을 하고, 밤늦게 다시 자동차를 몰아 어느 별장으로 향하던 불량청년. 언뜻 생각하면 그의 옆얼굴과 구보의 것과 사이에 일맥상통한 점이 있었던 듯싶었다. 구보는 쓰디쓰게 웃고, 그러나 그러한 것은 어떻든, 은좌가 아니라도 어디 이 근처에서라도 차나 먹고…… 참, 내 정신 좀 보아. 벗은 갑자기 소리치고 자기가 이 시각에 꼭 만나야 할 사람이 있음을 말하고, 그리고 이제 구보가 혼자서 외로울 것을 알고 있었으므로, 그는 미안한 표정을 지었다. 여자가 주저하며, 그만 집으로 돌아가야겠다고 구보를 곁눈질하였을 때에도, 역시 그러한 표정이었던 것임에 틀림없었다. 우리 열 점쯤 해서 다방에서 만나기로 합시다. 열 점. 응, 늦어도 열 점 반. 그리고 벗은 전찻길을 횡단하여 갔다.

전찻길을 횡단하여 저편 포도 위를 사람 틈에 사라져 버리는 벗의 뒷모양을 바라보며, 어인 까닭도 없이, 이슬비 내리던 어느 날 저녁 히비야(日比谷) 공원 앞에서의 여자를 구보는 애달프다, 생각한다.

아, 구보는 악연히(몹시 놀라 정신이 아찔함) 고개를 들어 뜻없이 주위를 살피고 그리고 기계적으로, 몇 걸음 앞으로 나갔다. 아아, 그예 생각해내고 말았다. 영구히 잊고 싶다, 생각한 그의 일을 왜 기억 속에서 더듬었더냐, 애달프고 또 쓰린 추억이란, 결코 사람 마음을 고요하게도 기쁘게도 하여 주는 것은 아니었다.

여자는 그가 구보와 알기 전에 이미 약혼하고 있었던 사내의 문제를 가져, 구보의 결단을 빌었다. 불행히 그 사내를 구보는 알고 있었다. 중학 시대의 동창생. 서로 소식 모르고 지낸 지 오 년이 넘었어도 그의 얼굴은 구보의 머릿속에 분명하였다. 그 우둔하고 또 순직한 얼굴. 더욱이 그 선량한 눈을 생각할 때 구보의 마음은 아팠다. 비 내리는 공원 안을 그들은 생각에 잠겨, 생각에 울어, 날 저무는 줄도 모르고 헤매 돌았다.

참지 못하고, 구보는 걷기 시작한다. 사실 나는 비겁하였을지도 모른다. 한 여자의 사랑을 완전히 차지하는 것에 행복을 느껴야만 옳았을지도 모른다. 의리라는 것을 생각하고, 비난을 두려워하고 하는, 그러한 모든 것이 도시 남자의 사랑이, 정열이, 부족한 까닭이라고 여자가 울며 탄하였을 때, 그 말은 그 말은, 분명히 옳았다, 옳았다.

구보가 바래다주려도 아니에요, 이대로 내버려 두세요, 혼자 가겠어요, 그리고 비에 젖어, 눈물에 젖어, 황혼의 거리를 전차도 타지 않고 한없이 걸어가던 그의 뒷모양. 그는 약혼한 사내에게로도 가지 않았다. 그가 불행하다면 그것은 오로지 사내의 약한 기질에 근원할 게다. 구보는 때로 그가 어느 다행한 곳에서 그의 행복을 차지하고 있는 것같이 생각하고 싶었어도, 그 사상은 너무나 공허하다.

어느 틈엔가 황토 마루 네거리에까지 이르러, 구보는 그곳에 충동적으로 우뚝 서며, 괴로운 숨을 토하였다. 아아, 그가 보고 싶다. 그의 소식이 알고 싶다. 낮에 거리에 나와 일곱 시간, 그것은 오직 한 개의 진정이었을지 모른다. 아아, 그가 보고 싶다. 그의 소식이 알고 싶다…….

광화문통

  그 멋없이 넓고 또 쓸쓸한 길을 아무렇게나 걸어가며, 문득, 자기는, 혹은, 위선자나 아니었었나 하고, 구보는 생각하여 본다. 그것은 역시 자기의 약한 기질에 근원할 게다. 아아, 온갖 악은 인성(人性)의 약함에서, 그리고 온갖 불행이……

  또다시 너무나 가엾은 여자의 뒷모양이 보였다. 레인코트 위에 빗물은 흘러내리고 우산도 없이 모자 안 쓴 머리가 비에 젖어 애달프다. 기운 없이, 기운 있을 수 없이, 축 늘어진 두 어깨. 주머니에 두 팔을 꽂고, 고개 숙여 내디디는 한 걸음, 또 한 걸음, 그 조그맣고 약한 발에 아무러한 자신도 없다. 뒤따라 그에게로 달려가야 옳았다. 달려들어 그의 조그만 어깨를 으스러져라 잡고, 이제까지 한 나의 말은 모두 거짓이었다고, 나는 결코 이 사랑을 단념할 수 없노라고, 이 사랑을 위하여는 모든 장애와 싸워 가자고, 그렇게 말하고, 그리고 이슬비 내리는 동경 거리에서 두 사람은 무한한 감격에 울었어야만 옳았다.

  구보는 발 앞의 조약돌을 힘껏 찼다. 격렬한 감정을, 진정한 욕구를, 힘써 억제할 수 있었다는 데서 그는 값없는 자랑을 얻으려 하였었는지도 모른다. 이것이, 이 한 개 비극이 우리들 사랑의 당연한 귀결이라고 그렇게 생각하려 들었던 자기. 순간에 또 벗의 선량한 두 눈을 생각해내고 그의 원만한 천성과 또 금력이 여자를 행복하게 하여 주리라 믿으려 들었던 자기. 그 왜곡된 감정이 구보의 진정한 마음의 부르짖음을 틀어막고야 말았다. 그것은 옳지 않았다. 구보는 대체 무슨 권리를 가져 여자의, 그리고 자기 자신의 감정을 농락하였나. 진정으로 여자를 사랑하였으면서도 자기는 결코 여자를 행복하게 하여 주지는 못할 게라고, 그 부전감(不全感 불완전한 느낌이나 전부가 아닌 일부분이라는 느낌)이 모든 사람을, 더욱이 가엾은 애인을 참말 불행하게 만들어 버린 것이 아니었던가. 그 길 위에 깔린 무수한 조약돌을, 힘껏, 차, 헤뜨리고, 구보는, 아아, 내가 그릇하였다, 그릇하였다.

철겨운 봄노래를 부르며, 열 살이나 그밖에 안 된 아이가 지났다. 아이에게 근심은 없다. 잘 안 돌아가는 혀끝으로, 술주정꾼이 두 명, 어깨동무를 하고, 수심가를 불렀다. 그들은 지금 만족이다. 구보는, 문득, 광명을 찾은 것 같은 착각을 느끼고, 어두운 거리 위에 걸음을 멈춘다. 이제 그와 다시 만날 때, 나는 이미 약하지 않다……. 그러나 그를 어디가 찾누. 어허, 공허하고 또 암담한 사상이여. 이 넓고, 또 휑한 광화문 거리 위에서 한 개의 사내 마음이 이렇게도 외롭고 또 가엾을 수 있었나.

각모 쓴 학생과, 젊은 여자가 어깨를 나란히 하여 구보 앞을 지나갔다. 그들의 걸음걸이에는 탄력이 있었고, 그들의 말소리는 은근하였다. 사랑하는 이들이여, 그대들 사랑에 언제든 다행한 빛이 있으라. 마치 자애 깊은 부로(父老)와 같이 구보는 너그럽고 사랑 가득한 마음을 가져 진정으로 그들을 축복하여 준다.

이제

어디로 갈 것을 잊은 듯이, 그러할 필요가 없어진 듯이, 얼마 동안을, 구보는, 그곳에 가, 망연히 서 있었다. 가엾은 애인. 이 작품의 결말은 이대로 좋은 것일까. 이제, 뒷날, 그들은 다시 만나는 일도 없이, 옛 상처를 스스로 어루만질 뿐으로, 언제든 외롭고 또 애달파야만 할 것일까. 그러나, 그 즉시 아아, 생각을 말리라. 구보는 의식하여 머리를 흔들고, 그리고 좀 급한 걸음걸이로 온 길을 되걸어갔다. 그래도 마음에 아픔은 그저 있었고, 고개 숙여 걷는 길 위에, 발에 차이는 조약돌이 회상의 무수한 파편이다. 머리를 들어 또 한 번 뒤흔들고, 구보는, 참말 생각을 말리라, 말리라…….

이제 그는 마땅히 다방으로 가, 그곳에서 벗과 다시 만나, 이 한밤의 시름을 덜 도리를 하여야 한다. 그러나 그가 채 전차 선로를 횡단하기 전에 그는 "눈깔 아저씨—" 하고 불리고 그리고 그가 걸음을 멈추고 돌아보았을 때, 그의 단장과 노트 든 손은 아이들의 조그만 손에 붙잡혔다. 어디를 갔다 오니. 구보는 웃는 얼굴을 짓기에 바쁘다. 어느 벗의 조카 아이들이다. 아이들은 구보가 안경을 썼대서 언제든 눈깔 아저씨라 불렀다. 야시 갔다 오는 길이라우. 그런데 왜 요새 통 집에 안 오우, 눈깔 아저씨. 응, 좀 바빠서…… 그러나 그것은 거짓이었다. 구보는, 순간에, 자기가 거의 달포 이상을 완전히 이 아이들을 잊고 있었던 사실을 기억에서 찾아내고 이 천진한 소년들에게 참말 미안하다 생각한다.

가엾은 아이들이다. 그들은 결코 아버지의 사랑을 몰랐다. 그들의 아버지는 다섯 해 전부터 어느 시골서 따로 살림을 차렸고, 그들은, 그래, 거의 완전히 어머니의 손으로써만 길러졌다. 어머니에게, 허물은 없었다. 그러면, 아버지에게. 아버지도, 말하자면, 착한 이였다. 그러나 그에게는 역시 여자에게 대하여 방종성이 있었다. 극도의 생활난 속에서, 그래도, 어머니는 아이들을 학교에 보냈다. 열여섯 살짜리 큰딸과, 아래로 삼 형제. 끝의 아이는 명년에 학령(學齡 초등학교에 들어가야 할 나이)이었다. 삶의 어려움을 하소연하면서도 그 애마저 보통학교에 입학시킬 것을 어머니가 기쁨 가득히 말하였을 때, 구보의 머리는 저 모르게 숙여졌었다.

구보는 아이들을 사랑한다. 아이들은 사랑을 받기를 좋아한다. 때로, 그는 아이들에게 아첨하기조차 하였다. 만약 자기가 사랑하는 아이들이 자기를 따르지 않는다면, 그것은 생각만 하여볼 따름으로 외롭고 또 애달팠다. 그러나 아이들은 그렇게도 단순하다. 그들은, 그들을 사랑하는 사람을 반드시 따랐다.

눈깔 아저씨, 우리 이사한 담에 언제 왔수. 바루 저 골목 안이야. 같이 가아, 응. 가 보고도 싶었다. 그러나 역시 시간을 생각하고, 벗을 놓칠 것을 염려하고, 그는 이내 그것을 단념하는 수밖에 없었다. 어찌할꼬. 구보는 저편에 수박 실은 구루마를 발견하였다. 너희들, 배탈 안 났니. 아아니, 왜 그러우. 구보는 두 아이에게 수박을 한 개씩 사서 들려주고, 어머니 갖다 드리구 나눠줍쇼, 그래라. 그리고 덧붙여 쌈 말구 똑같이들 나눠야 한다. 생각난듯이 큰아이가 보고하였다. 지난번에 필운이 아저씨가 바나나를 사왔는데, 누나는 배탈이 나서 먹지를 못했죠, 그래 막 까시(놀림)를 올렸드니만…… 구보는 그 말괄량이 소녀의, 거의 울가망(근심스럽거나 답답하여 기분이 나지 않음. 또는 그런 상태)이 된 얼굴을 눈앞에 그려보고 빙그레 웃었다. 마침 앞을 지나던 한 여자가 날카롭게 구보를 흘겨보았다. 그의 얼굴은 결코 어여쁘지 못했다. 뿐만 아니라 무엇이 그리 났는지, 그는 얼굴 전면에 대소 수십 편의 뾔꾸를 붙이고 있었다. 응당 여자는 구보의 웃음에서 모욕을 느꼈을 게다. 구보는, 갑자기, 홍소하였다. 어쩌면, 이제, 구보는 명랑하여질 수 있을지도 모른다.

그래도

집으로 자꾸 가자는 아이들을 달래어 보내고, 구보는 다방으로 향한다. 이 거리는 언제든 밤에, 행인이 드물었고, 전차는 한길 한복판을 가장게으르게 굴러갔다. 결코 환하지 못한 이 거리, 가로수 아래, 한두 명의 부녀들이 서고, 혹은, 앉아 있었다. 그들은, 물론, 거리에 봄을 파는 종류의 여자들은 아니었을 게다. 그래도, 이, 밤 들면 언제든 쓸쓸하고, 또 어두운 거리 위에 그것은 몹시 음울하고도 또 고혹적인 존재였다. 그렇게도 갑자기, 부란(腐爛 썩어 문드러짐)된 성욕을, 구보는 이 거리 위에서 느낀다.
문득, 제비와 같이 경쾌하게 전보 배달의 자전거가 지나간다. 그의 허리에 찬 조그만 가방 속에 어떠한 인생이 압축되어 있을 것인고. 불안과, 초조와, 기대와…… 그 조그만 종이 위의, 그 짧은 문면(文面)은 그렇게도 용이하게, 또 확실하게, 사람의 감정을 지배한다. 사람은 제게 온 전보를 받아들 때 그 손이 가만히 떨림을 스스로 깨닫지 못한다. 구보는 갑자기 자기에게 온 한 장의 전보를 그 봉함(封緘)을 떼지 않은 채 손에 들고 감동하고 싶은 충동을 느꼈다. 전보가 못 되면, 보통 우편물이라도 좋았다. 이제 한 장의 엽서에라도, 구보는 거의 감격을 가질 수 있을 게다.

흥, 하고 구보는 코웃음쳐 보았다. 그 사상은 역시 성욕의, 어느 형태로서의, 한 발현에 틀림없었다. 그러나 물론 이 결코 부자연하지 않은 생리적 현상을 무턱대고 업신여길 의사는 구보에게 없었다. 사실 서울에 있지 않은 모든 벗을 구보는 잊은 지 오래였고 또 그 벗들도 이미 오랫동안 소식을 전하여 오지 않았다. 그들은, 모두, 지금, 무엇들을 하구 있을구. 한 해에 단 한 번 연하장을 보내줄 따름의 벗에까지, 문득 구보는 그리움을 가지려 한다. 이제 수천 매의 엽서를 사서, 그 다방 구석진 탁자 위에서, …… 어느 틈엔가 구보는 가장 열정을 가져 벗들에게 편지를 쓰고 있는 제 자신을 보았다. 한 장, 또 한 장, 구보는 재떨이 위에 생담배가 타고 있는 것도 깨닫지 못하고, 그가 기억하고 있는 온갖 벗의 이름과 또 주소를 엽서 위에 흘려 썼다……. 구보는 거의 만족한 웃음조차 입가에 띠며, 이것은 한 개 단편소설의 결말로는 결코 비속하지 않다, 생각하였다. 어떠한 단편소설의—. 물론, 구보는, 아직 그 내용을 생각하지 않았다.

그러나 그러한 것은 어떻든 벗들의 편지가 정말 보고 싶었다. 누가 내게 그 기쁨을 주지는 않는가. 문득 구보의 걸음이 느려지며, 그동안, 집에, 편지가 와 있지나 않을까, 그리고 그것은 가장 뜻하지 않았던 옛 벗으로부터의 열정이 넘치는 글이나 아닐까, 하고 제 맘대로 꾸며 생각하고 그리고 물론 그것이 얼마나 근거 없는 생각인 줄 알았어도, 구보는 그 애달픈 기쁨을 그렇게도 가혹하게 깨뜨려 버리려 하지 않았다. 그러나 그것은 벗에게서 온 편지는 아닐지도 모른다. 혹은, 어느 신문사나, 잡지사……. 그러면 그 인쇄된 봉투에 어머니는 반드시 기대와 희망을 갖고,

그것이 아들에게 무슨 크나큰 행운이나 약속하고 있는 거나 같이 몇 번씩 놓았다, 들었다, 또는 전등불에 비추어 보았다……. 그리고 기다려도 안 들어오는 아들이 편지를 늦게 보아 그만 그 행운을 놓치고 말지나 않을까, 그러한 경우까지를 생각하고 어머니는 안타까워할 게다. 그러나 가엾은 어머니가 그렇게까지 감동을 가진 그 서신이 급기야 뜯어보면, 신문 일 회분의, 혹은 잡지 한 페이지분의, 잡문의 의뢰이기 쉬웠다.

구보는 쓰디쓰게 웃고, 다방 안으로 들어선다. 사람은 그곳에 많았어도, 벗은 있지 않았다. 그는 이제 이곳에서 벗을 기다려야 한다.

다방을

찾는 사람들은, 어인 까닭인지 모두들 구석진 좌석을 좋아하였다. 구보는 하나 남아 있는 가운데 탁자에 가 앉는 수밖에 없었다. 그래도, 그는 그곳에서 엘만의 「발스 센티멘털」을 가장 마음 고요히 들을 수 있었다. 그러나 그 선율이 채 끝나기 전에, 방약무인(傍若無人 곁에 사람이 없는 것처럼 아무 거리낌 없이 함부로 말하고 행동하는 태도가 있음)한 소리가, 구포씨 아니오―. 구보는 다방 안의 모든 사람들의 시선을 온몸에 느끼며, 소리 나는 쪽을 돌아보았다. 중학을 이삼 년 일찍 마친 사내. 어느 생명보험회사의 외교원이라는 말을 들었다. 평소에 결코 왕래가 없으면서도 이제 이렇게 알은체를 하려는 것은 오직 얼굴이 새빨개지도록 먹은 술 탓인지도 몰랐다. 구보는 무표정한 얼굴로 약간 끄떡하여 보이고 즉시 고개를 돌렸다. 그러나 그 사내가 또 한 번, 역시 큰소리로, 이리 좀 안 오시료, 하고 말하였을 때, 구보는 게으르게나마 자리에서 일어나, 그의 탁자로 가는 수밖에 없었다. 이리 좀 앉으시오. 참, 최 군, 인사하지. 소설가, 구포씨.

이 사내는, 어인 까닭인지 구보를 반드시 '구포'라고 발음하였다. 그는 맥주병을 들어보고, 아이 쪽을 향하여 더 가져오라고 소리치고, 다시 구보를 보고, 그래 요새두 많이 쓰시우. 뭐 별로 쓰는 것 '없습니다'. 구보는 자기가 이러한 사내와 접촉을 가지게 된 것에 지극히 불쾌를 느끼며, 경어를 사용하는 것으로 그와 사이에 간격을 두기로 하였다. 그러나 이 딱한 사내는 도리어 그것에서 일종 득의감을 맛볼 수 있었는지도 모른다. 그뿐 아니라, 그는 한 잔 십 전짜리 차들을 마시고 있는 사람들 틈에서 그렇게 몇 병씩 맥주를 먹을 수 있는 것에 우월감을 갖고, 그리고 지금 행복이었을지도 모른다. 그는 구보에게 술을 따라 권하고, 내 참 구포씨 작품을 애독하지. 그리고 그러한 말을 하였음에도 불구하고 구보가 아무런 감동도 갖지 않는 듯싶은 것을 눈치 채자,

"사실, 내 또 만나는 사람마다 보구, 구포씨를 선전하지요."

그러한 말을 하고는 혼자 허허 웃었다. 구보는 의미 몽롱한 웃음을 웃으며, 문득 이 용감하고 또 무지한 사내를 고급으로 채용하여 구보독자 권유원(仇甫讀者勸誘員)을 시키면, 자기도 응당 몇십 명의 독자를 획득할 수 있을지 모르겠다고 그런 난데없는 생각을 하여보고, 그리고 혼자 속으로 웃었다. 참 구포 선생, 하고 최 군이라 불린 사내도 말참견을 하여, 자기가 독견(獨鵑 독견 최상덕. 소설가이자 연기인)의 『승방비곡』과 윤백남의 『대도전(大盜傳)』을 걸작이라 여기고 있는 것에 구보의 동의를 구하였다. 그리고, 이 어느 화재보험회사의 권유원인지도 알 수 없는 사내는, 가장 영리하게,

"물론 선생님의 작품은 따루 치고……."

그러한 말을 덧붙였다. 구보가 간신히 그것들을 좋은 작품이라 말하였을 때, 최 군은 또 용기를 얻어, 참 조선서 원고료는 얼마나 됩니까. 구보는 이 사내가 원호료라 발음하지 않는 것에 경의를 표하였으나 물론 그는 이러한 종류의 사내에게 조선 작가의 생활 정도를 알려 주어야 할 아무런 의무도 갖지 않는다.

그래, 구보는 혹은 상대자가 모멸을 느낄지도 모를 것을 알면서도, 불

쑥, 자기는 이제까지 고료라는 것을 받아 본 일이 없어, 그러한 것은 조금도 모른다고 말하고, 마침 문을 들어서는 벗을 보자 그만 실례합니다. 그리고 그들이 무어라 말할 수 있기 전에 제자리로 돌아와 노트와 단장을 집어 들고, 막 자리에 앉으려는 벗에게,

"나갑시다. 다른 데로 갑시다."

밖에, 여름 밤, 가벼운 바람이 상쾌하다.

조선호텔

앞을 지나, 밤늦은 거리를 두 사람은 말없이 걸었다. 대낮에도 이 거리는 행인이 많지 않다. 참 요사이 무슨 좋은 일 있소. 맞은편에 경성우편국 삼 층 건물을 바라보며 구보는 생각난 듯이 물었다. 좋은 일이라니. 돌아보는 벗의 눈에 피로가 있었다. 다시 걸어 황금정으로 향하며, 이를테면, 조그만 기쁨, 보잘것없는 기쁨, 그러한 것을 가졌소, 뜻하지 않은 벗에게서 뜻하지 않은 엽서라도 한 장 받았다는 종류의…….

"갖구말구."

벗은 서슴지 않고 대답하였다. 노형같이 변변치 못한 사람은 죽을 때까지 받아보지 못할 편지를. 그리고 벗은 허허 웃었다. 그러나 그것은 공허한 음향이었다. 내용 증명의 서류 우편. 이 시대에는 조그만 한 개의 다료를 경영하기도 수월치 않았다. 석 달 밀린 집세. 충충하던 별이 자취를 감추고 하늘이 흐렸다. 벗은 갑자기 휘파람을 분다. 가난한 소설가와, 가난한 시인과…… 어느 틈엔가 구보는 그렇게도 구차한 내 나라를 생각하고 마음이 어두웠다.

"혹시 노형은 새로운 애인을 갖고 싶다 생각 않소."

벗이 휘파람을 마치고 장난꾼같이 구보를 돌아보았다. 구보는 호젓하게 웃는다. 애인도 좋았다. 애인 아닌 여자도 좋았다. 구보가 지금 원함은

한 개의 계집에 지나지 않는지도 몰랐다. 또는 역시 어질고 총명한 아내라야 하였을지도 모른다. 그러다가 구보는, 문득, 아내도 계집도 말고, 십칠팔 세의 소녀를, 만약 그럴 수 있다면, 딸로 삼고 싶다고 그러한 엄청난 생각을 하여 보았다. 그 소녀는 마땅히 아리땁고, 명랑하고 그리고 또 총명하여야 한다. 구보는 자애 깊은 아버지의 사랑을 가져 소녀를 데리고 여행을 할 수 있을 게다―.

갑자기 구보는 실소하였다. 나는 이미 그토록 늙었나. 그래도 그 욕망은 쉽사리 버려지지 않았다. 구보는 벗에게 알리고 싶은 것을 참고, 혼자 마음속에 그 생각을 즐겼다. 세 개의 욕망. 그 어느 한 개만으로도 구보는 이제 용이히 행복될지 몰랐다. 혹은 세 개 욕망의, 그 셋이 모두 이루어지더라도 결코 구보는 마음의 안위를 이룰 수 없을지도 몰랐다.

역시 그것은 '고독'이 빚어내는 사상이었다.

나의 원하는 바를 월륜도 모르네.

문득 '춘부(春夫)'의 일행시를 구보는 입 밖에 내어 외어 본다. 하늘은 금방 빗방울이 떨어질 것같이 어둡다. 월륜(月輪 둥근 달. 또는 그 둘레)은커녕, 혹은 구보 자신 알지 못하고 있을지도 모른다. 어느 틈엔가 종로에까지 다시 돌아와, 구보는 갑자기 손에 든 단장과 대학 노트의 무게를 느끼며 벗을 돌아보았다. 능히 오늘 밤 술을 사줄 수 있소. 벗은 생각하여 보는 일 없이 고개를 끄떡였다. 구보가 다시 다리에 기운을 얻어, 종각 뒤, 그들이 가끔 드나드는 술집을 찾았을 때, 그러나 그곳에는 늘 보던 여급이 없었다. 낯선 여자에게 물어, 그가 지금 가 있는 낙원정의 어느 카페 이름을 배우자, 구보는 역시 피로한 듯싶은 벗의 팔을 이끌어 그리로 가자, 고집하였다. 그 여급을 구보는 이름도 몰랐다. 이를테면 벗이 흥미를 가지고 있는 계집이었다. 마치 경박한 불량 소년과 같이, 계집의 뒤를 좇는 것에서 값없는 기쁨이나마 구보는 맛보려는 심사인지도 모른다.

처음에

벗은, 그러나, 구보의 말을 좇지 않았다. 혹은, 벗은 그 여급에게 흥미를 느끼지 않고 있었던 것인지도 모른다. 그러나 만약 그가 그 여자에게 무어 느낀 게 있었다 하면 그것은 분명히 흥미 이상의 것이었을 게다. 그들이 마침내, 낙원정으로, 그 계집 있는 카페를 찾았을 때, 구보는, 그러나, 벗의 감정이 그 둘 중의 어느 것도 아니었다는 것을 알았다. 혹은, 어느 것이든 좋았었는지도 몰랐다. 하여튼, 벗도 이미 늙었다. 그는 나이로는 청춘이었으면서도, 기력과, 또 정열이 결핍되어 있었다. 까닭에 그가 항상 그렇게도 구하여 마지않는 것은, 온갖 의미로서의 자극이었는도 모른다.

여급이 세 명, 그리고 다음에 두 명, 그들의 탁자로 왔다. 그렇게 많은 '미녀'를 그 자리에 모이게 한 것은, 물론 그들의 풍채도 재력도 아니다. 그들은 오직 이곳의 신선한 객이었고 그리고 노는계집들은 그렇게도 많은 사내들과 알은체하기를 좋아하였다. 벗은 차례로 그들의 이름을 물었다. 그들의 이름에는 어인 까닭인지 모두 '꼬'가 붙어 있었다. 그것은 결코 고상한 취미가 아니었고, 그리고 때로 구보의 마음을 애달프게 한다.

"왜, 호구 조사 오셨어요."

새로이, 여급이 그들의 탁자로 와서 말하였다. 문제의 여급이다. 그들이 그 계집에게 알은체하는 것을 보고, 그들의 옆에 앉았던 두 명의 계집이 자리를 양도하여 엉거주춤 일어섰다. 여자는, 아니 그대루 앉아 있에요, 사양하면서도 벗의 옆에 가 앉았다. 이 여자가 다른 다섯 여자들보다 좀 더 예쁠 것은 없었다. 그래도 어딘지 모르게 기품이 있어 보이기는 하였다. 벗이 그와 둘이서만 몇 마디 말을 주고받고 하였을 때, 세 명의 여급은 다른 곳으로 가버리고 말았다. 동료와 친근히 하고 있는 듯싶은 객에게, 계집들은 결코 흥미를 느끼지 않았다.

"어서 약주 드세요."

이 탁자를 맡은 계집이, 특히 벗에게 권하였다. 사실 맥주를 세 병째 가져오도록, 벗이 마신 술은 모두 한 곱보('컵'의 일본식 발음)나 그밖에 안 되었던 것임에 틀림없었다. 그러나 벗은 오직 그 곱보를 들어보고 또 입에 대는 척하고, 그리고 다시 탁자에 놓았다. 이 벗은 음주 불감증이 있었다. 그러나 물론 계집들은 그런 병명을 알지 못한다. 구보에게 그것이 일종의 정신병임을 듣고, 그들은 철없이 눈을 둥그렇게 떴다. 그리고 다음에 또 철없이 그들은 웃었다. 한 사내가 있어 그는 평소에는 술을 즐기지 않으면서도 때때로 남주(濫酒 마구 술을 마심)를 하여, 언젠가는 일본주를 두 되 이상이나 먹고, 그리고 거의 혼도를 하였다고 한 계집은 이야기를 하고, 그리고 그것도 역시 정신병이냐고 구보에게 물었다. 그것은 기주증(嗜酒症 술을 좋아하지 않는 사람이 걱정거리가 있거나 울적할 때마다 그것을 잊으려고 무턱대고 술을 마시는 병), 갈주증(渴酒症 술을 목말라하는 병) 또는 황주증(荒酒症 헤어나지 못할 정도 술을 많이 마시는 병)이었다. 얼마 전엔가 구보가 흥미를 가져 읽은 『현대의학 대사전』제23권은 그렇게도 유익한 서적임에 틀림없었다.

갑자기 구보는 온갖 사람을 모두 정신병자라 관찰하고 싶은 강렬한 충동을 느꼈다. 실로 다수의 정신병 환자가 그 안에 있었다. 의상분일증(意想奔逸症), 언어도착증(言語倒錯症), 과대망상증(誇大妄想症), 추외언어증(醜猥言語症), 여자음란증(女子淫亂症), 지리멸렬증(支離滅裂症), 질투망상증(嫉妬妄想症), 남자음란증(男子淫亂症), 병적기행증(病的寄行症), 병적허언기편증(病的虛言欺騙症), 병적부덕증(病的不德症), 병적낭비증(病的浪費症)……

그러다가, 문득 구보는 그러한 것에 흥미를 느끼려는 자기가, 오직 그런 것에 흥미를 갖는다는 것만으로도 이미 하나의 환자에 틀림없다, 깨닫고, 그리고 유쾌하게 웃었다.

그러면

뭐, 세상 사람이 다 미친 사람이게. 구보 옆에 조그마니 앉아, 말없이 구보의 이야기만 듣고 있던 여급이 당연한 질문을 하였다. 문득 구보는 그에게로 향하여 비스듬히 고쳐 앉으며 실례지만, 하고 그러한 말을 사용하고, 그의 나이를 물었다. 여자는 잠깐 망설거리다가,
"갓 스물이에요."
여성들의 나이란 수수께끼다. 그래도 이 계집을 갓 스물이라 볼 수는 없었다. 스물다섯이나 여섯. 적어도 스물넷은 됐을 게다. 갑자기 구보는 일종의 잔인성을 가져, 그 역시 정신병자임에 틀림없음을 일러 주었다. 당의즉답증(當意卽答症). 벗도 흥미를 가져 그에게 그 병에 대하여 자세한 것을 물었다. 구보는 그의 대학 노트를 탁자 위에 펴놓고, 그 병의 환자와 의원 사이의 문답을 읽었다. 코는 몇 개요. 두 갠지 몇 갠지 모르겠습니다. 귀는 몇 개요. 한 갭니다. 셋하구 둘하구 합하면. 일곱입니다. 당신 몇 살이오. 스물하납니다(기실 삼십팔 세). 매씨는. 여든한 살입니다. 구보는 공책을 덮으며, 벗과 더불어 유쾌하게 웃었다. 계집들도 따라 웃었다. 그러나 벗의 옆에 앉은 여급 말고는 이 조그만 이야기를 참말 즐길 줄 몰랐던 것임에 틀림없었다. 특히 구보 옆의 환자는, 그것이 자기의 죄 없는 허위에 대한 가벼운 야유인 것을 깨달을 턱 없이 호호대고 웃었다. 그는 웃을 때마다, 말할 때마다, 언제든 수건 든 손으로 자연을 가장하여, 그의 입을 가린다. 사실 그는 특히 입이 모양 없게 생겼던 것임에 틀림없었다. 구보는 그 마음에 동정과 연민을 느꼈다. 그러나 그것은 물론, 애정과 구별되지 않으면 안 된다. 연민과 동정은 극히 애정에 유사하면서도 그것은 결코 애정일 수 없다. 그러나 증오는—, 증오는 실로 왕왕히 진정

한 애정에서 폭발한다……. 일찍이 그의 어느 작품에서 사용하려다 말았던 이 일 절은 구보의 얕은 경험에서 추출된 것에 지나지 않았어도, 그것은 혹은 진리였을지도 모른다. 그런 객쩍은 생각을 구보가 하고 있었을 때, 문득, 또 한 명의 계집이 생각난 듯이 물었다. 그럼 이 세상에서 정신병자 아닌 사람은 선생님 한 분이겠군요. 구보는 웃고, 왜 나두…… 나는, 내 병은,

"다변증(多辯症)이라는 거라우."

"뭐요. 다변증……."

"응, 다변증. 쓸데없이 잔소리 많은 것두 다 정신병이라우."

"그게 다변증이에요."

다른 두 계집도 입안말로 '다변증' 하고 중얼거려 보았다. 구보는 속주머니에서 만년필을 꺼내어 공책 위에다 초한다. 작가에게 있어서 관찰은 무엇에든지 필요하였고, 창작의 준비는 비록 카페 안에서라도 하여야 한다. 여급은 온갖 종류의 객을 대함으로써, 온갖 지식을 얻으려 노력하였다―. 잠깐 펜을 멈추고, 구보는 건너편 탁자를 바라보다가, 또 가만히 만족한 웃음을 웃고, 펜 잡은 손을 놀린다. 벗이 상반신을 일으켜, 또 무슨 궁상맞은 짓을 하는 거야―, 그리고 구보가 쓰는 대로 그것을 소리 내어 읽었다. 여자는 남자와 마주 대하여 앉았을 때, 그 다리를 탁자 밖으로 내어놓고 있었다. 남자의 낡은 구두가 탁자 밑에서 그의 조그만 모양 있는 숙녀화를 밟을 것을 염려하여서가 아닐 게다. 그는, 오늘, 그가 그렇게도 사고 싶었던 살빛 나는 비단 양말을 신을 수 있었다. 그리고 그것이 그렇게도 자랑스러웠던 것임에 틀림없었다.

흥, 하고 벗은 코로 웃고 그리고 소설가와 벗할 것이 아님을 깨달았노라 말하고, 그러나 부대 별의별 것을 다 쓰더라도 나의 음주 불감증은 애기말우―. 그리고 그들은 유쾌하게 웃었다.

구보와 벗과

 그들의 대화의 대부분을, 물론 계집들은 알아듣지 못하였다. 그러면서도 그들은 능히 모든 것을 이해할 수 있었던 듯이 가장하였다. 그러나, 그것은 결코 죄가 아니었고, 또 사람은 그들의 무지를 비웃어서는 안 된다. 구보는 펜을 잡았다. 무지는 노는계집들에게 있어서, 혹은, 없어서는 안 될 물건이나 아닐까. 그들이 총명할 때, 그들에게는 괴로움과 아픔과 쓰라림과…… 그 온갖 것이 더하고, 불행은 갑자기 나타나 그들의 마음을 사로잡고 말 게다. 순간, 순간에 그들이 맛볼 수 있는 기쁨을, 다행함을, 비록 그것이 얼마나 값없는 물건이더라도, 그들은 무지라야 비로소 가질 수 있다……. 마치 그것이 무슨 진리나 되는 듯이, 구보는 노트에 초하고, 그리고 계집이 권하는 술을 사양 안 했다.
 어느 틈엔가 밖에 비가 내리고 있었다. 가만한 비다. 은근한 비다. 그렇게 밤늦어, 그렇게 은근히 비 내리면, 구보는 때로 애달픔을 갖는다. 계집들도 역시 애달픔을 가졌다. 그들은 우산의 준비가 없이 그들의 단벌 옷과, 양말과 구두가 비에 젖을 것을 염려하였다.
 유끼짱―. 보이지 않는 구석에서 취성(醉聲)이 들려왔다. 구보는 창밖 어둠을 바라보며, 문득, 한 아낙네를 눈앞에 그려보았다. 그것은 '유끼['눈(雪)'의 일본에]'― 눈이 그에게 준 생각이었는지도 모른다. 광교 모퉁이 카페 앞에서, 마침 지나는 그를 작은 소리로 불렀던 아낙네는 분명히 소복을 하고 있었다. 말씀 좀 여쭤보겠습니다. 여인은 거의 들릴락 말락한 목소리로 말하고 걸음을 멈추는 구보를 곁눈에 느꼈을 때, 그는 곧 외면하고, 겨우 손을 내밀어 카페를 가리키고, 그리고,
 "이 집에서 모집한다는 것이 무엇이에요."
 카페 창 옆에 붙어 있는 종이에 '女給大募集 여급대모집' 두 줄로 나뉘어 씌어져 있었다. 구보는 새삼스러이 그를 살펴보고, 마음에 아픔을 느

껐다. 빈한은 하였을지도 모른다. 그러나 그는 제 자신 일거리를 찾아 거리에 나오지 않아도 좋았을 게다. 그러나 불행은 뜻하지 않게 찾아와, 그는 아직 새로운 슬픔을 가슴에 품은 채 거리로 나오지 않으면 안 되었던 것일 게다. 그에게는 거의 장성한 아들이 있을지도 모른다. 혹은 그것이 아들이 아니라 딸이었던 까닭에 가엾은 이 여인은 제 자신 입에 풀칠하기를 꾀하지 않으면 안 되었을 게다. 그의 처녀 시대에 그는 응당 귀하게 아낌을 받으며 길러졌을지도 모른다. 그의 핏기 없는 얼굴에는 기품과, 또 거의 위엄조차 있었다. 구보가 말을, 삼가, 여급이라는 것을 주석할 때, 그러나, 그 분명히 마흔이 넘었을 아낙네는 그의 말을 끝까지 듣지 않고 혐오와 절망을 얼굴에 나타내고, 구보에게 목례한 다음, 초연히 그 앞을 떠났다…….

　구보는 고개를 돌려, 그의 시야에 든 온갖 여급을 보며, 대체 그 아낙네와 이 여자들과 누가 좀 더 불행할까, 누가 좀 더 삶의 괴로움을 맛보고 있는 걸까 생각하여 보고 한숨지었다. 그러나 그 좌석에서 그러한 생각을 하는 것은 옳지 않았을지도 모른다. 구보는 새로이 담배를 피워 물었다. 그러나 탁자 위에 성냥갑은 두 갑이 모두 비어 있었다.

　조그만 계집아이가 카운터로 달려가 성냥을 가져왔다. 그 여급은 거의 계집아이였다. 그가 열여섯이나 열일곱, 그렇게 말하더라도, 구보는 결코 의심하지 않았을 게다. 그 맑은 두 눈은, 그의 두 뺨의 웃음우물은 아직 오탁(汚濁)에 물들지 않았다. 구보가 그 소녀에게 애달픔과 사랑과, 그것들을 한꺼번에 느낄 수 있었던 것은 결코 취한 탓만이 아니었을지도 모른다. 너 내일, 낮에, 나하구 어디 놀러 가련. 구보는 불쑥 그러한 말조차 하며 만약 이 귀여운 소녀가 동의한다면, 어디 야외로 반일(半日)을 산책에 보내도 좋다고 생각한다. 그러나 소녀는 그 말에 가만히 미소하였을 뿐이다. 역시 그 웃음우물이 귀여웠다.

　구보는, 문득, 수첩과 만년필을 그에게 주고, 가(可)면 O를, 부(否)면 X

를, 그리고, O인 경우에는 내일 정오에 화신상회 옥상으로 오라고, 네가 뭐라고 표를 질러 놓든 내일 아침까지는 그것을 펴보지 않을 테니 안심하고 쓰라고, 그런 말을 하고, 그 새로 생각해낸 조그만 유희에 구보는 명랑하게 또 유쾌하게 웃었다.

오전 두 시의

종로 네거리— 가는 비 내리고 있어도, 사람들은 그곳에 끊임없다. 그들은 그렇게도 밤을 사랑하여 마지않았는지도 모른다. 그들은 그렇게도 용이하게 이 밤에 즐거움을 구하여 얻을 수 있었는지도 모른다. 그리고 그들은 일순, 자기가 가장 행복된 것같이 느낄 수 있었는지도 모른다. 그러나 그들의 얼굴에, 그들의 걸음걸이에 역시 피로가 있었다. 그들은 결코 위안받지 못한 슬픔을, 고달픔을 그대로 지닌 채, 그들이 잠시 잊었던 혹은 잊으려 노력하였던 그들의 집으로 그들의 방으로 돌아가지 않으면 안 된다.

이렇게 밤늦게 어머니는 또 잠자지 않고 아들을 기다릴 게다. 우산을 가지고 나가지 않은 아들에게 어머니는 또 한 가지의 근심을 가질 게다. 구보는 어머니의 조그만, 외로운, 슬픈 얼굴을 생각하였다. 그리고 제 자신 외로움과 또 슬픔을 맛보지 않으면 안 된다. 구보는 거의 외로운 어머니를 잊고 있었던 것임에 틀림없었다. 그러나 어머니는 그 아들을 응당, 온 하루, 생각하고 염려하고, 또 걱정하였을 게다. 오오, 한없이 크고 또 슬픈 어머니의 사랑이여. 어버이에게서 남편에게로, 그리고 다시 자식에게로, 옮겨가는 여인의 사랑— 그러나 그 사랑은 자식에게로 옮겨간 까닭에 그렇게도 힘 있고 또 거룩한 것이 아니었을까.

구보는, 벗이, 그럼 또 내일 만납시다. 그렇게 말하였어도, 거의 그것을 알아듣지 못하였다. 이제 나는 생활을 가지리라. 생활을 가지리라. 내게는 한 개의 생활을, 어머니에게는 편안한 잠을, 평안히 가 주무시요. 벗이 또 한 번 말했다. 구보는 비로소 그를 돌아보고, 말없이 고개를 끄떡하였다. 내일 밤에 또 만납시다. 그러나 구보는 잠깐 주저하고, 내일, 내일부터, 내 집에 있겠소, 창작하겠소—.

"좋은 소설을 쓰시오."

벗은 진정으로 말하고, 그리고 두 사람은 헤어졌다. 참말 좋은 소설을 쓰리라. 번(番 차례로 숙직이나 당직을 하는 일) 드는 순사가 모멸을 가져 그를 훑어보았어도, 그는 거의 그것에서 불쾌를 느끼는 일도 없이, 오직 그 생각에 조그만 한 개의 행복을 갖는다.

"구보—"

문득 벗이 다시 그를 찾았다. 참, 그 수첩에다 무슨 표를 질렀나 좀 보우. 구보는, 안주머니에서 꺼낸 수첩 속에서, 크고 또 정확한 X를 찾아내었다. 쓰디쓰게 웃고, 벗에게 향하여, 아마 내일 정오에 화신상회 옥상으로 갈 필요는 없을까 보오. 그러나 구보는 적어도 실망을 갖지 않았다. 설혹 그것이 O표라 하였더라도 구보는 결코 기쁨을 느낄 수는 없었을 게다. 구보는 지금 제 자신의 행복보다도 어머니의 행복을 생각하고 싶었을지도 모른다. 그 생각에 그렇게 바빴을지도 모른다. 구보는 좀 더 빠른 걸음걸이로 은근히 비 내리는 거리를 집으로 향한다.

어쩌면, 어머니가 이제 혼인 얘기를 꺼내더라도, 구보는 쉽게 어머니의 욕망을 물리치지는 않을지도 모른다.

상록수

심훈

쌍두취행진곡

가을 학기가 되자, ○○일보사에서 주최하는 학생계몽 운동에 참가하였던 대원들이 돌아왔다. 오늘 저녁은 각처에서 모여든 대원들을 위로하는 다과회가 그 신문사 누상에서 열린 것이다.

오륙백 명이나 수용할 수 있는 대강당에는 전 조선의 방방곡곡으로 흩어져서 한여름 동안 땀을 흘려 가며 활동한 남녀 대원들로 빈틈없이 들어찼다.

폭양에 그은 그들의 시커먼 얼굴! 큰 박덩이만큼씩 한 전등이 드문드문하게 달린 천장에서 내리비치는 불빛이 휘황할수록, 흰 벽을 등지고 앉은 그네들의 얼굴은 더한층 검어 보인다.

만호장안(萬戶長安 집이 아주 많은 서울)의 별처럼 깔린 등불이 한눈에 내려다보이도록 사방의 유리창을 활짝 열어젖혔건만, 건장한 청년들의 코와 몸에서 풍기는 훈김이 우거진 콩밭 속에를 들어간 것만큼이나 후끈후끈 끼친다.

정각이 되자 P 학당의 취주악대는 코넷, 트럼펫 같은 번쩍거리는 악기를 들고 연단 앞줄에 가 벌여 선다. 지휘자가 손을 내젓는 대로 힘차게 연주하는 것은 유명한 독일 사람의 작곡인 쌍두취행진곡(雙頭鷲行進曲)이다. 그 활발하고 장쾌한 멜로디는 여러 사람의 심장까지 울리면서 장내의 공기를 진동시킨다.

악대의 연주가 끝난 다음에, 사회자인 이 신문사의 편집국장이 안경을 번득이며 점잖은 걸음걸이로 단 위에 나타났다.

"에— 아직 개학을 안 한 학교도 있어서 미처 올라오지 못한 대원이 많을 줄 알았습니다. 그런데 뜻밖에 이처럼 성황을 이루어서 장소가 매우 협착한 까닭에, 여러분끼리 서로 간친하는(다정하고 친밀하게 지냄) 기회를 드리려는 다과회가 무슨 강연회처럼 되었습니다."

하고 일장의 인사를 베푼 뒤에 으흠으흠 하고 헛기침을 해서 목소리를 가다듬더니,

"금년에는 여러 가지로 지장이 많았는데도 불구하고 작년보다도 거의 곱절이나 되는 놀라울 만한 성적을 보게 됐습니다. 이것은 오직 동족을 사랑하는 여러분의 열성과, 문맹을 한 사람이라도 더 물리치려는 헌신적 노력의 결과인 것이 물론입니다. 그러므로 주최자 측으로서 여러분의 수고를 감사할 뿐 아니라, 우리 계몽 운동의 장래를 위해서 경축하기를 마지않는 바입니다."

처음에는 늦게 들어오는 사람들 때문에 수성수성하던 장내가 인제는 기침 소리 하나 없이 조용해졌다. 사회자는 말을 이어,

"긴 말씀은 하지 않겠으나, 차나 마셔 가면서 간담적으로 피차에 의견도 교환하고, 그동안에 분투한 체험담도 들려주셔서 앞으로 이 운동을 계속하는 데 크게 참고가 되게 해 주시기를 바라는 바입니다."

라고 부탁을 한 후 단에서 내렸다.

대원들 중에서 제일 나이가 들어 보이는 어느 전문학교의 교복을 입은 학생이 나아가 간단한 답사를 하고 돌아왔다.

문간에서 회장을 정돈시키던 이 신문사의 배지를 붙인 사원이 눈짓을 하니까, L여학교 가사과의 학생들은, 굉장한 연회나 차리는 듯이 일제히 에이프런을 두르고 돌아다니며 자기네의 손으로 만든 과자와 차를 주욱 돌린다.

대원들은 찻잔을 받아 들고 앉아서 무릎 위에 올려놓은 과자 접시를

들여다보면서,

    '에계— 요걸루 어디 간에 기별이나 가겠나.'

하는 듯한 표정을 지으며 입맛을 다신다.

    장내는 사기그릇이 부딪쳐 대그락거리는 소리와 잡담을 하는 소리로 웅성웅성하는데, 맨 앞줄 한구석에서 하와이안 기타를 뜯는 소리가 모기 소리처럼 애웅애웅 하고 들리기 시작한다.

    남양의 달밤을 상상케 하는 애련하고도 청아한 선율에, 회장은 다시 조용해졌다. C전문의 명물인 익살꾼으로 기타의 명수인 S군이 자청을 해서 한 곡조를 타는 것이다.

    S군은 한참 타다가, 저 혼자 신이 나서 악기를 들고 일어나 엉덩춤을 춘다. 메기 같은 넓적한 입을 실룩거리며 토인의 노래를 흉내 내는데, 그 목소리는 체수(몸의 크기)에 어울리지 않게, 염생이가 우는 소리와 흡사하게 떨려 나와서, 여러 사람의 웃음보가 터졌다. 어떤 중학생은 웃음을 억지로 참다가, 입에 물고 있던 과자를 앞줄에 앉은 사람의 뒤통수에다가 확 내뿜었다. 한구석에 몰려 앉은 여학생들은 손수건을 입에다 대고 허리를 잡는다.

    "재청요!"

    "앙코르! 앙코르!"

하는 소리가 여기저기서 일어나며 회장 안은 벌통 속처럼 와글와글 한다. S군은 저더러 잘한다는 줄만 알고, 두 번 세 번 껑충거리고 나와서 익살을 깨트리는 바람에 점잔을 빼던 사회자도 간신히 웃음을 참고 앉았다. 그는 미소를 띠고 일어서며,

    "여러분 고만 조용합시다."

하고 손을 들었다.

    "지금부터 여러분의 체험담을 듣겠습니다. 한 사람도 빼어 놓지 않고 고향에서 활동하던 이야기를 골고루 듣구는 싶지만, 시간이 허락지 않는

관계로 유감천만이나 사회자가 몇 분을 지적할 수밖에 없습니다."
하고 양복 주머니에서 각 지방으로부터 온 통신과, 이미 신문에 발표된 대원들의 보고서를 한 뭉텅이나 꺼내 놓고 뒤적거리더니,

"금년에 활동한 계몽 대원 중에 뛰어나게 좋은 성적을 보여 주었을 뿐 아니라, 글을 깨쳐 준 아동의 수효로는 우리 신문사에서 이 운동을 개시한 이래 최고 기록을 지은 분을 소개하겠소이다."

하고는 다시 안경 너머로 서류를 들여다보다가 얼굴을 들고 선생이 출석부를 부르듯이,

"××고등 농림의 박동혁(朴東赫) 군!"

하고 목소리를 높였다. 장내는 테(어그러지거나 깨지지 아니 하도록 그릇 따위의 몸을 둘러맨 줄)를 메인 듯이 긴장해졌건만, 제 이름을 못 들었는지 얼핏 대답하는 사람이 없다.

"박동혁 군 왔소?"

사회자는 더한층 목소리를 높이고는 사면을 살핀다. 만장의 학생들은,

'박동혁이가 어떻게 생긴 사람이야!'

하는 듯이 서로 돌아다보며 이름을 불린 고농 학생을 찾는다.

"여기 있습니다."

맨 뒷줄에서 굵다란 목소리가 청처짐하게(아래쪽으로 좀 처지거나 조금 느슨하게) 들렸다. 여러 사람의 고개는 일제히 목소리가 난 데로 돌려졌다.

"그리루 나가랍니까?"

엉거주춤하고 묻는 말이다.

"이리 나오시오."

사회자는 연단에서 비껴서며 손짓을 한다.

기골이 장대한 고농 학생이 뭇사람이 쏘는 시선을 한 몸에 받으며 뚜벅뚜벅 걸어나오자 우레 같은 박수 소리가 강당이 떠나갈 듯이 일어났다.

'박동혁'이라고 불린 학생은 연단에 올라서기를 사양하고 앞줄에 가

두 다리를 떡 버티고 섰다. 빗질도 아니 한 듯한 올백으로 넘긴 머리며 숱하게 난 눈썹 밑에 부리부리한 두 눈동자에는 여러 사람을 누르는 위엄이 떠돈다.

그는 박수 소리가 그치기를 기다려 두툼한 입술을 열었다.

"여러분!"

청중이 숨소리를 죽이게 하는 저력 있는 목소리다.

"오늘 저녁에 항상 그리워하던 여러분 동지와 한자리에 모여서 흉금을 터놓고 서로 얘기할 기회를 얻은 것을 무한히 기뻐합니다."

목구멍에서 나오는 음성이 아니요, 땀에 절은 교복이 팽팽하게 켕기도록 떡 벌어진 가슴 한복판을 울리며 나오는 바리톤(남자의 저음)이다. 청중은,

'저 입에서 무슨 말이 떨어지려나?'

하는 듯이 눈도 깜짝거리지 않으며 동혁의 얼굴을 바라다본다.

동혁은 장내를 다시 한 번 둘러본 뒤에 천천히 입을 연다.

"그러나, 삼 년째 이 운동에 참가해서 적으나마 힘을 써온 이 사람으로서 그 경험이나 감상을 다 말씀하려면 매우 장황하겠습니다. 더구나 오늘 저녁은 간단한 경과만 보고하기를 약속한 까닭에, 정작 이 가슴속에 첩첩이 쌓인 그 무엇을 여러분 앞에 시원스럽게 부르짖지 못하는 것을 크게 유감으로 생각합니다. 그러니까 이 자리에서 못하는 말은 사사로운 좌석에서 얘기할 기회를 짓고, 또는 개인적으로도 긴밀한 연락을 취해서 서로 간담을 비춰 가며 토론도 하고 의견도 교환하기를 바랍니다."

하고 잠시 말을 멈추더니, 수첩을 꺼내 들고 자기의 고향인 남조선의 서해변에 있는 한곡리(漢谷里)라는 궁벽한 마을의 형편을 숫자적으로 대강 보고를 한다.

호수(戶數)가 구십사 호인데, 농업이 칠 할 어업이 이 할이요, 토기업(土器業)이 일 할이라는 것과, 인구가 사백육십여 명에 그야말로 낫 놓고 기역자도 모르는 문맹이 팔 할 이상이나 점령한 것을 삼 년 동안을 두고

여름과 겨울 방학에 중년 이하로 여자들과 육칠 세 이상의 아동을 모아 놓고 한글을 깨쳐 주고 간단한 셈수를 가르쳐 준 것이 이백사십칠 명에 달하는데, 그곳 보통학교 출신들의 조력이 많았다는 것을 말하자, 박수 소리가 사방에서 일어났다.

동혁은 천천히 수첩을 집어넣으며 집안 식구와 이야기하는 듯한 말씨로,

"우리 고향은 워낙 원시부락(原始部落)과 같은 농어촌이 돼서, 무지한 부형들의 이해가 전연 없는데다가, 관변(정부나 관청 쪽. 또는 그 계통)의 간섭두 여간 까다로운 게 아니었어요. 그런 걸 별짓을 다 해가면서 억지루 시작을 했었지요. 첫해에는 아이들을 잔뜩 모아는 놨어두 가르칠 장소가 없어서 큰 은행나무 밑에다 널판대기에 먹칠을 한 걸 칠판이라고 기대어 놓구 공석이나 가마니를 깔구는 밤 깊도록 이슬을 맞아 가면서 가르치기를 시작했었는데, 마침 장마 때라 비가 자꾸만 와서 견딜 수가 있어야지요. 그래서 할 수 없이 움을 팠에요. 나흘 동안이나 장정 십여 명이 들러붙어서 한 대여섯 간통이나 파구서 밀짚으로 이엉을 엮어서 덮구, 그 속에 들어가서 진땀을 흘리며 '가갸거겨'를 가르쳤지요. 그러다가 어느 날 밤새도록 비가 퍼붓듯이 쏟아졌는데, 그 이튿날 아침에 가보니까 교실 속에 빗물이 웅덩이처럼 흥건하게 고였는데, 송판으로 엉성하게 만든 책상 걸상이 둥실둥실 떠다니는군요."

그 말에 여기저기서 픽픽 웃는 소리가 들렸다. 동혁이 자신도 남자다운 웃음을 띄우고,

"그뿐인가요. 제철을 만난 맹꽁이란 놈들이 뛰어들어서 저희끼리나 글을 읽겠다구 '맹자 왈' '공자 왈' 해가며 한바탕 복습을 하는데……."

그때에 어느 실없는 군이 코를 싸쥐고,

"매앵 꽁, 매앵 꽁."

하고 커다랗게 흉내를 내어서 여러 사람은 천장을 우러러 간간대소(기쁜 표

정을 지으며 크게 소리 내어 웃음)를 하였다. 여학생들은 킬킬거리고 웃어대다가 눈물을 다 질금질금 흘린다. 그러자,

"웃을 얘기가 아니오!"

"쉬, 조용들 합시다."

하고 꾸짖듯 하는 소리가 회장 한복판에서 들렸다. 동혁이도 검붉은 얼굴에 떠돌던 웃음을 지워 버리고 한 걸음 다가서며,

"나 역시 이 자리를 웃음 바탕을 만들려구 그런 말을 한 게 아닙니다. 이보담 더 비참한 현실과 부딪쳐서 더한층 쓰라린 체험을 하신 분이 많을 줄 알면서도, 다만 한 가지 예를 들었을 뿐입니다."

하고 잠시 눈을 꽉 감고 침묵하더니 손을 번쩍 쳐들며,

"그러나 여러분! 끝으로 꼭 한마디만 하고 싶은 말이 있습니다."

하고 목청을 높여 힘차게 청중에게 소리친다. 대원들은 물론, 사회자까지도 다시금 긴장해서 엄숙해진 동혁의 얼굴만 주목한다.

"눈 뜬 소경에게 글자를 가르쳐 주는 것은 두말할 것 없이 필요합니다. 계몽 운동이 우리에게 있어서 가장 시급한 사업 중의 하나인 것도 사실입니다. 그러나 이 땅의 지식 분자(知識分子 지식층에 속하는 사람)인 우리들이 이러한 기회에 전 조선의 농촌, 어촌, 산촌으로 방방곡곡에 파구들어 가서, 그네들과 똑같은 생활을 하면서 어떻게 하면 그네들이 그 더할 수 없이 비참한 생활에서 벗어날 수가 있을까 하는 문제를 머리를 싸매구서 생각해 봐야 합니다. 지금부터 육칠 년 전 노서아의 청년들이 부르짖던 브나로드(민중 속으로라는 말)를 지금 와서야 우리가 입내 내듯 하는 것은 더할 수 없이 슬프고 부끄러운 일입니다. 그렇지만 우리는 남에게 뒤떨어진 것을 탄식만 할 것이 아니라, 높직이 앉아서 민중을 관찰하거나 연구의 대상으로 삼으려 하는 태도를 단연히 버리고, 그네들이 즉 우리 조선 사람이 제 힘으로써 다시 살아나기 위한 기초 공사를 해야 하겠습니다. 오늘 저녁 이 자리에 모인 바로 여러분의 손으로 시작해야겠습니다. 물질로 즉

경제적으로는 일조일석에 부활하기가 어렵겠지만, 무엇보다도 먼저 모든 것을 지배하고 온갖 행동의 원동력이 되는 정신(精神), 요샛말로 '이데올로기'를 통일하기 위해서 전력을 기울여야 하겠습니다!"
하고 말끝마다 힘을 주다가 잠시 무엇을 생각하더니,
"여러분! 여러분은 우리를 못살게 구는 적(敵)이, 고쳐 말씀하면 우리의 원수가 어디 있는 줄 아십니까?"
하고 나서, 그는 무슨 범인이나 찾는 듯한 눈초리로 청중을 돌려본 뒤에 손가락을 펴들어 저의 머리통을 가리키며
"그 원수가 이 속에 들었습니다. '아이구 인제는 죽는구나', '너나 할 것 없이 모조리 굶어 죽을 수밖에 없구나' 하는 절망과 탄식! 이것 때문에 우리는 두 눈을 멀거니 뜬 채 피를 뽑히구 있는 것입니다. 그런 지레짐작, 즉 선입관념이 골수에 박혀 있는 까닭에, 우리가 피만 식지 않은 송장 노릇을 한다고 해두 과언이 아닙니다. 그야 천치 바보가 아닌 담에야 우리의 현실을 낙관할 수야 없겠지요. 덮어놓구 '기운을 차리라', '벌떡 일어나 달음박질을 해라' 하고 고함을 지르며 채찍질을 한대도 몇백 년이나 앓던 중병환자가 벌떡 일어나지야 못하겠지요. 그렇지만……."
하고 주먹을 쥐고 부르르 떨며 혀끝으로 불을 뿜는 듯한 열변에 회장은 유리창이 깨어질 듯한 박수 소리가 일어났다. 동시에 여기저기서,
"옳소!"
"그렇소!"
하는 고함과 함께,
"그건 탈선이오."
하고 반박하는 소리가 들렸다. 그 소리를 듣자 동혁은 금세 눈초리가 실쭉해지더니,
"어째서 탈선이란 말요!"
하고 눈을 커다랗게 부릅뜨며 목소리가 난 쪽을 노려보는 판에, 사회자

는 동혁의 곁으로 가서 무어라고 귓속을 한다.
"중지시킬 권리가 없소!"
"말해라, 말해!"
이번에는 발을 구르며 사회자를 공박하는 소리로 장내가 물 끓듯 한다.
동혁은 그 자리에 꿈쩍도 안 하고 버티고 서서 매우 흥분된 어조로,
"지금은 시간의 자유까지도 없지만, 내 의견과 틀리는 분은 이 회가 파한 뒤에 얼마든지 토론을 합시다."
하고 누구든지 덤벼라! 하는 기세를 보이더니,
"나는 어떠한 수단과 방법을 써서래두, 우리 민중에게 우선 희망의 정신과 용기를 길러 주기 위해서 노력하는 것이, 우리 계몽 운동 대원의 가장 큰 사명으로 믿습니다. 동시에 여러분도 이 신조를 다 같이 지키기를 충심으로 바랍니다."
동혁은 성량(聲量)껏 부르짖고는 교복 소매로 이마의 땀을 씻으며 제자리로 돌아갔다.
사회자는 아까보다도 더 정중한 태도를 짓고 동혁이가 섰던 자리로 가서 장내가 정숙해지기를 기다려,
"박동혁 군의 말은 개념적이나마 누구나 존중해야 할 좋은 의견으로 압니다."
하고는,
"그러나 현재의 정세로 보아서, 어느 시기까지는 계몽 운동과 사상운동을 절대로 혼동해서는 아니 됩니다. 계몽 운동은 계몽 운동에 그칠 따름이지, 부질없이 혼동해 가지고 공연한 데까지 피해를 끼칠 까닭은 털끝만큼도 없습니다."
하고 단단히 주의를 시킨다. 그때에 한구석에서,
"에그 추워……."
하고 일부러 어깨와 목소리를 떠는 학생이 있었다.

동혁의 뒤를 이어 서너 사람이나 판에 박은 듯한 경과보고가 지루하게 있은 후, 사회자는,

"이번에는 금년에 처음으로 참가한 여자 대원 중에서 제일 좋은 성적을 나타낸 ××여자 신학교에 재학중인 채영신(蔡永信) 양의 감상담이 있겠습니다."

하고 회장은 오른편에 여자들이 모여 앉은 데를 바라다본다. 남학생들은 그 편으로 머리를 돌리며 손뼉을 친다. '채영신'이라고 불린 여자는 한참만에 얼굴이 딸기빛이 되어 가지고 일어서더니,

"전 아무 말두 허기 싫습니다!"

하고 머리를 내저으며 여무지게 한마디를 하고는 펄썩 주저앉아 버린다. 사회자는 영문을 몰라서 눈이 둥그래졌다.

뜻밖에 미리 약속까지 하였던 연사가 말하기를 딱 거절하는 데는, 사회자와 청중이 함께 어리둥절할 수밖에 없었다.

"이유를 말합시다."

"그 대신 독창이래두 시키세."

상대자가 여자인 까닭에 더욱 호기심을 가진 남학생들이 가만히 두고 볼 리가 없다. 음악회에서 억지로 끌어내어 재청이나 시키는 것처럼 짓궂게 박수를 하며 야단들이다.

"간단하게나마 말씀해 주시지요."

사회자는 좀 무색한 듯이 채영신이가 앉은 편으로 몇 걸음 다가오며 어서 일어나기를 권한다.

그래도 영신은 꼼짝도 아니 하고 앉았다가 곁에서 동지들이 옆구리를 찌르고 등을 떠다밀어서 마지못해 일어났다. 서울 여자들은 잠자리 날개처럼 속살이 하얗게 내비치는 깨끼 적삼에 무늬가 혼란한 조세트나, 근래에 유행하는 수박색 코로나프레프 같은 박래품(다른 나라에서 배로 실어 온 물품)으로 치마를 정강마루까지 추켜 입고 다닐 때건만, 그는 언뜻 보기에도

수수한 굵다란 광당포 적삼에 검정 해동치마를 입었고, 화장품과는 인연이 없는 듯, 시골서 물동이를 이고 다니는 과년한 처녀를 붙들어다 세워 놓은 것 같다. 그러나 얼굴에 두드러진 특징은 없어도, 청중을 둘러보는 두 눈동자는 인텔리 여성다운 이지(理智)가 샛별처럼 빛난다. 그는 사회자를 쏘아보며,

"첫째, 이런 자리에서 남자와 여자를 구별하는지는 모르지만, 남이 다 말을 하구 난 맨 끄트머리에 언권을 주는 것이 몹시 불쾌합니다."

새되고(목소리가 높고 날카로움) 결곡한(얼굴 생김새나 마음씨가 깨끗하고 여무져서 빈틈이 없음) 목소리다.

"흥, 엔간한걸."

"여간내기가 아닌데."

남학생들은 혀를 내두르며 수군거린다. 제자리에 돌아와 이제껏 흥분을 가라앉히느라고 눈을 딱 감고 있던 동혁이도, 얼굴을 쳐들고 채영신의 편을 주목한다. 두 사람은 매우 가까운 거리에 앉아 있었던 것이다.

영신은 말을 이어,

"둘째는 제 속에 있는 말씀을 솔직하게 쏟아 놓구는 싶어두요, 사회하시는 분이 또 무어라고 제재를 하실 테니깐, 구차스레 그런 속박을 받아 가면서까지 말을 할 필요가 없을 줄 압니다."

하고 다시 앉아 버린다. 이번에는 여자 석에서 손뼉 치는 소리가 생철 지붕에 소낙비 쏟아지듯 한다.

사회자는 그만 무안에 취해서 얼굴을 붉히며 매우 난처한 표정을 짓다가,

"아까 박동혁 군이 말할 때는, 시간이 없다고 주의를 시킨 것이지 말의 내용을 간섭한 것은 아닙니다."

하고 뿌옇게 발뺌을 한다. 그러자 동혁이가 벌떡 일어나 나치스식으로 팔을 들며,

"사회!"

하고 회장이 찌렁찌렁하도록 부른다.

"밤을 새우는 한이 있드래두 이런 기회에 우리는 충분히 의견을 교환하고 싶습니다. 우선 지도원리(指導原理)를 통일해 놓고 나서 깃발을 드는 것이 일의 순서가 아니겠습니까."

하고 톡톡히 항의를 한다. 사회자는 시계를 꺼내 보고 사교적 웃음을 띠며,

"채영신 씨, 그럼 내년에는 맨 먼첨 언권을 드릴 테니 그렇게 고집하지 마시고 말씀하시지요."

하고는 장내의 공기를 완화시키려고 슬쩍 농친다.

영신은 다시 망설이다가 이번에는 대접상으로 간신히 일어났다.

"저는 금년에야 참가를 했으니까, 이렇다고 보고를 할 만한 재료가 없고요, 고생을 좀 했다고 자랑할 것도 못 될 줄 압니다. 그저 앞으로 이 운동을 꾸준하게 해나갈 결심이 굳을 뿐이니까요."

하고는 그 영채가 도는 눈을 사방으로 돌리더니,

"그렇지만 저 역시 여러분께 우리 계몽대의 운동이 글자를 가르치는 데만 그치지 말고, 한 걸음 더 나아가서 우리 민족의 거의 전부라고 할 만한 절대다수인 농민들의 살 길을 열어 주기 위해서, 우선 그네들에게 희망의 정신을 넣어 주자는……."

하다가 상막해서(기억이 분명하지 않고 아리송함) 잠시 이름을 생각해 보더니,

"……박동혁 씨의 의견은 저도 전연 동감입니다!"

하고 남학생 편으로 고개를 돌린다.

"여러분은 학교를 졸업하면 양복을 갈아 붙이고 의자를 타구 앉아서, 월급이나 타먹으려는 공상버텀 깨트려야 헙니다. 우리 남녀가 총동원을 해서 머리를 동쳐 매구 민중 속으로 뛰어들어서, 우리의 농촌, 어촌, 산촌을 붙들지 않으면, 그네들을 위해서 한 몸을 희생에 바치지 않으면, 우리

민족은 영원히 거듭나지 못합니다!"

그는 무슨 말을 더 하려다가, 북받쳐 오르는 흥분을 스스로 억제하지 못하고 고만 쓰러지듯이 앉아 버린다. 장내는 엄숙한 기분에 잠겼다. 말썽을 부리던 남학생들도 머리를 수그리고 있다. 그네들의 머릿속에도 감격의 물결이 출렁거리고 있었던 것이다.

매우 긴장된 중에 K보육학교 학생들의 코러스로 간친회는 파하였다. 동혁은 여러 학생들 틈에 섞여서 서대문행 전차를 탔다. 전차가 마악 떠나려는데, 놓치면 큰일이나 날 듯이 뛰어오르는 한 여학생이 있다. 그는 동혁에게 생후 처음으로 깊은 인상을 준 채영신이었다.

영신은 승객들에게 밀려서 동혁이가 걸터앉은 데까지 와서는 손잡이를 붙들고 섰다. 두 사람은 아직도 흥분이 가라앉지 않은 검붉은 얼굴을 서로 무릎이 닿을 듯한 거리에서 대하게 되었다.

그들은 저도 모르는 결에, 서로 목례를 주고받았다. 비록 오늘 저녁 공석에서 처음 대면을 하였건만, 여러 해 사귀어 온 지기(知己)와 같이 피차에 반가웠던 것이다.

동혁은 앉아 있기가 미안해서,

"이리 앉으시지요."

하고 일어서며 자리를 내준다. 영신은 머리를 숙이며,

"고맙습니다. 전 섰는 게 시원해 좋아요."

하고 사양하면서 도리어 반걸음쯤 물러선다.

동혁은 아직도 애티가 남아 있어 귀염성스러운 영신의 입모습을 보았다. 그 입모습을 스치고 지나가는 미소를 보았다.

"창에서 들어오는 바람이 더 시원한데요."

동혁은 엉거주춤하고 자꾸만 앉기를 권한다.

"어서 앉아 계세요. 전 괜찮아요."

"그럼 나두 서겠습니다."

동혁이가 반쯤 몸을 일으키기가 무섭게 다른 승객이 냉큼 뚱뚱한 궁둥이를 들이밀었다. 동혁은,

'어지간히 고집이 세구나.'

하면서도, 영신이가 저를 연약한 여자라고 자리를 사양하는 그런 대우가 받기 싫어서 굳이 앉지 않는 줄은 몰랐으리라.

차 속이 부벼서 두 사람은 손잡이 하나를 나누어 쥐고 옷이 스치도록 나란히 섰건만,

"되레 미안합니다."

"천만에요."

하고 한마디씩 주고받은 다음에는 말이 없었다.

운전대에서 쏟아져 들어오는 밤바람은 여간 시원하지가 않다. 영신은 앞 머리카락이 자꾸만 이마를 간질여서, 물동이에서 떨어지는 물방울을 손등으로 뿌리듯 한다. 한 발자국쯤 앞에 선 동혁의 안반(떡을 칠 때에 쓰는 두껍고 넓은 나무 판) 같은 잔등이에서는 교복에 절은 땀냄새가 영신의 코에까지 맡인다. 그러나 한여름 동안 머리도 감지 않은 촌 여편네들과 세수도 변변히 하지 않은 아이들 틈에 끼어 지내서, 시크무레한 땀내가 코에 밴 영신은 동혁의 몸에서 풍기는 냄새가 고개를 돌리도록 불쾌하지는 않았다.

전차가 '감영' 앞에 와 정거를 하자 영신은 앞을 비비고 나서며,

"전 여기서 내립니다."

하고 공손히 예를 한다.

동혁은 목을 늘이고 창밖을 내다보더니,

"나도 여기서 내려야겠는데요."

하고 영신의 뒤를 따라 내렸다. 안전지대에서 두 사람은 즉시 헤어지지를 못하고 서성서성하다가,

"어디로 가십니까?"

하고 동혁이가 물었다.

"학교 기숙사루 가서 잘 텐데, 문 닫을 시간이 지나서 걱정이야요. 여간 규칙이 엄해야죠. 시간이 급해서 사감한텐 말도 못 하고 나왔는데요."

"그럼 쫓겨나셨군요. 물론 객지시지요?"

"네."

두 사람은 방향을 정하지 못하고 아현리 편 쪽으로 나란히 서서 걷는다.

"그럼 어떻게 하나요? 나는 이 근처서 통학하는 친구 집이 있어서 그리루 자러 가는 길이지만……."

"전 서울 사는 동지라곤 친한 사람이 하나두 없어요."

하고 영신은 다시 돌아서며,

"아무튼 기숙사루 가보겠어요."

하고 잘 가라는 듯이 인사를 한다. 동혁은 우연히 같은 전차를 탔으나, 여기까지 같이 왔다가 혼자 보내기가 안돼서,

"그럼 내 보호병정 노릇을 해 드리지요."

하고 영신이가 사양하는 것을 '금화산' 밑에 있는 여신학교 기숙사 앞까지, 멀찌감치 걸어서 따라 올라갔다.

기숙사는 불을 끈 지도 오래인 모양인데, 대문을 잡아 흔들고 초인종을 연거푸 누르고 하여도 감감소식이다.

"이를 어쩌나. 인젠 숙직실루 전화를 걸어보는 수밖에 없는데, 전화나 어디 빌릴 데가 있어야죠."

하며 영신은 발을 구르면서 어쩔 줄을 모른다.

두 사람은 하는 수 없이 다시 앞서거니 뒤서거니 언덕길을 더듬으며 감영 네거리로 내려왔다. 깊은 밤 후미진 구석으로 여학생의 뒤를 따라다니는 것부터 부질없는 노릇인데, 더구나 아는 사람의 눈에 띄든지 해서 재미없는 소문이 퍼지는 날이면 영신에게 미안할 것도 모르는 것은 아니다. 그러나 동혁은 밤중에 길거리로 헤매게 된 젊은 여자를 내버려 두

고 저 혼자만 휘적휘적 친구의 집으로 자러 갈 수는 없었다.

영신이도 건장한 남자가 뒤를 따라 주는 것이 정말 보호병정이나 데리고 다니는 것처럼 든든히 여기는 눈치를 살피고 동혁은,

"아무튼 전화나 걸어보시지요."

하고 길가 포목전의 닫힌 빈지를 두드려서 간신히 전화를 빌려 주었다.

영신은 학교의 전화번호를 불렀다. 마지못해서 문을 열어 주고서도 귀찮은 듯이 눈살을 찌푸리고 돈을 세고 앉은 주인을 곁눈으로 보면서, 두 번 세 번 걸어도 귓바퀴에서 이잉 이잉 소리만 들릴 뿐, 나와 주는 사람이 없다.

"도오시데모 오이데니 나리마셍까라 마다 네가이마스(암만해도 안 나오니 다시 걸어 주십시오)."

하는 교환수의 맵살스러운 목소리를 듣고야, 영신은 하는 수 없이 전화를 끊고 한숨을 내쉬면서 다시 길거리로 나왔다.

"인젠 여관으루 가실 수밖에 없군요."

동혁이도 입맛을 다셨다. 영신은,

"저 때문에 너무 걱정을 하셔서 미안합니다."

하고는 구두 부리로 길바닥을 후비듯 하다가, 고개를 외로 꼬고 무엇을 생각하더니,

"인전 백 선생님 집으로나 갈까 봐요."

한다.

"백 선생이라니요?"

"왜 여자 기독교연합회 총무로 있는, 백현경(白賢卿) 씨를 모르세요?"

"이름은 익숙히 들었지만…… 그이 집이 이 근천가요?"

영신은 전등불이 드문드문 보이는 송월동 편 쪽을 가리키며,

"네, 바루 저 언덕 밑이야요. 그 선생님이 농촌 문제를 강연하느라구 우리 학교에도 오시는데, 저를 여간 사랑해 주시지 않으셔요. 요새 새루

설립한 농민 수양소로 실습도 하러 같이 다녔는데, 사정을 하면 하룻밤 쯤이야 재워 주시겠지요."

그 말을 듣고 동혁은 매우 안심한 듯이,

"그럼, 진작 그리루 가시질 않고……."

하고는 그만 헤어지려는 것을,

"이왕 여기꺼정 와 주셨으니, 그 집까지만 바래다 주세요, 네?"

하고 영신이가 간청하다시피 해서, 동혁은,

'아무려나.'

하고 다시 뒤를 따랐다. 동혁이도, 조선 사회에서 누구나 모르는 사람이 없이 유명한 백현경이란 여자를 간접으로나마 알고 있었다. 말썽 많던 그의 과거로부터 최근에 세계 일주를 하고 돌아와서 또다시 개인 문제로 크나큰 이야깃거리를 제공하였고, 한편으로는 농촌 사업을 한다고 강연도 다니고 저술도 하여서,

'무슨 주의를 가지고 어떠한 방법으로써 조선의 농촌 운동을 지도하려나.'

하는 점이 고등 농림의 상급생인 동혁의 주의를 끌어 왔었다. 그의 사사로운 생각에는 아무런 흥미도 느끼지 않으나, 그가 신문이나 잡지에 내는 논문이나 감상담 같은 것은 빼어 놓지 않고 읽어 오는 중이었다.

'과연 어떠한 인물일까?'

동혁은 적지 않은 호기심을 가지고, 여자 중에는 호걸이라고 여간 숭배를 하지 않는 영신의 이야기를 듣는 동안에 백씨의 집까지 당도하였다.

그러나 동혁은 밤중에 여기까지 여자의 뒤를 따라온 것이 새삼스러이 멋쩍은 것 같고, 또는 백씨까지도 초면에 저를 어떻게 볼는지 몰라서 모자를 훌떡 벗으며,

"자, 난 그만 실례합니다. 기회 있으면 또 만나 뵙지요."

하고는 발꿈치를 홱 돌린다.

"왜 그렇게 가셔요? 잠깐만 기다려 주시면 제가 소개를 잘 할 테니, 문간에서래두 백 선생님을 만나 보구 가시죠, 네? 여간 환영하지 않으실걸."

좁다란 골목 안을 환하게 밝히는 외등 밑에서 영신은 길목을 막아서면서 조르듯 한다.

"아니오. 다음날이나 만나게 해 주세요."

하고 한마디를 남기고 동혁은 구두징 소리를 뚜벅뚜벅 내며 골목 밖으로 나가 버린다. 영신은 어찌하는 수 없이,

"그럼 안녕히 가세요."

하고 큰길로 사라지는 동혁의 기다란 그림자를 서운히 바라보다가 돌아섰다. 대문을 흔들면서,

"백 선생님! 백 선생님!"

하고 커다랗게 불렀다. 모기장을 바른 행랑방 들창이 열리더니, 자다가 일어난 어멈이 얼굴을 반쯤 내밀며,

"한강으로 선유(船遊 뱃놀이) 나갑셔서 여태 안 들어오셨는뎁쇼."

한다. 영신은 고만 울상이 되었다.

그 이튿날 학교로 내려간 뒤에, 동혁은 며칠 동안 마음의 안정을 잃고 지냈다. 개학초가 되어서 기숙사 안이 뒤숭숭한 탓도 있지만, 영신의 첫인상이 앉으나 서나 눈앞에 떠돌아서 공연히 들썽거리는 마음을 가라앉히기에 여간 힘이 들지 않았다.

상학(학교에서 그날의 공부를 시작함) 시간에는 노트 위에 펜을 달리다가도 손을 멈추고 칠판 위에 환등처럼 나타나는 영신의 환영을 멀거니 바라보기도 하고 운동장에 나가서는 축구부의 선수로 골키퍼(문지기) 노릇을 하여 왔는데, 상대 편에서 몰고 들어와서 힘없이 질러 넣는 공도 어름어름하다가 발길이 헛나가서 막아 내지 못하기를 여러 번이나 거듭하였다. 마침

서울 법전(法專)과 시합을 하려고 맹렬히 연습을 하는 판이라 축구부 감독으로부터,

"여보게 박 군, 요새 며칠은 왜 얼빠진 사람 같은가? 이러다간 우승기를 뺏기고 말겠네그려."
하는 주의까지 받았다. 그럴수록 동혁은,

'내가 정말 왜 이럴까?'
하고 평소에 자제심이 굳센 것을 믿어 오던 제 자신을 의심하리만큼 침착해지지 않는 것을 어찌할 수 없었다. 그 수수한 차림차림, 조금도 어설픈 구석이 없는 그 체격, 그리고 혈색 좋은 얼굴에 샛별같이 빛나던 눈동자, 또 그리고 언권을 먼저 주지 않았다고 말하기를 딱 거절하던 그 맺고 끊는 듯하던 태도…… 그나 그뿐인가, 남학생들에게 정면으로 일장의 훈계를 하던 정열적이면서도 결곡한 목소리! 그 어느 한 가지가 머릿속에 사진 찍히지 않은 것이 없고, 말 한마디조차 귀 밖으로 사라진 것이 없다.

'처음 보는 여자다. 외모가 예쁜 여자는 길거리에서도 더러 본 일이 있지만 채영신이처럼 의지가 굳어 보이는 여자는 처음이다. 무엇이든지 한번 결심하면 기어이 제 손으로 해내고야 말 것 같은 여자다.'

이런 생각을 하느라고 필기를 하지 못하고 헛발길질만 자꾸 하는 것이다. 더더군다나,

'박동혁 씨의 의견과 전연 동감입니다.'
하던 한마디를 입속으로 외고 또 외고 하다가는,

'오냐, 나는 비로소 한 사람의 동지를 얻었다! 내 사상의 친구를 찾았다!'
하고 부르짖으며 저 혼자 감격하는 것이었다.

아직까지 고학을 하여 온 늦은 총각으로 이성과 접촉할 기회도 없었지만, 틈틈이 여러 가지 모양의 여성을 머릿속에 그려 보고 장래를 공상해 본 것은 사실이었다. 그러나 간담회 석상에서 채영신이란 여자를 한 번

보고 밤거리를 몇십 분 동안 같이 걸어 본 뒤에는, 눈앞에서 아른거리던 그 숱한 여자들의 그림자가 한꺼번에 화닥닥 흩어져 버렸다. 그리고 그 대신으로 굵다란 말뚝처럼 동혁의 머릿속에 꽉 들어와 박힌 것은 '채영신' 하나뿐이다.

'그날 무사히 들어가 잤나? 학교서 말이나 듣지 않았나?'

몹시 궁금은 하였건만, 규칙이 까다로운 여학교로 편지는 할 수 없었다. 그만한 용기야 못 낼 것이 아니지만, 받는 사람의 처지가 곤란할 것을 생각하고, 또다시 만날 기회만 고대하면서 한 일주일을 지냈다.

그러다가, 하루는 천만뜻밖에 영신이에게서 편지가 왔다. 글씨는 남필 같으나 피봉 뒤에는, '××여자 신학교 기숙사에서 채영신 올림'이라고 버젓이 씌어 있는 것을 보니, 동혁의 가슴은 울렁거리지 않을 수 없었다.

그날 밤은 여간 실례를 하지 않았습니다. 미안한 말씀은 형용하기 어렵사오며, 충분히 의견을 교환하고 좋은 말씀을 듣지 못한 것도 여간 유감이 되지 않습니다. 그날 밤 백 선생도 늦게야 한강에서 들어오셔서 같이 자면서 간접으로나마 동혁 씨를 소개하였더니, 좋은 동지라고 꼭 한번 만나기를 원하십니다. 토요일 저녁마다 농촌 운동에 뜻을 둔 청년 남녀들이 모여서 토론도 하고 간담도 하는 모임이 백 선생 댁에서 열리는데, 돌아오는 토요일에 올라오셔서 참석하시면 백 선생은 물론이고요, 여러 회원들이 여간 환영을 하지 않겠습니다. 꼭 올라와 주실 줄 믿사오나 엽서로라도 미리 회답을 하여 주시면 더욱 감사하겠습니다.

동혁은 두 번 세 번 읽으며 편지를 손에서 놓을 줄 몰랐다.

영신은 그날 밤 그가 숭배하는 백씨에게 백퍼센트로 동혁을 소개하였다. 어쩌면 동혁이가 영신에게 대한 것보다, 그 이상으로 '박동혁'이란 인물의 첫인상이 깊었는지도 모른다. 그 구릿빛 같은 얼굴, 황소처럼 건강한 체격, 거기다가 조금도 꾸밀 줄은 모르면서도 혀끝으로 불길을 뿜어내는 듯한 열변, 그리고 비록 처음 만났으나마 어두운 길거리로 제 뒤를 따라다니며 보호해 주면서도, 조그만큼도 비굴하거나 지나친 친절을 보이지 않던 그 점잖은 몸가짐…….

영신이가 입에 침이 말라서 동혁의 외모와 행동을 그려내니까 백씨는,
"오우 그래? 온 저런. 매우 좋은 청년이로군."
하고 서양 여자처럼 연방 감탄사를 늘어놓았다.

그는 팔베개를 하고 자리 위에 비스듬히 누워 곁눈질로 흘끔흘끔 영신의 눈치를 살피더니,
"아니, 영신이가 대번에 그 남자한테 홀딱 반한 게 아냐?"
하고 거침없이 한마디를 하고 사내처럼 껄껄껄 웃는다. 영신의 얼굴은 금세 주황물을 끼얹은 것처럼 빨개졌다. 머리를 폭 수그린 채,
"아이 선생님두……."
하고 얼굴을 들지 못하는 것을 보고, 능갈친(교묘하게 잘 둘러댐) 백씨는 나이 찬 처녀의 마음속을 뚫고 들여다보는 듯이,
"그렇지? 별안간 앙가슴 한복판에 화살이 콱 들어와 박힌 것 같지? 난 못 속이지, 난 못 속여."
하고 사뭇 놀려댄다. 영신은 그렇지 않다는 표시를 하느라고 억지로 얼굴을 쳐들며,
"제가 그렇게 경솔한 여잔 줄 아세요?"
하고 가벼이 뒤받듯 하였다. 그러면서도 고개는 다시금 부끄러움에 눌려 익은 곡식의 이삭처럼 저절로 수그러진다. 백씨는 한참이나 쌍꺼풀이 진 커다란 눈을 끔벅끔벅하며 무엇을 생각하다가, 손등으로 하품을 누르면서,
"그렇지만, 지금 와서 맘에 맞는 남자가 나타났드래두……."

하고는 주저주저하더니,

"벌써 약혼해 논 사람은 어떻게 하려누?"
하고 혼잣말하듯 하며 돌아누워 버렸었다.

······영신은 사흘 뒤에 동혁의 답장을 받았다. 제 모양과 같이 뭉툭한 철필 끝으로 꾹꾹 눌러 쓴 글발은 굵다란 획마다 전기가 통해서 꿈틀거리는 듯, 피봉을 뜯는 영신의 손은 가늘게 떨렸다.

주신 글월은 반가이 받았습니다. 그날 저녁에 실례한 것은 이 사람이었소이다. 남자끼리였으면 하룻밤쯤 새우는 것이 문제가 아니었겠지만, 영신 씨의 사정을 보느라고 충분히 이야기할 기회를 놓치고 말았습니다. 나 같은 사람을 그러한 의미 깊은 모임에 청하여 주신 것은 감사하지만, 오는 토요일에는 교우회의 책임 맡은 것이 있어서 올라가지 못하니 미안합니다. 그러나 그 다음 토요일에는 경성 운동장에서 '법전'과 축구시합이 있어서 올라가게 되는데, 시합이 끝나면 시간이 늦더라도 백 선생 댁으로 가겠으니, 그때 반가이 뵙겠습니다.

하는 사연이었다. 영신은 그 편지를 백씨에게까지 가지고 가서 보이고, 침상머리의 일력을 하루에 몇 번씩 쳐다보면서 그다음 토요일이 달음박질로 돌아오기만 고대하였다.

시합하는 날, 동혁은 연습할 때와는 딴판으로 컨디션이 매우 좋았다. 신문사 같은 데서 후원을 하는 것도 아니요, 아직도 늦더위가 대단해서 그런지 넓은 운동장에 구경꾼은 반쯤밖에 아니 찼다. 중학교끼리 대항을 하는 야구와도 달라서 응원도 매우 조용하게 진행이 되었다. 전반까지는 골키퍼인 동혁이가, 적군이 몰고 들어와서 쏜살같이 들여 지르는 볼을 서너 번이나 번갯불처럼 집어 던지고 그 큰 몸뚱이를 방패 삼아서 막아내고 한 덕으로 승부가 없다가, 후반에 가서는 선수 중에 두 사람이나 부상자가 생긴 데 기운이 꺾여서 '고농'이 세 끗이나 졌다.

　그러나 최후까지 딱 버티고 서서 문을 지키다가, 볼을 막아 내치는 동혁의 믿음성 있고 민활한 동작에는 박수를 보내지 않는 사람이 없었다.

　동혁은 풀이 죽은 다른 선수들과 섞여서 운동장으로 나왔다. 나오다가 정문 곁에 비켜서서 저를 기다리고 있는 두 여자를 발견하였다.

　"구경 오셨에요?"

　동혁은 발을 멈추며, 뜻밖인 듯이 영신에게 인사를 하였다. 그 곁에 초록색 양장을 하고 서서 저를 주목하는 나이가 한 사십이나 되어 보이는 여자를 보자,

　'백현경이로구나.'

하고 즉각적으로 깨달았다. 영신은 가벼이 답례를 한 뒤에,

　"중간에 왔지만 참 썩 잘 막아내시드군요."

하고 흙과 먼지를 뒤집어쓰고 땀으로 뒤발을 한 동혁의 얼굴을 훑어보면서,

　"백 선생님하고 인사하시죠."

하고 양장 부인을 소개한다. 백씨는 동혁이가 모자를 벗을 사이도 없이 다가서며,

　"오우, 미스터 박!"

하고 손을 내민다. 동혁은 같이 나오던 선수들이 흘끔흘끔 돌아다보고 무어라고 수군거리며 전찻길로 건너가는 것을 보면서, 흙투성이가 된 운동복 바지에다 얼른 손바닥을 문지르고 백씨의 악수를 받았다.

　"박동혁이올시다. 백 선생의 선성(전부터 알려져 있는 명성)은 많이 들었습니다."

하고 체수에 걸맞지 않게 수줍어한다. 백씨가,

　"아, 이 미스 채가 자꾸만 구경을 가자구 졸라싸서……."

하고 돌아다보니까 영신은,

"아이, 선생님두…… 제가 언제 졸랐어요?"
하고 선생의 말끝을 무지르며 살짝 흘겨본다.
"아무튼 아주 파인 플레이를 보여 주셔서 여간 유쾌하지 않았습니다."
하는 백씨의 칭찬에,
"천만에요, 두 분이 오실 줄 알았드면 꼭 이길 걸 그랬습니다."
하고 동혁은 허연 이를 드러내며 운동선수다운 쾌활한 웃음을 웃어 보인다. 그때에 먼저 전차를 탄 선수들이 승강대에서,
"여보게, 동혁이!"
하고 소리를 지르며 어서 오라고 손짓을 한다. 동혁은,
"가네, 가!"
하고 손을 들어 보이자, 영신이가 다가서며,
"이따가 꼭 오시죠? 시간은 일곱 시야요."
하고 재빨리 묻는다. 동혁은,
"네, 가겠습니다."
한마디를 던지듯 하고, 백씨에게는 인사도 할 사이가 없이 전찻길로 달려가더니, 속력을 놓기 시작한 전차를 홱 집어탔다. 전차가 지나간 뒤에는 두 줄기 선로만 영신의 눈이 부시도록 석양을 반사하였다.

…… 동혁은 약속한 시간에 거의 일 분도 어김없이 백씨의 집 대문 안으로 들어섰다. 목욕을 하고 교복으로 갈아입고 와서, 중문간까지 나갔던 이 집의 주인은 그를 얼른 알아보지 못하다가,
"어서 들어오세요. 난 누구시라구요. 시간을 썩 잘 지켜 주시는군요."
하고 팔뚝시계를 보고 너스레를 놓으며 동혁을 반가이 맞아들인다.
"댁이 훌륭한데요."
하고 동혁은 두리번거리며 집 안을 둘러본다. 삼천 원이나 들여서 새로 지었다는 집은 네 귀가 반짝 들렸는데, 서까래까지 비둘기장처럼 파란 뻥끼칠을 하였고, 분합 마루 유리창에는 장미꽃 무늬가 혼란한 휘장을 늘여

쳤다. 마당은 그다지 넓지 못하나 각색 화초가 어울려 피었는데, 그중에도 이름과 같이 청초한 옥잠화 두어 분은 황혼에 그윽한 향기를 풍긴다.

먼저 온 회원들은 응접실로 쓰는 대청에 모여서 혹은 피아노를 눌러 보고, 혹은 백씨가 구미 각국으로 시찰과 강연을 하러 다닐 때 박은 사진 첩을 꺼내 놓고 둘러앉았다.

그가 여류 웅변가요 음악도 잘한다는 말은 들었지만 그 집에 피아노까지 있을 줄은 몰랐고, 독신으로 지내는 여자가 이러한 문화 주택을 짓고 지낼 줄은 더구나 상상 밖이었다.

그는 대청으로 올라가서, 주인의 소개로 칠팔 명이나 되는 젊은 여자들과 인사를 하였다. 여자들은 입속으로만 제 이름을 대서 하나도 기억은 할 수 없다. 남자 회원은 아직 한 사람도 아니 온 모양인데, 웬일인지 안내역인 영신은 그림자도 나타내지를 않는다.

'그저 아니 왔을 리는 없는데…….'

동혁은 매우 궁금하기는 하나 이 구석 저 구석 기웃거리며 찾을 수도 없고, '채영신이는 왜 보이지를 않느냐'고 누구더러 물어보기도 무엇해서, 한구석 의자에 걸터앉아서 분통같이 꾸며 놓은 마루방 치장만 둘러보았다. 백씨가 조선 옷으로 갈아입고 나오는데, 반쯤 열린 침실이 언뜻 눈에 띄었다. 유리 같은 양장판 아랫목에는 새빨간 비단 보료를 깔아 놓았고, 그 머리맡의 자개 탁자는 초록빛의 삿갓을 씌운 전등이 지금 막 들어와서 으스름 달처럼 내리비친다. 여자의, 더구나 독신으로 지내는 여자의 침실을 들여다보는 것이 실례인 줄 모르는 것은 아니나, 주인이 제가 앉은 바로 맞은쪽의 미닫이를 열고 드나들기 때문에 자연 눈에 띄는 데야 일부러 고개를 돌릴 까닭도 없었다.

동혁은 그와 똑같이 으리으리하게 치장을 해 놓은 방이, 그 윗간에도 또한 이 간쯤이나 엇비슷이 들여다보이는 데는 놀라지 않을 수 없었다. 그러다가,

"왜들 얘기도 안 하고 있어요? 자, 이것들이나 들으면서 우리 저녁을 먹읍시다."

하고 귀중품인 듯 빨간 딱지가 붙은 유성기판을 들고 나오는데, 그 등 뒤를 보니까 윗목에 반 간통이나 되는 체경이 달려 있다. 동혁은 속으로,

'오오라, 체경에 비쳐서 또 다른 방이 있는 것 같은 걸 몰랐구나.'

'기생방이면 저만큼이나 차려 놨을까.'

하면서도, 은근히 영신이를 기다리느라고 고개를 대문 편으로 돌리곤 한다. 그러자,

"아 이건 별식을 한다구 저녁을 굶길 작정야?"

하고 백씨가 분합 끝으로 나서며 외치니까,

"네에, 다 됐어요."

하는 귀에 익은 목소리가 부엌 속에서 나더니, 뒤미처 에이프런을 두른 영신이가 양식 접시를 포개 들고 이마에 땀을 흘리면서 나온다. 동혁이가 온 줄은 벌써 알았지만, 음식을 만들다 말고 내달아 번잡스레 인사를 하기 싫어서 인제야 나온 것이다. 동혁은 영신과 눈이 마주쳐,

'오, 부엌 속에 있었구나.'

하면서 말 대신 웃음을 띠고 머리만 숙여 보인다.

유성기를 틀어 오케스트라(交響樂)를 반주 삼으며, 여러 사람은 영신이가 만든 라이스카레와 오믈렛 같은 양식을 먹으면서 이야기판이 벌어졌다.

이야기판이 벌어졌대도, 영신은 이 집의 식모와 함께 시중을 드느라고 부엌으로 들락날락하고, 농민 수양소 여자부에서 초대를 받아 온 시골 학생들은 처음으로 먹는 양식을 잘못 먹다가 흉이나 잡힐까 보아 포크를 들고 남의 눈치들만 보는데, 백씨 혼자서 떠들어댄다. 동혁과 영신을 번갈아 보면서, 그동안에 몇십 번이나 곱삶았을 듯한 정말(丁抹 덴마크의 음역어)의 시찰담으로부터, 구미 각국의 여성들의 활동하는 상황 같은 것을 풍

을 쳐가며 청산유수로 늘어놓았다.

청년회의 농촌지도부 간사로 있는 얼굴이 노란 김씨라는 사람이 늦게야 참석을 해서 인사를 하였을 뿐이요, 남자는 단 두 사람이라 동혁은 잠자코 제 차례에 오는 음식만 퍼넣듯 하고 앉았다.

영신이가 모박아서 두둑이 담아 준 라이스카레 한 접시를 게눈 감추듯 하고는 점직하니(부끄럽고 미안함) 앉았는 동혁을 보고 백씨는,

"여봐 영신이, 이 미스터 박은 한 세 그릇 자셔야 할걸."

하고 더 가져오라고 눈짓을 한다. 영신은 저도 그런 생각을 했다는 듯이 카레 건덕지를 담은 것을 냄비째 들고 와서,

"첫 번 솜씨가 돼서 맛은 없지만, 남기시면 안 돼요."

하고 귓속말하듯 한다. 동혁은,

"허, 이건 나를 밥통으루 아시는군요."

하며 이 집에 와서 처음으로 영신이와 말을 주고받았다.

식사가 끝난 뒤에는 차가 나오고 실과가 나왔다.

백씨는 잠시도 입을 다물 사이가 없이 '우리의 살 길은 오직 농촌을 붙드는 데 있다'는 것과 '여러분들과 같은 일꾼들의 어깨로 조선의 운명을 짊어져야 한다'는 등 열변을 토한다.

여러 사람들이 매우 감동이 된 듯 머리를 숙이고 있는 것을 보고 백씨는,

"미스터 박, 그동안 많이 활동을 하셨다니 그 얘기를 좀 들려주시지요. 대단히 참고가 될 줄 믿습니다."

하고 농촌 운동에 관한 감상을 묻는다. 동혁은,

"나는 여러분의 말씀을 들으려구 왔으니까……."

하고 사양을 하여도 무슨 말이든지 해달라고 굳이 조르다시피 하니까, 동혁은 못 이기는 체하고 찻잔을 입에서 떼며 뒤통수를 긁적긁적하더니,

"그럼 한마디 하지만 들으시기가 좀 거북하실는지두 모를걸요."

하고 뒤를 다진다.

"원 천만에, 좋은 말은 귀에 거슬리는 법이라는데요."

사교에 능란한 백씨라, 낯을 조금 붉히는 듯하면서도 그만한 대답쯤은 예사로 한다. 동혁은 실내의 장식과 여러 사람의 얼굴을 다시 한 번 둘러본 뒤에,

"나는 뒷구멍으루 남의 흉을 본다든지 당자가 듣지 않는데 뒷공론을 하는 걸 싫어허는 성미예요."

하고 화두를 꺼내더니 목소리를 떨어뜨려,

"이런 모임이 고적하게 지내는 백 선생을 가끔 위로해 드리는 사교적 회합이라면 모르지만, 농촌을 지도할 분자들이 장래에 할 일을 의논하려는 모임 같지는 않은 감상이 들었어요."

하고 눈도 깜짝거리지 않고 쳐다보는 영신을 향해서 말하듯이,

"나는 이런 정경을 눈앞에 그려 보구 있었는데…… 들판[平野]의 정자라구 할 수 있는 원두막에서 우리들이 모였다구 칩시다. 몇 사람은 밭으루 내려가서, 단내가 물큰하구 코를 찌르는 참외나, 한 아름이나 되는 수박을 둥둥 두드려 보고는 꼭지를 비틀어서 이빨이 저리도록 찬 샘물에다가 흠씬 담가 두거든요. 그랬다가 해가 설핏할 때 그놈을 꺼내설랑 쩍 뻐개 놓구는 삘 둘러앉아서 어적어적 먹어 가며 얘기를 했으면 아마 오늘 저녁의 백 선생이 하신 말씀이 턱 어울릴 겝니다."

하고 의미 깊게 듣는 듯이 고개만 끄덕여 보이는 주인을 흘낏 본다. 영신은,

"아이, 말만 들어두 침이 괴네."

하고 재미있는 옛날이야기를 듣는 어린애처럼 다가앉는다. 동혁은 물끄러미 영신을 보다가 말을 계속한다.

"석양판에 선들바람이 베옷 속으루 스며들 적에, 버드나무의 매미 쓰르라미 소리가, 피아노나 유성기 소리보다 더 정답구 깨끗한 풍악 소리

루 들려야 하겠는데…… 어째 오늘 저녁엔 서양으루 유람이나 온 것 같은걸요."

하고 시치미를 딱 갈기고 한마디 비꼬아 던지는 바람에 백씨는 고만 자존심을 상한 듯 동혁과는 외면을 한 채,

"그야 도회지에서 살게 되니까 외국 사람하구 교제 관계두 있어서 자연 남 봄에는 문화 생활을 하는 것 같겠지요. 그렇다구 내가 그런 시골 취미를 모르는 줄 아시면 그건 큰 오핸걸요."

하고 변명 비슷이 한다. 동혁은 그런 말이 나올 줄 알았던 것처럼,

"취미요? 시골 경치에 취미를 붙인다는 것과, 농민들과 똑같은 생활을 해가면서 우리의 감각까지 그네들과 같아진다는 것과는 딴판이 아닐는지요? 값비싼 향수나 장미꽃의 향기를 맡아 오던 후각이 거름 구덩이 속에서 두엄 썩는 냄새가 밥 잦히는(밥을 뜸들일 때 물이 점점 졸아들어 없어짐) 냄새처럼 구수하게 맡아지게까지 돼야만, 비로소 지도자로서의 자격이 생길 줄 알아요. 농촌 운동자라는 간판을 내걸은 사람의 말과 생활이 이다지 동떨어져서야 되겠습니까?"

하고 나서 동혁은 제가 한 말이 좀 과격한 듯해서,

"반드시 백 선생더러만 들으시라는 말씀이 아닙니다. 하지만, 농촌 운동일수록 무엇보다 실천이 제일일 줄 알아요. 피리를 부는 사람 따루 있구, 춤을 추는 사람이 따루 있던 시대는 벌써 지났으니까요. 우리는 피리를 불면서 동시에 춤을 추어야 합니다. 요령을 말씀 드리면, 우리는 남의 등 뒤에 숨어서 명령하는 상관이 되지 말고 앞장을 서서 제가 내린 명령에 누구보다 먼저 복종을 하는 병정이 돼야만 우리의 운동이 성공하겠단 말씀입니다."

이 말을 하기에 동혁은 이마에 땀을 다 흘렸다. 그동안 백씨는 몇 번이나 얼굴의 표정이 야릇하게 변하다가 무슨 생각에 잠긴 모양인데, 영신은 눈을 내리감고 앉았으나 동혁이가 말 구절마다 힘을 들일 때는 무엇에

꾹꾹 찔리는 것처럼 어깨와 젖가슴이 움직이는 것을 동혁은 정면으로 보았다.

백씨가 자기의 변명을 기다랗게 늘어놓으려는 기세를 살피고, 동혁은 기둥에 걸린 뻐꾸기시계를 쳐다보더니,

"기차 시간이 돼서 고만 실례하겠습니다."

하고 일어선다. 백씨는 형식적으로,

"왜 어느새……."

하고 붙잡는 체하는데, 영신이도 시계를 쳐다보더니,

"참 저두 가야겠어요."

하고 따라 일어선다.

두 사람은 큰길로 나왔다. 상기가 되었던 뺨을 스치는 밤바람이 여간 시원하지가 않다.

"우리 산보나 할까요?"

"기차 시간이 되지 않았어요?"

"오늘 못 가면 내일 첫차루 가지요. 하룻밤쯤 새우는 건 문제가 아니지만, 영신 씨가 또 쫓겨나실까 봐서……."

"전 괜찮아요. 쫓겨나면 고만이죠."

영신은 동혁이가 또 그대로 뿌리치고 갈까 보아 도리어 겁이 났던 판이라 '어디로 갈까' 하고 고개를 갸우뚱하다가,

"그럼 목두 마른데 '악박골'루 가서 약물이나 마실까요?"

하고 독립문 쪽을 향해서 앞장을 선다.

"참, 악박골이 영천이라구두 하는 덴가요?"

"여태 한 번도 못 가보셨어요?"

"원, 시골뜨기가 돼서……."

"누군 시골 사람이 아닌가요. 우리 고장은 옛날에 서울 양반들이 귀양

살이나 하러 오던 동해변의 조그만 어촌인데요. 동혁 씨의 고향은 저번에 소개를 해 주셔서 잘 알았지만 거기두 어지간히 궁벽한 데드군요."

두 사람은 천천히 걸어가면서 서로 자기네 고향의 풍경과 주민들의 생활하는 형편을 좀 더 자세히 이야기하였다.

버스는 그친 지도 오랜 듯, 큰길 양옆의 가게는 빈지를 닫기 시작한다. 독립문을 지나 서대문 감옥 앞 넓은 마당까지 오니까 전등불이 건성드뭇해지고, 오고 가는 사람도 드물어서 어두운 골목 속으로 드나드는 흰 옷자락만 희뜩희뜩 보일 뿐.

떠오른 지 얼마 안 되는 하얀 달은 회색빛 구름 속에 숨었다가는 흐릿한 얼굴 반쪽을 내밀고 감옥의 높은 담 안을 들여다보고 있다. 악박골 물터 위의 조그만 요릿집에서는 장구 소리와 함께 노랫가락이 흘러나온다. 건달패와 논다니(웃음과 몸을 파는 여자를 속되게 이르는 말)들이 어우러져서 약물이 아닌 누룩 국물을 마시고 그 심부름을 하는 모양이다.

동혁은 다른 사람이 하는 대로 돈 십 전을 주고, 약물 한 주전자와 억지로 떠맡기는 말라 빠진 굴비 한 마리를 샀다.

"원, 샘물을 다 사 먹는담."
하고 한 바가지를 철철 넘치도록 따라서 영신에게 권한다.

"주전자 꼴하구, 약이 되기는커녕 배탈이 나겠어요."
하면서도 한창 조갈이 심하던 판이라, 둘이 번차례로 한 사발씩이나 벌떡벌떡 마셨다. 물이야 정하나마나 폭양에 운동을 한데다가 한여름 동안 더위에 들볶이던 오장은 탄산수를 마신 것처럼 쏴아 하고 씻겨 내려가는 것 같은데, 골 안으로 스며드는 밤기운에 속적삼에 배었던 땀이 식어서 선뜩선뜩할 만큼이나 서퇴(暑退 더위가 물러감)가 되었다.

두 사람은 으슥한 언덕 밑 바위 아래에 손수건을 깔고 앉았다. 등 뒤 송림 속에서 누군지 청승맞게 단소를 부는 소리가 들린다. 영신은 한참이나 말없이 머리를 숙이고 있다가,

"감옥 속에 갇힌 사람이 자다 말구 저 소릴 들으면 퍽 처량하겠어요."
하고 얼굴을 든다. 구름을 벗어난 창백한 달빛은 고향 생각에 잠겼던 그의 얼굴을 씻어 내린다.
"참, 사람의 일이란 알 수 없군요."
동혁이도 약간 애상적인 감정에서 눈을 번쩍 뜨며 혼잣말하듯 한다.
"왜요?"
영신의 눈은 동그래졌다.
"몇 주일 전까지는 백판 이름두 모르던 우리가 이렇게 한자리에 앉아서 약물터의 달을 똑같이 쳐다볼 줄이야 꿈이나 꾸었겠어요?"
"참말요, 이것두 하나님의 뜻인가 봐요."
"참, 영신 씨는 크리스천이시지요?"
"전 어려서버텀 믿어 왔어요. 왜 동혁 씨는 요새 유행하는 마르크스주의자세요?"
"글쎄요, 그건 차차 두구 보시면 알겠지요. 아무튼 신념을 굳게 하기 위해서나 봉사의 정신을 갖기 위해서는 신앙 생활을 하는 것두 좋겠지요. 그렇지만 자본주의에 아첨을 하는, 그 따위 타락한 종교는 믿구 싶지 않아요."
하다가 영신이가 무어라고 질문을 할 기세를 보이니까 동혁은,
"종교 문제 같은 건 우리 뒀다가 토론하십시다. 그보다 더 중요한 얘기가 있으니까요."
하고 손을 들어 미리 영신의 말문을 막아 버렸다. 그러고는 눈을 딱 감고 한참이나 이슬에 젖은 숲 속의 벌레 소리를 듣고 있더니,
"나는 이런 생각을 하구 있에요."
하고 웅숭깊은(생각이나 뜻이 크고 넓음) 목소리로 말을 꺼낸다.
"간담회 석상에서 영신 씨가 하신 말씀을 듣구 감복을 했지만, 내가 농촌의 태생이면서두 여러 해 나와 있다가 직접 농촌 속으루 들어가 보니

까, 참말 그네들의 사는 형편이 말씀이 아니에요. 신문이나 잡지에서 떠드는 것보다 몇 곱절 비참하거든요."
하고 한참이나 뜸을 들이다가 마른침을 삼키더니 오래 전부터 각오를 하고 있었던 것처럼,
"난 자진해서 학교를 퇴학하고 싶어요."
하고는 다시금 생각에 잠긴다. 숲 속에서 반득이는 반딧불을 들여다보며 동혁의 말에 귀를 기울이고 있던 영신은 얼굴을 번쩍 들며,
"왜요? 일 년 반만 더 다니시면 졸업을 하실 텐데요?"
하고 놀라운 듯 눈을 크게 뜬다.
"고만둘 수밖에 없어요. 중학교 때엔 억지를 쓰구 별별 짓을 다 해가면서 고학을 했지만, 나 하나 공부를 시키느라구 아버지는 올봄까지 대대루 내려오던 집 앞 논까지 거의 다 파셨어요. 졸업만 하면 큰 수가 날 줄 알구 계량할 것두 아니 남기신 모양인데, 내가 졸업이라구 한댔자 바루 취직두 하기 어렵지만, 무슨 기수(技手)라는 명색이 붙는대야 월급이라군 고작 사오십 원밖에 안 될 테니, 그걸 가지구 객지에서 물 밥 사 먹어 가며, 양복 해 입구 소위 교제비까지 써 가면서 수다한 식구를 먹여 살릴 수가 있겠어요? 되레 빚만 자꾸 지게 되지요. 그러니까 나머지 땅마지기나 밭날갈이를 깡그리 팔아 없애구서 거산(擧散 집안 식구나 한곳에 살던 사람들이 모두 뿔뿔이 흩어짐)을 하게 되기 전에 하루 바삐 집으루 돌아가서 넘어진 기둥을 버티고 다시 일으켜 세울 도리를 차려야겠어요. 까딱하면 굶어 죽게 될 형편이니까요."
"……"
영신은 동혁의 사정도 딱하거니와, 그만 못지않게 말이 아닌 저의 집의 형편을 생각하느라고 말대답도 아니 하고 있다가 한참 만에야 한숨을 섞어,
"제 사정은 백 선생밖에는 아무한테두 말한 적이 없어요. 홀로 되신 우

리 어머니는 육십 노인이 딸 하나 공부를 시키느라구 입때 생선 광주리를 이고 다니세요. 올 여름엔 더위를 잡숫고 길바닥에 가 쓰러지신 걸, 동네 사람들이 업어다가 눕혀 드렸어요. 그렇건만 약 한 첩 변변히……."

그는 고만 목이 메었다가 간신히 입술을 떨며,

"정신을 잃으신 동안에 어느 몹쓸 놈이 푼푼이 모아 넣으신 돈주머니를 끌러 가서 그게 원통해 밤새도록 우시는데……."
하고 영신은 가슴속으로부터 치밀어 오는 울음을 참느라고 잇자국이 나도록 손가락을 깨문다.

동혁은 몹시 우울해졌다. 가슴이 턱 막힌 듯이 갑갑해서 더운 입김을 후! 하고 내뿜는다. 숲 속의 벌레 소리도, 바위 틈으로 졸졸졸 흘러내리는 샘물 소리도 두 사람의 귀에는 들리지 않는 듯 동혁은,

'내가 공연히 그런 소리를 끄집어냈구나.'
하고 바로 정수리 위에서 황금빛으로 반짝이며 내려다보는 유난히 큰 별을 원망스럽게 쳐다보다가 영신의 앞으로 다가앉으며,

"자, 우린 그런 생각은 고만 하십시다. 어쨌든 우리는 명색 전문학교까지 다녀 보니까, 여간 행복된 사람들이 아니지요."
하고 목소리 부드러이 영신을 위로한다.

"참말 공부니 뭐니 다 집어치우구 시골루 내려가야겠어요. 공부를 한다는 핑계로 서울 와서 나 혼자 편안히 지내는 게 어머니께나 동리 사람들한테까지 큰 죄를 짓는 것 같아요. 첨엔 멋도 모르고서 무슨 성공을 하구야 내려간다고 하나님께 맹세까지 하구 올라왔지만요…… 더군다나 아까 백 선생 댁에서 하신 말씀을 듣구, 이제까지 지내온 걸 여간 뉘우치지 않았어요."

그 말을 듣자 동혁은 벌떡 일어섰다. 양복바지에다가 두 손을 찌르고 거의 궐연 한 개를 태울 동안이나 왔다 갔다 하며 무슨 생각에 잠겼다가 영신의 앞으로 다가서며,

"영신 씨!"

하고 힘차게 부른다.

"우리 둘이 이렇게 만나서 한 십 년이나 사귄 동지처럼 가슴을 터놓구 하룻밤을 새운 기념을 우리 영원히 남기십시다."

하고 중대한 동의를 한다.

"어떻게요?"

영신의 눈은 별빛에 새파랗게 빛난다. 동혁은 버쩍 대들어 그 소당('소댕'의 사투리. 솥을 덮는 쇠뚜껑) 같은 손으로 서슴지 않고 여자의 두 손을 덥석 잡으며,

"우리 시골루 내려갑시다! 이번 기회에 공부구 뭐구 다 집어치우구서 우리의 고향을 지키러 내려갑시다! 한 가정을 붙든다느니보다두 다 쓰러져 가는 우리의 고향을 붙들기 위한 운동을 일으키기 위해서, 자 용기를 냅시다! 그네들을 위해서 일을 하다가 죽는 한이 있드래두 선구자로서의 기쁨과 자랑만은 남겠지요."

영신이가 무엇에 아찔하게 취한 듯이 눈을 내리감고 있는 것은 불시에 두방망이질을 하는 심장의 고동을 진정하려 함이다. 그는 마주 일어서서 동혁에게 으스러지도록 잡힌 두 손에 힘을 주며,

"고맙습니다! 당신 같으신 동지를 얻게 해 주신 하나님께 감사합니다."

영신은 더 길게 말하지 않았다. 어느덧 인왕산 너머로 기울어 가는 달빛 아래서 두 남녀의 마주 쏘아보는 네 줄기 시선은 비상한 결심에 빛나고 있었다.

일적천금(一滴千金)

날이 가물어서 동리마다 소동이 대단하다. 정월 대보름날은 하루 종일

진눈깨비가 휘뿌려서 송아지 한 마리를 태우는 윷놀이판에 헤살(일을 짓궂게 훼방함)을 놓았었고, 모처럼 풍물을 차리고 나선 두레꾼들을 찬비 맞은 족제비 꼴을 만들더니, 그 뒤로 석 달째 접어든 오늘까지 비 한 방울 구경을 못 하였다.

"허어 이 날, 사람을 잡으려구 이렇게 가무는 게여."

바싹 마른 흙이 먼지처럼 피어올라 풀썩풀썩 날리는 보리밭에 북(식물의 뿌리를 싸고 있는 흙)을 주던 박첨지는, 기신(氣神 기력과 정신을 아울러 이르는 말) 없이 괭이질을 하던 손을 쉬고 허리를 펴며 혼잣말로 탄식을 한다. 그는 검버섯이 돋은 이마에 주름살을 잡으며 머리 위를 우러러본다. 그러나 가을 날처럼 새파란 하늘에는 구름 한 점 찾아낼 수가 없다. 바닷가의 메마른 농촌에 바람만 진종일 씽씽 불어서 콧구멍이 막히고 목의 침이 말라드는 것 같다.

"이런 제에기, 보리싹이 연골에 말라배틀어지니 올 여름엔 냉수만 마시구 산담메."

늙은이는 다시 한 번 말과 한숨을 뒤섞어 내뿜고는, 이제야 겨우 강아지풀 잎사귀만 하게 꼬리를 흔드는 보리싹을 짚신발로 걸어찬다. 그러다가 화풀이로 쌈지를 긁어 희연 부스러기 한 대를 피워 물고 뻐끔뻐끔 빨다가 괭이자루에 탁탁 털어 버린다.

그는 한참 동안이나 멍하니 섰다가 그래도 하는 수 없다는 듯이 멍에같이 굽은 허리를 주먹으로 두어 번 두드린 뒤에, 손바닥에다 침을 튀튀 뱉더니 다시 괭이를 잡는다.

"참 정말 큰일 났구려. 참죽나무에 순이 나는 걸 보니깐 못자리 할 때두 지냈는데, 비 한 방울이나 구경을 해야 하지 않소."

곁두리(새참. 농사꾼이나 일꾼들이 끼니 외에 참참이 먹는 음식) 때가 훨씬 지나도록 바닷가에서 갯줄나물을 캐어 가지고 들어온 마누라가 영감의 등 뒤에서 반남아 기운 광주리를 던지고, 기운 없이 밭둔덕(밭머리와 밭 둘레의 두둑하게 높은 곳)

에 가 주저앉으며 하는 말이다. 앞니가 몽땅 함몰을 해서, 동리 계집애들은 그를 합죽할머니라고 놀린다.

"그러게 말이오. 이대루 가물다간 기미(己未)년처럼 기우제를 지낸다구 떠들겠는걸."

박첨지는 마누라를 흘깃 돌아다보고 중얼중얼 군소리하듯 한다.

"너구리굴 보구 피물돈(가죽가게에서 미리 받아 쓰는 돈)버텀 내쓴다구 동혁이 월급 탈 때만 바라구서 조합돈꺼정 써봤으니, 참 정말 입맛이 소태 같구려."

영감의 말을 한숨으로 화답하던 마누라는,

"그래두 동혁이가 어떡하든지 우리 양주 배야 곯게 하겠수?"

"명색이라두 학교 졸업이나 했으면 모를까, 지금 와서 전들 무슨 뾰족한 수가 있나베. 양식이라구 인젠 묵은 보리 여남은 말이 달랑달랑하는데……."

"아무튼 그 자식이 우리 집 기둥인데 조석 때마다 동리 일만 한다구 몰아세질랑 마슈. 그렇게 성화를 한다구 말을 들을 듯싶우? 제가 하구 싶어서 하는 노릇을. 목이 말라두 주막에 가서 탁배기 한잔 입에 대지 않는 자식을 가지구서……."

"글쎄, 오늘두 여태 안 들어오는 걸 좀 보우. 아비가 올버텀은 일이 힘에 부쳐서 당최 꿈지럭거리질 못하는 줄 뻔히 알면서 나댕기기만 하니 말이지."

"그래두 저 딴엔 동네에 유조(有助)한 일을 한답시구, 밥도 제때에 못 먹구 돌아댕기는 게 난 가엾어 못 보겠습디다."

"아무튼 그놈의 농우횐가 강습횐가 하는 것버텀 없애 버려야 해. 동혁이 초사에 동리 젊은 녀석들은 한 놈이나 집에 붙어 있어야지. 밤낮 몰려댕기며 역적 모의하듯 쑥덕공론만 하니, 밥이 생기나 옷이 생기나."

박첨지는 혀를 끌끌 차며 젊은 사람들을 꾸짖고 마누라는 아들의 두둔을 하느라고 어느덧 땅거미 지는 줄을 모른다.

맷방석만 한 시뻘건 해는 맞은편 잿배기('재'의 사투리. 길이 나 있어서 넘어 다닐 수 있는, 높은 산의 고개)를 타고 넘는다.

"저 해를 좀 보슈. 가물지 않겠나."

한쪽을 찌긋한 마누라의 눈에는 흉년이 들 조짐이 보이는 듯하다. 그는 유심히 서녘 하늘을 바라다보다가,

"아, 저어기 동혁이가 오는구려!"

하고 아들의 그림자를 몇 해 만에야 발견한 듯 가벼이 부르짖으며 무릎을 짚고 일어선다.

박첨지 양주의 눈이 부시도록 넘어가는 석양을 등 뒤에 받으면서 잿배기를 넘어오는 동혁의 윤곽은 점점 뚜렷이 나타났다. 회색 저고리 바지에 검정 조끼를 입고 삽을 둘러멘 동혁이는 역광선(逆光線)에 원체 건강한 체격이 더한층 걸대가 커 보인다. 아들이 가까이 오자,

"점심두 안 들어와 먹구 여태 어디서 뭣들을 했니?"

하고 묻는 아버지의 목소리는 아까 꾸짖던 때와는 딴판으로 부드럽다.

"공동답(共同畓) 못자릴 허려구 물을 푸는데 쌈들이 나서 입때꺼정 뜯어말리구 왔에요."

"넌 집의 못자린 할 생각두 않구, 공동답에만 매달리면 어떡하잔 말이냐?"

아버지의 나무라는 말에 동혁은,

"차차 하지요. 물 푸는 게 서투르니까 어떻게 힘이 드는지…… 두렁 밑을 파는 데두 논바닥이 바싹 말라서 세상 가래를 받아야지요."

하고 집으로 들어가 세수를 하고 발을 씻고 제 방으로 들어가더니, 기직(왕골 껍질이나 부들잎으로 짚을 싸서 엮은 돗자리)자리 위에 가 턱 눕는다. 누웠다느니보다도 진종일 뻐친 팔다리를 쭈욱 뻗고 지쳐 늘어진 것이다. 산울 밖에서 걸귀(乞鬼 새끼를 낳은 뒤의 암퇘지)가 꿀꿀거리는 소리가 들리건만, 꼼짝도 할

수가 없어서 누워 있노라니,

"저녁 먹어라."

하는 어머니의 목소리와 함께 된장찌개 냄새가 허기가 지도록 시장하던 동혁의 코에 맡였다. 장물을 찔금 친 갯줄나물과 짠지쪽이 반찬이다.

"동화는 그저 안 들어왔에요? 들어오건 같이 먹지요."

동혁은 벌떡 일어나며 아우를 찾는다.

"누가 아니. 수동이네 주막에서 대낮버텀 술을 처먹는다더니 여태 게 있는 게지. 뭐구뭐구 그 애가 맘을 못 잡아서 큰일 났다. 글쎄 요샌 매일 장취(長醉 늘 술에 취함)로구나. 형두 형세가 부쳐서 하다 만 공부를, 뭘 가지고 하겠다구 허구헌 날 성화를 받치니 온 살이 내릴 노릇이지. 큰 말 강도사네 작은아들이 대학꼰가 졸업하구 와설라문 꺼떡대는 걸 보군, 버쩍 더 거염(게염. 부러워하며 시샘하여 탐내는 마음)을 내니 어쩌면 좋으냐. 뱁새가 황새를 따르려다간 다리가 찢어지는 줄 모르구 덮어놓고 날뛰는구나."

"아닌 게 아니라 큰 걱정이에요. 암만 사정하듯 타일러두 점점 외먹기만 하는걸. 성미가 여간내기라야 손아귀에 넣어보지요."

하는데 호랑이도 제 말을 하면 온다고 동화가,

"아아니, 이 집에선 바 밥들을 호 혼자 먹나?"

하고 혀끝을 굴리지 못하고 비틀걸음을 치면서 들어온다. 눈동자까지 개개풀린 것이 막걸리 사발이나 좋이 들이켠 모양이다. 평소에는 성이 난 사람처럼 뚱하니 남하고 수작하기도 싫어하면서 술만 들어가면 불평이 쏟아진다. 근자에는 안하무인으로 술주정까지 함부로 해서 아버지조차,

"저 자식은 하우불이(下愚不移 아주 어리석고 못난 사람의 기질은 변하지 아니함)야."

하고 그만 치지도외(置之度外 내버려 두어 문제로 삼지 아니함)를 한다.

동화는 썩은 연시 냄새 같은 술 냄새를 후후 하고 내뿜으며 방으로 뛰어들더니,

"아 그래, 형님은 공부두 혼자 하구 밥꺼정 혼자 먹는 거유?"

하고 지게미(눈곱)가 낀 눈을 부라리며 생트집을 잡는다. 싹 깎은 머리가 자라서 불밤송이처럼 일어났는데, 형만 못지않게 건강한 몸집은 올해 스물두 살이라면 누구나 곧이를 안 들을 만하게 우람스럽다.

"어서 밥이나 먹어라. 얘긴 술이 깨건 하구……."

아우의 성미를 건드렸다가는 마구 뚫린 창구멍으로 무슨 소리가 나올지 몰라서 형은 점잖이 타이른다.

"아아니, 내가 술이 취 취한 줄 아우? 술두 안 먹는 형님은 도무지 대체 하는 게 뭐유? 밤낮 그 잘나 빠진 공동답이나 주무르구 콧물 흘리는 아이들을 뫄놓구서 언문뒷다리나 가르치면 제일의 강산이란 말이요? 나 하나 공부두 못 하게 말끔 팔아없애구서 큰소리가 무슨 큰소리유. 어디 할 말이 있건 해보."

하면서 사뭇 형의 턱밑에다 삿대질을 하더니 이빨을 부드득부드득 갈다가,

"아이구……!"

하고 주먹으로 앙가슴을 친다. 그러다가는,

"제기랄 두 번 못 올 청춘을 이 시골 구석에서 썩혀야 옳단 말이냐?"

하고 벽이 무너져라고 걷어차며 소리를 버럭버럭 지르더니 그만 넉장거리(네 활개를 벌리고 뒤로 벌렁 나자빠짐)로 자빠져 버린다.

동혁은 아랫입술을 지그시 깨물고 앉아서 아우의 폭백(성을 내며 말함)을 받았다. 금세 드르렁드르렁 코를 골기 시작하는 동화의 머리를 들고, 목침을 베어 주고는 뱃속이 몹시 괴로운 듯 눈살을 잔뜩 찌푸린 얼굴을 물끄러미 들여다보려니까, 속도 상하고 식곤증이 나서 팔베개를 하고 그 곁에 누웠는데,

"편지 받우…… 박동혁이 있소?"

하는 소리가 싸리문밖에서 유난히 크게 들렸다.

동혁은 벌떡 일어나 고무신짝을 끌며 황급히 밖으로 나갔다.

편지는 영신에게서 온 것이었다. 동혁이가 학교를 그만두고 내려올 때에 정거장에서 굳은 악수로 작별을 한 뒤에, 올봄까지 오고 간 편지가 조그만 손가방으로 하나는 가득 찼으리라.

그 후 한 사람은 고향인 한곡리로, 한 사람은 기독교 청년 연합회 농촌 사업부의 특파 격으로 경기 땅이지만 모든 문화 시설과는 완전히 격리된 청석골[靑石洞]이란 두메 구석으로 내려가서 일터를 잡은 뒤에는 서로 만날 기회가 없었다. 한가히 찾아다닐 시간과 여비까지도 없었거니와, 피차에 사업의 기초가 어느 정도까지 잡히기 전에는 만나지 말자는 언약도 있었던 것이다.

그러나 그 대신 삼 전짜리 우표가 두 장 혹은 석 장씩 붙은 편지가 일주일에 한 번 열흘에 한 번씩은 거르지 않고 내왕을 하였다.

그 편지의 내용이란, 젊은 남녀 간에 흔히 있는 달콤한 사랑을 속삭인 것이 아니라, 순전히 사업 보고요, 의견 교환이요, 또는 실제 운동의 고심 담이었다. 서로 눈을 감고 앉았어도 한곡리와 청석골의 형편과 무슨 일을 어떻게 해나가는 것이며, 심지어 틈틈이 무슨 책을 읽고 어떠한 느낌을 받았다는 등 머릿속까지 환하게 들여다보이도록 적어 보냈고 적혀오고 하였다.

그러면서도 피차에 사사로운 생활이나 신변에 관한 일은 단 한 줄도 비치지 않았다. 그러던 터에 오늘은 편지를 뜯어보고 동혁은 적지 아니 놀랐다.

…… 건강에는 자신이 있었건만, 그동안 과로한 탓인지 몸이 매우 쇠약해졌어요. 더 참다가는 큰 병이 날 것만 같은데요, 단 며칠 동안이나마 쉬고는 싶어도, 성한 때와 달라 어머니한테로 가기는 싫고요, 잠시 쉬는 동안이라도 무의미하게 시간을 보내고 싶지는 않습니다. 그래서 생각다 못해, 동혁 씨가 계신 한곡리로 가서 얼마 동안 바닷바람이나 쏘이다가

올까 합니다. 백문이 불여일견이라고, 당신이 착수하신 사업을 직접 보고(결단코 시찰은 아니지만……) 많이 배워 가지고 오려고 합니다.
　꼭 친히 뵙고 의논할 일도 있고요, 겸사겸사 가고 싶은데 과히 방해나 되지 않으실는지요. 가면 이 편지를 받으시는 다음다음날(화요일) 아침 그곳에 도착할 예정입니다.

　동혁은 흐릿한 등잔 밑에서 눈을 끔벅끔벅하며 몇 번이나 편지를 내려 읽고 치읽고 하였다.
　'그다지 튼튼하던 사람이 얼마나 고생을 했길래 큰 병이 날 것 같다구 했을까?'
　'대관절 꼭 친히 만나서 의논하겠다는 일이란 무엇일까?'
　'오는 거야 반갑지만, 도대체 무엇을 보여 주나? 무슨 일을 했다고 그동안의 보고를 한단 말인가?'
　이러한 의문과 걱정이 쥐가 꼬리를 물듯이 줄달아 일어났다. 더구나,
　'정양(靜養 몸과 마음을 안정하여 휴양함)을 하러 오는 사람이 당장 거처할 데가 없으니 어떡하나.'
하는 것이 당면한 큰 문제다. 동혁은 가슴이 설레면서도 갑갑증이 나는데, 동화의 코고는 소리가 시끄러워서 마당으로 나왔다.
　감나무 가지에 낫[鎌] 같은 초생달이 걸린 것을 쳐다보면서 이런 생각 저런 궁리를 하다가,
　'참 벌써 회원이 다들 모였겠네.'
하고 다시 안으로 들어가, 전번 일요일에 모였을 때의 회록과 오늘 저녁에 여러 사람에게 들려줄 이야기를 초 잡아 놓은 공책을 꺼내 가지고 나와서 작은 마을 건배네 집 편으로 걸었다.
　아직 여럿이 모일 만한 장소가 없어서, 김건배(金建培)라는 동지의 집 머슴방을 빌려서 야학당 겸 농우회의 회관으로 쓰는 중이다.

이번 일요회(日曜會)에는 입에 침들이 말라서 가물어서 큰일이 났다는 걱정들만 하다가, 진종일 고역에 너무 지쳐서 꾸벅꾸벅 졸고 있는 회원이 태반이나 되었다. 그래서 동혁은,

"내일두 비가 안 오건, 우리 샘물을 길어다 퍼붓드래두 공동답에만은 못자리를 내도록 하세."

하고 일찌감치 헤어지게 하였다. 집께까지 다 와서 축동(물을 막기 위하여 크게 둑을 쌓음. 또는 그 둑) 앞 다복솔(가지가 탐스럽고 소복하게 많이 퍼진 어린 소나무) 밑에 가 주먹으로 턱을 고이고 앉아서 한참 동안이나 으스름한 달빛을 우러러보다가,

'달무리를 하니 인제나 비가 좀 오려나?'

하고 일어섰다. 제 그림자를 기다랗게 끌며 집으로 돌아오자니, 간담회 석상에서 처음 만나던 때와 악박골서 둘이 함께 밝히던 정열과 감격에 끓어 넘치는 그날 밤의 모든 정경이, 바로 어제런 듯 머릿속에 떠오른다. 그는 영신이가 보고 싶었다. 불현듯이 보고 싶었다. 이틀 동안을 기다리기가 한 이태나 되는 듯이…….

"이게 무슨 소리야!"

밤중에 동혁은 별안간 이불을 걷어차며 일어났다. 몸이 실실이 풀리는 듯 피곤해서 턱 쓰러지기만 하면 금방 잠이 들 것 같건만, 영신을 만날 생각과 시골은 도회지와 달라 남의 일에도 말썽이 많은데 미혼 처녀가 늙은 총각을 찾아오면 근처 청년의 지도자로 신망을 한 몸에 모으고 모든 일에 몸소 모범이 되어야 할 처지에 있는 저로서 일동일정에 주목을 받을 터이니, 그것도 적지 아니 거북한 노릇이다. 생각이 옥신각신하다가 잠이 어렴풋하게 들었건만, 강제로 마취를 당한 듯도 하고 꺼져 가는 등잔불처럼 의식이 끔벅끔벅하는 판인데, 뜻밖에 이상한 소리가 들렸던 것이다.

그저 저녁도 안 먹고 자는 동화의 거친 숨소리에 섞여, 누에가 뽕잎을 써는 것처럼 부스럭부스럭하는 소리가 간간이 머리맡에서 들렸다. 처음

에는,

'이게 무슨 소릴까?'

하고 속으로 중얼거리면서 들창 앞으로 다가앉으며 창밖으로 귀를 기울였다. 이번에는,

"뚜―ㄱ, 뚜―ㄱ, 후두둑― 후두둑―."

개초(이엉으로 지붕을 임)를 그저 못 해서 뒤꼍 헛간에 묶어서 세워 놓은 짚단과 수수깡이 사이에서, 잊어버릴 만큼이나 오랫동안 듣지 못하던 소리가 점점 크게 점점 똑똑하게 잦은가락으로 들린다.

바람이 일어 청솔가지로 둘러싼 산울을 우수수 우수수 흔들다가, 덧문 창호지에 굵은 모래를 끼얹는 듯이 휘뿌리는 것은 틀림없는 빗소리가 아닌가.

"오오, 빗소리!"

동혁은 덧문을 밀쳤다. 습기를 축축이 머금은 밤바람이 방 안으로 휘돌아들자, 자던 얼굴에 방울방울 부딪치는 찬 빗방울의 감촉! 동혁은 정신이 번쩍 들었다.

"얘 동화야, 비가 온다. 비가 와!"

형은 반가운 김에 아우의 어깨를 잡아 흔들었다. 동화는,

"응?"

하고 깜짝 놀라 일어나서 두 주먹으로 눈두덩을 비비더니,

"아 정말 비가 오우?"

하고 바깥을 내다본다. 시꺼먼 구름이 잔뜩 끼어 별 하나 찾을 수 없는 하늘을 쳐다보다가,

"제엔장, 인제야 온담."

하고 볼멘소리를 하고는 목소리를 낮추어,

"나 아까 주정했수?"

하고 형의 얼굴을 바로 쳐다보지를 못한다.

형은 부드러운 목소리로,

"어서 더 자거라. 이담버텀 챙기면 고만이지…… 다 형의 잘못이다."
하고 문을 닫는다. 그러다가 아우가 엎드리며 머리맡을 더듬으니까, 얼핏 자리끼(밤에 자다가 마시기 위하여 잠자리의 머리맡에 준비하여 두는 물) 사발을 집어서 입에 대준다. 동화는 한창 조갈이 심하게 나던 판이라, 목을 늘이고 승늉 한 사발을 벌떡벌떡 들이켜고는 다시 쓰러진다.

비가 제법 장마 때처럼 주룩주룩 쏟아지기 시작한다. 동혁은 일종의 신비감을 느끼어 노래라도 한 마디 부르고 싶었다.

십 년 만에 만나는 친구의 음성인들 이 빗소리보다 더 반가우랴. 흉년이 들겠다고 벌써부터 쌀금 보릿금이 오르고 초목의 새싹이 지지리 타들어 가도록, 온갖 생물이 목말라하던 대지 위에 뚝뚝 떨어지는 빗방울 소리와, 그 비를 휘몰고 들어오는 선들바람의 교향악! 그것은 오직 하늘의 처분만 바라고 사는 농민의 귀에라야 각별히 반갑게 들리는 소리다.

안방에서는 늙은 양주도 잠이 깨었는지 이야기하는 소리가 두런두런한다.

동혁은 창밖으로 팔을 내밀고 천금을 주고도 그 한 방울을 살 수 없는 생명수를 손바닥에 받아 본다. 자리옷을 활활 벗어 버리고 뛰어나가서 그 비에 온몸을 골고루 적시다가 땅 위에 데굴데굴 구르고 싶은 충동을 느꼈다.

동혁은 아우가 감기나 들까 보아 다시 문을 닫았다. 바람은 파도 소리처럼 쏴아쏴아 하고 머리맡에서 뒤설렌다. 논배미(논두렁으로 둘러싸인 논의 하나하나의 구역)마다 단물이 흥건히 고이고, 보리밭 원두밭이 시꺼매지도록 빗물이 흠씬 배어들어갈 것을 상상하면서도,

'이 우중에 영신이가 어떻게 오나. 내일까지만 실컷 오구 말았으면…….'
하다가 스르르 잠이 들었다.

이튿날도 비는 끊임없이 왔다. 동혁은 도롱이(짚, 띠 따위로 엮어 허리나 어깨에 걸쳐 두르는 비옷)를 쓰고 살포(논에 물꼬를 트거나 막을 때 쓰는 농기구)를 짚고 나가서 논의 물꼬를 보고 들어왔다. 점심 뒤에는 신문지를 말끔 뭉쳐 가지고 집에서 한 삼 마장이나 되는 바닷가로 나왔다.

해변에서 새우를 잡아 말리고 준치나 숭어를 잡는 철이 되면, 막살이(아무렇게나 되는대로 사는 살림살이)를 나오는 술장수에게 빌려 주는 오막살이의 방 한 칸을 빌렸다.

아들은 젓잡이를 하러 나가고, 늙은 마누라와 며느리만 집을 지키고 있어서, 대낮에도 노젓는 소리와 간간이 뱃노래 소리밖에는 들리는 것이 없어 여간 조용하지가 않다.

동혁은 주인마누라에게 풀을 쑤어 달래서 신문지로 흙방을 바르고 기직을 구해다가 방바닥에 깔고 하느라고 비에 젖은 하루해를 보냈다.

"어떤 손님이 오시길래 이렇게 손수 방치장을 하우? 그만하면 신방두 꾸미겠네."
하고 주인마누라는 안질이 나서 짓무른 눈을 끔적이며 두 번 세 번 묻는다. 동혁은,
"오는 사람을 보면 알걸, 뭐 그렇게 궁금허우."
하고는 손님이 묵고 있는 동안, 밥까지 지어 달라고 부탁을 하였다. 집에는 거처할 방도 없거니와, 거의 하루 한 번씩은 입버릇처럼 장가를 들라고 성화를 하는 부모가 어떻게 할는지도 몰라서, 일테면 사처를 잡은 것이다.

저녁 뒤에 동혁은 가장 무관하게 지내고 또 영신을 오래 소개해 온 건배와 정득이, 갑산이, 칠룡이 같은 농우회원을 찾아다니며 채영신이가 내일 아침에 온다는 소식을 전하였다. 동혁은 단독으로 영신을 맞아들이고 싶지 않았던 것이다. 건배는,
"흥, 인제야 자네가 몽달귀신을 면하나 보이. 앞으로 다섯 해 안에는

결혼을 안 한다구 장담을 하더니 하는 수 있나. 지남철 기운에 끌려오는 걸."

하고 연방 동혁을 놀려댄다. 동혁은 변색을 하며,

"여보게, 그게 무슨 가당치 않은 소린가? 아예 그런 말은 입 밖에두 내지 말게. 동지와 애인을 구별 못 하는 낸 줄 아나?"

하고 건배의 험구를 틀어막았다.

이튿날은 이슬 같은 보슬비로 변하였다. 앞 논과 집 뒤 개울에서는, 개구리가 제철을 만난 듯이 운다. 밤새도록 울고도 지칠 줄 몰라서, 대합조개 껍데기를 마주 비비는 듯이 와글와글하는 소리가 시끄러울 지경이다.

이른 아침, 동혁은 찢어진 지우산을 숙여 쓰고 '큰덕미'로 갔다. 쇠대갈산 등성이 위에 올라 머리를 드니, 구름과 안개에 싸인 바다가 눈앞에 훤하게 터진다. 무엇에 짓눌렸던 가슴이 두 쪽에 쩍 빠개지는 것 같은 통쾌감과 함께, 동혁은 앞으로 안기는 시원한 바람을 폐량껏 들이마셨다가 후우 하고 토해내고는, 휘파람을 불며불며 나루께로 내려갔다.

큰덕미라는 곳은 하루 한 번 똑딱이(석유 발동선)가 와 닿는 조그만 포구로, 주막 몇 집과 미루나무만 엉성하게 선 나루터다.

고무신 운두(그릇이나 신 따위의 둘레나 둘레의 높이)가 넘도록 발이 진흙에 푹푹 빠져, 동혁은 신바닥을 모래에다 비비며 비에 젖은 바윗돌 위에 가 털버덕 주저앉아서 물참(밀물이 들어오는 때)이 되기만 기다리는데,

"여보게 동혁이……."

귀에 익은 목소리가 등 뒤에서 들렸다. 동혁은 소리나는 편을 돌아다보며,

"건밴가? 어서 오게……."

하고 손짓을 하였다. 가마솥 뚜껑만 한 농립을 쓰고, 육 척 장신에 밀짚 도롱이를 껑충하게 두르고서 휘적휘적 오는 걸음걸이만 보아도 틀림없는 건배였다. 그 뒤에는 정득이, 갑산이, 칠룡이, 석돌이, 또 동화까지 누

구누구 할 것 없이 농우회의 회원들이 유지로 만든 우장을 하고, 그것도 없는 사람은 부대쪽을 두르고, 칠팔 명이나 주렁주렁 따라온다. 그네들이 가까이 오자 동혁은,

"자네들 미안하이그려."

하고 무심코 동혁은 한 말이건만,

"자네가 우리더러 미안하달 게 뭐 있나? 그야말루 진날 개사위 꼴을 하구 나왔어두 자네 장가드는 데 배행 나온 셈만 치면 좋지 않은가?"

건배는 동혁의 말을 얼른 채뜨려 가지고, 이번에는 빗대어 놓고 놀려 댄다.

"앗게 이 사람, 또 그런 소릴……."

하고 동혁은 눈을 슬쩍 흘기면서도, 어쩐지 건배의 놀리는 말이 그다지 듣기 싫지는 않았다.

바람결에 통통통통 하는 소리가 바위에 철썩철썩 부딪치는 파도 소리에 섞여 차츰차츰 가까이 들려왔다. 조금 있자,

'뛰―윗.'

새된 기적 소리는 동혁의 가슴속까지 찌르르하도록 울렸다.

이윽고 파란 뻥끼칠을 한 똑딱이가 선체를 들까불며 들어온다. 갑판 위에서 손수건을 흔드는 흰 저고리에 검정 치마가 보인다. 동혁은 손을 높직이 들며 허공을 저었다.

조그만 거루(거룻배. 돛이 없는 작은 배)는 선객과 짐을 받아 싣고 선창으로 들어와 닿았다. 동혁은 반가운 웃음을 얼굴 가득히 담고 영신의 손을 잡아 뭍으로 끌어올렸다.

"이번 비, 참 잘 왔죠?"

한마디가 첫밧(일이나 행동의 맨 처음 국면)에 하는 영신의 인사였다.

"잘 오구말구요. 그래 그동안 얼마나 고생을 하셨어요?"

하며 동혁은 영신의 얼굴빛을 살핀다. 상상하던 것보다는 나아도, 어글

어글하던 눈이 전보다 더 커다래 보이는 것은, 그 복성스럽던 얼굴의 살이 그만큼 빠진 탓일 듯. 그러나 반가운 김에 상기가 되어 그런지 혈색은 그다지 나쁘지 않은 것을 보고 우선 안심을 하였다.

"그거 내 들어다 드릴까요?"

"아이니, 괜찮아요."

"글쎄 이리 주세요."

"이 속엔 비밀 주머니가 들어서 안 돼요."

바스켓 하나를 가지고 네가 들리 내가 들리 승강이다.

'고집이 여전하군.'

하면서 동혁은 우산을 받쳐 주며 나란히 서서 주막 앞까지 와서,

"참 인사들 하시지요. 편지루 아셨겠지만 같이 일하는 동지들인데……."

하고는,

"이 키 큰 친구는 건배 군이구요."

하고 건배를 위시하여 인사를 시킨다.

"감사합니다. 비 오는데 이렇게 나와 주셔서……."

영신은 활발히 손을 내밀고 서양 여자처럼 차례차례 악수를 한다. 여러 청년은 입속으로 간신히 제 이름을 대면서 계집애처럼 얼굴들을 붉혔다. 피차에 악수를 교환한 것이 아니라, 얼떨김에 생후 처음으로 젊은 여자에게 악수를 당한 셈이었다.

두 사람이 앞장을 서고, 여러 청년은 그 뒤를 따라온다.

"허어 이거, 정말 우리가 별배(예전에, 벼슬아치 집에서 사사로이 부리던 하인) 노릇을 하는군."

"여보게 말 말게. 손을 어떻게 쥐구 잡아 흔드는지 하마터면 아얏 소리를 지를 뻔했네."

하고 뒷공론을 하는 소리가 동혁의 귀에까지 들려서 픽 하고 혼자 웃

었다.

신작로로 나오자, 잠시 뜸하던 빗발이 다시 뿌리기 시작한다. 자갈도 깔지 않은 길바닥은 된풀을 이겨놓은 것처럼 발을 옮겨 놓을 수가 없도록 끈적끈적하다.

영신은 미끄럼을 탈까 보아 길바닥만 들여다보며,

"이렇게 진데, 용하게들 나오셨군요."

하고 길가의 아카시아 나무를 붙들고 신바닥에 붙어 달린 진흙을 문지르고는 언덕의 잔디를 이리저리 골라 딛는다.

어젯밤 비만 해도
보리에는 무던하다.
그만 갤 것이지
어이 이리 궂이 오노.
봄비는 차지다는데
질어 어이 왔는가.

비 맞은 나뭇가지
새 움이 뾰족뾰족.
잔디 속잎이
파릇파릇 윤이 난다.
자네도 그 비를 맞아서
정이 치〔寸〕나 자랐네.

이런 때 이런 경우에 동혁이가 시를 좋아하는 사람이었다면 「비 맞고 찾아온 벗에게」라는, 조운(曺雲) 씨의 시조 두 장을 가만히 입속으로 읊었으리라.

영신은 바라던 대로 바닷가 한가한 집에서 편안히 쉴 수가 있었다. 동혁이가 신문지로나마 도배를 말끔히 하고 자리까지 새 것을 깔아 놓고 저를 기다려 준 데는 무어라고 말이 나오지 않을 만큼 고마웠다.

더구나 농우회원들은 비를 맞으며 갯고랑으로 나가서 낙지를 캐어 오는 사람에, 손그물을 쳐서 새우를 잡아 오는 사람에 대접이 융숭하다. 그것도 못 하는 사람은 인제야 고추잎만 한 시금치를 솎아 가지고 와서 몰래 주인마누라를 주고 간다.

"경치두 좋지만, 우리 청석골보다 인심두 여간 후하지 않군요."
하고 영신은 너무 미안해서 몸 둘 곳을 몰라 한다. 회원들은 선생으로 숭앙하는 동혁이와 가장 뜻이 맞는 동지요, 또는 공부도 많이 했건만 농촌 사업을 헌신적으로 하는 여자라니까(실상 그네들은 십여 리 밖에 있는 보통학교 여훈도밖에는 신여성과 대해 본 경험이 없다) 여기까지 찾아온 것이 무슨 까닭이 있는 줄로 짐작을 하는 눈치면서도 자기네 힘껏은 대접을 하는 것이다.

그중에도 어느 사립학교 교원으로 있을 때 ○○사건에 앞잡이 노릇을 하다가 이태 동안이나 콩밥을 먹고 나온 경력이 있는 건배는, 남의 일이라면 발을 벗고 나선다. 주선성이 있어서 한 동리에서 무슨 일이 생기면 농우회의 선전부장 격으로 진일 마른일 가리지 않고 뛰어다니며 활동을 하지 않고는 견디지 못하는 사람이다. 그는 동혁이보다 몇 해나 먼저 야학을 개설한 선각자로 동혁이와는 어려서 싸움도 많이 하였지만, 뜻이 맞는 막역한 동지였다. 그는 무슨 여왕이나 모셔다 놓은 것처럼 수선을 부리며 돌아다닌다. 그 멋없이 큰 키를 바람에 불리는 바지랑대처럼 내젓고 돌아다니며 광고를 하여서, 여학생이 동혁이를 찾아왔다는 소문이 하루 동안에 동네에 파다하게 돌았다.

"그게 누구냐, 응? 그 여학생이 누구야? 어디 나두 좀 보자꾸나."
며느리를 못 보아 상성(본래의 성질을 잃어버리고 전혀 다른 사람처럼 됨)이 난 어머니는, 꼬부랑거리고 아들의 뒤를 쫓아다니며 성화를 받친다. 박첨지도 마누라를 염탐꾼처럼 놓아서 며느릿감(?)을 보고 오라고 넌지시 이르기까지 하건만, 동혁은

"글쎄 얼토당토않은 말씀은 입 밖에두 내지 마세요. 신병이 있어서 잠깐 휴양두 할 겸 우리들이 일하는 걸 보러 온 여자라니까요."
하고 골까지 내었다. 그런 때는 동화가 형의 편을 들어서 제가 무슨 속중이나 아는 듯이 그렇지 않다는 변명을 해준다.

이래저래 동혁은 오던 날 하루는 여러 회원들과 얼려 다니며 영신을 접대하고, 일부러 단둘이 앉을 기회는 피하였다. 한편으로는 몸도 쇠약해진데다가 밤배를 타고 우중에 시달려 온 사람을 붙잡고 길게 이야기를 하기도 안 되어서, 마음을 턱 놓고 쉬도록 하고 싶었던 것이다.

저녁 뒤에 건배는,
"이 사람, 그이가 귀양살이를 왔단 말인가? 혼자 적적해할 테니 우리 가서 청석골서 활동하는 얘기나 듣구 오세."
하고는 회원들을 끌고 가서 저 혼자 한바탕 떠들다가 돌아왔다.

영신은 그동안 동혁이가 내려와서 한 일과 계속해서 하는 일이며, 동네 형편까지도 '선전부장'인 건배의 입을 통해서 자세히 들을 수가 있었다. 그러나 영신은,

'저이가 원체 묵중하겐 생겼지만, 내가 누굴 찾아왔다고 저렇게 뚱하니 앉았다가, 다른 사람보다도 앞을 서서 갈까?'
하고 동혁의 태도가 섭섭할 지경이었다.

비는 그치고 바닷가의 밤은 깊어 갔다. 영신은 공연히 마음이 가라앉지 않아서 잠을 청하느라고 조그만 등잔 밑에서 공부 삼아 볼까 하고 가지고 온 잡지의 농촌 문제 특집호를 뒤적거리고 누웠다. 모래사장을 찰싹찰싹 가벼이 두드리는 파도 소리를 베개 삼고서…….

그때에 창밖에 나직한 목소리가 들렸다.

"고만 주무시지요. 고단하실 텐데……."

하는 것은 틀림없는 동혁의 목소리였다. 그는 집으로 갔다가 다시 돌아나와서 홀로 해변을 거닐며 영신의 신변을 지키고 있었던 것이다.

"네 자겠어요, 난 벌써 가셨다구요."

하고 영신이가 반가이 일어나 문을 열려니까,

"문고리를 꼭 걸구 주무세요."

한마디를 남긴 뒤에, 동혁의 그림자는 어둠 속으로 사라졌다.

기상나팔

비는 또다시 이틀 동안을 질금질금 오다가, 씻은 듯 부신 듯이 개고 날이 번쩍 들었다. 보리 해갈이나 바라던 것이 장마 때처럼 원 둑이 넘치도록 흐뭇하게 와서, 초목이란 초목, 생물이란 생물이 온통 죽음에서 소생한 듯 청신한 공기가 천지에 가득 찼다.

이른 아침 물속에서 낚여 나온 듯이 선명한 태양이 바다 저편에 붕긋이 솟아오를 때, 동리 한복판의 두 아름이나 되는 은행나무가 선 언덕 위에서 나팔 소리가 들린다.

도또 도또 미또 도또

솔도 도미도—

밈미 밈미 쏠미 쏠미

도미 솔쏠 도—

새된 기상나팔 소리는 황금빛 햇발이 퍼지듯이 비 뒤의 티끌 하나 없는 공기를 찢으며 온 동리의 구석구석에 퍼진다.

배춧빛 노동복을 입은 청년들이 여기저기서 납작한 초가집을 튀어나오더니 언덕 위로 치닫는다.

나팔 소리가 난 지 오 분쯤 되어, 그들의 운동장인 잔디밭에는 중년, 청년, 소년 할 것 없이 한 오십여 명이나 되는 조기회원들이 그득 모여 섰다.

학교에서 군사 교련을 받을 때에 곡호수(曲號手 조선 시대에, 군대에서 나팔을 불던 병정)였던 동혁은 힘차게 불던 나팔을 놓고 앞으로 나섰다.

"기착!"

"우로…… 나라닛!"

우렁찬 호령 소리에 따라 회원들은 이 열로 벌려 선다.

"하낫, 둘, 셋, 넷!"

"둘, 둘, 셋, 넷!"

정말체조(丁抹體操 덴마크 체조)가 시작되는 것이다.

동혁이가 서울서 강습을 해가지고 와서 시작한 뒤에 이 체조를 금년까지 줄곧 계속해 왔다. 바지저고리를 퉁퉁히 입은 낮살이나 먹은 사람과, 나팔 소리에 어깻바람이 나서 모여든 아이들은 다 각각 제멋대로 팔다리를 놀려서 보기에 어색하고 우습기도 하다. 그러나 호랑이라도 두드려 잡음직한 한창 기운의 청년들이 동시에 목청껏 내지르는 고함은 조금 허풍을 친다면 앞산이라도 물러앉을 듯이 기운차다.

십오 분 동안에 체조를 마치고 동녘 하늘을 향해서 산천의 정기를 다 마셔들일 듯이 심호흡을 한 뒤에, 청년들은 동그랗게 원을 그리고 서로 손을 잡고 둘러섰다.

이번에는 건배가 한가운데 가 우뚝 나서며,

"자, 「애향가」를 부릅시다!"

하고 뽕나무 막대기를 지휘봉 대신으로 내젓기 시작한다. 이 노래는 동혁이와 건배의 합작으로, 청년들의 정신을 통일시키고 활기를 돋우기 위해서 아침마다 체조가 끝나면 부르는 것이다.

그러나 그 곡조는 너무나 애상적이라고 템포를 빠르게 해서 짧고 쾌활하게 부른다.

건배의 두 팔이 올라갔다가 허공을 힘 있게 가르자 청년들은 정중한 태도로 애향가를 부르기 시작한다.

一. ××만(灣)과 ××산(山)이
마르고 닳도록
정들고 아름다운
우리 한곡(漢谷) 만세!
(후렴) 비바람이 험궂고
물결은 사나워도
피와 땀을 흘려가며
우리 고향 지키세!

二. 우리들은 가난하고
힘은 아직 약하나
송백(松栢)같이 청청하고
바위처럼 버티네!

첫 절과 같이 후렴까지 부른 뒤에,
"자— 삼 절!"
하고 건배는 더한층 힘차게 팔을 내젓는다.

三. 한 줌 흙도 움켜쥐고
놓치지 말아라
이 목숨이 끊기도록
북돋우며 나가세!

날마다 한 번씩 부르는 노래건만, 이 노래를 지은 사람이나 받아서 합창을 하는 청년들은 아침마다 새로운 흥분을 느낀다. 얼굴에 혈조(血潮)를 띠고 목에 힘줄을 세우며 부르고 난 뒤에도 한참 동안 묵묵히 서 있다.

오늘 아침에는 은행나무에 몸을 반쯤 가리고 서서 이 노래를 듣다가 감격에 흐느끼는 여자가 있었다.

그는 영신이었다.

조기회가 파하기 전에 동혁은,

"자, 아침 뒤에 우리 공동답 못자리를 만드세. 한 사람두 빠지면 안 되네."

하고 여러 회원에게 일렀다. 건배와 동화는 몇몇 회원과 함께 영신이가 홀로 서 있는 언덕 뒤로 올라갔다. 회원들은,

"일찍 일어나셨군요?"

"안녕히 주무셨습니까?"

"춥지나 않으셨어요?"

하고 번차례로 인사를 한다. 영신은 머리만 숙여 답례를 하고, 그 말에는 얼른 대답을 못 한다. 아침볕을 눈이 부시도록 온몸에 받으며 눈물 흔적을 보이지 않으려고 바다 저편을 바라다보고 섰기 때문이다. 그는 조금 뒤에야,

"나팔 소릴 듣구 뛰어 올라왔어요."

하고 같이 운동을 하고 나서 혈색 좋은 여러 사람의 얼굴을 둘러본다.

"미상불 그 노래 잘 지었지요? 답답한 때 한바탕 부르구 나면 속이 후련하거든요."

건배의 넓적한 얼굴이 싱글벙글한다.

"저 사람은 구렝이 제 몸 추듯 그저 제 자랑을 못 해서…… 그만께 무슨 자랑인가?"

하고 동혁은 핀잔을 준다. 건배는,

"그럼 다른 건 몰라두, 청석골의 애향가 같은 노래를 부르는 조기회야 있겠나?"
하고 미소를 띤 영신의 얼굴을 슬쩍 흘겨본다.
"우린 아침마다 기도회가 있어요. 찬송가두 부르구요. 촌여자들이 제각기 작곡을 해가며 부르는 찬미야말루 들을 만하죠."
하고 영신은 앞을 서서 언덕을 내려오는데, 건배가 동혁의 옆구리를 쿡 찌르며 무어라 귓속을 하더니,
"채 선생, 조반은 우리 집에 가서 잡수십시다."
하고는 앞장을 서서 휘적휘적 내려간다. 영신은 처음에는 사양을 하다가,
"고맙습니다."
하고 동혁이와 나란히 서서 풀밭의 아침 이슬을 밟으며 내려온다.
형의 뒤를 따르던 동화는 다른 동지들을 어깨로 밀며,
"여보게 우리들은 빠질 차례일세."
하고는 저의 집 편 쪽으로 불평스러이 발꿈치를 홱 돌린다. 건배는 영신을 돌아다보며,
"우리 집 여편네요. 보통학교 하나는 명색 졸업이라구 해서 아주 맹문이는 아니지요. 농촌 운동이 어떤 거라구 일러 주면 말귀는 어둡지 않아서 곧잘 알아듣거든요. 하지만 새끼를 셋이나 연거푸 쏟아 놓더니 인젠 쭈그렁바가지가 다 됐어요."
하고 슬그머니 여편네 칭찬을 한다.
"저 사람은 마누라 자랑을 못 하면 몸살이 나는 거야."
동혁이가 또 놀리니까, 건배는,
"흥, 자네 같은 엿장수('늙은 총각'이라는 뜻)가 뭘 안다구 말참견인가?"
하고 영신을 돌아다보면서,
"저 사람 혼인 국수를 얻어먹으려다가 허기가 져서 죽겠어요."
하고 나서, 동혁에게 눈 하나를 찌긋해 보인다. 동혁은,

"에이 이 사람!"

하고 호령이나 하는 듯한 표정을 지으며 건배를 노려본다. 건배는 납작한 토담집 앞까지 와서,

"이게 명색 우리 집인데요, 나 같은 김부귀(키 크기로 유명한 사람) 사촌쯤 되는 사람은 이마받이하기가 똑 알맞지요. 하지만 나물 먹고 물 마시고 팔을 베고 누웠어도 낙이 다 게 있구 게 있거든요."

하더니 미리부터 허리를 구부리며 집 속으로 기어 들어간다.

두 사람은 아침 짓는 연기가 서리어 오르는 굴뚝 곁에서 서성거리며,

"저 사람두 겉으로는 저렇게 버티지만, 생활이 말씀 아녀요. 교원 노릇을 하다가 쫓겨난 뒤에, 화가 난다구 만주로 시베리아로 돌아댕기며 바람을 잡느라구 논 마지기나 좋이 하던 걸 말끔 팔아 없앴는데, 냉수를 먹구 이를 쑤시면서두 궁한 소린 당최 안 하거든요."

"산전수전 다 겪어서 속이 탁 터진 게지요. 아무튼 미안한데요."

하는데, 젖먹이를 들쳐 업은 건배의 아내가 행주치마에 손을 문지르며 나오더니,

"어서 들어오세요. 이 누추한 집엘 귀한 손님이 어떻게 들어오시나."

하고 친정붙이나 되는 것처럼 영신을 반가이 맞아들인다. 고생살이에 찌든 그의 얼굴에는 잣다란 주름살이 수없이 잡혔고, 검불을 뒤집어쓰고 불을 때다가 나와서 머리는 부스스하게 일어섰는데, 남편만 못지않게 너름새(너그럽고 시원스럽게 말로 떠벌려서 일을 주선하는 솜씨)가 좋다.

"원 천만의 말씀을 다 하세요. 이렇게 불시에 와 뵙게 돼서 여간 미안하지 않은데요."

하고 영신이가 막 싸리문 안으로 들어서는데, 별안간 건배가 미쳐난 사람처럼 작대기를 휘두르며 뛰어나온다.

건배가 놓여 나간 닭을 잡으려고 작대기를 들고 논틀밭틀(논두렁과 밭두렁을 따라서 난, 꼬불꼬불하고 좁은 길)로 껑충껑충 뛰어다니는 광경은 혼자 보기 아까

상록수 159

웠다.

그는 닭을 잡아 가지고 헐레벌떡거리며 들어오더니,

"이거, 우리 아버지 제사 때 잡으려는 씨암탉인데, 우리가 청석골 가면 송아지 한 마리는 잡으셔야 합니다. 이게 미끼니까……."

하고 생색을 내고 나서, 푸덕거리는 대로 흰 털을 풍기는 닭의 모가지를 바짝 비틀어 부엌 바닥에다 던지고는 손을 탁탁 털며 방으로 들어온다.

수란을 뜨고(수란을 만듦. '수란'은 달걀을 깨뜨려 수란짜에 담고 끓는 물에 넣어 반숙한 것) 닭고기를 볶고 하여서 세 사람은 아침을 맛있게 먹었다. 사실 영신은 상일(별로 기술이 필요하지 않은 막일)까지도 힘에 부치도록 했거니와, 돈 한푼이라도 적게 쓰려고 지나치게 악의악식(너절하고 조잡한 옷을 입고 맛없는 음식을 먹음)을 하고 지냈다. 그래서 한창 나이에 영양이 대단히 부족되어 건강을 상한 것이었다.

영신은 밥상으로 달려드는 두 어린것에게 닭의 다리를 하나씩 물려주고는,

"오늘이 제 생일인가 봐요."

하고 잠시 고향의 어머니 생각을 하였다.

"고만 이리 들어오세요. 어서요."

하고 영신은 건배의 아내를 자꾸만 끌어들이려고 하건만, 그는 동혁이가 스스러운지(서로 친분이 두텁지 않아 조심스러움),

"부엌 시중을 할 사람이 있어야죠."

하는 핑계로 들어오지를 않는다. 영신은 말머리를 돌려,

"그런데 공동답은 어떻게 하시는 거야요?"

하고 묻는다. 그 말에 선전부장이 잠자코 있을 리 없다.

"이 일 저 일 할 것 없이 이 박군이 다 발설을 해서 실행해오는 거지만, 저 너머 큰 마을 강도사네 집 논 닷 마지기를 억지루 떼를 써서 도지(일정한 대가를 주고 빌려 쓰는 논밭이나 집터)루 얻었어요. 그래 우리 농우회원 열두 사람이

합력을 해서 작년버텀 짓는 게야요."

"그럼 추수하는 건 어떡하나요?"

"도지 닷 섬만 그 집에 치르구선, 그 나머지는 우리가 농사를 잘 지어서 열 섬이 나든 열닷 섬이 나든 적립을 했다가 다른 돈하구 보태서 우리의 회관을 꼭 지을 작정인데……."

"참 좋은 계획이로군요. 우리 청석골두 강습소 겸 공회당처럼 쓸 회관을 시급히 지어야 할 텐데, 당최 예산이 서질 않아요. 지금 임시로 빌려 쓰는 예배당은 워낙 협착한데다가 주일날하구 삼일날 저녁은 쓰지 못하니까, 여간 불편하지가 않아서 이번에 좀 쉬었다가 가선, 억지루라도 집 한 채를 얽어볼 작정이에요."

동혁은 구수한 보리밥 숭늉을 훌훌 마시고 앉았다가,

"회관을 짓는 게 그다지 시급할 것 같진 않지만 회원들이 무시루 모여서 신문 잡지나 돌려보며 무슨 일이든지 서루 의논해 하려면, 아무래두 집합할 장소가 필요하겠어요. 야학만 해두 사철 한데서 할 수는 없으니까요."

하고는 눈을 아래로 깔고 무엇인지 생각하더니,

"하지만, 공동답을 짓거나 또는 이용조합을 만들어, 씨앗이나 일용품을 싸게 사다가 쓰거나, 하다못해 이발조합 같은 것을 만들고, 우리가 술 담배를 끊고 그 절약한 돈을 저축하는 것은, 반드시 회관 하나를 짓기 위한 게 아니지요."

"그럼 일테면 어느 비상시기에 한몫 쓰시려는 건가요?"

"아니오, 우린 언제나 비상시를 당하고 있는 게니까. 우선 조그만 일이래두 여러 사람이 한 몸 한뜻이 돼서 직접 벗어부치구 나서서 일을 하는데, 정신적으루 통일을 얻고, 또는 육체적으루 단련을 받으려는 데 있어요. 무엇보다두 우리한텐 단결력이 부족하니까요. 제가끔 뿔뿔이 헤져서 눈앞에 뵈는 조그만 이익을 위해서 다투는 것보다는, 그렇게 팔다리를 따루따루 놀리질 말구서 너 나 할 것 없이 한 몸뚱이루 딴딴히 뭉쳐서 그 뭉친 덩어리가 큼직하게 움직이는 것이 얼마나 위력이 있다는 것과, 모든 일에 능률이 올라가는 것과, 또는 땀을 흘리면서두 유쾌하게 일을 할 수 있다는 것을 실지로 체험을 해서 그 이치를 자연히 터득하도록 훈련을 시키려는 데 있어요. 조기회만 해두 그렇지요. 지금 동리 늙은이 축에선 밥지랄을 한다구 여간 반대가 아닌데, 실상 진종일 그 괴로운 일을 하구두, 먹을 것이 없어서 쩔쩔매는 우리들한테는, 영양분이 필요할지언정, 정말 체조 같은 운동이 필요치는 않으니까요. 하지만 아침마다 떨어지지 않는 눈을 억지루 부비면서 은행나무 밑으로 치닫는 것은 일이 있으나 없으나 하루 한 번씩 깨끗한 정신으로 한 장소에 모이자는 거지요. 그 모인다는 것, 한 사람의 호령 아래에 여러 사람의 몸이 똑같이 움직이고, 한맘한뜻으로 애향가를 부르는 데서 우리가 살아 있다는 의식을 찾구 용기를 회복하려는 거예요."

동혁은 고개만 끄떡이며 듣는 영신의 얼굴에서 '나도 동감이야요' 하는 표정을 보며, 말 구절마다 힘을 들인다. 건배는 물론, 영신이도 매우 긴장한 태도로 무엇보다도 단결이 필요하다는 말을 되풀이하고 식전에 느낀 감상을 이야기하는데 동화가 와서 문밖에서 헛기침을 각각 하더니,

"형님, 회원들이 벌써 뫼서 기다리구 있수."

하고 나오기를 재촉한다.

한 백 평쯤 되는 못자리에는 논둑이 찰찰 넘치도록 물이 잡혔다. 가벼운 아침 바람에 주름이 잡히는 잔물결을 헤치며 칠룡이는 쟁기를 꼬느고 소를 몰아 갈기를 시작한다. 못자리 논은 적어도 한 열흘 전에 갈아 두어야 벼 끝도 썩고 땅도 골라지는데, 가뭄 때문에 이제야 갈게 된 것이다.

"이—러, 이놈의 소."

"어디어, 쩌쩌쩌쩌."

연골에 상일이 몸에 박힌 칠룡이는 여자 손님이 논둑에 앉아서 내려다보는 바람에 연방 혀를 차가면서 소 모는 소리를 멋지게 내뽑는다. 개량 보습이 논바닥을 무찌르고 나가는 대로 물과 함께 시꺼멓게 건 흙이 솟아올랐다가는 한쪽으로 착착 엎친다.

"다른 일은 거의 다 흉내를 내겠는데, 안직 논 가는 건 서툴러서 저 사람들한테 흉을 잡히는걸요. 학교서 실습이라구 할 때 어디 쟁기질야 해봤어야지요."

동혁은 논둑 위에서 치맛자락을 날리는 영신의 곁으로 오며 말을 건넨다. '선전부장'은 논을 다 갈기 전에는 아직 할 일이 별로 없는 데도 넓적다리까지 걷어붙이고 공연히 흙탕물을 텀벙거리며 돌아다닌다. 흰 저고리에 검정 바지를 입었는데, 아랫도리가 껑충한 것이 물고기를 찍으러 다니는 황새와 흡사하다. 영신은 그 꼴을 보고는 웃다가 손등으로 입을 가리고,

"남 하는 일이 보기엔 쉬운 것 같지만, 제가 실지루 해보니까 사뭇 다르드군요. 청석골은 부인친목계가 있는데요, 여편네들이 모두 나와서 벗어부치구 일을 하길래, 남한테 지긴 싫어서 하루 종일 목화밭을 매지 않았겠어요. 아 그랬드니만 그 이튿날은 허리가 뻣뻣하구 오금이 떨어지질 않아서 꼼짝두 못했어요."
하면서 남들은 다 꿈지럭거리는데 저 혼자 구경을 하고 섰는 것을 매우 미안쩍게 여기는 눈치다.

"그러길래 힘드는 일을 하는데두 저 사람네와 똑같이 할 수 있도록 단련을 받아야만 하겠에요. 책상 물림들이 상일에 잔뼈가 굵은 사람처럼 그 세찬 일을 진종일 하구두 배겨날 만큼 되려면 첨엔 코피를 푹푹 쏟아야지요."

"그럼요. 그게 조옴 어려운 노릇이야요? 서양선 소나 말이 하는 일을 우린 사람이 하니까요. 그럴수록 소위 우리 같은 지도분자버텀 나서서

직접 일을 해야만 그게 모범이 돼서 남들이 따라오지요. 그러니까 우리는 정신적으로나 육체적으로나 잠시두 쉴 새가 없을 수밖에요."
하는데 눈앞에서 소머리를 돌리던 칠룡이가 종아리에서 커다란 거머리를 잡아 떼더니,

"이 경칠 놈에게 벌써버텀 붙어당기나?"
하고 논두렁에다 힘껏 메어붙인다. 굵다란 지렁이가 기어올라가는 듯 힘줄이 불뚝불뚝 솟은 종아리에서는 검붉은 피가 줄줄이 흘러내린다. 영신은 씻지도 않고 내버려 두는 그 피를 바라다보다가 서울 백 선생이 말쑥한 양장에 비단 양말을 신고 학교 실습장으로 나돌아다니던 것을 연상하였다. 파리라도 낙성을 할 듯이 매끈하던 그 종아리와 거머리에게 빨려 논물을 시뻘겋게 물들이는 칠룡이의 종아리.

"그렇구 말구요, 지도자라구 무슨 감독이나 십장처럼 힘든 일은 남에게 시키구서 뻔뻔스레 놀구 먹으려는 건 아니니까요. 남녀의 구별꺼정두 없이 다 함께 덤벼들어서 일을 해야지요."

영신은, 그제야 그전에 백씨의 집에서 들은 동혁의 말을 되풀이하듯 하였다. 그러나 오늘 이 경우에 있어서는, 저 역시 피를 흘려 가며 일을 하는 사람들을 편히 앉아 바라다보는 처지에 있는 것을 생각하고, 불안한 것뿐 아니라 일종의 수치를 느끼며 일어섰다 앉았다 한다.

갈아놓은 논바닥을 다시 써레로 썰고, 여러 회원들이 덤벼들어서 잡아놓은 물을 바가지로, 혹은 두레질을 해서 퍼내노라니 거의 점심때나 되었다. 회원들은 우스운 소리를 해가며 자못 유쾌한 듯이 일을 하는데, 그네들의 이마에는 구슬 같은 땀이 숭숭 내배었다. 동혁은 화가래('괭이'의 원시형) 장치를 꼬느고(물건의 한쪽 끝을 쥐고 치켜들어서 내뻗침), 건배는 키에 어울리지 않는 조그만 고무래(곡식을 그러모으고 펴거나, 밭의 흙을 고르거나 아궁이의 재를 긁어모으는 데에 쓰는 'T' 자 모양의 기구)를 들고 못자리판을 판판히 고르기 시작한다. 한편으로는 줄을 띄워서 한 판씩 두 판씩 갈라 나간다. 나머지 회원들은 바소쿠리

(싸리로 만든 삼태기) 지게에 거름을 지고 낑낑거리고 와서 펴는데, 퇴비 같은 거친 거름은 누르고 재 같은 몽근 거름은 손으로 내저어 골고루 편다. 그리고 나서 다시 죽가래('넉가래'의 잘못. 곡식이나 눈 따위를 한곳으로 밀어 모으는 데 쓰는 기구)로 쪼옥 고르게 번대질을 치는데 건배의 아내가 점심을 이고 도랑을 건너오는 것이 보였다.

내리쬐이는 오월의 태양 아래에 숭늉을 담아 든 오지병이 눈이 부시도록 번쩍거린다.

시계도 없는데 점심때를 어떻게 그렇게 일제히 맞추는지, 건배의 아낙의 뒤를 따라 회원들의 사내 동생이며 누이동생들이 밥보자기를 들고 혹은 함지박을 이고 한군데서 모였다 나온 것처럼 주욱 열을 지어 언덕을 넘고 논둑을 건너온다.

"이를 어쩌나, 저고리가 다 젖었군요."

영신은 건배의 아낙이 이고 나온 묵직한 함지박을 받아 내려놓는다. 보자기를 열고 보니 아침에 먹다 남긴 것인지 미역을 넣고 끓인 닭국에는 노란 기름이 동동 떴다. 건배의 밥은 보리 반 섞임인데, 새로 닦은 주발에 고슬고슬하게 퍼 담은 영신의 밥은 외씨 같은 이밥(입쌀로 지은 쌀밥)이다.

"찬은 없지만, 들밥이 맛있길래 가지구 나왔어요."

하고 밥보자기로 어깨에 흐른 국 국물을 닦는다. 영신은 건배의 아낙을 붙잡고 점심을 같이 먹자고 하건만 그는 어린애를 볼 사람이 없다고 되짚어 들어갔다.

"속이 궁해 죽겠는데, 우리 밥은 웬일이오?"

동화의 거센 목소리가 등 뒤에서 들렸다.

"참 두 분 점심은 왜 그저 안 가져올까요?"

영신이가 돌아다보며 물으니까, 동화는,

"가져올 사람이 있어야죠."

한다. 그러자,

"얘, 저어기 어머니가 오신다."

하고 동혁이가 손을 들어 멀리 축동 편 쪽을 가리킨다.

동화가 마주 가서 어머니의 머리에서 함지박을 받아 들고 뛰어왔다. 동혁의 어머니는,

"고만둬라, 고만둬. 내가 가주구 가마니깐……."

하고 아들 형제의 밥함지를 손수 들고 가겠다고 고집을 하다가, 숭늉 병을 들고 작은아들의 뒤를 따라온다. 이런 계제(어떤 일을 할 수 있게 된 형편이나 기회)에 아들을 찾아온 여학생을 먼발치로라도 보고 싶었던 것이다.

회원들은 웅덩이로 가서, 흙과 거름을 주무르던 손을 씻고, 논두렁에 가 둘러앉아서 점심을 먹는다. 그들의 점심은 쌀을 양념처럼 둔 보리밥이나, 조가 반 넘어 섞인 덩어리를 짠지쪽과 고추장만으로 먹는다. 그중에서는 돌나물 김치에 마른 새우를 넣고 지짐이처럼 끓인 동혁이 형제의 반찬이 상찬이다.

"여보게들, 우리 합병을 하세."

새가 똥을 깔기고 간 것처럼 얼굴에 온통 흙이 튄 것도 모르는 건배가 함지박을 들고 동혁에게로 간다.

"참, 그러십시다요. 나 혼자 맛난 걸 먹으니까 넘어가질 않는걸요."

하고 영신은 밥을 따라 동혁이 형제의 곁으로 간다. 동혁은 커다란 숟가락으로 보리밥을 모를 지어서 푹푹 떠 넣다가,

"왜 일 안 하구 편하게 지내는 사람이라야만 기름진 걸 먹는 그 쉬운 이치 속을 모르세요?"

하고 껄껄껄 웃는다. 영신은 저를 빗대어 놓고 하는 말이 아닌 줄 알면서도 얼굴을 살짝 붉혔다.

닭국 한 그릇을 들고 서로 권하느라고 이리 밀어 놓고 저리 밀어 놓고 하니까, 아까부터 넘실거리고 있던 동화가,

"그럼 이리 내슈. 먹는 죄는 없다우."

하고 뚝배기를 집어 들고 돌아앉아 훌훌 마시더니 건더기까지 두메한쪽(두메한짝. 다섯손가락)으로 건져 먹는다. 형은 어처구니가 없어서,

"아무튼 비위는 좋다."

하고 아우의 턱밑의 어기적거리는 근육을 곁눈으로 본다. 영신은,

"퍽 쾌활하시군요."

하고 웃어 보일 수밖에 없었다. 건배는 동화를 물끄러미 보다가,

"참말 우리들이 먹는 거란 말씀이 아니지요. 그래두 오늘은 일을 한다구 반찬이 좀 나은 셈인데요. 인제 보릿고개를 넘기려면 굴뚝에서 연기가 못 나는 집이 건성드뭇해요. 높은 고개는 올라갈수록 숨이 가쁜 것처럼 이 앞으로 몇 달 동안이 한창 어려운 고비니까요."

하고 여러 사람의 밥 먹는 것을 돌아보면서,

"우리 동리 사람들이 지내는 걸 보면 기막히지요. 몇십 리 밖에 나가서 품팔이를 하면 삯메기(농촌에서, 끼니는 먹지 않고 품삯만 받고 하는 일)로 한대두 고작해서 삼십오 전이나 사십 전을 받는데, 어둑어둑할 때꺼정 일을 하려면 허기가 지니까 막걸리라두 한 사발 마셔야 견디지 않겠어요? 그러니 나머지 돈을 가지구는 수다식구가 입에 풀칠두 하기가 어렵거든요. 나무 장사들두 하는데, 남의 멧갓(말림갓. 나무를 함부로 베지 못하게 가꾸는 산)의 솔가지 한 개비래두 꺾다가 산림 간수한테 들키는 날이면, 불려가서 경치구 벌금을 무니까 그나마 근년엔 못 해 먹어요."

하는데, 동혁이가,

"여보게, 궁상은 고만 떨게. 원, 밥이 체하겠네그려."

하고 숟가락을 놓더니,

"하지만, 우리 농민들의 육체는 비타민 A가 어떠니 B가 어떠니 하는 현대의 영양 학설(營養學說)은 당최 적용되지 않는데 그래두 곧잘 살거든요."

하고 입속으로 몰래 양치질을 하는 영신을 쳐다본다. 영신은 눈을 깜박

이더니,

"그렇구 말구요, 칡뿌리를 캐거나 나무껍질을 벗겨 먹구두 사는 수가 용하지요."

한다. 건배는 그 말을 받아,

"흥."

하고 콧방귀를 뀌더니,

"그게 다른 게 아니라 기적이거든."

하고 하늘을 우러러,

"헛허허허."

하고 허청웃음을 웃는다.

점심 뒤에 회원들은 잡담을 하며 잠시 쉬었다.

"이런 때 담배나 한 대 피웠으면 좋겠지만 이 박군이 단연회를 만든 뒤엔 식후의 제일미두 못 먹게 됐어요. 나버텀 생각은 간절한데 낫살이나 먹은 게 도둑 담배야 피울 수가 있어야지요."

"선전부장의 설명이 또 나온다."

"술두 다들 끊으셨다죠?"

영신의 묻는 말에 동화는 슬금슬금 꽁무니를 뺀다.

"술두 일금이에요. 내 의견 같아선 막걸리 같은 곡기 있는 술은 요기두 되구 취하지 않을 만큼 먹으면 흥분두 돼서 일두 훨씬 붙건만, 젊은 기운이라 입에만 대면 어디 적당하게들 먹어야지요. 신작로가에 술집이 둘이나 되구 계집들이 들어와서 젊은 사람의 풍기두 나빠지길래 회원들은 당최 입에두 대지 않기루 했어요. 하지만, 혼인이나 환갑 같은 때는 더러 밀주들을 해 먹는 모양입니다."

하는데, 동혁이가 뒤를 대어,

"내 아우 하나가 말을 안 듣구 술만 먹으면 심술을 부려서 여러 회원들한테 아주 면목이 없어요."

하고는, 제 발이 저려서 피해 가는 아우의 등 뒤에다 대고 눈살을 찌푸린다. 동혁은 말을 이어,

"회원들에게 조사를 시켜서 일 년의 지출액을 뽑아 보니까, 백 호두 못 되는 이 동리에 술값이 거의 구백 원이나 되구요, 담뱃값이 오백여 원이나 되니, 참말 엄청나지 않아요? 그래서 동회(洞會)를 할 때 자세한 숫자까지 들어서 이러다간 굶어 죽는다구 한바탕 격동을 시켰더니, 늙은이만 빼놓군 거의 다 술을 끊겠다구 손을 들드군요. 하더니 웬걸, 작심삼일은커녕 그날 저녁두 못 참구 주막으루 간 사람들이 있었어요. 담배두 끊는다구 곰방대를 꺾어 버린 게 수십 개나 되드니만 차츰차츰 또들 태우길 시작하는데, 담뱃대가 없으니깐 권연을 사 먹으니 안팎으로 손해지요. 우리 회원들만은 꼭 맹세를 지켜왔지만……."

"그게 참말 큰 문젯거리야요. 하지만 여자들하구 일을 하면 술 담배를 모르니까 그거 한 가진 좋더군요."

하는데,

"자 그만들 일어나 보지."

하고 건배가 벌떡 일어선다.

"오늘 해 전으루 씨나락꺼정 다 뿌리나요."

영신이도 일어나 하려고 들어가는 사람처럼 일어섰다. 건배는,

"아아뇨, 인제 죽가래루 판판하게스리 번대를 친 뒤에 새내끼(새끼줄)를 다시 띄워 놓구서 하루 낮을 뒀다가, 수확이 많다는 은방주(銀坊主 벼 품종의 하나. 품질이 좋고 수확이 많으며 도열병에 강함)든지 요새 새루 장려하는 팔단(八段) 같은 걸 뿌리지요. 그러구 나설랑은 한 치쯤 자란 뒤에 물을 빼구서 못자리를 고른 뒤에 일주야쯤 뒀다가 다시 물을 넣지 않겠에요? 그래야 뿌리가 붙거든요. 그 뒤엔 가끔 물꼬를 봐서 혀 빼문 걸 뽑아 버리구선, 거의 치(길이의 단위. 한 치는 한 자의 10분의 1 또는 약 3.33cm) 닷분(다섯 푼. 한 치의 반)쯤 자란 뒤엔 한 번 김을 매주는데, 여기선 그걸 도사리(못자리에 난 어린 잡풀)를 잡는다구 하

지요. 그런 뒤에 유산 암모니아 같은 속효비료(速效肥料)를 주면 무럭무럭 자랄 게 아니에요? 논바닥이 시꺼멓게 되는 걸 봐서 그때야 모를 내는데, 그 후에두 또 몇 차례 김을 매주면 한가위엔 싯누렇게 익어서 이삭이 축축 늘어진단 말이지요. 아 그러면 낫을 시퍼렇게 갈아 가지구 덤벼들어 척척 후려서 묶어 세우군……."

하고 신이야 넋이야 배우처럼 형용까지 해가며 주워섬기는데, 동혁은 듣다 못해서,

"여보게, 웬놈의 수다를 그렇게 늘어놓나? 저 사람은 입두 아프지 않은 게여."

하고 핀잔을 주듯 하고는 논으로 들어선다. 건배는 들은 체 만 체하고,

"아 그러구설랑 개상(볏단을 메어쳐서 이삭을 떨어내는 데 쓰던 농기구)을 놓구 바심을 한 뒤엔 방아를 찧어서 외씨 같은 하얀 쌀밥을 지어 놓구 통배추 김치에……."

하고 마른침을 꿀떡 삼키는데, 영신은 항복이나 하는 듯이 손을 들고,

"고만요 고만, 그만하면 다 알겠어요. 어쩌면 그렇게 입담이 좋으세요?"

하고 호호호 웃으며 건배의 입을 막듯 하였다. 그래도 건배는,

"두구 보세요. 양석두 바라보지 못하던 논에서 한 마지기에 넉 섬 추수는 무난히 하구 말 테니. 그만이나 해야 우리들이 땀을 흘린 티가 나거든요."

가만히 그대로 내버려 두면 얼마든지 더 지껄일 형세다.

"더군다나 농사는 이력이 있어야겠어요. 우린 아주 손방(아주 할 줄 모르는 솜씨)이지만……."

영신이가 대접상으로 한마디를 해 주니까, 건배는,

"아무렴 그렇구 말구요. 이력이 제일이지요."

하면서 수건으로 머리를 질끈 동이더니 황새 다리를 성큼성큼 떼어 놓으

며 논으로 들어간다.

어느덧 곁두리 때가 되었다. 열두 회원들은 손이 맞아 거쩐거쩐 일을 해서 오늘 일은 거의 끝이 나게 되었는데, 먼저 나와서 발을 닦던 동화가 큰 마을 편을 바라보더니,

"에에키, 건살포 나오시는군."

하고 입을 삐쭉해 보인다. 여러 사람들의 눈은 그리로 쏠렸다.

가슴속의 비밀

"건살포라뇨?"

영신이도 아름드리 느티나무와 고목이 된 대추나무가 얼크러진 큰마을 편을 바라본다. 옥색 저고리를 입은 호리호리한 사나이가 안경을 번쩍거리며 기다란 살포를 지팡이 삼아 짚고 언덕길을 어슬렁거리고 내려온다.

"살포는 감농(농사짓는 일을 보살피어 감독함)이래두 할 줄 아는 사람이 물꼬나 보러 댕기는 데 쓰는 건데요, 저 사람은 일 년 감이 열린 걸 보구 '거 감자 탐스럽게 열렸군' 하던 출신이, 살포를 건성 휘두르며 댕겨서 건살포라구 별명을 지었어요."

입바른 소리 잘하는 동화의 대답이다.

"저 사람이 누군데요?"

영신은 새신랑처럼 옥색 저고리를 입은 인물에게 호기심을 일으키며 물었다.

"형님한테 들으셨겠지만, 저 강도사 집의 둘째 아들 기만(基萬)이에요. 동경 가서 어느 대학엘 댕기다가 무슨 공부를 그렇게 지독하게 했는지 신경쇠약이 걸려 나왔다나요."

"네, 그래요? 그럼 이 근처선 제일 공부를 많이 한 청년이로군요."

"그런 셈이지요. 헌데 자제가 아주 노새예요."

"아아니, 노새가 뭐야요?"

하고 영신이가 재쳐 묻는 말에 동화는 무심결에 그런 말을 입 밖에 내놓고는 말대답을 얼른 못 하고 픽픽 웃기만 한다. 노새는 말과 당나귀 사이에 난 튀기인 것은 알고 있으나, 그 물건이 명색만 달랐지 생식은 못 하는 동물이라는 것까지는 영신이가 모르고 있었다. 이 동리 청년들끼리 엇먹는 수작으로 허울만 좋지그려, 아무짝에 소용이 닿지 않는 인물을 암시하는 말이었다. 영신은 어렴풋이 '기만'이란 사람을 놀리는 말이거니 하고 더 묻지를 않았다.

기만이는 언덕에 살포를 꽂고 왼팔은 하느르르한 회색 바지를 입은 허리춤에 찌르고 서서 여러 사람의 일하는 것을 내려다보고 섰다. 무슨 풍경화나 감상하는 듯한 자세를 짓고 선 것이 몹시 아니꼬와 보여서 그것만 보아도 비위가 뒤집히는 듯,

"병이 났습네 허구 영계만 실컨 과먹구 나니까 게트림이 나는 게지. 저 작자가 어슬렁거리구 댕기는 꼴은 됐다가 봐두 눈꼴이 틀리드라."

하고 동화는 저 혼자 투덜거린다. 곁에서 말뚝을 박고 있던 형은,

"아서라, 오다가다 들을라. 귀먹은 욕두 그만큼 먹였으면 고만이지, 그렇게 원수 치부를 헐 게야 뭐 있니? 제 딴엔 우리한테 하느라구 하는걸."

하고 아우의 험구를 틀어막는다. 이번에는 건배가 영신의 곁으로 와서 바지에 흙탕물이 튀어서 말라붙은 것을 비벼 털면서 기만이가 앉은 언덕 위를 흘끔 쳐다보더니,

"그래두 저 사람은 돈밖에 모르는 저의 아버지나 형한테 대면, 없는 사람들을 꽤 동정하는 셈이에요. 이 논 닷 마지기를 우리한테 도지루 얻어 주려구, 담배씨루 뒤웅박을 파려고 드는 제 형하구 쌈을 다 했으니까요. 겉탈인지 몰라두, 우리가 하는 일을 여간 찬성을 하지 않아요. 이따금 우

릴 청해서 그 집엘 가는 날이면 이밥에 고기 반찬에 한턱 잘 먹여서 소복(원기가 회복됨)을 단단히 하구 나오는데, 저 동화하군 아주 옹추(옹치. 늘 싫어하고 미워하는 사람 또는 그런 관계를 비유적으로 이르는 말)거든요. 술만 먹으면 요새 세상에 양반이 무슨 곤장을 맞을 양반이냐구 들이대기를 일쑤하는데 그뿐이면 좋게요. 실컷 얻어먹구 나선 들어보라는 듯이 하는 소리가 '제에길 요까짓 걸루 어름어름 우리 비위를 맞출려구, 몇 대를 두구서 저희가 우리를 빨아먹은 게 얼만데…… 그걸 다 토해 놓으려면 아직 신날(짚신이나 미투리 바닥에 세로 놓은 날)두 안 꼬았다' 하구 건주정을 한바탕씩 하니 누가 듣기 좋다나요. 저 사람두 동화라면 딱 질색이건만, 그럴수록 극성맞게 쫓아다니며 성화를 받쳐서 아주 학질을 떼지요, 여간한 심술패기라야지……."

"그렇게 혈기 있는 청년두 있어야 해요. 급한 때면 그런 사람이 앞잡이 노릇을 하니깐요."

하고 영신은 동화가 멀찌감치 서 있는 것을 보고 칭찬 비슷이 하고는,

"그런데 여긴 지금두 양반 상놈이 있나요?"

하고 묻는데, 어느 틈에 기만이가 언덕을 내려와서 영신이가 앉은 맞은편 논둑에 가 버티고 섰다. 여학생이 동혁이를 찾아왔다는 소문을 듣고 일부러 구경을 하려고 나왔는지도 모른다. 기만이가 가까이 오자 동혁의 형제는 못 본 체하고 돌아섰는데, 일하던 사람 중의 반수 이상은 그 앞으로 가서 허리를 굽히고,

"구경 나오셨에유?"

하고 손길을 마주 비빈다. 그들은 강도사 집의 작인들이나, 아니면 돈을 얻어 쓴 사람의 자질들인 것이다.

기만이는 바지춤에 손을 찌른 채 여러 사람이 인사를 하는 대로,

"응, 응."

하고 코대답을 할 뿐이다. 논 귀퉁이에다가 살포를 꽂고 우두커니 섰다가 석돌이란 회원을 손짓을 해서 부른다. 영신의 편으로 눈짓을 하며 무

어라고 수군거리는 것이 '저게 동혁이를 찾아온 여자냐'고 묻는 눈치다. 석돌이는 말대답하기가 거북한 듯이 고개만 끄덕여 보이다가 일자리로 돌아간다.

영신이는 기만이가 맞은편에서 안경 너머로 똑바로 건너다보고 섰는 것이 면구스러워서(낯을 들고 대하기에 부끄러운 데가 있음),

"난 저리루 거닐다 오겠어요."

하고 일어선다.

"나 하던 일은 다 했는데, 혼자 다니시다 길이나 잃어버리시게요."

하고 건배가 뒤를 대선다. 동혁은 책임상 일이 다 끝나기 전에는 일어서기가 어려운 모양인데, 영신이 혼자 돌아다니게 내버려 두기도 안 됐고 하던 이야기도 남아서 건배는 입이 궁금하였던 것이다.

두 사람은 나란히 서서 기만의 등 뒤를 돌아 멀리 바다가 내려다보이는 언덕으로 올라갔다. 논과 밭이 눈앞에 질펀히 깔렸는데 여기저기서 두레로 물을 푸는 소리와 소 모는 소리가 들린다. 한 서너 군데서나 못자리를 만드느라고 흰 옷 입은 농군들이 손을 부지런히 놀리는 것이 보인다.

영신은 바위 틈에 홀로 피었다가 이우는 진달래 잎사귀를 어루만져 주다가,

"참, 아까 양반 얘길 하다가 중도무이를 했죠?"

하고 먼저 말을 꺼내더니,

"그런데 저 기만이란 사람의 아버지, 무슨 도산가 하는 이는 뭘 하는 사람이야요?"

하며 잔디 위에 손수건을 깔고 앉는다.

남들은 다 벗고 들어서서 일을 하는데 저 혼자 외톨로 돌아다니며 구경하듯 하기가 미안스럽기도 하고 한편으로는 무료하기도 해서 이 말 저 말 묻는 것이다.

"합방 전해꺼정 금부(禁府)의 도사(都事)라는 벼슬을 다녔다나요."

"금부라뇨?"

"지금으루 치면 경무국쯤 되겠는데, 도사란 건 경부 같은 거라지요. 아무튼 그 늙은이는 여태 노루 꼬리만한 상투를 달고 체수는 조그만히 빼주한 노랑 수염을 쓰다듬으며 도사리구 앉아서, 에헴에헴 헛기침을 하면서 위엄을 부리는 게 여불 없는 염소지요. 헌데 체격은 고 모양이래두 목구멍 하나는 크거든요. 한참 망해 들어가는 판에, 부자들이나 장사치를 사뭇 도둑놈으로 몰아서 옭아다가는, 주리를 틀구 기와 꿀림을 시켜서, 박박 긁어 모아 이 고장에 전장(田庄)을 장만해 가지구 내려왔대요. 내려와선 심심하다구 돈놀이를 하구, 장릿벼(장리로 빌려 주거나 또는 장리로 갚기로 하고 꾸는 벼)를 놔서, 이 근동에서 강도사의 돈을 안 얻어 쓴 사람이 하나두 없다고 해두 과언이 아니에요."

"멀쩡한 고리가시(고리대금업자)로군요."

"고리가시구 말구요. 그 취리하는 법이나 장릿벼를 놔먹는 수단이 알구 보면 기막히지요. 그런데 근자엔 '인젠 이 세상에 더 두구 볼 게 없다' 구 매일 술로만 장복(같은 약이나 음식을 오랫동안 계속해서 먹음)을 하다가 간이 퉁퉁 부었다나요. 그래서 살림두 기천(基千)이란 큰아들한테 내 맡기구선 꼼짝 못하구 누웠에요."

"그래 저 오입쟁이 같은 사람이, 그 늙은이의 둘째 아들이군요?"

"저 기만이라는 인물만은 그래두 해외 바람을 쏘여서 세상이 어떻게 돌아가는 걸 짐작은 하는지 저 딴엔 우리가 하는 일을 찬성두 하구 추렴(모임이나 놀이 또는 잔치 따위의 비용으로 여럿이 각각 얼마씩의 돈을 내어 거둠)두 몇 곱절이나 내는데……."

"그런 사람을 잘 이용하면 좋지 않아요? 가끔 기부금이나 뜯어 오구요. 청석골 근처에두 대학이니 전문학교니 졸업을 하구 와서, 저 건살포 모양으로 번들번들 놀면서 장거리루 술추렴이나 다니는 사람이 서넛이나 돼요. 우리가 하는 일을 헤살이나 놓지 말았으면 할 뿐이지, 그따위 고등 유민들한테 기대하는 건 없지만요, 논밭 팔아 가며 공부한 청년들이 다 그 뽄새로 건공중에 떠돌아다니는 걸 보면 여간 한심하지가 않어요."

하는데, 기만이가 두 사람이 앉아 있는 방향으로 그 백납같이 흰 얼굴을 들고 어슬렁거리고 올라온다. 아마 영신이와 인사를 청하려고 오는 것인지도 모른다.

"그런데 우스운 일이 많지요. 저 사람이 첨엔 자꾸만 우리 회엘 들겠다구 하니까, 동혁이 말이 '어느 시기까지는 누구나 다 끌어들일 필요가 있다'구 찬성을 해서 입회를 시켰더니 얼마 동안은 '나두 상일을 해보겠다'구 저 딴엔 열심으로 따라댕겼는데……."

"그래서요?"

"저의 부형은 양반의 체면을 더럽히는 미친 자식이라구 야단을 치다 못해, 아주 내버려 두게까지 됐었에요. 장에서 새루 사온 괭이를 번쩍거리며 그루를 가는 데 덤벼들어서 하루 동안 덥적거리더니 이튿날은 고만 몸살이 나서 한 닷새나 된통으루 앓았대요. 저의 집에선 '이거 생자식 잡겠다'구 자동차를 가시끼리('전세'의 옛말)해서 읍내의 공의(公醫)를 다 불러 오구 한참 야단법석을 했에요."

"참 정말 혼이 났군요."

"그뿐이면 좋게요. 저의 집 앞 채마전에서 한 반나절만 꿈지럭거리면, 그날 밤엔 행랑 계집들을 불러다가 '다리를 주물러라', '허리를 밟아라' 하구 죽는 시늉을 한대요. 그나 그뿐인가요. '나두 농군들이 단꿀 빨듯 하는 걸 먹어 봐야 한다'구 머슴들이 두레를 놀던 이월 초하룻날은 지푸라기를 꽂아두 안 넘어가는 그 텁텁한 수수막걸리를 두 사발이나 들이키군 그만 배탈이 나서 한 사날 동안이나 설사를……."

하는데, 영신은 웃음을 참다못해서,

"고만요, 고마안."

하고 허리를 잡으며 손을 내젓는다. 건배의 수다에는 또다시 항복을 하지 않을 수 없었던 것이다.
　동혁은 기만이가 올라가는 것을 보자 앞질러 두 사람이 앉은 데로 올라왔다.
　"자, 그만 우리 집으루 내려가십시다."
하는데, 기만이는 살포자루를 내두르며 뒤미처 올라왔다.
　기만은 세 사람이 내려오는 길목을 지키고 있다가 동혁이더러 소개를 해달래서 영신이와 인사를 했다. 기만이는 영신이가 초면이건만 M대학 정경과의 졸업 논문을 쓰다가 신경쇠약이 걸려서 나왔다는 것과, 별안간 궁벽한 이 시골서 지내려니 갑갑해서 죽겠다는 것과, 그러나 이러한 동지들이 있어서 함께 일을 하니까 여간 의미 깊은 생활이 아니라고 일본말 조선말 반죽으로 건배의 다음 결을 갈 만큼 씩둑꺽둑 늘어놓는다.
　영신은 속으로 다른 생각을 하면서도,
　"그러세요? 네, 그러시구 말구요."
하고 말대꾸를 해준다. '동지'라는 말만 해도 귀에 거친데, 함께 일까지 한다는 데는 우습지 않을 수 없었다. 첫째, 응달에서만 지내서 하얀 살결과 안경 속에서 사람을 깔보는 듯한 조그만 눈동자며, 삶아 놓은 게발같이 가냘픈 손가락을 보니, 어쩐지 말대답을 하기도 싫었다. 더구나 명주 옥색 저고리를 입은 것과 부사견 회색 바지를, 또 구두가 덮이도록 사복을 처뜨려 입은 것이 바로 보기 싫을 만큼이나 눈꼴이 틀렸다.
　기만은 안 보는 체하면서도 영신의 아래위를 훑어보더니,
　"심심하신데 우리 집으로 놀러 가시지요."
하면서 동혁을 돌아다보고,
　"우리 동지들끼리 저녁이나 같이 먹으면서 좋은 얘기나 듣구 싶은데……"
하고 양해를 구한다. 그는 영신이가 먼 데서 찾아온 귀한 손님이라고 대접을 하려는 것보다도, 몸이 비비 틀리도록 심심한 판에 동리에 처음으로

떠들어 온 신여성을 불러다 놓고 하루 저녁 소견이나 하고 싶은 눈치다.

제가 거처하는 작은 사랑채를 말끔 중창(重創 낡은 건물을 헐거나 고쳐서 다시 지음)을 하고 유리를 붙이고 실내를 동경 같은 데의 찻집을 본떠서 모던으로 꾸며 놓은 것과, 또는 새로 사 온 유성기를 틀면서 '이 시골 구석에도 이만큼 문화생활을 하는 사람이 있다'는 것을 자랑하려는 듯. 또 한편으로는 몇 해를 두고 이혼을 못 해서 죽느니 사느니 하던 본처를 월전에 쫓아 보내서 영신이 같은 여자를 저의 집으로 한번 끌고 들어가 보려는 것인지도 모른다.

동혁이가 얼른 말대답을 아니 하는 것을 보고 영신은,

"오늘 저녁은 저 동혁 씨 댁으루 가기로 먼저 약속을 했습니다."

하고 두말 못 하게 똑 잡아떼었다. 기만은 자존심을 상한 듯,

"그럼 여러 날 계실 테니까, 일간 다시 한 번 청하지요."

하고 머리를 까딱해 보이더니 무색해서 내려간다.

"난 우리 집에까지 따라 내려올 줄 알았더니…… 제가 할 일 없는 생각만 하구, 줄줄 따라댕기는 덴 학질이야."

하고 동혁은 앞을 섰다. 건배는 휘적거리고 동혁의 뒤를 따라오다 말고 멋쩍은 듯이,

"여보게, 약국의 감초두 빠질 차롄가?"

하고 일부러 돌아서는 체를 한다.

"아따 이 사람, 화젓가락 웃마디 꼬듯 하지 말구 어서 사발 농사나 지러 오게그려."

하고 동혁은 건배를 돌아다보고 손짓을 한다.

세 사람은 앞서거니 뒤서거니 은행나무 아래로 내려갔다.

"어쩌면 인사를 하자마자 대뜸 저의 집으루 가재요?"

"그러니깐 자제가 노새지요."

동혁도 영신을 돌아다보며 웃다가,

"그 사람은 문제가 없에요. 잘 구슬러 주기만 하면 고만이니까. 하지만 기천이라는 그 형 때문에 큰 걱정이에요. 우리 일엔 덮어놓구서 반대니까요. 반대만 하면 좋겠는데 머리악('기氣'의 속된 말)을 쓰구 훼방을 놀아서 마구 대들어 싸울 수두 없구. 큰 두통거린걸요."
하고는 쩍 하고 입맛을 다신다. 영신이가,
"형은 뭘 하는 사람인데요?"
하니까, 입이 궁금하던 건배가 다가선다.
"대대로 곱사등이라구, 그자두 고리대금을 하지 뭘 해 먹겠에요. 여러 해 면서기를 댕기다가 요샌 명정거리(죽은 뒤에 명정에 올릴 재료라는 뜻으로, 변변치 못한 사람이 본분에 지나치게 행동함을 놀림조로 이르는 말)나 장만을 하려는지 면협의원을 선거하는 데 출마를 했다나요. 저의 아버지보다두 더 옹졸맞게 생겨먹은 게, 얼리지 않는 양복을 빼지르구 자전거를 타구서 유권자를 찾아댕기는 화상이란 참 장관이지요."
"그런데 무슨 까닭으루 청년들이 하는 일을 반대하는 건가요?"
하고 영신이가 묻는데 어느덧 동혁의 집 앞까지 당도하였다. 동혁의 어머니는 싸리문 밖으로 내달으며,
"어서 오우."
하고 여러 해 보아 오던 사람처럼 영신을 반가이 맞아들인다. 그는 치마를 갈아입고 새 버선까지 꺼내 신었다.

동혁은 저의 집의 가난한 살림살이를 영신에게 보여 주기가 싫은 생각은 조금도 없었다. 다만 어머니나 아버지나, 동네 사람들이 자기네 짐작대로 영신을 저의 색싯감으로 알고 놀리기까지 하는 것이 싫어서 저의 집으로 데리고 들어가기를 꺼렸던 것이다. 그러나 어머니가,
"애야, 좀 가까이 보자꾸나. 먼 광으루만 보구 어디 알 수 있니? 색싯감을 서넛째나 퇴짜를 놓더니만 연분이 따루 있는 줄이야 누가 알았겠니? 의뭉스레 굴지 말구 저녁엔 꼭 데리구 오너라."

하고 아들의 뒤를 쫓아다니면서 며느릿감을 데리고 오라고 신신당부를 하였다. 사실 정분이, 차순이, 필례 할 것 없이 동네의 색시들은 동혁이를 믿고 있었는데, 당자가 '아직 장가를 아니 들겠다'고 쇠고집을 세워서 다른 데로 혼인을 한 뒤에 벌써 아들딸들을 낳고 사는 중이다. 근동에서도 여러 군데서 통혼이 들어왔건만, 아무리 사윗감을 탐을 내어도, '글쎄 갓 서른까진 장가를 안 든다니까…… 암만 해보구려' 하고 막무가내로 말을 안 들어 왔다. 어제 저녁에는 동화도 형과 겸상을 해서 밥을 푹푹 퍼 넣다가,

"형님, 사람이 썩 무던해 뵈는데…… 쇠뿔두 단결에 빼랬다우. 그 덕에 나두 고만 장가나 들어봅시다."

하고 뒤퉁그러진(엉뚱하고 미련함) 소리를 해서, 형은,

"너두 날 놀리는 셈이냐? 그렇게 급한데 누가 너 먼첨 장가를 들지 말라던."

하고 쓸쓸히 웃었다.

한편으로 영신이도 동혁의 생활이 보고 싶었다. 오래 두고 머릿속에 그려 보던 것과 같은가, 또한 얼마나 다를까— 하고 적잖이 궁금히 여기다가 동혁이가 거처하는 방으로 들어가서 둘러보고는 놀라지 않을 수 없었다. 구차한 살림이요, 더구나 홀아비라 번쩍거리는 세간이 있으리라고는 상상도 하지 않았지만, 그래도 전문학교까지 다니던 사람이 거처하는 방으로는 너무나 검소하다. 흙바닥에다가 그냥 기직대기를 깔았는데, 눈에 새뜻하게 띄는 거라고는 하나도 없다. 윗목에 놓인 책상에는 학교에 다닐 때 쓰던 노트 몇 권이 꽂혔고, 신문 잡지가 흐트러졌을 뿐이요, 아랫목에는 발길로 걷어차서 두르르 말아 놓은 듯한 이불 한 채가 동그마니 놓였다. 참 한 가지 잊어버린 것이 있다. 그것은 마분지로 도배를 한 벽에 붙은 사기 등잔인데, 그것도 오늘 지나다니며 들여다본 다른 농가의 것과 조금도 다른 것이 없다.

무엇을 장하게 차리는 것도 아니나, 눈 어둔 어머니는 부엌 속에서 데그럭거리며 어둡도록 꾸물거린다. 조금 있자, 건배의 아낙이 달걀 한 꾸러미를 행주치마로 감추어가지고 노인의 응원을 하러 왔다.

"그 색시 복성스럽게 생겼습죠? 조금두 신식 여자 티가 없구, 아주 서글서글한 게 속터진 사내 같어요."

하더니,

"인제야 부엌일을 면하시나 봅니다."

하고 밥을 푸는 동혁의 어머니의 얼굴을 들여다본다.

"이번에두 김칫국버텀 마시는 셈인지 누가 아나. 내 뱃속으루 났어두 당최 그놈의 속을 들여다볼 수가 있어야지. 내가 무슨 팔자에 살아생전 그런 며느리를 얻어 보겠나."

하고 마누라는 한숨을 내쉰다. 박첨지와 동화는 자리를 내어 주느라고 마실을 갔는데, 윗간에서 저녁을 기다리는 동안 세 사람은 농촌 문제를 토론하고, 요새 한참 떠드는 중에 있는 자력갱생(自力更生) 운동을 비판하는데, 건배의 아낙이 밥상을 들고 들어온다.

"참 정말 미안하군요. 이렇게 여기꺼정 출장을 하서서……."

하고 영신이가 일어나며 상을 받아들었다. 동혁의 어머니가 문밖까지 따라와 눈을 찌긋하고 영신의 얼굴을 들여다보면서,

"숫제 찬 없는 밥을 대접한답시구…… 원, 시골 구석이라 뭐 있어야지. 늙은 사람이 한 거라구 숭일랑 보지 말구 많이 자슈."

한다. 영신은 일어서며,

"원 천만의 말씀을 다 하십니다. 들어오십시오."

하고 공손히 예를 한다.

"괜찮소. 어서 자슈."

하고 여전히 '허우'를 하니까, 영신은,

"말씀 낮춰 하십쇼."

하고 정말 색시처럼 조심스러이 앉았다. 건배의 아낙은 남편을 보고,

"그런데 두 분이 얘기두 조용히 못 하게시리 뭣 하러 줄줄 따라댕기는 거요? 집에 가서 어린애나 봐주지 않구?"

하니까,

"흥, 얻어먹으러 다니는 사람이 자리를 가려서야 되나."

하고 건배는 소매를 걷으며 젓가락을 집는다.

영신은 매우 유쾌한 그날그날을 보냈다. 날마다 동혁이가 부는 나팔 소리가 들리기 전부터 은행나무 밑으로 올라가서 조기회에 참례를 하였다.

"아직 힘드는 운동은 하지 말구 편히 쉬시지요."

하고 동혁이가 말려도 남에게 조금이라도 지는 것을 대기(大忌, 몹시 꺼리거나 싫어함)하는 영신은 맨 뒷줄에 서서 끝까지 체조를 하고, 또는 여러 사람과 함께 애향가를 불렀다.

"얘, 동혁이한테 온 여학생이 체조를 다 한다드라."

하는 소문이 쫙 퍼지자 이삼 일 동안에 조기회원이 부쩍 늘었다. 늙은이 여편네들 할 것 없이 모여들어서 무슨 구경이나 난 것처럼 운동장인 잔디밭이 빽빽하도록 들어차는 날도 있었다.

그러나 그네들은 운동꾼이 아니요 구경꾼인 것은 물론이다.

"허, 이거 장꾼보다 엿장수가 많다더니, 웬 사람들이 이렇게 모여드나."

하면서도 건배는 여러 사람이 모인 김에,

"여러분, 조기회에 참가를 합시오. 아침 일찍이 일어나 운동을 한바탕하면 정신이 쇄락해지구, 첫째 소화가 잘 됩니다."

하고 구세군처럼 선전을 하다가,

"우린 밥이 너무 잘 내려서 걱정이라네."

"체증이나 나거든 옴세."

하고 빈정거리는 사람이 있어서 건배는 아무 말 못 하고 뒤통수를 긁었다.

영신은 농우회원들끼리만 모이는 일요회에도 방청을 하였다. 처음에는 뒷줄에 가 앉아서 남들이 하는 이야기만 듣다가, 건배의 동의와 만장의 찬성으로 밤늦도록 이야기를 하였다. 청석골에서는 저 한 몸으로 분투하는 이야기며, 남의 강제나 또는 일종의 유행으로 하는 소위 농촌 운동과 우리가 스스로 깨닫고 자발적으로 해야만 할 농촌 운동을 구별해 가면서 그 성질을 밝히고, 또는 한 걸음 더 나아가서 남녀를 물론하고 뜻이 같은 사람끼리 단결할 필요와 언제나 연락을 취하자는 부탁을 하였다. 그 이야기의 내용은 자세히 기록하지 않으나, 영신의 말은 억양이 심해서 유창하지는 못해도 조리가 닿고 열이 있어서 농우회원들은 물론, 동혁이도 '그동안 고생도 많이 하구 수양도 어지간히 했구나, 우리가 미처 생각지 못한 것두 많은걸' 하고 속으로 혀를 빼물 정도였다.

건배의 아낙도 문밖에서 동리 여편네들과 엿듣고는 매우 감동이 되어,

"여자두 저만큼이나 났어야 사내들한테 코 큰 소리를 해보지."

하고 자기가 보통학교 졸업밖에 하지 못하고 시집이라고 와서, 살림과 어린것들에게 얽매여 늙어만 가는 것을 분하고 절통히 여겼다.

온 지 나흘 되는 날 저녁에 영신은 건배의 아낙을 앞장세우고, 동네에 말귀 알아들을 만한 여인네들을 그 집 마당에 모아 놓고 또 한 번 일장연설을 하였다.

"내가 이 한곡리에 와서 며칠이라도 지내게 된 걸 영원히 기념하기 위해서 이 동네에도 부인들끼리의 회를 하나 모아드리고 가겠습니다."

하고 그런 모임을 조직할 필요를 역설하였다. 부인회를 모은대야, 그네들은 극도로 검소한 생활을 하는 터이요, 남자들처럼 금주 단연을 하거나 도박 같은 것은 금할 필요도 없고 살림살이를 이 이상 더 조리차〔알뜰하게 아껴 쓰는 일〕를 해서 저축을 할 여지도 없지만, 당분간은 여자들의 글눈을

틔워 주는 강습회 일만 하더라도 남자들의 힘을 빌지 말고 여자들끼리 자치를 해서, 지금부터 하루에 쌀 한 숟가락, 보리 한 줌씩을 모아서라도 농한기에 공부를 할 수 있도록 그 경비를 써나갈 것을 힘 있게 말하였다.

마당 가득히 모인 여인네들은 손 하나 들 줄은 모르면서도, 모두 찬성한다는 뜻을 표하였다. 그래서 영신은 회(會) 같은 것을 조직하는 데 훈련을 받아 온 터이라, 건배의 아내를 회장 격으로 추천해서 '한곡리 부인근로회'라는 단체 하나를 조직하였다. 그러고는 앞으로 유지해 나아갈 방법까지 세워서 건배의 아내에게 소상 분명히 일러준 후, 그와 앞으로는 형님 동생을 하자고 해서 의형제까지 맺고 굳은 악수를 하였다.

그러는 동안 한 가지 몹시 거북한 것은 식사를 할 때는 물론 농우회 석상에서나 마당과 행길에서까지 회원들과 동네 여자들이 이 구석 저 구석에서 수군거리며, 뒤를 쫓아다니면서까지 동혁이와 영신의 행동과 눈치를 슬금슬금 살피는 것이었다.

그럴수록 두 사람은 털끝만큼도 이상한 눈치를 보이지 않았다. 그저 처음 대하는 손님과 다름없이 데면데면하게(사람을 대하는 태도가 친밀감이 없음) 굴었다.

그 뒤로 기만이는 영신을 청하려고 몇 번이나 동혁의 집으로 행랑아범을 보내고, 머슴을 시켜 청좌하는 편지까지 보내고 하였다. 동혁은,

"그분이 왜 우리 집에 있는 줄 아나?"

해서 돌려보내기도 하고, 전해달라는 편지는 받아두고도 영신에게 전할 필요를 느끼지 않았다. 영신이가 그런 편지를 직접 받았더라도 몸이 불편하다고 핑계를 하든지 해서 이른바 초대회에 까닭 없는 주빈 노릇하기를 거절하였으리라. 동리의 가난한 사람들을 위하는 일이나 무슨 집회 같은 데는 자발적으로 출석을 하였지만, 기만의 심심풀이를 해 주거나 그런 사람이 자랑하는 생활을 보기 위해서, 더구나 홀로 지낸다는 남자를 찾아가고 싶지가 않았던 것이다. 사업을 위해서는 소 갈 데 말 갈 데

없이 다니나, 이러한 경우에는 처녀로서의 처신을 가지고 조심하지 않을 수 없는 것을 잘 알고 있었기 때문이다.

한편으로 기만이는 매우 분개하였다.

"제가 얼마나 도도한 계집이길래 내가 여러 번 청하는데 안 온단 말이냐!"

하고 하인을 세워 놓고 몰아대다가,

"동혁이버텀 못생긴 자제지. 저한테 온 여자를 내가 어쩔 줄 아나. 어디 얼마나 버티나 보자."

하고 벼르기까지 하였다.

그러다가 하루는 낮이 훨씬 겨워서 기만이는 자회색 봄 양복을 말쑥하게 거들고 도금으로 장식을 한 단장을 휘두르며 바닷가 영신이가 유숙하는 집으로 찾아갔다. 영신은 잡지를 보고 누웠다가 몸을 일으키며,

"어디 가시는 길이세요?"

하고 달갑지 않게 맞았다.

"하두 여러 번 청해두 안 오시길래, 몸이 편치 않으신가 하구 지나는 길에 들렀습니다."

하며 꾸며대는 말에, 영신은,

'지나는 길이라니 바닷속에 볼일이 있었나?'

하고 속으로 웃었다. 이러한 궁벽한 촌에서 빳빳한 칼라에 자줏빛 넥타이를 매끈하게 매고 나온 것이 옥색 저고리에 부사견 바지를 입었던 것만큼이나 눈허리가 시었다(하도 건방져서 우스움). 방으로 들어오라고만 하면 마냥 늑장을 부리고 앉을 것 같아서 멀리 신작로 편 쪽을 바라다보고 앉았다가, 양복쟁이 서넛이 자전거를 타고 지나는 것을 보고,

"저게 뭘 하러 쏘다니는 사람들인가요?"

하고 한마디를 물었다. 기만이는 문지방에 가 걸터앉으며, 안경 속에서 실눈을 짓고 맨 앞에 곡마단의 원숭이처럼 허리를 발딱 젖히고 자전거를

저어가는 사람을 가리키더니,

"저게 우리 아니끼(형)예요. 저 아니끼 때문에, 원 창피해서……."
하고 기만은 고개를 돌리며 소태나 먹은 듯이 입맛을 다신다. 영신은 건배에게 들은 말이 있어서,

"형제분이 뜻이 맞지 않으시는 게로군요."
하고 아우의 편을 드는 체하니까, 기만이는 삐죵을 꺼내 피어 물며,

"아니끼는 당최 이마빼기에 송곳을 꽂아두 진물 한 방울 안 나올 에고이스트(自己主義者)야요. 돈푼 긁어모으는 것밖에는 아무 취미두 모르는 인간인데, 게다가 면협의원인가 하는 게 큰 벼실이나 되는 줄 알구 뽐내는 화상이야 요란하지요. 이래저래 나하군 매사에 충돌이니까요. 오늘 아침에두 대판으루 싸웠는걸요."
한다.

"왜요?"
"아, 엊저녁엔 공직자 부스러기들을 대접한다구 주막의 갈보까지 불러다가 밤새도록 술상을 벌여 놓구 뚱땅거려서 잠두 못 자게 굴길래 그래서 한바탕 야단을 쳤지요."
하고 백판 아무 상관도 없는, 더구나 초면의 여자를 대해서 제 형을 개 꾸짖듯 한다. 영신은 담배 연기를 피하느라고 외면을 하면서,

'참 정말 별 쑥스런 자제를 다 보겠군.'
하면서도 하는 소리를 들어보느라고,

"그래두 그만큼 유력하신 분이니까 동네일은 열성 있게 보시겠지요?"
하고 넘겨짚었다. 기만은 핥아 놓은 것처럼 지꾸(머릿기름)를 바른 머리를 홰홰 내저으며,

"말씀 마세요. 박동혁이 김건배 할 것 없이 이 동네의 젊은 사람들은 아주 원수 치부를 하는걸요."

"왜요? 퍽 건실한 분들인데요."

"그 속이야 뻔하지만…… 그까짓 게 무슨 얘깃거리나 되나요?"
하고 기만은 일본말로,

"도니가꾸 안나 진부쓰가 무라니 오루까라 난니모 데끼꼬 아리마셍요 (아무튼 저따위 인물이 동네에 있으니까 무슨 일이구 될 턱이 없지요)."
하고 결론을 짓더니, 조츰조츰(망설이며 조금씩 자꾸 움직이는 모양) 영신의 앞으로 다가앉으며 말머리를 돌리려고 든다. 영신은 어이가 없어,

'대체 당신은 얼마나 낫소?'
하고 입 밖까지 나오는 말을 마른침으로 꼴깍 삼키고, 솜털 하나 없이 면도질을 한 기만의 얼굴을 말끄러미 쳐다보았다.

그때 마침 건배의 아낙이 꽃게를 서너 마리나 들고, 새로 조직된 부인근로회의 회원들을 대여섯 사람이나 데리고 왔다. 영신은 구원병이나 만난 듯이 그네들을 반기는데, 기만은,

"그럼 내일 저녁에래두 놀러와 줍시오. 꼭 기다리겠습니다."
하고 어물어물하다가 멋쩍게 꽁무니를 뺐었다.

일주일 동안이나 동혁이와 건배 내외의 극진한 대접을 받고, 숙식이 부드러이 지내서 영신은 건강이 매우 회복되었다. 처음부터 어느 한 귀퉁이에 병이 깊이 들었던 것이 아니요, 영양 부족과 과로한 탓으로 전신이 매우 쇠약해졌던 터이라, 불과 며칠 동안에 눈에 보이는 듯이 피부가 윤택해지고 혈색이 좋아졌다. 영신이 자신도 동지들의 자별한 정의에 눈물이 날 만큼이나 고마워서, 아침저녁으로 한곡리 청년들의 건강과 그네들의 사업을 위해서 정성껏 기도를 올렸다. 처음에는 고작해야 사나흘만 견습도 할 겸 쉬어 가자던 것이 '하루만 더, 이틀만 더' 하고 간곡히 붙잡는 통에 자별한 호의를 매몰스러이 뿌리치고 일어서기가 어려웠다. 그중에도 건배의 아낙은,

"아우님, 우리가 한 번 작별하면 언제 다시 만날지 모르는데……."

하고 눈물을 흘려 가며 붙잡아서, 차마 떼치고 일어설 수가 없었다.
 그러나 영신은 하루라도 더 남의 신세를 지며 저 혼자만 편하게 지내는 것이 무슨 죄나 짓는 것처럼 청석골 사람들에게 미안하였다. 영신이가 청석골로 내려가 자리를 잡은 뒤에 야학의 교장 겸 소사의 일까지 겹쳐 하고, 어린애들에게는 보모요 부녀자들에게는 지도자가 될 뿐 아니라, 교회의 관계로 전도부인 노릇도 하고 간단한 병이면 의사 노릇까지 하여 왔다. 그렇게 몸 하나를 열에 쪼개내도 감당을 못 할 만큼이나 바쁘게 지내던 사람이 여러 날 나와 있으니 모든 사세가 하루라도 더 머무르기가 어려웠다.
 그중에도 눈에 암암한 것은 저녁마다 손목과 치마꼬리에 매어달리던 어린이들이요, 귀에 쟁쟁한 것은,
 "선생님! 선생님!"
하고 부르던 아이들의 목소리다. 엄동설한에도 홑고쟁이를 입고 다니던 계집아이들— 그러면서도 으슥한 구석으로 선생을 무작정 끌고 가서 황률(黃栗 황밤)이나 대추 같은 것을 슬며시 손에 쥐어주고는 부끄러워서 꼬리가 빠질 듯이 달아나던 그 정든 아이들.
 한 번은 이런 일까지 있었다. 어느 눈 내리던 날 밤 야학을 파하고 사숙으로 돌아가는 길인데, 아버지도 어머니도 잃어버리고 일갓집에 붙어서 사는 금분이란 계집애가 숨이 턱에 닿아서 쫓아오더니, 선생님의 재킷 주머니에다가 꽁꽁 언 손에 쥐고 있던 것을 넌지시 넣어 주고 달아났다.
 "아서라, 이런 것 가져오지 말구 네나 먹어라, 응."
하면서도 영신은 어린애의 정을 물리칠 수가 없어서,
 '왜콩이나 밤톨이거니.'
하고 만져 보지도 않고 가서 재킷을 벗어 거는데 방바닥으로 우르르 쏟아지는 것을 보니 껍질을 말끔 깐 도토리였다.
 영신은 떫어서 먹지도 못하는 그 도토리를 접시에 소복이 담아 책상

머리에 놓고 들여다보고 손바닥에 굴려 보고 하다가 콧마루가 시큰해지더니 눈물이 뜨끈하게 솟던 생각이 났다. 그런 생각을 하면 금세 그 아이들이 보고 싶어 당장 날아라도 가서 안아 주고 싶은 것을 억지로 참고 있었다.

거짓말은커녕 실없는 소리도 잘하지 않는 동혁이까지,

"발동선이 고장이 나서 못 댕긴다는데, 저 바다를 건너뛸 재주가 있거든 가보시지요."

하고 붙잡는 바람에 그 말을 곧이듣고 한 이틀을 더 묵었던 것이다.

그러나 영신은 누구에게나 발표하지 못한 고민을 가슴속에 감추고 왔었다. 사실은 그 고민을 해결짓기 위해서 동혁이와 의논을 할 양으로 일부러 온 것이었다. 정양을 하려는 것도, 동혁이가 실지로 일하는 것이 보고 싶었던 것도 사실이었지만, 이십이 훨씬 넘은 처녀로서 저 혼자로는 해결지을 수 없는 일생에 가장 중대한 문제와 부딪쳤기 때문이다. 여간한 남자보다도 용단성이 있는 영신이건만, 동혁이와 단둘이 만나서 가슴속의 비밀을 조용히 고백할 기회도 없었거니와 동혁의 얼굴만 마주 대해도 그 말을 끄집어내려던 용기가 자라 모가지처럼 옴츠러들곤 하였다.

해당화 필 때

영신이가 떠나기로 작정한 전날 밤은 달이 유난히 밝았다. 열나흘날 달이 어지간히 기운 것을 보니 자정도 가까운 듯. 다른 사람들은 초저녁에 다 와서 작별을 하고 갔고, 건배의 아낙은 영신이가 친정에나 왔다가 가는 것처럼 수수엿을 다 고아가지고 와서 눈물로 작별을 하고 갔건만, 동혁이만은 기다려도 기다려도 오지 않았다.

점심때 집에 볼일이 있다고 잠깐 다녀는 갔으나 동화의 말을 들으면

집에는 종일 들어오지를 않았다고 한다. 영신은,
　'한마디래두 꼭 하구 가야만 할 말이 있는데…….'
하고 이제나저제나 하면서 눈이 까맣게 기다리다가,
　'내일 아침에야 일찌감치 오겠지.'
하고 누웠었다. 서창을 물들이는 달빛은 이런 걱정 저런 근심에 잠을 이루지 못하는 영신을 문밖으로 꾀어 내었다. 그는 바스켓 속에 감추어가지고 왔던 조그만 손풍금을 꺼냈다. 그것은 ××여고보를 우등 첫째로 졸업한 기념으로 미스 필링스란 서양 여자가 선사한 것이다.

　영신이가 이곳에 온 뒤로 하루도 거르지 않고 아침저녁으로 거닐던 바닷가 백사장에는 하얀 모래가 유리가루처럼 반짝이는데, 그 모래를 밟으면 바삭바삭 소리가 난다. 옷 속으로 스며드는 밤기운이 조금 산산하기는 하나 바람 한 점 일지를 않는다.

　영신은 외로운 그림자를 이끌며 가만가만히 손풍금을 뜯으면서 그 모래 위를 거닐려니 영신은 저도 모르는 사이에 노래가 저절로 입을 새어 나왔다. 그 노래는 드리고의 세레나데(小夜曲)였다. 학교에 다닐 때에는 찬송가나 동요 같은 노래 이외에 애틋한 사랑을 읊은 노래라든가, 조금이라도 유흥 기분이 떠도는 유행가는 귀에 익도록 들으면서도 입 밖에 내기는 삼가 왔다. 그러던 것이 오늘 저녁은 즉흥적으로 드리고나 슈베르트 같은 작곡가의 애련한 영탄적(咏嘆的)인 노래가 줄달아 불러졌다.

　처음에는 입속으로만 군소리하듯 불러보던 것이 차츰차츰 그 소리가 높아져서, 무섭도록 고요한 깊은 밤 해변의 적막을 깨트리다가는 가느다랗게 뽑아 올리고 뽑아 내리는 피아니시모에 영신은 '내가 성악가나 될 걸 그랬어' 하리만큼, 제 목소리가 오늘 저녁만은 은실같이 곱고 꾀꼬리 소리만큼이나 청아한 듯이 제 귀에 들렸다.

　머리를 들면 황금 가루 같은 달빛이 쏟아져 내리고, 머리를 숙이면 그 달빛을 실은 물결이 천 조각 만 조각으로 부서지며 눈과 영혼을 함께 황홀케 한다. 다시금 머리를 들어 하늘을 우러르면, 풀솜 같은 구름 속으로 숨바꼭질을 하는 달 속에는 쓸쓸한 방구석에 홀로 누워 외딸을 그리는 어머니의 눈물에 젖은 얼굴이 비치는 것 같고, 기다란 한숨과 함께 머리를 떨어뜨리면, 닦아 놓은 거울 같은 바다 위에 꿈에도 잊히지 못하는 고향 산천이 아련히 떠오른다.

영신은 백사장에 펄썩 주저앉으며 눈을 꽉 감았다. 이번에는 무형한 그 무엇이 젖가슴으로 치밀어 오른다.

'아이, 내가 왜 이럴까?'

하고 제 마음을 의심도 해보았다. 이제까지 참고 눌러 왔던 청춘의 오뇌에 온몸이 사로잡히자, 영신의 떨리는 입술에서 터져나오는 한마디는,

'하나님, 제가 그이를 사랑해도 좋습니까?'

하는 독백(獨白)이었다. 영신은 다시 부르짖듯이 신앙의 대상자에게 호소한다.

'하나님, 일과 사랑과 두 가지 중에 한 가지를 택해 주시옵소서. 저의 족속의 불행을 건지기 위해서 이 한 몸을 바치겠다고 당신께 맹세한 저로서는, 지금 두 가지 길을 함께 밟을 수가 없는 처지에 부딪쳤습니다. 오오, 그러나 하나님, 저는 그 두 가지 중에 어느 한 가지를 버릴 수도 없습니다.'

영신은 모래 위에 푹 엎드러졌다. 방울방울 떨어지는 뜨거운 눈물에 번지는 모래를 으스러지라고 한 움큼 움켜쥐고서…….

어디서 무엇에 놀라서 날아가는지 물새 한 마리가 젖을 보채는 어린애처럼 삐액 삐액 하고 울면서 머리 위를 지나간다.

영신은 고독과 적막이 등허리에 서리를 끼얹는 듯해서 진저리를 치고는 발딱 일어나면서 치맛자락의 모래를 활활 털었다.

그 외롭고 적적한 생각을 잠시라도 헤쳐 버리려고 곁에 동댕이를 쳤던 손풍금을 다시 집어 들고 감흥에 맡겨 열 손가락을 놀리며 저도 모를 곡

조를 한바탕 뜯었다. 누가 곁에 있어서 그 음보(音譜)를 그대로 오선지에 기록했다면, 혹시 헝가리안의 광상곡(狂想曲) 같은 작품이 이루어졌을는지도 모르리라.

그는 풍금 타던 손을 쉬고 다시금 머리를 숙이고 묵묵히 생각에 잠겼다.

그때였다. 바로 영신의 등 뒤에 솟은 바위 위에서 시꺼먼 그림자가 괴물과 같이 나타나더니,

"저…… 그 곡조 한 번만 더 타주세요!"

하는 굵다란 목소리가 들렸다.

"아이고 깜짝야!"

영신은 두 손을 짝 벌리며 오금에 용수철이나 달린 듯이 발딱 일어섰다. 전신에서 소름이 쭉 끼쳤다. 달빛을 정면으로 받아 시꺼먼 그림자의 정체가 눈앞에 드러나자,

"난 누구라구요. 어쩌면 그렇게 사람을 놀래세요?"

영신은 반가움과 원망스러움에 반죽이 된 표정으로 동혁을 살짝 흘겨본다. 동혁은 빙긋이 웃으며 저벅저벅 걸어서 영신의 앞에 와 선다.

"놀라긴 내가 정말 놀랐어요. 이 밤중에 어디루 가셨나 하구, 빈 방 안에서 한참이나 기다렸는데……."

"풍금 소릴 들으시구 여기 있는 줄 아셨군요?"

"네, 독창회에 방해가 될까 봐 저 바위 그늘에서 입장권두 아니 사구 근청을 했지요."

그 말에, 대낮 같으면 영신의 얼굴이 석류처럼 빨개진 것을 볼 수 있었으리라.

잠시 이성을 잃었던 모든 동작과 미쳐날 듯이 목청껏 부른 노래를, 동혁이가 지척에서 보고 들은 생각을 하고 열적고 부끄러워서 영신이가 얼굴을 붉힌 것뿐이 아니다. 바로 조금 전까지 안타까이 하나님을 부르며

'일과 사랑 두 가지 중에 한 가지를 택해 줍소서!' 하고 빌던 그 상대자가 뜻밖에 유령과 같이 눈앞에 나타난 데는 형용키 어려운 신비를 느꼈다. 신비스럽다느니보다도 폭풍우처럼 뒤설레던 감정이 짓눌리고 머리가 저절로 수그러지리만큼 엄숙한 기분이 온몸을 지배하는 것이다.

"앉으십시다."

동혁은 바위 아래 모래밭을 가리키고 저 먼저 앉으며 두 무릎을 끌어안고는 바다 저편을 바라다본다. 아득한 수평선을 따라 일렬로 주욱 깔린 것은 달빛을 새우는 듯한 새우잡이 중선의 등불들이다. 아까까지 영신은 그 불을 얕은 하늘의 별들이 반짝이는 줄로만 알고 있었다.

"이리 와 앉으시라니까요."

눈을 내리감고 발끝으로 모래를 허비적거리며 서 있는 영신을 돌아다보고 동혁은 명령하듯 한다.

"네……."

영신은 들릴 듯 말 듯하게 대답을 하고 동혁의 곁에 가 치맛자락을 휩싸쥐고 앉는다. 오늘 밤만은 동혁의 어떠한 요구에든지 순종하려는 듯이…….

"차차 바람이 이는데 춥지 않으세요?"

"아아뇨."

바닷가의 밤은 점점 깊어만 가는데 해감내를 머금은 바람이 솔솔 불어오기 시작해서, 이슬에 촉촉히 젖은 몸이 감기나 들지 않을까 하고 동혁은 염려가 되었던 것이다. 그러나 조금 전까지 온몸의 피를 끓이며 노래를 목청껏 부르던 영신은 도리어 훗훗증이 날 지경이었다.

"그런데 어디서 인제 오셨어요? 오늘밤엔 못 만날 줄만 알았었는데……."

"한 이십 리나 되는 데 누굴 좀 만나 보려구 찾아갔다가 오는 길이에요."

"그럼 여태 저녁두 안 잡쉈게요?"

"주막거리서 요기를 해서 시장하진 않아요."

"무슨 급한 일이 생겼어요?"

"급하다면 급하지만……."

하고 동혁은 더 자세한 대답을 하기를 피하느라고,

"참 달두 밝군요!"

하고 딴전을 부리며 서녘 하늘을 쳐다본다.

볕에 그을어 이글이글하게 타는 듯하던 얼굴과 그 건장한 몸뚱이를 기울어 가는 창백한 달빛이 씻어 내린다. 파르스름한 액체와 같은 달빛이.

영신은 다시 무슨 생각에 잠겨 동혁의 커다란 그림자가 저의 눈앞에 가로 비친 것을 들여다보고 잠자코 있다. 조금 전까지도 외로움과 쓸쓸함을 못 견디어 바람받이에 외따로 선 나무처럼 바들바들 떨고 있던 영신은, 동혁이가 와서 제 곁에 턱 앉은 것이 큰 바위 속에다가 뿌리를 박은 것만큼이나 신변이 든든한 것을 느꼈다. 그와 동시에 애상적이던 기분은 구름과 같이 흩어지고 안개처럼 스러졌다. 다만 동혁의 윤곽만이 점점 뚜렷하게 커져서 제 몸이 그 그늘 속으로 차츰차츰 기어들어가는 것 같은 환각을 느낄 따름이다.

한참 만에 동혁은 무겁게 입을 열었다.

"저…… 오실 때 편지에 꼭 친히 만나서 의논할 말씀이 있다구 그러셨지요? 그걸 지금 말씀해 주시지요. 하룻밤쯤 새우는 게 우리한텐 문제가 아니었으니까……."

"……."

"내일은 그예 떠나신다니 또 만날 기회가 졸연치 않을 것 같은데, 꼭 해 주실 말씀이건 지금 하시지요."

"……."

영신의 머리는 수그려만 드는데, 동혁의 눈은 점점 탐조등(探照燈)처럼 빛난다.

"왜 말씀을 못 하세요? 무슨 말인지 시원스럽게 해버리시지요. 나두 하구 싶은 말이 있는지두 모르니까요……."

영신은 그 말이 떨어지기를 기다리고 있었던 것처럼 그제야 고개를 번쩍 들었다.

"그럼, 동혁 씨가 하구 싶으신 말씀버텀 먼저 해 주세요."

"아아니, 내가 먼첨 물었으니까, 영신 씨버텀 대답을 하실 의무가 있지 않겠어요?"

"그래두 먼첨 해 주세요. 권리니 의무니 하구 빡빡하게 구실 거 없이……."

영신의 목소리에는 소녀와 같은 응석조차 약간 섞였다.

"그건 안 될 까닭이 있에요. 언권을 먼저 드리지 않으면 분개하시는 성미를 잘 알구 있으니까요."

그 말 한마디에 이태 전 ××일보사 주최의 간친회 석상에서 처음 보았을 때의 인상과, 악박골서 밤을 새우던 때의 정경이 바로 어제런 듯 주마등과 같이 두 사람의 눈앞을 달렸다. 그것은 두 사람의 평생을 두고 잊으려야 잊을 수 없는 무한히 정다운 추억이었다. 그와 동시에 두 사람은 불시에 몸과 마음이 더한층 가까워지는 것이 느껴졌다. 동혁은 더 우기지 않았다. 남자의 자존심으로가 아니라, 그런 말을 강제로 시키기가 가엾은 생각이 들었던 것이다.

"그럼 이번만은 내가 지지요."

하고 동혁은 한참이나 뜸을 들이더니,

"어째서 그런지 몰라두, 내가 영신 씨한테 하구 싶은 말이나 영신 씨가 나한테 꼭 하구 싶다구 벼르면서두 얼핏 입 밖에 내지를 못 하는 말은 그 내용이 비슷한 것 같은데…… 영신 씨 생각은 어떠세요?"

"……."

"아아니, 말대답이나 시원스럽게 해 주셔야지요."
하고 동혁은 달려들기라도 할 형세를 보인다. 영신은 간신히 알아들을 만한 목소리로,
"저 역시두 한평생에 제일 중요한…… 우리의 운명이 좌우되는 그런……."
하고는 말을 잇지 못하고 떠듬떠듬 토막을 친다. 아무리 고집이 세고, 무슨 일에나 앞장을 서고 누구에게나 지지 않으려는 성벽이 대단한 영신이건만, 오늘 저녁 이 자리에서만은 꽃을 부끄리는 처녀의 속탈을 벗지 못한다.
"아마 연애나 결혼 문제루 퍽 고민을 하시는 중이시지요?"
동혁이가 불쑥 내미는 말이 정통으로 들어가 맞히니까,
"……."
무언중에도 영신의 온몸의 신경은 불에나 닿은 것처럼 움찔하고 자지러들었다.
"나두 그런 문제로 적잖이 괴롭게 지내는 중이에요. 늙으신 부모의 성화가 매일 같아서 그것두 어렵지만 사실은 나 자신이 몹시 외로울 때가 있어요. 억지루 일을 해서 잊어버리려구는 애를 써두 나만큼 건강한 남자가, 언제까지나 독신으루 지낸다는 건 암만 생각해두 부자연한 것 같아서……."
하고 발꿈치로 조약돌을 비벼서 으깨며 말을 멈추고는 영신을 흘낏 곁눈으로 흘려본다. 영신은 손가락으로 모래 위에다가 글씨를 썼다 지웠다 한다.
"영신 씨!"
동혁은 새삼스러이 저력 있는 목소리로 숨 쉬는 소리가 서로 들릴 만큼이나 가까이 앉은 사람의 이름을 부른다.
"네?"

영신은 하얀 이마를 들었다.

"멀구두 가까운 게 뭘까요?"

끝도 밑도 없는 수수께끼와 같은 말에 영신의 눈은 동그래졌다. 무어라고 대답을 하면 좋을지 몰라서 눈을 깜박깜박하더니,

"글쎄요…… 사람과 사람의 사일까요?"

하고 동혁의 표정을 살핀다.

"알 듯하구두 모르는 건요?"

"아마…… 남자의 맘일걸요."

그 말 한마디는 서슴지 않았다.

"아니, 난 여자의 맘인 줄 아는데요."

동혁의 커다란 눈동자는 영신의 가슴속을 뚫고 들여다보는 듯하다.

달은 등 뒤의 산마루를 타고 넘으려 하고 바람은 영신의 옷깃을 가벼이 날리는데, 어느덧 밀물은 두 사람의 눈앞까지 밀려들어와 날름날름 모랫바닥을 핥는다.

"……"

"……"

굴 껍데기로 하얗게 더께가 앉은 바위에 찰싹찰싹 부딪히는 파도 소리뿐…… 온 누리는 아담과 이브가 사랑을 속삭이던 태곳적의 삼림 속 같은 적막에 잠겨 있다. 그러나 두 사람의 형체 없는 영혼만은 무언중에도 가만히 교통한다. 똑같은 고민과 오뇌로 다리를 놓고서…….

영신은 앉아서 꿈을 꾸는 사람처럼 머리를 떨어뜨리고 있다가,

"제 속을 들여다보는 것 같아서……."

간신히 한마디를 꺼내고는 말끝을 맺지 못하더니,

"제 사정은 대강 아시는 터이지만, 얼마 전에 어머니가 청석골까지 다녀가셨어요. 제발 고만 시집을 가라구 이틀 밤이나 꼬박이 새워 가며 빌다시피 하시는 걸 끝끝내 시원한 대답을 못 해드렸어요."

"그래서요?"

"그랬드니, 나중엔 '네가 이 홀어미 하나를 영영 내버릴 테냐'고 자꾸만 우시는 데는 참 정말 뼈를 깎아내는 것 같아서……."

영신은 북받쳐 오르는 설움을 참느라고 이를 악문다.

"그렇게 언짢아하실 게 뭬 있어요? 얼른 결혼만 하시면 문제는 다 해결이 될걸요."

하고 동혁은 일부러 비위를 긁어 주면서도 그 다음 말이 궁금해서 영신의 곁으로 다가앉는다.

영신은 남자를 원망스러이 흘낏 쳐다보고는 다시금 주저주저하다가 버쩍 용기를 내어,

"저…… 보통학교에 댕길 때 돌아가신 아버지가 혼인을 정해 주신 남자가 있었어요."

이 말을 듣자 동혁의 눈은 금방 화등잔만해졌다.

이제까지 사사로운 이야기는 일부러 해오지를 않던 터이나, 영신에게 약혼한 남자가 있다는 것은 참으로 뜻밖이었다.

"아, 약혼한 사람이 있어요?"

제아무리 침착한 동혁이라도 저도 모르는 겨를에 이 말 한마디가 입 밖을 튀어나오는 것을 틀어막을 겨를이 없었다. 그와 반대로 영신의 태도는 매우 침착해진다.

"어려서버텀 한 동리에 자라나서 저두 그이를 잘 알아요. 김정근(金定根)이라구 시방 황해도 어느 금융조합에 취직을 했는데, 사람은 퍽 얌전해요."

하는데, 그 사이에 제가 너무 당황해하는 눈치를 보인 것을 뉘우친 동혁은, 영신의 말을 자아내는 수단으로 얼른 말끝을 채뜨려,

"그만하면 조건이 다 구비하군요."

하고는 시치미를 딱 갈기고 외면을 한다. 영신은 대들어서 동혁의 넓적

다리를 꼬집기라도 하려는 자세를 보이다가,

"글쎄 그렇게 사람을 놀리지만 마시구 들어보세요. 대강만 얘기를 할 게요."

하고는 다시 바다 저편의 고기잡이 등불을 바라보다가,

"그런데 그이는 내가 자기하구 꼭 결혼을 할 줄만 믿구 있거든요. 지난 겨울엔 일부러 휴가를 맡아가지구 찾아왔었는데, 이 말 저 말 해가며 속을 떠보니까 농촌 운동 같은 데는 털끝만큼두 이해가 없구요. 그런 덴 취미까지두 없어요."

"그래두 어떠한 생활의 목표는 있겠지요."

"그저 월급이나 절약을 해서, 한 달에 얼마씩 또박또박 저금을 했다가, 그걸루 결혼 비용을 쓰자는 것……."

그 말에 동혁은,

"아무렴 그래야지요. 현대는 금전 만능시대니까요. 거 일찍감치 지각이 난 청년이로군."

하고 시골 늙은이처럼 매우 탄복을 한다. 남은 진심으로 하는 말에 한편에서는 자꾸만 이죽거리며 쓸까스르기만(남을 추기었다 낮추었다 하여 비위를 거스름) 하니까 영신은 발끈하고 정말 성미가 났다.

"아아니, 그렇게 조롱만 하시는 법이 어딨어요? 난 인전 암말두 안 할 테야요!"

하고 톡 쏘아붙인다. 그러나 그 말쯤에 노염을 탈 동혁이가 아니다.

"아아니, 이건 결혼 얼른 못 하는 화풀이를 내게다 하시는 셈이에요?"

하고 더한층 핀둥핀둥해진다.

동혁은 조바심이 날 만큼이나 영신과 약혼한 남자와의 사이가 어떠한가 하는 것이 궁금하였다. 아무리 저에게는 가림새 없이 모든 것을 터놓고 말하는 터이지만 남녀 간의 관계에 들어서는 자연 은휘(隱諱 꺼리어 감추거나 숨김)하는 일이 있을 것이 의심스럽고, 어느 정도까지는 그 남자에게 질투 비슷한 감정을 느낀 것도 사실이다. 그러나 그렇다고 죄인이나 붙잡아다 앉혀 놓고 심문을 하는 것처럼 빡빡하게 물어보면 실토를 하지 않을 듯도 해서, 일부러 농담을 하듯 하며 능청스러이 상대자의 속을 떠보는 것이다.

그러다가 영신이가 정말 입을 다물어 버려서 형세가 불리하니까,

"그건 다 웃음의 말이구요…… 남의 일 같지가 않으니 말이지, 그럼 그 사람은 장차 무슨 일을 하구 싶다는 거예요?"

하고 점잖게 묻는다. 그래도 영신은 성적한 색시처럼 눈을 꼭 내리감고는 입을 열려고 들지를 않는다.

"허어, 이거 정말 화가 나셨군요. 그러지 말구 어서 말씀하세요. 달이 저렇게 기울어 가는데……."

하고 동혁은 얼더듬으려고(이 말 저 말 뒤섞이어 잘 알아들을 수 없는 말을 함) 든다.

"금융조합에서 한평생 늙을 작정이야 아니겠죠."

영신은 그제야 조금 풀린다.

"암, 그야 그럴 테지요."

"돈이 좀 모이면 장변이래두 놔서 늘려 가지구 잡화상을 하나 내구서, 생활 안정을 얻자는 게 그이의 고작 가는 이상이야. 돈벌이를 하는 것밖에 우리루선 할 노릇이 없다는 게 일테면 그이의 사상이구요."

"그만하면 짐작하겠어요. 요컨대 어머니께선 그런 착실한 사람을 데릴사위처럼 얻어서 늙으신 몸을 의탁하구, 인젠 딸의 재미를 좀 보시겠다는 게지요?"

"그런 눈치야요."

동혁은 무엇을 궁리할 때면 으레 하는 버릇으로 두 눈을 끔벅끔벅하고 있다가 신중한 어조로,

"그럼, 워낙 주의나 이상은 맞지 않드래두, 그 사람한테 혹시 애정을 느껴 보신 적은 있기가 쉬울 듯한데……."

하고 가장 중요한 대문을 묻는다. 그 말에 영신은 뻗었던 두 다리를 오그리고 치마를 도사리며,

"어려서버텀 봐오던 사람이니까 딱 마주치면 무조건하구 반갑긴 해요."

하고 잠시 침묵하다가,

"그렇지만, 난 누구한테나 입때까지…… 저어 동혁 씨를 만나기 전까지두……."

하고는 저고리 고름을 손가락에다 돌돌 감았다 폈다 한다. 동혁이도 자리를 고쳐 앉더니 영신의 얼굴을 면구스럽도록 똑바로 들여다보며,

"영신 씨는 어머니를 위해서 사랑이 없는 남자에게 한평생을 희생해 바칠 그런 봉건적인 여자는 아니겠지요?"

하니까,

"그런 말씀은 물어보실 필요두 없겠죠."

하고 영신은 자존심을 상한 듯이 자신 있는 대답을 한다.

"그럼 앞으로 어떡하실 작정이세요?"

"그이하구는 단념하겠어요! 그렇지만……."

"그렇지만 미련은 남겠단 말씀인가요?"

"아아뇨."

"그러문요?"

"……."

동혁은 영신이가 경솔히 대답하지 못하는 심중을 약빨리 눈치채지 못할 만큼 미욱하지 않았다.

"그럼 내 태도를 보신 뒤에 좌우간 결단을 하시겠단 말씀이지요?"

동혁이도 자신 있게 다져 묻는다. 그 말에 영신의 입에서는 분명히,

"네!"

하고 한마디가 서슴지 않고 떨어졌다.

동혁은 불시에 그 무엇이 마음속에 뿌듯하도록 꽉 차는 것을 느꼈다. 그 만족감은 물에 불어오르는 해면처럼 또는 한정 없이 부풀어오르는 고무풍선처럼 당장 터질 듯 터질 듯하다.

동혁은 벌떡 일어섰다. 팔짱을 꽉 끼고 달빛에 뛰노는 바다를 바라다 보고 섰노라니, 그 바다의 물결은 커다란 용광로 속에서 무쇠가 녹은 물이 부글부글 끓는 것 같아 보인다. 바다 위가 아니라 바로 저의 가슴 한복판에서 용솟음치는 정열을 눈앞에 보는 듯하였다.

한 십 분 동안이나 동혁은 머리를 푹 수그리고 영신의 눈앞에서 조각돌만 탁탁 걷어차면서 왔다 갔다 하였다. 그러다가 사기 단추와 같이 손집는 데가 반짝거리는 손풍금을 집어 들더니,

"아까, 그 곡조 한 번만 더 타주세요."

하고 영신의 치마 앞에다 떨어뜨린다.

영신은 마지못해서 풍금을 받아들면서도,

"얘기를 하다 말구 이건 뭘요?"

하고 뒤설레는 마음을 진정하느라 몸 둘 곳을 몰라 하는 동혁을 쳐다본다.

"글쎄 특청이니 두 말씀 말구 타주세요."

이번에는 반쯤 명령하듯 한다. 영신은 그만 청을 거역하기가 어려워서 풍금 손잡이에 손가락을 끼면서,

"아까 그건요, 되나 안 되나 함부루 타본 건데 나두 무슨 곡존지 잊어버렸어요."

하고 고개를 외로 꼬더니,

"왜 우리가 다 아는 훌륭한 곡조가 있지 않아요? 난 어딜 가서든지 동혁 씨와 한곡리 생각이 나면 이 곡조를 탈 테야요."

말이 끝나자 영신은 찬찬히 팔을 폈다 오므렸다 한다. 그 곡조는 시작만 들어도 '애향가'다. 그러나 조기회 때에 부르는 것과는 딴판으로 느릿

느릿하게 타는 그 멜로디는, 가늘게 떨며 그쳤다 이었다 하는 것이 무엇을 호소하는 듯이 몹시 애련하다. 이 밤만 밝으면 기약 없는 길을 또다시 떠나는 그 애달픈 이별의 정을 조그만 악기 속에 가득히 담았다 흩였다 하기 때문인 듯…….

허공에 얼굴을 쳐들고 두 눈을 딱 감고 섰던 동혁은 듣다 못해서,

"그만 집어치웁시다!"

하고 외친다. 그래도 얼른 그치지를 않으니까, 와락 달려들어 손풍금을 빼앗더니 백사장에다 동댕이를 친다. 영신은 어쩐 영문인지를 몰라서 어리둥절하고 입을 조금 벌린 채 동혁의 눈치만 살핀다.

동혁은 술이 몹시 취한 사람처럼 앞을 가누지 못하더니, 그 유착한 몸이 푹 엎어지자 영신의 소담한 손등은 남자의 뜨거운 입김과 축축한 입술을 느꼈다.

영신은 온몸을 달팽이처럼 오므라뜨리고는 눈을 사르르 내리감고 있다가,

"참 이 바닷가엔 왜 해당화가 없을까요?"

하고 딴전을 부리며 살그머니 손을 빼어 내려고 든다. 그러나 그 손끝과 목소리는 함께 떨려 나왔다.

동혁은 두 팔로 영신의 어깨와 허리를 버쩍 끌어안으며,

"해당화는 지금 이 가슴속에서 새빨갛게 피지 않았어요?"

하더니 불시의 포옹에 벅차서 말도 못 하고 숨만 가쁘게 쉬느라고 들먹들먹하는 영신의 젖가슴에 한 아름이나 되는 얼굴을 푹 파묻었다…….

영신은 생후 처음으로 경험하는 남자의 뜨거운 입술과 소름이 오싹오싹 끼치도록 근지러운 육체의 감촉에 아찔하게 도취되는 순간, 잠시 제정신을 잃었다.

동혁은 숨결이 차츰차츰 가빠오고 두근두근하는 심장의 고동까지 입술이 닿은 손등과 그의 얼굴에 짓눌린 가슴을 통해서 자릿자릿하게 전신

에 전파된다.

　영신은 조심스러이 손 하나를 빼어, 목사가 세례를 주는 것처럼 부스스하게 일어선 동혁의 머리 위에 얹으며,

　"고만 일어나세요. 네?"

하고 달래듯이 가만히 흔들더니,

　"나두요. 동혁 씨의 고민을 말씀하지 않아두 잘 알구 있어요. 동혁 씨가 내 맘을 잘 이해해 주시는 것처럼— 그러기에 이태 동안이나 그다지 그리워하던 당신께 제 사정을 하소연하려구 일부러 온 거야요. 이 세상에 다만 한 분인 동지한테, 제 장래를 의논하려구요······."

　동혁은 천천히 머리를 들었다. 지독하게 마취를 당했다가 깨어난 사람처럼, 게슴츠레해진 눈으로 눈물에 어린 영신의 얼굴을 들여다보며,

　"나는 영신 씨를 언제까지나 동지로만 사귈 수가 없어요. 그것만으로는 만족할 수가 없어요!"

하고는 또다시 그 돌공이 같은 팔로 영신의 허리를 끊어져라고 껴안는다.

　영신은 숨이 턱턱 막히는 것 같아서 손에 힘을 주어,

　"이러지 마세요. 이렇게 흥분하시면 못 써요. 우리 냉정하게시리 얘기를 하십시다."

하면서 허리에 휘감긴 동혁의 팔을 슬그머니 풀었다. 그러고는,

　"어쩌면 저 역시두 동지로 교제하는 것만으룬 만족할 수가 없는지두 모르지요. 그렇지만 그 문제를 백 번 천 번이나 생각해 봤는데······."

　"어떻게요?"

　동혁은 머리를 숙인 채 매우 조급히 묻는다. 영신은 조금 떨어져 앉아서 잠시 머릿속을 정돈시킨 뒤에 입을 연다.

　"연애를 하는 데 소모하는 정력이나 결혼 생활을 하느라구 또는 개인의 향락을 위해서 허비되는 시간을, 온통 우리 사업에다 바치구 싶어요. 난 내 몸 하나를 농촌 사업이나 계몽 운동에 아주 희생하려구 하나님께

맹세까지 한 몸이니깐요."

"그러니까 그렇게 굳은 결심을 하구, 실지로 일을 해나가는 사람끼리 한 몸뚱이루 뭉쳐서 힘을 합하면, 곱절이나 되는 효과를 얻지 않겠어요? 백지장두 마주 들면 낫다는데…… 영신 씨를 만난 뒤버텀 나는 줄창 그런 생각을 하구 있었는데요. 어느 기회에 나를 따라와 주실 줄을 나 혼자 믿구 있었던 것두 사실이구요."

"왜 낸들 그만 생각이야 못 해봤겠어요? 그렇지만 우리의 교제가 이보다 한 걸음 더 나아가면 필경은 결혼 문제가 닥쳐오겠죠?"

"그럼 언제꺼정 독신 생활을 하실 작정이신가요?"

영신은 그 말대답을 주저하고 손풍금을 집어 들고 어루만지며,

"이걸 나한테 선사한 미스 필링스란 서양 부인은, 미개한 나라에 와서 별별 고생을 다 해가면서 우매한 백성을 깨우쳐 줄 양으루 오십이 넘도록 독신 생활을 하구 있어요. 그런 여자의 생활이야말루 거룩하지 않아요, 깨끗하지 않아요?"

"그 사람네와 우리와는 환경이 다르구 처지도 다르지요. 영신 씨가 그런 사람의 본을 떠서 독신 생활을 해보겠다는 건, 우리의 현실이 허락지 않는 아름다운 공상에 지나지 못할 줄 알아요."

"그러니깐 남몰래 살이 내리도록 고민을 하는 게 아니겠어요? 이렇게두 못 하고 저렇게도 할 수가 없으니깐……."

"그런 경우엔 벙어리 냉가슴 앓듯 하지 말구 양단간 결단을 내야만 하지요."

"그만한 결단성이 없는 건 아니야요. 그렇지만 난 청석골을 떠날 수가 없어요. 나를 낳아 준 고향보다두 더 정이 들었고요. 나 하나를 무슨 천사처럼이나 알아주는 그 고장 사람들을, 그 천진난만한 어린이들을 차마 버릴 수가 없어요!"

"저엉 그러시다면 당분간 내가 청석골 천사한테 데릴사위로 들어갈까

요? 나 역시 이 한곡리에다가 뼈를 파묻으려는 사람이지만……."
하고 시꺼먼 눈을 끔쩍끔쩍한다. 영신은,
"호호호, 그건 참 정말 공상인데요."
하고 동혁의 무릎을 아프지 않게 치며 별 하늘을 우러러 명랑히 웃었다.
"……."
"……."
동혁이도 덩달아 웃는 체하다가, 속으로는 갑갑해 못 견디겠는 듯이 다시금 벌떡 일어선다. 한참 동안이나 신 부리로 바위를 툭툭 걷어차기도 하고 돌멩이를 집어 팔매도 치면서도, 무슨 생각에 잠겼다가 비장한 결심을 한 듯이 다시 돌아와 영신의 앞에 가 바싹 다가앉으며 손가락 셋을 펴 들더니,
"자, 앞으로 삼 년만 더!"
하고 부르짖으며 영신의 턱밑을 치받치듯 한다.
"인제 삼 개년 계획만 더 세우구 노력하면 피차에 일터가 단단히 잡히겠지요. 후진들한테 일을 맡겨두 될 만큼 기초가 든든히 선 뒤에 우리는 결혼을 하십시다. 그러구는 될 수 있는 대루 좀 더 공부를 하면서 다시 새로운 출발을 하십시다!"
하더니 잠시 뜸을 들이다가,
"영신 씨! 그때까지 기다려 주실 테지요, 네? 꼭 기다려 주실 테지요?"
하고 영신의 두 손을 잡고 으스러지도록 힘을 준다.
"삼 년 아니라 삼십 년이래두…… 이 목숨이 끊……"
하는데 별안간 영신의 입술은 말끝을 맺을 자유를 잃었다.
지새려는 봄 밤, 잠 깊이 든 바다의 얼굴을 휩쓰는 쌀쌀한 바람이 쏴— 하고 또 쏴— 하고 타는 듯한 두 사람의 가슴에 벅차게 안긴다.

제3의 고향

'나의 경애하는 동혁 씨!'

영신이가 한곡리를 떠난 지 사흘 만에 온 편지의 서두에는 전에 단골로 쓰던 '존경' 두 자의 높을 존(尊)자가 떨어지고 그 대신으로 사랑 애(愛)자가 또렷이 달렸다.

무한한 감사와 가슴 벅찬 감격을 한 아름 안고 무사히 나의 일터로 돌아왔습니다. 그 감사와 감격은 무덤 속으로 들어간 뒤까지라도 영원히 영원히 잊지 못하겠습니다.
떠날 때에 바쁘신 중에도 여러분이 먼 길을 전송해 주시고, 배표까지 사 주신 것만 해도 염치없는데, 꼭 배 안에서 뜯어보라구 쥐어 주신 봉투 속에 십 원짜리 지전 한 장이 들어 있는 것을 보고 놀랐습니다. 몇 번이나 다시 돌려보내려고 하였으나, 한창 어려운 고비를 넘는 농촌에서 십 원이란 큰 돈을 변통하기가 얼마나 어려우셨을 것을 알고, 또는 제가 떠나기 전날 밤에, 이 돈을 남에게 취하려고 몇십 리 밖까지 가셨다가 늦게야 돌아오셨던 것이 이제야 짐작되어서 차마 도로 부치지를 못하였습니다. 몸 보할 약이라도 한 제 지어 먹으라고 간곡히 부탁은 하셨지만, 백 원 천 원보다도 더 많은 이 돈을, 저 한 몸의 영양을 위해서는 쓸 수가 없습니다. 그대로 꼭 저금을 해 두었다가 가을에 지으려는 학원 마당 앞에 종을 사서 달겠습니다. 아침저녁 저의 손으로 치는 그 종소리는 저의 가슴뿐 아니라, 이곳 주민들의 어두운 귀와 혼몽히 든 잠을 깨워 주고 이 청석골의 산천초목까지도 울리겠지요.
나의 경애하는 동혁 씨!
자동차가 닿은 정류장에는 부인친목계의 회원들과 내 손으로 가르치는 어린이들이 수십 명이나 마중을 나와서, 손과 치마꼬리에 매달리며 어찌나 반가워서 날뛰는지 눈물이 자꾸만 쏟아지는 것을 간신히 참았어요. 더구나 계집아이들은 거의 십 리나 되는 산길을 날마다 두 번씩이나 나와서 자동차 오기를 까맣게 기다리다가 '우리 선생님 아주 도망갔다'고 훌짝훌짝 울면서 돌아가기를 사흘 동안이나 하였다고 합니다. 이 세상에서 어느 누가 그다지도 안타까이 저를 기다려 줄 사람이 있겠습니까? 이 변변치 못한 채영신이를 그다지도 따뜻이 품어 줄 고장이 이 세계의 어느 구석에 있겠습니까?

　나의 경애하는 동혁 씨!

　이번 길에 저는 고향 하나를 더 얻었어요. 한곡리는 저의 제3의 고향이 되고 말았어요. 저와 한평생 고락을 같이하기로 굳게 굳게 맹세해 주신 당신이 계시고, 씩씩한 조선의 일꾼들이 있고 친형과 같이 친절히 굴어 주던 건배 씨의 부인과, 동네의 아낙네들이 살고 있는 곳이 어째서 저의 고향이 아니겠습니까? 저는 새로 얻어서 첫정이 든 그 고향을 꿈에라도 잊지를 못하겠습니다. 그리고 저의 가슴에 피를 끓이던 그 애향가의 합창을…….

　나의 가장 경애하는 동혁 씨!

　저는 행복합니다. 인제는 외롭지도 않습니다.

　큰덕미 나루터의 커다란 바윗덩이와 같이 변함이 없으실 당신의 사랑을 얻고, 우리의 발길이 뻗치는 곳마다 넷째 다섯째의 고향이 생길 터이니 당신의 곁에 앉았을 때만큼이나 제 마음이 든든합니다. 저의 가슴은 오직 하나님께 대한 감사와 기쁨으로 충만합니다. 그러나 그와 동시에 이 몸의 책임이 더한층 무거워진 것을 깨닫습니다. 청석골의 문화적 개척 사업을 나 혼자 도맡은 것만 하여도 이미 허리가 휘도록 짐이 무거운데요, 우리의 사랑을 완성할 때까지 불과 삼 년 동안에 그 기초를 완전히 닦아 놓자면 그 앞길이 창창한 것 같습니다. 양식 떨어진 사람이 보릿고

개를 넘기는 것만큼이나 까마득한 것 같습니다. 그러나 저는 그런 생각이 들 때마다,

"우리들은 가난하고 힘은 아직 약하나, 송백처럼 청청하고 바위처럼 버티네."

하고 '애향가'의 둘쨋절을 부르겠어요. 목청껏 부르겠어요!

나에게 다만 한 분이신 동혁 씨!

그러면 부디부디 건강히 일 많이 하여 주십시오. 그동안 밀린 일이 많고, 야학 시간이 되기도 전에 아이들이 몰려와서 오늘은 더 길게 쓰지 못하니 이 편지보다 몇 곱절 긴 답장을 주십시오. 다른 회원들에게 안부 전해 주시고 건배 씨 내외분에게는 틈나는 대로 따로이 쓰겠습니다.

××월 ××일

당신께도 하나뿐인 채영신 올림

영신은 어머니에게와 아버지가 혼인을 정해준 남자에게도 편지를 썼다.

앞으로 몇 해 동안 결혼 문제 같은 것은 염두에도 두지 않겠고, 또는 이 뒤에라도 당신과는 이상이 맞지 않고 주의가 틀려서 억지로 결혼을 한대도, 결단코 행복스러운 생활을 할 수가 없겠으니 이 편지를 보고는 아주 단념해 주기를 바란다는 최후의 통첩을 띄웠다.

동혁이와 삼십 년 동안이라도 기다리겠다는 언약을 한 이상, 연애니 결혼이니 하는 번거로운 문제로 새삼스러이 머리를 썩일 시간도 없고, 그렇다고 그대로 질질 끌어 나가는 것은 여러 해를 두고 저를 유념해 온 상대자에게 대해서 매우 미안하기도 하였던 것이다.

한 일주일 뒤에야 어머니에게서는,

진정으로 네 생각이 그렇다면 인력으로 못 할 노릇이나, 딸자식 하나

로 해서 이 어미는 죽어도 눈을 감지 못할 줄이나 알아다오.

하는 대서 편지가 왔고, 금융조합에 다니는 남자에게서는,

　얼마나 이상이 높고 주의가 맞는 남자와 결혼을 해서 이 세상 복록을 골고루 누리며 사나 두구 보자. 아무튼 조만간 직접 만나서 최후의 담판을 할 테니 그런 줄 알라.

는 저주 비슷한 회답이 왔다. 그 사람이야 다시 오건 말건, 영신은 남이 억지로 짊어준 무거운 짐을 벗어 버린 것만큼이나 마음이 거뜬하였다.
　"자, 인젠 일이다! 일을 하는 것밖에 없다! 앞으로 삼 년이란 세월을 지루하지 않게 보내기 위해서라도 힘껏 일을 하는 수밖에 없다."
하고 제 몸을 스스로 채찍질하였다. 일주일 동안 한곡리에서 받은 자극도 컸거니와 동혁이와 약혼을 한 것으로 말미암아 여간 큰 충동을 일으킨 것이 아니다. 그래서 청석골로 돌아온 뒤에도 며칠 동안은 일이 손에 잡히지를 않고, 그때까지도 흥분이 가라앉지를 않았다.
그러나 그 반면으로 건강은 아주 회복이 되어서, 먼동이 훤하게 틀 때에 일어나 기도회에 참례를 하고 낮에는 학원을 지을 기부금을 모집하러 몇십 리 밖까지 다니거나, 그렇지 않으면 부인친목계의 계원들과 같이 발을 벗고 들어서서 원두밭을 매고 풀을 뽑고 하다가 저녁을 먹고 나면, 그 자리에 쓰러지고 싶은 것을 간신히 참고 예배당으로 가야 한다. 가서는 서너 시간이나 아이들과 아귀다툼(각자 자기의 욕심을 채우고자 서로 헐뜯고 기를 쓰며 다투는 일)을 해가면서 글을 가르치고 나오면, 다리가 굳어 오르는 것 같고 고개를 끊을 힘까지 빠져서, 길가에 잔디밭만 보아도 턱 누워 버리고 싶은 것을 간신히 참았다. 사숙하는 집까지 와서는 자리도 펼 사이가 없이 곯아떨어진다. 그렇건만 아침에 벌떡 일어나서 냉수에 세수를 하고 나면

새로운 용기가 솟는다. 아침마다 제 시간이 되면 동혁이가 부는 나팔 소리가 바람결에 들려오는 것 같아서 더 좀 누웠으려야 누워 있을 수가 없었다.

아이들까지 놀 새가 없는 농번기가 닥쳐왔건만 강습소의 아이들은 나날이 늘어 오 리 밖 십 리 밖에서까지 밥을 싸 가지고 다니고, 기부금이 단돈 백 원씩이라도 늘어가는 것과, 친목계의 계원들도 지도하는 대로 한 몸뚱이가 되어 한 사람도 마을을 다니거나 버정거리는 사람이 없이 닭을 기르고 누에를 치고 또는 베를 짠다.

영신은 그러한 재미에 극도로 피곤하건만 몸이 괴로운 줄을 모르고 하루 이틀을 보냈다. 사업이 날로 늘어가고 모든 성적이 뜻밖으로 좋아질수록, 끼니때를 잊을 적도 있고 심지어 며칠씩 머리도 빗지 못하기가 예사였다.

그러나 틈이 빠끔하게 나기만 하면 동혁의 환영(幻影)에게 정신이 사로잡히는 것은 어찌할 수 없는 일이었다. 그 바닷가의 기울어 가는 달밤, 모래 위에 그 육중한 몸뚱이를 몸부림치며 사랑을 고백하던 동혁이, 온몸뚱이가 액체로 녹을 듯이 힘차게 끌어안던 두 팔의 힘, 숨이 턱턱 막히던 불같은 키스.

영신은 그 장면이 머릿속에 떠오르기만 해도 가슴이 설레고 얼굴이 화끈화끈 달았다. 그날 밤 그 하늘에 떴던 달이나 별들밖에는 그 장면을 본 사람이 없으니 아무도 두 사람의 마음속의 비밀을 알 리 없건만, 그래도 동혁의 생각이 불현듯이 나서 멀리 남녘 하늘의 구름을 바라다보고 섰을 때에는, 곁에 있는 사람이 제 속을 뚫고 들여다보는 것 같아서 머리가 저절로 수그러들기도 여러 번 하였다.

동혁에게서 꼭꼭 일주일에 한 번씩 편지가 왔다. 사연은 간단한데 여전히 보고 싶다든지 그립다든지 하는 말은 한마디도 없고, 다만 영신의 건강을 축수(오래 살기를 빎)하는 것과 새로 계획하는 일이나 방금 실지로 해

나가는 일이 어떻다는 것만은 문체도 보지 않고 굵다란 글씨로 적어 보내는 것뿐이었다. 그러나 영신은 그 편지를 틈틈이 꺼내 보는 것, 오직 그것만이 큰 위안거리였다.

그동안 영신의 수입이라고는 경성연합회에서 백현경의 손을 거쳐 생활비 겸 사업을 보조하는 의미로 다달이 삼십 원씩 보내 주는 것밖에 없었다. 원재 어머니라는, 젊어서 홀로 된 교인의 집 건넌방에 들어서 밥값 팔 원만 내면 방세는 따로 내지 않았다. 옷이라고는 그곳 여자들과 똑같은 보병것을 입고, 겨울이면 학생시대에 입던 헌 털 재킷 하나가 유일한 방한구인데 구두도 아니 신고 고무신을 끌고 다니니, 통신비·신문·잡지 대금 해서 십여 원만 가지면 저 한 몸은 빠듯이 먹고 지낼 수가 있었다. 그래서 나머지 이십 원도 못 되는 돈으로, 이태 전부터 강습소와 그 밖에 모든 경비를 써온 것이다. 월사금을 한 푼이라도 받기는커녕 그중에도 어려운 아이들의 교과서와 연필·공책까지도 당해 주고, 심지어 넝마가 다 된 옷을 입고 다니는 것을 보면, 장에 가서 옷감까지 끊어다가 소문 안 나게 해입힌 것이 한두 벌이 아니었다. 더구나 아이들이 장난을 하다가 다치거나 배탈이 나든지 하면 으레 '선생님'을 부르며 달려오고, 나중에는 동네 사람들까지 영신을 무슨 고명한 의사로 아는지,

"채 선생님, 제 둘째 새끼가 복학(어린아이에게 생기는 병의 하나)을 앓는뎁쇼, 신효한 약이 없습니까?"

하고 찾아와서 손길을 마주 비비는 사람에,

"아이구, 우리 딸년이 관격(먹은 음식이 갑자기 체하여 가슴 속이 막히고 위로는 계속 토하며 아래로는 대소변이 통하지 않는 위급한 증상)이 돼서 자반뒤집기를 하는데, 제발 적선에 어떻게 좀 살려줍쇼."

하고 발을 동동 구르는 얼굴도 모르는 여편네에, 낫으로 손가락을 베인 머슴에, 도끼로 발등을 찍힌 나무꾼 할 것 없이, 급하면 채 선생을 찾아온다. 영신은,

"이건 내가 성이 채가니까 옛날 채동지가 여자루 태어난 줄 아우?"
하고 어이가 없어서 웃을 때도 있었다. 그러면서도 그네들을 하나도 그대로 돌려보낼 수가 없어서 내복약도 주고 겉으로 치료도 해 주었다. 그러니 그 시간과 비용도 적지 않다. 붕대, 소독약, 옥도정기, 금계랍, 요오드포름 할 것 없이 근자에는 한 달에 약품 값만 거의 십 원씩이나 들었다. 그래도 오히려 모자라는데, 그네들은 채 선생이 병만 잘 고칠 줄 아는 것뿐 아니라, 화수분(재물이 계속 나오는 보물단지)이나 가진 것처럼 돈도 뒷구멍으로 적잖이 버는 줄 아는 모양이다.

보통 사람은 불러다볼 생의도 못 하는 공의가 그나마 사십 리 밖 읍내에 겨우 한 사람이 있고, 장거리에 의생이 두어 사람 있다고는 하나, 옛날처럼 교군이나 보내야 온다니, 이 근처 백성들은 무료로 치료를 해 주는 채 선생을 찾아올 수밖에 없는 것이다. 그래서 영신의 방이 어떤 때는 진찰실이 되고, 벽장 속은 양약국의 약장 같았다. 나날이 명망이 높아 가는 채 의사(?)는 병을 고쳐 주는 데까지 재미가 나서, 빚을 얻어 가면서래도 급한 때 쓰는 약을 떨어트리지 않으려고 애를 썼다. 아메바성 이질로 죽어 가던 사람이 에메틴 주사 한 대로 뒤가 막히고, 가슴앓이로 펄펄 뛰던 사람이 판토폰 한 대에 진정이 되는 것은 여간 신기하지가 않았다. 그래서 자연히 통속적인 의학과 임상에 관한 서책도 보게 되고 실지로 의사의 경험도 쌓게 된 것이다. 그래서,

'나는 하나님이 이 동리에 특파하신 사도다!'
하는 자존심과 자랑까지도 갖게 되었다. 그러나 수술을 해야 할 환자를 몇십 리 밖에서 업고 오고, 심지어 보기에도 더럽고 지겨운 화류병 환자까지 와서 치료를 해달라고 엎드려 손이 발이 되도록 비는 데는 진땀이 났다. 그네들이 거절을 당하고 원망스러운 표정으로 돌아가는 것을 볼 때,

'왜 내가 정작 의술을 배우지 못했던가.'
하고 탄식을 할 때도 많았고 동시에,

'의료기관 하나 만들어 놓지를 않구 세금을 받아다간 뭣에다 쓰는 거야. 의사란 놈들이 있대두 그저 돈에만 눈들이 번하지.'
하고 몹시 분개하기도 한두 번이 아니었다. 그뿐 아니라 영신은 이따금 재판장 노릇까지도 하게 된다. 아이들끼리 자그락거리는 싸움은 달래고 타이르고 하면 평정이 되지만, 어른들의 싸움, 그중에도 내외 싸움까지 판결을 내려달라는 데는 기가 탁 막힐 노릇이었다.

어느 비 오던 날은 딱장대로 유명한 억쇠 어머니가 집에서 양주가 머리가 터지도록 싸우다가, 영감쟁이의 멱살을 추켜 쥐고, 영감쟁이는 마누라의 머리채를 꺼두르며(움켜쥐고 함부로 휘두름) 씨근벌떡거리고 와서는,

"아이고 사람 죽겠네. 채 선생님, 이 경칠 놈의 영감을 어떡하면 튀전(투전. 도박)을 못 하게 맨듭니까? 술 못 먹게 하는 약은 없습니까?"

하면, 영감쟁이는 만경이 된 눈을 희번덕거리며,

"아이구 이 육실할 년, 버르쟁이를 좀 가르쳐 줍쇼."

하고 비가 줄줄 쏟아지는 진흙마당에서 서로 껴안고 뒹굴며 한바탕 엎치락뒤치락하다가 버럭버럭 대드는 바람에, 영신은 어쩔 줄을 모르고 구경만 하다가 고만 뒷문으로 빠져서 예배당으로 뺑소니를 친 때도 있었다.

한편으로 글을 배우러 오는 아이들은 거의 날마다 늘었다. 양철 지붕에 송판으로 엉성하게 지은 조그만 예배당은 수리를 못 해서 벽이 떨어지고 비만 오면 천장이 새는데, 선머슴 아이들이 뛰고 구르고 하여서 마루청까지 서너 군데나 빠졌다. 그것을 볼 때마다 늙은 장로는,

"흥, 경비는 날 곳이 없는데 너희들이 예배당을 아주 헐어 내는구나. 강습이구 뭐구 인젠 넌덜머리가 난다."

하고 허옇게 센 머리를 내둘렀다. 더구나 새로 글을 깨친 아이들이 어느 틈에 분필과 연필로 예배당 안팎에다가 괴발개발 글씨도 쓰고 지저분하게 환도 친다(되는대로 마구 그림을 그림) '신퉁이 개자식이라' '갓난이는 오줌을 쌌다더라' 하고 제 동무의 욕을 쓰기도 하고, 심지어 십자가를 새긴 강당

정면에다가 나쁜 그림까지 몰래 그려 놓기도 하여서 그런 낙서를 볼 때마다 장로와 전도사는 상을 찌푸린다.

영신은 여간 미안하지가 않아서 하루도 몇 번씩 그런 짓을 하지 말라고 입이 닳도록 타일렀다. 그러나 속으로는 제가 피땀을 흘리며 가르친 아이들이 하나 둘씩 글눈을 떠가는 것이 여간 대견하지 않았다. 비록 나쁜 그림을 그리고 욕을 쓸망정 그것이 여간 신통하지가 않아서,

"장로님, 저희두 따루 집을 짓구 나갈 테니, 올 가을꺼정만 참아 줍시오."

하고 몇 번이나 용서를 빌었다. 그러면 변덕스러운 장로는 대머리를 어루만지며,

"원 채 선생, 별말씀을 다 하는구려. 다 하나님의 뜻대루 되겠지요. 그게 좀 거룩한 사업이오."

하고 얼더듬는다. 그럴수록 영신은 사글세 집에 들어 있는 것만큼이나 불안스러워서 하루바삐 집을 짓고 나가려고 아니 해보는 궁리가 없었다.

그러나 원체 가난한 동리인데다가, 그나마 돈이 한창 마른 때라 기부금은 적어 놓은 액수의 십분의 일도 걷히지를 않고, 친목계원들이 춘잠(春蠶 봄누에)을 쳐서 한 장치에 열서너 말씩이나 땄건만, 고치금이 사뭇 떨어져서 예산한 금액까지 되려면 어림도 없다. 닭도 집집마다 개량식으로 쳤지만 모이를 사서 먹인 것과 레그혼 같은 서양 종자의 어미닭 값을 따지고 보면 계란값과 비겨 떨어진다.

그러니 줄잡아도 오륙백 원이나 들여야 할 학원을 지을 엄두가 나지를 않았다. 영신이가 하도 집을 짓지 못해서 성화를 하니까 다른 회원들은,

"급히 먹는 밥이 체한다우. 우리 선생님두 성미가 퍽 급하셔."

하고 위로하듯 하기도 한두 번이 아니었다. 그럴수록 아이들이 한꺼번에 대여섯 명, 어떤 때는 여남은 명씩 부쩍부쩍 는다. 보통학교가 시오 리 밖이나 되는 곳에 있고 간이(簡易)학교라고 새로 생긴 것도 장터까지 가서

야 있으니, 배움에 목마른 아이들은 등잔불로 날아드는 나비처럼 청석골로만 모여들 수밖에 없는 형세다. 요새 들어온 아이들까지 합하면, 거의 백삼십여 명이나 된다.

그러나 장소가 좁다는 이유로 한 아이도 더 수용할 수 없다고 오는 아이를 쫓을 수는 없다. 영신은,

'아무나 오게. 아무나 오게.'

하는 찬송가 구절을 입속으로 부르며,

'오냐, 예배당이 터지도록 모여 오너라, 여름만 되면 나무 그늘도 좋고, 달밤이면 등불두 일 없다.'

하고 들어오는 대로 받아서, 그곳 보통학교를 졸업한 젊은 사람들의 응원을 얻어 남자와 여자와 초급과 상급으로 반을 나누어 가르치기 시작했다. 영신을 숭배하고 일을 도와주는 순진한 청년이 서너 명이나 되지만 그중에도 주인집의 외아들인 원재는 영신의 말이라면 절대로 복종을 하는 심복이었다. 같은 집에 살기도 하지만 상급학교에는 가지 못하는 처지라, 틈틈이 영신에게서 중등 학과를 배우는 진실한 청년이다.

가뜩이나 후락한 예배당 안은 콩나물을 기르는 것처럼 아이들로 빡빡하다. 선생이 비비고 드나들 틈이 없을 만큼 꼭꼭 찼다. 아랫반에서,

"'가' 자에 ㄱ하면 '각' 하구."

"'나' 자에 ㄴ하면 '난' 하구."

하면서 다리도 못 뻗고 들어앉은 아이들은 고개를 반짝 들고 칠판을 쳐다보면서 제비 주둥이 같은 입을 일제히 벌렸다 오므렸다 한다. 그러면 윗반에서는 『농민독본』을 펴놓고,

"잠자는 자 잠을 깨고
눈먼 자 눈을 떠라.
부지런히 일을 하여
살 길을 닦아 보세."

하며 목청이 찢어져라고 선생의 입내를 낸다. 그 소리를 가까이 들으면 귀가 따갑도록 시끄럽지만, 멀리 축동 밖에서 들을 때,

'아아, 너희들이 인제야 눈을 떠 가는구나!'
하며 영신은 어깨춤이 저절로 났다.

그러다가 어느 날 저녁때였다. 영신의 신변을 노상 주목하고 다니던 순사가 나와서 다짜고짜,

"주임이 당신을 보자는데, 내일 아침까지 주재소로 출두를 하시오."
하고 한마디를 이르고는 말대답을 들을 사이도 없이 자전거를 되짚어 타고 가버렸다.

'무슨 일로 호출을 할까?'
'강습소 기부금은 오백 원까지 모집을 해도 좋다고 허가를 해 주지 않았는가?'

영신은 일이 손에 잡히지 않았다. 웬만한 일 같으면 출장 나온 순사에게 통지만 해도 고만일 텐데, 일부러 몇십 리 밖에서 호출까지 하는 것은 무슨 까닭이 붙은 일인지 도무지 알 수가 없었다.

영신이가 처음 내려오던 해부터 이 일 저 일에 줄곧 간섭을 받아 왔었지만, 강습소 일이나 부인친목계며 그 밖에 하는 일을 잘 양해를 시켜 오던 터이라 더욱 의심이 나지 않을 수 없었다.

별별 생각이 다 나서 영신은 그날 밤 잠을 잘 자지 못하고, 이튿날 새벽밥을 지어 달래서 먹고는 길을 떠났다. 이십 리는 평탄한 신작로지만 나머지는 가파른 고개를 넘느라고 발이 부르트고 속옷은 땀에 젖었다.

…… 영신과 주재소 주임 사이에 주고받은 대화나 그 밖의 이야기는 기록하지 않는다. 그러나 호출한 요령만 따서 말하면,

첫째는 예배당이 좁고 후락해서 위험하니 아동을 팔십 명 이외에는 한 사람도 더 받지 말라는 것과, 둘째는 기부금을 내라고 돌아다니며 너무 강제 비슷이 청하면 법률에 저촉이 된다는 것을 단단히 주의시키는 것이

었다. 영신은 여러 가지로 변명도 하고 오는 아이들을 아니 받을 수는 없다고 사정사정하였으나,

"상부의 명령이니까 말을 듣지 아니 하면 강습소를 폐쇄시키겠다."
고 을러메어서 영신은 하는 수 없이 입술을 깨물고 주재소 문밖을 나왔다.

그는 아픈 다리를 간신히 끌고 돌아와서 저녁도 아니 먹고 그날 밤을 꼬박이 새우다시피 하였다.

'참자! 이보다 더한 것도 참아 왔는데, 이만한 일이야 참지 못하랴.'
하면서도 좀 더 시원하게 들이대지를 못하고 온 것이 종시 분하였다. 그러나 혈기를 참지 못하고 떠들었다가는 제한받은 수효의 아이들마저 가르치지 못하게 될 것을 생각하고 꿀꺽 참았던 것이다. 아무튼 어길 수 없는 명령이매, 내일부터 백사십여 명 중에서 팔십 명만 남기고 오십여 명을 쫓아내야 한다. 저의 손으로 쫓아내야만 한다.

"난 못 하겠다! 차라리 예배당 문에 못질을 하는 한이 있드래도 내 손으로 차마 그 노릇은 못 하겠다!"
하고 영신은 부르짖으며 방바닥에 가 쓰러져 버렸다. 한참 동안이나 엎치락뒤치락하며 홀로 고민을 하였다.

그는 불을 끄고 이불을 뒤집어쓰고 누웠다. 그러나 이제까지 갖은 고생과 온갖 곤욕을 당해 가면서 공들여 쌓은 탑을, 그 밑동부터 제 손으로 허물어트릴 수는 없다. 청석골 와서 몇 가지 시작한 사업 중에 가장 의미 깊고 성적이 좋은 한글 강습을 중도에서 손을 뗄 수는 도저히 없다.

'어떡하면 나머지 오십 명을 돌려보낼꼬?'
'이제까지 두말없이 가르쳐 오다가 별안간 무슨 핑계로 가르칠 수가 없다고 한단 말인가?'

거짓말을 하기는 죽어라고 싫건만 무어라고 꾸며대지 않을 수도 없는 사세다. 아무리 곰곰 생각해 보아도 묘책이 나서지를 않아서 그는 하룻

밤을 하얗게 밝혔다.

창밖에 새벽별이 차차 빛을 잃어갈 때, 영신은 소세를 하고 나와서 예배당으로 올라갔다. 땅 위의 모든 것이 아직도 단꿈에서 깨지 않아 천지는 함께 괴괴하다(쓸쓸한 느낌이 들 정도로 아주 고요함).

영신은 이슬이 축축이 내린 예배당 층계에 엎드려 경건한 마음으로 기도를 올렸다.

'주여, 당신의 뜻으로 이곳에 모여든 귀엽고 사랑스러운 어린 양들이 오늘은 그 삼분의 일이나 목자를 잃게 되었습니다. 다시 어둠 속에서 헤매일 수밖에 없이 되었습니다!

주여, 그 가엾은 무리가 낙심하지 말게 하여 주시고 하나도 버리지 마시고 다시금 새로운 광명을 받을 기회를 내려 주시옵소서! 하루바삐 내려 주시옵소서!

오오 주여, 저의 가슴은 지금 미어질 듯합니다.'

영신은 햇발이 등 뒤를 비추며 떠오를 때까지 그대로 엎드린 채 소리 없이 흐느껴 울었다.

월사금 육십 전을 못 내고 몇 달씩 밀려 오다가 보통학교에서 쫓겨난 아이들이, 그날도 두 명이나 식전에 책보를 들고 그 학교의 모자표를 붙인 채 왔다.

"얘들아, 참 정말 안됐지만 인전 앉을 데가 없어서 받을 수가 없으니 가을버텀 오너라. 얼마 있으면 새집을 커다랗게 지을 텐데 그때 꼭 불러 주마, 응."

하고 영신은 그 아이들의 이름을 적고는 등을 어루만져 주며 간신히 돌려보냈다. 그러고는 다른 아이들이 오기 전에 예배당으로 들어갔다.

잠 한숨 자지를 못해서 머리가 무겁고 눈이 빡빡한데, 교실 한복판에 가서 한참 동안이나 실신한 사람처럼 우두커니 섰자니, 어찔어찔하고 현기증이 나서 이마를 짚고 있다가 다리를 허청 떼어 놓으며 칠판 앞으로 갔다.

 그는 분필을 집어 가지고 교단 앞에서 삼분의 일 가량 되는 데까지 와서는 동편 쪽 끝에서부터 서편 쪽 창 밑까지 한 일자로 금을 주욱 그었다. 그리고 아이들이 오는 것을 기다렸다가 예배당 문을 반쪽만 열었다. 아이들은 여느 때와 조금도 다름이 없이 재깔거리며 앞을 다투어 우르르 몰려 들어온다.

 영신은 잠자코 맨 먼저 온 아이부터 하나씩 둘씩 차례차례로 분필로 그어 놓은 금 안으로 앉혔다. 어느덧 금 안에는 제한받은 팔십 명이 찼다.

 "나중에 온 아이들은 이 금 밖으로 나가 앉아요. 떠들지들 말구."

 선생의 명령에 늦게 온 아이들은 영문도 모르고,

 '오늘은 왜 이럴까.'

하는 표정으로 선생의 눈치를 할끔할끔(곁눈으로 살그머니 자꾸 흘겨 보는 모양) 보며 금 밖에 가서 쪼그리고 앉는다.

 아이들에게 제비를 뽑힐 수도 없고 하급생이라고 마구 몰아내는 것도 공평치가 못할 듯해서, 영신은 생각다 못해 나중에 오는 아이들을 돌려보내려는 것이다. 나중에 왔다고 해도 시간으로 보면 불과 십 분 내외의 차이밖에 나지 않지만, 그렇게 하는 도리 이외에 아무 상책이 없었던 것이다.

 영신은 아이들을 다 들여앉힌 뒤에 원재와 다른 청년들에게 그제야 그 사정을 귀띔해 주었다. 그런 소문이 미리 나면 일이 더 복잡해질 것을 염려하였기 때문이었다.

 그 말을 듣는 청년들의 얼굴빛은 금세 흙빛으로 변하였다.

 "암말두 말구 나 하라는 대루만 장내를 잘 정돈해 줘요. 자세한 얘긴 이따가 할게……"

 청년들은 영신을 절대로 신임하는 터이라 입술을 지그시 깨물고 침통한 표정을 지을 뿐이다.

영신은 찬찬히 교단 위에 올라섰다. 그 얼굴빛은 현기증이 나서 금방 쓰러지려는 사람처럼 해쓱해졌다. 아이들은,

'선생님이 무슨 말을 하시려구 저러나.'

하고 저희들 깐에도 보통 때와는 그 기색이 다른 것을 살피고는 기침 하나 아니 하고 영신을 쳐다본다.

영신은 입술만 떨며 얼른 말을 꺼내지 못하고 섰다. 사제간의 정을 한칼로 베어내는 것 같은 마룻바닥에 그어 놓은 금을 내려다보고, 그 금 밖에 오십여 명 아동이 옹기종기 모여 앉아서 무슨 무서운 선고나 내리기를 기다리는 듯한 그 천진한 얼굴들을 바라볼 때, 영신은 눈두덩이 뜨끈해지며 목이 막혀서 말을 꺼낼 수가 없다. 한참 만에야 그는 용기를 내었다. 그러다가 풀이 죽은 목소리로,

"여러 학생들 조용히 들어요. 오늘은 선생님이 차마 하기 어려운 섭섭한 말을 할 텐데……."

하고 나서 다시 주저하다가,

"저…… 금 밖에 앉은 아이들은 오늘버텀 공부를…… 시킬 수가…… 없게 됐어요!"

하였다. 청천의 벽력은 무심한 어린이들의 머리 위에 떨어졌다. 깜박깜박하고 선생을 쳐다보던 수없는 눈들은 모두가 꽈리처럼 똥그래졌다.

"왜요? 선생님, 왜 글을 안 가르쳐 주신대유?"

그중에 머리가 좀 굵은 아이가 발딱 일어나며 질문을 한다.

영신은 순순히 타이르듯이 '집이 좁아서 팔십 명밖에는 더 가르칠 수가 없게 되었다는 것과, 올 가을에 새집을 지으면 꼭 잊어버리지 않고 한 사람도 빼어 놓지 않고 불러 주마'고 빌다시피 하였다.

"그럼 입때꺼정은 이 좁은 데서 어떻게 가르쳐 주셨에유?"

이번엔 제법 목소리가 패인 남학생의 질문이 들어왔다. 영신은 화살이나 맞은 듯이 가슴 한복판이 뜨끔하였다. 그 말대답을 못 하고 머리가 핑

내둘려서 이마를 짚고 섰는데 금 밖에 앉았던 아이들은 하나 둘 앉은 채 엉금엉금 기어서, 혹은 살금살금 뭉치면서 금 안으로 밀려 들어오다가,

"선생님! 선생님!"

하고 연거푸 부르더니 와르르 교단 위까지 뛰어오른다.

영신은 오십여 명이나 되는 아이들에게 에워싸였다.

"선생님!"

"선생님!"

"전 벌써 왔에요."

"뒷간에 갔다가 쪼끔 늦게 왔는데요."

"선생님, 난 막동이보다두 먼첨 온 걸 저 차순이두 봤에요."

"선생님, 낼버텀 일찍 오께요. 선생님보다두 일찍 오께요."

"선생님, 저 좀 보세요, 절 좀 보세요! 인전 아침두 안 먹구 오께 가라구 그러지 마세요. 네? 네?"

아이들은 엎드러지며 고꾸라지며 앞을 다투어 교단 위로 올라와서, 등을 밀려 넘어지는 아이에, 발등을 밟히고 우는 아이에, 가뜩이나 머리가 횡한 영신은 정신이 아찔아찔해서 강도상 모서리를 잡고 간신히 서 있다. 제 몸뚱이로 버티고 선 것이 아니라 아이들에게 포위를 당해서 쓰러지려는 몸이 억지로 떠받들려 있는 것이다.

"선생님!"

"선생님!"

아이들의 안타까운 부르짖음은 귀가 따갑도록 그치지 않는다. 그래도 영신은 눈을 내리감고 아랫입술을 지그시 깨물 뿐…….

"내려들 가!"

"어서 내려들 가거라!"

"말 안 들으면 모두 내쫓을 테다."

하면서 영신을 도와주는 청년들이 아이들을 끌어내리고 교편을 들고 을

러메건만, 그래도 아이들은 울며불며 영신의 몸에 가 찰거머리처럼 달라붙어서 죽기 기 쓰고 떨어지지를 않는다.

영신의 저고리는 수세미가 되고 치마 주름까지 주르르 뜯어졌다. 어떤 계집애는 다리에다가 깍지를 끼고 엎드려서 꼼짝을 못하게 한다.

영신은 뜯어진 치마폭을 휩싸 쥐고 그제야,

"놔라, 놔! 얘들아, 저리들 좀 가 있어. 원, 숨이 막혀서 죽겠구나!"

하고 몸을 뒤틀며 손과 팔에 매달린 아이들을 가만히 뿌리쳤다. 아이들은 한 번 떨어졌다가도 혹시나 제가 빠질까 하고 다시 극성스레 달라붙는다.

이 광경을 본 교회의 직원들이 들어와서 강제로 금 밖에 앉았던 아이들을 예배당 밖으로 내몰았다.

사내아이, 계집아이 할 것 없이 어머니의 젖을 억지로 떨어진 것처럼 눈이 빨개지도록 홀짝홀짝 울면서 또는 흑흑 흐느끼면서 쫓겨 나갔다.

장로는 대머리를 번득이며 쫓아 나가서, 예배당 바깥 문을 걸고 빗장까지 질렀다. 아이들이 소동을 해서 시끄러워 골치도 아프거니와, 경찰의 명령을 듣지 않다가는 교회의 책임자인 자기의 발등에 불똥이 튈까 보아 적잖이 겁이 났던 것이다.

아이들의 등 뒤에서 이 정경을 바라보던 영신은 깨물었던 눈물이 주르르 흘러내렸다. 영신은 그 눈물을 아이들에게 보이지 않으려고, 소매로 얼굴을 가리며 돌아섰다. 한참이나 진정을 하고 나서는 저희들 깐에도 동무들을 내쫓고 공부를 하게 된 것이 미안쩍은 듯이 머리를 떨어뜨리고 앉은 나머지 여든 명을 정돈시켜 놓고 차마 내키지 않는 걸음걸이로 칠판 앞으로 갔다.

그는 새로운 과정을 가르칠 경황이 없어서,

"오늘은 우리 복습이나 하지."

하고 교과서로 쓰는 『농민독본』을 펴 들었다. 아이들은 글자 모으는 법을 배운 것을 독본에 있는 대로,

"누구든지 학교로 오너라."
"배우고야 무슨 일이든지 한다."
하고 풀이 죽은 목소리로 외기를 시작한다.
　영신은 그 생기 없는 아이들의 목소리가 듣기 싫은데, 든 사람은 몰라도 난 사람은 안다고, 이가 빠진 듯이 띄엄띄엄 벌려 앉은 교실 한 귀퉁이가 훤한 것을 보지 않으려고 유리창 밖으로 눈을 돌렸다.
　창밖을 내다보던 영신은 다시금 콧마루가 시큰해졌다. 예배당을 에두른 야트막한 담에는 쫓겨 나간 아이들이 머리만 내밀고 쭉 매달려서 담 안을 넘겨다보고 있지 않은가. 고목이 된 뽕나무 가지에 닥지닥지 열린 것은 틀림없는 사람의 열매다. 그중에도 키가 작은 계집애들은 나무에도 기어오르지를 못하고 땅바닥에 가 주저앉아서 훌짝거리고 울기만 한다.
　영신은 창문을 말끔 열어젖혔다. 그리고 청년들과 함께 칠판을 떼어 담 밖에서도 볼 수 있는 창 앞턱에다가 버티어 놓고 아래와 같이 커다랗게 썼다.
"누구든지 학교로 오너라."
"배우고야 무슨 일이든지 한다."
　나무에 오르고 담장에 매달린 아이들은 일제히 입을 열어 목구멍이 찢어져라고 그 독본의 구절을 바라다보고 읽는다. 바락바락 지르는 그 소리는 글을 외는 것이 아니라 어찌 들으면 누구에게 발악을 하는 것 같다.
　그러한 상태로 얼마 동안 지냈다. 그래도 쫓겨 나간 아이들은 날마다 제시간에 와서 담을 넘겨다보며 땅바닥에 엎드려 손가락이나 막대기로 글씨를 익히며 흩어질 줄 모른다. 주학과 야학으로 가르고는 싶으나 저녁에는 부인 야학이 있어서 번차례로 가르칠 수도 없었다.
"집을 지어야겠다. 무슨 짓을 해서든지 하루바삐 학원을 짓고 나가야겠다!"
　영신의 결심은 나날이 굳어 갔다. 그러나 그 결심만으로는 일이 되지 못하였다. 그는 원재와 교회 일을 보는 청년들에게 임시로 강습하는 일을 맡기고는, 청석학원 기성회 회원 방명부를 꾸며 가지고 다시 돈을 청하러 나섰다. 짚신에 사내처럼 감발(발감개. 버선이나 양말 대신 발에 감는 좁고 긴 무명천)을 하고는, 오늘은 이 동리 내일은 저 동리로 산을 넘고 논길을 헤매며 단십 전 이십 전씩이라도 기부금을 모으러 다녔다. 푹푹 찌는 삼복중에 인가도 없는 심산궁곡으로 헐떡거리며 돌아다니자면, 목이 타는 듯이 조갈이 나는 때도 많았다. 논 귀퉁이 웅덩이에 흥건히 고인 물을 손으로 떠서 마시기도 하고, 어떤 때는 긴긴 해에 점심을 굶어 시장기를 이기지 못하고 더운 김이 후끈후끈 끼치는 풀밭에 행려병자(行旅病者)와 같이 쓰러져서 정신을 잃은 때도 있었다. 촌가로 찾아 들어가면 보리밥 한술이야 얻어먹을 수가 없는 것은 아니건만 굶으면 굶었지 비렁뱅이처럼,

"밥 한술 줍쇼."

하기까지는 자존심이 허락을 하지 않았던 것이다. 그러다가는 저녁까지 굶고 눈이 하가마가 되어서(옛날 기생의 쓰개인 하가마 모양으로 우묵하게 들어갔다는 뜻으로, 몹시 굶주리거나 앓고 나서 눈이 움푹 패어 들어간 것을 비유적으로 이르는 말) 캄캄한 밤에 하늘의 별만 대중해서 방향을 잡고 오는 날도 건성드뭇하였다.

집에까지 죽기 기 쓰고 기어 들어와 턱 눕는 것을 보면 원재 어머니는,

"아이고 채 선생님, 이러다간 큰 병나시겠구려. 사람이 성하구서야 학원 집이구 뭣이구 짓지, 원 가엾어라. 아주 초죽음이 되셨구려."

하고는 영신의 다리 팔을 주물러 주고, 더위를 먹었다고 영신환을 얻어다 먹이고 하였다.

그렇건만 기부금을 적은 명부를 펴 보면, 하루에 사십 전 오십 전, 끽해야 이삼 원밖에는 적히지를 않았다. 원재 어머니는 이태 동안이나 영신이와 한집에서 살고 밥을 해 주는 동안에, 글을 깨치고 쉬운 한문까지도 알아보게 된 것이다. 그는 영신의 감화를 받아 교회의 권사 노릇까지 하게 되었고, 영신이가 와서 발기한 부인친목계의 서기 겸 회계까지 보

게 되었다. 그래서 영신과 정도 들었거니와 그를 천사와 같이 숭앙하고 친절을 다하는 터이다.
　청석동 강습소가 폐쇄를 당할 뻔하였다는 것과, 기부금을 모집하러 다닌다는 소식을 영신의 편지로 안 동혁은,

　건강을 해치도록 너무 무리하게는 일을 하지 마십시다. 우리는 오늘만 살고 말 몸이 아니기 때문이외다. 그저 칡덩굴처럼 줄기차게 뻗어 나가고, 황소처럼 꾸준하게만 우리의 처녀지를 갈며 나가면 끝나는 날이 있을 것입니다.

하고 몇 번이나 간곡히 건강을 주의하라는 편지가 왔다. 그러나 그러한 편지는, 도리어 달리는 말에게 채찍질을 하는 듯 영신으로 하여금 한층 더 용기를 돋우게 하고 분발케 하는 원동력이 되었다.
　그는 생각다 못해서, 기부금을 십 원이고 이십 원이고 적어 놓고 이 핑계 저 핑계로 내지 않는 근처 동리의 밥술이나 먹는 사람들을 다시 한 번 찾아다녔다. 그중에도 번번이 짜고 면회를 하지 않는 한낭청이란 부잣집에는,
　'어디 누가 못 견디나 보자.'
하고 극성맞게 쫓아가서는 기어이 젊은 주인을 만나 보고 급한 사정을 하였다. 그러나,
　"여보 이건 빚 졸리기보다 더 어렵구려. 글쎄 지금은 돈이 없다는데 바득바득 내라니, 그래 소 팔구 논 팔아서 기부금을 내란 말요? 원, 우리 집 자식들이 한 놈이나 강습손가 하는 델 댕기기나 하나!"
하고 배를 내민다. 영신은 참다못해서 속으로,
　'에에끼 제 배때기밖에 모르는 놈 같으니. 그래두 술 담배 사 먹는 돈은 있겠지.'

하고 사랑마당에다 침을 탁 뱉고 돌아선 때도 있었다. 이래저래 영신은 근처 동리의 소위 재산가 계급에게는 인심을 몹시 잃었다.
"어디서 떠들어온 계집이 그 뽄새야. 기부금에 병풍상성(病風喪性 병에 시달려 본성을 잃음)을 해서 쏘댕기니. 원, 나중엔 별꼴 다 보겠군!"
하고 귀먹은 욕을 먹었다. 그와 동시에 주재소에서는, 주의를 시켰는데도 또 기부금을 강청한다고 다시 말썽을 부리게 되었다.

불개미와 같이

청석골서 한 십 리쯤 되는 흑석리(黑石里)라는 동리에, 그 근처에서 제일가는 부명을 듣는 그 한낭청 집에서는 주인 영감의 환갑잔치가 열렸다. 한낭청은 한곡리의 강도사 집보다 몇 곱절이나 큰 부자로(천 석도 넘겨 하리라는 소문이 난 지도 여러 해나 되었다) 근처 동리를 호령하는 지주다.
"큰 소를 한 마리나 잡아 엎었다더라."
"읍내에서 기생하고 광대를 불러다가 소리를 시키고 줄을 걸린다더라."
인근 각처에 소문이 굉장히 퍼졌다. 청석골서도 그 집의 논을 하는 작인들은 물론, 갓을 빌려 쓰고 두루마기를 입은 늙은 축들이 십여 명이나 떼를 지어 구경을 갔다. 여편네들도 풀을 세게 먹여서 버석거리는 치마를 빼질러 입고 그 뒤를 따랐다. 소를 통으로 잡아 엎고 기생 광대까지 놀린다는 것은, 이 궁벽한 시골서 구경거리에도 주린 그네들에게 있어서 몇십 년에 한 번 만날지 말지 한 좋은 기회다.
"떵기덩 떵더꿍."
"늴리리 늴리리 쿵다쿵."

한낭청 집 널따란 사랑마당 큰 느티나무 밑에는 차일을 치고 마당 양 귀퉁이에는 작수(바지랑대. 빨랫줄을 받치는 장대)를 받치고 팔뚝 같은 굵은 참밧줄을 팽팽히 켕겨 놓았는데, 갓을 삐딱하게 쓴 늙은 풍악잡이들이 북, 장구, 피리, 젓대, 깽깽이 같은 제구를 갖추어 풍악을 잡히기 시작한다. 주인 영감이 큰 상을 받은 것이다. 덧문을 추녀 끝에 추켜 단 큰사랑 대청에는 군수의 대리로 나온 서무주임 이하 면장, 주재소 주임, 금융조합 이사, 보통학교 교장 같은 양복쟁이 귀빈들은 물론, 인아(사위 쪽의 사돈과 동서 쪽의 사돈을 아울러 이르는 말) 친척이 각처서 구름같이 모여들어서 툇마루 끝까지 그득히 앉았다. 교자상이 몫몫이 나와서, 주전자를 든 아이들은 손님 사이를 간신히 비비고 다닌다. 읍내서 자동차로 사랑놀음에 불려온 기생들은(기생이래야 요릿집으로 팔려온 작부지만) 인조견 남치마에 무릎을 세고 앉아서 풍악에 맞추어,

"만수산 만수봉에 만년 장수 있사온데,
그 물로 빚은 술을 만년 배에 가득 부어,
이삼 배 잡수시오면 만수무강하오리다."

하고 권주가를 부른다.

주인의 오른편에서 노랑 수염을 꼬아 올리고 앉았던 면장은,

"사, 긴상 드시지요. 사, 이케다상."

하고 커다란 은잔을 들어 주인과 주재소 수석에게 권한다. 십여 년이나 면장 노릇을 하면서도 한 획 가로 긋고 두 획 내려 그은 것이 '사(サ)'자인 줄도 모르건만, 긴상 복상은 곧잘 부를 줄 안다. 달리 부를 수 있는 자리에도 '상'자를 붙이는 것이 고작 가는 존대가 되는 줄 아는 모양이다.

난홍이라고 부르는 기생은, 잔대를 들고 노란 치잣물 같은 약주가 찰찰 넘치는 잔을 들어 손들이 권하는 대로 주인 영감에게 받들어 올린다. 한낭청은 반백이 된 수염을 좌우로 쓰다듬어 올리고, 그 술이 정말 불로장생의 선약이나 되는 듯이 높이 들어 쭉 들이마시곤 한다.

깍짓동(몹시 뚱뚱한 사람의 몸집을 비유한 말)처럼 뚱뚱해서 두 볼의 군살이 혹처럼 너덜너덜하는 한낭청에게 버드나무 회초리 같은 계집들이 착착 부닐면서(부닐다: 가까이 따르며 붙임성 있게 굴다) 아양을 떠는 것도 한 구경거리다.

이윽고 풍류 소리와 함께 헌화하는 소리와 웃음소리가 일어난다. 술주전자를 들고, 혹은 진안주 마른안주를 나르는 사내 하인과 계집 하인이 안중문으로 풀 방구리에 쥐 드나들듯 하는 동안에 주객이 함께 술이 취하였다.

아침부터 안대청에서 자녀질들이 헌수(환갑잔치 따위에서, 주인공에게 장수를 비는 뜻으로 술잔을 올림)하는 술을 마시고 거나하게 취해 나온 한낭청은, 사방 삼십 센티미터나 됨직한 얼굴이 당호박처럼 시뻘겋게 익었다. 그 얼굴에다가 조그만 감투를 동그마니 올려놓은 것이 족두리를 쓴 것 같아서, 기생들은 아까부터 저희끼리 눈짓을 해가며 낄낄대고 웃었다.

주인과 늙은 손들은 무릎장단을 치며 시조를 부르다가 서로 수염을 꺼두르며 기롱을 하기 시작하고, 체면을 차리고 도사리고 앉았던 면장도 분을 횟박같이 뒤집어쓴 기생들의 뺨을 손등으로 어루만지며 음탕한 소리까지 하게 되었다.

"여봐라, 큰애 어디 갔느냐?"

한낭청은 위엄 있게 불렀다. 뒤처져 온 손들의 주안상을 분별하던 큰아들이 올라와 두 손길을 마주 잡았다.

"여민동락(與民同樂 임금이 백성과 함께 즐김)이라니, 저 손들두 얼른 내다 먹여라. 취하도록 먹여. 오늘 내 집에 술이야 떨어지겠느냐."

하고는 뜰아래에 쭈그리고 앉고 혹은 멀찌감치 돌아서서 담배를 태우는 늙은 작인들을 턱으로 가리키며 분부를 내렸다.

머슴들은 바깥마당에다가 멍석을 쭉 폈다. 막걸리가 동이로 나오는데 안에서는 고기 굽는 냄새가 코를 찌르건만, 그네들의 안주는 콩나물에 북어와 두부를 썰어 넣고 멀겋게 끓인 지짐이와, 시루떡 부스러기뿐이다. 그러나 그것도 매방앗간에, 지난밤부터 진을 치고 있던 장타령꾼들이 수십 명이나 와르르 달려들어 아귀다툼을 해가며 음식을 집어 들고 달아났다.

삼현육각(피리가 둘, 대금, 해금, 장구, 북이 각각 하나씩 편성되는 풍류)이 자진가락으로 영산회상(靈山會上)을 아뢰고, 광대가 마악 줄을 타고 올라설 때였다. 구경꾼이 물결치듯 하는데 거의 오륙십 명이나 됨직한, 올망졸망한 아이들이 여선생의 인솔로 큰 대문 안으로 들어온다.

그 여선생은 영신이었다. 학원을 지으려는 데만 열중한 그는, 그 전날도 기부금을 거두려고 삼십 리 밖 장거리까지 갔다가 날이 저물어서 그곳 교인의 집에서 묵고 아침에 떠나서 오는 길에 서너 집이나 들르느라고 점심때도 겨워서 흑석리 동구 앞까지 당도하였다.

청석골에서 아직도 담을 넘겨다보며 글을 배우고 땅바닥에 글씨를 익히고 하던 아이들은 점심들을 먹으러 가는 길에 채 선생이 오는 것을 신작로에서 먼발치로 보고는,

"얘, 저어기 우리 선생님 오신다."

한 아이가 외치자, 여러 아이들은,

"선생님!"

"선생님!"

하고 부르며 앞을 다투어 달려왔다. 여기저기로 흩어져 가는 동무들까지 소리쳐 불러서, 어느 틈에 삼사십 명이나 영신을 둘러쌌다. 비록 하루 동안이라도 떠나 있다가 타동에서 만나니까, 피차에 몇 달 만에 얼굴을 대하는 것만큼이나 반가웠다. 영신이가,

"너희들은 먼저들 가거라. 난 저 기와집엘 댕겨갈 테니……."

하고 떼치려니까, 아이들은,

"나두 가유."

"선생님 우리두 갈 테유."

하고 뒤를 따른다. 영신은 그 집에 오늘 잔치가 벌어진 줄은 까맣게 몰랐건만, 어른들에게 말을 들은 아이들은 선생님이 한부잣집 잔치에 청좌를 받고 가는 줄만 여기고, 속심으로는 음식을 얻어먹으려고 기를 쓰고 대서는 것이다.

한낭청은 체면에 못 이겨서, 또는 취중에 자기 손으로 기부금을 오십 원이나 적었었다. 그런 지가 벌써 돌이 돌아오건만 요리조리 핑계를 하고 오늘날까지 한 푼도 내지를 않아서 요전번처럼 영신에게 창피까지 당하였었다.

오십 원짜리가 가장 큰 머리라, 영신은 그 돈으로 우선 재목이라도 잡아 보려고 십여 차나 그 집 문지방을 닳린 것인데, 근자에 와서는 부자가 다 안으로 피하고 만나 주지도 않을 뿐더러, 도의원 후보자로 군내에 세력이 당당한 한낭청의 맏아들은, 채영신이가 기부금을 강청해서 주민들의 비난하는 소리가 높다고, 경찰서에 가서 귀를 불었기 때문에 영신이가 주재소까지 불려가서 설유를 톡톡히 받았었고, 강습하는 아동이 제한당한 것만 하더라도 그 여파인 것이 틀림없었다. 그럴수록 영신은,

'어디 누가 견디나 보자.'

하고 단단히 별러 오던 터인데, 가는 날이 장날이라고, 하필 한낭청의 환갑날 또다시 찾아가게 된 것이다. 그 집에 잔치가 있어서 동네 어른도 많이 갔다는 말을 비로소 아이들에게 들은 영신은,

'옳다구나, 마침 잘 됐다. 오늘이야 설마 아니 만나진 못하겠지.'

하고 아이들이 따라오는 것을 굳이 말리지는 않았다.

'여차하면 만인좌중에 그 돼지 같은 영감쟁이 고작('상투'의 속된 말)을 들었다 노리라.'

하고는 일종의 시위운동도 될 듯해서 조무래기는 쫓아 보내고, 머리 굵은 아이들을 이십 명 가량만 추렸다. 그러나 큰 구경이나 빼어 놓고 가는 줄 알고,

"나두 나두."

하고 계집아이들까지 중간에서 행렬에 달라붙고 하여서, 그럭저럭 오륙십 명이나 따라오게 된 것이다. 영신은,

"그 집에서 음식을 주드래두, 너희들은 받아먹거나 싸 갖고 가선 안 된다."

하고 단단히 단속을 하였다. 그러면서도 한낭청 집에 솟을대문이 바라다보이는 큰 마당터까지 와서는,

'칩칩하게 음식이나 얻어먹으러 애들까지 데리고 오는 줄이나 알지 않을까.'

'아무튼 그 집의 경삿날인데, 우르르 몰려가는 건 체면상 좀 재미적은걸.'

하고 두세 번 돌아설까 하고 망설였다.

'가뜩이나 나를 못 믿겠다는데, 아주 상스런 여자나 흑작질꾼으로 치부를 하면 어떡하나?'

하고 뒤를 사리려고 하다가,

'계획적으로 하는 일이 아닌 담에야 내친걸음에 여기까지 왔다가 돌아서는 것도 비겁하다.'

하고 용기를 돋아 가지고 대문 안으로 들어섰던 것이다.

광대는 꽃부채를 펴들고 몸을 꼬으면서 줄을 타고 앉았다 일어섰다 용춤을 추다가 아래서 어릿광대가,

"여봐라, 말 들어라."

하고 먹이면, 줄 위의 광대는,

"오오냐, 말만 던져라."

하면서 재담을 주고받는다.

"높은 산에 눈 날리듯
얕은 산에 재 날리듯

억수장마 비 퍼붓듯

　　대천 바다 조수 밀듯."

하고 이 댁에 돈과 곡식이 쏟아지고 밀려들라고 덕담을 늘어놓으면, 기생들은 대청 위에서,

　　"얼씨구 좋다 절씨구 지화자 좋다 저리시구."

하고 팔을 벌리고 어깨를 으쓱거리며 아장아장 주인의 앞으로 대섰다 물러섰다 하면서 덩실덩실 춤을 춘다.

　　그 판에 영신의 일행은 사랑대문 안으로 들어갔다. 마당의 빈객들은,

　　"이거 별안간 웬 아이들야?"

하고 서로 술 취한 얼굴을 돌아다보는데, 줄 위에 오른 광대는 아이들이 발바닥 밑으로 우르르 달려드는 사품(어떤 동작이나 일이 진행되는 바람이나 곁)에 깜짝 놀라서 하마터면 발을 헛딛고 떨어질 뻔하였다.

　　영신이도 잠시 어리둥절해서 당상 당하를 둘러보다가, 여러 사람의 눈총을 한 몸에 받으면서 댓돌 아래로 다가섰다. 몹시 불쾌한 낯빛으로 '저 딱정 떼가 또 뭘 하러 왔을까' 하고 영신의 행동을 말없이 보고 섰던 도의원 후보자는 여러 사람 앞이라 주인의 체모를 차리느라고 영신의 앞으로 와서 형식적으로 머리를 숙여 보이며,

　　"아, 사이상(채 선생)이 어떻게 오셨습니까? 원 하두 정신이 쓰라려서 미처 청첩두 못 했는데……."

하고 작은사랑 편으로 올라가라고 손바닥을 펴대며 인도를 한다. 영신은 될 수 있는 대로 공손히 예를 하고는,

　　"네, 고맙습니다. 올라가지 않아두 좋습니다."

하고 마주 굽실거리다가 큰 마루 위를 향해서 늙은 주인도 들으라는 듯이,

　　"우리는 불청객이올시다. 그렇지만 오늘 같은 경사스러운 날에, 멀지 않은 동네에 살면서 주인 영감께 축하의 말씀 한마디도 아니 드릴 수가

없어서 오는 길에 아이들까지 이렇게 따라 나왔습니다."

하고 만취가 된 한낭청을 똑바로 쳐다본다. 늙은 주인은 정신이 몽롱한 중에도 영신을 알아본 듯 개개풀린(개개풀리다: 개개풀어지다. 졸리거나 술에 취해서 눈에 정기가 흐려지다) 눈자위로 마당 그득히 들어선 아이들을 내려다보더니,

"허어, 귀한 손님들이로군. 조것들꺼정 내 환갑날을 어떻게 알았던고?"

하고 수염을 내려 쓰다듬으며 매우 만족한 웃음을 웃고는,

"큰애 게 있느냐?"

하고 위엄 있게 큰아들을 불러 세우더니 아이들을 먹일 음식상을 차려 내오라고 명령한다.

"아니올시다. 우린 음식을 먹으려고 오질 않았습니다."

하고 영신은 손을 내저었다. 젊은 주인은 어쩐지 형세가 불온해서 속으로는 적잖이 켕기건만,

"모처럼 이렇게 오셨는데, 도무지 차린 게 변변치 않아서……."

하고 어름어름하다가 돌아서며,

"저 숱한 애들을 뭘 다 논아 먹인담……."

하고 군소리를 하며 안으로 들어갔다.

마루 위의 손들이 파흥이 된 것을 불쾌히 여기는 눈치를 채고 한낭청은 기둥을 붙들고 일어서며,

"아아니, 광대놈들은 뭘 하는 셈이냐?"

하고 역정을 낸다. 풍악 소리는 다시 일어나고 광대는 비실거리며 줄을 걷는다. 마당 가장자리에 조옥 둘러앉은 아이들은 광대가 줄을 타고 달리다가 뒷걸음을 쳤다가 하는 것을 정신없이 쳐다본다. 그중에도 계집애들은 간이 콩만해지는 듯,

'에구머니! 저러다 떨어지면 어쩌나.'

하고 아슬아슬해서 손에 땀을 쥔다. 영신이도 광대가 줄을 타는 것을 처

음 보아서 그 편을 쳐다보고 섰는데, 이 집의 머슴들은 장타령꾼과 머슴애들이 먹던 그릇을 말끔 몰아 가지고 들어갔다.

조금 뒤에는 그 사발 대접을 부시지도 않고, 고명도 없는 밀국수에 장국 국물을 찔끔찔끔 쳐가지고 나와서는 그나마 두세 명에 한 그릇씩 안긴다. 그것을 본 영신은 크나큰 모욕을 느끼고 금시 눈에서 불이 나는 듯 두 손으로 허리를 짚으며,

"여보, 우린 그런 음식 안 먹소!"
하고 꾸짖듯 하고는 머슴들의 앞을 딱 가로막아 섰다.

어떤 아이는 일러준 말을 잊어버리고 국수 그릇에 손을 내밀다가 옴찔하고 선생의 눈치를 살핀다.

"아, 왜 이러시나요? 준비한 건 없지만 원 주인 된 사람이 무안하군요."

젊은 주인은 영신의 기색이 심상치 않은 것을 보고 얼더듬는다. 그 태도는 기부금을 못 내겠다고 버티던 때와는 딴판이다.

한편에서는 배불리 얻어먹은 장타령꾼의 두목인 듯한 부대조각을 두른 자가 안중문으로 들이대고 헛침을 튀튀 뱉더니,

"얼씨구 들어왔네, 품품 품바바. 작년에 왔던 각설이 죽지두 않구 또 왔소…… 냉수동이나 마셨느냐, 시원시원 잘두 한다. 뜨물동이나 들이켰나, 걸직걸직 잘두 한다."
하고 곤댓질을 하니까, 머리를 충충 땋아 늘인 총각 녀석이 뒤를 대어,

"에— 하늘 천자를 들구 봐, 자시에 생천하니 호호탕탕 하늘 천(天), 축시에 생시하니 만물창생 따아 지(地)."
하고 천자 뒤풀이를 청승맞게 한다.

광대는 줄에서 뛰어내려 땅재주를 홀떡홀떡 넘다가,

"사부댁 존전에 그저 처분만 바랍니다."
하고 댓돌 위로 홍선('부채'의 일종)을 펴들고 기생들에게 눈짓을 슬쩍 한다.

기생들은 그 눈치를 약빨리 채고,

"아이고 영가암, 몇 장 처분해 줍쇼그려어."

하고 화롯가에 붙인 촛가락처럼 이리 곤드라지고 저리 곤드라지는 양복쟁이들의 옆구리를 찌른다. 그것을 본 한낭청은,

"옜다, 그래라. 이런 때 돈을 못 쓰면 저승에 가 쓰겠느냐."

하고 새빨간 염낭(허리에 차는 작은 주머니의 하나로 위는 모가 지고 아래는 둥근 두루주머니)을 끄르더니 지전 한 장을 집히는 대로 꺼내서, 광대의 얼굴에다 끼얹듯이 내던진다. 가랑잎처럼 휘돌다가 댓돌 아래로 떨어지는 것은 언뜻 보기에도 일 원짜리는 아니다. 어릿광대는 지전을 집어 들고 주인에게 수없이 합장을 하며 덩실덩실 춤을 추다가 그 수없는 사람의 손때가 묻은 지전을 입에다 물고 배운 재주는 다 부리는데, 대청 위에서는 기생들이 손들과 어우러져 춤을 추기 시작한다.

그 광경을 물끄러미 바라보고 섰던 영신의 눈은 점점 이상한 광채가 돌기 시작한다. 한낭청은 첩에게 부축이 되어 비틀거리며 안으로 들어가다가, 아이들이 그저 마당에 가 쪼그리고 앉은 것을 보고 혀 꼬부라진 소리로,

"쟤 쟤들은 왜 여태 저 저러구 앉았느냐?"

하고 만경(늙바탕. 늙어 버린 판)이 된 것 같은 두 눈의 흰자위를 굴리며 영신을 내려다본다. 영신은 마당 한복판으로 썩 나섰다.

"우리들이 댁에 뭘 얻어먹으러 온 줄 아십니까?"

그 목소리는 송곳 끝 같다.

"그 그럼 뭐 뭘 하러 왔노?"

"돈을 하두 흔하게 쓰신다길래 여기 손수 적어 주신 기부금을 받으러 왔습니다."

영신은 주인을 똑바로 쳐다보며 기부금 명부를 싼 책보를 끄른다. 낭청은,

"기부금? 아 그래 쇠털 같은 날에, 하 하필 오늘 같은 날 성군작당(成群作黨 무리를 이루어 패거리를 만듦. 또는 그 무리)을 하구 와서 내란 말야? 기 기부금에 거 걸신이 들렸군."

하고 사뭇 호령을 하고는 돌아서려고 든다. 영신은 풍풍보의 앞을 떡 가로막아 서며,

"안 됩니다. 오늘은 만나 뵌 김에 천하 없는 일이 있어두 받아 가지구야 갈 텝니다."

하고 야무지게 목소리를 높인다. 손들과 구경꾼들이며 기생 광대 할 것 없이 어안이 벙벙해서 여선생을 주목한다. 영신은 마당 가득 찬 여러 사람을 향해서,

"여러분, 이런 공평치 못한 일이 세상에 있습니까? 어느 누구는 자기 환갑이라구 이렇게 질탕히 노는데, 배우는 데까지 굶주리는 이 어린이들은 비바람을 가릴 집 한 칸이 없어서 그나마 길바닥으로 쫓겨났습니다. 원숭이 새끼처럼 담이나 나뭇가지에 가 매달려서 글 배우는 입내를 내고요, 조 가느다란 손가락의 손톱이 닳도록 땅바닥에다 글씨를 씁니다!"

하고 얼굴이 새빨개지며 목구멍에 피를 끓이는 듯한 어조로,

"여러분, 이 아이들이 도대체 누구의 자손입니까? 눈에 눈물이 있고 가죽 속에 붉은 피가 도는 사람이면, 그 술이 차마 목구멍으루 넘어갑니까? 기생이나 광대를 불러서 세월 가는 줄 모르구 놀아두, 이 가슴이⋯⋯ 양심이 아프지 않습니까?"

하고 부르짖으며 저의 앙가슴을 주먹으로 친다.

손들은 도가 넘도록 취했던 술이 당장에 깬 듯 서로 얼굴만 쳐다보는데, 한낭청은 어느 틈에 안으로 피해 들어가고 젊은 주인은 영신의 앞을 막아서며,

"사이상, 원 이거 어느새 망령이시구려. 오늘 같은 날 참으시지요. 일이 잘못 됐으니 그저 참아 주세요. 그 돈은 저녁 안으루 꼭 보내 드리리

다."
하고 말씨가 명주고름 같아지며 머리를 수없이 숙여 보인다.

영신은 흥분을 가라앉히느라고 숨만 가쁘게 쉬고 섰는데, 처음부터 누마루 한구석에 앉아서 영신의 행동을 노리고 내려다보던 주재소 수석의 눈은 점점 날카롭게 빛났다.

…… 그날 저녁부터 일주일 동안이나 영신은 경찰서 유치장 마루방에서 새우잠을 잤다. 본서까지 끌려가서 구류를 당하던 경과며, 그 까닭은 오직 독자의 상상에 맡길 뿐이다.

동혁은 청석골이 가보고 싶었다. 날이 가고 달이 바뀔수록 사랑하는 사람과 그가 활동하는 모양이 보고 싶었다. 날마다 이 일 저 일에 얽매어서 잠자는 시간밖에는 공상할 틈조차 없기는 하지만, 일을 하다가도 길을 걷다가도 문득문득 영신의 생각이 나면 손을 쉬고 발을 멈추고 넋을 잃은 사람처럼 멍하니 하늘을 쳐다보는 습관이 부지중에 생겼다.

'그가 꿈결같이 다녀간 지가 언제이던가' 하면 적어도 사오 년은 된 성싶었다. 편지만은 끊임없이 내왕이 있었는데, 최근에는 웬일인지 열흘이 훨씬 넘도록 영신의 소식이 끊어져서 여간 궁금히 지내지를 않았다.

그러다가 일전에야 기다란 편지가 왔는데 한낭청이란 부잣집에 기부금을 걷으러 가서 창피를 당하고 분풀이를 실컷 하다가, 일주일 동안이나 고초를 겪었다는 것과 앞으로는 기부금 명부에 이름을 적은 사람에게도 자발적으로 주기 전에는 독촉도 하지 못하게 되었고, 예배당 문까지 닫으라고 딱딱 을러메는 것을 간신히 양해를 얻기는 했으나, 무슨 수단을 써서든지 청석학원 하나는 기어이 짓고야 말겠다고 새로운 결심을 보인 사연이었다.

그러면서도 한번 구경이라도 와 달라는 말은 비치지도 아니한다. 반드시 청좌를 해야만 갈 것이 아니지만, 그래도 혹시나 와 달랄까 하고 동혁은 편지마다 은근히 기다렸다. 그러나 오는 편지마다 판에 박은 듯한 사업 보고요, 고생하는 이야기뿐이다. 동혁은 그런 편지를 받을 적마다,

'나두 어지간히 버티는 패지만, 나보다두 한술 더 뜨는걸.'

하고 편지를 동댕이치는 때도 있었다. 가기만 하면야 반가이 맞아줄 것은 물론이나, 사실 내왕 노자도 어렵고, 벼르고 별러서 간댔자 급한 볼일 없이 며칠 동안이나 버정거리다가 오기는 싱겁고 멋쩍은 일일 것 같았다. 첫째, 남자 친구를 찾아가는 것과 달라서 하룻밤이나마 묵을 데도 만만큼 않을 듯하고, 둘이 함께 얼려 다니고 마주 붙어 앉아 이야기라도 하면 노처녀인 영신이가 제가 당한 것보다도 곱절이나 부질없는 놀림을 받을 것도 상상되었다. 그래서,

'좋은 기회가 올 때까지 꾹 참자.'

하고 피차에 일하는 것밖에 다른 생각은 아주 책장을 덮어 두자고 몇 번이나 마음을 단단히 먹었다.

그러나 늙은 총각의 가슴속에 한번 호되게 불어당긴 사랑의 불길은 의식적으로 참고 억지로 누른다고 쉽사리 꺼질 리가 없었다. 시뻘건 정열이 휘발유를 끼얹은 듯이 확 하고 붙어당길 때는 머리끝까지 까맣게 그슬릴 것만 같다. 그럴 때면,

'일이다, 일! 그저 들구 일만 하는 것이 그와 완전히 결합될 시기를 지루하게 기다리는 동안의 최면제도 되고 강심제도 된다.'

하고 식전부터 오밤중까지도 동네일과 집안 일로 몸을 얽어매었다. 돈 있는 집 자식들이 몸뚱이가 아편쟁이처럼 비비 틀리도록 무료한 세월을 술과 계집 속에 파묻혀서 보내려고 드는 것처럼.

그래도 억제하기 어려운 청춘의 본능이 피곤한 육체를 괴롭게 굴 때에는 누웠다가도 벌떡 일어나 밖으로 뛰어나갔다. 아랫도리까지 발가벗고 냉수를 끼얹고는, 엇둘 엇둘 하고 체조를 한바탕 하고 들어와서 이불을 푹 뒤집어쓰고 눈을 딱 감으면 한결 잠이 쉽게 들었다.

한편으로 그가 영신을 될 수 있는 대로 호의로써 이해하려는 것도 물론이다. 그만한 나이에 다른 여자들 같으면 몸치장이나 하기에 눈이 벌겋고, 돈 있고 소위 사회에 명망이 있는 신사와 결혼을 못 하면, 첩이라도 되어서 문화생활을 할 공상과, 그렇지 않더라도 도회지에서 땀 아니 흘리는 조촐한 직업도 없지 않건만, 유독 '채영신'에게는 다만 한 가지 허영심이 있는 것을 알고 있다.

'나는 못 속이지.'

하고 동혁이가 자신 있게 맥을 짚어 본 것은 다른 것이 아니다.

'청석학원을 온전히 저 한 사람의 힘으로 번듯하게 지어 놓고, 교장 겸 고쓰가이(小使 잔심부름하는 사람) 노릇까지 하더라도, 내가 이만한 사업을 하고 있노라.'

하고 백현경이나 다른 농촌 운동자들에게 보여 주고, 애인인 저에게도 자랑하고 싶은, 그 허영심만이 충만한 것이 틀림없으리라 하였다. 그러니까 자기의 사업의 기초는 어느 정도까지 잡혔더라도, 외형으로 눈에 번쩍 띄는 것을 만들어서 보여 주기 전에는 저를 청석골로 부르지 않으려는 그 여자다운 심리가 들여다보이는 것 같았다.

한곡리의 안산인 소대갈산 마루터기에, 음력 칠월의 초생달은 명색만 떴다가 구름 속으로 잠겼는데, 동리 한복판인 은행나무가 선 이 언덕 위에는 난데없는 화광이 여기저기서 일어난다. 농우회의 열두 회원들은 단체로 일을 할 때면 입는 푸른 노동복 저고리를 입고 수건으로 머리를 질끈 동이고 모여 섰다. 동혁이 형제와 건배는 기다란 장대에 솜방망이를 단 것을 석유를 찍어 가며 넓은 마당을 밝히고 섰는데, 바람결을 따라 석유 그을음 냄새가 근처 인가에까지 훅훅 끼친다.

"자, 시작하세!"

동혁의 명령이 한마디 떨어지자, 회원들은 굵다란 동아줄을 벌려 잡았다.

"에에 헤에라, 지경요……."

열두 사람의 목소리가 목구멍 하나를 통해서 나오는 듯 우렁차게 동네 한복판을 울리자, 커다란 지경돌(터를 다질 때에 쓰는 돌)이 반 길이나 솟았다가 쿵하고 떨어지면, 잔디를 벗겨 놓은 땅바닥이 움푹움푹하게 패어 들어간다. 여러 해 별러 오던 농우회의 회관을 지으려고 오늘 저녁에 그 지경을 닦는 것이다.

회원들의 마음은 여간 긴장되지 않았다. 자자손손이 대를 물려 가며 살려는 만년주택을 짓기 시작하는 것과 조금도 다름이 없는 생각으로, 자기네들이 웅거할 회관을 지으려는 것이다.

달구질 소리가 들리자, 야학을 다니는 아이들과 동네 사람들이 하나둘씩 모여든다. 아직도 이 시골에는 누구나 집을 지으면 터 닦는 날과 새를 올리는 날은 품삯을 받지 않고 대동이 풀려서 일을 보아 주는 습관이 있어서 회원들 외에 어른들과 아이들이 벌써 수십 명이나 들러붙었다.

"에에 헤에라, 지경요……."
"에에 헤에라, 지경요……."

고요한 바닷가의 저녁 공기를 헤치는 달구질 소리는 점점 더 커지는데, 큰 마을 편에서 징, 장구, 꽹과리를 두드리는 소리가 가까이 들려온다. 여러 사람은 잠시 팔을 쉬고 그편을 바라본다.

레인코트(우장옷)의 허리띠를 졸라맨 기만이가 저의 집 머슴꾼이며 작인들을 말끔 풀어서 술까지 취토록 먹인 뒤에, 두레(둥근 켜로 된 시루떡 덩이)를 떡 벌어지게 차려 가지고 오는 것이다.

높이 든 깃발은 선들바람에 펄펄 날리는데,
"깽무깽, 깽깽, 깽무깽무 깨갱깽."
상쇠잡이가 앞장을 서고,
"떵떵 떵더꿍 떵기떵기 떵더꿍."
장구재비는 뒤를 따른다. 징소리는 점잖이 꽈응꽈응 하고 이슬이 흠씬 내린 잔디밭과 들판으로 퍼지다가 사라지는 그 여운이 웅숭깊다.

마중을 나간 솜방망이 불빛에, 컴컴한 공중으로 우뚝 솟아 너울거리며 다가오는 것이, 이등 삼등까지 무동을 선머리(줄지어 가는 행렬 따위의 앞부분) 많은 아이들이 고깔을 쓰고 장삼자락을 펼치면서 나비처럼 춤을 추는 것이었다. 터를 닦는 마당까지 올라오더니, 풍물 소리는 자진가락으로 볶아치기 시작한다.

조금 있자, 풍물 소리를 듣고 성벽이 난 작은 마을과 구엉 마을에서도, 낮에 두레로 논을 매던 야학의 학부형들이 자비(필요한 비용을 자기가 부담하는 것. 또는 그 비용)를 차려 가지고 와서는 큰 마을 두레와 어울렸다.

그럭저럭 언덕 아래는 머슴 설날이라는 이월 초하루가 추석날 저녁보다도 더 풍성풍성해졌다. 각처 두레가 다 모여들어 한데 모였다 흩어졌다 하며, 징, 꽹과리를 깨어져라 하고 두들겨 대는데, 장구재비도 신이 나서 장구채를 이 손 저 손 바꾸어 치며 으쓱으쓱 어깨춤을 춘다. 거북이라는 총각 녀석이 어둠침침한 소나무 밑에 가 쭈그리고 앉아서 청승스럽게 꺾어 넘기는 날라리〔胡笛〕 소리는 밤바람을 타고 바다 건너까지도 들릴 듯.

자비꾼들은 수구를 들고 장단을 맞추어 가며, 패랭이 위의 긴 상무를 돌리느라고 보는 사람까지 현기증이 나도록 곤댓짓을 한다.

"얼씨구 좋다, 어리시구."

나중에는 구경꾼까지도 어깻바람이 나서 개구리처럼들 뛰면서 마른 흙이 뽀얗게 일도록 한바탕 북새를 논다.

그 광경을 바라다보고 섰던 동혁은,

"야아, 오늘밤엔 우리가 산 것 같구나!"

하고 부르짖으며 징을 빼앗아 들고 꽝꽝 치면서 자비꾼 속으로 뛰어들었다. 키다리 건배도 깃대를 꽂아들고 섰다가 그 황새 다리로 껑충껑충 춤을 추며 돌아다닌다. 다른 회원들도 어느 틈에 두레꾼 속으로 하나둘씩 섞여 들어갔다.

아들이 동네일만 한다고 눈살을 찌푸리던 동혁의 아버지 박첨지도, 늙은 축들과 술이 거나하게 취해 가지고 와서는,

"아아니, 내가 옛날부터 맡아 논 좌상님인데, 어떤 놈들이 날 빼놓구 논단 말이냐."

하고 난쟁이 쉽직하게 키가 작은 석돌이 아버지의 수염을 꺼두르며,

"여보게 꽁배, 어서 따라오게."

하면서 군중을 헤치고 들어선다. 그는 석돌이 아버지와 술을 먹다가 풍물 소리를 듣고,

"내 자식놈이 둘씩이나 덤벼들어서 짓는 집인데, 아비 된 도리에 안 가 볼 수가 있나?"

하고 기운이 나서 올라온 것이다.

박첨지는 언덕 위에 올라서서 팔을 걷고 곰방대를 내두르며 목청을 뽑아 달구질 소리를 먹인다.

"산지조종(山之祖宗)은 백두산(白頭山)이요."

하고 내뽑으면, 달구질꾼들은 그 소리를 받아,

"에에 헤에라, 지경요……."

하며 동시에 지경돌을 번쩍 들었다 놓는다.

"수지조종(水之祖宗)은 한강수(漢江水)라."

"에에 헤에라, 지경요……."

땅을 다지는 동네 사람들은 목이 쉬어 가는 줄도 모르는데, 그날 저녁 동혁은 젊은 사람과 조금도 다름이 없이 싱싱하고 씩씩한 아버지의 목소리를 생후 처음으로 들었다.

한 달 하고도 보름이나 지났다. 그동안 한곡리 한복판에는 커다란 새 집 한 채가 우뚝하게 솟았다. 커다랗다고 해야 두 칸 겹집으로 폭이 열 칸쯤 되는 창고 비슷이 엉성한 집이지만, 이 집 한 채를 짓기에 회원들은 칠

월 염천에 하루도 쉬지 않고 불개미와 같이 일을 하였다.

　논에는 아시('애벌'의 사투리. 같은 일을 여러 차례 거듭하여야 할 때에 맨 처음 대강 하여 낸 차례) 두 번 호미질과 만물(그해의 벼농사에서 마지막으로 논의 김을 매는 일)까지 하였고, 이제는 피사리(농작물에 섞여 자란 피를 뽑아내는 일)만 하면 힘든 일은 거의 끝이 난다. 그동안의 한 달 반쯤은 농군들이 추수를 할 때까지 숨을 돌리는 농한기다. 그 틈을 이용해서 농우회관을 지은 것이다.

　엄부렁하게나마(마음이나 분위기가 안정되지 아니하고 뒤숭숭하게나마) 거의 이십 평이나 되는 집을 얽어 놓는 데 그 건축비가 불과 몇십 원밖에 들지 않았다면 누구나 놀라지 않을 수 없을 것이다. 그러나 그것이 사실이라, 회원들끼리 거의 삼 년 동안이나 농사를 지어 모은 것과, 술담배를 끊은 대신으로 다달이 얼마씩 저금을 한 것과, 또는 돼지를 치고 이용조합(利用組合)에서 남은 것을 저리로 놓은 것을 걷어 모으면, 거의 오백 원이나 된다.

　이발부(理髮部)의 수입은 모았다가 동리서 공동으로 쓸 솜틀을 칠십여 원이나 주고 샀고, 포패조합(捕貝組合 회원은 다 여자인데, 앞바다 건너 '안섬'에다가 이 년 작정을 하고 굴을 번식시킨 뒤에, 조합원끼리 따먹고 장에 갖다가 파는 권리를 가지는 것)을 만들어서 불가불 소용이 참 되는, 조그만 나룻배를 사십 원가량 들여서 지은 것밖에는 한 푼도 쓰지 않은 채 있었다.

　그들 중에서 이 회관을 짓는 데는 오십 원도 다 들이지를 않았던 것이다. 첫째, 기지가 민유지라 땅값이 안 들었고, 재목은 단단해서 썩지도 않는 밤나무, 참나무, 아카시아나무 같은 것을 회원들의 집 앞이나 멧갓에서 베어 왔고, 수장목은 오동나무와 미루나무를 썼는데, '영치기 영치기' 하고 회원들끼리 목도질까지 해서 운반을 해오니 돈이 들 리 없었.

　터를 닦고 주춧돌을 박는 것부터, 자귀질(자귀로 나무를 깎는 일) 톱질이며, 네 올가미를 짜서 일으켜 세우고, 새를 올리고 윗가지를 얽히고 토역(흙일. 흙을 이기거나 바르는 따위의 흙을 다루는 일)을 하는 것까지 전부 회원들의 손으로 하였다. 이엉을 엮을 짚도 농우회에서 연전부터 유념해 두었는데, 여러 사람이 입에 혀같이 봉죽(일을 꾸려 나가는 사람을 곁에서 거들어 도와줌)을 들었거니와, 회원 중에 석돌이는 원체 지위(목수)의 아들인데다가 눈썰미가 있어서 수장은 물론, 문짝까지 제 손으로 짜서 달았다.

품삯이라고는 한 푼도 안 들었지만, 다만 화방 밑에 콘크리트를 하는 데 쓰는 양회와, 못이나 문고리며 배목 같은 철문만은 할 수 없이 돈을 주고 사다가 썼다.

그래서 다른 사람의 손을 빌지 않고 거의 두 달 동안이나 열두 사람의 회원들이 땀을 흘린 기념탑이 우뚝하게 서게 된 것이다.

그러나 서투른 목수와 토역장이들이 얽어 놓은 집이라 장마를 치르고 나니까, 지붕이 새고 벽이 허물어져서 곱일(몇 배의 일)을 하느라고 동혁이도 몇 번이나 코피를 쏟았다. 그랬건만 다 지어 놓고 보니 겉눈에 번듯하게 띄지는 않아도 거의 이백 명이나 되는 아이들을 수용할 수가 있게 되었고, 엄부렁하게나마 헛간으로 쓸 모채(뜻집. 띠로 지붕을 이어 지은 집)까지 세웠는데, 안으로 들어가 보면 사무실, 도서실까지 오밀조밀하게 꾸며 놓았다. 도서실에는 기만이가 사서 기부한 농업 강의록과 농촌 운동에 관한 서책이 오륙십 권이나 되고, 동혁이가 보는 일간 신문과 회원들이 돌려 보는 《서울시보》, 《농민순보》 같은 정기간행물이며 각종 잡지까지 대여섯 가지나 구비되어서, 회원들은 조그만 틈이라도 타면 언제든지 모여 와서 새로운 지식을 얻고, 세상이 어떻게 돌아가는 형편을 짐작할 수 있도록 차려 놓았다.

그리고 한편으로는 오락부(娛樂部)를 새로 두었다.

"사철 일만 하는 우리의 생활은 너무나 빡빡하고 멋이 없다. 좀 더 감정을 윤택하게 하고 모두 함께 즐기는 기회도 지어서 활기를 돋우려면 적어도 한 가지 통일된 음악이 필요하다."

는 견지에서 건배가 주창을 한 것이다. 그러나 그들의 말을 빌리면 콩나물대가리[보표(譜表)라는 뜻] 하나도 알아보지 못하는 사람들이라, 무슨 관현악

대를 조직하는 것이 아니요, 우리 농촌에 재래로 있던 징, 꽹과리, 장구, 수구, 호적 같은 악기를 장만한 것이다.

"그런 건 천천히 장만해두 좋지 않은가. 날마다 뚱땅거리고 두들기면, 공청을 지어 놓구 놀려구만 드는 줄로 오해들을 하면 재미적으이……"
하고 동혁이가 반대를 하면,

"원 별소릴 다 하네. 자넨 구데기 무서워서 장두 못 담그겠네그려."
하고 건배는 기만이를 구슬러서 새로운 풍물 한 벌을 사들인 것이다. 그래서 회원들끼리만 자비꾼이 되어서 노는 방식을 개량하고 두레를 노는 것까지도 통제를 하게 되었다.

"자, 우리 인제 낙성연을 해야지."
"추렴이래두 내서 내일 하루만 실컷 놀아 보는 게 어떤가?"
"암, 좋구말구. 이새 저새 해두 먹새가 제일이라네."
"우리가 두 달 동안이나 집의 일은 내버려 두구설랑 그 뙤약볕에서 죽도록 일을 했는데, 하루쯤 논다구 누가 시빌하겠나."
"여보게, 우리끼리만 암만 공론을 하면 소용이 있나? 우리 대장한테 하루만 술을 트자구 졸라 보세. 건깡깡이루야 신명이 나야지."
"애당초에 그런 말은 비치지두 말게. 일전엔 동화가 또 몰래 주막엘 갔다가, 형님한테 단단히 혼이 났다네."

얼굴이 새까맣게 그을다 못해서 오지그릇처럼 빤들빤들해진 회원들이 회관 한 모퉁이에 모여 앉아서 새로 사 온 풍물을 두드려 보다가 낙성연을 할 음모를 한다.

저녁때였다. 찌는 듯하던 더위가 한 걸음 물러서고 축동 앞 미루나무에 쓰르라미 소리가 제법 서늘하게 들린다. 회원들은 서퇴(暑退 더위가 물러감)도 할 겸 하나둘씩 은행나무 아래로 내려가서 새벽(누런 빛깔의 차진 흙에 고운 모래나 말똥 따위를 섞어 벽이나 방바닥에 덧바르는 고운 흙)한 흙이 채 마르지도 않은 집을 쳐다보고 앉았다. 그 집을 바라다보는 그들의 기쁨은 형용할 수 없을 만큼이나 컸다.

"힘만 모으면 무슨 일이든지 되는구나! 땀만 흘리면 그 값이 저렇게 나타나고야 만다!"

그네들은 회관 집 한 채를 짓는 데 단결의 힘이 얼마나 크다는 것과, 또는 노력만 하면 그 결과가 작으나 크나 유형하게 나타난다는 것을 비로소 체험한 것이다. 동시에 움집 속에서 또는 남의 집 머슴 사랑에서 구차히 모이던 때를 생각하니 실로 무량한 감개가 끓어올랐다.

'저게 내 손으로 지은 집이거니.'

하면 무한한 애착심도 느껴졌다. 그 집을 바라다보고 앉았으려면, 끌구멍(목재에 다른 나무를 끼우기 위하여 끌로 판 구멍)을 파다가 손가락을 다쳤거니, 사닥다리에서 떨어져서 허리를 삐고는 동침을 맞느라고 혼이 났거니, 중방(중인방. 기둥과 기둥 사이, 또는 문이나 창의 아래나 위로 가로지르는 나무)과 도리(서까래를 받치기 위하여 기둥 위에 건너지르는 나무)를 잘못 끼다가 석돌이 녀석한테 핀잔을 맞았거니…….

이러한 추억만 해도 여간 정다운 것이 아니다. 더군다나,

"자네 저 기둥감을 베다가 영감님한테 몽둥이찜질을 당했지?"

"그건 약괄세. 이걸 좀 보게그려. 여태 이 지경이니."

하고 회원들 중에 제일 다부지고 땅딸보로 유명한 정득이가 헝겊으로 칭칭 감은 발을 끌러 보인다. 그것은 저의 집 산울 안에 선 참죽나무를 밤중에 몰래 베다가, 저의 아버지가 '도둑야!' 소리를 지르며 시퍼런 낫을 들고 쫓아 나오는 바람에 어찌나 급해맞았던지 담을 뛰어넘다가 탱자나무 가시에 발을 찔렸다. 누렇게 곪긴 것을 그대로 끌고 다니며 일을 해서 그저 아물지를 못한 것이다.

사실 그네들이 부모나 동네 어른들의 반대 속에서 초가집 한 채를 짓기는 대궐 역사만큼이나 거창하고 어려운 일이었다.

"쉬이, 대장 올라오신다."

하고 정득이가 구렁이 지나가는 소리를 낸다. 동혁이는 건배와 기만의 가운데에 서서 올라온다.

기만이는 여전히 건살포를 짚었는데, 오늘은 헬멧(박통 같은 모자)을 썼다.

"거기들 모여 앉아서 자네들 역적모의를 하나?"

건배도 그 넓적한 얼굴이 눈의 흰자위와 이빨만 남기고는 흑인종의 사촌은 될 만큼이나 그으었다.

"아닌 게 아니라, 우리끼리 무슨 비밀한 공론을 했는데요……."
하고 석돌이가 세 사람의 눈치를 번갈아 본다.

"무슨 공론?"

동혁은 농립을 벗어던지며 은행나무 뿌리에 가 걸터앉는다. 응달에서만 지낸 기만의 얼굴과 비교해 볼 때 동혁의 얼굴도 더한층 그은 것 같다. 손바닥이 부르터서 밤콩만큼씩 한 못이 박혔고 손톱은 뭉툭하게 닳았다.

"저어……."
하고는 석돌이가 뒤통수만 긁적거리니까,

"왜 목들이 컬컬한 게지."

동혁의 말이 떨어지기 무섭게,

"그렇잖아두……."
하고 이번에는 칠룡이가 응원을 한다. 건배는 기만의 눈치를 보면서,

"아닌 게 아니라, 이 기만 씨가 낙성연을 한 번 굉장히 차리구 놀자는데……."
하는 말이 끝나기 전에, 동혁은 손을 들어 건배의 입을 막는다.

"안 되네, 낸들 벽창호가 아닌 담에야 그만한 생각이 없겠나? 하지만 말썽이 많은 판에 동네가 부산하게 떠들구 놀면 되레 오해를 받기가 쉬우이. 지금두 면장이 나와서 나를 보자구 한대서 큰 마을로 갔다 오는 길일세."

하고 반대를 하였다.

"왜 무슨 말썽이 생겼수?"

나중에 올라온 동화가 눈을 둥그렇게 뜨며 묻는다.

"차차 알지."

형은 자리가 거북한 듯이 대답하기를 꺼린다.

"우리 회에 상관이 되는 일이면 회원들두 다 알아야 할 게 아니유? 면장이 우리 일에 무슨 참견이라우?"

"글쎄 뒀다 알어."

동혁은 기만의 등 뒤에다 눈짓을 해 보인다. 청년들의 일이라면 한사코 반대를 하는 기만의 형인 기천이가, 면장이 나온 김에 무어라고 음해를 한 것이거니 하고 동화와 다른 회원도 짐작은 하는 눈치다. 그러나 기만이는 형과 달라 이편을 들고, 농우회의 일이라면 금전으로까지 후원을 많이 해오는 터이지만, 아우가 듣는데 형의 욕은 할 수가 없었다. 또는 경우에 따라서는 초록은 동색이라고 저의 집에 이해관계가 되는 일이면 형에게 무어라고 염통을 할는지도 몰라서, 항상 경계를 하고 있는 터이다.

동혁은 기천의 집에 다녀오는 길에 건배와 기만이를 만나서 같이 오기는 했어도, 그들에게도 그 내용을 말하지 않았다. 건배는 탕탕 대포를 잘 놓는 대신에 말이 헤퍼서 비밀을 지킬 만한 일을 들려주기를 삼가지 않을 수 없었다. 회원들은,

'무슨 일이 단단히 생겼나 보다.'

하고 불안을 느끼면서도 더 재우쳐 묻지를 않고, 낙성하는 날 술 한두 잔도 못 먹게 하는 동혁이를 원망스러운 듯이 쳐다보다가 애매한 북과 장구만 두드린다.

기만이도 그 눈치를 챘건만, 이런 경우에 아무 말도 안 하는 것은 도리어 여러 사람에게 오해를 살 듯도 해서,

"그런데 센세이(선생)가 또 뭐래?"

하고 들여대고 묻는다. 그래도 동혁은,

"그까짓 건 알아 뭘 하오. 우린 우리가 할 일이나 눈 딱 감고 하면 고만이니까……."

하고 역시 자세한 말대답하기를 피한다. 기만이는 자리가 거북하니까 꽁무니에다가 손을 찌르고 간다는 말도 없이 슬금슬금 언덕 아래로 내려간다. 제가 하는 일을 반대하고 양반을 못 알아보는 발칙한 놈들과 얼려 다니고 돈을 쓰고 한다고, 눈에 띄기만 하면 얼굴에 핏대를 올리며 야단을 치는 저의 형이, 면사무소나 주재소까지 가서 무어라고 쏘개질(있는 일 없는 일을 얽어서 일러바치는 짓)을 하고 온 것만은 묻지 않아도 짐작할 수가 있었던 것이다.

아무튼 농우회관을 짓게 된 뒤부터 가뜩이나 시기심이 많은 기천이가, 두 눈에 쌍심지가 돋아서 그 태도가 부쩍 악화된 것만은 사실이었다.

동혁이가 입을 꽉 다물어 버리니까, 다른 회원들도 어떠한 예감을 느끼면서도 말이 없다.

건배는 무슨 일인지,

"저기 좀 다녀옴세."

하고는 기만의 뒤를 따라서 내려갔다. 조그만 일에도 궁금증이 나면 안절부절못하는 성미라, 동혁이가 말을 하지 않으니까 혹시 기만이에게 들을 이야기나 있나 하고 그 속을 떠보려고 따라가는 눈치였다.

동혁은 한참이나 꿈쩍도 하지 않고 앉아서 창호지로 새로 바른 들창이 석양에 눈이 부시도록 반사하는 회관을 쳐다보면서 무슨 생각을 골똘히 하다가 회원들을 돌아다보며,

"우리 낙성식(落成式 건축물의 완공을 축하하는 의식)두 못 해서 피차에 섭섭한데, 그 대신 뭐 기념될 일 하나 해볼까?"

하고 벌떡 일어선다.

"무슨 일요?"

하는 회원들의 얼굴에서는,

'간신히 오늘 하루나 쉬려는데, 또 무슨 일을 하자누.'

하는 표정을 역력히 읽을 수 있다.

"그저 괭이하구 삽하구만 들구서 나만 따라들 오게나."

하고 동혁은 회관으로 올라가서 지붕을 이을 때에 쓰던 사닥다리를 둘러메더니, 산등성이를 넘는다. 회원들은 멋도 모르고 동혁의 뒤를 따랐다.

날이 어둑어둑해지고 매미, 쓰르라미 소리도 점점 엷어질 무렵에는, 회관 앞마당이 턱 어울리도록 두 길 세 길이나 되는 나무가 섰다. 전나무, 향나무, 사철나무[冬靑] 같은 겨울에도 잎사귀가 떨어지지 않는 교목(喬木)만 골라서 '봄이나 가을에 심어야 잘산다'고 고집을 하는 회원들의 반대를 무릅쓰고 파다가 옮겨 심은 것이다. 그것은 동혁이가 근처를 돌아다니며 미리 보아 두었다가, 나무 주인에게 파다 심을 교섭까지 해두었던 싱싱한 나무들이었다.

새로운 회관에 들게 되는 날 아침에 동혁이가 부는 나팔 소리는 더한층 새되고 씩씩하였다. 조기 회원들이,

"엇둘! 엇둘!"

하고 체조를 하는 소리도, 〈애향가〉의 합창도, 전날보다 곱절이나 우렁찬 것 같았다.

새집을 구경도 할 겸 새로 닦아 놓은 운동장에서 체조를 하는 바람에, 그동안 게으름을 부리던 조기회원들도 전부 다 오고, 타동에서 온 구경꾼도 오륙십 명이나 되어서 운동장이 빽빽하게 찼다.

오늘은 영신이가 조직해 주고 간 부인근로회의 회원들도 십여 명이나 건배의 아내를 따라서 참례를 하였다. 아무에게도 낙성식을 한다고 광고를 한 것도 아니요, 건배는 무슨 일이든지 크게 버르집고(숨겨진 일을 밖으로 들추어내거나 작은 일을 크게 부풀려 떠벌리고) 뒤떠들려고만 든다고 동혁이와 의견 충돌까지 되었지만, 오늘 아침만은 누구나 은연중에 농우회관에 낙성식을 거

행하는 기분으로 모인 것이다. 그래서 여러 사람은 평소와 같이 조기회가 끝난 뒤에도 헤어지기가 섭섭한 듯이 어정버정하며 동혁을 바라다본다. 그 눈치를 챈 건배는,

"여보게, 회원두 더 모집해야 할 텐데, 여러 사람이 모인 김에 연설 한마디 하게그려."

하고 동혁의 옆구리를 찌른다.

"그건 선전부장이 할 일이지, 왜 나더러 하라나?"

하고 동혁이가 사양을 하니까, 건배는 그 말을 못 들은 체하고 회관 정문 앞으로 나서더니,

"여러분, 잠깐만 기다려 주시오. 지금 이 회관을 짓자고 맨 먼저 발설을 했고, 우리들을 헌신적으로 지도해 주는 박동혁 군이 여러분께 한 말씀 드리겠습니다."

하고 공포를 하고 나서는,

'인젠 말을 하든지 말든지 나는 모른다.'

는 듯이 슬그머니 자리를 비켜선다. 운동장에서는 박수 소리가 일어났다. 동혁은 잠시 머뭇거리다가 '너 어디 두고 보자'는 듯이 건배의 뒤통수를 흘겨보고는 회원들의 앞으로 나섰다.

엄숙한 태도로 여러 사람의 긴장된 얼굴을 둘러보다가,

"준비 없는 말씀을 드리게 됐습니다."

하고 한마디 하고 나서 등 뒤의 회관을 가리키며,

"이만한 집 한 채를 얽어 놓은 것이 결코 자랑거리는 되지 못합니다. 그렇지만 이 집을 지으려고 여러 해를 두고 별러 오다가, 오늘에야 낙성을 하게 된 것을 여러분도 함께 기뻐해 주십시오. 다만 한 가지 자랑하고 싶은 것은, 이 집은 연재(재질이 비교적 연한 침엽수 따위의 목재) 가락 하나, 짚 한 단까지도 회원들이 가져온 것이요, 목수나 미장이 한 사람도 대지 않고 우리가 이 염천에 웃통을 벗어부치고 불개미처럼, 참 정말 불개미처럼 두

달 동안이나 일을 했기 때문에 오늘날 이만한 집 한 채나마 우리 한곡리 한복판에 서게 된 것입니다. 그렇지만 이 집은 농우회원 열두 사람의 집이 아니요, 여러분이 유익하게 이용하시기 위해서 지어 놓은 집입니다. 그러니까 우리 한곡리의 공청, 즉 공회당으로 써 주시기 바랍니다."
하고 잠깐 눈을 내리감았다가 얼굴을 들고 목소리를 높여,
"여러분! 여러분은 이 말 한마디만 머릿속에 깊이깊이 새겨 두십시오. '여러 사람이 한맘 한뜻으로, 그 힘을 한곳에 모으기만 하면 어떠한 일이든지 이루어질 수가 있다!'는 것을……. 우리는 여름내 땀을 흘린 그 값으로 이 신념 하나를 얻었습니다. 처음으로 귀중한 체험을 했습니다. 그와 동시에 '우리보다 더 많은 사람이 똑같은 목적으로 모여서 꾸준히 힘을 써 나간다면, 이보다 더 어려운 일도 성공할 수가 있다!'는 것을, 이번 기회에 여러분과 함께 믿고자 하는 바입니다."
하고 부르짖고는 숨을 돌린 뒤에 목소리를 떨어뜨려,
"우리는 일을 크게 버르집고 겉으로 떠들기를 싫어합니다. 그래서 낙성식 같은 것도 하지를 않습니다마는, 그 대신 우리는 우리 동리 여러분께 좋은 음악을 들려드렸다고 생각합니다. 집터를 닦는 달구질 소리, 마치질(마치로 무엇을 박거나 두드리는 일) 자귀질하는 소리가 온 동리에 울리지 않았습니까? 저 소대갈산까지 쩌렁쩌렁 울리지 않았습니까? 그 소리가 무엇보다도 훌륭한 음악입니다. 그것은 우리의 것을 무너뜨리고 깨뜨려 버리는 파괴의 소리가 아니라, 새로 짓고 일으켜 세우는 건설의 소리이기 때문입니다. 우리는 그 소리가 어찌나 반갑고 기쁜지 조금도 괴로운 줄을 모르고 일을 했습니다."
동혁은 그 말에 매우 감격해 하는 여러 사람의 얼굴을 둘러보다가,
"여러분! 이 집이 터지도록 우리의 장래의 일꾼들을 보내 주십시오! 아침저녁으로 글 배우는 소리가 그칠 때가 없도록 해 주십시오! 이 집이 꽉 차면 우리는 이 집보다 더 큰 집, 또 그보다도 더 굉장히 큰 집을 짓겠습

니다!"

그 말에 회원들은 손바닥이 뜨겁도록 박수를 한다.

그때에 건배는 여러 사람의 앞으로 썩 나서면서,

"한곡리 만세!"

하고 두 팔을 번쩍 쳐든다.

"만세!"

여러 사람이 고함지르듯 하는 만세 소리에, 새로 심은 사철나무에 앉았던 참새들이 깜짝 놀라 푸르르 날아갔다.

하루는 동혁이가 회관에서 주학을 마치고 나오는데(새집으로 옮겨 온 후 아이들이 부쩍 늘어서 주학까지 하게 되었다) 석돌이가 문밖에서 기다리고 섰다가,

"저 강도사 댁 작은사랑 나으리가 저녁때 잠깐 만나자구 하시는데요."

한다.

"왜?"

동혁은 불쾌히 대답을 하였다. 석돌이는 눈썰미가 있고 영리한 대신에 얕은꾀가 많아서 항상 경계를 하는 회원이다. 더구나 강도사 집 전답에 수다식구가 목을 매단 사람이어서, 이 집에 심부름을 다니는 것은 물론, 박쥐구실(자기 이익만을 위하여 이리 붙고 저리 붙고 하는 줏대 없는 행동을 비유적으로 이르는 말)이나 하지 않는지가 의문이었다. 강도사 집 살림살이의 실권을 쥔 맏아들인 기천이가 죽으라면 죽는 시늉이라도 해야 할 처지에 있는 까닭에 더욱 조심스러웠다.

"글쎄, 왜 또 오라는 거야?"

동혁은 거듭 물었다.

"알 수 있어요? 조용히 꼭 좀 만나자구 일러 달라구 합시니까요."

"누가 왔던가?"

"아니오, 혼자 계시던걸요."

"음, 알았네."

동혁은 확실한 대답을 하지 않고 집으로 내려갔다.

기천이는 면협의원이요, 금융조합 감사요, 또 얼마 전에는 학교 비평의원이 된 관계로 면장이 나와서 한곡리도 진흥회라는 것을 만들어서, 그 회장이 되도록 운동을 해보라고 권고를 하고 갔다. 기천은 명예스러운 직함 하나를 더 얻게 된 것은 기쁘나, 군청이나 면소에서 시키는 대로 무슨 일이든지 하는 체해야만 저의 면목이 서겠는데, 제가 수족같이 부릴 만한 청년들은 말끔 동혁의 감화를 받고, 그의 지도 밑에서 한 몸뚱이와 같이 움직이고 있으니, 저는 개밥에 도토리 모양으로 따로 베져났다. 저의 집의 논을 하고 돈을 쓴 낫살 먹은 작인들 같으면, 마구 내리누르고 우격다짐을 해도 그저 '잡아 잡수' 하고 꿈쩍도 못하지만, 나이 젊고 혈기 있는 그 자질들은 까실까실해서 당초에 말을 들어먹지 않는다. 워낙 기천이가 대를 물려 가면서 고리대금과 장릿벼로, 동리 백성의 고혈을 빨아서 치부를 하였고(주독으로 간이 부어서 누운 강도사는 지금도 제 버릇을 놓지 못한다. 당장 망나니의 칼에 목을 베지려고 업혀 가는 도적놈이, 포도군사의 은동곳(은으로 만든 동곳)을 이빨로 뽑더라는 격으로, 여전히 크게는 못 해도 박물장수나 어리장수에게 몇 원씩 내주고 오 푼 변으로 갚아 모아서는, 기직자리 밑에다가 깔고 눕는 것이 그의 마지막 남은 취미다. 몇 해 전까지도 아들만 못지않게 호색을 해서, 주막의 갈보, 행랑계집 할 것 없이 잔돈푼으로 낚아 들여서는, 대낮에 사랑 덧문을 닫기가 일쑤더니, 운신을 못할 병이 든 뒤에야 그 버릇만은 놓을 수밖에 없게 되었다) 저 혼자 사람의 뼈다귀인 것처럼 양반 자세가 대단해서 적실인심(積失人心 인심을 많이 잃음)을 한 터이라, 새로운 시대에 눈을 뜨기 시작한 청년들은 기천이만 눈에 띄면 무슨 누린내가 나는 짐승처럼 얼굴을 돌리고 슬금슬금 피한다. 그중에도 성미가 부푼 동화는,

'조놈의 발딱 젖히고 다니는 대가리는 여불없이('위불없이'의 잘못. 틀림이나 의심이 없이) 약 오른 독사뱀 같더라.'
하고 면발치로 눈에 띄기만 해도 외면을 해버린다.
　그 아우는 '노새'라고 놀리기는 하면서도, '그래두 기만이는 강가의 중시조(쇠퇴한 가문을 다시 일으킨 조상)지' 하고 간신히 사람대우를 하지만…….
　'또 무슨 얌치(마음이 깨끗하여 부끄러움을 아는 태도) 빠진 소릴 하려누.'
하고 동혁은 집으로 돌아와서도 기천이를 보러 갈 마음이 내키지 않았다.
　동화가 자꾸만 묻고, 건배까지,
　"왜 혼자만 꿍꿍이셈을 치나?"
하고 궁금히 여기는 일은 다른 것이 아니다. 면장이 왔던 날, 기천이는 술상을 차려 놓고 동혁이를 청하였다. 그날은 면장 앞이라 그런지, 평소처럼 점잔을 빼고 사람을 깔보는 태도를 보이지 않으려고 애를 쓰면서,
　"이 박 군이야말로 참 대표적으로 건실한 우리 동지입니다. 이번 그 회관 집만 하더래두 이 사람이 혼자 지은 거나 다름이 없으니까요."
하고 새삼스러이 동혁을 소개하였다. 소개가 아니라, 이러한 모범 청년이 제 수하에서 일을 한다는 태도다. 동혁은 '동지'라는 말을, 기만이 입에서 들을 때보다도 구역이 나서, 입에도 대지 않은 술잔을 폭삭 엎어 놓았다. 그래도 기천이가 연방 '동지'를 찾으면서 하는 말을 종합해 보면,
　"면장께서 바쁘신데도 일부러 나오신 건 다름 아니라 우리 동네두 진흥회를 실시해야 되겠는데, 내야 어디 그런 일을 아는 사람인가? 허니 자네들이 힘을 좀 빌려 줘야겠네. 자네야 중요한 역원이 돼줄 줄 믿지만 다른 젊은 사람들두두 다 함께 회원이 돼서 일을 해보도록 하세."
하고 애가 말라서 간청을 하는 것이었다. 동혁은 생각해 볼 여지도 없이,
　"난 할 수 없어요. 우리 농우회 일만 해두 힘에 벅찬데, 한 몸으로 두 가지 일은 도저히 할 수 없쇠다."
하고 딱 잡아떼고 일어섰다.

동혁이가 이번에는 버티고 가지를 않으니까, 기천이는 호출장처럼 명함을 들려 집으로까지 머슴을 보냈다.
　　"작은사랑 나으리께서 꼭 좀 건너오래유. 안 오면 이리루 오시겠다구 그러세유."
하고 머슴애는 어서 일어서기를 재촉한다. 기천이는 면협의원이 되던 날 아침에 행랑 사람과 머슴들을 불러 세우고,
　　"오늘부터는 서방님이라구 그러지 말구 나으리라구 불러라."
하고 일장의 훈시를 하였던 것이다.
　　동혁은 중문간 문지방에 걸터앉아서 입맛을 다시다가,
　　"저녁 먹구 건너간다구, 가서 그러게."
해서 머슴을 보냈다. 가고 싶은 생각은 손톱끝만큼도 없지만, 집으로까지 찾아온다는 것이 싫어서 가마고 한 것이다.
　　저녁 뒤에 그는 말대답할 것을 생각하면서 큰 마을로 발길을 옮겼다. 대문간에 들어서는데 작은사랑 툇마루에서,
　　"아 그래 제깐 녀석이 명색이 뭐길래, 내가 부른다는데 냉큼 오질 못한다더냐?"
하고 그 되바라진 목소리로 머슴애를 꾸짖는 목소리가 똑똑히 들렸다. 동혁은 '나 여기 대령했소' 하는 듯이 바로 지척에서 으흠으흠 하고 기침을 하고,
　　"저녁 잡수셨어요?"
하며 들어섰다. 기천은 도적질이나 하다가 들킨 것처럼 옴찔해서 반사운 동으로 발딱 일어서기까지 하며,
　　"아, 자네 오나?"
하고 반색을 한다. 그 푼푼치(푼푼하다: 옹졸하지 아니하고 시원스러우며 너그럽다) 못하게 생긴 얼굴을 횟배(거위배. 회충으로 인한 배앓이)를 앓는 사람처럼 잔뜩 찌푸리고 있다가, 뜻밖에 동혁이와 마주치는 순간 금시 반가운 낯으로 표변하

는 표정 근육의 민첩한 움직임은 여간한 배우로는 흉내를 못 낼 것 같다.

"아 이 사람아, 난 여태 저녁두 안 먹구 기다렸네."

하는 것도 허물없는 친구를 대하는 태도다.

"그럼 시장하시겠군요."

하고 동혁은 할 말이 있으면 어서 하라는 듯이 툇마루 끝에 가 걸터앉았다. 방으로 들어가자는 것을,

"회관을 지은 뒤에 처음 총회가 있어서 곧 가봐야겠어요."

하고 한사코 들어가지를 않았다. 방으로 들어만 가면 으레건으로 술상이 나오고 술을 억지로 권할 것을 알기 때문이다.

"그럼, 예서래두 한잔 해야겠네, 술을 입에두 안 댄다니 파계(破戒)를 시키군 싶지만, 워낙 자넨 고집이 센 사람이 돼놔서……."

하고 준비해 놓았던 술상을 내왔다. 술이란 저의 집에서 사철 떨어뜨리지 않고 밀주를 해 먹는, 보기만 해도 고리타분한 막걸리 웃국이요, 안주라고는 언제 보아도 낙지 대가리 말린 것에 마늘장아찌뿐이다. 칠팔 년이나 면서기를 다니는 동안에 연회석 같은 데서는 남이 태우다가 꺼버린 권연 꼬투리를 주워 피우면서도 '단풍' 한 갑 안 사 먹던 위인으로는, 근래에 교제가 부쩍 늘어서 면이나 주재소에서 양복쟁이가 나오면 으레 술까지 내는 것이다.

"하아 이거, 내가 사람을 앉혀 놓구서 인호상이자작(引壺觴而自酌 술단지 끌어당겨 나 스스로 잔에 따라 마심)을 하니 어디 맛이 있나?"

하고 『고문진보(古文眞寶 중국 송나라 말기에 황견이 주나라 때부터 송나라 때까지의 시문을 모아 엮은 책)』 뒷다리나 읽어본 티를 내지 못해서 애를 쓴다. 그러나 숙습(熟習)이 난당(難當)이라고 써야 할 자리에 '수습이 난방이로군' 하는 따위가 예사여서, 정말 글방에서 종아리깨나 맞아본 사람의 코웃음을 받는 때가 많다.

기천은 말을 꺼내기가 어려워서 술기운을 빌리려는 것이다. 사실 동혁

의 앞에서는 무슨 말이고 함부로 꺼내기가 어려웠다. 농우회에도 다른 회원들 같으면, 그 반수가 저의 논의 소작인이니까 여차하면 '논 내놔라' 한마디만 비치면 설설 기는 터이니 문제가 되지를 않고, 건배만 하더라도 키 크고 싱겁지 않은 사람 없다고 원체 허풍선이가 돼서 술 몇 잔에 속을 뽑히는데 농사 터는 한 마지기도 없이 엉터리로 사는 사람이니까 돈을 미끼로 물려서 낚아볼 자신도 있다. 그러나 유독 동혁이만은 그야말로 눈엣가시다. 천생으로 사람이 묵중해서 당최 뱃속을 들여다볼 수가 없는데, 근처에 없는 고등교육까지 받아서, 마주 앉으면 제가 도리어 인금(사람의 가치나 인격적인 됨됨이)에 눌리는 것 같다.

기천은 다리를 도사리고 앉아서 고무신의 때가 고약처럼 묻은 버선 바닥을 쓰다듬던 손으로 술잔을 들고 쭉 들이키고는, 족제비 털 같은 노랑 수염을 뱌비작거려서 꼬아 올리더니,

"좀 하기 어려운 말일세만……."

하고 반쯤 외면을 한 동혁의 눈치를 곁눈으로 훑어본다.

"말씀하시지요."

동혁은 '또 무슨 말을 꺼내려고 이렇게 뜸을 들이나' 하면서도 들으나 마나 하다는 듯이 어둑어둑해가는 땅바닥만 내려다보고 앉았다.

기천이는 실눈을 뜨고 손톱여물을 썰더니(손톱여물을 썰다: 일을 당하여 혼자 몹시 애를 태우다),

"자네 그 회관 짓기에 얼마나 들었나?"

하고 다가앉는다.

"돈이오? 돈이야 얼마 안 들었지요."

기천은 다리를 도사리고 고쳐 앉으며 용기를 내어,

"이런 말을 자네가 어떻게 들을는지 모르겠네만 진흥회가 생기면 회관이 시급히 소용이 되겠는데, 당장 지을 수는 없구…… 거기가 동네 한복판이 돼서 자리가 좋아. 그러니 여보게, 거 어떻게 재목 값이든지, 품삯꺼

정 넉넉히 따져서 내게루 넘길 수가 없겠나? 자네들은 한번 지어 봐서 수단이 났으니까, 딴 데다가 다시 지으면 고만일 테니…… 자네 의향이 어떤가?"

하고 얼굴을 반짝 쳐든다. 너무나 얌치 빠진 소리에 동혁은 어이가 없어서,

'얼굴 가죽이 간지럽지 않느냐.'

는 듯이 기천을 뻔히 쳐다보다가,

"왜 돈 만 원이나 내놓으실 텝니까?"

하고 껄껄껄 웃었다. 기천은,

"아아니, 이 사람 웃음의 말이 아닐세."

하고 금시 정색을 한다.

"글쎄 웃음의 말씀이 아니니까 웃을 수밖에 없군요."

동혁은 별이 반짝이기 시작한 하늘을 우러러 다시 한 번 허청웃음을 웃었다.

"허어 이 사람, 그래두 웃네그려. 그 집을 이문을 붙여서 팔라는데 실없이 웃을 게 뭐 있나?"

기천은 동혁이가 저를 놀리는 것 같아서 눈살을 찌푸린다.

"글쎄 생각을 좀 해보세요. 그 집은 돈 아니라 금덩이를 가지구두 팔거나 사지를 못합니다. 돈만 가지면 무슨 일이든지 맘대루 될 줄 아시는 모양이지만, 억만 원을 주구두 남의 정신만은 사지를 못할걸요. 그 회관은 팔려면 단돈 백 원어치두 못 될는진 모르지만 우리 열두 사람이 흘린 땀으루 터를 닦았구요, 붉은 정신으루 쌓아 놓은 기념탑이니까요. 우리 손으루 부숴 버린다면 모르지만, 다른 사람은 아무두 그 집엔 손가락 하나 대지를 못합니다!"

"아아니, 글쎄 그런 줄 모르는 건 아니지만, 혹시나 하구 한 말일세."

"혹시나라뇨? 한 단체가 공동으로 합력을 해서 지어 놓은 집을, 나 한

개인이 팔아먹을 생각을 혹시나 하구 있을 것 같아서, 그런 가당치 않은 말씀을 꺼내셨나요?"

이 한마디에 기천은 고 빳빳하던 모가지가 자라목처럼 옴츠러들지 않을 수 없었다.

"……."

기천은 눈만 깜작깜작하고 담배를 붙여 물었다 부벼 껐다 하며 속으로 안간힘만 쓰고 앉았다.

'돈으로도 굴레를 씌울 수 없는 이 젊은 녀석을 어떡하면 꼼짝 못하게 옭아 넣을까.'

하고 벼르고 있는 것이다. 한곡리서 대(代)를 물려 가며 왕 노릇을 해오던 터에 역시 대를 물려 가며 '소인 소인' 하고 저의 집 전장을 해 먹던 상놈인 박가의 자식 하나 때문에, 위신이 떨어지고 돈놀이 해 먹는 세력까지 은연중에 꺾이는 생각을 하면 이가 뽀드득뽀드득 갈렸다. 그러나 자는 호랑이 코침 주기로 동혁이를 섣불리 건드렸다가는, 열두 회원이 이해관계를 떠나서 벌떼처럼 일어날 듯한 데는 겁이 더럭 났다. 더구나 한번 심술만 불끈하고 나면 물불을 가리지 않고 덤벼드는 동화가 무슨 짓을 할는지 그것도 무서웠다. 동화에게는 두어 번이나 여러 사람들 앞에서 모양 사나운 꼴을 당했기 때문이다.

더구나 근자에 와서, 눈이 제자리에 박히고 귀가 바로 뚫린 사람이면 한곡리에서는 박동혁이가 중심이 되어 동리 일을 하고, 인망(人望 세상 사람이 우러르고 따르는 덕망)과 인심이 농우회원에게로 쏠린 줄로 인정을 하는 데는, 눈에서 쌍심지가 돋으리만큼 시기심이 났다. 그래서 어떠한 수단이든지 써서, 젊은 사람들이 하는 일을 헤살을 놓을 계책을 생각하느라고 밤이면 잠을 못 자는 것이다. 그러다가 장차 발기될 진흥회의 역원이 되어 달라고 간청을 해도 말을 안 들으니까, 그 회관을 몇백 원이라도 주고 매수를 할 꾀를 낸 것이었다.

동혁은 갑갑한 듯이,

"그만 가봐야겠어요."

하고 뻣뻣하게 한마디를 하고 일어선다. 기천은 놓치면 큰일이나 날 듯이 동혁의 손을 잡고 매달리듯 하며,

"여보게 동혁이, 낯살이나 먹은 사람이라구 너무 빼돌리질 말게. 나두 동네일이 하구 싶어서 그러는 게 아닌가?"

하고 사뭇 애원을 한다. 동혁은, 잡힌 손이 냉혈동물의 몸에나 닿은 듯이 선뜩해서 슬며시 뿌리쳤다.

기천은 또다시 실눈을 뜨고 무엇을 생각해 보더니,

"그럼, 자네들 회에 나 같은 사람두 회원 될 자격이 있나?"

하고 마지막으로 타협안을 제출한다.

"'만 삼십 세 이하의 남자로 회원 반수 이상의 동의가 있어야 입회를 허락한다'는 농우회의 규약이 있으니까요."

동혁의 대답은 매우 냉정하다.

"그럼, 사십이 넘은 나 같은 인생은 죽어 버려야 마땅하겠네그려?"

기천은 간교한 웃음을 짓는다.

"아, 그래서 어떡하게요. 그렇게 유력하신 분이 돌아가시면 우리 동네의 큰 손실일걸요."

하고 동혁은 씽긋 웃으며 돌아섰다.

그리운 명절

"얘 금분아."

"네에."

"넌, 저 달이 뭐만큼 커 뵈니?"

"…… 양푼만 해요."

"넌? 창례는?"

"…… 맷방석만 한데요?"

"아유! 거짓부렁하지 마라 애. 어쩌면 저 달이 맷방석만 하다니?"

"쟨 누구더러 거짓부렁이래. 아, 그래 저 달이 양푼만 하면, 고 속에서 옥토끼가 어떻게 방아를 찧는단 말이냐?"

"그럼 애야, 맷방석 속에선 어떻게 방아를 찧니?"

마루 끝에 걸터앉아서 송편을 빚던 두 소녀는 팔월 열나흗날 밤 구름 한 점 없는 중천에 동뚜렷이 떠오른 달을, 눈 하나를 째긋하고 손가락으로 재보다가 서로 호호거리며 웃는다.

"그렇죠, 네? 선생님. 그런데 참 정말 저 달 속에서 옥토끼가 방아를 찧는대유?"

영신은 바늘을 잡았던 손을 쉬며 달을 유심히 쳐다보다가,

"그건 옛날부터 전해 내려오는 얘기란다. 그런 건 없어두, 커다란 망원경이란 걸 대구 보면 사람이나 짐승 같은 건 없지만 달 속에두 산이 있구 시내 같은 게 있단다."

"그럼, 그 물이 어디루 쏟아진대유?"

"아이구 어쩌나. 우리 머리 위루 막 쏟아지면……."

"아냐, 달 속의 냇물은 바짝 말라붙었단다."

"날이 가물어서요?"

"그럼 달 속엔 줄창 숭년만 들겠네."

"참 햇님은 신랑이구, 저 달님은 새색시라죠? 그게 정말이야유?"

계집애들이 줄달아 묻는 말에 영신은,

"글쎄…… 그런 건 다 지어낸 말이니깐……."

하고 웃으며 우물쭈물하는 수밖에 없었다.

우주의 신비에 눈을 뜨기 시작한 천진덩이인 아이들의 질문에, 영신은

똑바른 대답을 해줄 만한 천문학의 지식도 없지만, 설명을 해준대도 계집애들이 알아들을 리가 없었다.

그동안 한곡리에서는 농우회관을 낙성하였다는 소식을 들은 영신은 슬그머니 성벽이 나서,

'청석골은 그보다 곱절이나 큰 학원 집을 짓고야 말겠다.'

는 야심이 불 일듯 하였다. 그러나 이제는 기부금도 걷지 못하게 되어서, 백방으로 생각하다가 추석날을 이용해서 이 시골구석에서는 처음인 학예회 같은 것을 추석놀이 겸 열고, 다소간이라도 집을 지을 밑천을 얻으려고 두 달째나 그 준비에 골몰해 왔었다. 오늘 저녁은 학예회에 출장할 아이들을 마지막으로 연습을 시켜서 돌려보내고, 유희하는 데 나오는 여왕에게 씌워 줄 종이 면류관을, 마분지로 오리고 금지로 배접(종이, 헝겊, 얇은 널조각 등을 여러 겹 포개어 붙임)을 해서는 그것을 꿰매고 앉은 것이다. 그날 입힐 복색까지도 영신이와 원재 어머니가 며칠씩 밤을 새우며 꿰매 놓았다.

한편으로는 부인친목계의 회원들이 조석으로 한 숟가락씩 모은 쌀을 빻아 풋밤과 호박 고지를 넣고 시루떡을 찌고, 그들이 손수 심고 거두어들인 햇팥과 콩으로 소를 넣어 송편을 빚는데, 금분이랑 창례랑 집 가까운 아이들이 모여와서 한몫을 본다. 이 떡은 내일 추석놀이가 끝이 나면 아이들에게 상급처럼 나누어 주려는 것이다.

영신은 달빛에 번쩍번쩍하는 가위를 놀리다가 몇 번이나 그 손을 쉬고 머리를 떨어뜨렸다. 금분이나 창례만 할 때에, 그때도 추석 전날 오늘처럼 달이 초롱같이 밝은데, 낮에 동산에서 주워다 둔 밤과 풋대추를 가지고 마루에서 사촌동생과 공기를 놀던 생각이 났다. 그것을 죽은 오라비에게 송두리째 빼앗기고 몸부림을 치며 울다가 어머니한테 꾸지람을 듣던 생각이 났다. 울다울다 지쳐서 잠이 들었다가 아침에 일어나 보니, 밤과 대추가 대소쿠리에 소복이 담겨서 머리맡에 놓여 있지 않았던가.

그 신기하던 생각이 바로 어제런 듯 눈에 선하다.

"얘들아, 창가나 하나 하렴."

향수에 잠긴 영신은 면류관을 집어던지고 방으로 들어가 손풍금을 들고 나왔다. 그것을 본 계집애들은 미리 신이 나서,

"선생님 뭘 허까유? '이태백이 놀던 달'를 허까유?"

하면서 손뼉을 쳐서 떡가루를 털며 영신의 앞으로 옹기종기 모여 앉는다.

"왜 요전번에 가르쳐준 거 있지? 낼 저녁에 너희 반에서 할 거 말야. 그 창가를 날 따라서 불러 봐."

"옳지, 난 알어. 그 창가 난 알어."

맨 꼬랑지에 앉았던 복순이가 내닫는다. 손풍금은 처음에는 '조선의 꽃'을 타다가, 어느덧 '갈매기의 노래'로 멜로디가 옮겼다.

제 손으로 고요히 반주를 해가며 그 처량한 노래를 나직이 부르는 영신의 눈에는 고향의 산천과 한곡리 바닷가의 달밤이 번차례로 지나간다. 안개 속과 같이 아련히…… 꿈속처럼 어렴풋이…….

그러다가 영신은 노래를 그치고 손풍금을 힘없이 무릎 위에 떨어뜨리며 기다란 한숨과 함께 눈을 내리감았다. 계집애들은 멋도 모르고,

"아이 재밌다! 재밌다!"

하고 손뼉을 치는데, 평생을 외롭게 사는 원재 어머니도 처량한 생각이 들어서 행주치마 끝으로 눈두덩을 누르며 돌아앉았다.

그날 밤 영신은 어머니를 꿈속에 만나서 마주 붙들고 느껴느껴 울었다. 그러다가 새벽녘에는 동혁이와 첫날밤을 치르는 꿈을 꾸었다. 엄마가 그리워 헤매어 다니던 어린 물새처럼 지쳐 늘어진 날개를 그의 따뜻한 품속에 조심스럽게 깃들인 꿈을…….

추석날은 장거리에서 물 위와 물 아래 동리를 편을 갈라서 줄을 다린다고 떠들어댔다.

그러나 그리로는 장정들만 한 십여 명쯤 갔을까, 그밖에 청석골의 남

녀노소가 모두 예배당으로 모여들었다. 몇십 리 밖에서 단체를 지어온 사람도 수십 명이나 된다. 말똥구리 굴러가는 것도 구경이라고, 구경이라면 머리악을 쓰고 덤벼드는 여편네들은, 정각 전부터 예배당 마당이 빽빽하도록 모여들었다. 그중에는 시집을 올 때 입었던 단거리 비단 저고리 치마를, 개켰던 자국도 펴지 않은 채 뻗질러(뻗지르다: 버티고 서다. '벋지르다' 보다 센 느낌) 입고, 두 눈구멍만 남기고는 탈바가지처럼 분을 하얗게 뒤집어 쓴 새댁네도 섞였다.

 그네들은 사철 동이를 이고 논 귀퉁이의 샘으로 물을 길러 다니고, 이웃집에 마을을 다녀 본 것밖에 소위 명절날이라고 구경을 나서보기는 이번이 처음이다.

 예배당 벽을 의지하고 송판 쪽으로 가설한 무대 좌우에는 커다란 남포를 켜고 검정 장막을 내리쳤다. 흙방 속에서 면화씨만 한 등잔불에 눈이 어두운 사람들은, 전등이란 구경도 못 하였지만 이 남폿불만 하여도 대명천지로 나온 것만큼이나 눈이 부시도록 밝았다.

 청년회(그것도 근자에 영신이가 발설을 해서, 조직을 한 것이다)의 회원들과 부인친목계의 회원들은 가슴에 종이꽃을 하나씩 꽂고 나섰다.

 아이들은 앞줄에다 앉히고, 물밀듯이 달려들며 떠드는 구경꾼들의 자리를 정돈시키느라고 거의 한 시간 동안이나 걸렸다.

 동네에 있는 멍석과 가마때기를 깡그리 몰아다가 깔았건만, 땅바닥으로 밀려나간 사람이 태반이다. 나중에 온 사람들은, 그때 쫓겨나간 아이들처럼 담 밖에서 넘겨다보고 뽕나무로 올라가는 성황을 이루었다.

 영신이도 새 옷을 깨끗하게 갈아입고 처음으로 분때를 다 밀었다.

 "얘, 오늘 저녁엔 우리 선생님이 여간 이뻐 뵈지 않는구나."

 "언젠 우리 선생님이 숭하드냐? 분 한번 안 바르시니깐 사내 얼굴 같지."

 무대 앞에 앉은 계집애들이 개막할 시간이 되어서 쩔쩔매고 오르내리는 영신을 쳐다보고 소곤거린다. 아닌 게 아니라, 오늘 저녁에 영신은 달빛에 보아 그런지 담 밖을 넘겨다보는 한 송이 목련화처럼 탐스러워 보였다.

"따르르……"

목각종 치는 소리가 나더니 막이 드르르 열렸다. 선생이 막 뒤에서 반주하는 손풍금 소리를 따라, 공작새처럼 색색이 복색을 한 계집애들이 나와서 창가를 한다. 눈이 폭폭 쌓이는 날도 홑고쟁이를 입고 다니던 금분이가 연분홍 치마저고리를 입고 나와서 유희를 해가며 가냘픈 목소리로 동요를 한다.

"흥, 아무튼 가르치구 볼 게여."

"여부가 있나. 선녀들 놀음 같은걸."

늙은이 축에서도 매우 감탄하는 모양이다.

막은 몇 번이나 열렸다 닫혔다. 손뼉도 칠 줄 모르고 떠들던 구경꾼들은 평생 처음 구경하는 아이들의 재롱에,

'내 딸은 언제 나오나.'

하고 마른침을 삼키며 다음 순서를 기다린다.

휴식 시간이 지난 뒤에 학예회는 제2부로 들어갔다. 여자 상급반의 아이들이 나와서 가극 비슷한 여왕놀음을 하는데, 황금빛이 찬란한 면류관을 쓰고 옥좌 위에 가 점잖이 앉았던 옥례가, 서캐가 무는지 자꾸만 뒷머리를 긁다가 그 관이 앞으로 벗어졌다. 황급히 집으려는데 마침 바람이 휙 불어 종이 면류관은 떼굴떼굴 굴러서 무대 아래로 떨어지려고 한다.

옥례는 얼굴이 홍당무가 되어,

"에구머니! 절 어쩌나."

하며 그 관을 집으려고 허겁지겁 달려들다가 그만 미끄러졌다. 넘어졌다 일어나 보니, 면류관은 자반처럼 납작하게 찌부러졌다. 그것을 보자 마당에서는 떼웃음이 까르르 하고 터졌다.

어떤 마누라는 부처님 앞에 절을 하듯이 연방 합장을 하면서 허리를 잡는데, 옥례는 엉엉 소리를 내어 울면서 무대 뒤로 뛰어 들어갔다.

끝으로 남학생들의 '흥부 놀부' 놀음도 여러 사람의 웃음보를 터트렸다. 흥부가 어색하게 달고 나온 수염이, 붙이면 떨어지고 붙이면 떨어지고 하다가, 나중에는 머리카락으로 만든 수염이 콧구멍을 간질여서, '에 취!' 하고 재채기를 하는 바람에 수염은 몽땅 떨어져 달아났다.

여러 사람의 웃음은 한참 만에야 진정이 되었다. 이번에는 올해 일곱 살밖에 안 된 갓난이란 계집애가, 반은 선생에게 떠다 밀려서 무대 한복판으로 나왔다. 커다란 리본을 단 머리를 숙여 나비처럼 곱다랗게 절을 하고는, 딱 기착(기척. 구령어로서의 '차렷'을 이르던 말)을 하고 서서 두 눈을 깜박깜박하더니 은방울을 굴리는 듯한 목소리로,

"오늘 저녁에 아무것도 준비한 것이 없는데, 이처럼 여러분께서 많이 와 주셔서 감사합니다."
하고 부자연하게나마 글을 외듯이 한마디를 하고는 말문이 막혀서 할낏할낏 뒤를 돌아다본다. 선생이 막 뒤에 숨어서,

"우리들이 살기는 구차하지만……."
하고 뚱겨(뚱기다: 눈치 채도록 슬며시 일깨워 주다) 주는 소리가 여러 사람의 귀에까지 들린다.

"우리들이 살기는 구차하지만, 열심으로 배우면 이렇게 창가도 하고 유희도 할 줄 안답니다. 여러분, 여러분께서는 우리 강습소를 도와주시고, 하루바삐 새 집을 커다랗게 짓고, 내년에는 그 집에서 추석놀이를 썩 잘하게 해 주십쇼."
하고는 다시 절을 납작 하고 아장아장 걸어 들어간다.

앵무새처럼 선생의 입내를 내는 것이 어찌나 귀여운지,
"아이 고것 앙증두 스러웨. 조게 사봉이 딸년이지?"

하고 어떤 마누라는 한번 안아나 주려고 무대 뒤로 쫓아 들어간다.

　끝으로 손풍금 소리가 다시 일어났다. 아이들은 무대 위와 아래로 가지런히 벌려 서서 일제히 목청을 높인다.

　"삼천리 반도 금수강산 하나님이 주신 내 동산."
하고 제이백십구장 찬송가를 부른다.

　"일하러 가세! 일하러 가!"
하고 후렴을 부를 때, 아이들은 신이 나서 팔을 내저으며 발을 구르며 목청껏 소리를 지른다.

　어느 틈에 원재를 위시하여 청년들과 친목계의 회원들까지 따라 불러서 예배당 마당이 떠나갈 듯하다. 이 노래는 한곡리서 애향가를 부르듯이 무슨 때에는 교가처럼 부르는 것이다.

　찬송가가 끝나자 원재 어머니는 회원들을 대표해서 먹글씨로 커다랗게 쓴 백지를 무대 정면에다가 붙이고 내려간다.

　'一金 貳百七拾圓也 靑石洞婦人親睦契員 一同(일금 이백칠십원야 청석동부인친목계원 일동)'

　이 종이쪽을 보고 놀란 것은 비단 학부형뿐이 아니다. 이때까지 여러 사람 앞에 나타나지 않던 영신이도 무대 뒤에서 제 눈을 의심할 만큼 놀라서,

　"저게 웬일이야요?"
하고 한달음에 원재 어머니의 곁으로 갔다.

　"아까 회원들이 다 모인 김에 우리가 입때꺼정 저금한 걸 새집 짓는 데 죄다 내놓기루 했어요."
한다. 영신은 감격에 겨워 눈을 딱 감고는 아무 말도 못 하고 돌아섰다. 영신의 덕택으로 호미와 절굿공이와 오줌동이밖에 모르고 지내던 자기네부터 글눈을 떴거니와, 오늘 저녁에 자기네가 금지옥엽같이 기르는 자녀들이 그처럼 신통하게 재주가 있을 줄은 꿈에도 몰랐었다. 평생 처음

으로 크나큰 감동을 받은 그들은,

'오냐, 우리네 자녀도 가르치면 된다. 남부럽지 않게 개화를 한다.'

하는 신념을 얻었다. 그래서 원재 어머니의 발설로 몇몇 해를 두고 별별 고생을 다 해가며 푼푼이 모은 저금을, 한 사람의 반대도 없이 송두리째 학원을 짓는 데 기부를 하게 된 것이다.

"허어, 이거 부인네들이 저 어려운 돈을 내놨는데, 사내코빼기라구 가만있을 수 있나?"

하고 늙은이들은 주머니 털음을 하고 타동 사람까지도 지갑을 뒤져서 당장에 칠 원 각수(돈을 '원' 단위로 셀 때, '원' 단위 아래에 남는 몇 전이나 몇 십 전을 이르는 말)가 모였다. 몇백 명 틈에서 단돈 칠 원! 그러나 그네들이 시재(당장에 가지고 있는 돈이나 곡식) 가진 돈이라고는 그밖에 없었다. 그것도 뜻밖의 큰돈인 것이다. 구경꾼들은,

'좀 더 구경할 게 없나.'

하고 서운한 듯이 떠날 줄 모르다가 하나씩 둘씩 흩어졌다. 영신은 아이들의 옷과 유희하던 제구를 챙겨 넣은 뒤에, 어젯밤 늦도록 빚은 송편과 시루떡을 아이들과 함께 나누어 먹었다.

'아, 저이들두 인제는 저만큼이나 깨어가는구나.'

하니 저의 헌신적 노력이 갚아지는 듯 다시금 감격에 겨워 몇 번이나 그 떡이 목에 넘어가지를 않았다.

일 년 중에도 가장 밝고 맑고 서늘한 추석날 저녁의 달빛은 예배당 마당으로 쏟아져 내린다. 영신은 아이들의 손을 잡고 그 달이 기울도록 노래를 부르며 어린애와 같이 뛰놀았다. 기쁨과 행복이 온몸에 넘쳐서, 사랑하는 사람이 눈앞에 보이기만 하면 와락 달려들어 한바탕 머리를 꺼둘러 주고 싶었다. 뺨을 대고 그 기쁨을, 그 행복을 들비벼 주고 싶었다.

영신은 그 돈 이백칠십 원 중에서 반만 학원을 짓는 데 쓰리라 하였다.

그 돈을 다 들인대도 도저히 설계한 대로 지을 수 없지만, 근근자자히 모은 근로계의 돈을 내놓았기로, 냉큼 송두리째 집어 쓸 수는 없었던 것이다.

"우선 이것만 가지고 시작을 해보겠어요. 시작이 반이라는데, 설마 중간에 못 짓게야 될라구요. 기부금 적은 것만 들어오면……."

하고 회원들의 특별한 호의라느니보다도 일종의 희생적인 기부금을 굳이 반만 쓰겠다고 사퇴를 하였다. 또 한편으로는,

'아무리 같은 통속이래도 잔약한 그네들에게만 의뢰를 하는 것은 근본 취지에 어그러진다. 내 힘으로 해야지, 내 힘껏 해보다가 쓰러지는 한이 있더래두, 전수 남의 도움만 받으려는 것은 우리네의 큰 결점이다.'

하는 생각이 들었던 것이다.

'자 이젠 집을 짓는구나!'

하니, 그는 미리부터 흥분이 되어서 잠이 안 왔다.

어떻게 무엇부터 시작을 해야 할는지 엄두가 나지를 않아서 잠을 잘 수가 없었다. 그러나 교회에 관계하는 사람도 집 짓는 데는 모두들 손방(아주 할 줄 모르는 솜씨)이라, 누구와 의논조차 해볼 데가 없다.

'동혁 씨나 핑곗김에 공사 감독으로 불러댈까? 한번 집을 지어본 경험이 있으니…….'

하다가,

'아니다. 그건 공상이다.'

하고 어떻게든지 한곡리 회관보다 번듯하게 지어 놓은 뒤에, 낙성식을 할 때에나 버젓이 초대를 하리라 하였다. 그때까지는 아무리 만나고 싶어도 꽁꽁 참으리라 하였다.

동네에 지위 명색이 두어 사람 있기는 하지만 닭의 장, 돼지우리나 고작해야 토담집이나 얽어본 구벽다리('구년묵이'의 잘못. 여러 해 묵은 물건)뿐이다. 영신은 생각다 못해서 삼십 리 길을 걸어서 장터로 목수를 부르러 갔다. 재목은 마침 근동에서 발매(나무를 가꾸는 산에서 키운 나무를 한목 베어 냄)를 하는 사

람이 있다니까, 생목을 잡아 쓸 셈만 치고, 우선 안목이 있는 목수를 불러다가 의논이라도 해볼 심산이었다.

영신은 수소문을 해서, 면역소나 주재소 같은 관청 일을 도급(일정한 기간이나 시간 안에 끝내야 할 일의 양을 도거리로 맡거나 맡김. 또는 그렇게 맡거나 맡긴 일)으로 맡아 지었다는 젊은 목수 한 사람을 찾아보고는 무작정하고 데리고 왔다. 데리고 와서는,

"여보 피차에 젊은 터이니, 품삯 생각만 하지 말구 모험을 한번 합시다요. 우리 둘이서 이 학원 집을 짓는 셈만 치구 시작을 해서, 성공만 하면 당신의 이름두 나구 큰 공익사업을 하는 게 아니겠소?"

하고 학원을 시급히 지어야 할 사정과 돈이 당장에는 백여 원밖에 없다는 것을 툭 털어놓고 이야기를 한 후, 서랍 속에서 여러 가지로 그려본 설계도를 꺼내어 보였다. 설계도를 한참이나 들여다보고 앉았던 서글서글하게 생긴 목수는,

"그러십시다. 제 힘껏은 해봅죠. 돈 바라구 하는 일두 있구, 일 재미루 하는 일두 있으니깐입쇼."

하고 선뜻 대답을 하였다. 바다 밖으로까지 바람을 잡으러 다녀서 속이 터진 목수는, 영신의 활발한 첫인상도 좋았거니와 자기의 사사로운 일이 아닌데, 물정을 모르는 신여성이 삼십 리 밖으로 저를 데리러 온 열성에 감복하였던 것이다. 뿐만 아니라, 핫삐(일본 노동자들이 입는 옷)를 걸치고 짜개발(엄지발가락과 나머지 발가락이 따로 들어가도록 앞부분이 나누어진 신발이나 버선)을 하고는 남의 지청구(아무 까닭 없이 남을 탓하고 원망함)만 받으며 따라다니던 사람이라, 처음으로 도편수(집을 지을 때 책임을 지고 일을 지휘하는 우두머리 목수)가 되어서 제 의사껏 일을 해보게 되는 데 미리부터 어깻바람이 났던 것이다.

재목도 우거지 같은 떼를 써서 헐값으로 잡아서 실어 오고, 벽련(통나무를 네모지게 대강 다듬은 짧은 뗏목)하는 꾼에 자귀질 톱질꾼까지 불러다가는 엉터리(대강의 윤곽)로 일을 시작하였다.

집터는 온 동리가 내려다보이는 예배당 맞은쪽 언덕에다가 잡았다. 어느 교인의 소유로 삼백여 평이나 되는 것을, '돈이나 땅을 많이 가진 부자가 천당에 들어가기는 약대(낙타)가 바늘구멍으로 들어가기보다도 어렵다'고 예수가 말한 비유까지 해가면서 사뭇 강제로 빼앗다시피 하였다.

집터를 닦는 날은 한곡리만큼 풍성하지는 못하였다. 인심도 다르거니와 한창 벼를 베고 한편으로는 바심을 하기 시작한 때라 장정은 얻어 보기가 어려웠다. 그래서 영신은 청년회원들과 아이들까지 총동원을 시켰다.

'체면이구 뭐구 다 볼 때가 아니다!'
하고 그는 다리를 걷고 버선까지 벗어던지고 덤벼들었다. 주춧돌을 메고 목도질을 해오려면 어깨의 뼈가 으스러지는 듯이 아팠다. 키동갑이나 되는 거성(큰톱)을 당겨 주고, 껍데기도 안 벗긴 물 먹은 기둥나무를 이리저리 옮기고 하느라고, 해 뜰 때부터 어둑어둑할 때까지 봉죽을 들어 주고 나면, 허리가 참나무 장작이나 댄 것처럼 꼿꼿하고 뼈끝마다 쏙쏙 쑤셔서 그 고통은 이루 형용할 수가 없었다.

"저러다 큰병이나 나면 어떡허시려우?"
하고 부인네들은 쫓아다니며 한사코 말리건만, 영신이 자신부터 그런 일까지 나서서 하지 않으면, 다른 사람들은 어정버정하고 일들을 안 한다. 또는 모군꾼(공사판 따위에서 삯을 받고 일하는 사람) 한 사람의 품삯이라도 절약을 하는 수밖에 없었던 것이다.

달밤을 이용해서 영신은 모래를 날랐다. 들것을 만들어 가지고 청년들과 마주잡이를 해서, 시냇가의 모래와 자갈을 밤늦도록 나르기를 여러 날이나 하였다.

한창 기운의 남자도 힘이 드는 일을 하다가 몹시 피곤하면 시냇가 모래밭에 두 다리를 뻗고 주저앉아서, 지쳐 늘어진 다리팔을 제 손으로 주물렀다.

　그것을 본 계집아이들은,

　"내 주물러 드릴게유."

　"선생님, 내 주물러 드릴게유."

하고 달려들어 다투어 가며 선생의 팔을 주무르고 다릿마디를 쳐준다.

　영신은 마전(생피륙을 삶거나 빨아 볕에 바래는 일)을 한 통무명을 펼쳐 놓은 것같이 달빛에 비치는 시내를 내려다보다가 소녀 시대의 생각이 어렴풋이 나면은,

　"얘, 우리 소꿉질하련?"

하고 사기그릇 깨진 것이나 조약돌을 주워 모아 제단을 만들었다 허물었다 하기도 하고, 모래로 성을 쌓기도 한다.

　"두껍아 두껍아, 헌 집 주께 새집 다구."

해가며 도도록하게 쌓아 올린 모래를 토닥토닥 두드리기도 한다. 그러면 참 정말 소녀와 같은 기분으로 돌아가서 지나간 그 옛날을 추억하느라고 비록 잠시나마 극도로 피곤한 것을 잊을 때도 있었다.

　토역을 할 때에도 손이 째이면(일손이나 물건이 모자라서 일에 쫓김) 맨발로 들어서서 흙을 이기고, 죽가래를 들고 진흙을 섬겨 주노라면 땀이 철철 흘러서 눈을 바로 뜰 수가 없었다.

　동네 사람들은 틈만 있으면 모여들었다. 그러나 그네들은 집 짓는 것을 조금이라도 거들어 주려고 오는 것이 아니요, 젊은 여자가 아슬아슬한 데까지 걷어붙이고 상일을 하는 것이 신기해서 구경차로 모여드는 것이다. 남은 죽기 기를 쓰고 일을 하는 것을 입을 헤 벌리고 바라다보는 것을 보고,

　'왜 저렇게 얼이 빠진 사람처럼 멍하니들 섰을까.'

하고 혀를 끌끌 차면서도, 그는 비릿비릿하게 일을 도와 달라는 말은 한 마디도 아니 하였다.

…… 그럭저럭 집을 짓기 시작한 지 한 달이나 지나갔다. 젊은 목수는,

"이런 일은 번갯불에 담배를 붙이듯이 해치워야지 오래 끌수록 내 손해다."

하고 다른 봉죽꾼들을 휘몰아서 일은 여간 빨리 진행이 되지를 않는다. 그래서 벌써 중방까지 꿰고 윗가지를 얽게 되었다.

이때까지 구경만 하던 동네 사람들도 영신이가 진종일 매달려서 일을 하는 것을 보고 매우 감동을 받아,

"우리가 사내 명색을 하구, 그대루 볼 수는 없네."

하고 바심이 끝나자 와짝 모여들어서 청솔가지를 꺾어다가 두툼하게끔 물매를 잡아 새(억새 따위의 볏과 식물을 통틀어 이르는 말)를 올리며 일변 초벽까지 끝이 났다. 그중에도 부인친목계의 회원들은,

"채 선생님 혼자서 저렇게 일을 하게 내버려 뒀다간 참말 큰일 나겠구려. 집안일은 못 해두 우선 저 집부터 지어 놔야 맘을 놓겠수."

하고 자기네 남편을 하나씩 끌고 와서 일이 부쩍부쩍 늘었던 것이다. 영신은 평생소원이던 학원 집이, 비록 설계한 대로 되지는 않았어도 한 칸 두 칸 꾸며 나가는 데 재미가 나서 여전히 침식을 잊고 지냈다. 늙으신 어머니를 그리워할 겨를도 없고, 토요일 저녁이면 무슨 일이 있든지 동혁에게 꼭꼭 써 부치던 편지도 두 번씩이나 거르기까지 하였다. 그래서 동혁에게서는,

너무 과도하게 노력을 하다가 병이나 나지 않았느냐.

고 매우 궁금히 여기는 편지가 연거푸 왔다. 영신은,

"아이, 내가 집 짓는 데만 절망고(일이 너무 바빠 다른 일을 돌아볼 겨를이 없음)를 해서……."

하고 어느 날 밤은 속눈썹이 쩍쩍 들러붙는 것을 참으면서 그동안의 경

과를 소상히 적고 인제는 만날 날이 가까워 온다는 기쁜 소식을 전해 주었다.

두 달 열흘 남짓해서 '청석학원'은 문패까지 걸게 되었다. 가장 돈이 많이 드는 내부의 수장은 손을 대지도 못하고 창에 유리도 끼지 못하였지만, 인제는 마루까지 놓았으니까 급한 대로 쫓겨간 아이들도 수용할 수는 있게 되었다. 아이들은 새벽한 것이 미처 마르기 전부터 모여들었다. 그 아이들이 우리 속에서 뛰어나온 토끼처럼 넓은 마루에서 깡충깡충 뛰고 미끄럼을 타고 뜀박질을 하다 못해서, 펄떡펄떡 재주를 넘으며 좋아서 어쩔 줄을 몰라 하는 것을 볼 때, 영신은 기쁜 눈물이 옷깃을 적시는 것을 깨닫지 못하였다. 그 자리에 쓰러져 죽어도 눈이 감길 성싶었다.

낙성식을 하기 닷새 전을 기해서 영신은 동혁에게, '무슨 일이 있든지 그날 꼭 와 달라'는 편지를 썼다. 그러나 좋은 일에 마가 든다는 것은 이런 경우에 쓰는 말일까. 영신은 그 이튿날 아침 천만뜻밖에, '모친 위독 즉래'라는 급한 전보를 받았다.

그날 밤으로 부랴부랴 길을 떠난 영신은 자동차에 시달린 몸을 기차에 실린 뒤까지도 놀란 가슴이 가라앉지 않았다.

기차는 그믐밤의 어둠을 가르며 북으로 북으로 숨 가쁘게 달린다. 한 정거장 두 정거장이 휙휙 뒷걸음질을 쳐서 고향이 가까워 올수록, 불안과 초조는 점점 더해 가는데 앞에 앉은 사람이 누군지 거들떠보지도 않고 두 눈을 꽉 감은 채 생각에만 잠겼다.

'전보까지 쳤을 땐 암만해두 어머니가 돌아가신 거야.'
하는 방수끄런 생각까지 들었다. 그다지도 못 잊어하던 딸의 얼굴을 끝끝내 보지 못하고 외로이 숨을 거두는 어머니의 임종을 눈앞에 그려 보니 쌓이고 쌓였던 묵은 설움이 북받쳐 올랐다.

김정근과의 혼인 일로 청석골까지 오셨을 때 이틀 밤을 울며 밝히시

다가,

"넌 내 자식이 아니다."

하고 돌아서실 때의 그 쓸쓸하던 뒷모양! 자동차가 떠날 때 차창을 스치는 저녁 바람에 한 가닥 두 가닥 휘날리던 서릿발 같은 머리털! 정처 없이 굴러다니는 가랑잎처럼 마르고 찌든 그 노쇠한 자태!

'아아, 그 얼굴이 마지막이로구나!'

영신은 차창에 이마를 들비비며 소리를 죽이면서 흐느껴 울었다. 저 하나 공부를 시키려고 육십이 넘도록 생선 광주리를 내려놓지 못하시던 홀어머니를, 다만 몇 달 동안이라도 제 곁에 따뜻이 모시지 못한 생각을 할수록 저의 불효하였음이 뼈에 사무치도록 뉘우쳐졌다. 그러면서도 한편으로는 무슨 병환이 드셨는지는 몰라도 노환일 것 같으면 갑자기 위독하다는 전보까지는 치지를 않았을 터인데, 수산조합(水産組合)엔가 다니는 외삼촌이 한집에 모시고 있으면서 여지껏 엽서 한 장 아니 해 주었을 리야 없지 않은가. 그럼 어느 해 여름처럼 뇌빈혈로 길거리에 졸도나 하지 않으셨을까.

오만 가지 생각이 머릿속에 들끓어서 영신은 잠시도 눈을 붙이지 못하였다. 창밖의 그믐밤보다도 마음속이 더 캄캄한데 입술이 타도록 조바심이 나서 좀 눕는 체하다가는 다시 일어앉았다 하는 동안에 기차는 북관 천리를 내처 달렸다.

기적은 동해변의 조그만 항구의 새벽 공기를 새되게 찢었다. 밤새도록 차창에 들비빈 머리를 빗어 올릴 사이도 없이 뛰어내렸건만, 플랫폼은 기차가 떠난 뒤처럼 휑덩그렇게 비었는데, 마중을 나온 몇 사람 중에서 영신을 맞아 주는 사람은 하나도 없다.

출찰구에는 여관 이름을 쓴 초롱을 켜 들은 차인꾼들이 양옆으로 벌려 서서 졸린 듯한 목소리로 손을 끄느라고 법석이건만, 거기서도 영신의 손을 잡아줄 사람은 아무리 둘러보아도 눈에 띄지 않았다.

'마중을 나와 줄 경황두 없나 보다.'
하니 영신은 한층 더 불안해졌다. 그는 막 전깃불이 나가서 황혼 때와 같이 으스레한 정거장 넓은 마당에서 머리를 들었다.

삼 년 만에 우러러보는 고향의 하늘! 그러나 영신은 아침볕이 벌겋게 물들어 오는 동녘 하늘을 빡빡한 눈으로 쳐다보면서도 이렇다 할 감상이 일어날 마음의 여유가 없었다. 일분일초가 바쁘게 집으로 가고는 싶건만, 바다와는 반대 방향으로 오 리나 되는 언덕 밑까지 타박타박 걸어 올라가는 수밖에 없었다.

아직 점방의 문도 열지 않은 길거리를 도망꾼처럼 바스켓 하나를 들고 줄달음질을 쳐서 수산조합까지 왔다. 그러나 외삼촌이 다니는 사무소의 문은 굳게 닫혀 있지 않은가.

영신은 문을 흔들어 보다가 돌아서서 언덕길로 올라가다가 뿡뿡 하고 달려드는 버스와 마주쳤다.

'참, 그동안 버스가 댕기게 됐다는 걸 까맣게 잊어버렸었네.'
하고 혼잣말을 하고는 되돌아오면 타고 갈 양으로 정류장 앞에 가 비켜서는데 등 뒤에서,

"영신 씨!"
하고 부르는 소리가 들렸다. 귀에 익은 목소리에 영신은 깜짝 놀라서 고개를 홱 돌렸다.

버스가 미처 정거를 하기도 전에 허둥지둥 뛰어내리는 사내— 그는 틀림없는 김정근이었다.

"아, 웬일이세요?"
영신은 창졸간(倉卒間 미처 어찌할 수 없이 매우 급작스러운 사이) 부르짖듯 하였다. 여기서 만나기는 천만뜻밖이면서도 얼떨결에 정근이가 반갑기도 하였다.

"……"
검정 세루 신사양복을 입은 정근은 모자를 벗고 은근히 인사를 하면서

도 우물쭈물하고 얼핏 말대답을 못 한다.

"언제 이리루 오셨어요?"

영신은 정근이가 그동안 이곳의 금융조합으로 전근이나 해온 줄 알고 재우쳐 물었다. 정근은 여자의 날카로운 시선을 피하면서 지난봄에 결혼 문제를 해결지어 달라고 청석골까지 갔을 때보다도 더 여윈 얼굴에 아침 볕을 모로 받으며,

"저…… 지금 마중을 나가는 길인데요, 뻐스가 고장이 나서……."
하고는 계집애처럼 머리를 숙이고 말끝을 맺지 못한다.

"마중을 나오시다뇨? 누굴요?"

영신은 더욱 이상스러워서 연거푸 묻는다.

"영신 씨가 오실 줄 알구……."

"아아니, 내가 올 줄 어떻게 아셨어요?"

영신은 한길에서 정근에게 불심신문(不審訊問)이나 하듯 한다.

"얘긴 차차 하구 집으루 가시지요."

정근은 영신의 집 방향으로 돌아서며 무슨 죄나 지은 사람처럼 비실비실 걷기를 시작한다.

영신은 그 뒤를 바싹 대서며,

"그럼, 우리 집엘 가보셨겠군요?"
하고 조급히 물었다. 정근은 어려서부터 이웃집에서 자라나서 영신의 어머니를 '아주망이'라고 부르며 따르던 터이라, 무슨 일로든지 여기까지 왔으면야 저의 집에를 들렀을 듯해서 물어본 것이다.

정근은 여전히 선선하게 대답을 못 하고 버스를 기다리는 듯이 연방 정거장 편만 돌아다본다.

"아, 어머니가 위독하시단 전보를 받구 오는 길인데요, 왜 말씀을 못 하세요?"

영신은 갑갑해 못 견디겠다는 듯이 발을 멈추며 정근을 돌아다보았다.

정근은 그제야,

"아무튼 같이 갑시다. 대단친 않으시니 안심하시구요."

한다. 다년 책상 앞에 꼬부리고 앉아서 주판질을 하고 철필 끝만 달리느라고 워낙 잔졸하게(몹시 약하고 옹졸함) 생긴 사람이 허리까지 구부정해졌는데, 팔꿈치와 양복바지 꽁무니는 책상과 의자에 반질반질하게 닳아서 걸음을 걷는 대로 번쩍거린다. 영신은 한 걸음 다가서며,

"정말 대단친 않으세요?"

하고 정근의 말을 흉내 내듯 하였다. 어머니가 그동안 돌아가지 않으신 것만은 확실해서 우선 마음이 놓이면서도,

'그럼, 어째서 전보까지 쳐서 바쁜 사람을 불러 내렸을까?'

하는 의증이 더럭 났다.

"대체, 전보는 누가 쳤어요?"

하고 의심에 빛나는 눈초리로 정근의 옆얼굴을 노려보는데, 등 뒤에서 버스가 달려왔다. 정근은 대답할 것을 모면하고 손을 들어 버스를 세우더니,

"타구 가십시다."

하고 저부터 뛰어오른다. 영신은 잠자코 그 뒤를 따라 올랐다.

영신은 멀찌감치 떨어져 외면을 하고 앉았다. 어머니의 소식을 대강이나마 안 담에야 여러 사람 틈에서 이 말 저 말 묻기도 싫어서 창밖으로 눈을 돌렸다.

'얼마나 이상이 맞는 사람과 결혼을 해서 갖은 복록을 다 누리며 사나 두고 보자.'

고 저주까지 하던 남자가 어쩌면 저다지도 떡심이 풀린(낙담하여 맥이 풀림) 것처럼 풀기가 없을까? 왜 말대답도 시원히 못 할까? 대관절 여기는 무얼 하러 와서 나를 마중까지 나왔을까? 하니 눈앞에 앉은 정근이가 점점 더 의심스러워졌다.

어려서부터 학교에 다닐 때 보아 오던 거리에는 초가집이 거의 다 헐리고 얄따란 함석지붕에 낯선 문패가 붙었다. 무슨 양조장이니 조선 요리 무슨 관(館)이니 하는 커다란 간판만 눈에 띄는데, 어머니가 생선을 받아 가지고 다니던 수산조합 도매장을 지날 때에 생선 비린내만은 여전히 코에 끼쳤다.

'아하, 우리 고향두 어지간히 변했구나!'

영신은 터져 나오는 한숨을 금할 수 없었다.

영신을 불러 내린 것은 정근의 조화였다. 영신이가,

"어머니!"

하고 집으로 뛰어 들어가 보니, 어머니는 병들어 눕기는커녕 정지에서 아침 반찬을 할 것인지 생선을 다루고 섰지 않은가.

"앙이 우리 영싱이!"

하고 반색을 하며 마당의 아침볕을 받으며 내닫는 어머니의 눈물이 글썽글썽해진 얼굴은 지난봄에 보았을 때와 조금도 다름이 없다. 영신은 어머니가 반가운 것보다도 정근에게 속은 것이 몹시 불쾌해서, 어머니에게 잡힌 손을 뿌리치며 바스켓을 마루 끝에다 내던지고는,

"난, 어머이가 돌아가신 줄 알았구려!"

하고 저의 뒤를 따라와서 구두끈을 끄르는 정근을 돌아다보고 눈을 흘겼다.

"어미래 숨으 몬다구나 해야 집에 오지비……."

딸의 성미를 잘 아는 어머니는 눈 하나를 찌긋하고 심상치 않은 영신의 기색을 살피면서,

"어서 구들루 들어가자야."

하고 어름어름한다(말이나 행동을 똑똑하게 분명히 하지 못하고 우물쭈물함).

"자네두 들어오랑이."

어머니는 정근이가 정말 사위나 되는 듯이 불러들였다. 정근이가 슬금

슬금 곁눈으로 저의 눈치를 보며 들어와 윗목에 가 앉는 것을 보자, 영신은 발딱 일어서고 싶도록 불쾌해졌다. 양회 부대로 바른 장판만 들여다보고 입을 꼭 다물고 있으니까, 어머니는,

"어째 저리 실룩해 썼소? 너 몇 해 만에 집에 온 줄 아능야? 그러다간 과연 에미래 죽어두 모르지 앙켕이."

하고 흥분한 딸의 얼굴을 처음 보는 사람처럼 요모조모 뜯어보다가,

"앙이 어째 저러구 앉았기만 하오?"

하고 정근이더러 무슨 말이라도 꺼내라고 재촉 비슷이 한다. 그래도 정근은 꿀 먹은 벙어리처럼 아무 말도 못 하고 넥타이만 만지작거리고 앉았는데, 영신은 무릎을 세우며,

"어머니가 저렇게 정정하신데 전보를 친 사람이 누구야요?"

하고 반쯤은 정근을 향해서 새되게 쏘아붙인다. 속고 온 것보다도 어머니가 돌아가셨나 보아 애절 초절을 하던 것이 몹시 분하였다. 그보다도 어머니를 살살 꾀이고 어수룩한 늙은이와 짬짜미(남모르게 자기들끼리만 짜고 하는 약속이나 수작)를 해가지고 거짓말 전보를 친 정근의 비열한 태도가 주먹으로 그 핏기 없는 얼굴을 후려갈기고 싶도록 밉살스러웠다.

"그거사 차차루 알지비. 아척이나 먹으면서 천청이 얘기하지비······."

하고 어머니는 정지로 내려가서 수산조합에 다니는 동생의 댁과 아침상을 차린다.

조금 있자 생선 굽는 냄새가 풍겨 들어오건만, 방 안의 두 사람은 피차에 쓰디쓴 얼굴을 하고 말은커녕 마주 쳐다보지도 않는다. 밤새도록 기차 속에서 시달리면서 불안과 초조에 지지리 졸아붙은 듯하던 영신의 신경은 다시금 불쾌한 흥분으로 옥죄어 드는 것 같다.

정근은 양복 앞자락의 먼지를 손가락으로 톡톡 튀기고 있다가,

"너무 불쾌하게 생각은 마세요. 전보는 어머니가 치라구 하셔서, 치긴 내가 쳤지만······."

하고 간신히 한마디를 꺼낸다.

"알았어요!"

영신의 대답은 얼음같이 차다.

"지난봄의 그 편지 한 장으로는……."

"단념을 할 수 없었단 말씀이죠?"

"네……."

"그래서 어머니를 꼬드겨서 말짱한 노인이 돌아가신다구 거짓말 전보를 쳤군요?"

영신의 눈초리는 마주 쳐다보기가 매섭도록 날카롭다.

방 안의 공기는 찢어질 듯이 빡빡한데, 어머니는 손수 딸의 아침상을 들고 들어왔다.

밥상이 들어오는 것을 보자, 영신은 발딱 일어나 밖으로 나가서 세수를 하고 들어왔다. 잠시 자리도 피할 겸 머리를 식히기 위함이었다.

오래간만에 모녀가 겸상을 하고, 정근은 산지기 모양으로 윗목에 가 외상을 받았다. 영신은 어머니가 그동안 지낸 일과 수다스레 늘어놓는 잔사설을 귀 밖으로 흘리며 입맛이 깔깔해서 밥은 두어 술 뜨는 둥 마는 둥하고 물러앉았다.

어머니는 정근이가 너를 불러낸 것이 아니라는 발뺌을 뿌옇게 하고는,

"여러 말 할 거 없당이. 이번에사 귀정으 내야지 어찌겠능야. 앙이 몇 몇 해르 두구서리, 너만 고대한 사람으 무실에 마다능야. 그건 죄 앙이 되갠? 난 이젠 저 사람이 안심치 않아 못 보겠다."

하고는 연방 딸의 눈치를 살핀다. 영신은 속아서 내려온 분도 채 꺼지지 않았는데, 들어단짝(거두절미하고 곧바로 요점이나 본문제에 들어감) 그런 말을 꺼내는 어머니의 태도가, 뚜쟁이만큼이나 비열한 것 같아서 입술만 자근이 깨물고 있다가,

'직접으로 단판을 하고 말리라.'

하고 입속으로 양치질을 하고 있는 정근의 편 쪽으로 반쯤 돌아앉았다.

"날 좀 보세요!"

여자의 말에 따라 정근은 뇌란 얼굴을 쳐들었다. 그러나 그의 시선은 다시 무릎 위로 떨어졌다.

"아무튼 위조 전보까지 쳐서 날 불러 내리신 건 비겁한 행동이야요. 더군다나 어머니가 돌아가신 줄 알구 속구 온 게 몹시 불쾌하지만, 될 수 있는 대루 냉정하게 얘길 하겠어요."

하고 헛기침을 해서 목소리를 가다듬더니,

"원체 사랑이라는 건요, 한편 쪽에서 강제할 수도 없는 거구요, 또는 상대자의 사정을 봐서 제 몸을 바칠 수두 없는 줄 알아요. 그건 동정이지 진정한 사랑은 아니니까요."

하고 설교를 시작하듯 한다. 정근은 그제야 영신의 얼굴을 똑바로 쳐다볼 만큼 용기를 내었다.

"나두 그만 걸 모르는 건 아니에요. 그렇지만 어려서부터 단단히 믿어오던 터에, 편지 한 장으루야 첫 번 사랑하던 사람을 단념할 수가 있어요? 그런데 집에선 결혼 문제루 너무나 귀찮게 구니까, 좌우간 탁방(어떤 일 따위의 결말을 비유적으로 이르는 말)을 내려구, 일테면 비상수단을 쓴 겐데……."

하고는 바늘방석에나 앉은 것처럼 불안해한다.

영신은 남자의 앞으로 조금 몸을 다그며(물건 따위를 어떤 방향으로 가까이 옮김) 눈을 아래로 깔고,

"나 역시 정근 씨한테 미안한 생각이 없진 않아요."

하고 진심으로 동정하는 빛을 보이더니,

"하지만, 우리 두 사람의 관계는 첨부터 나빴어요. 당자의 장래는 어떻게 될는지 모르구, 부모들이 덮어놓고 혼인을 정했다는 건 다시 비판할 여지두 없지만, 개성(個性)에 눈을 뜬 우리가 옛날 어른들의 약속을 지켜야만 할 의무는 손톱 끝만큼두 없어요. 그렇지 않아요?"

하고 억지로 평화스러운 얼굴빛을 짓는다.

"그렇지만……."

"그렇지만 뭐야요?"

"난 오늘까지두 영신 씨 한 사람만을 사랑하구 있는데……."

"……."

이번에는 영신이가 대답에 궁한 듯 입을 뾰족이 다물고 있다가,

"나 같은 여자를 그다지 꾸준하게 사랑해 주신다는 데는 고맙다구 해야 할지 미안스럽다구 해야 할지 모르겠어요."

하고 여전히 눈을 내리깔고 있다가 목소리 보드럽게,

"정근 씨!"

하고 손톱여물을 썰고 있는 남자의 얼굴을 쳐다본다.

"그런데 두 사람 중에 한 편의 짝사랑만으로 결혼이 성립될 수가 있을까요?"

그 말에 신경질인 정근의 눈꼬리는 샐쭉해졌다.

"그야 성립될 수가 없겠지요."

하고 영신의 얼굴에 구멍이라도 뚫을 듯이 똑바로 노려보더니,

"도대체 어째서 뭣 때문에 나를 사랑할 수 없다는 거야요? 그 까닭이나 똑똑히 말해 주세요."

하고 바싹 다가앉는다.

단둘이서만 이야기할 기회를 주려고 어머니는 자리를 피해서, 영신과 정근은 피차에 최후의 담판을 개시하였다. 그러나,

'무슨 까닭으로 나를 사랑하지 않느냐?'

는 어리석은 듯하고 거북한 질문에는 얼른 대답이 나오지 않아서 영신은 잠시 주저할 수밖에 없었다.

"사람의 감정이란 인력으룬 억지루 못 하는 거야요. 하지만 난 인간적으룬 정근 씨를 싫어하지 않아요."

"그럼요?"

정근은 약빨리 말끝을 채뜨린다.

"일이 기왕 이렇게 됐으니 솔직하게 말씀하지요."

하고 영신은 무슨 셈을 따지듯 엄지손을 꼽는다.

"첫째, 돈을 모아서 저 한 사람의 생활 안정이나 꾀하려는 정근 씨의 이기주의가 싫어요!"

"이기주의가 싫다구요? 우리에겐 경제생활의 토대가 없으니까 따라서 문화두 없는 게지요. 그러니까 우린 첫째 돈을 모아 가지구 모든 걸 사야만 해요. 결국은 모든 걸 돈이 지배하구 해결 짓는 게니까요."

"그건 퍽 영리하구두 아주 현실적인 사상인진 모르지만요, 제 목구멍이나 금전밖에 모르는, 호인이나 유태(猶太) 사람은 되구 싶지 않아요! 저라는 개인 이외에 사회두 있구 민족두 있으니까요."

"암만 사회를 위하느니 민족을 위하느니 하구 떠들어두, 우선 돈을 안 가지군 무슨 일이든지 손두 대볼 수 없는 게 엄연한 사실인데야 어떡하나요?"

"물론 돈이 필요하지요. 그렇지만 우린 필요한 것과 귀한 걸 구별할 줄 알아야겠어요. 더군다나 계몽 운동이나 농촌 운동은 다른 사업과 달러서, 오직 정성으로 혈성으로 하는 게지, 돈을 가지구 하는 건 아니니까요. 실상 우리 같은 새빨간 무산자가 꿈에 광맥지나 발견하기 전엔, 돈을 모아 가지구 사업을 한다는 건 참 정말 공상이지요. 사실 남의 고혈을 착취하지 않구서 돈을 모은다는 건 얄미운 자기 변호에 지나지 못하는 줄 알아요."

이 말에 정근은 불복인 듯이 상체를 뒤흔들며,

"천만에, 그렇지 않……"

하는데, 영신은 갑자기 손을 들어 정근의 말문을 막으며,

"여러 말씀 할 게 없어요. 누가 무슨 말을 하든지 내 신념만은 굽히지

않을 테니까요. 그리구 둘째는요……."

하고 바로 정근의 턱밑에서,

"난 지금 연애니 결혼이니 하는 문제를 생각할 겨를이 없어요! 오해하시면 안 됩니다. 이것두 핑계가 아니구 사실이야요. 내가 청석골에다가 이 일 저 일 벌여 놓은 걸 직접 보셨지만, 지금 학원 집을 엉터리루 지어 놓구 허리가 휘도록 빚을 졌는데요, 바루 낼모레가 낙성식을 할 날이야요. 한눈을 팔기는커녕 죽으려야 죽을 틈이 없는 터에, 연애는 뭐고 결혼은 다 뭐야요."

말이 여기까지 이르자 부드럽던 영신의 말씨는 점점 여무져 가고, 잠 한숨도 못 자서 흐릿하던 눈에서는 영채가 돈다.

정근은 질문할 말도 대답할 말도 궁해서 과식한 사람처럼 어깨로 숨만 가쁘게 쉬고 있다가,

"그럼 모든 게 안정된 장래까지두 생각을 다시 고칠 수가 없을까요?"

하고 은근히 후일을 기약하자는 뜻을 보인다. 영신은 그 말대답도 서슴지 않았다.

"장래까지두 다시 생각할 여유가 없어요! 난 내 맘대루 약혼한 남자가 있으니까요."

"네? 정말요?"

정근은 입을 커다랗게 벌리며 몸을 반쯤이나 일으켰다. 영신이가 약혼을 하였다는 것을 여태까지 한낱 핑계로만 여겼던 것이다.

"박동혁이라구 저 한곡리라는 데서 농촌 운동을 하는 사람인데요, 돈은 한 푼두 없어두 황소처럼 튼튼하구 건실한 동지입니다. 올봄에 그이의 일터루 찾아가서 앞으루 삼 년 계획을 세우구 왔어요. 그래서 정근 씨한테 단념하라는 편지를 한 거야."

하고는,

"마지막으루 한마디 해두구 싶은 말이 있어요."

하고 목소리를 훨씬 낮추어 가지고,

"어려서부터 한고장에서 자라났구, 또는 여러 해 동안 나 같은 여자를 유념해 주신 정분으루 충고를 하는 건데요, 정근 씨가 지금 같은 개인주의를 버리구 어느 기회에든지 농촌이 아니면 어촌이나 산촌으로 돌아가서 동족이나 같은 계급을 위한 일을 해 주세요! 우리 같은 청년 남녀가 아니면 뉘 손으로 그네들을 구원해냅니까?"

영신의 목소리에는 정근의 머리가 저절로 수그러들 만한 열과 저력이 있었다.

두 사람은 함께 묵묵하였다. 그러다가 영신은 인제 더 할 말이 없다는 듯이,

"난 좀 자야겠어요."

하고 일어서더니 윗간으로 올라가 턱 누워 버린다.

점심때가 훨씬 겨워서 영신은 동혁이가 청석골로 와서 기다리는 꿈을 꾸다가 소스라쳐 깼다. 눈을 비비며 아랫방으로 내려가 보니, 정근은 그림자도 찾을 수 없는데, 어머니 홀로 벽을 향해서 훌쩍훌쩍 울고 누웠다.

"어머니 그이 어디 갔수?"

하고 딸은 어머니의 어깨를 흔들었다.

"뉘 아능야. 내게두 말없이 가방으 들구 나갔당이."

어머니는 돌아누운 채 울음 반죽으로 대답을 한다. 영신은 그 곁에 한참이나 잠자코 앉았으려니, 저에게 너무나 매정스러이 퇴짜를 맞고 다시 머나먼 길을 인사도 아니 하고 떠나간 정근이가 가엾은 생각이 들었다.

'차차 그이한테두 좋은 배필이 생기겠지.'

하고 눈을 내리감고는 그의 장래를 마음속으로 축복해 주었다. 그러다가 어머니의 뼈만 남은 손을 잡으며,

"어머니!"

하고 불렀다.

"어째 그리능야?"

어머니는 그제야 반쯤 돌아눕는다.

"너무 그렇게 섭섭해하지 마슈. 그 사람보다 더 잘나구 튼튼한 사윗감을 보여 드리께, 응."

하고 영신은 응석조로 어머니를 위로한다.

"사윗감이사 어디 없겠이. 그러나 정궁이만큼 어려서부터 정이 들구 얌전스리 구는 사람이 그리 쉬운 줄 아능야."

하더니,

"네 그럴 줄이사 몰랐지. 에미 마지막 소원두 끊어지구……."

하는 어머니의 눈은 또 질금질금해진다.

"글쎄 그렇게 언짢아하지 마시라니깐. 어느새 무슨 소망이 끊겼다구 그러슈? 몇 해만 눈 끔쩍하구 기다려 주시면 내가 잘 뫼시구 살 텐데……."

"듣기 싫다야. 내사 하두 여러 번 속았다. 이전 금방석으 태운대두 곧이들리지 않는당이."

하고 한숨만 들이쉬고 내쉬고 한다. 영신은 동혁이와 약혼을 하기까지의 자세한 경과와 청석학원을 짓느라고 죽을힘을 다 들인 이야기를 좍 하고 나서,

"나는 물론 어머니가 낳아서 길러 주신 어머니의 딸이지만, 어머니 한 분의 딸 노릇만은 할 수가 없다우. 알아들으시겠수? 어머니 한 분한텐 불효하지만, 내 딴엔 수천수만이나 되는 장래의 어머니들을 위하여 일을 하려구 이 한 몸을 바쳤으니까요. 그러는 게 김정근이 하나한테만 이 살덩이를 맡기는 것보다 얼마나 거룩하구 뜻있는 일인지 몰라요. 네 그렇죠? 어머니!"

어머니는 일어나 앉으며 파뿌리 같은 머리카락을 손가락으로 쓰다듬어 올리더니,

"모르겠다. 내사 평생으 이렇게 혼자 살란 팔자지비……."

하고는 다시 말이 없다.

"어머니, 우리 청석골루 갑시다. 아무려면 어머니 한 분이야 굶겨 드리겠수."

"싫당이, 싫어!"

어머니는 그것도 생각해 보았다는 듯이 체머리를 앓는 사람처럼 머리를 흔든다.

"밥술으 놓는 날까지는 내 앙이 벌어먹으리. 네 입 하나 감당으 하게두 어려운데, 이까지 쓸데없는 늙은이, 무쉴에 쫓아 가겡이? 네 출가하는 날까지 살기나 하문 그제나 구경을 가지비."

그 말에 영신은 참았던 눈물이 핑 돌았다. 얼핏 저고리 고름으로 눈두덩을 누르고 온몸의 용기를 내어,

"아무튼 내가 없인 낙성식을 못 할 테니깐 저녁차루 떠나야겠수."

하고 차마 하기 어려운 말을 꺼냈다.

"앙이, 오늘 나조루 떠나? 정말잉야? 어미하구 하룻나조 자보지두 앙이하구……."

마르고 주름 잡힌 어머니의 얼굴은 무한한 고독과 섭섭한 빛에 뒤덮인다. 딸은 그 얼굴을 마주 쳐다보다가,

"그럼 어떡허우! 어머니, 그럼 난 어떡허우?"

하고 목소리를 떨다가 어머니의 무릎에 이마를 들비비며 느껴느껴 울었다.

…… 어머니는 정거장까지 전송을 나왔다.

호각 소리가 들리고 기차 바퀴가 구르기 시작하는데, 치맛자락을 들추어 다 떨어진 주머니를 끄르며 따라오더니 딸이 얼굴을 내민 차창으로 그 주머니를 들여뜨리고는 잠자코 돌아섰다.

그 주머니 속에는 생선 광주리를 이고 다니면서 푼푼이 모아 넣은 돈이 묵직하게 들어 있었다.

반가운 손님

낙성식에 와 달라는 영신의 청첩을 받은 동혁은 저의 일과 조금도 다름이 없이 기뻤다.

"아무렴 가구 말구. 오지 말래두 갈 텐데……."
하고 혼잣말을 하면서 벽에 붙은 일력을 쳐다보았다.

'내일은 떠나야겠는걸.'
하고 노자를 변통할 궁리를 하였다. 추수라고는 하였지만, 잡곡을 섞어 먹는데도 내년 보리때까지 댈 양식조차 없었다. 간신히 계량이나 하던 것을, 그야말로 문전의 옥답을 반나마 팔아서 강도사 집의 빚을 청산하였기 때문에, 풍년이 들었어도 광 속에는 벼라고 겨우 대여섯 섬밖에는 들어가지 못하였다.

각종 세금과 비료대와 곗돈과 온갖 추렴이며, 동화가 각처 주막에 술값을 진 것과 일 년 동안에 든 가용을 따지고 보면, 그 벼 몇 섬까지 마저 팔아도 회계가 닿지를 않는다. 노인을 모신 사람이 생선철이 되어도 비린내조차 맡아 보지를 못하고 제법 광목 한 필 사들인 적이 없건만 씀씀이는 논 섬지기나 할 때보다 더 줄지를 않는다. 그것은 동혁이가 집안일에만 매달리지 않는 까닭도 다소간은 있겠지만, 소위 자작농이 그러하니 남의 소작을 해 먹는 사람들은 참으로 말이 못 된다. 회원 중에도 건배는 실농군도 되지 못하지만 남의 논 한 마지기도 못 얻어 하는 사람이라 가을이 원수 같았다.

"난 타작마당에서 빗자루만 들구 일어서는 꼴을 당하지 않으니까 배포만은 유하거든."
하고 배를 문질러 보이지만, 그 뱃속에서는 쪼르륵 소리가 나는 것이다. 실상은 삼사 년씩 묵은 빚만 대추나무에 연 걸리듯 해서, 어떻게 해야 할는지 도무지 엄두가 나지를 않는 모양이다. 그는 입버릇처럼,

"노름하다 밤 샌 건 제사 지낸 셈만 치구, 돈 내버린 건 도둑맞은 셈만 치면 고만이지."

하고 제 손으로 패가한 것을 변명하며 낙천가의 본색을 발휘하지만, 실상은 어린것들의 작은창자조차 곯리는 때가 많다.

생활의 안정을 얻지 못하는 그는 동네일을 한다고 덜렁거리고 다니기는 해도 노상 횃대에 오른 오리 모양으로, 어느 때 어느 바람에 불려서 어디로 떠 달아날지 모를 것 같은 기색이 올 가을부터 현저히 보일 때, 유일한 친구인 동혁의 마음은 어두웠다. 제 코가 석 자가웃이나 빠져서 물질로 도와줄 수 없는데, 그렇다고 끼니를 굶고도 먹은 체하고 농우회 일을 보는 것이 여간 마음 아픈 것이 아니다. 회의 일만 해도 그렇다. 회원들이 그렇게 집안의 반대와 괴로움을 무릅쓰고 일을 하건만 실상 생기는 것이라고는 드러내어 말할 것이 못 된다.

공동답의 수확은 작년보다 대여섯 섬이나 늘었다. 개량식으로 지은 보람이 있어 재미가 나고 구식만 지키는 사람들에게 자랑도 되지만, 한 마지기에 석 섬 마수나 타작을 하였대도 반은 답 주인 강도사 집으로 들어가니, 그것을 나누면 한 사람 앞에 한 가마니도 차례가 가지 못한다. 그것이나마 회관의 비용을 쓰려고 팔아서 저금을 하는 것이니 실속을 따지고 보면 헛수고를 한 셈이다. 회원들은,

"이거 너무 섭섭해서 안 됐는걸."

하고 겨우 고무신 한 켤레와 삽 한 자루씩을 사서 나누었을 뿐이다.

그러나 한 길이나 되는 볏단을 조리개로 큼직하게 묶어서 개상에다가 둘러메치자, 싯누런 몽근 벼가 와르르 쏟아질 때 회원들은 재미가 쏟아졌다. 도급기(稻扱機)의 으르렁거리는 소리가 바심꾼들의,

"어거— 따— 윗윗."

하고 태질을 하는 그 기운찬 소리를 들을 때, 황금 가루로 뫼를 쌓아 놓은 듯한 벼 무더기 속에 발을 푹 파묻고 벼를 끌어 담으며,

"두 말이요— 두 말. 서 말이요— 서 말."
하는 처량스러운 듯한 소리를 들을 때만은,
"아이구, 이걸 다 남을 주다니……."
하는 분한 생각이 들어 한탄을 마지않으면서도, 한편으로는 대견하기도 해서 잔다란 걱정을 잊을 수 있었다.
…… 노자를 변통할 궁리를 하던 동혁은,
'적어도 십 원 한 장은 가져야 할 텐데…….'
하고 입맛을 다셨다. 그러나 언뜻 눈앞에 나타난 것은 기만의 얼굴이었다. 그러나,
'치사하게 그자한테 돈을 취해 가지구 가긴 싫다.'
하고 튼튼한 두 다리로 걸어서 산을 넘어 물이라도 건너갈 결심을 하였다.
 낙성식 전날 영신은 십 리도 넘는 자동차 정류장까지 마중을 나갔다. 의외로 근친을 하였기 때문에 그럭저럭 사흘 동안이나 빠져서, 갑자기 준비를 하느라고 잠시도 떠날 사이가 없건만, 별러 별러 찾아오는, 더구나 청해서 오는 사랑하는 사람을 앉아서 맞을 수는 없었던 것이다.
 낮차에 헛걸음을 치고 돌아와서,
'저녁차에는 꼭 오겠지.'
하고 저녁때 또다시 나갔다.
 가슴을 졸이며 자동차를 기다리는데 멀리서 엔진 소리가 들렸다.
 영신은 신작로로 뛰어나가며 손을 들었다. 차는 브레이크 소리를 지겹게 내며 우뚝 섰다. 동혁은 벌써 알아보고 뛰어내릴 텐데, 만원도 아니 된 승객을 훑어보았으나 땅이 두 쪽으로 갈라져도 꼭 올 줄 알았던 사람은 그림자도 없다. 영신은 실망 끝에 어찌나 화가 나는지,
'이놈아, 왜 그이를 안 태워 가지구 왔느냐?'
하고 운전수를 끌어내려 퍽퍽 두드려 주고 싶었다. 그는 그만 낭판(계획한 일이 어그러지는 형편)이 떨어져서, 가로수 밑에 가 펄썩 주저앉아서 거의 한 시

간 동안이나 뻘겋게 노을이 낀 하늘만 원망스러이 쳐다보았다.
 '못 오면 그 성실한 이가 전보래두 쳤으련만…….'
하고 여러 가지로 추측도 해보고 공상도 해보다가, 내왕 이십 리 걸음이나 곱팽이를 쳐서 그만 풀이 죽어 가지고 어둑어둑할 무렵에야 집으로 돌아왔다. 공연히 짜증이 나서 학원에는 들르지도 않고 바로 사숙으로 갔다. 낙성식 준비래야 지도책을 펴놓고 만국기를 헝겊 조각에다 물감 칠을 해서 달 것과, 상량(上樑)할 때도 쓸쓸히 지낸 목수며 저와 함께 죽도록 애를 쓴 청년들을 점심이나 대접하려는 그 준비를 하는 것뿐이다. 소위 내빈이라고는 청하지도 않았으나, 학부형들이나 모아 놓고 그동안 경과를 보고하려는 것이다. 서울 연합회에 청첩을 보내지 않을 수가 없어, 회장이 못 오면 간사라도 한 사람 보내 달라고는 했으나, 속으로 오지 말았으면 하였다. 농촌을 이해한다고 하더라도 서울서 눈은 한껏 높은 '하이칼라'가 내려오면 보여 줄만 한 것도 없거니와, 대접하기만 거북할 것 같았다. 그런데 내빈의 총대표라고 할 만한 동혁이가 오지를 않으니(건배 내외와 농우회원들에게도 형식적으로 청하기는 하였지만) 낙성식이고 무엇이고 다 집어치우고 싶도록 부아가 났다. 내일 온대도 정각인 아침 열시까지는 도저히 대어 들어올 수가 없지 않은가.
 영신은 컴컴한 중문간에서,
 "원재 어머니!"
하고 불쾌히 부르며,
 "서울서 아무두 안 왔어요?"
하고 물으면서 운동화를 벗어던졌다. 서울로 통한 길은 다른 방향인데 그 길로는 원재를 보냈던 것이다. 집으로 들어오자 자기가 쓰는 방에 불이 켜진 것을 보고,
 '혹시 서울서나 누가 왔나?'
하고 물었는데 아무 대답이 없다. 영신은,

'원재 어머니꺼정 어디루 갔을까?'

하고 입속으로 꾸짖으며 방문을 펄썩 열고 들어서다가 깜짝 놀라 멈칫 하고 뒤로 물러섰다.

"왜 서울서 오는 사람만 찾으세요?"

방 한구석에 앉아서 각반(걸음을 걸을 때 발목 부분을 가든하게 하기 위하여 발목에서부터 무릎 아래까지 둘려 감거나 싸는 띠)을 풀다가 검붉은 얼굴에 웃음을 가득히 담고 돌아다보는 것은 동혁이다! 천만뜻밖에 떡 들어와 앉은 사람은 틀림없는 동혁이다!

"아, 이게 누구세요?"

영신은 놀라움과 반가움에 겨워서 가슴속은 두방망이질을 한다. 동혁은 벌떡 일어나 영신의 두 손을 덥석 쥐고 잡아 흔든다.

"아아니, 어디루 어떻게 오셨어요?"

"어떻게 오다니요? 이 두 바퀴 자동차를 타구 왔지요."

하고 동혁은 제 다리를 탁 쳐 보인다. 영신은 혀끝을 내두르며,

"아이고 어쩌면! 배두 안 타구 돌아오셨으면, 한 삼백 리나 될 텐데……."

하니까,

"아따, 삼천 리는 못 올까요?"

하고 동혁은 그저 손을 놀 줄 모른다.

"그래 언제 떠나셨어요?"

"어저께 새벽에요."

영신은 그만 동혁의 가슴에, 그립고 그립던 그 널따란 가슴에 얼굴을 파묻었다. 동혁은 두 팔로 영신의 어깨를 힘껏 끌어안았다. 두 사람은 함께 한참 동안이나 말을 못 하였다.

영신은 얼굴을 들었다. 등잔불빛에 번득이는 두 줄기 눈물! 그것은 반가움에 겨워서만 흘러내리는 것이 아니다. 거칠고 어두운 벌판을 홀로

헤매다니다가 어버이의 따뜻한 품속으로 기어든 듯한 느낌과, 살이 찢기고 뼈가 깎이도록 고생한 것을 무언중에 호소하는, 그러한 눈물이었다.

동혁은 눈을 꽉 감았다가 뜨며,

"신색이 매우 못하셨군요."

하고는 손등으로 눈물을 비비고 난 영신의 얼굴을 무한히 가엾은 듯이 들여다본다. 반년 남짓이 만나지 못한 동안에 영신은 그 탐스럽던 두 볼이 여위고, 눈 가장자리에는 가느다란 주름살까지 잡혔다. 더운 때도 아닌데 입술이 까맣게 탄 것을 보니, 그동안 얼마나 노심초사를 했나— 하는 것이 역력히 들여다보여서, 동혁은,

'그래 집짓기에 얼마나 애를 쓰셨어요?'

하는 말이 입 밖까지 나오려는 것을 도로 끌어들였다. 그런 인사치레는 일부러 하기가 싫었던 것이다. 등잔불은 고요히 두 사람 사이의 침묵을 흔드는데,

"우리 집 보셨지요? 동혁 씨 집보다 잘 지었지요?"

한참 만에야 영신은 딴전을 부리듯이 묻는다.

"아까 잠깐 바깥으루만 둘러봤는데, 너무 훌륭하더군요. 한곡리 회관쯤은 게다 대면 행랑채 같아요."

하고는,

"집들은 엄부렁하게 지어 놨지만, 이젠 내용이 그만큼 충실하게 돼야 해요."

하고 동혁은 제가 주인인 듯이 영신의 손목을 끌어다 앉혔다. 회관의 설계도를 보고 또는 편지로 자세히 짐작은 하고 있었지만, 여자 혼자 시작한 일로는 엄청나게 규모가 큰 데 두 번 세 번 놀랐다.

"좀 누우세요. 여간 고단치가 않으실 텐데……."

하고 영신은 목침을 내놓고 일어서며,

"시장두 하실걸. 원재 어머닌 어딜 가서 여태 안 들어와."

하며 일어나는데,

"아이고, 선생님이 벌써 오신 걸 몰랐네."

하고 마주 들어오는 것은 이 집의 주인이었다. 그는 손님이 혼자 와서 기다리는 것이 보기 딱해서 영신의 뒤를 쫓아 보낼 사람을 얻느라고 회관으로 올라갔다가 내려온 것이었다.

영신은 원재 어머니에게만은 동혁이와의 관계를 이야기하여서, 그 역시 동혁이를 여간 기다리지 않았었다. 그는 부엌으로 들어가며,

"어쩌면 그렇게 대장감으루 생겼어요? 첨 봐서 그런지, 마주 쳐다보기가 무서웁디다."

하고 혀끝을 내둘러 보이면서 밥상을 차린다. 청석골 밖에는 나가 보지도 못하였지만, 동혁이처럼 건장하고 우람스럽게 생긴 남자를 처음 보았던 것이다. 천사와 같이 숭앙하는 채 선생의 남편 재목이, 방 안이 뿌듯하게 들어설 때 그의 마음속까지 뿌듯하였다. 영신이도 동혁이를 칭찬하는 말이 듣기 싫지 않아서,

"그렇게 무서워 뵈요? 아무튼 보호 병정 하나는 튼튼하게 됐죠?"

하고 느긋한 웃음을 웃어 보였다. 원재 어머니가,

"찬이 없어서 어떡한대유?"

하고 성화를 하니까,

"뭘, 돌멩이를 깨물어 먹어두 새길걸."

하면서도, 밥상을 들고 들어가서는,

"한곡리처럼 대접을 해드릴 수는 없어요. 우린 쩍의 반찬(배고플 적이란 의미)밖에 없으니까요. 당초 부엌에 들어설 틈두 없구요."

하고는,

"호호호호."

하고 명랑히 웃는다. 동혁은,

"내가 요릿집을 찾아온 줄 아슈?"

하고는 밥상을 들여다보더니,

"외상을 먹구는 언제 갚게요. 밥 한 그릇만 더 갖다가 우리 같이 먹읍시다."

하고 우겨서, 둘이 겸상을 해서 먹으며 피차에 지낸 이야기를 대강 주고받았다.

두 사람은 이야기를 하면서도,

'저 사람을 그다지두 그리워했었던가.'

하는 듯이, 피차에 얼굴에서 눈을 떼지 않고 기계적으로 숟가락질을 했다. 동혁은 숭늉을 마신 뒤에 입이 찢어지도록 하품을 하더니,

"이 근처에두 주막이 있겠지요?"

하고 억지로 몸을 일으킨다. 제아무리 장사라도 이틀 동안에 거의 삼백 리 길이나 줄기차게 걸어왔으니 노그라지지 않을 수가 없었다.

"주막은 왜 찾으세요? 어느새 망령이 나셨남."

하고 영신은 동혁을 붙잡아 앉히고는 홑이불을 새로 시친 저의 이부자리를 펴주고 나서,

"하구 싶은 얘긴 태산 같지만 오늘은 일찌감치 주무세요. 오죽 고단하실까."

하고 일어선다. 동혁은,

"아닌 게 아니라 내쫓아도 못 가겠쇠다."

하고 못 이기는 체하고 자리 위에 쓰러졌다. 영신은 안방으로 건너갔다가 자리끼를 들고 들어와서,

"문고리를 꼭 걸구 주무세요, 네."

하고 의미 깊은 웃음을 웃어 보이고는 나간다. 동혁이도 한곡리 바닷가의 오막살이에서 영신이가 오던 날 밤에 제가 한 말이 생각이 나서 빙긋이 웃으며,

"굿 나잇!"

하고 손을 들었다. 조금 있자, 문풍지가 진동하도록 드르렁드르렁 코를 고는 소리가 안방에서 잠을 얼핏 이루지 못한 영신의 귀에까지 들렸다.

동혁은 한곡리서 나팔을 부는 시간에 자리를 걷어차며 벌떡 일어났다. 정신없이 쓰러져 잤건만, 온몸의 피곤이 회복되지를 못해서 사지가 나른한데, 잠이 깨어 누웠자니 비록 깨끗하게 빨아서 시치기는 했으나 영신이가 베던 베게와 덮던 이불에서 아렴풋이 풍기는 여자의 살 냄새는 코를 자극시킬 뿐이 아니었다.

그는 대문 밖으로 뛰어나가 체조를 한바탕 하고, 샘을 찾아가서 냉수로 세수를 하고는 학원으로 올라가서 두어 바퀴나 돌면서 야릇한 흥분을 간신히 가라앉혔다.

늦은 가을 서리 찬 아침은 정신이 번쩍 나도록 상쾌하다.

'아아, 여기가 청석골이었구나!'

하고 동혁은 산중 벽촌의, 하나도 신기할 것이 없는 자연을 둘러보았다. 띄엄띄엄 선 초가집 앞의 고욤나무는 단풍이 지고, 미루나무는 벌써 낙엽이 져서 가지만 앙상한 것이 매우 소조해 보인다. 다만 흰 벽이 찌들은 예배당만이 한곡리에 없는 귀물이었다.

…… 조반을 같이 먹으면서도 두 사람은 보통 연애를 하는 남녀와 같이 깨가 쏟아지는 듯한 이야기는 없었다. 영신이도 수다스러이 재잘대기를 좋아하는 성미가 아니라, 하고 싶은 말은 가슴속에 첩첩이 쌓였건만, 입은 나분나분하게 놀려지지를 않았다.

"이따가 내빈 총대(來賓總代)로 한마디 해 주세요. 기부금 적은 사람들이 감동이 돼서 척척 내놓게요."

하고 특청을 하였고,

"어디 연설 말씀을 할 줄 알아야지요."

한 것이 중요한 대화였다.

시간이 되려면 멀었건만 아이들은 거의 다 모여들었다. 그중에도 계집애들은 명절 때처럼 울긋불긋하게 입고 어깨동무들을 하고는 학원 마당으로 모여들었다. 어떤 계집애는 추석놀이를 하던 날 밤에 꽂았던 풀이 죽은 리본을 꽂고 자랑스러이 고개를 갸우뚱거리며 다닌다.

동혁은 운동장으로 내려가서 나비를 움켜잡듯이 제일 조그만 계집애 하나를 붙들어 번쩍 들고, 겁이 나서 빨개진 뺨에 입을 맞추고는,

"이 색시, 몇 살인구?"

"집은 어디지?"

"그래 채 선생님이 좋아?"

하고 말을 시킨다. 다른 아이들은 고만 꼬리가 빠질 듯이 풍비박산을 하는데, 동혁에게 붙들린 계집애는 처음에는 겁이 나서 발발 떨며 울지도 못하다가 그렇게 무서운 사람이 아닌 줄 알고,

"일곱 살유."

"우리 집은 청석굴이래유."

하고 사투리를 써 가며 곧잘 말대답을 한다.

동혁은 체격과는 정반대로 아이들을 보면 귀여워서 사지를 못 쓴다.

"이걸 누가 해 주던?"

하고 리본도 만져 보고 어깨 위에다 둘씩이나 올려놓고 얼싸둥둥을 하고 춤을 추듯 하고 다니는 것을 보고는,

'어디서 저렇게 생긴 사람이 왔을까?'

하고 도망을 갔던 아이들이 살금살금 모여들어서 동혁을 에워쌌다.

"저어, 이 아저씨가 사는 한곡리란 동네엔, 너희 같은 애들이 창가두 잘하구 유희두 썩 잘하는데 너희들은 아주 바보로구나."

하고는, 저 먼저 굵다란 목소리로 동요도 하고, 그 큰 몸집을 굼뜨게 움직이며 유희하는 흉내도 내어 보인다. 아이들은 그것이 우스워서 깔깔거리며 자지러지게 웃다가,

"애개개, 우리더러 창갈 할 줄 모른대여."

하고 도리어 놀려먹으려고 든다. 동혁이가,

"그럼 어디 한 번들 해봐라."

하고 꾀송꾀송('꾀음꾀음'의 사투리. 달콤한 말이나 교묘한 말로 남을 자꾸 꾐)하면, 아이들은 성벽이 나서 추석날 하던 유희와 창가를 되풀이하느라고 시간이 된 줄도 몰랐다.

'땡그렁 땡땡, 땡그렁 땡땡.'

언덕 위 학원 정문에 달린 종이 울린다. 그 명랑한 종소리는 맑고 푸르게 갠 아침, 한없이 높은 하늘로 퍼지는데, 아이들은 와아 소리를 지르며 앞을 다투며 달려간다.

'땡그렁 땡땡, 땡그렁 땡땡.'

그 종은 새로 사다가 한 번도 울려 보지 않았던 것이다. 동혁은 머리를 들어 종을 치고 선 영신을 쳐다보았다.

이 돈은 꼭 저금을 해두었다가 새로 지으려는 학원 마당 앞에 종을 사서 달겠습니다. 아침저녁 내 손으로 울리는 그 종소리는 나의 가슴뿐 아니라, 이곳 주민들의 혼곤히 든 잠을 깨워 주고 청석골의 산천초목까지도 울리겠지요.

라고 띄웠던 편지 사연이 생각났다. 오늘 아침의 그 종소리는 누구보다도 동혁의 가슴 한복판을 울렸다.

학부형들과 집을 짓는 데 수고를 한 사람들이며 부인근로계원들은 물론 교실의 칸을 터 놓은 새 학원이 비집고 들어설 틈이 없도록 꽉 찼다. 동혁은 맨 뒷줄에 가서 앉았다가 구경꾼들이 꾸역꾸역 모여들어서 떠들어대는 것을 보고,

'손님처럼 서서 구경만 할 게 아니다.'

하고,

"여보슈, 어른들은 뒤루 나섭시다. 나서요."

"쉬— 떠들지들 맙시다."

하고 사람의 틈을 비비고 다니며 장내를 정돈시켜 주었다. 여러 사람은,

"저게 누군가?"

"어디서 온 사람이여?"

하고 두리번거리면서 비슬비슬 비켜선다.

그러자 교회의 장로인 대머리 영감이 단 위에 올라섰다. 장로는 서양 사람의 서투른 조선말을 그나마 어색하게 입내 내는 듯한 예수교식의 독특한 어조로 개회사를 하고 일부러 떨리는 목소리로 기도를 인도한다. 겉장이 떨어진 성경책을 들고 예배나 보듯이 성경까지 읽는다. 그동안 동혁은 끔벅끔벅하며 교단 맞은편 벽에 붉은 잉크로 영신이가 써 붙인 몇 조각의 슬로건(표어)을 쳐다보고 있었다.

'갱생(更生)의 광명은 농촌으로부터!'

'아는 것이 힘, 배워야 산다.'

'우리의 가장 큰 적은 무지(無智)다.'

'일하기 싫은 사람은 먹지도 말라.'

'우리를 살릴 사람은, 결국 우리뿐이다.'

이러한 강령 비슷한 것이 조금도 신기한 것은 아니건만 그 장로와 비교해 볼 때, 동혁은,

'이것도 조선의 현실을 그려 놓은 그림의 한 폭인가.'

하고 속으로 쓸쓸히 웃었다. 그러나 이러한 모임에 양복쟁이들이 와서 앞줄에 가 버티고 쭉 늘어앉지 않은 것만은 유쾌하다면 유쾌하였다.

귀에 익은 손풍금 소리가 들리며, '삼천리 반도 금수강산'을 부르는 찬미 소리가 일어났다. 그제야 장래는 활기가 돌기 시작하는데, 아이들과 어른들이 함께 목청을 높여,

"일하러 가세 일하러 가!"

하고 소리를 지를 때는,

　'그런 찬송가는 꽤 좋군.'

하고 동혁이도 따라 부르고 싶은 충동을 느꼈다.

　찬송가가 끝난 후 장로는 일어서서 매우 경건한 어조로, 그러나 여전히 서양 선교사의 입내를 내듯이,

　"먼저 여러분께서, 이처럼 마안히 와 주신 것 감사합네다. 오늘날 우리가 이와 같은 큰 집 짓고, 낙성식을 서엉대히 열어서, 하나님께 영광을 돌리게 된 것은, 다아만 우리 청석동의 무지한 백성을 불쌍히 여기사, 당신의 귀한 따님 한 분을 보내 주신 은택인 줄로 압네다."

하고 연단 아래서 머리를 숙이고 선 영신을 가리키며,

　"지금 채영신 선생이, 그동안에 고생 마안히 하신 말씀 하시겠습네다."

하고 뒤로 물러가 앉는다. 아이들이 딱딱딱 치기 시작한 박수 소리가 소나기처럼 장내를 지나갔다. 동혁이도 그 넓적한 손바닥이 아프도록 쳤다.

　영신은 발갛게 상기가 되어서 연단 위로 올라갔다. 먼 광으로 보니, 영신의 얼굴이 파리하고 몸이 수척한 것이 더 분명해서, 동혁은 바로 보기가 어려울 지경이었다. 그러나,

　"여러분께서 이 새집이 꽉 차도록 많이 와 주셔서 여간 기쁘고 고맙지가 않습니다."

하고 말을 꺼내는 목소리만은 여전히 짜랑짜랑하다. 영신은 말끝을 얼핏 대지를 못하고 아이들과 학부형을 둘러보더니,

　"여러분은 이 집을 짓는 것을 처음부터 여러분의 눈으로 보셨으니까, 얼마나 어렵고 힘이 들었다는 말씀은 하고 싶지가 않습니다. 또는 이만한 학원 하나를 짓느라고 고생한 것도, 내가 마땅히 해야 할 일을 한 것뿐이니까, 생색이나 내는 것 같아서 얘기하기도 싫습니다. 그렇지만 이것이 결국은 여러분의 자녀를 기를 집이니까 어떠한 예산을 세워 가지고 얼마나 들여서 지었는지, 그것은 아셔야 할 것입니다."

하고 들고 올라온 책보를 끄르더니 계산서를 꺼내 들고 공사비가 든 것을 조목조목 따져서 들려주고 나서,

"들어보십시요, 여러분! 우리가 덤벼들어서 품삯 한 푼도 덜 들이려고 죽기 작정하고 일을 했건만 칠백여 원이나 들었습니다. 그런데 처음에 얼마를 가지고 착수를 한 줄 압니까? 단돈 백여 원으로 시작을 했습니다. 그 돈이나마 누구의 돈인 줄 아십니까? 이 치마를 두른 여자들이 죽지 못해 살아가는 처지에서, 삼사 년을 두고 푼푼이 모은 돈을 아낌없이 내놓은 겝니다! 여러분, 그 나머지 육백 원이나 되는 빚은, 조 어린애들이 졌습니다. 각처에서 꾸어대고 외상일을 시킨 채영신이가 물론 책임을 집니다마는, 사실은 조 어린애들이 배우기 위해서, 길거리로 헤매다닐 수가 없어서, 저희들로서는 태산 같은 빚을 진 것입니다.

여러분! 여러분은, 당신네의 귀여운 자녀들이 이 집에서도 쫓겨나가는 걸 보시렵니까? 간신히 뜨기 시작한 조 영채가 도는 눈들을 다시 뽀얗게 멀려 노시렵니까!"

하고 주먹을 쥐고 목청껏 부르짖자 그는 몹시 흥분되었다. 발을 탁 구르며 무슨 말을 하려고,

"여, 여러분!"

하고 목소리를 높이다가 별안간 무엇에 꽉 질린 것처럼 바른편 옆구리를 움켜쥔다. 금방 얼굴이 해쓱해지더니 앞에 놓인 교탁을 짚을 사이도 없이 그 자리에 고꾸라지듯이 엎어졌다.

"앗!"

"저게 웬일야?"

여러 사람은 동시에 부르짖었다. 그 소리와 함께 동혁의 눈은 휘둥그래지더니 두 팔로 헤엄을 치듯이 사람의 물결을 헤치며,

"에구머니, 우리 선생님!"

"절 어쩌나? 절 어째!"

하고 새되게 소리를 지르는 아이들을 사뭇 파밭 밟듯 하고 연단으로 뛰어 올라갔다. 같은 연단 위에 있던 장로는 손도 대지 못하고 쩔쩔매는 것을, 동혁은,

"비키세요."

하고 밀치며 대들어서 침착히 영신을 안아 일으켰다. 입술까지 하얗게 바래 가지고 까무러친 것을 보고는,

'뇌빈혈이로군!'

하고 사지를 늘어뜨린 영신의 다리와 머리를 번쩍 들고 사무실로 쓰게 된 옆방으로 들어갔다. 원재 어머니와 청년들이며 아이들이 우르르 따라 들어와서는 말도 못 하고 바들바들 떨기만 하는 것을,

"너희들은 나가 있거라."

하고 나직한 목소리로 내몰고, 저의 노동복 저고리를 벗어서 마루에 깔고 영신을 그 위에 고이 눕혔다. 그러고는,

"냉수를……."

하고 원재 어머니에게 명령하였다. 원재 어머니가 당황히 나가는데, 지까다비(일본 버선 모양의 작업화)를 신은 사람이 술이 취해서 얼굴이 삶은 게빛이 되어 가지고 냉수 사발을 들고 찔끔찔끔 엎지르며 마주 들어온다.

"도 도무지 대체 우리 채 선생이, 아아니 이게 웬일이란 말씀요?"

하고 모주 냄새를 풍긴다. 그는 영신의 감화로 오늘날까지 품삯도 못 받고 일을 한 목수였다. 아무튼 낙성식까지 하게 된 것이 덩달아 좋아서, 아침부터 주막에 가서 주렸던 막걸리를 잔뜩 마시고는 엉덩춤을 추며,

"에헤 에헴, 내 손으루 지은 집 낙성식을 하는 데 한몫 끼어야지, 아무렴 그렇구 말구, 어느 놈이 날 **빼논단** 말이냐."

하고 혼잣말을 주고받으며 한창 뽐내고 들어오다가 영신이가 넘어지는 광경을 보고 허겁지겁 뛰어나가서 이력 차게 냉수를 떠온 것이다.

동혁은 냉수를 영신의 얼굴에 두어 번 뿜어 주고 원재의 웃옷을 벗겨

서 방석처럼 접어 어깨 밑에 괴어 머리를 낮추어 놓고, 두 팔을 올렸다 내렸다 하며 천천히 인공호흡을 시킨다. 그리고 원재 어머니더러,
"아랫도리를 가만가만 주물러 주세요."
하였다.
영신은 한 오 분 동안이나 숨을 괴롭게 몰아쉬더니,
"휘유!"
하고 악몽에서나 깬 듯이 정기 없이 눈을 뜨고,
'여기가 어딘가?'
하는 듯이 실내를 둘러본다.
"정신이 좀 나세요?"
동혁이가 나직이 묻는 말에 그는 눈을 커다랗게 뜨며,
"네……."
하고 안심과 감사의 뜻을, 잡힌 손에 힘을 주는 것으로 표시한다.
"아이들은 다 어디루 갔어요?"
"밖에들 있어요, 마룻바닥이 차서 어떡하나?"
원재 어머니도 겨우 숨을 돌린 듯 동혁의 얼굴을 쳐다본다.
"좀 더 진정을 해야 해요."
하고 동혁은 강당으로 나가서, 돌아앉아 중얼중얼 기도를 올리고 있는 장로의 어깨를 잡아 흔들며,
"절대루 안정을 시켜야 하겠는데, 고만 다들 헤지라구 해 주시지요."
하고 일렀다. 아이들은 문밖에서 훌짝훌짝 울면서 가지를 않는다. 금분이는,
"우리 선생님! 아이고 우리 선생님!"
하고 선생이 죽기나 한 듯이 사뭇 통곡을 하다가, 동혁의 소매에 매달려 들어오더니 영신의 앞으로 달려들며 흐느껴 운다. 영신은,
"금분아, 너 왜 우니? 응 왜 울어? 선생님은 아무렇지두 않단다."

하고 달래 주고는,

'나가 봐야 할 텐데…….'

하고 억지로 몸을 일으키다가,

"아이구 배야!"

하며 아까 쓰러질 때처럼 오른편 아랫배를 움켜쥐며 지독한 고통을 참느라고 입술을 깨문다. 이제까지 태연한 기색을 보이던 동혁의 얼굴에도 당황한 빛이 떠돈다. 너무나 과로한 끝에 흥분이 되어서 일어난 단순한 뇌빈혈이 아닌 것만은 분명하다.

"아무튼 집으루 내려갑시다."

하고 동혁은 영신을 들쳐 업고 뒷문으로 빠져서 원재 어머니의 집으로 내려갔다.

영신이가 거처하는 방은 사내아이 계집아이들로 두 겹 세 겹 에워싸였다. 부인친목계의 계원들은 얼굴이 흙빛이 되어 가지고 방으로 꾸역꾸역 들어오는 것을 동혁은,

"안됐지만 나가들 주세요. 조용히 누워 있어야 합니다."

하고 원재 어머니만 남겨 두고 다 내보낸 뒤에 문고리를 안으로 걸어 버렸다. 땀이 이마에 숭숭 내배었건만 그는 씻으려고도 아니 하고 영신의 앞으로 가까이 앉는다. 영신은 고통이 조금 진정된 듯하나 기함이나 한 것처럼 누워 있다.

동혁은 한참 동안 눈을 꽉 감고 있다가,

"똑바루 누우세요."

하고 영신을 반듯이 눕혔다.

그는 의사처럼 이마를 짚어 신열이 있고 없는 것을 보고 맥박을 세어 본 뒤에,

"여기에요? 아픈 데가 여기에요?"

하면서 영신의 배를 명치로부터 배꼽까지 여기저기 꾹꾹 눌러 본다. 영

신은 말대답을 할 기신도 없는 듯 아프지 않은 데는 조금씩 고개를 흔들어 보일 뿐.

"그럼 여기지요?"

동혁의 손가락이 영신이가 두 번이나 움켜쥐던 오른편 배꼽 아래를 누르자, 영신은,

"아야야!"

하고 비명을 지르며 상체를 펄쩍 솟치다가 불에나 데인 것처럼 온몸을 오그라뜨린다. 동혁은 천천히 고개를 끄떡였다. 서투른 의사의 진찰이건만, 저도 학창시대에 풋볼에 열중하다가 된통으로 앓아 본 경험이 있는 맹장염인 것이 틀림없었다.

"맹장염 같은걸요."

"네? 맹장염?"

하고 영신은 간신히 동혁의 말을 흉내 내듯 한다. 그러다가 금시 아랫배가 뻗치고 땡기고 하다가는 사뭇 송곳으로 쑤시는 것 같아서 자반뒤집기를 한다. 그는 고통을 참느라고 이를 악물고 있다가,

'아이고 그럼 어떡해요?'

하는 듯이 동혁의 얼굴을 쳐다본다.

"안심하세요, 아는 병이니까요. 나두 한 번 혼난 적이 있는데……."

하고 위로를 시키면서도 동혁의 마음속은 먹장구름이 뒤덮은 듯이 캄캄해졌다.

'급성이 돼서 까딱하면 큰일 나겠는데, 이 시골구석에서 이를 어떡한담.'

하고 뒤통수를 북북 긁는데, 그 머릿속에 번개같이 떠오르는 것은 '급성 맹장염은 이십사 시간 이내에 수술을 해야 한다. 때가 늦으면 생명을 빼앗긴다'는 생각이었다. 그것은 생리 시간에도 배웠고 저를 치료해 주던 의사에게도 들은 말이다. 그러나 서울 큰 병원은 생각도 할 수 없고, 도청

소재지에 있는 자혜의원 같은 데로 간대도, 꼼짝도 못하는 사람을 어떻게 추슬러 가지고 갈는지 난감하였다. 그는 곰곰 생각을 해보다가 대야의 냉수를 떠오래서 수건을 담가 이마에 냉습포를 하게 한 후,

"영신 씨!"

하고 가만히 손을 잡았다.

"네……?"

영신은 눈을 감은 채 간신히 입을 연다.

"급성이면 한 시간이래두 빨리 수술을 해야 하는데요, 나 하자는 대루 하시지요?"

"어떻게요?"

"지금이래두 떠나서, 자혜의원에 입원을 하도록 합시다."

"……"

영신은 한참 만에 머리를 흔든다.

"왜요?"

"난 싫어요."

이번에는 머리를 더 내두른다.

"수술하는 건 겁낼 게 없어요. 오래 되지 않았으면 퍽 간단하게 된다는데요."

"……"

영신은 다시 아픈 것을 이기지 못해서 동혁의 손을 사뭇 쥐어뜯으면서도, 병원으로 가는 데는 승낙을 하지 않는다. 배를 째는 것이 겁이 나서 마다고 하는 것이 아니라, 정신이 없는 중에도 학원을 지은 빚도 많은데, 수술비와 입원비용이 적잖이 들 것을 생각한 것이다.

"어떻게 여기서 낫게 할 수 없을까요?"

하고 애원하는 것을, 동혁은,

"안 돼요, 한약으론 안 돼요!"

상록수 309

하고 벌떡 일어서며 밖으로 나가서 자동차 시간을 물었다. 마침 오후 두 시에 읍으로 가는 자동차가 있었다.

　동혁은 한사코 싫다고 고집을 세우는 영신을,

　"사람이 살구 볼 일이지, 내가 당신이 죽는 걸 보구 가만히 있을 듯싶어요?"

하고 강제로 들쳐 업고는 한 번도 쉬지 않고 십 리 길을 내처 걸었다. 학부형들과 청년들이며 아이들은 울면서 자동차 정류장까지 따라 나왔다.

　친부모만큼이나 정이 들고 은혜를 입은 선생이 불시에 세상을 떠나서 영구차나 전송하는 것처럼 아이들은 자동차 차창에 가 매달려 우는 것을,

　"어서들 들어가거라, 내 열 밤만 자구 오마, 응."

하고 영신은 동혁에게 안겨서 손을 내젓는데 차는 가솔린 냄새를 풍기며 떠난다. 원재 어머니와 청년들이 앞을 다투어 차에 오르며 간호를 하러 가겠다는 것을 다 물리쳤건만 중간에서 원재가 뛰어올랐다.

　차는 두어 칸 거리나 굴러 나가는데,

　"여보 여보― 잠깐만 기다류."

하고 헐레벌떡거리며 쫓아오는 것은, 교회의 회계를 보는 장로의 아들이었다. 동혁은 자동차를 정거시켰다. 회계는 숨이 턱에 닿아서 땀이 나도록 쥐고 온 것을 영신에게 내주면서,

　"학부형들이 급히 추렴을 낸 건데요, 우선 급한대루 쓰시라구요."

하고는 뒤도 아니 돌아다보고 뺑소니를 친다. 영신의 손에 쥐어진 것은 십 원, 일 원짜리가 뒤섞인 지전이었다.

　"얼마에요?"

　"모르겠어요. 원 염치없이……."

　영신은 그 돈을 동혁에게 준다. 동혁은 돈을 세어 보고,

　"이것만 가지면 급한대루 쓰겠군."

하고 집어 넣는다. 그는 하도 일이 급하니까 자동차 삯이나 병원에서 들

것은, '설마 어떻게든지 되겠지' 하고 닥치는 대로 떼거리를 쓸 작정으로 영신을 업고 나섰던 것이다. 그는 그때에 처음으로, '왜 내가 돈이 없었던가' 하고 돈 있는 사람이 부러워서 탄식을 하였다. 영신이가 쓰러지는 것을 목도한 학부형들은 눈들이 휘둥그레서,

"허어, 이거 큰일 났군!"

"아무리 억지가 세지만 잔약한 여자가 석 달 동안이나 염체에 할 일을 했나베."

"그러구 보니 우리들은 남의 집 색시 하나를 잡은 셈이 되지 않겠나."

"두말 말구 우리 기부금 적은 거나 빚을 얻어서래두 이번엔 다 내놉시다."

하고 이 구석 저 구석 모여서 공론을 하고 제일 머릿수가 큰 한낭청 집으로 몰려가서 그제야 그 말썽 많던 돈을 받아낸 것이다.

…… 자동차 속에서도 차체가 자갈을 깐 길바닥에서 들까부는 대로, 영신은 창자가 울려서 아픔을 참기 어려웠다.

"아이고! 갈구리쇠루 막 찍어 당기는 것 같아요."

하고 동혁의 팔과 손등을 막 물어뜯기를 여러 차례나 하였다.

동혁은 아프단 말도 못 하고,

"몇 시간만 눈 딱 감구 참읍시다."

하면서도 가엾고 애처로운 생각에,

'내가 대신 앓았으면.'

하다가,

'마침 내가 왔기에 망정이지 혼자 이런 일을 당했다면 어쩔 뻔했누?'

하고 사랑하는 사람이 의료기관 하나도 없는 곳에서 고집을 세우다가 비참한 최후를 마쳤을 것을 상상하니 몸서리가 쳐졌다.

'우리가 이생에 연분이 단단히 닿나 보다. 오늘 이런 일이 있을 걸 미리 알구 누가 불러댄 것 같으니…….'

하고 미신 비슷한 운명론자가 되어 보기도 하였다.

　자동차를 두 번이나 갈아타고 또 기차를 기다려 타고 날이 어둑어둑할 때에야 읍에 도착하였다. 정류장에서 환자는 인력거를 태우고 삼 마장이나 되는 언덕길을, 원재와 둘이서 뒤를 밀어 주며 병원을 찾아 올라갔다. 자혜의원은 시간이 지났기 때문에 문이 굳게 닫혀서 다시 개인 병원으로 찾아갔다. 두 사람이 점심 저녁을 굶어서 몹시 시장할 것을 생각하고 영신은,

　"어디서든지 요기를 좀 하세요, 네?"

하고 몇 번이나 돌아다보며 간청을 하는 것을,

　"걱정 마슈! 하루쯤 굶어서 죽을라구요."

하면서도 동혁은 고기 굽는 냄새가 나는 음식점 앞에서는 외면을 하고 숨을 들이쉬지 않고 걸었다.

　속옷에 땀이 흠씬 배도록 인력거를 몰아왔건만 병원문은 걸렸다. 초인종을 한참이나 누르니까 그제야 간호부가 나와서 분을 하얗게 바른 얼굴을 내밀더니,

　"선생님 안 계세요. 연회에 가셨어요."

하고 슬리퍼를 짝짝 끌고 들어가 버린다.

　"여보, 시각을 다투는 환자가 있는데 연회가 다 뭐요?"

　동혁의 호령을 듣고서야 간호부는 요릿집으로 전화를 걸었다.

　의사는 한 삼십 분 뒤에야 인력거로 달려왔다. 진찰실에 전등은 환하게 켜졌다. 나이 사십 남짓한 의사는 술 냄새를 제하느라고 '가오루'를 깨물며 끈끈이로 붙여 놓은 것처럼 어여쁜 수염을 뱌비작거리고 앉아서 동혁에게 대강 경과를 듣고 고개를 끄덕이더니,

　"짐작하겠소이다."

하고 영신을 눕히고 자세히 진찰을 해본다.

　"하마터면 큰일 날 뻔했군요. 노형 말씀대로 급성 맹장염인데, 밤에는

설비 관계루 할 수 없으니, 내일 아침에 수술을 합시다. 우선 진통제나 한 대 놔 드릴게 절대루 안위를 시키시오."
하고 영신의 팔을 걷고 주사를 놓고는,
 "요행으루 맹장염인 줄 알아서 일찌감치 서둘렀으니까 수술만 하면 고만이지만, 이분은 몸 전체의 각 기관이 여간 쇠약하지가 않은걸요. 첫째 영양이 대단히 부족한 것 같은데, 게다가 너무 무리하게 노동을 한 게 맹장염까지 일으킨 원인이 됐나 보외다."
하고 일어서 손을 씻는다. 동혁은 비로소 안심을 하고,
 "아무튼 선생께서 생명 하나를 맡아 줍시오."
하니까,
 "네, 염려 마시오."
하고 간호부더러 인력거를 부르라고 명한다. 다시 연회로 가려는 눈치다.
 동혁과 원재는 주사 기운에 말도 못 하는 영신의 어깨를 부축해서 병실로 데려다가 눕혔다.
 자궁을 수술하였다는 환자가 옆방에서 신음하는 소리에 동혁은 잠을 잘 수 없었다. 원재와 둘이서 영신의 침대 밑에 담요 한 자락을 깔고 누웠는데, 삼백 리나 걸은 노독도 채 풀리기 전에 종일 굶고 꺼둘려 와서,
 '눈을 좀 붙였다가 일찍 일어나야 할 텐데…….'
하고 억지로 잠을 청하였다. 그러나 마음이 바짝 쓰이는데다가 창자가 달라붙도록 속이 비어서 잠은 올 듯하면서도 아니 와 주었다. 원재도 춥고 시장한 듯 사타구니에다가 두 손을 찌르고 새우처럼 꼬부리고 누워서 잠을 못 자는 것이 여간 가엾지가 않다.
 영신이가 잠꼬대하듯 무어라고 혼잣말을 하는 소리에 동혁은 벌떡 일어났다.
 "왜 그러세요? 나 여기 있어요."
하고 희미한 전등불빛에 환자의 얼굴을 들여다보았다. 영신은 주사 기운

이 아직도 가시지 않은 듯 눈을 반쯤 뜨고,

"뭘 좀 잡수세요, 원재두……."

하면서 어서 다녀오라고 손짓을 한다.

"난 괜찮아요. 우리 걱정은 하지 마세요."

하면서도 동혁은 원재 때문에 더 고집을 세울 수가 없어서,

"여보, 일어나우. 일어나."

하고 원재의 어깨를 흔들었다.

길거리 목롯집에서 술국에 밥 한 덩어리씩을 사 먹고 들어오는 걸 보고 영신은 가냘픈 웃음을 띠며,

"근처에 음식집이 있어요?"

하고 반겨 준다. 원재가,

"선생님, 시장하셔서 어떡하나요?"

하고 혼자 먹고 들어온 것을 미안쩍게 여기니까,

"시장한 게 뭐요. 일부러 굶기두 하는데."

하고 동혁은 침대에 반쯤 걸터앉아서 영신의 손을 잡았다. 흐트러진 머리를 쓰다듬어 올리며,

"안심하구 잠을 청하시지요. 나두 눈을 붙여볼 테니…… 가을밤이라 꽤 지루한데요."

하고 위로해 준다.

영신은 눈을 감았다 떴다 하며 창밖의 귀뚜라미 소리를 꿈속처럼 듣고 있다가, 처량스러이 동혁을 쳐다보며,

"동혁 씨, 난 지금 죽어두 행복해요!"

하고 사랑하는 사람의 손을 끌어당긴다.

"천만에, 죽다니요. 우리 둘이 이렇게 떠나지 않구 오래오래 살면, 더 행복하지 않겠어요?"

동혁은 사랑하는 사람의 여윈 뺨과 이마에 입을 맞추었다.

영신은 눈을 내리감고 뜨거운 키스를 받았다.

시계의 초침이 돌아가는 소린 듯 창틈에서 재깍거리는 벌레 소리에 가을밤은 쓸쓸히 깊어 갔다.

수술대 위에 올라서도 영신은 동혁의 손을 놓지 않았다. 하얀 소독복을 입고 매우 긴장한 빛을 띄우면서 수술할 준비를 하고 난 의사와 간호부가 두 번째나,

"고만 밖으로 나가 주시지요."

하고 재촉을 하여도, 영신은,

"나가지 마세요. 여기 꼭 서 있어 주세요!"

하고 온몸의 힘을 다해서 동혁의 손을 끌어당긴다.

"네, 지키구 섰으께 걱정 마세요!"

하고 동혁은 환자의 머리맡을 떠나지 않았다. 의사가 거즈를 덮은 코밑에 마취 액을 방울방울 떨어뜨려 들이마시게 하면서,

"하나…… 둘…… 셋……."

하고 부르는 대로 영신은 따라 부른다. 오 분도 못 되어 영신은 핀셋으로 살을 찔러도 모를 만큼 전신의 감각을 잃고 손에 힘이 풀려서 동혁의 손을 놓았다.

동혁은 수술하는 것을 차마 볼 수 없어서 수술실 밖으로 나갔다. 응접실로 대합실로 복도로 왔다 갔다 하며 생명이 좌우되는 일이 무사히 끝나기를 기다리는 마음은 몹시도 초조하였다. 예수교 신자인 원재는 대합실 문밖에 가 꿇어 엎드려 정성껏 기도를 올리고 있다. 동혁은 안절부절못하고 왔다 갔다 하면서도, 원재와 같이 일종의 엄숙한 기분에 머리가 들려지지 않았다.

배를 가르고 맹장에 달린 벌레 같은 것을 잘라 버리고 다시 꿰매면 그만인 비교적 간단한 수술이건만, 그것이 거의 두 시간이나 걸린다. 몇 번이나 수술실 도어에 귀를 대고 들어보아도 바스락거리는 소리조차 없다.

동혁은 점점 불안해졌다.

"왜 여태 아무 소리두 없을까요?"

원재는 겁이 나서 우둘우둘 떨기까지 한다.

"글쎄……."

하면서도 동혁은 속이 바짝바짝 타서,

'좀 들어가 볼까.'

하고 수술실 도어의 손잡이를 비틀어 열고 들어서는데, 그와 동시에 소독약 냄새가 확 끼치며 의사가 손을 닦던 수건을 던지고 마주 나온다. 수술대 위에 허연 홑이불을 씌워 놓은 것이 언뜻 눈에 띄자 동혁은 가슴이 선뜩 내려앉아서,

"어떻게 됐습니까?"

하고 당황히 물었다. 의사는 수술복 소매로 이마에 흘린 땀을 씻으며,

"혼났쉬다! 맹장이 썩도록 내버려 뒀으니, 까딱하면……."

하고 담배를 피워 물고 쭈욱 들이빨다가 한숨과 함께 후우 하고 연기를 토해낸다.

"아, 그래서요?"

동혁이와 원재의 눈은 의사의 입에 가 매달렸다.

"그 수술만 같으면 문제가 없지만, 대장하구 소장이 마주 꼬여서 간신히 제 위치로 돌려놨는데……."

하더니,

"아아니, 여자가 무슨 일을 창자가 비꾀두룩 내버려 뒀드란 말씀이오?"

하고 동혁을 나무라듯 한다.

"……."

동혁은 그 말대답을 할 수 없었다. 간호부가 눈앞을 지나 제약실로 들어가는 것을 보니, 맵고 뜨거운 음식을 먹고 나온 것처럼 얼굴에 땀이 주

르르 흘렀다.

"너무나 수고를 하셨습니다. 이젠 염려 없겠지요?"

"나 아는 대루 힘껏은 했소이다마는, 퇴원한 뒤에두 여간 조심을 하지 않으면 재발될 염려가 있으니까, 거기까지는 보증할 수가 없는걸요."

하고 시원하지 않은 대답을 하는 데 동혁은 또다시 우울해졌다.

병실로 떠메어 들어온 뒤에야 영신은 차츰차츰 의식을 회복하였다.

"어…… 어머니! 어머니!"

하고 헛소리하듯 어머니를 찾다가,

"도, 도…… 동혁 씨!"

하고 머리맡을 더듬는다. 동혁은,

"내 여기 있어요. 이젠 아주 안심하세요."

하고 가만히 그의 두 손을 잡았다.

"물을 좀. 어서 물을 좀……."

영신은 조갈이 나서 식도가 타는 듯이 목을 쥐어뜯으며 물을 찾는다. 원재가 밖으로 나가는 것을,

"안 돼, 지금 물을 마셨다간 큰일 나게."

하고 붙들었다. 그래도 환자는,

"한 모금만. 네, 한 방울만……."

하고 어린애처럼 안타깝게 조른다. 물이 있고도 못 주는 동혁의 마음은 환자만큼이나 안타까웠다.

다행히 수술한 경과는 좋았다. 식욕도 나날이 늘어서 인제는 죽을 먹고도 잘 삭이고 붙들어 주면 일어나 앉아서 이야기를 해도 피곤을 느끼지 않을 만큼이나 원기가 회복되었다.

그동안 청석골서 원재 어머니가 와서 아들과 교대를 하고, 교인과 친목계의 회원들이 그 먼 길에 반은 타고 반은 걸어서 문병을 왔었다.

"아이고 여기꺼정 어떻게들 오셨어요?"

영신은 고마움에 겨워 그들의 손을 잡고 말도 못 하기를 몇 번이나 하였다. 그중에도 원재 어머니가,

"인전 아무 염려두 마시구 어서 퇴원이나 하세요. 일전에 학부형들이 모두 새집에 모여서 기부금 적은 걸 죄다 내기루 했어요. 집 짓느라구 빚진 건 한 푼두 안 남기구 갚게 됐으니깐, 학원 때문엔 조금두 걱정을 마세요."

하는 보고를 들을 때, 영신은 어찌나 기쁜지 금세 날개가 돋쳐서 훨훨 날아다닐 듯싶었다. 전장에서 부상을 당한 병정이 승전고 울리는 소리를 듣는 것만큼이나 감격하였다.

그러나 영신은 수술한 뒤로 마음이 여려져서 애상적인 감정에 지배를 받는 것은 물론 한 가지 까다로운 습관이 생겼다. 그것은 동혁이가 제 곁에 있지 않으면 긴긴 밤에 잠을 이루지 못하는 것이다. 신앙심도 있거니와 여자로는 보기 드물게 중심이 튼튼하던 사람이건만, 난산을 하고 난 산모와 같이 곁에 사람이 없으면 허수해서 못 견디어 한다. 어느 때는 도깨비나 보는 것처럼 손을 내두르며 헛소리를 더럭더럭 할 때가 있다. 그러면 문병을 온 부인들이 성경을 읽고 찬송가를 불러서 들려주고 하건만 귀에 들어가지 않는 듯,

"동혁 씨 어디 갔어? 동혁 씨!"

하고 사랑하는 사람만 찾는다. 그러면 동혁은 길거리로 산보를 나갔다가도 붙들려 들어와서 그에게 손을 잡혔다. 그래야만 환자는 비로소 마음을 놓고 잠이 든다.

"저렇게 잠시 잠깐두 떨어지질 못하면서 입때까진 어떻게 따루따루 지냈다우?"

하는 것을 문병 온 부인네들의 뒷공론이었다. 동혁은 그런 말을 귓결에 듣고 싱글벙글 웃으면서도,

'이거 한곡리 일 때문에 큰일 났군. 강기천이가 그동안 또 무슨 흉계를

꾸밀지 모르는데 원, 편지 답장들이나 해 주어야지.'
하고 몹시 궁금해 하였다. 동화와 건배에게 거의 격일해서 편지를 했지만, 무슨 연고가 있는지 답장이 오지를 않아서 몸이 달았다. 그러나 동혁이 역시 어떤 때는 어린애처럼 응석을 더럭더럭 부리며 어머니 생각에 눈물이 마를 때가 없는 영신을 차마 떼치고 떠나갈 수가 없었다. 아무리 호인처럼 무뚝뚝한 사람이기로 죽을 고비를 천행으로 넘겨서 아직도 제 몸을 마음대로 추스리지 못하는 사람을 보고,

"난 볼일이 급해서 가야겠소."
하고 휘어잡는 소매를 뿌리치며 일어설 용기가 나지를 않았다.

그래서 동혁은 그 사정을 건배에게 편지로 알리고, 밤이 들면 꼭 환자의 침상 머리에 앉아서 신문이나 잡지를 얻어다가 읽어 주고, 어느 때는 흑인종으로 무지한 동족을 위해서 갖은 고생과 백인의 학대를 받으면서 큰 사업을 성취한 '부커 티 워싱턴' 같은 사람의 분투한 역사를 이야기해서 들려주었다. 그러면서 한편으로는 농촌 운동에 관한 의견도 교환하고, 시간을 될 수 있는 대로 헛되이 보내지 않으려 하였다.

그러다가 밤이 깊어 영신이가 잠이 드는 것을 보고야 동혁은 벽 하나를 격한 대합실로 가서 의자를 모아 놓고 그 위에 담요 한 자락을 덮고는, 다시 갈피를 잡을 수 없는 공상에 잠겼다가 잠이 드는 것이었다.

"인전 갑갑해 못 견디시겠죠? 그렇지만 퇴원할 때꺼정은 꼭 붙들구 안 놀걸요."
하고 영신은 하루 한 번씩은 동혁을 놀리듯 한다. 아닌 게 아니라 동혁은 펄펄 뛰어다니던 맹수가 별안간 철창 속에 갇힌 것 같아서 여간 갑갑하지가 않았다. 위험한 시기를 지나서 마음이 턱 놓이니까, 그동안 바짝 옥죄었던 온몸의 신경과 근육이 가닥가닥 풀리는 듯 아무 데나 턱턱 눕고만 싶었다. 사지가 뒤틀리도록 심심해하는 눈치를 챈 영신은,

"이런 기회가 아니면 나하구 이 주일씩이나 같이 있어 보시겠어요? 이

것두 하나님의 덕택이지요."
하고는 염치불구하고 하루라도 더 붙들려만 든다.
"그 하나님 참 감사하군요. 죽도록 일을 한 상급으루 그 몹쓸 병이 나게 하구, 그것두 부족해서 배꺼정 짼 게 다 하나님의 덕택이지요?"
동혁이도 영신을 놀리며 청석골 교회의 장로처럼 합장을 하고 일부러 목소리를 떨며,
"오— 전지전능하신 하나님, 감사감사하옵나이다."
하고는 껄껄껄 웃어젖힌다.
"그렇게 하나님을 놀리면 천벌이 내리는 법이야요. 아무튼 나 같은 사람을 영영 버리지 않으시구 이만큼이나 낫게 해 주신 게 다 하나님의 뜻이지 뭐야요."
하고 영신은 사랑하는 사람을 곁눈으로 살짝 흘겨본다.

영신이가 평소에 동혁에게 대한 다만 한 가지 불평은 저와 같이 예수를 믿지 않는 것이다. 부모 형제 간에도 종교를 믿는 것은 절대 자유요, 신앙은 강제로 할 수 없는 것인 줄 알면서도, 이 세상을 톡톡 털어도 단지 한 사람인 저의 애인이, 저와 똑같은 믿음을 가졌으면 얼마나 좋을는지 몰랐다. 믿지를 않으면 국으로 가만히나 있지를 않고, 제가 밥상 앞에서 눈을 내리감고 기도를 올릴 때면 곁에서 일부러 헛기침을 칵칵 하기, 김이 무럭무럭 나는 찌개 냄비를 코밑에다 들이대기가 일쑤다. 그럴 때면,
"저리 가세요! 자기나 안 믿으면 안 믿었지 왜 그렇게 비방을 해요?"
하고 여무지게 쏘아붙이기를 한두 번 하지 않았다. 그래서 그런 끝에는 처음으로 악박골 약물터에서 밤을 새울 때에 뿌리만 따다가 둔 종교 문제를 끄집어내어 가지고 서로 얼굴에 핏대를 올려 가며 토론을 하였다.

동혁은 인류와 종교의 역사적 관계를 모르는 것도 아니요, 편협한 유물론자처럼 덮어 놓고 종교를 아편과 같이 생각하지는 않으면서도, 근래에 예수교회가 부패한 것과, 교역자나 교인들이 더 떨어질 나위 없이 타

락한 그 실례를 들어, 맹렬히 공격을 하는 것이었다. 그러다가는,

"권세에 아첨을 하다못해 무릎을 꿇구, 물질과 타협을 하다못해 돈 있는 놈의 주구(走狗)가 되는, 그런 놈들 앞에 내 머리를 숙이란 말씀요? 그따위 교회엘 다니다간 정말 지옥엘 가게요?"

하고 마룻바닥에다 헛침을 탁 뱉었다. 그러나 영신은,

"교회 속은 누구보다두 직접 관계를 해온 내가 속속들이 잘 알아요. 아무튼 루터 같은 분이 나와서 큰 혁명을 일으키기 전엔 조선의 예수교회두 이대루 가다간 멸망을 당하구 말게야!"

하고 저 역시 분개하기를 마지않다가,

"나는 그리스도가 인류를 위해서 십자가에 피를 흘리신 그 정열과 희생적인 봉사의 정신을 숭앙하구 본받으려는 것뿐이니까요. 그 점만은 충분히 이해해 주셔야 해요."

하고 변명을 한 후 새삼스러이,

"도대체 동혁 씨는 아무것두 믿으시는 게 없어요?"

하고 정중하게 질문도 하였다.

"천만에, 믿는 게 없이야 사람이 살 수 있나요?"

하고 동혁은 두 눈을 끔벅끔벅하고 잠시 침묵하더니,

"똑똑히 들어두세요. '익숙한 선장은 폭풍우를 만나면, 억지로 풍력에 저항하려는 어리석은 짓은 하지 않으나, 그렇다고 미리 절망을 해서 배가 풍파에 뒤집히도록 내버려 두지도 않는다. 항상 굳은 자신과 성산(成算)을 가지고 최후의 순간까지 온갖 지혜와 갖은 능력을 다해서 살아 나아갈 길을 열려고 노력한다'라고 한 맥도날드란 사람의 말이, 조선의 청년인 나로서의 인생철학이구요, 이것도 학창 시대에 어느 책에서 본 것이지만 '아무리 약한 사람이라도 그 전력(全力)을 단 한 가지 목적에 기울여 쏟을 것 같으면 반드시 성취할 수가 있다'라고 한 칼라일이란 사람의 한마디가, 일테면 내 신앙이에요."

하고 실내를 거닐다가 한곡리 편으로 뚫린 유리창 밖으로 눈을 달리더니, 독백하듯이,

"곡식이 무럭무럭 자라는 시퍼런 벌판을 바라보는 게 내 눈을 시원하게 해 주는 그림이구요, 저녁마다 야학당에서 아이들이 글을 배우는 소리가 내 귀를 즐겁게 해 주는 음악이에요. 난 그밖에는 철학이구 종교구 예술이구 다 몰라요. 더 깊이 알려구 들지두 않아요."
하고는 다시 입을 다물어 버렸다.

가장 불행한 일로 두 사람은 고요히 반성할 기회를 얻었다. 이 일 저 일에 책임을 무겁게 지고, 그야말로 연자매를 돌리는 당나귀처럼 좌우를 돌아다볼 사이가 없이 눈앞에 닥치는 일만 하여 왔다. 사실 그들은 자기가 계획한 일을 맹렬히 실행은 하여 왔으나, 오늘날까지 실천해 온 것을 제삼자의 입장으로 냉정히 비판해 볼 겨를을 갖지 못하였던 것이다. 또는 그날그날 노동을 해야만 먹고사는 품팔이꾼처럼 먼 장래를 바라다보고, 그 나아갈 길을 더듬어 볼 마음의 여유가 없이 지내온 것도 사실이 아닐 수 없었다.

동혁은 환자가 피로를 느끼지 않을 정도로 틈틈이 이야기를 하였다. 그러면 영신은,

"난 좀 더 공부를 해야겠어요. 원체 무엇 한 가지 전문으로 배운 것두 없지만요, 그나마 인전 밑천이 달랑달랑하는 것 같아요."
하고 어떻게든지 공부를 더 할 의향을 보인다.

"그렇지요. 좀 더가 아니라 이제부터 공부를 하기 시작해야겠어요. 농촌 운동이란 결코 우리가 처음에 생각하던 것처럼 단순한 게 아닌 줄을 깨달았어요. 그렇지만 피차에 거의 삼사 년 동안이나 농촌 속으로 파고 들어가서 실지로 일을 했으니까, 그 체험한 걸 토대 삼아서 제일보부터 다시 내디뎌야 되겠는데, 그게 지금 형편으로는 용단하기가 어려워요. 아무튼 영신 씨는 이번에 퇴원하시면, 적어도 몇 해 동안은 육체적으로

힘든 일을 할 수 없으니까요. 병이 재발이 되는 날이면 정말 큰일이 날 테니, 여간 주의를 하지 않으면 안 돼요. 청석골은 어느 정도까지 일에 터가 잡혔구, 영신 씨가 당분간 떠나 있드란대두 원재 같은 착실한 청년들을 길러 놔서 학원 일은 해나갈 만하니까, 휴양하시는 셈 치구 떠나보시는 게 좋겠지요."

동혁은 이번 기회에 영신이가 해외로라도 나가 보기를 권고한다. 저와 더 멀리 떨어져 있을 것은 무한히 섭섭하지만, 만일 영신이를 다시 청석골로 보냈다가는 그의 성격이 몸만 자유로 쓰게 되면 잠시도 쉬지 않고 또 그러한 과도한 노동까지라도 하지 않고는 배기지 못할 것을 알고 있기 때문이다.

"지금두 연합회에서 명색 사업보조비라구 보내 주는 게 있지요?"

"한 삼십 원씩 오더니 그나마 벌써 두 달째나 꿩 구워 먹은 자리야요. 거기서두 경비가 부족해서 쩔쩔들 매니까요."

"집으루 가서, 어머니 슬하에서 얼마 동안 쉬어 보시는 게 어떨까요?"

"싫어요. 나는 그저 어디서든지 몸 성히 있다는 소식이나 전하는 게 효돈데, 이 꼴을 하구 집으로 기어들어가 보세요. 가뜩이나 나 때문에 지늙으신(지늙다: 나이에 비하여 지레 늙다) 우리 어머니가 얼마나 간장을 태우실까."

"그두 그렇겠지만……."

동혁이도 좋은 방책이 나서지를 않았다.

'제에기, 우리 집 형편이 웬만만 하면…….'

해보기도 하나 그것도 공상이기는 매일반이다.

"동혁 씨는 앞으로 어떡하실 테야요?"

영신은 침대에서 반쯤 몸을 일으키며 묻는다.

"내야 한곡리 송장이 될 사람이니까요. 내가 없으면 처리할 수 없는 복잡한 문제가 많아서, 그동안 나와서 있는데두 몹시 궁금한데…… 사실 아직은 믿을 만한 사람이 없어요."

하고 여러 날 빗질도 못 해서 푸스스하게 일어난 머리를 북북 긁으며 한참이나 무엇을 생각한다.

"입때까지 우리가 한 일은 강습소를 짓고 글을 가르친다든지 무슨 회를 조직해서 단체의 훈련을 시킨다든지 하는, 일테면 문화적인 사업에만 열중했지만, 앞으로는 실제 생활 방면에 치중해서 생산을 하기 위한 일을 해볼 작정이에요. 언제는 그런 생각을 못 한 건 아니지만 외면치레가 아니고 내부적인 문제를 생각하구, 또 실행해야 될 줄루 생각해요."

"참 그래요. 무엇보다두 먼저 생활이 있구서, 그 다음에 문화 사업이구 계몽 운동이구 있을 것 같아요."

영신이도 매우 동감인 뜻을 보인다.

"그러니까 이런 점에두 우리의 고민이 크지요. 우린 가장 불리한 정세의 지배를 받고 있는 게 사실이니만큼, 우리 힘으로 할 수 있는 한도까지는 경제적인 사업까지, 끈기 있게 할 결심을 새로 하십시다."

하고 두 사람은 밤 깊도록 그 구체적인 방법을 토론할 때도 있었다.

새로운 출발

동혁은 어느 날 아침, 아래와 같은 아우의 급한 편지를 받고 한곡리로 돌아왔다.

사업이 첫째구, 연애는 둘째 셋째라고 하시던 형님이 여태 돌아오지를 않으니, 대체 웬일인지요? 그동안 집에는 별고가 없지만 강기천이 형님 안 계신 동안에 회원들을 농락해 가지고, 우리 회관을 뺏어들려구 하니 이 편지 받으시는 대로 즉시 오세요. 건배 씨는 벌써 여러 날째 종적을 감추고 말았으니 이 일을 어떻게 하면 좋을까요?

황급히 연필로 갈겨쓴 동화의 편지를 읽은 형은 얼굴빛이 변하도록 흥분이 되어서,
　"까딱하면 십 년 공부가 도로 아미타불이 될 테니까 곧 가봐야겠어요."
하고 영신의 붕대 교환이 끝나는 것을 기다렸다. 영신이도,
　"한 일주일만 더 있으면 퇴원을 할걸요. 괜히 나 때문에……."
하면서도 이번에는 손을 놓을 수밖에 없었다.
　"여러분이 저렇게 번차례루 와서 간호를 해 주시니까, 난 안심을 하구 가겠어요. 자아, 이번엔 우리 또 한곡리서 만납시다!"
하고 굳게 악수를 한 후 병실 문을 홱 열고는 뒤도 아니 돌아다보고 나와 버렸다. 영신은 침대 위에 엎드려 미안과 감사와 섭섭함에 몸 둘 곳을 모르고 한 시간 동안이나 울었다. 두 눈이 붓도록 울었다. 곁의 사람들이,
　"인제 두 분이 혼인만 하면 한평생 이별 없이 살걸 이러지 마슈. 우리 다른 얘기나 합시다."
하고 간곡히 위로를 해 주건만, 영신은,
　"어쩐지 또다시 못 만날 것만 같아요. 이번이 마지막인가 봐요!"
하고 베개 모서리를 쥐어뜯어 가며 느껴느껴 울었다.
　동혁이도 무한히 섭섭하였다. 차마 발길이 돌아서지 않는 것을, 영신의 눈물을 보지 않으려고 거머리를 잡아떼듯 하고 나오기는 했어도,
　'이렇게 급히 떠날 줄 알았다면 우리 개인의 장래에 관한 것도 좀 더 이야기를 해둘걸.'
하는 후회가 길게 남았다. 그동안 결혼 이야기만 나오면 서로 손가락 셋을 펴들어 보이며 입을 막았다. 그것은 '삼 개년 계획이 아직도 끝나지 않았다'는 표시였다. 그러나 동혁은,
　'저이가 앞으로 어떡할 작정인가. 무슨 꿍꿍이셈을 치구 있나?'
하고 매우 궁금히 여기는 영신의 표정을 몇 번이나 분명히 읽었었다. 그렇건만,

'그런 얘기는 건강이 회복된 뒤에 해두 늦지 않다.'
하고 일부러 손가락 셋을 펴들어 보였던 것이다.

이런 생각 저런 궁리에 동혁은 눈살을 펴지 못하고 집으로 돌아왔다. 한쪽 노자는 준비해 가지고 갔었기 때문에 빨리 돌아올 수는 있었어도 아버지 어머니는 대뜸 이해 없는 꾸지람을 하는데, 동화의 이야기를 듣고는 더한층 우울해졌다. 저녁때에 들어온 사람이 밥상은 윗목에다 물려 놓고,

"그래, 기천이가 어떡했단 말이냐?"
하고 물었다. 또 어디서 술을 먹었는지 눈의 흰자위가 벌겋게 충혈이 된 아우를 불러 앉히고 물었던 것이다.

"누가 알우. 기천이가 건배 씨를 자꾸만 찾아다니구 장에꺼정 데리구 가서 아주 곤죽이 되도록 술을 먹이는 걸 두 차례나 봤는데, 지난번 일요회에는 떡 이런 소릴 꺼내겠지요."

"뭐라구?"

"암만해두 우리 회원 열두 사람만으론 너무 적은데, 회관두 이렇게 새루 짓구 했으니 회원들을 더 모집하세. 그 김에 회를 대표하는 회장두 한 사람 유력자루 내야 관청 같은 데 신용을 얻기가 좋지 않겠나? 그러니 내 의견에 찬성하는 사람이면 손을 들라구 그러겠지요."

"그래서, 몇이나 손을 들었단 말이냐?"

"나하구 정득이하군 그런 일은 급할 게 없으니 형님의 말을 들어보구 다시 의논두 해봐야 경계가 옳지 않으냐구 끝까지 우기면서 손을 안 들었지만……."

"누구누구 들었단 말야? 원 갑갑하구나."

"석돌이가 맨 먼저 드니깐, 칠룡이, 삼복이 할 거 없이 여섯이나 들드군요."

"건배는 도대체 어느 편이야?"

동혁은 시꺼먼 눈썹을 일으켜 세우고 아우가 무슨 일이나 저지른 것처럼 노려본다.

총회와 같은 형식을 밟지 않고도 '회원 중 반수 이상의 추천이 있으면 입회를 할 수 있다'는 규약이 있기 때문에, 열두 사람 중에 반수가 이미 손을 들었으니까 건배 한 사람이 어느 편으로 기울어지기만 하면, 좌우간에 작정이 될 형세다. '삼십 세 이하의 남자'라는 규정도 과반수의 의견이면 뜯어고칠 수가 있을 것이다.

"그래 건배는 어느 편으루 손을 들었단 말야?"

동혁은 버쩍 다가앉으며 꾸짖듯이 묻는다.

"물어볼 게 뭐 있수? 으레 강기천이를 입회시키는 데 찬성이지."

동혁은 입술을 깨물었다. 동화는,

"인젠 고 강기천이란 불가사리가 우리 회의 회장이유, 회장이야!"

하고 소리를 지르며 먼지가 나도록 주먹으로 기직바닥을 친다. 그동안 기천에게 매수를 당한 건배는 이른바 합법적으로 기천이를 회장으로까지 떠받들어 주고 어디로 피신을 한 것이 틀림없다. 동화는 끝까지 반대를 하고 회관 마루청을 구르며,

"너희 놈들은 돈을 처먹구 논마지기가 떨어질까 봐 겁이 나서 그 따위 수작을 하는지 모르지만, 우리가 죽을 고생을 해서 지어 놓은 집을 만만히 내놓을 듯싶으냐? 죽어 봐라, 죽어 봐. 어느 놈이 우리 회관엘 들어서게나 하나. 강기천이 아니라 강기천이 할애비래두 다리 옹두라질 부러뜨려 놀 테다!"

하고 이빨을 뿌드득뿌드득 갈며 고함을 쳤었다. 그중에도 동혁에게 절대복종을 하는 정득이는 분을 못 참고,

"우리는 회장이 일 없다! 우리 선생님 하나면 고만이다!"

하고 입에 게밥을 짓는데, 회관의 쇳대를 맡은 갑산이는,

"이 의리부동한 놈들 같으니라구, 우리가 누구 때문에 이만큼이나 깼

느냐? 누구 덕분에 이만큼이나 단체가 됐느냐? 아 그래, 우리 선생님이 없는 동안에, 피땀을 흘려서 지은 집을 고리가시하는 놈한테 팔아먹어?"
하고 맨 먼저 손을 든 석돌이의 멱살을 잡고 주먹으로 볼치를 후려갈겼다. 건배는 어느 틈에 꽁무니를 뺐는데, 석돌이와 찬성파는 침 먹은 지네 모양으로 꿈쩍도 못하고 머리를 사타구니에다 틀어박고 앉았다. 칠룡이는 손을 들어 놓고도 양심에 찔리는지 훌쩍훌쩍 울고 앉았다. 찬성파는 하나도 빼놓지 않고 강도사 집의 소작인들인 것이다.

갑산이는 허리띠를 끄르더니 쇳대를 세 번 네 번 이빨로 매듭을 지어 꼭꼭 옭매면서,

"우리 선생님 말이 없인 목이 베져두 안 내놀 테다!"
하고는 회원들이 나갈 때까지 지키고 섰다가 회관문을 단단히 잠근 다음 그 허리띠를 바짝 졸라매었다.

아우에게서 자세한 경과를 들은 동혁은 영신에게 오래 있었던 것을 몇 번이나 후회하였다. 놀러 갔던 것은 아니었으나, 연애와 사업은 어떠한 경우에든지 양립하기가 어렵다는 것을 절실히 깨달았다. 그보다도 금방 분통이 터질 듯이 분한 것을 참을 수 없었다. 기천이가 조만간 그러한 흉책을 써서 회관을 점령하려는 눈치는 짐작 못 했던 것도 아니니, 도리어 괴이쩍을 것이 없다. 그러나 이제까지 같은 지식분자로 손을 잡고 동네일을 시작하였고, 함께 온갖 고생을 참아 오던 건배가 마음이 변해서 강기천의 주구 노릇까지 하게 된 데는 피를 토하고 싶도록 분하였다. 과거의 자별하던 우정으로서 이번 행동을 호의로 해석하려는 마음의 여유를 가지려고 하면서도, 오직 원수의 구복(口腹) 때문에 참다못해서 지조를 팔고, 다만 하나뿐이었던 동지를 그나마 출타한 동안에 배반한 생각을 하니 눈물이 뜨끈하게 솟았다. 비록 중심은 튼튼치 못하나마 지사적(志士的) 기개가 있고 낙천가이던 건배로 하여금 환장이 되게까지 만든 이놈의 환경이……

동혁은 금세 벙어리가 된 것처럼 입을 꽉 다물어 버렸다. 그러면서도,

'설마 건배가 그다지 쉽게 마음이 변했을라구.'

하고 두 번 세 번 아우의 말을 믿지 않으려고 무진 애를 썼다.

동혁은 불도 아니 켜고 누워서 될 수 있는 대로 냉정히 앞으로 어떻게 하면 좋을까를 생각해 보았다.

무슨 짓을 하든지 유일한 단체인 농우회를, 삼사 년이나 근사(勤事 일에 공들임. 또는 그 일)를 모아 지은 회관째 기천의 손에 빼앗길 수는 없다. 건배를 불러다가 책망을 하고, 기천이를 직접 만나 단단히 따지고 싶은 생각이 불현듯이 나지 않는 것은 아니지만, 적어도 회원의 반수 이상이 울며 겨자 먹기로 생활 문제 때문에 그 편에 가 들러붙게 된 이상 일시의 혈기로써 분풀이를 하는 것으로는, 문제가 더 옭혀들어 갈지언정 원만히 해결은 되지 못할 것 같았다. 성미가 관솔같이 괄괄한 동화가,

"아 고놈의 자식을 그대루 두구 본단 말유. 내 눈에만 띄어 보. 뒈지지 않을 만큼 패 주구 말 테니. 징역 사는 게 농사짓는 것보다 수월하다는데 겁날 게 뭐유."

하고 팔을 뽐내는 것을,

"아서라. 그건 모기를 보구 환도를 뽑는 격이지, 그보다 더 큰 적수를 만나면 어떡하련? 완력으루 될 일이 있구 안 되는 일두 있는 걸 알아야 한다. 넌 아직 나 하라는 대루 가만히 있어."

하고 타일렀다. 그것도 폭력으로는 되지 않을 성질의 일인 것을 알고 있기 때문이다. 그는 별별 생각을 다 해보다가,

"한 가지 도리밖에 없다!"

하고 부르짖으며 발길로 벽을 걷어차고 일어났다.

"그들의 빚을 갚아 주는 것이다. 강가의 집 소작을 아니 해 먹고도 살 수 있게 만들어 주는 것이다."

말은 간단하다. 단 두 마디밖에 아니 된다. 그러나 그 간단한 말은 동

혁의 어깨가 휘도록 무거웠다. 현재의 저의 미약한 힘으로는 도저히 실행할 가능성이 없는 일일 것 같았다.

그 근본책을 알고도 손을 대지 못하는 동혁의 고민은 컸다.

"결국은 한 그릇의 밥이 인간의 정신을 지배한다. 더군다나 농민은 먹는 것으로 하늘을 삼는다고 옛날부터 들어 내려오지 않았는가."

이것이 흔들어 볼 수 없는 철칙인 이상 이제까지는 그 철칙을 무시는 하지 않았을망정, 첫 손가락을 꼽을 만큼 중대히 생각을 하지 않았던 것만은 스스로 부인할 수 없었다.

'그것은 나 자신이 농촌의 태생이면서도 아직까지 밥을 굶어 보지 못한 인텔리 출신인 까닭이다.'

하고 동혁은 저 자신을 비판도 하여 보았다.

'이제까지 단체를 조직하고 글을 가르치고 회관을 번듯하게 지으려고 한 것은, 요컨대 메마른 땅에다가 암모니아나 과인산석회 같은 화학비료를 주어 농작물이 그저 엄부렁하게 자라는 것을 보려는 성급한 수단이 아니었던가.'

동혁은 냉정히 제가 해온 일을 반성하는 나머지에,

'먼저 밑거름을 해야 한다. 흠씬 썩은 퇴비를 깊숙이 주어서 논바닥이 시꺼멓도록 걸게 한 뒤에 곡식을 심는 것이 일의 순서다. 그런데 나는 그 순서를 바꾸지 않았던가?'

하고 혼잣말을 하며 또다시 눈을 딱 감고 앉았다가,

'집 한 채를 가지고 다툴 때가 아니다. 동지가 배반한 것을 분하게만 여기고 흥분할 것이 없다.'

하고 무릎을 탁 치고 일어서서 좁은 방 안으로 왔다 갔다 하다가,

'이번 기회에 영신에게도 선언한 것처럼, 제일보부터 다시 내디디지 않으면 안 된다. 표면적인 문화 운동에서 실질적인 경제 운동으로.'

결론을 얻은 동혁은 방으로 들어가 그제야 불을 켜고 서랍 속에서 동

리 사람과 회원들의 수입 지출이며, 빚을 진 금액까지 상세히 적어 넣은 이세일람표(里勢一覽表)를 꺼냈다. 그것은 회원들이 여러 달을 두고 조사해 온 것으로 매우 정확한 통계였다.

그때였다. 문밖에서 두런두런하는 소리가 들리더니,

"선생님 오셨지요!"

하고 반대파의 회원들이 정득이를 앞장세우고 마당으로 들어섰다.

방 안에 가득 들어앉은 회원들의 입에서 비분에 넘치는 호소를 받을 때, 동혁이도 다시금 흥분이 되지 않는 것은 아니건만,

"참세, 참아. 참을 수 없는 걸 참는 게 정말 참을 줄 아는 거라네."

하고,

"아무튼 너무 떠들면 일이 되레 크게만 벌어지는 법이니, 얼마 동안 모든 걸 내게 맡겨 주게. 따루 생각하는 일두 있으니……."

하고 거듭 제가 그동안에 동리를 떠나 없었던 것을 사과하였다. 그러나 정득의 입에서,

"건배 씨는 기천이 지시루 군청에 서기가 돼서 아주 이사를 간대요. 한 달에 월급이 삼십 원이라나요."

하는 말을 들을 때, 동혁은 다시 한 번 놀랐다. 그러면서도,

"설마 그렇기야 할라구. 자네들이 잘못 들었지."

하고 그 말까지는 믿지를 않으니까,

"잘못 알다께요. 오는 길에 안에서 이삿짐꺼정 싸는 걸 봤는데요."

그 말을 듣고도 동혁은 머리를 흔들었다. 군서기가 그렇게 짧은 시일에 용이하게 되는 것도 아니요, 또는 건배가 오래 전부터 뒷구멍으로 운동을 하였으리라고는, 콩으로 메주를 쑨대도 곧이들리지 않았다.

또는 그에게는 소학교 교원 노릇을 할 자격까지 빼앗긴 것을 잘 알고 있는 터이라,

"그럴 리는 만무하지."

하면서도 실지를 검사하듯이, 이삿짐을 싼다는 건배의 집에는 가보기가 싫었다.

이튿날 이른 아침 동혁은 평일과 조금도 다름없이 일어나 회관으로 올라가서 기상나팔을 불었다. 새벽녘부터 철 아닌 궂은비가 오는 까닭인지, 회원은 물론 다른 조기 회원도 올라오는 사람은 그전의 오분의 일도 못 된다. 그 분요통에 건배까지 종적을 감추어서 조기회조차 지도자를 잃고 흐지부지 해산을 한 것과 마찬가지다.

동혁은 웃통을 벗어부치고 비를 맞으며 체조를 하였다. 다른 사람들은 그제야 이불 속에서,

"에에키, 동혁이가 왔군."

하고 기지개를 켜고 있었다.

동혁은 구름이 잔뜩 낀 하늘과 같이 우울해진 머리를 떨어뜨리고 내려왔다.

'어쨌든 나 할 도리는 차려야 한다.'

하고 내려오는 길에 건배의 집에를 들렀다.

"건배—"

하고 불러도 대답이 없는데, 마당으로 들어서 보니 시렁 위에 있던 헌 고리짝을 내려서 빨랫줄로 묶어 놓은 것과 바가지와 귀 떨어진 옹솥을 떼어서 돈대 위에다 올려놓은 것을 보고, 그제야,

'정말 이사를 가려는 게로구나.'

하고 다시 한 번,

"건배 있나?"

하고 안방으로 대고 목소리를 높였다.

"아이고, 난 누구시라구요. 그저께 나가서 그저 안 들어왔어요."

하고 젖을 문 어린애를 안고 나오는 것은 건배의 아내다. 세수도 아니 해서 머리는 쑥방석 같고 그동안에 더 찌들어 보이는 얼굴에는 수심이 가득

찼다.

　'그동안에 속이 상해서 저 꼴이 됐나 보다.'
하고 동혁은,
　"어딜 갔어요?"
하고 물어보았다. 건배의 아내는 떼어다만 놓고 닦지도 않아서 검정이 시꺼멓게 앉은 옹솥을 내려다보더니,
　"이 정든 고장을 어떻게 떠난대요?"
하고 금세 목이 멘다.
　"아, 떠나다니요?"
동혁은 짐짓 놀라며 묻지 않을 수 없었다. 그는,
　"뭘, 벌써 다 들으셨을걸……."
하고 눈물이 글썽글썽해서 마당만 내려다보더니,
　"참 영신 씨가 병이 대단하다죠?"
하고 딴전을 부리듯 한다.
　"인젠 많이 나았어요."
동혁은 의형제까지 한 두 사람의 정의를 생각하며 대답하였다. 그러면서 더 자세한 말을 묻기도 싫고, 그렇다고 그대로 갈 수도 없어서, 잠시 추녀 밑에서 빗발을 내려다보며 서성거리는데,
　"주호야—."
하고 어린것의 이름을 부르며 비틀거리고 들어서는 사람!
　그는 앞을 가누지 못하도록 술이 취한 이 집의 주인이었다.
　썩은 생선의 눈처럼 뻘겋게 충혈이 된 건배의 눈이 동혁의 실쭉해진 눈과 딱 마주치자, 그는 전기를 맞은 것처럼 우뚝 섰다. 한참이나 억지로 몸을 꼬느고 섰다가, '죽여 줍시사' 하는 듯이 머리를 푹 수그리더니,
　"여보게 동혁이!"
하고 와락 달려들어 손을 잡는다. 동혁의 표정도 점점 심각해진다.

"여보게 동혁이! 나 술 먹었네, 술 먹었어. 자네 덕분에 끊었던 술을, 삼 년째나 끊었던 술을 먹었네. 그저께 저녁부터 죽기 작정하구 막 들이켰네. 참 정말 죽겠네, 죽겠어. 이 사람 동혁이 팔아먹은 양심이 아직두 조금은 남았네그려!"
하고 앙가슴을 헤치고 주먹으로 꽝꽝 치더니 동혁의 어깨에 가 몸을 턱 실리며,
"여보게, 내 이 낯짝에 침을 뱉어 주게! 어서 똥물이래두 끼얹어 주게! 난 동지를 배반한 놈일세. 우리 손으루 진, 피땀을 흘려서 진 회관을, 아 아 그 집을, 그 단체를 이놈의 손으루 깨뜨린 셈일세!"
하고 진흙 바닥에 가 펄썩 주저앉더니 흑흑 느끼면서,
"내가 형편이 자네만 해도, 두 가지 맘은 안 먹었겠네. 내 딴엔 참기두 무척 참았지만 원수의 목구멍이 포도청이니 어떡하나? 앞 못 보는 늙은 어머니하구 하나 둘두 아닌 어린 새끼들하구, 이 입에두 풀칠을 해야 살지 않겠나?"
하고 사뭇 어린애처럼 엉엉 울면서,
"우리 내외는 남몰래 굶기를 밥 먹듯 했네. 못 먹구두 배부른 체하기란 참 정말 힘든 노릇인데. 하지만 어른은 참기나 하지, 조 어린것들이야 무슨 죄가 있나? 우리 같은 놈한테 태어난 죄밖에 이승에 무슨 큰 죄를 졌단 말인가? 그것들이 뻔히 굶네그려. 고 작은 창자를 채지 못해서 노랑방퉁이가 돼 가지구 울다울다 지쳐 늘어진 걸 보면, 눈에서, 이 아비 놈의 눈에서 피눈물이 나네그려!"
하고 떨리는 입술로 짭짤한 눈물을 빨면서 문지방에다가 머리를 들비비더니 눈물 콧물로 뒤발을 한 얼굴을 번쩍 쳐들며,
"여보게 동혁이, 자넨 인생 최대의 비극이 무엇인 줄 아나? 끼니를 굶구 늘어진 어린 새끼들의 얼굴을 들여다보는 걸세! 그것들을 죽여 버리지두 못하는 어미 아비의 속을 자네가 알겠나?"

하고 부르짖으며 손가락을 피가 나도록 물어뜯는다.

동혁은 팔짱을 끼고 서서 잠자코 건배의 독백을 들었다. 핏덩어리 같은 그 무엇이 치밀어 오르는 듯한 것을 억지로 참고 섰으려니 건배만큼이나 마음이 괴로웠다. 비록 술은 취했으나마 그 기다란 몸을 진흙 바닥에다 굴리면서 통곡을 하다시피 하는 것을 볼 때, 달려들어 마주 얼싸안고 실컷 울고 싶었다. 가슴이 미어지는 것 같아서 말대꾸도 못 하였다. 아내가 듣다 못해서 마당으로 내려오며,

"이거 창피스레 왜 이러우! 어서 들어갑시다. 제발 방으루나 들어가요."

하고 잡아끌어도 건배는 막무가내로 뻗디딘다. 동혁은 그제야 건배의 겨드랑이를 부축해 일으켰다.

"여보게 건배! 어서 일어나게. 가을이 돼두 벼 한 섬 못 들여 놓구 지낸 자네 사정을 어째 내가 모르겠나. 이런 경우에 자네를 힘껏 붙잡지를 못하는 게 무한히 슬플 뿐일세. 이번에 가면 아주 가겠나! 또다시 모일 날이 있겠지. 더 단단히 악수를 할 날이 있겠지. 난 이 마당에서 다른 말은 하기가 싫으이. 기왕 그렇게 된 일이니 자네의 맘이 다시는 변치 말구 있다가, 더 큰 일을 할 때 만날 것만 믿구 있겠네!"

건배는 동혁이가 뜻밖에 조금도 저의 탓을 하거나 몰아대지를 않는 것이 고마워서 동혁의 손을 힘껏 잡으며,

"이 손을 어떻게 놓나, 응? 이 손을 어떻게 놔. 이 한곡리를 차마 어떻게 떠난단 말인가. 정을 베는 칼은 없어! 없나? 인정을 베는 칼은 없어?"

하고 손을 벌리더니 연기에 시꺼멓게 그을고 밑동이 반이나 썩은 마루 기둥을 두 팔로 부둥켜안고 울음 섞인 목소리로,

"한 줌 흙도 움켜쥐고

놓치지 말아라.

이 목숨이 끊기도록

북돋우며 나가자!"

하고 '애향가' 끝 구절을 목청껏 부르더니, 그 자리에 쓰러지며 헉헉 느끼기만 한다. 그의 머리와 등허리에는, 찬비가 어느덧 진눈깨비로 변해서 질금질금 쏟아져 내린다.

　건배가 떠나는 날 동혁은 오 리 밖까지 나가서 전송을 하였다. 몇 해 전 교원 노릇을 할 때에 입던 것인지 무릎이 나가게 된 쓰메에리 양복을 입고 흐느적흐느적 풀이 죽어서 걸어가는 뒷모양을 동혁은 눈물 없이는 바라볼 수가 없었다. 밝기도 전에 도망꾼과 다름없이 떠나는 길이라, 작별의 인사나마 정다이 하러 나온 사람도 두엇밖에는 눈에 띄지 않았다. 어린것들을 이끌고, 눈에 잠이 가득한 작은애를 들쳐 업은 건배의 아내는 눈물이 앞을 가려서 걷지를 못하다가, 동리가 내려다보이는 마루터기 위까지 올라가서는 서리 찬 풀밭에 펄썩 주저앉았다. 한참이나 자기가 살던 동리의 산천과 오막살이들을 넋을 잃고 내려다보다가, 남편에게 끌려서 그 고개를 넘으면서도 돌아다보고 돌아다보고 하는 것이 먼 광으로 보이더니, 그나마 아침 햇빛을 등지고 안계(眼界)에서 사라져 버렸다.

　기천이가 건배의 빚을 갚아 주고 신분까지 보증을 하여서 하루 일 원씩 일급을 받는 임시 고원이 되어 간다는 것은, 그의 아내의 입을 통해서 알았다. 군청에 사람이 째서 몇 달 동안 서역을 시키려고 임시로 채용한 것이니까 그나마 언제 떨어질는지 모르는 뜨내기 벌이다. 그러나 조만간 끊어질 줄 알면서도 건배는 그만한 밥줄이나마 물지 않을 수가 없었던 것이다.

　동혁은 동리로 돌아오면서,

　'오는 자를 막기도 어렵고, 가는 자를 억지로 붙들 수도 없는 노릇이다.'

하고 긴 한숨을 짓고는, 그 길로 회원의 집을 따로따로 호별 방문을 하였다. 그것은 강기천이와 결고틀려는 (시비나 승부를 다툴 때에, 서로 지지 않으려고 버티어 겨류) 음모를 하려는 것도 아니요, 반대 운동을 일으키려고 책동을 하려는 것도 아니었다.

"자아, 우리 기왕에 그렇게 된 일을 가지구 왁자지껄 떠들기만 하면 무슨 소용이 있나? 누가 잘하구 잘못한 것두 따지지 말구, 어느 시기꺼정은 우리가 할 일만 눈 딱 감구 하세."

하고는 미리 불평을 막았다. 그는 기천에게 매수된 회원에게도 똑같은 태도로 임하였다. 석돌이와 칠룡이 같은 회원은 동혁을 보더니 질겁을 해서 쥐구멍으로라도 들어가려고 드는 것을,

"허어 이 사람, 내 얼굴을 바루 쳐다보지 못할 짓들은 누가 하랬나?"

하고 너그러이 웃어 보이면서 전일과 조금도 다름없이 은근하게,

"난 이런 생각을 하는데, 자네들 의향은 어떨는지?"

하고 조끼 주머니에서 서류를 꺼내 놓으며,

"자, 누구누구 할 것 없이 우리 어떻게 빚부터 갚을 도리를 차려 보세. 빚진 죄인이라구 남의 앞에 머리를 들구 살려면 우선 빚부터 벗어 넘겨야 하지 않겠나?"

"그야 이를 말씀이에요."

어느 회원은 동혁이가 은행의 담이나 뚫어 가지고 온 것처럼 그 말에는 귀가 번쩍 뜨이는 눈치다.

"그렇게만 되면사, 우리두 다리를 뻗구 자겠지만……."

하면서도 무슨 방법으로 갚자는지를 몰라서 동혁의 턱을 쳐다본다.

"그런데 우리 회원들이 강도사 집에 농채(農債)나 상채(喪債) 상사를 치르면서 진 빚)루, 또는 혼채(婚債)루 진 빚을 쳐보니까, 본전만 거의 사백 원이나 되네그려. 그러니 또박또박 오 푼 변을 물어가면서 기한에 못 갖다 바치면, 그 변리꺼정 추켜 매서 그 원리금에 대한 오 푼 변리를 또 물고 있지 않은가? 허구 보니 자네들의 빚이 벌써 얻어 쓴 돈의 삼 배두 더 늘었네그려. 주먹구구루 따져 봐두 천사백 원 턱이나 되니, 자네들이 무슨 뾰족

한 수가 생겨서 그 엄청난 빚을 갚아 보겠나!"

"어이구, 천사백 원!"

갑산이가 새삼스러이 놀라며 혀를 빼문다.

"그게 또 자꾸만 새끼를 칠 테니 어떻게 되겠나? 몸서리가 쳐지도록 무섭지가 않은가?"

"그러니, 세상 별별 짓을 다 해두 갚을 도리가 있어야죠. 그저 텃도지도 못 물구 있는 사람이 반이나 되는데요."

"그러길래 말일세. 그 빚을 어떻게 갚든지 내게다만 죄다 맡겨 주겠나? 그것부터들 말하게."

"그야 두말할 게 있어요. 빚만 갚게 해 주신다면 맡기구 여부가 없습죠."

하는 것이 이구동성이다.

"그럼, 나 하는 대루 꼭 해야 하네. 나중에 두말 못 하느니."

하고 동혁은 두 번 세 번 뒤를 다졌다.

동혁은 회원이 빚을 얻어 쓴 날짜와 금액을 적은 장부를 꺼내더니,

"그러면 우리 이렇게 하세. 우리가 삼 년 동안 공동답을 짓구, 닭 돼지를 쳐서 모은 것하구, 이용조합과 이발조합에서 저금한 걸 따져 보니까, 회관을 지은 것은 말구두, 사백육십여 원이나 되네."

하고 일 전 일 리도 틀림없이 꾸며 놓은 회의 여러 가지 장부와 대조를 시켜 보인다.

"야아, 그런 줄 몰랐더니 꽤 많구나!"

하고 회원들은 저희들이 저금한 액수가 뜻밖에 많은 데 놀란다.

"그러길래 티끌 모아 태산이라지. 하지만 그걸 열둘루 쪼개면 한 사람 앞에 삼십팔 원 각수밖에 더 되나."

동혁의 말을 듣고 보니 아닌 게 아니라 결코 많달 것이 없는 금액이다. 동혁은 회원들의 기색을 살펴보며,

"우리 그동안 비럭질(거저 일을 해 주는 것)을 해준 셈만 치구, 그걸루 몽땅 빚을 갚아 버리세. 나는 간신히 그 집에 빚을 안 졌지만, 내 몫하구 동화 몫이 남는데 건배 군은 취직을 한 모양이니까, 세 사람 몫은 거저 내놓겠네. 그럼 그걸루 많이 얻어 쓴 사람하구 적게 얻어 쓴 사람하구 액수를 평균하게 만들 수가 있지 않은가?"

회원들은 얼른 대답하는 사람이 없다. 좋고 그르다는 것은, 그네들의 표정이 없는 얼굴을 보아서는 모른다. 몇몇 해를 두고 쪼들리던 부채를 갚아 준다니 귀가 번쩍 뜨이나 죽을 애를 써서 모은 것을 송두리째 내놓는다는 데는 여간 섭섭지가 않은 눈치다. 어린애는 배기도 전에 포대기 장만부터 한다고, 그 돈을 눈 딱 감고 늘여서 돈 백 원이나 바라보면 토담집이라도 짓고 나와서 남의 도지 집을 면해 보려고 벼르고 있는 회원이 거지반(居之半)이었던 것이다.

"섭섭할 줄은 아네. 하지만 눈앞에 뵈는 게 아니라구 그 빚을 그대루 내버려 두면, 나중에 무슨 수루 갚아 보겠나? 칠룡이 같은 사람은, 돌아간 아버지 술값까지 짊어졌으니까, 억울한 줄은 모르는 게 아닐세만…… 억지루 하자는 게 아니니 싫다면 더 우기진 않겠네."

하고 동혁은 슬그머니 얼러도 보았다. 그런 잇속에는 셈수가 빠른 석돌이는,

"선생님이 첫해부터 우리하구 똑같이 고생을 하신 것꺼정 내놓으신다는데 두말할 사람이 누구예요? 너무나 고맙구 염치없는 일입죠."

하고 동혁을 빤히 쳐다보더니,

"그럼 변리는 어떡하구 본전만 갚나요?"

한다. 그 말에 정득이와 칠룡이도 매우 궁금하였다는 듯이,

"그러게 말씀예요. 배보다 배꼽이 커졌는데……."

하고 거의 동시에 질문을 한다.

"궁금할 줄두 알었네. 그러길래 그건 무슨 수단을 쓰든지 내게다만 맡

겨 달라구 하지 않았나?"

"안 될걸요. 이마에 송곳을 꽂아두 진물 한 방울 안 나올 사람인데 애당초 생의두 마시지요."

"아, 노린전 한 푼에 치를 떨구, 사촌 간에두 꼭꼭 변리를 받는 사람이 더군다나 소리 없는 총이 있으면 놓지를 못해 하는 우리들의 변리를 탕감해 주겠어요? 어림없지, 어림없어."

하고 머리를 내젓는 것을 보고 동혁은,

"이 사람, 경우에 따라선 병법(兵法)을 가꾸루 쓰는 수두 있다네."

하고 자신 있는 듯이 간단히 대답하고 나서,

"헌데, 한 가지 꼭 지켜야 할 게 있네. 내가 그 집엘 다녀오기 전엔, 누구한테나 이 말을 입 밖에두 내선 안 되네. 그 사람이 미리 알면 다 틀릴 테니 명심들 하게. 그런데 원 전화통이 있어서……."

하고 슬쩍 석돌이를 흘겨본다. 정득이도 석돌이와 칠룡이를 노려보며,

"천엽에 가 붙구 간에 가 붙구 하는 놈은 이젠 죽여 버릴 테야! 죽여 버려!"

하고 이를 뿌드득 갈며 벼른다.

아무리 비밀을 지키라고 당부를 해도 저녁 안으로 그 말이 새어서 기천의 귀에까지 들어갈 것을 동혁이가 모를 리는 없다. 건배를 작별하고 오다가, 기천이가 자전거를 타고 신작로로 달려가는 것을 제 눈으로 보았고, 기만이가 형이 술에 취해서 자는 사이에 빚을 놓아 먹으려고 금융조합에서 찾아온 돈을 오백 원이나 훔쳐 가지고 도망을 가서 형이 서울로 쫓아 올라갔다는 소문이 벌써 파다하게 났기 때문에 적어도 사오 일 내로는 돌아오지 못할 줄 알았던 것이다.

그동안 여러 날을 두고 동혁은 사방에 흩어진 돈을 모아들이느라고 자전거를 얻어 타고 분주히 돌아다녔다. 조합에 예금했던 것은 손쉽게 찾았지만, 그 나머지는 받기가 여간 힘이 들지 않았다. 그러나 요행으로 추

수를 한 뒤라, 다른 때보다는 융통이 잘 되어서 기천이가 내려오기 전날까지 그 액수가 거의 다 들어섰다.

기천은 조끼 안주머니에다가 똘똘 뭉쳐서 넣고 자던 돈을 아우에게 감쪽같이 도적을 맞고 눈이 발칵 뒤집혀서 으레 서울로 갔으려니 하고 뒤를 밟아 쫓아 올라갔다. 그러나 서울은 공진회 때와 박람회 때에 구경을 했을 뿐이라, 생소해서 무턱대고 찾아다닐 수도 없어 경찰서에 수색원까지 계출했건만, 친형제 간에 돈을 훔친 것은 범죄가 구성되지 않기 때문에 도리어 '찾게 되면 통지할 테니 내려가 있으라'는 주의를 받고 그 아까운 노자만 쓰고 내려왔다. 집에 와서는 콩 튀듯 팥 튀듯 하며, 만만한 집안 식구에게만 화풀이를 한다는 소문이 벌써 동혁의 귀에도 들어갔다. 동화에게 석돌이나 그 집에 가까이 다니는 사람을 감시하게 하는 한편으로 머슴애를 꾀송꾀송해서 물어보면 단박에 염탐을 할 수가 있다.

'화가 꼭두까지 오른 판인데 잘 들어먹을까.'

하면서도 동혁은 더 기다릴 수가 없어서 저녁을 든든히 먹은 뒤에 큰 마을로 기천이를 찾아갔다. 가는 길에도,

'농촌 운동을 하는 사람이라도 너무 외곬으로 고지식하기만 하면, 교활한 놈의 꾀에 번번이 속아 떨어진다. 과거의 경험으로 보더라도 제 양심을 속이지 않는 정도로는 패를 써야 하겠다.'

하고 종래와는 수작하는 태도를 변해 보리라 하였다.

사랑마당에서 으흠, 으흠 기침을 하니까,

"누구냐?"

하고 되바라진 소리를 지르며 내다보는 것은, 바로 기천이다.

"그동안 경행(京行)을 하셨드라지요?"

하고 동혁은 뻣뻣한 허리를 될 수 있는 대로 굽혀 보였다.

"아, 동혁인가? 그렇잖아두 좀 만나려구 했더니……."

기천은 마루로 나오며 한 십 년 만에나 만나는 친구처럼,

"어서 이리 들어오게."
하면서 동혁을 반가이 맞아들인다. 제가 한 깐이 있고, 반대파의 회원들이 저의 집을 습격이나 할 듯이 형세가 위태위태한데, 그 질색할 놈의 동화는 저를 보기만 하면 죽이느니, 다리를 분질러 놓으니 하고 벼른다는 소문을 벌써 듣고 앉았다. 속으로는 겁이 잔뜩 나서 동네 출입도 못 하고 들어 앉았는 판에, 몇 번씩 불러도 오지를 않던 동혁이가 떡 들어서는 것을 보니 가슴이 달칵 내려앉았다. 그렇건만 그 순간에,

'옳지, 마침 잘 왔다. 너만 구슬러 놓으면야 다른 놈들쯤이야.'
하고 얕잡고는 친절을 다해서 동혁을 붙들어 올린 것이다. 동혁이가,

"계씨두 서울 가셨다지요? 풍편에 놀라운 소식이 들리드군요. 그래 얼마나 상심이 되세요."
하고 화평한 낯빛으로 동정해 주니까,

"허어, 거 원 창피스러워서…… 속상하는 말이야 다 해 뭘 하겠나. 그야말루 아는 도끼에 발등을 찍힌 셈이지."
하고 매우 아량이 있는 체를 한다. 동혁은 다른 말이 나오기 전에 먼저 기를 누르려고,

"참 이번 저 없는 동안에 귀찮은 일을 맡으시게 됐드군요."
하고 아픈 구석을 꾹 찔러 보았다. 기천은 의외로 동혁의 말씨가 부드러운 데 안심이 되는 듯,

"하 이 사람, 자네가 먼저 말을 꺼내네그려. 난 백죄 꿈두 안 꾼 일을, 건배랑 몇몇이 누차 찾아와서 벼락감투를 씌우데그려. 자네네 일까지 덧붙이기루 해달라니 젊은 사람들이 떠맡기는 걸 이제 와서 마다는 수두 없구…… 그래서 자네하구 얘기를 좀 하려구 만나려던 찬데, 참 마침 잘 왔네."
하고 강아지가 꼬리를 흔들 듯이 뾰족한 발끝을 달달달 까분다.

"그야 인망으루 되는 일이니까요. 진작 일을 봐 줍시사구 여쭙질 못한

게 저희들의 불찰이지요."

그 말에 기천은 몸을 발딱 일으키며,

"가만있게. 우리 오늘 같은 날이야 한잔 따뜻이 마시면서 얘기를 하세."

하고 요릿집에서 하던 버릇인지 안으로 대고 손뼉을 딱딱 친다.

전일과 똑같은 대중의 술상이 나왔다. 그러나 오늘은 어란과 육포 조각까지 곁들여 내온 것을 보니, 특별대우를 하는 모양이다.

"여보게, 오늘은 한잔 들게. 사람이 너무 고집이 세두 못 쓰느니."

하고 권하는 대로,

"그럼, 나 먹는 대루 잡수실 테지요."

하고 동혁은 커다란 주발 뚜껑으로 밥풀이 동동 뜬 노오란 전국을 주르르 따랐다.

"자 먼저 한 잔 드시지요."

"어 이 사람, 공복인데 취하면 어떡하나. 요새 연일 과음을 해서……."

하면서도 기천은 동혁이가 먹는다는 바람에 숨도 아니 쉬고 쭉 들이켰다. 이번은 동혁이가 불가불 마셔야 할 차례다. 동혁은,

"이거 정말 파계를 하는군요."

하고 주발 뚜껑이 찰찰 넘치도록 받아 놓았다. 동혁은 원체 주량이 없는 것이 아니다. 고등 농림의 축구부의 주장으로 시합에 우승하던 때에는 응원대장이 권하는 대로 정종을 두 되가량이나 냉수 마시듯 하고도 끄떡도 아니 하던 사람이다.

"어서 들게."

"네, 천천히 들지요."

그러나 이만 일로 여러 회원과 함께 오늘날까지 굳게 지켜오던 약속을 깨뜨릴 수도 없고, 그 잔을 내지 않을 수도 없어서 어름어름하고 안주만 집는 체하는데, 안에서 계집애가 나오더니,

"아씨가 잠깐 들어옵시래유."
한다. 기천은,
"왜?"
하고 일어서며,
"아 이 사람, 어서 들게."
하고 마시는 것을 감시하려고 한다. 동혁은 술잔을 들었다. 돌아앉으며 단숨에 벌떡벌떡 들이켜는 것을 보고야 기천은,
"허어, 어지간하군."
하고 안으로 들어간다. 저녁상을 내보낼까 물어보려고 불러들이는 눈치다. 동혁은 씽긋 웃으며 술잔을 입에서 떼는데 술은 고대로 있다. 능청스럽게 소매로 입을 가리고 들이마시는 시늉만 내어 보인 것이다. 그 술을 얼른 주전자에다 도로 따르고 이번에도 안주를 드는 체하고 있는데, 기천은 벌써 얼굴이 술기운이 돌아 가지고 나온다. 동혁은,
"무슨 술이 이렇게 준합니까(준하다: 술맛 따위가 매우 독하거나 진함)? 벌써 창자 속까지 찌르르한데요."
하고 진저리를 치는 흉내를 낸다.
"기고(忌故)두 계시구 해서, 가양(家釀)으루 조금 빚어낸 모양인데, 품주(品酒)는 못 돼두 그저 먹을 만허이."
"이번엔 주인어른께서 드셔야지요."
"원, 이거 과한걸."
"못 먹는 저두 먹었는데요. 참 제가 술 먹은 걸 회원들이 알아선 안 됩니다."
"그야 염려 말게. 내가 밀주해 먹는 소문이나 내지 말게. 겁날 건 없네만……."
하고 기천은,
"핫 하하하."

하고 간드러지게 웃으며 잔을 들더니 엄지손가락을 젖힌다.

"이왕이면 곱빼기루 한 잔 더 하시지요. 저두 따라 먹을 테니……."

동혁은 석 잔째 가득히 따라 올렸다.

"아니, 자네 사람을 잡으려나? 이렇게 폭배를 하곤 견디는 수가 있어야지."

하면서도,

'어디 누가 못 배기나 보자!'

는 듯이 상을 찌푸리고 꼴딱꼴딱 마셔 넘긴다. 동혁은 기천의 목줄띠에 내민 뼈끝이 올라갔다 내려갔다 하는 것을 바라보다가,

'이번엔 어떡하나.'

하면서도 그 술잔을 받지 않을 수는 없었다.

"어서 들게 들어. 입에 안 댔으면 모르거니와 사내대장부가 그만 술이야 사양해 쓰겠나."

독촉이 성화같다. 기천은 벌써 말이 어눌해지도록 취했다.

"원 이건 너무 벅차서……."

하고 동혁은,

'이런 때 누가 오지나 않나.'

하고 잔을 들었다 놓았다 하는데 마침 밖에서 잔기침 소리가 나더니,

"나리께 여쭙니다. 큰덕미 선인이 들어왔는뎁쇼. 내일 아침에 배짐을 내시느냐구 합니다."

하는 것은 머슴의 목소리다. 기천은,

"뭐? 뱃놈이 들어왔어?"

하더니,

"자, 잠깐만 기다리게."

하고 툇마루로 나간다. 그 틈에 주전자 뚜껑은 또 소리 없이 열렸다. 기천이가 벼를 실릴 분별을 하고 들어오는 것을 보고 동혁은,

"어이구, 벌써 가슴이 다 두근두근하는군요."
하고 가슴에다 손을 대며 금방 술을 마시고 난 것처럼 알코올 기운을 내뿜는 듯이 후우 하면서 술잔을 주인의 앞에다 놓았다.

남포에 불을 켜는데 밥상이 나왔다. 반주가 또 한 주전자나 묵직하게 나오고, 어느 틈에 닭을 다 볶아서 주인과 겸상을 하였다. 기천이가 상놈하고 겸상을 해보기는 생후 처음이리라.

'아무리 요새 세상이기루 볼 건 봐야지. 우리네하구야 원판 씨가 다르니까…….'
하고 남의 집 잔치 같은 데를 가서도 자리를 골라 앉는 사람으로는 크게 용단을 내었고 실로 융숭한 대접이다. 동혁은,

'놈이 발이 저려서…….'
하면서도,

"전 저녁을 먹구 왔지만, 세잔갱작(洗盞更酌)이라는데 자 이번엔 반주루 한 잔 더 드시지요."
하고 이번에는 공기에다 가득히 따라서 권하니까,

"이거 자네 협잡(옳지 아니한 방법으로 남을 속임)을 했네그려. 그저 끄떡없는 게 수상쩍은걸."
하면서도 기천은 인음증(引飮症 술을 마시기 시작하면 자꾸 마시려고 하는 버릇)이 대단한 사람이라 인제는 술이 술을 끌어들여서, 동혁이가 받아든 술은 제 눈앞에서 한 방울도 아니 남기고 주전자에다가 짓는 것을 멀거니 보면서도,

"과한걸 과해."
해가며 연거푸 마신다. 그만하면 온 세상이 다 내 것처럼 보일 만큼이나 거나해졌다.

"참 이렇게 술에 고기에 주셔서 잘 먹습니다만, 특청 하나 할 게 있어서 왔는데, 들어주시겠어요?"
그제야 동혁은 취한 체하면서 본론을 끄집어냈다.

기천은 몽롱한 눈을 될 수 있는 대로 크게 뜨고 상대자를 보더니, 다 붙은 고개를 내밀며 귓속말이나 들으려는 듯이,

"무슨 특청? 왜 아쉰 일이 있나?"

하고 귀를 갖다가 댄다. 특청이라면 으레 돈을 취해 달라는 줄 알고 취중에도, '너두 기어이 나한테 아쉰 소리를 할 때가 왔구나' 하는 듯이 연거푸,

"왜 돈이 소용이 되나?"

하고 엄지와 집게손가락으로 동그라미를 만들어 보이며 은근히 묻는다.

"돈이 소용이 되는 게 아니라 빚을 갚으러 왔어요."

"응? 빚을 갚으러 오다니? 자네가 언제 내 돈을 썼던가?"

"전 댁의 돈을 다 갚았지만, 다른 사람들의 위임을 맡아 가지구 왔는데요."

"다른 사람들이라니 누구누구 말인가?"

"이번에 주인어른께서 새루 회장이 되신 우리 농우회의 회원들이 진 빚인데요. 저희들은 와 뵙구 말씀드리기가 어렵다구 제게다 맡겨서 심부름을 온 셈입니다."

"허, 자네두 호사객일세그려. 더러들 썼지만 몇 푼 된다구. 하두 오래돼서 나두 잊어버렸는걸."

하면서도 기천은, '너희들이 무슨 돈이 생겨서 한꺼번에 갚는다느냐.'는 듯이 고개를 까땍까땍하면서 따개질을 하듯이 동혁의 눈치를 살핀다.

"수고스러우시지만 뭐 적어 두신 게 있을 테니 좀 꺼내 보셨으면 좋겠는데요."

그 말을 듣자 기천은 딴전을 부리듯,

"여보게, 우리 그런 얘긴 됐다 하세. 술이 취해서 지금 옹송망송(뒤숭숭하게 생각이 잘 떠오르지 않고 흐리멍덩한 모양)한데……."

하고 고리대금업자는 살금살금 꽁무니를 뺀다. 동혁은 버쩍 다가앉으며,

"아니올시다. 일이 좀 급한데요. 참 술김에 비밀히 여쭙는 말씀이지만,

주인 어른께서 우리 회의 회장이 되신 데 대해서 불평을 품는 젊은 사람들이 있는 줄은 짐작하시겠지요? 그중에 몇몇은 혈기가 대단해서 제 손으루는 꺾을 수가 없는데, 이번에 좀 후하게 인심을 써 주셔야 과격한 행동꺼정 하려구 벼르는 청년들을 어떻게 주물러 볼 수가 있겠어요. 사세가 매우 급하길래 이렇게 찾아뵙구 무사히 타협을 하시도록 하는 게니, 나중에 후회가 없으시도록 하시는 게 상책일 것 같아요. 점잖으신 처지에 혹시 길거리에서래두 젊은 사람들한테 단단히 창피를 당하시면 거 모양이 됐습니까?"
하고 타이르듯 하니까, 기천은,
"아아니, 자네가 날 위협을 하는 셈인가?"
하며 발끈하고 쇤다. 동혁은 정색을 하며,
"원 천만에, 위협이라뇨. 그렇게 오해를 하신다면 무슨 일이 생기든 저부터 발을 뺄 테니 맘대루 해보세요."
하고 정말 슬그머니 을러메었다. 기천은 상을 물리고 담배를 붙여 물었다. 숨이 가쁜 듯 벽에 가 기대어 쌔근쌔근하며 한참이나 대물부리만 잘강잘강 씹다가,
"그야 웃음의 말일세만 내 귀에두 이런 말 저런 말 들리네. 저희들이 날 어쩌기야 하겠냐만, 아닌 게 아니라 모두 마구 뚫은 창구멍 같아서 걱정일세. 나 없는 새 회관 문짝을 걷어차서 떼어 놨다니 원 그런 무지막지한 놈들이 있나. 허나, 자네 같은 체면두 알구 지각 있는 사람이 있으니까 좋도록 무마를 시켜줄 줄 믿네."
하고 금세 한풀이 꺾인다.
"그러니까 뒷일은 제게다만 맡겨 주시구, 그 대신 제 말씀은 들어주셔야 합니다."
하고 동혁은 바짝 들러붙었다.
제아무리 깐죽깐죽한 사람이라도, 술이 잔뜩 취한데다가 말을 아니 들

으면 당장에 저를 엎어누를 듯한 형세를 보이는 동혁의 위품에는, 한 손 잡히지 않을 수 없었다. 신변의 위험을 모면하려는 것뿐 아니라 제 딴에는 술기운에 마음이 커져서,

"어디서 돈들이 생겨서 한몫 갚는다는 건가?"

하며 머리맡의 문갑을 열고 극비밀로 넣어 둔 치부책을 꺼내는데, 열쇠가 제 구멍을 찾지 못할 만큼이나 수전증이 나서 이 구멍 저 구멍 허투루 꽂다가 열었다.

동혁은 그 돈이 삼사 년 동안이나 죽을 애를 써서 모은 돈이라는 것을 설명하고, 서류를 꺼내서 채권자가 적어 둔 것과 차용증서를 일일이 대조를 해서 금액을 맞추어 본 뒤에 수건에 꼭꼭 싸서 허리에 차고 온 지전 뭉치를 꺼내더니,

"자아, 세어 보시지요."

하고 밀어 놓는다.

기천의 눈은 버언해졌다. 담뱃진이 노랗게 앉은 손가락에 침칠을 해가며 지전을 세어 보더니,

"이걸루야 빠듯이 본전밖에 안 되네그려?"

하고 변색을 한다. 동혁은,

'이때를 놓치면 안 된다!'

하고 위엄 있게 기천을 똑바로 쏘아보며,

"아니, 그럼 오 푼 변으루 놓은 걸 변리까지 다 받으실 줄 아셨던가요? 법정 이자두 두 푼 오 리밖에 아니 되는데 그 사람들의 사폐를 봐 줍시사구 제가 일부러 온 게 아니겠어요? 그 사람들이 안 내겠다구 버티면 어떡하실 텝니까? 그 여러 사람을 걸어 재판을 하려면 소송비용이 얼마나 들지두 따져 보면 아시겠지요?"

하고 무릎이 마주 닿도록 더 부쩍 다가앉는다. 기천은 바윗덩이만 한 사람에게 짓눌린 것 같아서,

'저놈이 여차하면 날 한구석에다 몰아 넣구 목줄따라두 조르지 않을까.'
하고 속으로는 겁이 났다. 그러면서도,
"여보게, 내가 자선사업으루 돈놀이를 하는 줄 알았나? 인제 와서 천 원 돈에 가까운 이자를 한 푼두 받지 말라는 거야 될 뻔이나 한 수작인가?"
하고 실토를 하면서 앙버틴다. 동혁은 그 말에 정말로 흥분이 되어서,
"아, 그래 회장 체면에 앞으루두 고리대금을 해 자실 텝니까? 그만큼 긁어모았으면 흡족하지, 죽지 못해 사는 회원들의 고혈까지 긁구두 양심에 가책을 받지 않을까요? 그 돈인즉슨 조합에 근저당을 해 놓구 한 푼두 못 되는 변리루 얻어다가 오 푼씩, 심하면 장변까지 논 게 아닙니까?"
하고 목소리를 버럭 높이며 목침을 들어 장판 바닥이 움쑥 들어가도록 탁 내리쳤다. 그와 동시에 기천의 가슴도 쿵 하고 울렸다. 그래도 기천은 눈살을 잔뜩 찌푸리고 노랑 수염만 배틀어 올리면서 꽁꽁하고 안간힘을 쓰더니 최후로 용기를 내어 발악한 듯,
"난 할 수 없네!"
하고 똑 잡아뗀다. 기한을 몇 번만 넘기면 채무자를 불러다 세워 놓고 '이놈아, 이 목을 베고 재를 칠 놈 같으니라구. 외손씨아에 불알을 넣고는 배겨두 내 돈을 먹군 못 배길라' 하고 진땀이 나도록 기름을 짜던 솜씨라, 아무리 동혁의 앞이라도 돈에 들어서만은 저의 본색을 나타내는 것이다.
"정 할 수 없을까요?"
동혁의 얼굴이 뻘개졌다. 씨근거리는 숨소리가 유난히 크게 들린다.
"두 번 말할 게 있나. 할 수 없으니깐 할 수 없다는 게지."
그 말을 듣자 동혁은,
"그럼 나 역시 할 수 없쇠다. 우격으루 될 일이 아니니까요."

하고 기천의 앞에 내놓았던 지전 뭉치를 도루 집어 꼭꼭 싸서 허리춤에다 차며,

"하지만 이 돈은 졸연히 받지 못할 줄 아세요. 앞으루 무슨 일이 생기든 나는 책임을 질 수두 없구요."

하고 목침을 걷어차며 벌떡 일어섰다.

동혁이가 장지를 탁 닫고 나갈 때까지 기천은 달싹도 아니 하고 앉았다. 신발 소리가 어둠침침한 마당으로 내려가는 것을 듣고야 발딱 일어나서,

"여보게, 날 좀 보게."

하고 쫓아 나갔다. 아무리 생각해 보아도 동혁의 말마따나 까딱하면 본전도 건지기가 어렵고, 두고두고 녹여서 받는대도 여간 힘이 들 것 같지가 않았던 것이다. 게다가 기만이에게 오백 원이나 급전을 도둑맞아서 그 별충을 대야만 되게 된 형편인데, 또 한편으로는 동혁이가 감정이 잔뜩 난 회원들을 선동해 가지고 밤중에 습격이라도 할 것 같아서 미상불 겁이 났던 것이다.

"왜 그러세요?"

동혁의 대답은 매우 퉁명스럽다.

"이리 잠깐만 들어오게."

"들어감 뭘 하나요."

"글쎄, 잠깐만 들어와. 이 사람, 왜 그렇게 변통수가 없나?"

동혁은 못 이기는 체하고 따라 들어갔다.

"그거 이리 내게. 오입해 없앤 셈만 치지."

하고 기천은 손을 벌린다. 동혁은,

"그럼 그 차용증서 모아 둔 걸 이리 주시지요."

하고 돈과 차용증서를 바꾸어 들었다. 그러고는 눈을 끔벅끔벅하더니,

"매사는 불여튼튼이라는데, 돈을 한 푼두 안 남기구 다 받았다는, 표를

상록수 351

하나 써 주시지요."
해서 빚 갚은 증서를 쓰이고 도장까지 찍게 하였다. 동혁은 그제야 수십 장이나 되는 인찰지를 구겨 쥐고 한참이나 들여다보다가 재떨이 위의 성냥을 집어 확 그어댔다.

이별

그 뒤로 회원들은 물론 동네의 인심은 동혁에게로 쏠렸다. 젊은 사람들의 일에 쫓아다니며 훼방까지는 놀지 않아도,
"저 녀석들은 처먹구 할 짓들이 없어서 밤낮 몰려만 댕기는 게여."
하고 마땅치 않게 여기던 노인네까지도,
"미상불 이번에 동혁이가 어려운 일 했느니."
"아아무렴, 여부지사가 있나. 우리네 수루야 어림두 없지. 언감생심 변리를 한 푼두 아니 물다니."
하고 동혁의 칭송이 놀라웠다. 너무나 고마워서 동혁을 찾아와서 울면서 치사를 하는 부형도 있는데, 그 통에 박첨지는 아들 대신으로 연거푸 사나흘씩이나 끌려 다니며 막걸리를 얻어먹고 배탈이 다 났다. 동혁은,
'자아, 빚들은 다 갚았으니까 앓던 이 빠진 것보다 더 시원하지만, 이젠 어떻게 전답을 떨어지지 않구 지어 먹을 도리를 차려야 셈(셈평. 생활의 형편)들을 펴구 살아보지.'
하고 제2단책(第二段策)을 생각하기에 골몰하였다. 그러다가,
'급하다구 우물을 들구 마시나? 천천히 황소 걸음으루.'
하고 저 자신과 의논을 해가면서 회원들의 생활이 짧은 시일에 윤택해지지는 못하나마, 다시 빚은 얻지 않을 만큼 생계를 독립할 수 있는 정도까지는 끌어올리고 말리라 하였다.

'농지령(農地令)이라는 것이 발포되었대야 결국은 지주들의 맘대로 할 수가 있게 된 것이니까, 어떻게 강도사 집뿐 아니라 다른 지주들까지도 한 십 개년 동안만 도지로 논을 내놓게 만들었으면, 힘껏 개량식으로 농사를 지어 그 수입으로 땅 마지기씩이나 장만을 하게 될 텐데…….'
하고 꿍꿍이셈을 치고 있는 중이다. 회원들의 돈은 빚을 깨끗이 청산하고도 육십여 원이나 남아서, 그것을 밑천으로 새로이 소비조합을 만들 예산을 세웠다.

그러나 형의 속을 이해하지 못하는 동화는 다른 반대파의 회원들보다도 불평이 많았다. 워낙 저만 공부를 시켜 주지 않았다고 부형의 탓을 하는 터에 제 말마따나 형 때문에 장가도 들지 못해서 그런지 계모 손에 자라난 아이 모양으로 자격지심이 여간 대단하지가 않다. 이번 일만 해도,
"형님두 물렁팥죽이지, 그깟 녀석을 요정을 내버리지 못한단 말요? 겨우 변리 안 받은 게 감지덕지해서 우리 회의 회장이란 명색을 준단 말요? 난 나 혼자래두 나와 버릴 테유. 그 아니꼰 꼴을 안 보면 고만이지."
하고 투덜댄다. 그러면 동혁은,
"네 형은 창피하거나 아니꼬운 줄을 몰라서 죽치구 있는 줄 아니? 호랑이 굴 속엘 들어가야 호랑이 새끼를 얻는 법이란다."
하고 섣불리 혈기를 부리지 말라고 타이르건만, 그래도 아우는,
"흥 어느 때구 두구 보구려. 내 손으루 회관을 부숴버리구 말 테니!"
하고 입술을 깨물며 벼른다.
"글쎄 애야, 지금 회관을 쓰구 못 쓰는 게 시급한 문제가 아니라니깐 그러는구나. 언제든지 우리 손으루 다시 들어오게 하구야 말걸. 왜 그렇게 성미가 급하냐."
하면서도 어느 때 무슨 일을 저지를지를 몰라서 형은 마음이 놓이지를 않았다.

조기회는 여전히 하나, 회관은 커다란 자물쇠를 채운 채 쓰지를 않고

그대로 내버려 두었다. 쓰지를 않는 게 아니라 그동안 기천이가 여러 번 열라고 명령을 하였어도 동화와 갑산이가 열쇠를 감추고는 서로 미루고 내놓지를 않아서 쓰지를 못하고 있다.

"애 동화야, 인제 그만 쇳대를 내놔라. 이렇게 켕기구 있다가는 필경 기천이가 남의 힘을 빌려서까지 강제루 열기가 쉬우니 그때두 너희들이 안 내놓구 배길 테냐. 무슨 회든지 우리끼리 합심만 하면 또다시 만들어 질걸."

하고 순순히 타일러도, 동화는,

"아, 어느 놈이 우리가 지은 회관을 강제루 열어요? 흥, 난 그럴 때만 기다리구 있겠수."

하고 끝끝내 형하고도 타협을 하지 않았다. 그래서 야학도 새집에서 못 하고 전처럼 남의 머슴 사랑을 빌려 가지고 구석구석이 하게 되었다.

영신에게서는 하루 걸러 편지가 왔다. 침대 위에서 따로따로를 하다가 송엽장(松葉杖)을 짚고 걸음발을 타게까지 되었는데, 인제는 밥을 먹고도 소화가 잘 된다는 것이며, 의사는 좀 더 조섭을 하라고 하나, 비용 관계로 더 있을 수가 없어서 불일간 퇴원을 하겠다는 반가운 소식이 뒤를 이어 왔었다. 공책에다가 일기를 쓰듯이 감상을 적은 것을 떼어 보내기도 하고, 이번에 당신이 아니었더라면 벌써 황천길을 밟았을 것을 살아났다는 만강의 감사와, 떠나보낸 뒤의 그립고 아쉬운 정을 애틋이 적어 보낸 것 이었다. 이번 편지는 퇴원을 하느라고 부산한 중에 급히 쓴 연필 글씨로,

청석골의 친절한 여러 교인과 학부형들에게 에워싸여서 지금 퇴원을 합니다. 그러나 천만 사람이 있어도 이 영신에게는 새로운 생명을 주신 은인이시고 영원한 사랑이신 우리 동혁 씨와 이 기쁨을 나누지 못하는 것이 무한히 섭섭합니다.

그러나 또 한 가지 기쁜 소식을 전해 드리는 것은 일전에 서울 연합회

에서 백현경 씨가 전위해서 내려왔는데, 정양도 할 겸 횡빈(橫賓)에 있는 신학교로 가서 몇 해 동안 수학을 하도록 주선을 해 주겠다는 약속을 하고 올라갔는데요, 여러 해 벼르고 벼르던 유학을 하게 된 것은 기쁘지만 또다시 당신과 더 멀리 떨어져 있을 생각을 하니 무한히 섭섭해요. 지금부터 눈물이 납니다. 어수선스러워서 고만 쓰겠어요. 답장은 청석골로—

××월 ××일 당신의 영신

  동혁은 즉시 답장을 썼다. 편지가 올 때마다 간단히 회답은 하였지만, 수술한 경과가 좋아서 안심도 되었고 동네일로 정신이 쓰라려서 긴 편지는 쓰지 못하고 있었다. 영신을 병원으로 데리고 가서 간호를 해 주고 있는 동안에 무언중에 정이 더 깊어진 것을 깨달았고, 피차의 성격이나 사랑하는 도수는 가장 어려운 일을 당해 보아야 비로소 알아지고 그 깊이를 측량할 수가 있는 것이라고 생각되었다. 그러나 동혁은(영신도 그렇지만) 영신이가 연애하는 사람이라느니보다도, 이미 자녀까지 낳고 살아오는 아내와 같이 느껴졌다. 그만큼이나 믿음성스럽고 듬쑥한(사람됨이 가볍지 아니하고 속이 깊음) 맛이 있어서, 편지를 쓰는 데도 남들처럼 달콤한 문구는 쓰려야 써지지가 않았다.

  무사히 퇴원하신 것을 두 손을 들어 축하합니다. 즉시 뛰어가서 완쾌하신 얼굴을 대하고는 싶지만, 지금 내가 떠나면 동네일이 또 엉망으로 얽힐 것 같아서 험악한 형세가 가라앉기를 기다리는 중이니 섭섭히 아셔도 할 수 없는 일이외다.
  유학을 가시게 된다구요? 내가 반대를 한대도 기어이 고집하고 떠나가실 줄은 알지만, 신학교로 가신다니(지원한 것은 아니라도) 신앙이 학문이 아닌 것은 농학사나 농학박사라야만 농사를 잘 지을 줄 아는 거와 마찬가지가 아닐는지요. 하여간 건강 상태로 보아 당분간 자리를 떠나서 정양할 기회를 얻는 것은 나도 찬성한 것이지만······.

우리가 약속한 삼 개년 계획은 벌써 내년이면 마지막 해가 됩니다. 그런데 또 앞으로 몇 해를 은행나무처럼 떨어져 있게 될 모양이니 실로 앞길이 창창하고 아득하외다.

영신 씨! 우리의 청춘은 동아줄로 칭칭 얽어서 어디다가 붙들어 맨 줄 아십니까? 우리의 일이란 관 뚜껑을 덮을 때까지 끝나는 날이 없을 것이니, 사업을 다하고야 결혼을 하려면 백 살 천 살을 살아도 노총각의 서글픈 신세는 면하지 못하겠군요. 조선 안의 그 숱한 색시들 중에 '채영신' 석 자만 쳐다보고 눈을 끔벅끔벅하고 기다리는 나 자신이 못나기도 하고 어찌 생각하면 불쌍하기도 합니다. 그렇다고 결코 동정해 주기를 바라는 것은 아니나 하루바삐 우리 둘이 생활을 같이하고 힘을 한데 모아서, 서로 용기를 돋워 가며 일을 하게 되기를 매우 조급히 기다리고 있소이다. 며칠 틈만 얻게 되면 또 한 삼백 리 마라톤을 하지요. 부디부디 몸을 쓰게 되었다고 무리한 일은 하지 마십시오! 그것만이 부탁이외다.

당신의 영원한 보호 병정

어느덧 해가 바뀌어 음력으로 정월이 되었다. 학원은 구습에 의해서 일주일 동안 방학을 했지만, 명절이라 해도 계집아이들이 울긋불긋한 인조견 저고리 치마를 호사라고 입고 세배를 다닐 뿐, 흰떡 한 모태 해 먹는 집이 없어, 떡 치는 소리 대신에 여기저기 오막살이에서 널을 뛰는 소리만 덜컹덜컹 하고 들린다. 한곡리에는 풍물이나 장만한 것이 있어 청년들이 두드리지만, 그만한 오락기관도 없는 청석골은 더한층 쓸쓸하다.

연일 눈이 쏟아지다가 햇발이 퍼져서 땅은 질척거려 세배꾼들의 모처럼 얼어 입은 때때옷 뒤와 버선이 진흙투성이다.

지붕에 쌓인 눈이 고드름과 함께 추녀 끝으로 녹아내려 뚝뚝 떨어지는 소리를 들으며 영신은 책상 앞에 턱을 괴고 앉아서 생각에 잠겼다. 의식적으로는 센티멘털리즘(哀傷主義)을 송충이와 같이 싫어하면서도, 소복을 잘못해서 건강이 전처럼 회복되지 못한 탓인지 고요한 시간만 있으면 저의 신세가 고단하고 공연히 서글픈 생각이 들어 저도 모르는 겨를에 눈물이 흘러내리는 때가 있다.

'동혁 씨 말마따나 아까운 청춘을 이대로 늙혀서 옳은가. 인생이란 본시 이다지도 고독한 것인가?'
하고 스스로 묻기도 하고 한숨도 짓는다.

'왜 너에게는 박동혁이가 있지 않으냐. 그 튼튼하고 믿음성스러운 남자가 너의 장래를 맡지 않았느냐?

그렇다. 그와 평생의 고락을 같이 할 약속을 하였다. 나는 그이를 이 세상의 누구보다도 사랑한다. 열렬히 사랑한다. 그러나 결혼을 한다고 나 한 몸을 그에게 의지하려는 것은 아니다. 밥을 얻어먹고 옷을 얻어 입고, 자녀를 낳아 주기 위한 결혼을 꿈꾸는 것은 결단코 아니다. 두 사람이 육체적으로 결합이 된대도 내가 할 일이 따로 있다. 이 현실에 처한 조선의 인텔리 여성으로서 따로이 해야만 할 사업이 있다. 결혼이 그 사업을 방해한다면 차라리 연애도 결혼도 하지 말아야 한다. 청상과부처럼, 미스 빌링스처럼 독신으로 늙어야만 한다.

그러나 외로운 것을 어찌하나. 이다지도 지향없이 헤매는 마음을 어디다가 붙들어 맨단 말이냐.

너에게는 신앙이 있지 않으냐. 어려서부터 하나님을 불러왔고, 그의 독생자에게서 희생과 봉사의 정신을 배웠고, 가장 어려울 때와 괴로울 때에 주를 부르며 아침저녁 기도를 올리지 않았느냐.

그렇다. 그러나 인제 와서는 무형한 그네들을 믿는 것만으로는 도저히 만족할 수가 없다. 사람을 믿고 싶다! 육안으로 보이는 좀 더 똑똑한 것, 확실한 것, 즉 과학을 믿고 싶다! 직접으로 실험할 수 있는 것을, 노력하는 정비례로 그 효과를 눈앞에 볼 수 있는 그러한 일을 하고 싶다!'

영신은 마음속의 문답을 제 귀로 들을수록 생각은 갈피를 잡을 수 없다. 그는 퇴원을 한 후에 달포나 누웠다 일어나 보니, 학원 일은 청년들만 맡겨 놓아서 뒤죽박죽이다. 그 밖에도 부인들의 모임이나 모든 것으로 보아 그네들의 손으로 자치를 해 나가려면 아직도 이삼 년 동안은 열심히 지도를 해 주어야만 될 것 같다.

영신은 더 누웠을 수가 없었다. 몸을 조금만 과히 움직이면 수술한 자리가 당기고 아픈 것을 억지로 참고 하루 몇 차례씩 학원으로 오르내렸다. 이것저것 분별을 하고 돌아다니려면 자연히 운동이 과도하게 되고, 따라서 한 번 쓰러지면 일어날 수가 없도록 피로하였다.

'이러다가는 안 되겠다. 어쨌든 내 몸이 튼튼해지고 볼 일이다.'
하면서도 타고난 그의 성격이 가만히 앉아 있지를 못하게 한다.

'아무튼 이번 기회에 눈 딱 감고 건너가서 공부를 하고 돌아오자. 나만한 지식으로 남을 지도한다는 것부터 대담하였다. 양심에 부끄러운 일이다.'
하고 다시 한번 청석골을 떠날 결심을 하였다.

'동혁 씨는 왜 온다 온다 하고 선문만 놓고 아니 올까. 또 동네에 무슨 일이 생겼나?'
하고 별별 생각을 다 해보다가,

서울서 노자가 오는 대로 음력 보름께쯤 떠날 예정이니, 그 안에 꼭 와 달라.

고 편지를 썼다. 다시 한번 만나서 전후 일을 의논하고 싶었던 것이다.

그동안 기천이는 장근('늘'의 잘못. 계속하여 언제나) 두 달째나 누워 있었다. 병을 앓는 것이 아니라, 타동에 나가서 양반 자세를 하다가 임자를 톡톡히 만나서 졸경을 쳤는데(졸경을 치다: 한동안 남에게 모진 괴로움을 당함), 골통이 깨지고 가슴에 담이 들어서 꼼짝 못하고 누워서 음력 과세를 하였다.

회장이 된 첫 번 행세를 하려고 제 동네서는 못 해도 저도 돈 십 원이나 기부를 한 읍내 소방조 출초식(消防組出初式)에 참례를 했다가, 술이 엉망진창으로 취해서 밤중에 자전거를 끌고 오다가 신작로가에 있는 주막으로 비틀거리며 들어갔다. 계집이라면 회를 치려고 드는 기천은, 그 주막 갈보의 소위 나지미상(단골)이었다. 술김에 더욱 안하무인이 된 기천은 제가 맡아 논 계집이라 기침도 아니 하고 방문을 펄썩 열었다. 허술하게 박은 돌쩌귀가 떨어지면서 문은 덜커덕 열렸다. 방 안은 캄캄하다.

"옥화야!"

"……."

대답이 없다. 기천은 구두를 신은 채 방으로 들어서며 성냥불을 확 켰다. 옥화란 계집은 발가벗은 몸을 불에 데인 벌레처럼 옴츠러뜨리는데, 커다란 버선발이 이불 밖으로 쑥 비어져 나왔다. 동시에 만경을 한 듯한 기천의 눈에는 질투의 불길이 타올랐다.

"누구냐?"

소리를 바락 지르며 이불을 홱 벗겼다.

"이놈아, 넌 누구냐?"

감때가 사납게(감때가 사납다: 매우 험상궂고 몹시 사나움) 생긴 사내는 벌떡 일어났다. 기천은 그자의 얼굴을 보고,

"이놈, 너 용준이 아니냐? 발칙한 놈 같으니라구, 너 이놈 양반을 못 알아보구, 내가 다니는 집인 줄 뻔히 알면서 이 죽일 놈 같으니……."

기천의 구둣발길은 대뜸 용준이라고 불린 사내의 허구리를 걸어찼다. 그 다음 순간 기천의 눈에서는 번갯불이 뻔쩍하였다. 따귀를 한 대 되게 얻어 맞고 정신이 아뜩해서 쓰러지는 것을, 그 왈살스러이 생긴 사내는,

"요놈아, 술 파는 계집꺼정 다 네 계집이냐? 타동에 와서두 양반 행세를 해. 너 요놈 함부로 어따가 발길질을 하는 거냐?"

하고 호통을 하더니,
 "아무튼 잘 만났다. 양반의 몸뚱이엔 매가 뛸 줄 아느냐?"
하고 기천의 멱살을 바싹 추켜잡고 컴컴한 마당으로 끌고 나가더니,
 "너 요놈의 새끼, 네놈의 집 머슴살이 삼 년에 사경두 다 못 찾아 먹구 네게 얻어 맞구서 쫓겨난 내다. 어디 너 좀 견디어 봐라."
하고 마른 정강이를 장작개비로 패고 발딱 자빠트려 놓고는 발뒤꿈치로 가슴을 사뭇 짓밟았다. 기천은 한마디 못 하고 깩깩거리며 죽도록 얻어 맞는 것을 계집이 버선발로 뛰어 내려가서 간신히 뜯어말렸다.
 용준이는 삼 대째 강도사네 행랑살이를 하다가 언사가 불공하다고 기천에게 작대기찜질을 당하고 쫓겨나서, 그 원한을 품고 잔뜩 앙심을 먹고 벼르는 판에 외나무다리에서 호되게 걸려들었던 것이다.
 기천은 아주 초죽음이 되었다가 새벽녘에야 간신히 저의 집으로 기어 들었다. 머슴놈에게 얻어 맞았다기는 창피해서, '취중에 자전거를 타다가 이 봉변을 했다'고 꾸며대고 산골(구리가 나는 곳에서 나는 푸른빛을 띤 누런색의 쇠붙이로, 접골 약으로 씀)을 캐어 오너라, 약을 지어 오너라 하고 야단법석을 하였다. 분한 생각을 하면 용준이란 놈의 배를 가르고 간을 날로 씹어도 시원치 않겠지만, 창피한 소문이 날까 보아 단골 버릇인 고소도 못 하고 속으로만 꽁꽁 앓고 있었다.
 그러나 그 소문은 온 동네는커녕 읍내까지도 쫙 퍼져서,
 "아이고 잘코사니(주로 미운 사람이 불행을 당한 경우에 하는 말)나! 그래두 뼈다귀는 추렸다던가?"
하고 고소해서들 하는 소리를 제 귀로만 듣지 못하고 있었다.
 그러다가 면역소의 지휘로, 음력 대보름날을 기회 삼아 한곡리 진흥회의 발회식을 열게 되었다. 낮에는 편을 갈라 윷놀이를 하게 되었는데, 그때까지도 갑산이와 동화는 회관의 열쇠를 내놓지 않았다. 발회식만 할 테니 임시로 빌려 달라고 기천이가 사람을 줄달아 보내도,

"천만의 말씀이라구 여쭤라."
하고 끝끝내 버티었다. 기천이가 읍내로 장거리로 돌아다니며 '우리 한곡리 진흥관만은 미상불 다른 동네 부럽지 않게 미리 지어 놓았다'고 제 손으로 짓기나 한 것처럼 생색을 뿌옇게 내는 것이 깨물어 죽이고 싶도록 얄미웠던 것이다.

집에서 형제가 가마니를 치고 있던 동혁은 틈틈이 손을 쉬고 눈을 딱 감고는 대세를 살펴보았다.

'허어, 이러다간 큰일 나겠군. 양단간에 귀정을 지어야지.'
하고는,

"얘, 동화야!"
하고 아우를 넌지시 불렀다.

"너 인제 고만 회관 열쇠를 내놔라. 누구한테든지 저의 주장을 굽혀선 못 쓰지만, 일이란 그때그때 형편을 봐서 임시변통을 하는 수두 있어야지, 너무 곧이곧대루만 나가면 되레 옭히는 경우가 있느니라."
하고 타일러도, 동화는 머리를 끄덕이지 않는다.

"넌 날더러 물렁팥죽이라구 별명을 짓지만, 형두 생각하는 게 있어서 그러는 거야. 들어봐라, 입때까지는 우리 청년들 열두 사람만이 단합해서 일을 해오지 않았니? 한 일두 없다만…… 그런데 이번엔 기회가 좋으니 우리 온 동네 사람이 다 모이는 김에, 우리의 운동하는 범위를 훨씬 넓혀서 한번 큼직하게 활동을 해보자구나. 인심이 우리한테루 쏠릴 건 정한 이치니까, 결국은 우리들이 주장하는 대루 될 게 아니냐. 진흥회란 무슨 행정기관두 사법기관두 아니구, 그저 일종의 자치기관 비슷한 게니까, 웬만한 일은 우리 손으루 다 할 수가 있단 말이다. 아무튼 강기천이 한 사람을 상대로 끝까지 다투는 동안에 동네일은 아무것두 안 되구 그 애를 써서 지은 회관두 우리 맘대루 쓰지를 못하니 실상은 우리의 손해지 뭐냐? 그러니 모든 걸 형한테 맡기구, 문을 열어 놔라. 잘 질 줄을 아는 사람이라야 이길 줄두 안단다."

하고 진심으로 권하였다. 동화는 그제야 마지못해서,

"난 몰루. 형님꺼정 아마 맘이 변했나 보우."

하고 갑산이와 번차례로 차고 다니던 열쇠를 끌러서 기직바닥에다가 퉁명스러이 던졌다.

저녁때에야 회관문은 열렸다. 연합진흥회장인 면장과 면협의원들과 주재소에서 부장이 나오고, 금융조합 이사며 근처의 이른바 유력자들이 상좌에 버티고 앉았다. 한곡리에 거주하는 백성들은 매호에 한 사람씩 호주가 참석을 하게 되었는데, 상투는 거의 다 잘랐지만 색의를 장려한다고 면서기들이 장거리나 신작로에서 흰 옷 입은 사람만 보면 잉크나 먹물을 끼얹기 때문에 미처 흰 두루마기에 물감을 들여 입지 못한 사람은 핑계김에 나오지를 않았다. 그래도 대동의 큰 회합이니만큼 회관이 빽빽하게 들어찼다.

기천이는 맨 나중에 단장을 짚고 기엄기엄 올라왔다. 그 푼더분하지^(생김새가 두툼하고 탐스러우며 성품 따위가 활달함) 못하게 생긴 얼굴은 노랑꽃이 피었는데, 머슴에게 얻어 맞은 자리가 몸을 움직이는 대로 결리는지, 몇 발자국 걷다가는 가슴에다 손을 대고 안간힘을 쓰며 낙태한 고양이 상을 한다. 그러면서도 면장과 기타 공직자에게 최경례^(가장 존경하는 뜻으로, 정중히 경례함. 또는 그런 동작)를 하듯이 허리를 굽히는 것은 물론, 동민들이 인사를 하면 전에 없이 은근하게 답례를 하고, 그중에도 말마디나 할 만한 사람에게는 얄궂은 추파까지 던진다.

기천이가 맨 앞줄에 가 앉자, 구석에 한 덩이로 뭉쳐 앉은 회원들의 눈은 빛났다.

기천의 사촌인 구장이 개회사를 하고, 면장이 일어서서 진흥회의 필요와 역사와 또는 사명을 거의 한 시간 동안이나 늘어놓은 뒤에, 순서를 따라 회장을 선거하는 데 이르렀다. 임시 의장인 구장이 일어나서,

"지금부터 새로 창립된 우리 동네 진흥회를 대표할 회장을 선거하겠소. 물론 연령이라든지 이력이나 재산 같은 것을 보아 회장 될 만한 자격이 충분한 분을 선거할 줄 믿는 바이오."
하고 저의 사촌형을 곁눈으로 흘겨보며,
"자, 그럼 간단하게 호명을 해서 거수로 결정을 하는 것이 어떻겠소?"
하고 동민들에게 형식적으로 묻는다. 그러나 농우회의 회원들밖에는 호명이라든지 거수라든지 하는 말조차 못 알아듣고 어리둥절하는 사람이 태반이다.
"좀 시간은 걸리지만 신중히 선거할 필요가 있으니 무기명으로 투표를 합시다."
하고 동혁이가 일어서며 반대를 하는 동시에 동의를 하였다.
"찬성이오—."
"찬성이오—."
소리가 이 구석 저 구석에서 일어났다.
구장이 기천의 이름을 부르고 찬성하는 사람은 손을 들라고 하면, 기천의 면전이라 속으로는 마땅치 않으면서도 면에 못 이겨 남의 뒤를 따라 손을 들게 될 것을 상상한 까닭이다.
동혁이 자신은 결코 경쟁자는 아니면서도 정말 민심이 어느 편으로 돌아가나? 그것을 참고로 보려는 것이었다.
또는 기천이가 전례에 없이, 정초라고 동리의 모모한(아무아무라고 손꼽을 만한. 또는 그만큼 저명한) 사람을 불러다가 코들을 골도록 술을 먹였고 이러한 수단까지 쓴 것을 알고 있기 때문이다.
이러한 수단이란 다른 것이 아니다. 바로 섣달 대목에 기천의 집의 이십 원을 주마 해도 아니 판 큰 돼지가 새끼를 낳다가 염불이 빠져서 죽었다. 저의 집에서는 꺼림칙하다고 먹는 사람이 없고 장거리의 육지기를 불러다 팔려니 죽은 고기라고 단돈 오 원도 보려고 들지를 않는다. 기천은 큰 손해를 보아서 입맛은 썼으나 썩어 가는 고기를 처치할 것을 곰곰 생각하던 끝에 묘안을 얻고 무릎을 탁 쳤다.

그날 저녁 동네의 육십 이상 된 노인이 있는 집에는 죽은 지 이틀이나 되어서 검푸르게 빛 변한 돼지고기가 두 근, 혹은 세 근씩이나 세찬(설에 세배하러 온 사람들을 대접하는 음식)이란 명목으로 배달되었다. 북어 한 쾌 못 사고 과세를 하는 그네들에게…….

무기명으로 투표를 하는데도 대필로 쓴 사람이 많았다. 여러 해 가르쳐서 한곡리 아이들은 남녀를 물론하고 글자를 모르는 아이가 거의 하나도 없게 되었건만 어른들은 반수 이상이 계통문(契通文 예전에, 계원에게 전달 사항을 알리던 글)에 제 이름을 쓴 것도 알아보지 못하는 까막눈들이다.

매우 긴장된 공기 가운데 개표를 하게 되었다. 투표된 점수를 적어 들고 이름을 부르는 구장의 손과 입은 함께 떨렸다.

"강기천 씨 육십칠 점!"

손톱여물을 썰고 앉았던 기천의 얼굴에는 남의 눈에 띄지 않을 만한 안심의 미소가 살짝 지나갔다.

"박동혁 씨 삼십팔 점!"

하고 나서,

"이 나머지는 몇 점씩 되지 않으니까 읽지 않겠소."

하고 구장은 목소리를 높여 투표한 사람들을 둘러보며,

"여러분의 추천으로, 당 면의 면협의원이요 금융조합 감사요 학교 비평의원인 강기천 씨가 절대다수로 우리 한곡리 진흥회의 회장이 되셨소이다."

라고 선언을 하였다. 내빈들 측에서 박수 소리가 일어났다. 동혁은 의미 깊은 미소를 띠고 앉아서 박수하는 광경을 바라다보는데,

"반대요!"

"썩은 돼지고기가 투표를 한 게요—."

"암만 투표가 많아두 그건 무효요—. 협잡이 있소!"

동화와 정득이가 번차례로 일어서며 얼굴이 시뻘개 가지고 고함을 지른다. 회관에 가득 찬 사람들의 시선은 농우회원들이 몰려 앉은 데로 쏠렸다.

기천도 그 편을 힐끔 돌아다보는데 동혁은 어느 틈에 아우의 곁으로 갔다. 동화는 눈을 부릅뜨고 더한층 흥분이 되어서,

"아무리 우리 동네에 사람이 귀하기로서니, 고리대금업자가 아니면 회장감이 없단 말이오? 주막거리 갈보년하구 상관을 하다가 머슴 놈한테……."

하고 소리를 버럭버럭 지르다가 형에게 입을 틀어막히듯 해서 말끝을 맺지 못하며 주저앉는다. 동혁은 아우의 내두르는 팔을 잡아 누르고 무어라고 귓속말을 하다가 손목을 잡고 밖으로 끌어냈다. 동화는 뻗디디다 못해 끌려 나가면서도,

"너 이놈, 어디 회장 노릇을 해 먹나 두구 보자! 이건 우리 회관이다. 피땀을 흘리며 지은 집이야!"

하고 고래고래 지르는 소리가 들리는 대로, 머리를 떨어뜨리고 앉은 기천의 얼굴은 노래졌다 하얘졌다 한다. 장내는 수성수성하고 살기가 떠도는데, 구장은,

"여러분 조용하시오. 성치 못한 사람의 말을 탓할 게 없소이다."

하고 내빈들의 긴장된 얼굴을 둘러보며 연방 허리를 굽힌다.

동혁은 갑산이와 정득이를 불러내어,

"이 사람들아, 혈기를 부릴 자리가 아니야. 어서 나가서 동화가 또 못 들어오게 붙들구 있게."

하고 엄중히 명령을 한 뒤에 다시 회관으로 들어갔다.

기천은 여러 사람에게 눈총을 맞아서 얼굴 가죽이 따가운 듯 고개를

수그리고 있다가 발딱 일어서더니,

"원, 동리에 미친놈이 있어서 창피해 견딜 수가 있어야지."
하고 중얼거리다가,

"몸이 불편해서 먼저 실례합니다."
하고 내빈석을 바라보고, 나를 좀 붙들어 달라는 듯이 허리를 굽히고는 앞에 앉은 사람을 떠다밀며 나간다.

"아, 어딜 가세요?"

"교오상(강 선생), 왜 이러시오? 어서 이리 와 앉으시지요. 주착없는 젊은 것들의 함부로 지껄이는 말에 관계할 게 있소?"
하고 면장과 구장은 기천의 소매를 끌어들인다. 기천은,

"내가 이까짓 진흥회장을 하구 싶댔소? 불러다 앉혀 놓구 욕을 뵈니 원 그런 발칙한 놈들이……."
하고 한사코 뿌리치는 체하는 것을,

"자, 두말 말우. 지금부터 교오상이 회장이 됐으니, 역원들이나 선거를 하시오."
하고 면장은 명령하듯 하고 회장석에다 기천을 앉혔다.

기천은 마지못해서 붙들려 들어온 체하면서도, 독을 못 이겨 쌔근쌔근한다. 동혁이도 억지로 흥분을 가라앉히며 기천의 하는 꼴을 바라다보았다.

유력한 편의 지지로 기천은 몇 번 사양하다가 못 이기는 체하고 회장의 자리로 나갔다.

"에헴, 에헴."
하는 밭은기침 소리는 염소라고 별명을 듣는 저의 아버지의 목소리와 똑같다.

"에에, 본인이 박학천식임을 불구하고 회장의 책임을 맡게 된 것은 여러 동민이 자별히 애호해 주는 덕택인 줄 아오. 굳이 사퇴하는 것은 도리

어 여러분의 호의를 어기는 것 같아서 부득이 이 자리에 나오게 된 것이오. 미력하나마 앞으로는 관청에서 지도하시는 대로 우리 농촌의 진흥을 위해서 전력하겠으니 여러분도 한맘 한뜻으로 나아가 주기를 바라는 바이오.”

새로운 회장이 일장의 인사를 베푼 후, 금융조합 이사며 군서기와 기타 내빈들의 '이러니만큼' '저리니만큼' 식의 형식적인 축사가 끝났다.

역원 선거에 들어가, 동혁은 차점인 관계로 부회장 겸 서기로 지명이 되었다. 그러나 동혁은 나이도 젊고 강씨처럼 재산도 없을 뿐 아니라, 아무 이력도 없다는 이유를 내세워 끝까지 사퇴를 하였다. 서기가 되는 것만 하더라도 이 회관을 같이 지은 농우회의 회원 열두 명을 전부 역원으로 뽑아 주지 아니하면 나 홀로 중요한 책임을 맡을 수가 없다고 끝까지 고집을 해서 기어이 농우회 회원들이 실지로 일을 할 역원의 대다수를 점령하게 되었다. 오직 동화가 역원이 되는 것만은 회장과 구장이 극력으로 반대를 하여서 보류하기로 되었고, 늙은 축에는 교풍부장(矯風部長) 같은 직함을 떼어 맡겼다.

회가 흐지부지 끝이 날 무렵에야 동혁은 서기석에서 천천히 일어섰다. 회원들의 박수 소리가 일제히 일어났다.

“대동의 여러분이 한자리에 모이신 계제에, 잠시 몇 마디 여쭈어 두구 싶은 말씀이 있습니다.”

우렁찬 목소리와 위풍이 있는 동작에 장내는 물을 끼얹은 듯이 조용해졌다. 그의 곁에 쪼그리고 앉은 기천의 존재가 납작해질 만큼이나 동혁의 윤곽은 큼직하였다.

“우리 동네에는 오늘부터 진흥회라는 것이 생겼고 강기천 씨와 같은 유력하신 분이 회장이 되신 것은 피차에 경축할 만한 일이겠습니다. 저역시 서기 겸 회계라는 책임을 지게 되어서 두 어깨가 무거운 것을 느끼는 동시에, 여러분께서는 과거에 오랜 역사를 가진 농우회를 사랑하시던 터이니까 앞으로도 더욱 편달해 주시기를 바랍니다."
하고 여러 사람의 앞으로 한 걸음 다가서며 그 검붉은 얼굴이 매우 긴장해진다. 내빈들은 물론 기천이도 동혁의 입에서 무슨 말이 떨어질지 몰라서 노랑 수염을 배배 꼬아 올리며 눈만 깜박깜박하고 앉았다.

동혁은 여러 사람의 주목을 한 몸에 받으며,

"여러분, 여러분은 우리 동네에도 진흥회가 생긴 까닭과, 진흥회란 무엇을 하는 기관이라는 것은 면장께서 자세히 설명하신 것을 들으셨으니까 잘 아실 줄 압니다. 그러나 남이 시키는 대로 덮어 놓고 복종하는 것보다, 우리들의 일은 다른 사람의 손을 빌지 말고 자발적으로 해야만 합니다. 이것이 진정한 의미의 자력갱생입니다!

그러려면 우리 농촌에서 가장 폐단이 많은 습관과 우리의 생활이 이다지도 빈곤하게 된 까닭이 도대체 어디 있나? 하는 것을 냉정하게 생각해 보고, 그것이 그른 줄 깨닫고 그 원인을 밝힌 다음에는, 즉시 악습을 타파하고 나쁜 일을 밑동부터 뜯어고치기 위해서 용기를 내어야 합니다. 누가 무어라든지 용단성 있게 싸워 나가야만 비로소 우리의 앞길에 광명이 비칠 것입니다! 그러면 우리의 농촌이, 줄잡아 말씀하면 우리 한곡리가 무엇 때문에 이렇게 가난한가! 손톱 발톱을 닳려 가며 죽도록 일을 해도 우리의 살림살이가 왜 이다지 구차한가? 여러분은 그 까닭이 어디 있는 줄 아십니까?"

하고 대답을 기다리는 듯이 장내를 둘러보더니,

"그 까닭은 여러 가지가 있습니다. 그러나 가장 큰 까닭은, 이 자리에서 말씀하기가 거북한 사정이 있어서 저부터도 가려운 데를 버선등 위로 긁는 것 같은 느낌이 없지 않습니다마는, 가장 직접으로 우리네같이 없는 사람들의 피를 빨아 가는 것이 무엇인 줄 아십니까?"

하고 잠시 말을 멈추었다가,

"첫째는 고리대금업자입니다!"

하고 언성을 높인다. 여러 사람의 시선은 말끔 새로 난 회장의 얼굴로 쏠렸다.

"옳소—."

그것은 갑산의 목소리였다. 저녁때가 되니까 창밖에는 바람이 일어 불김이 없는 회관 안은 냉기가 돌건만, 누구 하나 추워하는 눈치가 보이지 않는다.

동혁은 신중히 말을 이어 고리대금업자의 발호(권세나 세력을 제멋대로 부리며 함부로 날뜀)와 간교한 착취 수단으로 말미암아 빈민들의 고혈이 얼마나 빨리고 있나 하는 것을 숫자를 들어가며 폭로하고,

"앞으로 진흥회 회원은 과거에 중변으로 쓴 돈도 금융조합에서 놓는 저리(低利) 이상으로 갚지 말고, 더구나 회의 책임자로서는 절대로 돈놀이를 해 먹지 못할 것을 이 자리에서 맹세하고 또 실행해야 합니다."
라고 부르짖은 다음, 목소리를 떨어뜨리더니,

"오늘 회장이 되신 강기천 씨는 우리 농우회원들이 진 여러 해 묵은 빚을 변리는 한 푼도 받지 않으시고 깨끗이 탕감해 주셨습니다."
하고 증서를 내보이면서,

"이번 기회에 그 갸륵한 처사를 여러분께서도 칭송하실 줄 아는 동시에, 강기천 씨는 이번에 진흥회장이 되신 기념으로 여러분의 채권까지도 모조리 포기하실 줄 믿고, 조금도 의심치 않는 바입니다."
하고는 슬쩍 기천을 흘겨본다. 이번에는 산병전(散兵戰)을 하듯이 여기저기 끼어 앉은 회원들이 마루청을 구르며 손뼉을 쳤다.

기천은 여러 사람을 바로 볼 용기가 없는 듯이 실눈을 감고 아랫입술만 자근자근 깨물고 앉았다. 팔짱을 꼈다, 손을 옆구리에 찔렀다 하는 것을 보면 앉은 자리가 바늘방석 같은 모양이나 체면상 퇴석은 하지 못하는 눈치다.

동혁은 말에 점점 열을 띠며 고리대금과 다름이 없는 장릿벼를 놓아

먹는 악습까지 타파하라고 강도사 집과 그 밖에 구장과 같은 볏섬이나 앞세우고 사는 사람들에게, 역시 세밀한 통계를 뽑은 것을 읽으며 경고를 하였다. 그중에는 행전에다가 대님을 친 것만큼이나 켕겨서 슬금슬금 꽁무니 빼는 사람이 있는 것을 보고, 동혁은 꾸짖듯이,

"아직 회가 끝나지 않았쇠다. 이것은 우리 같은 없는 사람들의 생사가 달렸다고 해도 과언이 아닌 문젠데, 무단히 퇴장하는 사람이 누굽니까?"
하고 회관 안이 찌렁찌렁 울리도록 소리를 질렀다. 그 바람에 담배를 태우는 체하다가 다시 들어오는 사람은 모두 양반 행세를 하는 갓쟁이들이다.

기천은 날도 저물고 하니 말을 간단히 하라고 주의를 시키려다가, 동혁에게 우박을 맞을까 보아 내밀었던 고개가 옴찔하고 들어갔다. 실상인즉 기천이가 진흥회장을 보느라고 갖은 수단을 다 쓴 것은, 그것이 무슨 명정감이나 되는 듯이 명예심이 발동한 까닭도 있거니와, 그보다도 취리와 장리를 놓는 데 편의를 얻고, 진흥회장이라면 무슨 권세가 대단한 벼슬로 여기는 백성들에게 위엄을 부려 재산을 늘리는 간접적 효과를 얻어 보려던 계획이었다. 그러던 것이 관공리들과 동민들의 눈앞에서 동혁의 입으로 구린 밑천이 드러나고, 여러 사람의 결의에 복종하지 않을 수도 없는 처지를 당하고 보니 참말로 입맛이 소태 같았다. 그 눈치를 모를 리 없는 동혁은,

'할 말은 다 해버리고 말 테다.'
하고 시꺼먼 눈동자를 굴리더니,

"또 한 가지 중요한 것이 있습니다. 우리가 아무리 빚을 갚고 장릿벼를 얻어먹지 않게 된대도, 지금처럼 논 한 마지기도 제 것이 없어 가지고는 도저히 먹구살 도리가 없습니다. 아무리 농사를 개량한대도 지주와 반타작을 해가지고는 암만해도 생계를 세울 수가 없지 않습니까? 농지령이라는 것이 생겨서 함부로 소작권을 이동하지 못하게는 됐지만, 지금 같아

서는 지주들이 얼마든지 역용을 할 수가 있게 된 것입니다. 우리 도내(道內)만 해도 농지령이 실시된 뒤에 소작쟁의(小作爭議)의 건수가 불과 오 개월 동안에 천여 건이나 되는 것을 보아 짐작할 수가 있지 않습니까? 그러니까 지주나 소작인이 함께 살려면 적어도 한 십 년 동안은 소작권을 이동시키지 말고 금년에 받은 석수(곡식을 섬으로 센 수효)로 따져서 도지로 내맡길 것 같으면, 누구나 제 수입을 위해서 나농(懶農 농사일을 게을리 함)을 할 사람이 없을 겝니다. 이만한 근본책을 실행치 못하면 '농촌진흥'이니 '자력갱생'이니 하는 것은 모두 헛문서에 지나지 못합니다."
하고 주먹으로 테이블을 탁 치고는,
"이 밖에 우리 남쪽 조선에밖에 없는 양반과 상놈을 구별하는 케케묵은 습관과 관혼상제의 비용을 절약할 것 등 하구 싶은 말씀이 많습니다마는 한꺼번에 실행하기 어려운 문제일 것 같아서 그것은 뒤로 미루겠습니다."
하고 후일을 기약한 후 단에서 내려섰다.

밤은 자정이 넘은 지도 오래다. 초저녁에는 여기저기 머슴 사랑에서,
"의이잇, 모다—."
"이이키, 걸이다—."
하고 미친놈이 생침을 맞는 듯한 소리를 지르며 장작윷을 노느라고 떠들썩하더니, 밤이 이슥해지며 한 집 두 집 불이 꺼지고 지금은 큰 마을 편에서 개 짖는 소리만 이따금 컹컹컹 들릴 뿐…… 날은 초저녁보다도 강강한데(날씨가 쌀쌀함) 싸래기눈이 쌀쌀하게 뿌리기 시작한다.

회관 앞에 심은 전나무 동청나무에 잎사귀는 점점 백발이 되어 간다. 대보름달은 구름 속에 잠겨 언저리만이 흐릿한데, 그 사이로 유난히 붉은 빛이 도는 별 서넛은 보초병의 눈초리처럼 날카로이 땅 위에 깊이 든 눈밤을 감시하는 듯.

새로운 간판이 걸린 회관 근처는 인가와 멀리 떨어져서 무섭도록 괴괴

한데, 위아래가 시꺼먼 사람이 성큼성큼 올라온다. 장성이 세지 못한 사람이 마주쳤다가는 '에구머니!' 하고 소리를 지를지도 모른다. 시꺼먼 사나이는 눈 위에 기다란 그림자를 이끌고 올라오다가, 우뚝 서서 좌우를 둘러보고 인기척이 없는 것을 살피고서야 달음질을 해서 올라간다.

기다란 그림자는 휘젓한(호젓하다. 후미져서 무서움을 느낄 만큼 고요함) 회관 뒤로 돌아갔다. 조금 있자 난데없는 불이 확 켜지더니 그 불덩어리는 도깨비불처럼 잠시 왔다 갔다 하다가, 새빨간 불꽃이 뱀의 혀끝처럼 날름거리며 추녀 끝으로 치붙어 오른다.

그때다. 검은 그림자가 올라오던 길로, 조금 더 큰 시꺼먼 그림자가 쏜살같이 치닫는다. 회관 뒤꼍에서 큰 그림자는 작은 그림자를 꽉 붙잡았다.

"너 이게 무슨 짓이냐?"

형은 아우의 손목을 잡았다. 석유에 담근 솜방망이에 불을 붙여 추녀 끝에다 대고 섰던 동화는, 불빛에 머리끝이 쭈뼛하도록 무섭게 부릅뜬 형의 눈을 힐끔 쳐다보았다.

"이까짓 놈의 집 됐다 뭘 허우?"

그의 입에서는 술 냄새가 훅 끼쳤다.

"이리 내라!"

동혁은 아우의 손을 비틀어 솜방망이를 꿰어 든 작대기를 뺏앗아 던지더니 눈 바닥에다 짓밟아서 껐다.

그러고는 아우를 꾸짖을 사이도 없이 철봉을 하듯 몸을 솟구어 창틈을 붙잡고 지붕으로 올라가려다가 추녀 끝이 잡히지 않으니까 다시 쿠웅 하고 뛰어내려서 굴뚝으로 발돋움을 하고 지붕 위로 올라가더니,

"얘, 흙이래두 끼얹어라, 어서 어서!"

동혁은 나직이 호통을 하며 새집막이 속으로 붙어 당긴 불을 사뭇 손으로 몸뚱이로 비벼서 간신히 껐다. 그동안 동혁의 동작은 비호같이 날

래었다. '불이야!' 소리를 지르거나 샘으로 물을 푸러 간다든지 해서 소동을 일으킬 것 같으면 아우가 방화범이 되어 잡혀갈 것이 아닌가.

초저녁에는 강도사 집 마당에서 젊은 사람들이 편윷을 놀았다. 기천이가 새로 선거된 임원들을 불러 저녁을 먹이는데, 동화가 술이 취해 가지고 달려들었다.

"어째서 나 하나만 따돌리느냐? 너희놈들부터 의리부동한 놈들이다."
하고는 작대기를 들고 회원들을 닥치는 대로 두들겨 패고,

"너 이놈, 강기천이 나오너라! 네깐 놈이 회장이 되면 난 도지사 노릇을 하겠다. 너 요놈, 땀 한 방울 안 흘리구 우리 회관을 뺏앗아 들어?"
하고 소리를 벽력같이 지르며 사랑으로 뛰어드는 것을 동혁이와 정득이, 갑산이가 간신히 붙들어다가 집으로 끌고 가서 눕혔다.

동화가 미친 사람처럼 날뛰는 바람에 윷놀이 판은 흐지부지 흩어지고, 겁이 나서 안방으로 피해 들어갔던 기천은 동화가 끌려간 뒤에야 나와서,

"그렇게 양반을 못 알아보구 폭행을 하는 놈은 한 십 년 징역을 시켜야 한다."
고 이빨을 뿌드득뿌드득 갈며 별렀다.

동혁은 어찌나 속이 상하는지 아우를 퍽퍽 두드려 주고 싶었다. 그러면서도 한편으로는 아우의 정열과 혈기를 사랑하는 터이라, 일찌감치 집으로 돌아와서,

"어서 자거라! 과붓집 수캐 모양으루 돌아다니며 일만 저지르지 말구…… 넌 술 때문에 큰코를 한번 다치구야 말리라."
하고 곁에 누워서 이 생각 저 생각을 하던 끝에,

'떠나기 전에 꼭 한 번 만나야겠는데……'
하고 영신의 생각을 하다가 잠이 어렴풋이 들었었다. 그러다가 자는 체하던 동화가 슬그머니 빠져나간 것을 헛간에서 덜커덕거리는 소리로 알

고 깜짝 놀라 뛰어나가서 뒤를 밟았던 것이다.

동혁은 온통 검정투성이가 되어 씨근거리며,

"얘 누가 알았다간 큰일 난다, 큰일 나!"

하고 쉬이쉬이하며 아우의 손목을 잡아끌고 내려오는데, 뜻밖에 등 뒤에서,

"거기서 뭣들을 하셨어유?"

하는 소리가 들렸다. 형제는 머리끝이 쭈뼛해서 멈칫하고 서지 않을 수 없었다. 그것은 석돌의 목소리인 것이 틀림없었다.

…… 영신은 조선을 떠나기 전날까지 동혁을 기다렸다. 눈이 까맣게 기다리다 못해 반신료까지 붙여서 전보를 쳤다. 그래도 아무 회답이 없어서,

'이거 무슨 일이 단단히 생겼나 보다.'

하고 짐은 먼저 철도편으로 부치고 빈 몸으로 한곡리를 향하여 떠났다. 동혁을 만나 보지 않고는 떠날 수가 없었고, 또는 두 사람의 장래에 관한 일도 충분히 상의해서 이번에는 아주 아퀴(일을 마무르는 끝매듭)를 짓고 떠나려 함이었다.

영신은 허위단심으로 두 번째 제3의 고향을 찾아왔으나 동혁의 형제와 건배는 물론 의형제를 맺었던 건배의 아내까지도 없었다. 집에만 없는 것이 아니라 온 동네가 텅 빈 듯 그네들의 그림자조차 찾을 수 없었다.

동혁의 어머니는,

"아이구 이게 누구요?"

하고 영신이의 손을 잡고 과부가 된 며느리를 맞아들이듯 하는데 말보다 눈물이 앞을 선다.

"아아니, 다들 어디 갔습니까?"

영신은 부지중 노인의 소매를 끌어당겼다.

"그 앤 읍내루 잡혀갔다우!"

"잡혀갔다뇨?"

영신은 목소리뿐 아니라 몸까지 오들오들 떨렸다.

"그 심술패기 동화란 녀석이 회관 집에 불을 지르다가 형한테 들켜서 그날 밤으루 어디룬지 도망을 갔는데……."

"아, 그래서요?"

"그 다음날 경찰서에서 어떻게 벌써 알았는지 동화를 잡으려구 순사 형사가 쏟아져 나왔구려."

"그럼, 큰 자제는요?"

"큰앤 상관두 없는 일인데, 아우형제가 뭐 공모를 했다나, 그러구 조련질(못되게 굴어 남을 괴롭히는 짓)을 하다 못해서 '동화가 도망간 델 넌 알 테니 바른 대루 대라'구 딱딱거리니까, '모르는 건 모른다지 거짓말은 할 수 없다'고 막 뻗대던 끝에……."

어머니의 눈에서는 눈물이 쉴 새 없이 질금질금 흘러내린다. 그러면서도,

"아무튼 춘데 방으루나 들어갑시다."

하고 영신을 끌어들이고는 한 말을 되하고 되하고 하면서,

"아이구, 인젠 자식이 둘 다 한꺼번에 없어졌구려. 영감마저 동혁이 밥이나 사들여 보낸다구 읍내루 쫓아가셔서……."

하고는 싸늘한 자리 위에 가 엎어진다. 그동안 혼자서 곡기도 끊고 며칠 밤을 울며 밝힌 모양이다.

영신은 아랫입술을 꼭 깨문 채 가엾은 노인을 위로해 줄 말 한마디도 나오지 않았다. 남을 위로해 줄 마음의 여유가 없다느니보다도, 제가 먼저 방바닥이라도 땅땅 치며 실컷 울고나 싶은 것을 억지로 참느라고 꽁꽁 안간힘을 썼다.

실망과 낙담을 한 끝에, 영신이도 윗목에 가 쓰러졌다. 황혼은 자취 없

이 토담집 속까지 스며드는데, 주인을 잃은 돼지가 우릿간에서 꿀꿀거리는 소리만 들린다.

얼마 있자 읍내로 동혁의 소식을 알리고 갔던 정득이와 갑산이가 찾아와서, 영신은 그들에게서 그동안의 자세한 경과를 듣고 궁금증만은 풀 수가 있었다.

그들의 말을 모아 보면, 윷을 놓고 오다가 동화가 회관에 불을 놓는 것을 목도한 석돌이는, 동혁의 단단한 부탁도 듣지 않고 전화통의 본색을 발휘하느라고 그 길로 기천을 찾아가서, 제 눈으로 본 것을 저저이 고해바쳤다. 기천은 귀가 반짝 틔어서,

"옳다구나, 인제두 이놈!"

하고 이튿날 훤하게 동이 틀 무렵에 편지를 써서 머슴에게 자전거를 내주어 읍내에 급보를 하였다.

저녁때에 중대 사건이나 난 듯이 자동차를 몰아온 경관대는, 추녀가 불에 그슬린 회관을 임검한 뒤에, 동혁과 농우회원들의 집을 엄밀히 뒤졌다. 동시에 눈에 핏줄을 세워 가지고 방화범을 찾다가,

"네가 어디다가 숨겨 뒀거나 도망을 시킨 게 아니냐?"

고 종주먹을 대도, 동혁은,

"백판 모르는 일을 안다구 할 수는 없소."

하고 끝끝내 강경히 버티다가 기어이 검거를 당해서 증인인 석돌이와 함께 읍내로 끌려갔는데, 다른 회원들도 날마다 하나둘씩 호출을 당한다는 것이었다.

영신은 저도 함께 겪은 것처럼 모든 것을 짐작할 수 있었다.

가뜩이나 파리한 몸의 피가 졸아붙는 듯한 고민의 하룻밤은 밝았다. 아침 뒤에 영신은 동혁의 어머니를 위로해 주고 읍내를 향하여 떠났다.

하늘은 짙은 잿빛으로 잔뜩 찌푸리고, 비와 눈을 섞은 바람은 신작로 위를 씽씽 불어 숨이 턱턱 막힌다. 퇴원한 뒤로 조섭도 변변히 하지 못한

사람이 사십 리 길을 내쳐 걷기는 참으로 어려운 노릇이었다. 그러나 영신은 한시바삐 동혁을 만나 보고 싶은 생각에 마음이 죄어서 그런지 의외로 걸음이 빨리 걸렸다. 그러나 돌부리에 무심코 발끝이 채어도 아랫배가 울리고 수술한 자리가 당겨서, 한참씩 움켜쥐고 섰다가 다시 걷기를 몇 번이나 하였다.

경찰서에서는 동혁의 면회를 시켜 주지 않았다. 졸라서 들을 일도 아니지만, 사법계에서는 고등계로 밀고, 고등계에서는 사법계에서 관계한 사건이니까 우리는 모른다고 딱 잡아떼어서, 가슴속에 첩첩이 쌓인 만단설화(온갖 이야기)를 어디다가 호소해야 할지 차디찬 마룻바닥에 몸부림이라도 치고 싶었다.

영신은 하도 망단해서(어떤 바라던 일이 실패함) 이 방 저 방으로 풀이 죽은 걸음걸이로 드나들다가,

'인제는 억지를 쓰는 수밖에 도리가 없다.'

하고 마음을 단단히 먹은 후, 다시 고등계실로 쑥 들어갔다. 겉으로는 방화 사건이나, 동혁은 고등계에서 취조를 받는 듯한 낌새를 형사들의 눈치를 보아서 짐작할 수가 있었던 것이다.

영신은 주임의 책상 앞에 가 버티고 앉아서,

"난 그 박동혁이란 사람하구 약혼을 한 사람인데요, 이번에 멀리 떠나가게 돼서 단 몇 분 동안이래두 꼭 만나야겠어요."

하고는 사뭇 떼를 썼다. 이마와 양미간이 좁다랗고 몹시 신경질로 생긴 경부보는 안경 너머로 영신을 노려보며,

"한 번 안 된다면 고만이지 무슨 여러 말야. 여기가 어딘 줄 아는가?"

하고 소리를 바락 지르며 부하를 시켜 당장 내쫓을 듯한 형세를 보인다. 그래도 영신은,

"여보슈, 당신두 인정이 있거든 남의 일이래두 좀 동정을 해 주구려."

하고는 듣든 말든 그동안에 제가 다 죽게 된 것을 그 사람이 살려 주었다

는 것과, 두 사람의 장래의 가장 중요한 일을 의논하지 않고는 떠날 수가 없다는 사정을 좍 쏟아 놓았다.

주임은 껌박껌박하고 듣다가,

"우루사이 온나다나(귀찮은 여자를 다 보겠다)."

하고 상을 찡그리며 일어서더니, 무엇을 생각했는지 '이리 나오라'고 해서 영신을 밖으로 불러내었다.

'옳지 인제야 면회를 시켜 주려나 보다.'

하고 영신은 우선 가슴이 설레는 것을 진정시키며 주임의 뒤를 따랐다.

그러나 영신이가 끌려 들어간 곳은 햇빛도 새어 들어오지 않는 음침한 조그만 방인데, 무시무시한 기구가 놓인 것을 보아 취조실인 것이 틀림없었다.

주임은 묻는 대로 모든 것을 속이지 않고 저저이 대면, 면회를 시켜 주겠다고 달래기도 하고 위협도 해가면서, 동혁이와의 관계며 어떻게 연락을 취해 가지고 무슨 일을 해온 것까지 미주알고주알 캐묻는다.

배에 휘둘리고 먼 길을 걸어와서 두세 시간이나 뜻밖의 취조를 받기는 실로 참기 어려운 고통이었다. 그러나 영신은 흥분하는 것이 불리할 줄 알고 될 수 있는 대로 냉정히 대답을 하면서도,

'단순히 방화 범인을 숨겼다는 것이 아니고, 무슨 다른 사건이 있는 줄로 지레짐작을 하구서 이러는 게 아닐까. 이번 기회에 생트집이라도 잡으려는 게 아닐까.'

하니 말대답하기가 여간 조심스럽지가 않았다.

마주앉은 사람의 얼굴이 보이지 않을 만큼이나 어둔 뒤에야 취조가 끝이 났다. 주임은 그제야,

"그럼, 면회는 내일 아침에 시켜 주지."

하고 한마디를 던지고 나가 버렸다.

기름이 졸아붙는 남폿불을 돋워 가며 잠을 이루지 못하는 겨울밤은 길

기도 길었다.

일부러 경찰서와 담 하나를 사이에 둔 여관에 들어서, 동혁의 괴로이 내쉬는 입김이 유치장의 철창을 새어 저의 폐 속까지 스며드는 듯, 영신의 솜같이 풀어진 온몸의 세포는 눈에 보이지도 않는 액체로 스르르 녹아 버리는 듯하다.

천 갈래 만 갈래로 흐트러지는 심사를 주워 모을 길 없어서 잠이나 억지로 들어 보려고 미지근한 방바닥에 쓰러지면, 마룻바닥에 얄따란 담요 한 자락을 뒤집어쓰고 새우잠을 자는 사랑하는 사람이 눈앞에 어른거린다. 온돌에 누웠기가 몸이 근지럽도록 미안쩍은 생각이 들어서 영신은 다시 일어나 앉기도 몇 번이나 하였다.

빠듯한 노자에서 사식이라도 차입할 생각을 하다가 새벽녘에야 간신히 눈을 좀 붙이려는데, 주정꾼들이 바로 옆방과 문간방으로 우르르 몰려들어 왔다. 수작하는 것이 군청 패나 경찰서 측 같은데, 계집을 하나씩 끼고 와서 추잡한 소리를 하며 떠들어대서 간신히 청한 잠을 또다시 놓쳐 버렸다.

…… 뒤숭숭한 꿈자리에서 눈을 떠보니 어느덧 날이 밝았다. 영신은 잔입(자고 일어나서 아직 아무것도 먹지 아니한 입)으로 출근 시간이 되기를 기다려 경찰서로 갔다.

취조를 해보니 사실 별일은 없는데 언질을 잡힌 터이라 고등계 주임은 마지못해서 면회를 허락하였다.

취조실 문이 열리는 소리에 바작바작 졸이고 섰던 영신의 가슴은 달칵 내려앉았다.

옷고름을 떼어 버린 솜바지 저고리를 비둔하게 입고 떡 들어서는 동혁이! 그 얼굴에는 반가운 웃음이 가득 찼다.

"내 오실 줄 알았지요. 엊저녁 꿈에……."
하고 달려들어 악수를 하려다가 곁에 붙어 선 형사를 흘깃 보고는 주춤

물러섰다. 영신은 너무 반가워서 말문이 꽉 막힌 듯 눈물이 핑 돌아 가지고 입술만 떠는 것을 보고 동혁은,

"영신 씨 같은 여자두 이런 자리에서 눈물을 보이나요?"
하고 너그러이 웃는 입모습으로 나무라듯 한다. 동혁의 태연자약한 태도와 얼굴빛을 보아 가장 염려했던 일은 당하지 않은 줄 알고 영신은,

"얼마나 고생이 되세요?"
하고 그제야 떨리는 목소리로 입을 열었다.

"고생이랄 게 있나요. 아무것두 듣구 보질 않으니까 되레 편한데요. 조용히 생각할 기회두 얻었구요."
하고는 영신의 아래위를 훑어본다.

"아직두 건강이 전만하려면 멀었는데 또 무리를 하셨군요. 그래 언제 떠나세요?"

"떠나기 전에 뵙구 가려구 왔다가 한곡리서 하룻밤 자구 왔는데, 차마 나 혼자 어떻게……."

"천만에, 내 걱정은 조금두 하지 말구 오늘이래두 떠나세요. 공부는 둘째 문제구 우선 정양을 하실 필요가 있으니까 당분간 청석골을 떠나실밖에 없어요. 그러면 자연 기분 전환두 될 수 있을 테니까요. 어디서든지 그저 건강에만 힘을 써 주세요! 우리의 장래 일은 나간 뒤에 의논합시다."

"그 일이 급하겠어요? 그저 속히 나오시기만 빌지요. 나 때문엔 너무 염려하지 말아 주세요. 힘 자라는 데꺼정은 조섭을 할 테니까요. 그렇지만 또 어느 때나 만나게 될지……."

영신은 고개를 돌리며 눈물을 깨문다.

"사실 아무 일두 없어요. 하지만 동화가 어디루 간 걸 알 때꺼정은 나가지 못할 것 같으니까, 좀 오래 걸릴 것두 같아요. 아무튼 나가는 대루 곧 전보를 치지요. 그때까지 맘 놓구 기다려 주세요."
하면서도 동혁은 여전히 참기 어려운 마음속의 고민을 웃음으로 싸서 보

이려고 애를 쓴다.

"그럼, 나오신 뒤엔 어디서 만날까요?"

살아생전 다시는 만나 보지 못할 것처럼 영신의 표정은 전에 없이 애련하다.

"우리의 일터에서 만나지요. 한곡리하구 청석골하구 합병을 해 놓구서, 실컷 맘껏 만납시다."

하는데, 동혁은 등을 밀렸다. 형사가 잠깐 돌아선 사이에 동혁은 영신의 손을 덥석 잡았다. 두 사람의 혈관이 마주 얽혀서 떨리는 듯한 악수의 순간!

"허어, 손이 이렇게 차서……."

동혁은 입속으로 부르짖고 다시 한 번 가냘파진 영신의 손을 으스러지도록 쥐고 흔들다가, 두 번째 등을 밀려서 그 손을 뿌리치며 홱 돌아섰다.

유치장으로 통한 복도의 콘크리트 바닥에 영신의 눈물이 방울방울 떨어져서 돈짝만큼씩 번졌다.

이역의 하늘

영신은 차마 발길이 돌아서지 않는 것을 하는 수 없이 조선을 등지고 떠났다. 그렇건만 한 달이 지나고 두 달이 지나도 동혁에게서는 전보도 편지도 오지 않았다. 차디찬 다다미방에서 얄따란 조선 이불을 덮고 자고, 입에 맞지 않는 음식으로 겨우 요기만 하며 지내는 영신에게는 기숙사 생활이 여간 신산한(힘들고 고생스러운 세상살이를 비유적으로 이르는 말) 것이 아니었다. 동무들도 친절하기는 하나 속마음을 주고 이야기할 사람이 없어, 어울리지 않는 일본 옷을 입은 것처럼 동급생들하고도 얼리지를 않았다. 학교도 예상하였던 것보다는 취미에 맞는 것이 없고 농촌에 관한 것은 거

의 한 과정도 없어,

'이걸 배우러 여기까지 왔나.'

하는 후회가 났다. 정양할 겸 온 것이라지만 수토가 달라 몸은 점점 쇠약해질 뿐…….

학교에 가서도 층층대를 오르내리려면 다리가 무겁고 무릎이 시큰시큰하여서 매우 괴로웠다. 부었다 내렸다 하는 다리를 눌러 보면, 손가락 자국이 날 만큼이나 살이 무르다. 같은 방에 있는 학생에게 물어보니,

"암만해도 각기병 같은데 얼른 병원에 가 진찰을 해봐요. 각기가 심장까지 침범하면 큰일 난답디다."

하면서도 전염병이 아닌데도 같이 있기를 꺼리는 눈치까지 보였다.

"아이고! 또 병원엘 가야 하나!"

말만 들어도 병원 냄새가 코에 맡히는 듯 지긋지긋하였다. 가보려야 진찰료와 약값을 낼 돈도 없지만…….

'이런 구차스러운 유학이 어디 있담.'

영신은 만사가 도시 귀찮았다. 공부고 뭐고 다 집어치우고 고향에 가 눕고만 싶었다.

오라는 곳마다 모두 방황하여도
일간두옥 내 집만 한 곳이 없고나!

소녀 시절에 부르던 '홈 스위트 홈'을 그나마 남몰래 불러 보려면, 떠나올 때에도 찾아가 뵙지 못하고 온 홀어머니 생각에 저도 모르게 베개를 적시는 밤이 계속되었다.

'내가 천하에 불효녀지, 무슨 사업을 한답시구 그 불쌍한 어머니 한 분을 모시고 지내지를 못하니……' 할 때마다 마음이 아팠다. 그러나 밤이면 밤, 꿈이면 꿈마다 보이는 것은 청석골이다. 인제는 제이의 고향이 아

니라, 저를 낳아 길러 준 어머니가 계신 고향보다도 청석골이 그리웠다. 어느 것이나 정다운 추억이 아닌 것이 없다.

"오오 청석골, 그리운 내 고향이여!"

시를 지을 줄 모르는 영신의 입에서 저절로 새어 나오는 영탄사건만, 그대로 내뽑으면 시가 되고 노래가 될 듯싶다.

정을 가득 담은 원재 어머니의 편지를 받을 때마다, 뒷일을 맡은 청년들의 자세한 보고를 접할 때마다, 사랑하는 사람의 편지를 받을 때만큼이나 가슴이 설레었다. 그중에서도 제가 ㄱ, ㄴ부터 가르치고 가장 불쌍히 여기던 금분이가 공책에다가 연필로 꼭꼭 박아서,

전 선생님 보구 싶어요. 오늘두 선생님 편지 기다리다간, 체부가 그대루 가서, 옥례하구 필순이하구 자꾸만 울었어요. 우리들은 선생님이 이상스런 옷을 입구 박으신 사진 보구 깜짝 놀랐지요. 아이 숭해, 인전 그런 옷 입지 마세요. 그래두 우리들 보구 웃으시는 걸 보니깐 어떻게 반가운지 눈물이 나겠지요. 아이 그런데 난 몰라요. 그걸 서루 뺏다가 찢었으니 어쩌면 좋아요? 옥례가 찢었어요. 그래서 반씩 나눠 가졌는데, 또 한 장만 보내 주세요. 네 네? 아무두 안 뵈구 저만 두구 보께요.

글자도 몇 자 틀리지 않고 정성을 들여 반듯 반듯이 쓴 글씨를 볼 때, 영신은 어찌나 귀엽고 반가운지 그 편지에 수없이 입을 맞추었다. 눈보라 치는 겨울에도 홑속곳을 입었던 금분이를 저의 체온으로 품어 주듯 그 편지를 허리춤에다 넣고 틈만 있으면 꺼내 보았다.

어떤 날은 사내아이들과 계집아이들의 편지가 소포처럼 뭉텅이로 와서 부족을 물었다. 편지마다 선생님 보고 싶다는 말이요, 사연마다 어서 오라는 부탁이다. 어떤 아이의 편지에는 누런 종이 위에 눈물을 뚝뚝 떨어뜨려 글씨가 번진 흔적처럼 보여서,

"오오, 이 세상에서, 어느 누가 이다지도 보고 싶어 하겠느냐. 이다지도 작은 가슴을 졸이며, 고 어여쁜 눈에 눈물을 짜내며 이 나를 기다려 줄 사람이 누구냐. 너희밖에 없다. 온 세계를 헤매다녀도 우리 고향밖에 없다. 청석골밖에 없다!"

하고 그 편지 뭉텅이를 어린애처럼 붙안고 잤다. 그는 홈시크(思鄕病)란 병까지 침노를 받은 것이다.

한편으로 동혁의 소식이 끊겨서 가뜩이나 심약해진 영신의 애를 태웠다. 한곡리로 몇 번이나 편지를 했건만 답장이 없다가, 하루는 뜻밖에 정득의 이름으로 편지가 왔다. 동혁은 도청 소재지의 검사국으로 넘어갔고, 동화는 만주에 가 있는 듯하다는 것과, 수일 전에야 동혁이와 한방에 있던 사람이 나와서 일부러 찾아왔는데,

'검사국까지 넘어오기는 했으나, 면소(免訴 형사 소송에서, 공소권이 없어져 기소를 면하는 일)가 되어 불원간 나갈 자신이 있으니, 영신 씨에게도 그 말을 전해 주고 아무 염려 말고 건강에만 주의하라고 부탁을 하고 갔으니 안심하라.'

는 사연이었다.

영신은 비로소 마음을 놓고, 그날 밤은 일찍 자리에 누웠다. 그러나 곁에 누운 학생이 늦도록 촛불을 켜 놓고 복습을 하느라고 부스럭거리고 드나들고 하여서, 잠은 들었다가도 몇 번이나 깼다. 청석골의 환경이 머릿속에 환하게 나타나고, 학원과 아이들의 얼굴이 핀트가 어그러진 활동사진처럼 어른어른하다가는 한곡리의 달밤, 그 바닷가에서 동혁에게 사랑의 고백을 받던 때의 정경! 병원에서 그에게 안겨, 지궁스러운 간호를 받던 생각이 두서없이 왕래해서, 그 환영을 지워 버리려고 이리 뒤척 저리 뒤척 하며 무진 애를 쓰다가 근근근 쑤시는 다리를 제 손으로 주무르며 간신히 잠이 들었다.

"땡그렁— 땡그렁—"

청석학원 앞에 새로 단 종소리가 어렴풋이 들린다. 종대에 돌연히 나타나 종을 치는 사람을 보니, 용수를 써서 얼굴은 보이지 않으나 시꺼먼 두루마기 앞섶에 번호를 붙였는데, 그 건강한 체격이 동혁임에 틀림없다. 동혁은 커다란 수갑을 찬 두 손을 모아 줄을 쥐고 매달리며 힘껏힘껏 잡아당긴다.

 "땡그렁― 땡그렁― 땡그렁―"

 종이 사뭇 깨어지는 듯한 소리가 온 동리에 퍼진다. 불종(예전에, 불이 난 것을 알리기 위해 치던 종) 소리나 들은 듯, 동네 사람들은 운동장에 백결 치듯 모였다. 동혁은 무어라고 소리소리 지르며 수갑을 낀 팔을 내두르면서도 한바탕 연설을 한다.

 그 말은 한마디도 알아들을 수가 없으나, 군중은 우아! 우아! 하고 고함을 지른다. 그러다가 동혁은 무참히도 말로는 형용할 수 없는 모양으로 말을 탄 사람들에게 붙들려 질질 끌려간다.

 "동혁 씨!"

 "동혁 씨!"

 영신은 외마디소리를 지르며 허겁지겁 그 뒤를 쫓아가는데,

 "사이상, 사이상, 네고도 잇데루노? 아 고와이(영신 씨, 영신 씨, 잠꼬대를 하오? 아이 무서워)!"

하고 어깨를 흔드는 것은 새벽 기도회에 참례하려고 잠이 깬, 곁에 누웠던 동급생이었다.

 영신은 전신에 소름이 오싹 끼쳤다. 이마의 식은땀을 손등으로 씻으면서도, 꿈의 세계를 헤매는 듯 눈을 멀거니 뜨고 한참 동안이나 천장을 쳐다보았다. 몸서리가 쳐지는 지겨운 환영에서는 깨어났으나, 종소리만은 현실이었다. 학교 안에 예배당으로 쓰는 강당 앞에서 늙은 교지기가 쉬엄쉬엄 치는 종소리가 졸린 듯이 들린다. 꿈자리 산란한 이역의 서리 찬 새벽하늘에……

영신은 기도회에 참례를 하려고 밤 사이에 더 부어오른 다리를 간신히 짚고 일어서 세수간으로 나가다가 머릿속이 핑 내둘리고 다리의 힘이 풀려 문지방에 허리를 걸치고 쓰러졌다. 학생들은 벌써 기도회로 다 가고 굴 속같이 컴컴한 기다란 복도에는 사람의 그림자도 없다.

영신은 의식을 회복하고 눈을 떴을 때에야 제 몸이 의료실로 떠메어 와서 누운 것을 깨달았다.

숙직하는 교원에게 응급치료를 받은 후 교의가 올 때까지 기다리는 동안에, 영신은 몽유병 환자와 같이 눈을 멀거니 뜨고 누워서, 수술실처럼 흰 휘장을 친 유리창이 아침 햇발에 뿌옇게 물이 드는 것을 넋을 잃고 보고 있었다. 그제야 맹장염 수술한 자리가 뜨끔거리는 것을 깨닫고,

"아이고! 인전……."

하고 절망적인 한숨을 내뿜었다.

백발이 성성한 교의는 실내에까지 단장을 짚고 들어와서 영신을 자세히 진찰해 본 뒤에,

"몸 전체가 대단히 쇠약한데, 각기병은 짧은 시일에 쉽사리 치료를 할 수 없는 병이니, 고향으로 돌아가서 편안히 쉬며 치료를 하는 게 좋겠소. 복부의 수술도 완전히 하지 못해서 재발될 징조가 보이니 특별히 주의를 하지 않으면 큰일 나오."

하고는 비타민 B가 부족해서 나는 병이니 현미나 보리밥을 먹으라는 둥, 심장이 약하니 절대로 과격한 운동을 하지 말라는 둥 주의를 시키고 나갔다.

경험 있는 의사의 권고까지 받고, 영신은 더 있을 수가 없었다. 고명한 의사가 들이쌓였고, 의료기관이 아무리 발달된 곳인들, 고향으로 돌아갈 노자 몇십 원이 없는 영신에게 있어 무슨 소용이 있으랴. 가나오나 남의 신세만 지는 몸이 더구나 인정 풍속이 다른 수천 리 타향에서 그네들의 진심에서 우러나지 않는 친절을 받느니보다는, 하루바삐 정든 고향으로

돌아가서 피골이 상접해 가는 몸을 편안히 눕히고 싶었다. 편안히 눕히지는 못하더라도 여러 해 만에 어머니를 곁에 모셔 오고, 청석골의 산천을 대하고, 꿈에도 밟히는 어린 학생들의 손을 잡고 뺨을 비벼 보면, 정신상으로나마 얼마나 큰 위로를 받을지 몰랐다. 그는 마침내,

'가자, 죽드래도 내 고향에 가 묻히자!'

하고 비장한 결심을 하였다. 서울 연합회의 백씨에게 급한 사정을 하고 노비를 보내 달라고 편지를 써서 항공 우편으로 부쳤다. 돈 말을 하기는 죽기보다 싫지만, 남에게 구구한 사정을 하는 것도 이번이 마지막인 것 같은 생각이 들어서, 한 달 학비를 다가 쓰는('앞당겨서 쓰다'의 잘못) 셈만 친 것이다.

노비가 오기를 기다리는 동안 영신의 고민은 거의 절정에 이르렀다.

'우리의 결혼 문제는 어떡할까.'

그것은 물론 시급히 닥쳐오는 문제는 아니었다. 그러나 사랑하는 사람은 자유를 잃은 몸이 되어 있고, 저는 무엇보다도 첫째 조건인 건강을 잃은 몸이다. 그러나 이미 약혼을 해 놓고 이제까지 기다리던 터이니, 그 문제가 가장 큰 고민거리가 되지 않을 수 없었다.

'그이는 불원간 나올 자신이 있다구 하지만 내 몸이 이 지경이 된 것을 보면 얼마나 낙심을 할까. 그이는 오직 나 하나를 기다리고 청춘의 정열을 억지로 눌러 오지 않았는가. 나이 삼십에 가까운 그다지 건장한 청년으로 보통 남자로는 참을 수 없는 것을 점잖이 참아 오지 않았는가. 다른 남자는 술을 마시고 청루에까지 발을 들여놓는데, 그이는 생물의 본능을 부자연하게 억제하며 오직 일을 하는 것으로 모든 오뇌를 잊으려고 하지 않았는가. 더군다나 늙은 부모를 모신 맏아들로 오직 나 때문에 이 변변치 않고 보잘것없는 나 하나와의 약속을 지키기 위해서……'

생각하면 생각할수록 동혁에게 대해서 미안한 마음을 금할 수 없다.

'내가 두 번 다시 돌아오지 못하는 남의 청춘을 무참히 짓밟는 것이 아

닐까. ○○일보사 누상에서 첫 번 얼굴을 대한 후 벌써 몇몇 해를 사모해 오고 사랑해오는 동안, 나는 그이에게 털끝만한 기쁨도 주지 못하였다. 도리어 적지 않은 정신상 육체상 고통을 주었을 뿐이다. 그러나 그렇다고 인제 와서 무슨 매매 계약을 한 것처럼 약혼을 해약할 수도 없는 노릇이다.'

생각이 여기까지 이르자 영신의 여윈 뺨을 소리 없이 흘러내리는 것은, 아직도 식지 않은 눈물이다. 좀체로 모든 일에 비관치 않으려던 전일에 비해서 너무나 마음까지 몹시 약해진 것을 스스로 깨달을수록, 눈물은 그 비례로 쏟아져 소매를 적시고 베개를 적신다.

사랑하는 사람은 돌덩이 같은 육체와 무쇠 같은 의지력을 가진 사람이니까, 감옥에서 고생쯤 하는 것으로는 끄떡도 아니 할 것만은 믿는다. 그저 무사히 나오기만 축수할 뿐이다.

'그렇지만 그이가 나온 뒤까지 오래오래 두고 이 지경대로 있으면 어떡하나. 하나님께서 설마 나를 이대로 버리실 리는 만무하지만……'
하고 아직도 신앙을 잃지 않으려고 정성껏 기도를 올려본다. 주를 부르며 저의 고민을 하소연도 해본다.

'내가 만일 건강이 회복되어서, 그이와 결혼 생활을 한다면 어떻게 될까? 구차한 살림에 얽매고, 어린것들이 매달리고, 시부모의 시중을 들고, 집안 식구의 옷뒤를 거두고, 다만 먹기를 위해서 이른 아침부터 밤늦도록 다른 농촌의 여자와 같이 집구석 부엌구석에서 한평생을 헤어나지 못하고 말 것이다.'
하고 앞일을 상상해 볼 때, 영신의 머릿속은 또다시 시꺼먼 구름이 끼는 것처럼 우울해진다. 아직까지 사업에 무한한 애착심을 가지고 한 몸을 이 사회에 바쳐 온 영신으로서는, 두 가지 길 중에 어느 한 가지 길을 밟아야 옳을는지 방황하지 않을 수 없다.

'어떡하나? 아아, 어떡하면 좋을까?'

영신은 이불 속에서 흐트러진 머리카락을 쥐어뜯었다.

'내가 그이를 진심으로 진정으로 사랑한다면, 지금의 나로서는 꼭 한 가지밖에 취할 길이 없다!'

영신은 무한히 고민한 끝에 한 가지 결론을 얻었다.

'나와의 결혼을 단념시킬 것뿐이다!'

이 말 한마디는 창자를 끊어내는 듯한 마지막 가는 말이다. 그러나 영신은 그렇게 부르짖지 않을 수 없었다.

'그이는 웃음의 말이래도 조선 안의 하고많은 여자 중에 하필 채영신 석 자만 쳐다보고 두 눈을 끔벅거리고 있는 나 자신이 불쌍해 보인다고 하였다. 그 말이 어느 정도까지는 속임 없는 고백일 것이다. 기막히는 일을 당할 때에 웃음이 터져 나오고, 가슴이 답답할 적에 트림이 끓어오르는 것과 같이, 그는 하도 기다리기가 지루해서 그런 말을 하게까지 된 것이 아닐까.'

하니 두 사람을 만나게 한 운명을 저주하고도 싶었다.

'왜 곧잘 참아 오던 내가 내 발로 걸어서 한곡리를 찾았고, 달 밝은 그 날 밤 바닷가에서 경솔히 마음을 허락했던가. 일평생의 고락을 같이할 맹세까지 했던가.'

하고 그때의 기분이 너무나 로맨틱하였던 것을 몇 번이나 후회하였다.

'아아 그러나, 나는 그이를 지극히 사랑한다. 그이를 사랑하게 된 뒤로부터 나는 하나님께 대한 신앙심까지 엷어졌다. 지금의 박동혁은 나의 생명이다! 내 맘이 그이를 떠나서는 살 수 없다. 그러나 나는 무슨 일이 있든지, 어떠한 고통을 당하든지, 이 세상에 다만 한 사람인 그이의 행복을 위해서 참는 도리밖에 없다.'

'자아를 희생할 줄 모르는 곳에, 진정한 사랑이 없다. 사업을 위해서 이미 희생이 된 이 몸을 사랑하는 사람의 장래를 위해서 두 번째 희생으로 바치자! 이것이 참되고 거룩한 사랑의 길이다!'

하고 영신은 두 번 세 번 제 마음을 다질렀다.
　'이번에 만나는 때에는 단연히 약혼을 해소하자고 제의를 하리라. 의논을 할 것이 아니라 이편에서 딱 무질러 버리고 말리라.'
하고 단단히 결심을 하였다.
　그러나 저의 건강으로 말미암아 이런 결심까지 하게 된 것이 서럽다. 그다지 사랑하던 남자를 놓칠 생각을 하니 분하기도 하였다. 동혁의 넓은 품 안에, 그 아귀힘 센 팔에 채영신이가 아닌 다른 여자가 안길 것을 상상만 해보아도, 이제까지 느끼지 못하던 질투의 불길이 치밀어 얼굴이 화끈하고 다는 것이야 어찌하랴.
　'시기를 하거나 질투를 하는 것은 가장 야비하고 천박한 감정이다.'
하고 제 마음을 꾸짖어도 본다. 그러나 꾸지람을 듣는 것쯤으로 그 분이 꺼질까 싶지가 않다.
　기숙사의 밤이 깊어 가는 대로 영신의 고민도 깊어 가고, 마음이 괴로울수록 안절부절못하는 육신도 어느 한 군데 괴롭지 않은 데가 없었다.
　…… 영신이가 떠나는 날 아침, 널따란 학교 마당에 전송하여 주는 사람은, 사감과 한방에 있던 학생 두엇뿐이었다. 몇 달 동안 숙식을 같이하던 여자는 매우 섭섭한 표정을 지으면서 현관까지 따라 나와,
　"사요나라, 오다이지니(잘 가요, 몸조심하셔요)."
하고 굽실해 보이고는 게다짝을 달각거리며 뒤도 아니 돌아다보고 들어가 버린다. 제 방에서 환자를 내보내는 것이 시원섭섭한 눈치다.
　오래간만에 조선 옷으로 갈아입고, 고리짝 하나를 인력거 앞에다 놓고 정거장으로 나오는 영신의 행색은 초라하였다. 그는 인력거 위에서 흔들리며,
　'내가 지금 어디루 가는 셈인가?'
하고 번화한 시가지를 둘러보았다. 돈 있는 집 딸들이 음악학교 같은 것을 졸업하고 그야말로 금의로 환향하는 광경을 상상해 보고는,

'내가 얻어 가지고 가는 것은 병뿐이로구나!'
하고 어이없는 웃음을 웃었다.
　그러나 청석골서 정이 든 여러 사람이 마중을 나오고 그 귀여운 아이들이 '선생님! 선생님!' 하고 달려들 생각을 하니 어찌나 기쁜지 몰랐다. 미리부터 가슴이 설레서,
　'비행기라두 타구 어서 갔으면.'
하고 기차를 탄 뒤에도 마음이 여간 조급하지가 않았다. 그러면서도,
　'혹시나 동혁 씨가 나와서 나를 번쩍 안고 차에서 내려놓아 주지나 않을까.'
하였다. 그것이 공상이 되지 말기를 빌었다.

　자동차 정류장에는 청석골의 주민들이 남녀노소 할 것 없이 마중을 나왔다.
　"아이구, 웬 사람들이 저렇게 모여 섰나? 장날 같으니."
하고 영신은 차창 밖을 내다보았다. 저의 전보를 보고 그렇게 많이들 나왔을 줄은 몰랐다. 멀리 언덕 위에 우뚝 솟은 학원 집의 유리창이 석양을 눈이 부시게 반사하는 것을 볼 때 영신은,
　"오오, 저 집!"
하고 저절로 부르짖어졌다. 죽을 고생을 해가며 지은 그 집이, 맨 먼저 주인을 반겨 주는 것 같았다.
　자동차가 정거를 하기 전부터 아이들은 어느 틈에 보았는지,
　"선생님!"
　"선생님!"
하고 손을 내저으면서 엎드러지며 곱드러지며 앞을 다투어 쫓아온다.
　"금분아!"
　"옥례야!"

영신도 차창으로 머리를 내밀며 외치듯이 아이들의 이름을 불렀다. 영신이가 내리기가 무섭게 백여 명이나 되는 남녀 학생은 벌떼처럼 선생의 전후좌우로 달려들었다.

"채 선생님 오셨다!"

"우리 선생님이 오셨다!"

계집애들은 동요를 부르듯 하면서 영신의 손에, 소매에, 치맛자락에 매달려서 까치처럼 깡충깡충 뛴다. 영신은 눈물이 글썽글썽해 가지고 그 꿈에도 잊지 못하던 아이들을 한 아름씩 끌어안고,

"잘들 있었니! 선생님 보구팠지?"

하고 이마와 뺨에 입을 맞추어 주었다.

청년들과 낫살이나 먹은 남자들은,

"안녕히 다녀오셨습니까?"

하고 모자나 수건을 벗고 허리를 굽히는데, 원재 어머니는 영신의 두 손을 쥐고,

"병이 더치셨다는구려(더치다: 낫거나 나아가던 병세가 다시 더하여지다)?"

하고는 목이 메어서 말을 눈물로 삼킨다. 부인친목계의 회원도 대여섯 사람이나 나왔는데, 모두 '떠날 때보다두 더 못해 왔구나' 하는 듯이 무한히 가엾어 하는 표정으로 영신의 수척한 얼굴과 다리를 절름거리는 모양을 바라다보며 따라온다.

영신은 원재 어머니의 어깨를 짚고 무거운 다리를 질질 끌며 맨 먼저 학원으로 올라갔다.

"바루 집으루 갑시다."

하는 것을,

"우리 집부터 가봐야지요."

하고 간신히 올라가서는 안팎을 한 바퀴 둘러보았다.

그동안에 집은 매우 찌들어 보였다. 걸상과 책상이 정돈이 되지 못하

고, 벽에는 여기저기 낙서한 것을 그대로 내버려 두었는데, 제가 연설을 하다가 쓰러진 강당 맞은편 쪽에 정성을 다해서 소나무와 학을 수놓아 걸은 수틀이 삐딱하게 넘어간 채 먼지가 켜켜로 앉도록 내버려 두었다.

'이걸 어쩌면 이대로 내버려들 뒀을까.'

하고 영신은 원재더러 발판을 가져오래서 손수 바로잡아 놓고 먼지를 털고 내려오다가 하마터면 넘어질 뻔하였다.

아이들은 저희들의 선생님을 다시는 놓치지 않으려는 듯이, 열 겹 스무 겹 에워싸고 원재네 집으로 내려왔다. 금분이는 반가움에 겨워 자꾸만 저고리 고름으로 눈두덩이를 비비며 훌쩍훌쩍 울면서 영신의 손을 땀이 나도록 꼭 쥐고 따라다닌다.

영신이가 쓰던 방은 전처럼 깨끗이 치워 놓았다.

"아아, 여기가 내 안식처다!"

하고 영신은 불을 뜨뜻이 때어 놓은 아랫목에 가 턱 쓰러졌다. 다다미방에서 다리도 못 뻗고 자던 것이 아득한 옛날인 듯, 여러 날 기차와 기선에서 시달린 피곤이 함께 닥쳐와서 몸은 꼼짝도 할 수 없다. 아이들은 방에까지 따라 들어와서 빽빽하게 콩나물을 길러 놓은 것 같다. 부모의 사랑을 모르고 자라난 천애의 고아들이, 뜻밖에 자애 깊은 어머니를 만난 것처럼 영신의 곁을 떠나려고 들지를 않는다.

영신은 하관(下關)서 사 가지고 온 바나나 뭉치를 끌러 달라고 해서 세 토막 네 토막에 잘라, 아이들의 입맛만 다시게 하였다. 기찻삯만 빠듯이 와서 벤또도 변변히 사 먹지 못하고 오면서도, 빈손을 내밀 수가 없어 주머니를 털어서 사 가지고 온 것이었다.

원재 어머니는 저녁상을 들고 들어오며,

"너희들두 이젠 고만 가서 저녁들 먹어라."

하고 아이들을 내보냈다.

통배추 김치에 된장찌개를 보니, 영신은 눈이 번해져서 저도 모르는 겨를에 일어나 앉았다. 보기만 해도 입에 침이 고여서 기숙사 식탁에 허구한 날 놓이는 미소시루와 다꾸왕 쪽을 생각하였다. 영신은 이야기도 못 하고 장 위에 밴 고향의 음식을 걸터듬어(무엇을 찾느라고 이것저것을 되는대로 마구 더듬음) 먹었다.

영신은 마음을 턱 놓고 뜨뜻한 방에서 오래간만에 잠을 잘 자서 이튿날은 정신이 매우 쇄락하였다. 다리가 부은 것도 조금 내려서 걷기가 한결 나은 것 같아 예배당으로 올라가서는 감사한 기도를 올리고 내려왔다. 동시에, 동혁이가 하루바삐 무사하게 나오기를 축원하고, 내려오는 길로 한곡리 농우회원들에게, '나는 그동안 귀국해서 무사히 있으니, 동혁 씨의 소식을 아는 대로 즉시 전해 달라'고 편지를 써 부쳤다. 당자는 동혁의 생각을 잊으려고 애를 쓰건만, 원재 어머니가,

"아이고, 그이가 얼마나 고생을 할까요? 그렇게두 지긍스레 간호를 해 주더니…… 내가 가끔 생각이 날 적에야……."
하고 자꾸만 일깨워서,

"나오는 날 나오겠죠. 인전 그이 말을랑 우리 하지 맙시다요."
하고 동혁의 말은 비치지도 못하게 하였다.

겨우 한 사나흘 동안 쉰 뒤에 영신은 전과 같이 학원의 일을 보고 주학은 물론 야학까지도 겹쳐서 교편을 잡았다. 그동안 청년들에게만 맡기고 내버려 두어서 저희들은 힘껏 일을 보느라고 하건만, 지도자를 잃은 그들은 제멋대로 가르쳐서 조금도 통일이 되지 않는다. 생기는 것이 없는 일인데다가, 그도 하루 이틀이 아니어서 싫증이 나고 고만 귀찮은 생각도 들어, 그럭저럭 시간만 채우고 달아날 궁리를 하는 청년이 없지 않았다.

'이래선 안 되겠다. 내가 또 본보기를 보여야만 다들 따라온다.'
하고 최대한도의 용기를 내었다. 제가 입원한 동안에 기부금이 다 걷혀서 학원을 지은 빚만은 요행으로 다 갚았으나, 집만 엄부렁하게 컸지, 인

제는 그 집을 유지해 나아갈 경비가 없다. 등 뒤에 무슨 재단이 있는 것도 아닌데, 월사금 한 푼 아니 받으니 수입은 없고 지출뿐이다. 심지어 분필이 떨어지고 큰 남포를 서너 개나 켜는 석유를 대지 못해서 쩔쩔매는 형편이라, 신병이 있다고 가만히 보고만 앉았을 수가 없었다.

 조금만 오래 섰으면 다리가 무겁고 신경이 마비가 되어 오금이 들러붙는 것처럼 떼어 놓을 수가 없는데, 학원과 예배당으로 오르내리는 데도 숨이 차고 가슴이 답답해서 그 자리에 넘어질 것 같건만,

 '난 기왕 청석골의 백골이 되려고 결심한 사람이다. 다시 쓰러지는 날, 그때 그 시각까지는 손끝 맺고(할 일이 있는데도 아무 일도 안 함) 앉았을 수가 없다.'
하고 학부형들이나 원재 모자가 지성으로 말리는 것도 듣지 않고,

 "난 우리 청석골을 위해서 생긴 사람이야요. 내가 타고난 의무를 다하다가 죽으면 고만이지요. 되레 내 몸에 넘치는 기쁨으루 알구 있어요."
하고 눈시울에 잔주름살을 잡아 가며 웃어 보였다. 한편으로는 동혁이가 죄 없이 감옥에서 저보다 몇 곱절이나 되는 고생을 하는 생각을 할 때,

 '오냐, 내 맥박이 끊길 때까지!'
하고 오직 일을 하는 것이, 차입 하나 못 해 주는 사랑하는 사람에 대해서 정신적으로나마 어떠한 선물을 보내 주는 것 같기도 하였던 것이다.

 약은 얻어먹을 생의도 못 하고, 또 각기증에는 특효약도 없다지만, 의사의 권고대로 현미에다가 보리를 많이 섞어 먹어도, 병이 나아가기는커녕 증세가 점점 더 악화가 되어 갈 뿐이다. 다리가 붓고 무릎이 쑤시기는 했어도 그다지 아픈 줄을 몰랐더니, 줄곧 그 다리를 놀려 두지를 않아서 그런지 띵띵해진 종아리는 건드리기만 해도 펄쩍 뛰도록 아프다. 밤에는 고통이 더 심해서 뜬눈으로 밝히는 날까지 있으면서도, 그는 이를 악물고 하루도 빼어놓지 않고 교단에 서기를 거의 한 달 동안이나 하였다.

그동안 하나 둘 흩어져 있던 아이들은, 영신이가 돌아온 뒤에 신입생이 열씩 스물씩 부쩍부쩍 늘었다. 때마침 농한기라 어른들은 물론 오십도 넘는 노파가 손녀의 손을 잡고 와서는,

"죽기 전에 글눈이나 떠보게 해 주시유."

하고 진물진물한 눈으로 칠판을 쳐다보고,

"가―갸―거―겨―"

하고 따라 읽는 것을 볼 때, 영신은 감격에 가슴이 벅찼다.

'내가 오기 전에는 이 동네 사람이 거의 구 할가량이나 문맹이던 것이, 이제는 글자를 알아보는 사람이 칠 할가량이나 된다. 오십 이상 늙은이와 젖먹이를 빼어 놓으면 거의 다 눈을 떼어 준 셈이다. 더구나 부인친목계를 중심으로 부인네들이 깨인 것과, 생활이 향상된 것은 놀라울 만하지 않느냐.'

하고 자못 만족한 웃음을 지었다. 그럴수록 사업에 대한 애착심은 고향을 떠나보기 전보다 몇 곱이나 더해져서, 육신의 고통을 참아 나가는 힘을 얻었다.

한두 가지도 아닌 병마에 사로잡혀 거의 위중한 상태에 빠진 영신으로는, 사실 기적과 같은 힘이었다. 그러다가 하루아침은 천만뜻밖에 동혁의 편지가 왔다. 동경역에서, 못 받아 보려니 하면서도 ××형무소로 부친 엽서를 본 답장인 듯, 모필로 쓴 필적이며 계호 주임의 도장이 찍혀 나온 것이 분명히 동혁에게서 온 것이다. 영신은 손보다도 가슴이 떨리는 것을 진정하고, 바늘구멍처럼 뚫어 놓은 봉함엽서의 가장자리를 쭉 뜯었다.

이제야 취조가 일단락이 져서 편지를 할 수 있게 되었소이다. 청석골로 다시 돌아오신다는 엽서도 어제야 받고, 그 병이 재발이나 되지 않았는지 매우 놀랐습니다. 긴 말은 쓸 수 없으나 오직 건강에 각별히 주의해 주십시오. 또다시 억지를 쓰고 일을 하실 것만이 염려외다. 나는 아직 수

신대학 본과에는 입학할 자격을 얻지 못하였으나, 예과에서도 보통 사람으로는 도저히 상상도 할 수 없는 공부를 하고 있는 것을 다행으로 여깁니다. '수양하고 반성하고 싶은 자는 다 이리 오라' 하고 외치고 싶소이다. 몸은 여전한데 하루 세 끼 조막덩이만 한 콩밥이 겨우 간에 기별만 해서, 소화불량에 걸리지 않는 것만이 불평이외다. 나는 좀 더 묵고 싶지만 아마 여관 주인이 불원간 내쫓을 것 같은데, 나가는 대로 먼저 그리로 가겠으니 부디 혈색 좋은 얼굴을 보여 주십시오.

　영신은 몇 번이나 몇 번이나 먹이 입술에 묻도록 편지에 키스를 하였다. 그러고는,
　'혈색 좋은 얼굴! 혈색 좋은 얼굴!'
하고 혼잣말을 하며 조그만 손거울을 꺼내서 제 얼굴을 들여다보다가는 그 거울을 동댕이를 쳤다. 거울은 문지방에 가 부딪치며 두 쪽에 짝 갈라졌다.
　영신은 가슴이 선뜩해서,
　'아이, 왜 저걸 내던졌던가.'
하고 금방 후회를 하고 거울을 집어 들었다. 그러나 아무리 탄식을 한들, 한 번 깨어진 유리쪽을 두 번 다시 붙여 보는 재주는 없었다.
　학원 마당에서 종소리가 들린다. 철모르는 아이들은 한 떼가 몰려와서,
　"선생님, 어서 가세요. 어서요, 어서."
하고 영신을 일으켜 세우고 잡아당기며 떠다밀며 학원으로 올라갔다.
　그날은 웬일인지 마음이 내키지 않는 것을 그는 억지로 꺼둘려 가서 새 과정을 가르치려다 말고 복습을 시켰다. 계집애들은 채 선생이 아니면 배우지를 않기 때문에, 두 반씩이나 맡아 가르칠 수밖에 없어 왔다 갔다 하며 복습을 시키는 데는 더구나 힘에 부쳤다. 그러나,
　'그 속에서, 그 지독한 고생을 달게 받는 이도 있는데……'

하고 기를 쓰며 눕지를 않으려고 앙버티었다.

'그이가 나오면 이 얼굴, 이 몸뚱이를 어떻게 보이나.'
하고 이번에는 교실 유리창에 수척한 자태를 비추어 보다가,

'오지 말았으면. 차라리 영영 만나지나 말았으면……'
하고 제 꼴이 제 눈으로 보기가 싫어 발꿈치를 돌리기를 몇 번이나 하였다.

'그렇지만, 혈색 좋은 얼굴을 보여 주진 못하드래두, 앓아누운 꼴이나 보여 주지 말리라.'
하고 아침에 종소리만 들리면 입술을 깨물며 문고리를 붙잡고 일어났다.

그러다가 어느 날 밤에는 학부형회에 참례를 하고 늦도록 학원의 유지 방침을 의논하다가, 별안간 심장의 고동이 뚝 그치는 것 같아서 원재에게 업혀 내려왔다.

내려와서는 턱 쓰러지며 고만 정신을 잃었다.

천사의 임종

이튿날 저녁때에야 공의의 진찰을 받게 되었을 때 영신은 혼수상태에 빠져 있었다. 눈은 정기 없이 뜨고도 사람을 알아보지 못하는데, 숨을 가쁘게 몰아쉬는 소리만 높았다 낮았다 할 뿐…….

영신의 선성을 들은 공의는, 원재 어머니만 남겨 놓고 방 안에 그득히 찬 사람을 다 내보낸 뒤에 거의 한 시간 동안이나 정성껏 신체의 각 부분을 진찰해 본다.

그는 환자에게서 손을 떼고 한참이나 눈을 딱 감고 앉아서, 머리를 외로 꼬고 바로 꼬고 하다가 청진기를 집어 넣고는 잠자코 일어서 밖으로 나간다.

"어떻습니까? 대단하죠?"

원재 어머니는 조급히 물었다. 공의는 알코올 솜으로 손을 닦으며,

"대단 섭섭한 말씀이지만……."

하고 주저주저하다가,

"내 진찰이 틀리지 않는다면 며칠을 못 넘길 것 같소이다."

하고 고개를 떨어뜨린다.

"네? 그게 무슨 말씀입니까?"

여러 사람의 눈은 동시에 둥그래졌다. 원재 어머니의 눈에는 벌써 눈물이 괴었다.

"각기가 심장까지 침범한 것만 해도 위중한데, 원체 수술을 완전히 하지 못한 맹장염이 재발이 됐습니다. 염증이 대단하니 어디다가 손을 대야 할지 모르겠는걸요."

하고 입맛을 쩍쩍 다시다가,

"왜 좀 더 일찍감치 서두르지를 못했나요?"

하고 눈살을 찌푸리며 알코올 솜을 튀겨 던진다.

"누가 이럴 줄 알았나요. 엊저녁까지 기동을 했었으니까…… 어떻게 다시 수술이라도 해봐 주실 수 없을까요?"

학부형 중에서 한 사람이 나서며 물었다. 공의는,

"지금은 수술도 못 해요. 몸 전체가 몹시 허약하니까요."

하고는 가방을 들고 일어서며,

"그래도 혹시 천행이나 바라려거든 큰 병원으로 데리구 가보시지요."

하고 마당으로 나간다. 원재 모자는 버선발로 쫓아 나가서 공의의 소매를 붙잡으며,

"아이구, 이를 어쩌나. 참 정말 아무 도리두 없습니까? 네 네?"

"우리 선생님을 살려 줍쇼! 어떻게든지 살려 주구 가세요!"

하며 엎드려서 말 반 울음 반으로 애원을 한다.

"주사나 한 대 놔 드리지요."

공의도 한숨을 쉬며 다시 들어와 캠플 한 대를 놓고 나왔다.

의사에게 죽음의 선고를 받은 줄도 모르는 영신은 주사 기운에 조금 의식을 회복하였다.

"원재 어머니!"

손을 공중으로 내저으며 부르는 목소리는 모기 소리처럼 가늘다. 원재 어머니는 앓는 사람에게 눈물을 보이지 않으려고 한참이나 지게문 밖에 돌아서서 눈두덩을 비비다가 들어갔다.

"의사가 뭐래요?"

진찰을 받을 때는 몰랐다가 주사침이 따끔하고 살을 찌를 적에야 의사가 온 줄은 알았던 모양이다.

"……."

"뭐라구 그래요?"

영신은 재우쳐 묻는다.

"……."

그래도 원재 어머니는 대답이 목구멍에서 나오지를 않았다.

"살지 못하겠다죠?"

영신은 입가에 미소를 띠며 목젖만 껄떡거리고 섰는 사람의 눈치를 살핀다.

"수술을 하면 낫는다구…… 그러구 갔어요."

그 말에 영신은 베개 너머로 머리를 떨어뜨리며,

"아이구! 또 수술……."

하고 오장이 썩는 듯한 한숨을 내쉰다.

장로와 다른 교인들이 들어와 병원으로 가기를 번차례로 권하였다. 그러나 영신은,

"싫어요, 싫어. 난 청석골에서 죽구 싶어요!"

하고 맥이 풀린 손을 내저으며 머리를 흔들었다.

병세는 시시각각으로 더해 가는 한편이건만, 영신은 어머니에게도 편지를 못 하게 하였다. 고통이 조금 덜해서 정신만 들면 유리틀에 끼워서 책상머리에 모셔 놓은 어머니의 사진을 내려 달래서, 멀거니 들여다보다가 눈물을 지으면서도 곁의 사람이,

"오시든 못 오시든 사람의 도리가 그렇지 않으니 전보나 한 장 칩시다."

하고 저다지도 그리운 어머니를 마지막 뵙지 못하면 눈이 감기겠느냐는 뜻을 비치건만, 영신은,

"우리 어머니한테, 마지막 가는 효도는……."

하고 한숨을 섞어,

"내 이 꼴을 뵈어 드리지 않는 거야요!"

하고 제발 기별을 하지 말아 달라고 두 번 세 번 간청을 하였다. 영신의 고집을 아는 원재 어머니는,

"그럼 서울로나 편지를 합시다요."

하여도,

"내 병을 고쳐 줄 사람은 아무도 없어."

하고 머리를 흔들다가,

"하나님이 나를 설마……."

하고 다시 살아날 자신이 있는 듯이 가냘픈 미소를 띠어 보인다. 그러다가도 반듯이 누워 가슴 위에 합장을 하고 허옇게 바랜 입술을 떨면서,

"주여! 나를 버리시나이까? 오오, 주여! 나를 버리시나이까?"

하고 연거푸 부른다. 그것은 예수가 십자가에 못 박히며 최후로 부르짖은 말이었다.

등잔불에 어룽지는 천장을 쳐다보는 그의 눈동자에는 원한과 절망과 참을 수 없는 슬픈 빛이 어리었다. 닥쳐오는 죽음을 짐작하면서도, 인력으로 어길 수 없는 가장 엄숙한 사실인 줄 번연히 알면서도, 그 사실을 억

지로 부인하려는 마음! 끝까지 신앙심을 잃지 않고 그 대상자를 원망하지 않으면서도 이적(異蹟)이라도 나타내어 주기를 안타까이 기다리는 그 심정…….

창밖에서는 아이들이 추운 줄도 모르고 열 겹 스무 겹 선생의 방을 둘러싸고 땅바닥에 가 쪼그리고 앉아서 흐느껴 운다. 그 소리가 방 안에까지 들려서 영신은 베개에서 조금 머리를 들며,

"저게 무슨 소리요?"

하고 묻는다.

"…… 아마 바람 소린가 봐요."

원재 어머니의 목소리는 문풍지와 함께 떨렸다. 영신이가 평시에 가장 귀여워하고 불쌍히 여기던 금분이는 이틀째나 밥을 안 먹고 잠도 안 자고 선생의 머리맡을 떠나지 않으며 시중을 든다. 가뜩이나 헐벗고 얻어먹지 못해서 파리한 몸이 기신없이 쓰러졌다가도 바스락 소리만 나면 발딱 일어나,

"선생님, 왜 그러시유?"

하고 영신의 얼굴을 들여다본다. 앓는 사람과 간호하는 사람들이 나가 있으라고만 하면,

"난 싫어, 난 싫어. 왜 날더러만 나가래."

하고 발버둥질을 치며 통곡을 내놓아서 하는 수 없이 내버려 두었다.

한편으로 교인들은 예배당에 모여서 밤늦도록 기도를 올린다.

"저희들을 창조하시고 길러 주시는 아버지시여, 당신이 모처럼 이 땅에 내려 보내신 귀한 따님을 왜 어느새 부르려 하십니까? 이것이 과연 당신의 뜻이오니까? 그 누이는 이곳에 와서 무식한 저희들을 위해 뼈가 깎이도록 일을 했습니다. 육신의 고통으로 말미암아 넘어지는 그 시각까지 불쌍한 조선의 자녀들을 위해서 걱정했습니다. 자기의 손으로 지은 학원 하나를 붙잡으려고 온갖 고생을 참아 왔습니다.

주여! 그는 청춘입니다. 열매도 맺어 보지 못한 순결한 처녀입니다. 인생의 기쁨도 즐거움도 맛보지 못하고, 다만 당신 한 분을 의지하고 동족을 사랑함으로써 그 귀중한 몸을 바쳤습니다.

　주여! 오오, 사랑이 충만하신 주여! 그에게 생명수를 뿌려 주소서! 저희들의 천사인 채영신 누이를 언제까지나 언제까지나 우리 청석골에서 떠나지 않도록 붙들어 주시옵소서!"

　'아멘'을 부르는 남녀 교인의 목소리는 일제히 울음으로 변하였다.

　학부형들은 사십 리 오십 리 밖까지 가서 고명하다는 한의를 데리고 왔다. 칠십도 넘어 보이는 노인을 가마에 태워 가지고 온 성의에 감동이 되어서 영신은,

　'저 늙은이가 뭘 알꼬.'

하면서도 맥을 짚어 보라고 팔을 내밀었다. 그들이 집증하는 것은 다 각각이나, 화타(華陀) 편작(扁鵲 중국의 전설적인 명의)이가 와도 오늘밤을 넘기지 못하리라는 데는 의견이 일치하였다. 그래도 학부형들은 화제(처방문)를 내어 달라고 부득부득 졸라서, 또다시 장거리로 약을 지으러 가는 것이었다.

　오늘은 초저녁부터 영신의 숨소리가 더 거칠어졌다. 목구멍에서 가래가 끓는 소리까지 그르렁그르렁 한다. 아랫도리는 여전히 감각을 잃고 있기 때문에 고통을 몰라도 가슴이 답답해서 몹시 괴로워한다. 병마가 사방으로부터 심장을 향하고 몰려들기를 시작한 모양이다.

　그러나 이상스러이도 영신의 정신만은 그 말과 함께 똑똑하다.

　"자꾸 울지들 말아요. 나두 안 우는데……."

하고 간호하는 부인네들을 둘러보기도 하고,

　"너희들은 어서 가 공부해. 응, 어서!"

하고 상학 시간이 되면 저의 주위로 모여드는 아이들을 학원으로 올라가라고 손짓을 하였다. 그는 자기가 누운 동안 하루도 주야학을 쉬지 못하

게 하였다.
 창밖은 별빛조차 무색한 그믐밤이다. 앞뜰과 뒷동산의 앙상한 삭정이를 휩쓰는 바람 소리만 파도 소리처럼 쏴아쏴아 하고 지나간다. 떨어지다 남은 바싹 마른 오동잎사귀가, 창밖 툇마루에 버스럭 하고 떨어지는 소리에 영신은 고이 감았던 눈을 떴다. 사람의 발자국 소리로 들렸는지,
 "문 열어요. 동혁 씨 왔나 봐……."
하고 잠꼬대하듯 헛소리를 하며 뒤꼍으로 통한 문으로 고개를 돌린다. 벌써 그 눈동자에는 안개가 뽀얗게 낀 것처럼 정기가 없다.
 "아이, 그저 안 오네!"
 영신은 한숨과 함께 원재 어머니 편으로 머리를 돌렸다. 무슨 생각이 번개같이 나는 듯,
 "저어기, 저것 좀."
 이번에는 머리맡에 놓인 책상 서랍을 입으로 가리킨다.
 "어머니 사진요?"
 원재 어머니는 책상 앞으로 갔다.
 "아아니, 그이 편지……."
 동혁의 편지를 받아든 영신은, 감옥에서 나온 봉함엽서의 획이 굵다란 먹글씨를 희미한 불빛에 내려보고 치보고 한다.
 동혁이와 처음 만나던 때부터 경찰서에서 면회를 하던 때까지의 추억의 가지가지가 환등처럼 흐릿하게나마 주마등과 같이 눈앞을 지나가는 모양이다. 그는 조심스러이 편지에 입을 맞추고 나서, 어눌하나마 목소리를 높여,
 "동혁 씨, 난 먼저 가요! 한곡리하구 합병두 못 해보구…… 그렇지만 난 행복해요. 등 뒤가 든든해요. 깨끗한 당신의 사랑만은 영원히 변하지 않을 테니까요. 그리구 끝까지 꿋꿋하게 싸우며 나가실 걸 믿으니까요……."

하고 나서, 숨을 가쁘게 들이쉬고 나더니,

"동혁 씨! 조금두 슬퍼하진 마세요. 당신 같으신 남자는 어떤 경우에든지 남에게 눈물을 보여선 못 씁니다!"
하고는 몹시 흥분해서 헐떡이다가, 원재 어머니를 보고,

"그이가 오거든요, 지금 한 말이나 전해 주세요, 뭐랬는지 들었죠?"
하고 당부를 한다. 붓을 들 기력도 없는 그는, 말로나마 사랑하는 사람에게 몇 마디를 남긴 것이다.

그러고는 가늘게 떨리는 손으로 앙가슴을 헤치더니, 그 편지를 속옷 속에 꼭 품고 저고리 앞섶을 여민다. 이제까지 그들은 사진 한 장 바꾸어 가진 것이 없었다.

새로 두 시— 세 시—

간병하던 사람은 여러 날 눈도 붙여 보지 못해서 꼬박꼬박 졸고 앉았고, 그다지 떨어지지 않으려던 금분이마저 기진맥진해서 선생의 발치에 쓰러진 채 잠이 깊이 들었다.

태고의 삼림 속과 같이 적막한 방 안에 홀로 깨어 있는 것은 영신의 영혼뿐. 지새려는 봄 밤, 한곡리 앞바다에 뜬 새우잡이 배의 등불처럼 의식이 깜박깜박하면서도, 악박골 약물터 우거진 숲 속의 반딧불과 같이 반짝하다가 꺼지려는 저의 일생을, 혼몽 중에 추억의 날개로 더듬어 보는 듯.

"꼬끼요오—."

건넛마을에서 졸린 듯한 닭 우는 소리가 들렸다. 뒤를 이어 안마당에서도 홰를 치며 우는 소리가 들린다.

그 소리에 영신은 반쯤 눈을 뜨더니 가까스로 손에 힘을 주어 원재 어머니의 치맛자락을 잡아당긴다.

"워 원재를 좀……"

원재는 눈을 비비며 황급히 들어왔다. 안방에 모였던 다른 청년들도 서넛이나 원재의 뒤를 따라 들어왔다. 남편의 임종을 한 경험이 있는 원

재 어머니는, 이웃집에서 숯불을 피어 놓고 약을 달이다가 이 구석 저 구석에 쓰러진 부인친목계의 회원들까지 깨워 가지고 와서, 방 안은 그들로 가득 찼다.

청년들은 영신의 머리맡에 둘러앉았다. 여러 사람은 숨소리를 죽여 방 안은 무덤 속같이 고요한데, 영신은 할딱할딱 숨을 몰아쉬다가 원재의 손을 잡고 나머지 힘을 다 주며,

"원재, 내가 가드래두…… 우리 학원은 계속해요! 응, 청년들끼리……."

하고 여러 청년의 수심이 가득 찬 얼굴을 둘러보며 마지막 부탁을 한다.

원재는 무릎을 꿇고 다가앉아 두 손으로 식어 가는 영신의 손을 힘껏 쥐며,

"선생님, 왜 그런 말씀을 하세요? 네, 선생님!"

하고 목이 메었다가,

"염려 마세요! 저희들이 무슨 짓을 해서든지 학원을 붙잡을게요. 죽는 날꺼정 해나갈게요!"

하고 굳은 결심을 보였다. 여러 해 동안이나 영신에게 지성껏 지도를 받아 온 청년들의 눈에서는 굵다란 눈물방울이 뚜욱뚜욱 떨어진다.

"울지들 마라. 못난 사람이나 울지."

그 목소리는 간신히 알아들을 만해도, 아우를 달래는 친누이의 말처럼 정답고 은근하다. 영신은, 치맛자락으로 얼굴을 가리고 소리를 죽이는 부인네들을 보고,

"청석골 여러 형젤 두구…… 내가 어떻게 가우?"

하다가, 그저 잠이 깊이 든 금분이를 가까이 안아다 눕히게 한 뒤에 발발 떨리는 손끝으로 앞머리를 쓰다듬어 주며,

"이것들을 어떡하나?"

하고 가늘게 가늘게 흐느낀다.

"걱정 마슈. 애 하난 내가 맡아 기를게."

울음 반죽인 원재 어머니의 말에, 영신은 고맙다는 듯이 머리를 끄덕이다가 다시금 깜박하고 정신을 잃었다. 호흡은 점점 가빠 가는데, 맥을 짚어 보니 뚝뚝 하고 절맥이 된다.

그렇건만 영신은,

"끄응!"

하고 안간힘을 쓰며 턱밑까지 닥쳐온 죽음을 한 걸음 물리쳤다.

"나, 날……."

하고 혀끝을 굴리지 못하다가,

"학원 집이 뵈는 데다…… 무 묻어…….."

하는데, 인제는 말이 입 밖을 새지 못한다. 입에다 귀를 대고 듣던 원재 어머니는 커다랗게 고개를 끄덕여 보였다.

영신은 또다시 기함을 했다가, 그래도 무엇이 미진한 듯이 헛손질을 하는데, 벽에 걸린 손풍금을 가리키는 것 같다. 원재는 냉큼 일어나 그것을 떼어 들었다. 그는 일상 영신의 것을 장난해 보아서 곧잘 뜯을 줄 안다.

"찬미 하나 할까요?"

"……."

영신은 고개만 뵈는 듯 마는 듯 끄덕여 보인다.

원재는 눈을 감고 생각하다가,

날빛보다 더 밝은 천당
믿는 것으로 멀리 뵈네.
있을 곳 예비하신 구주
우리들을 기다리시네.

를 고요히 고요히 뜯기 시작하는데, 영신은 그것이 아니라는 듯이 머리를 흔든다. 원재가 손을 멈추고,

"그럼 무슨 곡조를 할까요?"

하고 귀를 기울이니까, 영신은,

"사 사 삼천리……."

하고 자유를 잃은 입을 마지막으로 힘껏 움직인다.

손풍금 소리와 함께 청년들은 입술로 눈물을 빨다가 일제히 목소리를 내었다.

……(찬송가 전문 생략)……

목청을 높여 후렴을 부를 때, 영신은 열병 환자처럼 몸을 벌떡 일으켰다. 여러 아이들 앞에서 그 노래를 지휘할 때처럼 팔을 내젓는 시늉을 하는 듯하다가,

"억!"

소리와 함께 고개를 젖히고는 뒤로 덜컥 넘어졌다.

…… 기름이 졸아붙은 등잔불이 시름없이 꺼지자 뿌유스름한 아침 햇빛은 동창을 물들이기 시작하였다.

청석골은 온통 슬픈 구름에 싸였다. 학부형과 청년과 학생들은 말할 것도 없거니와, 친목계의 회원들은 영신의 수시를 거두고, 수의를 지어 입혀 입관까지 자기네 손으로 하고, 그 관을 둘러싸고 잠시도 떠나지를 않는다.

부모의 상사를 당한 것만큼이나 섧게들 울며 밤낮을 계속하는데, 그중에도 금분이는 사흘씩이나 절곡을 하고 참새 같은 가슴을 쥐어짜며 울다가, 지금은 선생이 입던 헌 재킷을 끌어안은 채 관머리에 지쳐 늘어졌다.

명복을 비는 기도와 찬미 소리는 만수향의 연기와 같이 끊길 사이가

없고, 수십 리 밖에서까지 일부러 조상을 하러 온 조객들도 적지 않은데, 영신이와 처음 역사를 시작하던 목수는, 친누이나 궂긴('죽다'의 존대어) 것처럼 제 손으로 세워 놓은 학원의 기둥을 붙안고 소리를 죽여 울면서,

"내 손으루 관까지 짤 줄을 누가 알았드란 말요?"

하고 여간 원통해하지를 않았다. 군청과 면사무소에서도 조상을 나왔는데, 영신의 일동일정을 감시하고 말썽을 부리던 주재소 주임까지 나와서 관머리에서 모자를 벗었다.

빈소 방에는 어느 틈에 책상 하나만 남기고, 영신이가 쓰던 물건이라고는 불한당이 쳐간 듯이 하나도 남지 않았다. 영신의 손때가 묻은 손풍금은 원재가 가져가고, 바람 차고 눈 뿌리는 밤이면 저를 품어 주던 재킷은 금분의 차지인데, 부인네들은 요 이불 베개 하다못해 구두, 고무신까지 다투어 가며 짝짝이로 치맛자락에 싸 가지고 갔다. 그만 물건이 탐이 난 것이 아니라,

'우리 선생님 보듯이, 두구두구 볼 테다.'

하고 서로 빼앗기까지 한 것이었다.

그러나 장사를 지낼 날짜 때문에 의논이 분분하였다. 고인의 유언대로 청석학원이 마주 내려다보이는 언덕 위에 묏자리를 잡았는데(공동묘지의 구역 밖이건만 면소에서 묵인을 해 주었다), 서울서 급보를 접하고 내려온 백현경은 감옥에 있는 사람이 부고를 받더라도 때맞춰 나올 리가 만무하다고 삼일장으로 지내기를 주장하고, 원재 어머니와 회원들은,

"우리 한 이틀만 더 기다려 봅시다. 그래두 어머니나 박씨가 혹시 올지 누가 알아요? 장사 지내기가 뭐 그렇게 급해요?"

하고 오일장으로 지내자고 우겼다. 작고한 사람의 친척이나 애인을 기다린다느니보다도 영신의 시체나마 하루라도 더 자기 집에 두고 싶었던 것이다. 어머니에게는 물론 당일로 전보를 쳤건만 외딸을 그리다 못해서 먼저 자진을 했는지 회답조차 없었다.

그러자 사흘 되는 날 아침에 뜻밖으로 동혁의 편지가 왔다. 백씨는 수신인이 없는 편지를 황급히 뜯었다.

지금 놓여 나오는 길입니다. 형무소로 부치신 편지는 두 장 다 오늘에야 받아 보았는데, 이번에는 각기로 고생을 하시다가 돌아오셨다니 참으로 놀랍소이다. 또다시 학원의 일을 보시든지 하였다가는 참 정말 큰일납니다.
바로 그리로 가려고 했으나, 동화는 멀리 만주로 뛴 듯한데 어머니가 애절하시던 끝에 병환이 대단하시대서 집으로 직행합니다. 가보아서 조금만 감세가 계시면, 백사를 제치고 갈 터이니 전처럼 먼 길에 마중은 나오지 마십시오. 흉중에 첩첩이 쌓인 말씀은 반가이 얼굴을 대해서 실컷 하십시다.

×월 ××일 당신의 박동혁

일부인(日附印)을 보니, 사흘 전의 날짜가 찍혀 있지 않은가.
"아이고 이를 어쩌나. 이리루 바루 왔다면 마지막 대면이나 했을걸."
하고 백씨는 즉시 특사 배달로 한곡리에 전보를 치도록 하였다.
…… 전보를 받은 동혁은,
"엉? 이게!"
하고 외마디소리를 질렀다. 심장의 고동이 덜컥 그치고 온몸을 돌던 피가 머리 위로 와짝 거꾸로 흐르는 듯 아뜩해서 대문 기둥을 짚었다. 하늘은 샛노란데 그네를 뛰면서 내려다보는 것처럼 땅바닥이 움푹 꺼졌다 불쑥 솟아올랐다 한다. 억지로 버티고 선 두 다리에 맥이 풀려서 앞으로 고꾸라질 것만 같아서 그는 문지방에 가 털썩 주저앉았다.
극도에 이르는 놀라움과 흥분을 억지로 눌러서 가라앉히기는 참으로 힘드는 노릇이었다. 돌멩이나 깨무는 것처럼 아래윗니를 응물고 두 번

세 번 전보지를 들여다보는 동혁의 입에서는,

"꿈이다! 거짓말이다!"

하고 다시 한 번 부르짖어졌다.

그날 저녁 동혁은 거의 실신이 된 사람처럼 청석골을 향하여 길을 떠났다. 발길을 내딛기는 하면서도 다리는 기계적으로 움직일 뿐이요, 제정신으로 걷는 것 같지는 않았다. 평소에는 너무 무뚝뚝하리만큼 건전하던 동혁의 심리 상태가 이처럼 어지러운 것을 경험하기는 생후 처음이다. 다만 커다란 몸뚱이를 화물처럼 배에다 실리고 자동차에다 붙였을 따름이었다.

청석골의 산천이 가까워 올 때까지 동혁은 영신의 죽음을 억지로 부인하려고 저의 마음과 다투었다. 기적이 나타나기를 빌고 바라는 미신 비슷한 생각에 잠겨 보기도 또한 이번이 처음이다.

자동차는 정류장에 와 닿았다. 영신이가 손수건을 흔들며 달려오는 환영이 눈앞을 어른거리다가, 원재가 홀로 나와 서서 저를 보고는 머리를 푹 수그리는 현실로 변할 때, 혹시나 하고 기적을 바라던 동혁의 공상조차 조각조각 깨어졌다.

병원에서 같이 영신을 간호할 때에 정이 든 원재는 동혁에게 손을 잡히자 말 대신 눈물이 앞을 가렸다. 동혁은 입술을 꽉 깨물고 원재의 뒤를 따라 묵묵히 논틀밭틀(논두렁과 밭두렁을 따라서 난, 꼬불꼬불하고 좁은 길)을 걸었다. 이제 와서 동혁의 다만 한 가지 소원은, 온 세상에 둘도 없이 사랑하던 사람의 길이길이 잠이 든 그 얼굴이나마 한번 보고 싶은 것뿐이었다.

"입관은 했나?"

비로소 동혁의 말문이 열렸다.

"벌써 했어요."

이 한마디는 그의 마지막 소망까지 끊어 버렸다. 동혁은 커다란 조약돌을 발길로 탁 걷어차고 하늘을 원망스럽게 흘겨보다가 다시 걷는다.

원재는 그제야 띄엄띄엄 울음을 섞어 가며 그동안의 경과를 이야기한다. 영신이가 운명하기 전에 저의 어머니를 통해서 사랑하는 사람에게 전해 달라던 유언과, 감옥에서 나온 편지를 가슴속에 품고 갔다는 것이며, 벌써 해가 기울어 가니까 집에서는 발인을 해서 학원에서 영결식을 할 터이니 그리로 바로 가자고 한다. 동혁은,
　"음, 음."
하고 조금씩 고개를 끄덕여 보이다가, 그 유언을 다시 원재의 입에서 들을 때는 발을 멈추고 우뚝 서서 팔짱을 끼고 한참이나 눈을 딱 감고 있었다.
　동혁은 학원 마당에 허옇게 모여 선 조객들의 주목을 받으며 현관 앞에 세워 놓은,

　우리의 天使 蔡永信之柩

라고 흰 글씨로 쓴 붉은 명정 앞까지 와서 모자를 벗었다. 여러 달 동안 면도도 못 해서 수염과 구레나룻이 시꺼멓게 났고 그 검붉던 얼굴이 누루퉁퉁하게 부어서, 문간만 내다보고 있던 원재 어머니는 동혁을 얼른 알아보지 못하다가,
　"아이고, 인제 오세요?"
하고 나와 반긴다. 그는 입술을 떨면서,
　"채 선생 저기 계세요!"
하고 교단 위에 검정보를 덮고 가로누운 영구(靈柩)를 가리킨다. 영결식도 끝이 나서 마지막 기도를 올리느라고 남녀 교인들과 아이들은 관 앞에 엎드려 흐느껴 우는 판이었다.
　동혁은 눈 한 번 끔벅이지 않고 관을 바라보며 대여섯 간 통이나 걸어온다. 관머리까지 와서는 꺼먼 장방형의 나무궤짝을 뚫어질 듯이 들여다

보는 그의 두 눈! 얼굴의 근육은 경련을 일으킨 듯이 실룩거리기 시작한다. 어깨가 떨리고 이어서 온몸이 와들와들 떨리더니 그 눈에서 참고 깨물었던 눈물이 터져 내린다. 무쇠를 녹이는 듯한 뜨거운 눈물이 구곡간장으로부터 끓어오르는 것이다.

"여, 여, 영신 씨!"

그는 무릎을 금세 꺾어진 것처럼 꿇으며 관머리를 얼싸안는다.

그 광경을 보자 식장 안에서는 다시금 흑흑 흐느끼는 소리가 여기저기서 들렸다.

최후의 일인

동혁은 관 모서리에 얼굴을 비비며 연거푸 사랑하는 사람의 이름을 불렀다.

"영신 씨, 영신 씨! 내가 왔소. 여기 동혁이가 왔소!"

하고 목이 메어 부르나 대답은 있을 리 없는데, 눈물에 어린 탓일까, 관 뚜껑이 소리 없이 열리며 면사포와 같은 하얀 수의를 입은 영신이가 미소를 띠고 부스스 일어나 팔을 벌리는 것 같다.

이러한 환각에 사로잡히는 찰나에, 동혁은 당장에 뛰어나가서 도끼라도 들고 들어와 관을 뻐개고 시체를 끌어안고 싶은 충동을 받았다. 그는 가슴 벅차게 용솟음치는 과격한 감정을 발뒤꿈치로 누룩을 디디듯이 이지(理智)의 힘으로 꽉꽉 밟았다. 어찌나 원통하고 모든 일이 뉘우쳐지는지, 땅바닥을 땅땅 치며 몸부림을 하여도 시원치 않을 것 같건만, 여러 사람 앞에서 그다지 수통스러이⁽수치스럽고 분한 마음⁾ 굴 수도 없었다. 다만 한마디,

"왜 당신은, 일하는 것밖에 좀 더 다른 허영심이 없었드란 말요!"

하고 꾸짖듯 하고는 한참이나 엎드려 떨리는 가슴을 진정하다가,

'영신 씨 같은 여자두 이런 자리에서 남에게 눈물을 보이나요?'
라고 경찰서에서 마지막 만났을 때에 제 입으로 한 말이 문득 생각이 나서 주먹으로 눈두덩을 비비고 벌떡 일어섰다. 그는 다시 관머리를 짚고 기도를 올리는 것처럼 침묵하다가, 바로 영신의 귀에다 대고 말을 하듯이 머리맡을 조금씩 흔들면서,

"영신 씨 안심하세요. 나는 이렇게 꿋꿋하게 살아 있소이다. 내가 죽는 날까지 당신이 못다 하구 간 일과 두 몫을 하리다!"
하고 새로운 결심과 영결의 인사를 겸쳐 한 뒤에, 여러 사람과 함께 관머리를 들고 앞서 나와서 조심스러이 상여에 옮겼다.

영신의 육신은 영원한 안식처를 향하여 떠나려 한다.

동혁의 기념품인 학원의 종을 아침저녁으로 치던 사람의 상여머리에서 요령 소리가 땡그랑땡그랑 울린다. 상여는 청년들이 메었는데, 수백 명이나 되는 아이들과 부인네들과 동민이 가득 들어선 속에서 다시금 울음소리가 일어난다. 아이들은 장강목에 조롱조롱 매달려 제 힘껏 버티어서 상여도 차마 못 떠나겠는 듯이 뒷걸음을 친다.

앞채를 꿇어 주던 동혁은 엄숙한 얼굴로 여러 사람의 앞으로 나섰다.
"여러분!"
조상 온 사람 전체를 향해서 외치는 목소리는 여전히 우렁차다.
"여러분! 이 채영신 양은 연약한 여자의 몸으로 농촌의 개발과 무산 아동의 교육을 위해서 너무나 과도히 일을 하다가, 둘도 없는 생명을 바쳤습니다. 완전히 희생했습니다. 즉, 오늘 이 마당에 모인 여러분을 위해서 죽은 것입니다."
하고 한층 더 언성을 높여,

"지금 여러분에게 바친 채양의 육체는 흙 보탬을 하려고 떠나갑니다. 그러나 이분이 끼쳐 준 위대한 정신은 여러분의 머릿속에 살아 있을 것입

니다. 저 아이들의 조그만 골수에도 그 정신이 박혔을 겝니다."
하고는 손길을 마주 모으고 서고, 혹은 머리를 떨어트리고 듣는 여러 청중들 앞으로 한 걸음 더 나서며,

"그러나 여러분, 조금두 서러워하지 마십시오. 이 채 선생은 결단코 죽지 않았습니다. 살과 뼈는 썩을지언정, 저 가엾은 아이들과 가난한 동족을 위해서 흘린 피는 벌써 여러분의 혈관 속에 섞였습니다. 지금 이 사람의 가슴속에서도 그 뜨거운 피가 끓고 있습니다!"

하고 주먹으로 제 가슴 한복판을 친다. 여러 사람의 머리 위로는 감격의 물결이 사리(한사리. 음력 보름과 그믐 무렵에 밀물이 가장 높은 때) 때의 조수와 같이 밀리는 듯……. 서울서 온 백현경은 몇 번이나 안경을 벗어서 저고리 고름으로 닦았다. 동혁은 목소리를 낮추어,

"사사로운 말씀은 하지 않겠습니다마는, 나는 이 청석골에서 사랑하던 사람의 사업을 당분간이라도 계속하고 싶습니다. 만일 여러분이 이 변변치 못한 사람이나마 소용이 되신다면 모든 것을 버리고 이 길을 밟는 것이 나 개인에게도 가장 기쁜 의무일 줄로 생각합니다."

말이 끝나자, 청년들은 상여를 메고 선 채 박수를 하였다.

장사가 끝난 뒤에, 백현경과 장래의 일을 의논하며 산에서 내려왔던 동혁은 황혼에 몸을 숨기고 홀로 영신의 무덤으로 올라갔다.

이른 봄 산기슭으로 스며드는 저녁 바람은 소름이 끼칠 만큼 쌀쌀하다. 그러나 그는 추운 줄을 몰랐다. 머리 위에서 새파란 광채를 흘리며 반짝거리는 외따른 별 하나를 우러러보고 섰으니까, 극도의 슬픔과 원한에 사무쳤던 동혁의 머리는 차츰차츰 식어 가는 것 같다. 마음이 가라앉는 대로 사람의 생명의 하염없음과 인생의 무상함을 새삼스러이 느꼈다.

'그만 죽을 걸 그다지도 애를 썼구나!'

하니, 세상만사가 다 허무하고 무덤 앞에 앉은 저 자신도 판결을 받은 죄수처럼 언제 어느 때 죽음의 사자에게 덜미를 잡혀갈는지? 제 입으로 숨

쉬는 소리를 제 귀로 들으면서도 도무지 살아 있는 것 같지가 않다.

'수수께끼다! 왜 무엇 하러 뒤를 이어 낳고, 뒤를 이어 죽고 하는지 모르는 인생…… 요컨대 영원히 풀어볼 수 없는 수수께끼에 지나지 못한다. 내가 이 채영신이란 여자와 인연을 맺었던 것도 결국은 한바탕 꾸어버린 악몽이다. 이제 와서 남은 것은 깨어진 꿈의 한 조각이 아니고 무엇이냐.'

될 수 있는 대로 인생을 명랑하게 보려고 노력하여 오던 동혁이건만, 너무도 뜻밖에 사랑하던 사람의 죽음을 눈앞에 보고는 회의와 일종 염세(厭世)의 회색 구름에 온몸이 에워싸이는 것이다.

'별은 왜 저렇게 무엇이 반가워서 반짝거리느냐. 뻐꾹새는 무엇이 서러워서 밤 깊도록 저다지 청승맞게 우느냐. 영신은 왜 무엇 하러 낳았다 죽었고, 나는 왜 무엇 하러 이 무덤 앞에 올빼미처럼 두 눈을 끔벅거리며 쭈그리고 앉았느냐. 생각하면 생각할수록 그 까닭을 알 수 없다. 순환소수와 같이 쪼개 보지 못하는 채 사사오입을 하는 것이 인생 문제일까? 쳇바퀴를 돌리는 다람쥐 모양으로, 까닭도 모르고 또한 아무 필요도 없이 제자리에서 맴을 돌며 허우적거리는 것이 인생의 길일까?

오직 먹기를 위해서, 씨를 퍼트리기 위해서, 땀을 흘리고 피를 흘리고 서로 헐뜯고 싸우고 잡아먹지를 못해서 앙앙거리고 발버둥질을 치다가, 끝판에는 한 삼태기의 흙을 뒤집어쓰는 것이 인생의 본연한 자태일까.'

동혁의 머릿속은 천 갈래로 찢기고 만 갈래로 얽혀서 갈피를 잡을 수가 없다.

그는 가슴이 무엇에 짓눌리는 것처럼 답답해서 벌떡 일어났다. 팔짱을 끼고 제절(제사 지내는 절차) 앞을 왔다 갔다 하다가, 봉분의 주위를 돌았다. 열 바퀴를 돌고 스무 바퀴를 돌았다. 그러다가는 무덤을 베개 삼고 쓰러지며, 하늘을 쳐다본다. 별은 그 수가 부쩍 늘었다. 북두칠성은 금강석을 바수어서 끼얹은 듯이 찬란히 빛나고 있다. 그중에도 큰 별 몇 개는 땅 위의 인간들을 비웃는 듯이 눈웃음을 치는 것 같다. 동혁은 그 별을 향해서 침이라도 탁 뱉고 싶었다.

그러다가 그는 생각을 홱 뒤집었다.

'그렇다. 인생 문제는 그 자체인 인생의 머리로 해결을 짓지 못한다. 인류의 역사가 있은 후 수많은 철학자와 사상가와 예술가가 머리를 썩히다가 해결의 실마리도 잡아 보지 못한 문제다. 그것을 손쉽게 풀어보려고 덤비는 것버텀 망령된 짓이다.'

하고는 단념을 해버린 뒤에,

'그렇지만 채영신이가 죽은 것과 같이, 박동혁이가 살아 있는 것도 사실이다. 정신병자가 아닌 다음에야 누구나 부인할 수 없는 엄연한 현실이다. 그러니 우리가 생명이 있는 동안은 값이 있게 살아 보자! 산 보람이 있게 살아 보자! 구차하게 살려는 것도 어리석은 일이지만, 타고난 목숨을 제 손으로 끊어 버리는 것도 또한 어리석은 일이다.'

하고 영신이가 반은 자살한 것처럼 생각도 하여 보았다.

'일을 하자! 이 영신이와 같이 죽는 날까지 일을 하자! 인생의 고독과 고민을 잊어버리기 위해서라도 일을 해야만 한다. 사랑하던 사람의 사업을 뒤를 이을 사람은 나밖에 없다. 울어 주고 서러워해 주는 것보다, 내가 청석골로 와서 자기가 끼친 사업을 계속해 준다면, 그의 혼백이라도 오죽이나 기뻐할까. 든든히 여길까. 일에 바쁜 꿀벌은 슬퍼할 겨를도 없다는 격언이 있지 않은가.'

하고 몇 번이나 생각을 뒤집었다.

'그럼, 우리 한곡리는 어떡하나? 흐트러진 진영(陣營)을 수습할 사람도 없는데……'

동혁은 다시금 당황하지 않을 수 없었다.

동혁은 앞으로 해나갈 일을 궁리하기보다도 우선 저의 신변이 몹시 외로운 것을 느꼈다. 애인의 무덤을 홀로 앉아 지키는 밤, 그 밤도 깊어 가서 저의 숨소리조차 듣기에 무서우리만큼이나 온누리는 괴괴한데, 추위와 함께 등허리에 오싹오싹 소름이 끼치게 하는 것은 형용할 수 없는 고독감이다.

처음부터 서로 믿고 손이 맞아서 일을 하여 오던 동지에게 배반을 당하고, 부모의 골육을 나눈 단지 한 사람인 친동생은 만리타국으로 탈수한 후 생사를 알 길 없는데, 목숨이 끊어지는 날까지 저의 반려를 삼아 한 쌍의 수리와 같이 이 세상과 용감히 싸워 나가려던 사랑하던 사람조차 죽음으로써 영원히 이별한 동혁은 외로웠다. 무변대해에서 키를 잃은 쪽배와도 같고, 수백 길이나 되는 절벽 아래서 격랑에 부딪치는 불 꺼진 등대만큼이나 외로웠다. 무한히 외로웠다.

그러나 한참 만에 동혁은 무거운 짐이나 부린 모군꾼처럼,

"휘유—"

하고 한숨만 길게 내쉬었다. 다시 마음을 돌이켜 보니, 저의 일신이 홀가분한 것도 같았던 것이다.

'채영신만한 여자를 두 번 다시 만나지 못할진댄, 차라리 한평생 독신으로 지내리라. 아무 데도 얽매이지 않는 몸을 오로지 농촌 사업에다만 바치리라.'

하고 일어서면서도 차마 무덤 앞을 떠나지 못하는데 멀리 눈 아래에서 등불이 올라오는 것이 보였다. 원재와 다른 청년들이 동혁을 찾아 돌아다니다가 혹시 산소에나 있나 하고 떼를 지어 올라오는 것이었다.

동혁은 잠자코 청년들의 뒤를 따라 내려왔다. 장로의 집에 잠시 들러 곤해서 쓰러진 백현경을 일으키고, 몇 마디 앞일을 의논해 보았다. 백씨는 여전히 값비싼 화장품 냄새를 풍기며 종아리가 하얗게 내비치는 비단양말을 신은 것이 불쾌해서, 동혁은 될 수 있는 대로 외면을 하고 그의 의견을 들었다.

"여기 일은 우리 연합회 농촌 사업부에서 시작한 게니까, 속히 후임자

를 한 사람 내려보내서 사업을 계속하기로 작정했어요. 영신이만 할 수야 없겠지만 나이두 지긋하구 퍽 진실한 여자가 한 사람 있으니까요."
하는 것이 그의 대답이다. 동혁은 더 묻지 않았다. 부탁 비슷한 말도 하기 싫어서,

"그럼 나두 안심하겠소이다."

하고 원재네 집으로 내려왔다. 영결식장에서 여러 사람 앞에 선언한 대로 당분간이라도 청석골에 머물러 있어 뒷일을 제 손으로 수습해 주고 싶은 생각은 간절하였다. 그러나 이미 후임자까지 내정이 되고 진실한 사람이 온다는데, 부득부득 '나를 여기 있게 해 주시오' 할 수도 없는 형편이었다.

영신이가 거처하던 원재네 집 텅 빈 건넌방에서 하룻밤을 드새자니, 동혁은 참으로 무량한 감개에 몸 둘 바가 없었다. 앉았다 누웠다 엎치락뒤치락하다가,

'세상 모르도록 술이나 취해 봤으면……'

하고 난생 처음으로 술 생각까지 해보는데, 원재가 저의 이부자리를 안고 건너왔다.

두 사람은 형제와 같이 나란히 누워서 불을 끈 뒤에도 두런두런 이야기를 하였다. 동혁은,

"나는 새로 온다는 여자보다두 원재를 믿구 가네. 나도 틈이 있는 대로 와서 보살펴 주겠지만 조금두 낙심 말구 일을 해 주게!"

하고 신신당부를 하였다. 원재도,

"채 선생님 영혼이 우리들한테 붙어 댕기시는 것 같아서 일을 안 하래야 안 할 수가 없겠어요."

하고 끝까지 잘 지도를 해달라는 말에 동혁은 이불 속에서 나이 어린 동지의 손을 더듬어 꽉 쥐어 주었다.

닭은 두 홰를 울고 세 홰를 울었다. 그래도 동혁은 이 방에서 마지막

숨을 거두던 사람과 지내 오던 일이 너무나 또렷또렷이 눈앞에 나타나서 머리만 지끈지끈 아프고 잠은 아니 왔다.

그러다가 어렴풋이 감기는 눈앞에서 뜻밖에 이러한 글발이 나타났다. 청석학원 낙성식 때 식장 맞은편 벽에 영신이가 써 붙였던 슬로건 같은 글발이 비문처럼 천장에 옴폭옴폭하게 새겨지는 것이었다.

과거를 돌아다보고 슬퍼하지 마라. 그 시절은 결코 돌아오지 아니할지니 오직 현재를 의지하라. 그리하여 억세게, 사내답게 미래를 맞으라!

이튿날 아침 동혁은 산소로 올라가서,
'당신이 못다 한 일과 두 몫을 하겠다.'
고 맹세한 것을 이제로부터 실행하겠다는 말을 다시 한 번 자신 있게 한 뒤에 홱 돌아서서 그 길로 내쳐 걸어 한곡리로 향하였다. 그러나 시꺼먼 눈썹이 숱하게 난 그의 양미간은 생목(生木)이 도끼에 찍힌 그 흠집처럼 찌푸려졌다. 아마 그 주름살만은 한평생 펴지지 못하리라.

어머니의 병이 염려는 되었으나, 그는 바로 집으로 가기가 싫어서 역로에 몇 군데 모범촌이라고 소문난 마을을 들렀다.

어느 곳에서는 농업학교를 졸업하고 돌아온 청년이 오막살이 한 채를 빌려 가지고 혼자서 야학을 시작한 곳이 있고, 어떤 마을에서는 제법 크게 차리고 여러 해 동안 한글과 여러 가지 과정을 강습해 내려오다가, 당국과 말썽이 생겨 강습소 인가를 취소당하고 구석구석이 도적글을 가르치는 것을 보았다. 한곡리서 오십 리쯤 되는 장거리에서 멀지 않은 촌에서는 청년이 서너 명이나 보수 한 푼 받지 않고 삼 년 동안 주야학을 겸해서 하는 곳이 있는데, 그들은 겨우내 두루마기도 못 얻어 입고 동저고리 바람으로 손끝을 호호 불어 가며 교편을 잡는 것을 볼 때,
'우리는 편하게 지냈구나.'

하는 감상이 들었다. 그는 그러한 지도자분들과 굳게 악수를 하고 하룻 밤씩 같이 자면서 의견을 교환하고 새로운 방침을 토론도 하였다. 어느 곳에를 가나,

"지금 우리의 형편으로는 계몽적인 문화 운동도 해야 하지만, 무슨 일에든지 토대가 되는 경제 운동이 더욱 시급하다."
는 것을 역설하고 저의 경험을 이야기하였다.

그러는 동시에 그는,

'이제부터 한곡리에만 들어앉았을 게 아니라 다시 일에 기초가 잡히기만 하면, 전 조선의 방방곡곡으로 돌아다니며 널리 듣고 보기도 하고, 또는 내 주의와 주장을 세워 보리라. 그네들과 긴밀한 연락을 취해서 같은 정신과 계획 아래에서 농촌 운동을 통일시키도록 힘써 보리라.'
하니, 어느 구석에선지 새로운 기운이 솟아오르는 것을 느꼈다. 남들이 그러한 고생을 달게 받으며 굽히지 않고 일을 하는 것을 실지로 보니 동혁은 한곡서 처음으로 일을 시작할 때의 생각이 바로 어제인 듯이 났다. 동시에 옛날의 동지가 불현듯이 보고 싶었다. 일체의 과거를 파묻어 버리고 새로운 길을 개척해 나아가려는 생각이 굳을수록 동지들의 얼굴이 몹시도 그리워졌다.

'건배를 찾아가 보자.'

지난날의 경우는 어찌 되었든 맨 먼저 생각나는 사람이 건배였다. 보고만 싶은 게 아니라 제가 감옥에 있는 동안 박봉 생활을 하는 사람이 두 번이나 적지 않은 돈을 부쳐 준 치사도 할 겸 그가 일을 보는 군청으로 찾아갔다.

그러나 건배는 군청에도, 거기서 멀지 않은 사글세로 들어 있는 그의 집에도 없었다. 건배의 아내와 아이들은 반겼으나,

"엊저녁에 한곡리꺼정 다녀올 일이 있다구 자전거를 타구 가서 여태 안 들어왔어요."

하는 것이 그의 대답이었다.

'무슨 일일까? 나를 찾아가지나 않았나.'

하고 동혁은 일어서는데, 안주인이 한사코 붙들어서 더운점심(새로 지어 먹는 점심)을 대접받으며 지내는 형편을 들었다.

"노루 꼬리만 한 월급에 그나마 반은 술값으루 나가서, 어렵긴 매일반이야요. 일구월심에 다시 한곡리루 가서 살 생각만 나요. 굶어두 제 고장에서 굶는 게 맘이나 편하죠."

건배의 아내는 당장에 따라 일어서고 싶은 눈치였다. 그러나 동혁은 그와 의형제까지 한 사이를 알면서도 영신의 죽음은 짐짓 말하지 않았다. 그가 영신의 소식을 묻고 혼인 때는 꼭 청해 달라는 부탁을 받을 때,

"네에, 청하구말구요."

하고 쓰디쓴 웃음을 웃어 보였다.

한곡리가 십 리쯤 남은 주막 근처까지 왔을 때였다. 자전거를 끌고 고개를 넘는 양복쟁이와 마주치자 동혁은,

"여어, 건배 군 아닌가?"

하고 손을 들었다.

"요오, 동혁이!"

키다리 건배는 자전거를 내던지고 달려들어 동혁의 어깨를 끌어안는다. 피차에 눈을 꽉 감고 잠시 말이 없다가,

"이게 얼마만인가?"

"어디루 해오는 길인가?"

하고 동시에 묻고는 함께 대답이 없다.

"아무튼 저 집으루 좀 들어가세."

건배는 동혁을 끌고 주막으로 들어갔다.

"아, 신문에까지 났데만, 영신 씨가 원 그런……."

건배는 대뜸 동혁의 가슴속의 가장 아픈 구석을 찌르고는 말끝을 맺지

못한다. 동혁은 손을 들며,

"우리 그 사람의 말은 입 밖에두 내지 마세. 제발 그래 주게!"

하고 손을 들어 친구의 입을 막았다. 건배는 머리를 떨어뜨리고 있다가 한숨 섞어,

"그렇지, 남자한테는 사랑이 그 생활의 전부가 아니니까…… 하지만, 어디 그이하구야 단순한 연애관계뿐이었나? 참 정말 아까운……."

하는데,

"글쎄 이 사람, 그만둬!"

하고 동혁은 성을 더럭 내었다.

두 친구는 말머리를 돌렸다. 둘이 서로 집을 찾아갔더라는 것과 그동안에 격조했던 이야기를 대강대강 하는데, 청하지도 않은 술상이 들어왔다. 건배는,

"나 오늘은 술 안 먹겠네."

하고 막걸리 보시기를 폭삭 엎어 놓더니 각반 친 다리만 문지르며 말 꺼내기를 주저하다가,

"자네, 그동안 한곡리서 변사(變事)가 생긴 줄은 모르지?"

한다.

"아아니, 무슨 변사?"

동혁의 눈은 둥그래졌다.

"그저께 강기천이가 죽었네!"

"뭐? 누가 죽어?"

동혁은 거짓말을 듣는 것 같았다.

"사실은 강기천이 조상을 갔다 오는 길일세."

하고 건배는 듣고 본 대로 놀라운 소식을 전한다. 기천이는 연전부터 주막 갈보에게 올린 매독을 체면상 드러내 놓고 치료를 못 하다가, 술 때문에 갑자기 더쳐서 쩔쩔매던 중, 그 병에는 수은을 피우면 특효가 있다는

말을 곧이듣고 비밀히 구해다가 서너 돈 중씩이나 콧구멍에다 피웠다. 그러다가 급작스레 고만 중독이 되어서, 온몸이 시퍼래 가지고 저 혼자 팔팔 뛰다가 방구석에 머리를 틀어박고는 이빨만 빠드득빠드득 갈다가 고만 뻐드러졌다는 것이었다. 동혁은,

"흥, 저두 고만 살걸."

하고 젓가락도 들지 않은 술상을 들여다보며 아무런 감상도 더 입 밖에 내지를 않았다.

건배는 마코를 꺼내 붙이며,

"가보니, 아주 난가(亂家)데 난가야. 헌데, 형이 죽은 줄도 모르는 건살포는 서울서 웬 단발한 계집을 데리구 왔네그려. 마침 쫓겨 갔던 본처가 시아주범 통부(사람이 죽었다는 것을 알리는 말이나 글을 통보함)를 받구 왔다가, 외동서끼리 마주쳐서 송장을 뻗쳐 놓구 대판으루 쌈이 벌어졌는데, 참 정말 구경할 만하데."

하고 여전히 손짓을 해가며 수다를 늘어놓는다. 동혁은 고개만 끄떡이며 듣다가,

"망할 건 진작 망해야지."

할 뿐이었다. 그러다가 한참 만에,

"그런데, 자넨……."

하고 전보다도 두 볼이 더 여윈 건배의 얼굴을 유심히 쳐다보다가,

"자네 그 노릇을 오래 할 텐가?"

하고 묻는다. 건배는 그런 말 꺼내기를 기다렸다는 듯이,

"고만 집어치우겠네. 이 연도 말꺼정만 댕기구, 먹거나 굶거나 한곡리루 다시 가겠네. 되레 빚만 더끔더끔(어떤 것에 조금씩 자꾸 더하는 모양) 지게 돼서 고만둔다는 것보다두 아니꼽구 눈꼴틀리는 거 많아서 이젠 넌덜머리가 났네."

하고 담배 연기를 한숨 섞어 내뿜으며,

"월급 푼에 목을 매다느니보다는, 정든 내 고장에서 동네 사람이나 아이들의 종노릇을 하는 게 얼마나 맘 편하구 사는 보람이 있는 걸 인제야 절실히 깨달았네."
하고 진정을 토한다. 그 말에 동혁은 벌떡 일어서며,
"자아 그럼, 우리 일터에서 다시 만나세! 나는 지금 자네가 한 말을 다시 한 번 믿겠네."
하고 맨 처음 일을 시작했을 때처럼 굳게굳게 건배의 손을 쥐었다.
"염려 말게. 자넬랑은 벌판의 모래보다 한 줌의 소금이 되어 주게!"
건배도 잡힌 손을 되잡아 흔들었다.

아무리 지루하던 겨울도 한 번 지나만 가면 봄은 기다리지 않아도 저절로 닥쳐온다. 반가운 손님은 신 끄는 소리를 내지 않듯이, 자취 없이 걸어오기로서니, 얼어붙었던 개천 바닥을 뚫고 졸졸졸 흐르는 물소리를 듣고 말랐던 나뭇가지에서 새 움이 뾰족뾰족 돋아나는 것을 볼 때, 뉘라서 새봄이 오지 않았다 하랴.
동혁은 신작로가에서 잔디 속잎이 파릇파릇해진 것을 비로소 보았다. 미루나무 껍질을 손톱 끝으로 제겨 보니, 벌써 물이 올라서 나무하는 아이들의 피리 소리도 멀지 않아 들릴 듯.
"인제 완구히 봄이로구나!"
한마디가 저도 모르는 사이에 부르짖어졌다.
그는 논둑으로 건너서며 발을 탁탁 굴러 보았다. 흠씬 풀린 땅바닥은 우단 방석을 딛는 것처럼 물씬물씬하다.
동혁은 가슴을 봉긋이 내밀며 숨을 깊다랗게 들이마셨다. 마음의 들창이 활짝 열리며 그리로 훈훈한 바람이 쏟아져 들어오는 듯, 그는 다시 속 깊이 서려 있는 묵은 시름과 함께,
"후―."

하고 마셨던 바람을 기다랗게 내뿜었다. 화로에 꺼졌던 숯불이 발갛게 피어난 방 속같이 온몸이 후끈해지는 것을 느꼈다.

동혁이가 동리 어귀로 들어서자 맨 먼저 눈에 띄는 것은 불그스름하게 물든 저녁 하늘을 배경 삼고 언덕 위에 우뚝우뚝 서 있는 전나무와 소나무와 향나무들이었다. 회관이 낙성되던 날 그 기쁨을 영원히 기념하기 위해서 회원들과 함께 파다 심은 상록수들이 키돋움을 하며 동혁을 반기는 듯.

"오오, 너희들은 기나긴 겨울에 그 눈바람을 맞구두 싱싱하구나! 저렇게 시푸르구나!"

동혁의 걸음은 차츰차츰 빨라졌다. 숨 가쁘게 잿배기를 넘으려니까 회관 근처에서 '애향가'를 떼를 지어 부르는 소리가 바람결을 타고 웅장하게 들려오는 듯하여서, 그는 부지중에 두 팔을 내저었다. 그러고는 동리의 초가집들을 내려다보며 오랫동안 떠나 있던 주인이 저의 집 대문간으로 들어서는 것처럼,

"에헴, 에헴!"

하고 골짜기가 울리도록 커다랗게 기침을 하였다.

그의 눈에는 회관 앞마당에 전보다 몇 곱절이나 빽빽하게 모여선 회원들이 팔다리를 벌렸다 오므렸다 하며 체조를 하는 광경이 보였다.

그는 고개를 돌리고 눈을 끔벅하고 감았다가 떴다. 이번에는 훤하게 터진 벌판에 물이 가득히 잡혔는데, 회원이 오리 떼처럼 논바닥에 가 하얗게 깔려서, 일제히 '이앙가(移秧歌)'를 부르며 모를 심는 장면이 망원경을 대고 보는 듯이 지척에서 보였다.

동혁은 졸지에 안계(眼界)가 시원해졌다. 고향의 산천이 새삼스러이 아름다워 보여서 높은 멧부리에서부터 골짜기까지, 산허리를 한바탕 떼굴떼굴 굴러보고 싶었다.

앞으로 가지가지 새로이 활동할 생각을 하며 걷자니, 그는 제풀에 어

깻바람이 났다. 회관 근처까지 다가온 동혁은 누가 등 뒤에서,

'엇둘! 엇둘!'

하고 구령을 불러 주는 것처럼 다리를 쭉쭉 내뻗었다.

상록수 그늘을 향하여 뚜벅뚜벅 걸었다.

— 을해년 6월 26일 당진 필경사(筆耕舍)에서 탈고